Only wanna give it toyou.
elle varner

Mate amoue
Royal tailor

Michel del Castillo

Tanguy

Histoire d'un enfant d'aujourd'hui

Nouvelle édition
revue et corrigée

Gallimard

Michel del Castillo est né à Madrid en 1933. Toute sa petite enfance, jusqu'en mars 1939, il la passe dans sa ville natale, auprès de sa mère, journaliste républicaine. La guerre civile, avec ses horreurs, constitue sa première et décisive expérience. En 1939, avec la victoire des armées franquistes, il suit sa mère en exil et mène avec elle l'existence précaire des émigrés politiques. Au début de 1940, il est, toujours avec sa mère, interné au camp de Rieucros, près de Mende, où sont détenues des centaines de femmes, en majorité des étrangères et des militantes politiques françaises. La guerre ne se terminera pas pour lui avec la victoire des Alliés, puisque, rapatrié en Espagne, il se retrouvera, de 1945 à 1949, dans un centre de redressement pour mineurs, à Barcelone, l'Asile Durán, de sinistre mémoire. C'est seulement en 1953 que, franchissant clandestinement la frontière, il retrouvera sa patrie et sa famille paternelle. Il reprendra alors ses études, lettres et psychologie, et publiera son premier roman, *Tanguy*, qui remporte un large succès avant d'être traduit en près de vingt-cinq langues. Il ne cessera plus, dès lors, d'écrire, suivi par un public fidèle, et sera plusieurs fois couronné par des prix littéraires : prix des Libraires et prix des Deux-Magots pour *Le vent de la nuit* en 1973, prix Renaudot pour *La nuit du décret* en 1981, Grand Prix R.T.L.-Lire pour *Le crime des pères* en 1993 et le prix Femina Essai pour *Colette, une certaine France* en 1999.

PRÉFACE

Premier roman de moi publié, *Tanguy* fut-il aussi le premier que j'aie conçu comme un texte littéraire ? J'écrivais depuis l'adolescence, j'écrivais déjà dans mon enfance, au camp de Rieucros, près de Mende ; mes historiettes eurent même l'honneur d'un affichage au tableau de la baraque n° 5, celle des Espagnoles [1], avec des illustrations à l'aquarelle, faites par une communiste allemande. Du haut de mes huit ans, je tirai de cette manifestation une fierté comique, je ne mentionne pourtant le fait qu'afin de bien marquer la permanence en moi de cette rumeur des mots, de leur accompagnement sourd et incessant, tel un tam-tam dans la nuit. Je suis un enfant des livres, qui m'ont engendré, élevé, maintenu en vie.

Il y eut bien une heure cependant où cette rumeur, devenue ma chair et mon sang, jaillit de

1. Rieucros était un camp réservé aux femmes, le seul avec celui du Vernet pour les hommes à avoir reçu de l'administration l'appellation de camp de *concentration* et non d'internement.

9

moi, ainsi que l'enfant, gavé de phrases, finit par expulser ses premiers mots. Or ces essais et ces tentatives, je suis sûr qu'ils ne touchaient pas directement ce qui deviendra la matière de mon premier roman.

Ainsi, ce sentiment d'urgence que tant de lecteurs et de critiques relevèrent lors de sa parution, le livre leur apparaissant comme une délivrance, ce sentiment ne correspondait pas à la réalité.

Tanguy n'est pas le fruit de la nécessité biographique, il provient d'abord de l'écriture. Son modèle n'est pas le témoignage, même indirect : il se trouve chez les auteurs que j'étudiais avec ferveur, notamment Dostoïevski.

Le premier brouillon du livre, une centaine de feuillets, écrits en espagnol, à la première personne, fut rédigé à Huesca, en 1951, dans l'une de ces misérables pensions de famille où je tentais alors de survivre. Il me fut renvoyé en 1992, avec toute une correspondance, par la sœur d'un admirable curé de campagne qui avait pieusement conservé ces reliques jusqu'à sa mort.

J'avais oublié leur existence, j'avais surtout oublié que mes premiers essais littéraires avaient été écrits en espagnol, langue que j'étais persuadé d'avoir toujours détestée. Quant au fond, si ces pages ébauchent le canevas de *Tanguy* — la petite enfance madrilène, en pleine guerre civile, entre ma mère et ma grand-mère, le départ pour la France, en mars 1939, l'internement au camp de Rieucros, en Lozère, en 1940, la brutale et irrémédiable rupture en 1942 —, elles n'en racontent pas moins une autre histoire, plus proche de

10

celle que je tenterai de cerner à partir de 1983, avec *La gloire de Dina*, et qui remplira quatre volumes, jusqu'à *Rue des Archives*, le dernier paru.

Dans ces balbutiements, ce qui d'abord frappe, c'est le peu d'importance accordée à l'Histoire. Les événements restent à l'arrière-plan, simples repères chronologiques.

Les principaux décors se retrouvent pourtant dans la version définitive de *Tanguy*.

Comment dès lors ne pas penser à une autobiographie plus ou moins romancée ? C'est bien ainsi qu'une majorité de lecteurs reçut le livre lors de sa parution.

La comparaison entre l'ébauche rédigée à Huesca et la version imprimée montre toutefois des différences aucunement fortuites. Alors que ma mère occupait, dans mes premiers essais, la place centrale, l'Histoire deviendra, dans le roman, le moteur de l'action.

« Tout avait commencé par un coup de canon. C'était la guerre en Espagne. » Dès les premières phrases, la cause est entendue : Tanguy apparaît comme l'innocente victime d'un conflit qu'il subit sans en comprendre ni les causes ni les enjeux. Mieux : cette fatalité collective emporte également la mère dont l'unique tort sera de s'y abandonner, choisissant la politique contre le bonheur de son enfant.

Ce glissement du subjectif à l'objectif ne s'explique par aucune autre raison que littéraire. Durant des années, guidé par l'oreille, je n'avais cessé d'hésiter entre le *je* et la troisième personne. Il n'était question ni de vérité ni de mensonge : il ne s'agissait que de trouver le ton le plus juste.

Les événements avaient bien eu lieu. Nul doute que l'Histoire avait roulé dans ses flots des millions de vies. Ma mémoire en gardait les lueurs sanglantes, mes nerfs crissaient encore de ses peurs, mes cauchemars en répétaient les hurlements. Je l'avais subie, tout comme ma mère l'avait subie.

En diluant les destins individuels dans le malheur collectif, je restais au plus près des faits, c'est-à-dire du témoignage. Mais que valent les faits si on néglige leur sens, qui seul les éclaire ?

« C'est la guerre » : le petit Tanguy ne cesse d'invoquer la fatalité, rengaine de tous les relâchements.

La guerre, c'est la suspension de toute morale. Une trêve du diable comme on parle d'une trêve de Dieu.

Tanguy s'installe d'emblée dans ces temps du crime et du parjure où tout, mais d'abord le pire, devient possible. Dès sa naissance, il est la proie des puissances de haine.

À la fatalité du sang, il n'oppose nulle revendication morale. Ou, pour mieux dire, il y oppose un moralisme chrétien, dolent et sentimental. À peine semble-t-il s'apercevoir que le mal existe, c'est-à-dire la jouissance de la souffrance et de l'humiliation. Il regarde les victimes et les bourreaux avec la même douceur résignée. Il ne juge pas, ne condamne pas : il se contente d'aimer et de susciter l'amour.

Cette naïveté qui évoque, pour un romancier

12

espagnol fort célèbre, celle d'un Dickens iro-
nique, je la trouve, quant à moi, hautement suspecte. Pour faire bref, je dirai que *Tanguy* baigne
dans les meilleurs sentiments, lesquels me font
aujourd'hui sourire.

« Ce n'est pas leur faute », pense-t-il devant les
pires salauds. Je serais aujourd'hui tenté de lui
rétorquer : soit, mais alors, la faute à qui ? Maintenant est-il équitable de disputer l'enfant qu'on
fut ?

Le livre ne répond pas à la question, il se garde
même de la poser. Par sottise ou inexpérience ? Il
existe une raison plus sérieuse à cet étrange
silence.

L'amnésie littéraire de *Tanguy* est, en réalité,
une ruse de romancier qui ne possède pas
encore les moyens de sa lucidité. Il élude la question de la responsabilité parce qu'il a l'obscur
pressentiment que ce sujet-là constitue ce qui
deviendra l'un des thèmes essentiels de sa
réflexion. Il recule devant l'obstacle. Il s'abrite
donc derrière les événements, se cache derrière
l'Histoire, mais il ne peut empêcher la littérature
de parler à son insu. Cette indécision du ton est
ce qui frappa le plus François Le Grix, mon mentor littéraire. Le roman se veut objectif et il ne
cesse de basculer dans le subjectif, toujours à la
lisière. Le lecteur se trouve, non dans l'Histoire,
mais dans l'Histoire telle que l'enfant la perçoit
et la déforme. Cette absence-présence du petit
héros constituait, pour celui qui guida mes
débuts littéraires, un tour de force, bien involon-
taire pourtant, on peut m'en croire. « … je ne

crois pas que *Tanguy* puisse apparaître à *personne* comme une quelconque chronique, documentaire ou roman sur les horreurs du nazisme et de ses camps. *Cette histoire d'un enfant d'aujourd'hui* ne le déborde-t-elle pas beaucoup, ce thème? Ne sera-t-il pas aussi de *demain* dans ce monde affreux qui continue de se construire ou de se détruire, ce petit garçon qui, ayant perdu d'un seul coup son Dieu, ses parents, sa famille, ses amis, son chien et sa foi en un univers de beauté, de bonté, de justice et de paix, n'en continue pas moins sa quête d'espoir, au-delà de l'espoir même [1] ».

Ainsi François Le Grix exprimait-il l'esprit du roman, sa tonalité d'espérance sans espoir. Il insistait sur le fait que le récit débordait l'Histoire. Tout roman est inactuel dans son actualité anecdotique.

À aucun moment, le critère de la vérité ne se posait alors à moi. J'aurais d'ailleurs été bien incapable de la reconnaître. J'étais perdu dans ma vie. Je possédais une mémoire presque monstrueuse, laquelle me sauvera du naufrage, et je n'avais, dans le même temps, aucune mémoire organisée. J'avais engrangé chaque détail, chaque lumière, rangé la moindre parole, retenu les noms et les adresses, mais le tout s'entassait dans le désordre, jusqu'à la confusion. J'entendais tout, je ne comprenais rien. Je manquais d'un récit cohérent pour rappeler mes expériences.

Je n'aurais donc pu, si même j'en avais eu l'in-

1. François Le Grix : Notes sur *Tanguy*. Les mots soulignés le sont aussi dans le texte.

tention, romancer une autobiographie dont j'étais tout à fait dépourvu. Je doutais de qui j'étais, et si *Je* existait vraiment. Quant au deuxième des termes qui forment le mot autobiographie, la vie donc, la mienne était plus hasardeuse encore.

À Madrid durant la guerre civile, en France ensuite, dans l'Allemagne en guerre, en Espagne pour finir, j'avais erré, naufragé d'un désastre que je voulais croire collectif et qui l'était en effet, mais pour partie seulement. Je m'étais réveillé de ma stupeur à Barcelone, dans une institution de sinistre mémoire. Sous les coups, dans la plus abjecte humiliation, je naquis à une révolte que l'âge, loin d'apaiser, ne fait qu'exaspérer.

Ce fut après mon évasion de ce bagne et mon passage chez les Jésuites, dans un collège de Ubeda, que l'écriture cessa d'être un accompagnement pour devenir une partition. À Huesca où j'avais échoué dans l'espoir de réussir à passer la frontière, j'écrivais avec rage, jusqu'au délire, jusqu'à l'hallucination. J'écrivais adossé à la solitude et pressé par la mort.

1953 : ma vie basculait, s'ouvrait à la lumière. Je réussissais à traverser clandestinement la frontière. Je retrouvais une famille et possédais, enfin, une identité.

Il me fallut près de cinq ans pour recouvrer mes esprits et me refaire une santé. Je commençai par remettre de l'ordre dans un fatras de connaissances glanées dans des lectures voraces et disparates, dans des études chaotiques. Je m'astreignis à la discipline d'une méthode. Avec l'orgueil des pauvres, j'entassais des diplômes. J'avais une tête à claques et des audaces de timide.

Il me serait facile de ridiculiser le jeune bourgeois que je m'efforçais de paraître. Je résiste à la tentation de la raillerie parce que ce jeune fat n'était pas ce qu'il voulait figurer.

Ainsi était-il fier de posséder cette merveille technique, un électrophone. Chaque fois qu'il voulait poser un disque sur le plateau, il en était cependant empêché par un tremblement incoercible des mains. Sa tante devait accomplir le geste à sa place.

À la table familiale, alors qu'il surveillait son maintien, son regard lui échappait, suivait les plats avec une expression d'éternel affamé.

La nuit, il laissait une lumière allumée et poussait un fauteuil contre la porte de sa chambre, précautions qui n'empêchaient pas les cauchemars de se glisser jusqu'à son lit.

Pour le réveiller, on s'entourait de mille précautions, car une parole trop haute, un geste trop brusque le dressaient sur le lit, bras levés au-dessus de sa tête.

Je ne cite ces détails que pour suggérer le climat où baigne ce livre et dans quel état je l'ai écrit.

Quarante ans ont passé, l'épaisseur d'une vie…

J'avais changé de langue ou, plutôt, renoué avec la seule que je tinsse, depuis toujours, pour mienne. Je devais tout réapprendre, à commencer par les gestes les plus élémentaires. Je conservais toutefois cette rage d'écrire, qui me tenait jusqu'à l'aube penché au-dessus de mon bureau.

16

Des litres de café m'aidaient à lutter contre le sommeil et le Corydrane, qui s'achetait alors librement dans les pharmacies, soignait mon foie, c'est-à-dire mon angoisse. Six heures par jour, je potassais mes cours, les six autres je noircissais des pages : si je décompte celles que je consacrais à l'amour, cela laissait peu de temps au repos. Mes nuits avaient toujours été courtes : le roulement des canons ne favorise pas le sommeil.

Je mettais un point final à mon premier roman, qui paraîtra deux ans plus tard. J'allais fêter mon vingt-quatrième anniversaire.

Le jeune homme de vingt ans qui, rue Piccini d'abord, rue de Longchamp ensuite, entassait les diplômes et noircissait des pages ne tentait cependant pas d'appréhender sa vérité. Il essayait seulement de composer, avec les fragments d'une biographie chaotique et morcelée, un récit vivable. Faute d'avoir eu une vie, il s'en créait une. Sans doute ses expériences et ses souvenirs se glissaient-ils dans son récit.

Encore faut-il s'entendre sur les mots. Le roman précédait la vie, il l'ordonnait, fournissait un cadre, constituait un modèle où je pouvais glisser, non une biographie, mais des expériences et des souvenirs. Je ne romançais pas ma vie, je *biographisais* le roman.

Mon interprétation était d'une sincérité si criante cependant, si naïve que ce ton allait contaminer le fond, créant une confusion qui me poursuivra longtemps. Pour tous, j'étais, je ne pouvais être que Tanguy.

Ce tremblement de la voix ne découlait pourtant pas de la réalité des faits : il exprimait la vérité du sentiment. «C'est bien là ce même climat de *pathétique vrai*, celui auquel l'écrivain retranche plus qu'il n'ajoute, pour le rendre tolérable au lecteur ; celui qui a le moins besoin de mots, parce qu'il résulte de l'aperception immédiate de la tragique détresse de l'homme ou de l'enfant dès qu'il a réalisé sa solitude [1]... »

Ainsi que François Le Grix le relève, c'est la part muette, les parties retranchées qui, dans le roman, secouent la phrase. Ces *membres fantômes* produisent la douleur sourde et hallucinée.

À la vérité, mon destin personnel débordait celui des victimes pures : j'appartenais à l'espèce des victimes impures. Je ressentais cette indignité, j'en éprouvais la honte, jusqu'à la nausée : j'ignorais cependant l'exacte nature du mal dont je souffrais. Inconnue de la médecine, ma maladie était sans nom. Là aussi cependant, l'instinct de mon mentor littéraire l'orientait vers la source de cette souffrance honteuse et encore inconnue de moi : «C'est alors qu'intervient l'événement capital de cette vie, écrit-il en évoquant l'été 1942.

« L'insouciance de cette mère a cru bon d'organiser *non leur commun départ*, mais *leur rendez-vous.* »

Et il ajoute enfin, dans un éclair de lucidité stupéfiante : «...ne dirait-on pas qu'elle a voulu se débarrasser de lui [2] ? »

La question résume et annonce quarante ans

1. François Le Grix. Toujours souligné par lui.
2. François Le Grix. *Ibidem.*

18

d'une quête forcenée, qui s'achèvera dans l'appartement de la rue des Archives, la bien-nommée.

Mon premier livre était, à mes yeux, si éloigné de l'autobiographie, qu'il se composait en fait de deux récits, groupés sous un même titre, *Nous voulions pourtant vivre*, lesquels n'en faisaient, dans mon esprit, qu'un.

Ils finirent par se dédoubler. L'un devint *Tanguy*, l'autre *Gérardo Laïn*, publié dix ans plus tard. Pour faire bonne mesure, j'en écrivis même un troisième, *La Guitare*. Ces histoires, je les sentais mystérieusement reliées entre elles, variations autour d'un même thème. Aucune ne me semblait plus autobiographique que l'autre, toutes contenaient mes vérités incertaines et toutes aussi proféraient le même cri de révolte et de fureur.

Les événements qui ont scandé mon enfance et mon adolescence constituent assurément des jalons collectifs. On ne sera donc pas étonné de les retrouver dans les différents brouillons de mon premier livre, de même qu'on les retrouve dans ceux qui ont suivi, jusqu'au dernier. Ils n'en sont pas la substance pourtant, ils ne constituent en aucun cas le texte, ils ne sont tout au plus que le pré-texte. Car ces événements, je ne les ai pas vécus, seulement subis. Je ne suis pas un témoin : j'ai traversé la guerre en aveugle, absent à moi-même, emporté par le courant.

Tanguy généralise l'incompréhension. Tout

au long du livre, les mots « stupeur », « étonnement » reviennent comme un leitmotiv. Ils dépeignent l'époque, son état d'esprit fataliste et dévot.

« Dans une guerre, il n'y a ni vainqueurs ni vaincus, il n'y a que des victimes. » Généreuse et noble dans son inspiration, la formule a ému tous les lecteurs du livre, elle a même dû émouvoir le jeune auteur. Or son pacifisme humanitaire cache un sophisme. À supposer même que les guerres n'aient point de vainqueurs, ce qui est faux, il reste que les victimes, catégorie certes la plus nombreuse, n'épuisent nullement la sauvagerie. Point de victimes sans bourreaux. Or c'est le bourreau qui, de façon hautement suspecte, est évacué du livre. Ceux qui surgissent au détour d'une page se trouvent aussitôt innocentés de la manière la plus évangélique : ils ne savent pas ce qu'ils font. À moins que leurs crimes ne soient des erreurs.

Même chez un auteur inexpérimenté, ce refus de considérer la réalité en face ne manque pas d'intriguer. Que dissimule ce besoin d'innocenter tout le monde ?

Il faut d'abord en revenir à la littérature et notamment au Dostoïevski de la première manière, celui des *Pauvres Gens*. C'est son influence larmoyante et pathétique qu'on trouve encore dans *Tanguy*. Le récit lui doit aussi cette fraîcheur qui rachète pour partie sa faiblesse idéologique. D'autant que si l'enfant pense faux, il sent juste, ce qui le rend vrai. Ce qu'on ne pardonnerait pas à un adulte, comment le reprocher à un gosse de huit et neuf ans, qui ne sait manifeste-

20

ment pas ce qui lui arrive ? D'autant que Tanguy change et se transforme à mesure qu'il grandit ; la révolte dont il était incapable dans l'enfance éclate à l'adolescence. Les bourreaux sont enfin nommés, dénoncés.

Au-delà des influences littéraires dont j'avais du mal à me défaire, il existait une raison plus profonde pour que je veuille écarter la figure du bourreau : je ne me sentais pas la force de le désigner.

En eux-mêmes, les événements ne signifient rien. Pour devenir mémoire, ils doivent d'abord se remplir de sens. Or, je l'ai souvent répété, ma vie, jusqu'à l'âge de quarante ans, fut tout à fait dépourvue de sens. Il ne s'agit pas là du sentiment vague et romantique de l'absurdité de toute vie. Non, j'étais réellement incapable de lire ma vie. Incapable aussi de la dire.

Plongés dans des événements qui les dépassent, les enfants réagissent par la sidération. Ils s'abstraient de leur vie. Ils désertent même le langage. Jeté dans l'horreur depuis ma naissance, j'ai de même déserté mon existence. Si je n'ai pas renoncé au langage, c'est que ma mère, dont l'amour seul me maintenait à la surface, me parlait sans cesse. Ses mots apprivoisaient l'horreur. J'avais par elle l'illusion de maîtriser la folie du monde. Un jour de 1942, ce rempart de phrases s'écroula brutalement. Entre la démence et moi, un vertige de terreur se creusa. J'ai usé du terme « abandon », plus aisément compréhensible, plus supportable surtout. « Crime » dirait pourtant mieux la trivialité de la trahison. Dans cette débandade des mots, j'ai bien failli rester idiot. Je m'accrochai à une autre langue, celle de la littérature, qui me guida vers sa justice austère, celle de la tragédie où toutes les parties déraisonnent avec raison. Je découvris la double imposture de mon enfance, ravagée par la guerre mais, plus encore, trahie par la langue maternelle.

Au désordre et au chaos de ma petite enfance, la voix de ma mère donnait un sens. Je me forgeais ainsi une mémoire, garante de mon identité. Or, je découvris que ce sens était non seulement mensonger mais pervers et même criminel. Ce que je vivais, je ne pouvais pas le comprendre, et ce qu'elle me racontait que nous vivions se révélait n'être qu'une succession de reniements et de trahisons. J'ai vécu avec une mémoire empoisonnée.

J'ai conscience de tenter de dire, avec des mots simples, des choses difficiles. J'écris avec des lambeaux de phrases, arrachés à la peau de mon enfance. Je suis mort depuis très longtemps. Je ne me survis que dans mes livres. Le fantôme de cet enfant assassiné hante *Tanguy*, lui donne ce sourire timide et ce regard mouillé.

Ni sujet stable ni vie dicible : que restait-il dès lors d'une autobiographie possible, sinon son ultime terme, la graphie ? Pour simplement exister, j'étais condamné à écrire et, même, à récrire sans fin.

Je n'en restais pas moins cerné par la folie. Ces ombres expliquent la simplicité de *Tanguy*, aucunement spontanée, durement atteinte au contraire.

En 1955, j'avais retrouvé ma mère, qui vivait à Paris alors que j'avais fini par me persuader qu'elle était morte, engloutie dans la tempête. Je découvrais une femme dont chaque mot, chaque geste s'ingéniait à briser le rêve que j'avais pieusement cultivé pour échapper à la folie. Devant ce spectre haineux et vindicatif, péremptoire et d'un cynisme superbe, mon enfance abandonnait jusqu'à l'illusion d'avoir à tout le moins connu l'amour.

Le jeune écrivain se trouvait confronté à une situation inouïe : le visage et les propos de la mère réelle rendaient aléatoire et ridicule l'idéalisation poursuivie durant tant d'années ; ils laissaient également subodorer une forfaiture proprement impensable, inimaginable. L'Histoire, tel le manteau de Noé, vint recouvrir cette nudité monstrueuse. Si Tanguy ne trouve pas de responsable, c'est qu'il ne peut pas le regarder.

« Nul ne peut haïr vraiment sa mère, sauf à se haïr soi-même. » Le choix, en tant qu'écrivain, du nom de ma mère, l'amnésie baignée de sentimentalité qui, dans le roman, fait de la guerre un cataclysme naturel où la responsabilité des hommes s'évanouit : dans les deux cas, il ne s'agissait que d'échapper à une vérité insupportable.

Pour tout jeune écrivain, la parution de son premier livre constitue un événement mémorable. Dans mon cas, cela tenait du miracle. Le plus incroyable à mes yeux n'était pas que mon rêve fût devenu réalité : le plus stupéfiant était de constater que j'étais *vraiment* en vie.

Ce jeune auteur acharné à se couler dans le moule traversait le nuage de la célébrité sans rien distinguer que des ombres. Ahuri, en état de choc, jeté dans une contrée étrangère dont je n'entendais ni la langue ni les mœurs, je n'étais occupé que de jouir de chaque instant. Au sortir du tombeau, Lazare devait renifler avec la même avidité furieuse, indifférent à ce qui n'était pas la couleur de l'heure, le parfum de l'herbe mouillée, la caresse de l'air sur ses joues. Le bonheur qui fut alors le mien, comment l'exprimerais-je ?

Les journalistes s'entretenaient avec un étudiant sage, les photographes fixaient le visage d'un jeune bourgeois aimable. Il n'y avait que le regard et le sourire pour suggérer, derrière l'apparence, un enfant de l'ombre et de la nuit, orphelin de son double.

Après nos retrouvailles, ma mère m'avait demandé d'apporter au récit certaines modifications, notamment sur les circonstances de mon départ pour l'Allemagne, en 1942. Je consentis à la couvrir, je n'ai, jusqu'à sa mort, cessé de la défendre contre elle-même. Que me faisait une tristesse de plus ? J'ai porté ce deuil avec lassitude. J'ai accepté de passer pour l'imposteur de ses crimes.

La trahison maternelle aurait, si je l'avais pleinement saisie, brouillé la pureté du dessin. Je dus parer au plus pressé : sauver ma tête.

Le dessin linéaire de *Tanguy* occulte les complexités d'une situation personnelle que le jeune écrivain ne faisait que deviner. Par inexpérience, il réduisait l'action aux seuls séismes de l'Histoire. Il simplifiait donc, jusqu'à la caricature. Cette épure rejoignait néanmoins une vérité plus large, essentiellement littéraire.

C'est d'ailleurs sur ce point, l'exemplarité d'une enfance de guerre, de toutes les guerres, qu'insistait François Le Grix. A-t-on remarqué que le livre porte en sous-titre *Histoire d'un enfant d'aujourd'hui*, qui est aussi le titre des versions anglaise, américaine, *Child of our time*?

C'est bien ainsi que les jeunes, depuis quarante ans, lisent ce livre, avec, dans leur tête, les images que la télévision leur envoie, du Cambodge au Rwanda, de la Bosnie à l'Éthiopie. Toujours et partout, ils reconnaissent le même enfant supplicié, si démuni et si fort. Les jeunes lecteurs de *Tanguy* mettent une voix sur l'énigme de ces regards *étonnés de douleur*. Aucun ne me demande si l'histoire est vraie, puisqu'elle se répète sous leurs yeux. Ils me demandent plutôt si Gunther, Firmin, Sebastiana, le Père Pardo ont existé. Ils ont aimé les personnages qu'a aimés Tanguy et ils ne s'aperçoivent pas que la vérité de cet amour constitue la vérité de la littérature.

Grâce notamment aux enseignants, *Tanguy* n'a pas cessé, depuis sa parution, de toucher de nouvelles générations de lecteurs. Avec émotion, je constate qu'il reste pareillement présent dans la mémoire de ceux qui l'ont lu à l'époque de sa parution, avec une intensité et une ferveur dont ils se disent eux-mêmes surpris. Ces fidélités, qui confortent l'écrivain, suscitent également sa perplexité. Car je ne suis que trop conscient des faiblesses de ce livre. Si je renonce pourtant à le remodeler, c'est que je crains, en voulant atténuer ses imperfections, d'altérer sa principale et peut-être unique vertu, je veux dire sa fraîcheur. Je m'en tiens donc à des corrections minimes, à des suppressions évidentes, à de rares coupures. Je résiste à la tentation de tout réécrire.

Chez l'un de nos bons auteurs, j'ai déniché cette perle que l'écrivain ne retrouve jamais le son cristallin de son premier livre. Cervantès ayant écrit *Don Quichotte* aux approches de la soixantaine et Dostoïevski ayant fait paraître *Les Frères Karamazov* à la fin de sa vie, la formule semble hasardeuse.

J'ai cependant conscience que, par un paradoxe étrange, mon inexpérience m'a servi. Mes ressources étaient si maigres qu'elles m'ont condamné à la plus sévère économie. Cette avarice a condensé les rares mots dont je disposais, elle les a chauffés à blanc. D'où la force du livre.

Car je ne voudrais pas céder à une sévérité injuste : si ce premier roman a, malgré ses défauts évidents, suscité tant de ferveur, dans le monde entier, s'il n'a pas cessé de vivre et de gagner un public nouveau, c'est qu'il possède assurément des qualités dont je ne suis pas le meilleur juge mais dont je distingue bien qu'elles tiennent à ce ton d'innocence, à ce désir d'amour insatisfait — qui constitue peut-être la véritable tragédie du petit Tanguy.

Cette force qui échappe à la littérature, François Mauriac l'avait d'emblée discernée, résumant sa pensée par une boutade : il était, disait-il,

26

sorti bouleversé de la lecture de *Tanguy*, mais seulement convaincu de l'existence d'un écrivain par celle de *La Guitare*. Comme les deux textes sont contemporains, ce jugement me laisse lui aussi perplexe.

Cette réimpression intervient peu de temps après la parution de *Rue des Archives*, qui en éclaire les aspects cachés, ce que de nombreux lecteurs n'ont pas manqué de relever. Les deux livres se répondent en effet l'un l'autre. D'où le projet de faire coïncider la réimpression de *Tanguy* avec la parution du dernier. Des complications éditoriales ont seules empêché cette simultanéité.

De Tanguy à Xavier, il y a plus que l'épaisseur d'une vie, il y a toute l'amertume d'un désenchantement, qui doit moins à l'âge qu'à la progressive découverte de l'horreur. Si je gardais, à vingt ans, quelques illusions, le sexagénaire qui a écrit *Rue des Archives* n'en conserve, lui, plus aucune. En ce sens, la boucle est bien bouclée.

L'aveu étouffé de *Tanguy* fait la musique désenchantée de *Rue des Archives*. François Le Grix ne prévoyait-il pas que tous mes livres futurs sortiraient de ce qu'il appelait ce *trou noir*, l'instant où un enfant de neuf ans comprit qu'il était désormais tout à fait seul, livré à l'horreur par celle qu'il aimait par-dessus tout ? Je rends hommage à sa lucidité.

Ceux qui ont encore le goût de la chose littéraire pourront s'amuser à comparer mon premier et mon dernier livre. J'ose croire qu'il existe, entre les deux, un approfondissement du métier, et, surtout, de la vision.

De l'un à l'autre, un seul lien, la littérature. Elle constitue, on l'a compris, ma seule biographie et mon unique vérité.

M. d. C.
Paris, novembre 1994.

À tous mes camarades morts et vivants

« Le monde aime sa boue
et ne veut pas qu'on l'agite. »
(DOSTOÏEVSKI, *Confession de Stavroguine*)

I

UNE ENFANCE
D'AUJOURD'HUI

« La vérité, l'âpre vérité… »
(DANTON, d'après Stendhal)

I

Tout avait commencé par un coup de canon.
C'était la guerre en Espagne. Mais Tanguy ne
gardait de ces années que quelques souvenirs
confus. Il se rappelait avoir vu de longues queues
immobiles devant les boutiques, des maisons
décharnées et noircies par la fumée, des cadavres
dans les rues, des miliciennes fusil à l'épaule qui
arrêtaient les passants pour leur demander leurs
papiers ; il se souvenait d'avoir dû se coucher
sans rien avoir mangé, d'avoir été réveillé par le
triste hululement des sirènes, d'avoir pleuré de
peur en entendant les « miliciens » frapper à la
porte aux premières heures du matin…

Le soir, il écoutait sa mère qui parlait à la radio.
Elle disait que « le bonheur qui prive autrui de son
propre bonheur est un bonheur injuste », et il la
croyait, car elle ne mentait jamais. Il pleurait souvent en l'entendant. Il ne comprenait pas ce
qu'elle disait, mais il savait qu'elle avait raison,
car elle était sa mère.

Il allait souvent aussi au Retiro. Il s'y rendait avec sa nurse. Il lui fallait s'arrêter dans les

rues et lever le poing au passage des enterrements.

Au Retiro il y avait un gros canon que l'on appelait le « grand-père ». Au début les républicains ne savaient pas s'en servir et les obus retombaient sur leurs propres troupes. Il fallut attendre l'arrivée des techniciens russes pour connaître son maniement. Les Madrilènes venaient le voir de près. Tout le monde aimait bien le « grand-père » : il protégeait la ville contre les canons fascistes. On criait presque de bonheur en entendant, la nuit, son gros coup de gueule qui répondait aux aboiements des autres.

Tanguy aimait sa mère plus encore que les autres garçons de son âge n'aimaient la leur. Il ne se connaissait pas de père et avait la vague impression que sa mère était très seule. Aussi cherchait-il à « être un homme » et à la protéger.

Les communistes l'arrêtèrent un jour. Il alla la voir à la prison. C'était un ancien couvent. Ses fenêtres étaient protégées par de gros barreaux ; des miliciennes montaient la garde devant chaque porte. Il aperçut sa mère derrière des grilles, avec d'autres femmes. Il ne voulait pas pleurer pour ne pas augmenter sa peine. Mais il entendit qu'elle expliquait à sa nurse comment chaque nuit des groupes de prisonnières étaient emmenées pour le *paseo*. Il ne comprenait pas très bien le sens de ce mot. Mais il l'avait si souvent entendu qu'il devinait que sa mère courait un grave danger ; il éclata en sanglots ; une milicienne lui ouvrit alors la porte afin qu'il pût l'embrasser. Tanguy se précipita dans ses bras. Elle

34

aussi pleurait. Il s'accrochait à son cou, s'y cramponnait, ne voulait plus le lâcher. La milicienne l'avait attrapé par les jambes et tirait de toutes ses forces. Mais il ne lâchait pas. On réussit enfin à les séparer. Il regagna sa maison la mort dans l'âme. Il avait dans sa poche deux petites poupées de laine faites par sa mère... Cette scène, Tanguy ne devait plus l'oublier.

Sa mère fut pourtant épargnée. Elle revint. Mais depuis son retour deux « messieurs » couchaient dans l'antichambre de l'appartement. Ils étaient armés. Ils étaient là, avait-on dit à Tanguy, pour protéger sa mère. Lui, il les aimait bien.

Tous ces souvenirs s'étaient effacés peu à peu. Il ne gardait de ces premières années qu'une étrange sensation d'angoisse, qui devait grandir avec le temps. Ses « vrais souvenirs » commencent par une froide nuit de mars de l'année 1939. Tanguy avait alors cinq ans.

Sa mère le réveilla au milieu de la nuit. Elle l'embrassa, le caressa, en lui disant « qu'ils avaient perdu la guerre et qu'il fallait partir ». Elle avait des larmes plein les yeux.

Tanguy était triste. Il ne comprenait pas comment sa mère, qui était bonne et avait défendu les pauvres gens, avait pu « perdre la guerre ». Il garda néanmoins le silence et se laissa habiller par sa vieille nurse qui pleurait aussi. Dehors le « grand-père » répondait toujours aux canons fascistes.

Ils partirent pour Valence en voiture. Tanguy avait appuyé sa tête sur la poitrine de sa mère. Il s'y sentait bien. Mais autour de lui planait un étrange silence. Les grandes personnes parlaient peu et à voix basse. Sa mère pleurait toujours. Elle demanda à un ami qui les accompagnait si les fascistes n'allaient pas couper la route et les arrêter. Leur peur fut vaine : ils arrivèrent sains et saufs à Valence.

*

Là Tanguy devait avec sa mère s'embarquer pour la France. Comme à Madrid, le canon tonnait dans la ville et aux alentours. Au port, des milliers de gens s'entassaient sur les quais. Il y avait des vaisseaux battant tous les pavillons. Les gens, assis sur leurs malles ou sur leurs baluchons, attendaient patiemment. Parmi eux, de nombreux enfants, des femmes, des vieillards, quelques blessés aussi, couchés sur des civières.

L'attente fut longue. Toute une journée Tanguy demeura debout auprès de sa mère. Il avait faim et était fatigué. Mais il ne pleurait pas, car il se croyait un homme, et les hommes ne pleurent pas. Il regardait avec tristesse ces gens qui pleuraient et semblaient las et affamés comme lui.

Au début de la soirée ils purent enfin s'embarquer. La mère de Tanguy prit congé de l'ami qui les avait accompagnés. Elle le supplia de monter à bord avec eux. Mais l'homme ne voulut rien entendre. Lorsque le bateau leva l'ancre, il leva son poing fermé et cria : «Bonne chance, camarades ! Salut !» Les «exilés» répondirent. Ils levèrent leurs poings et chantèrent un hymne : *Negras Tormentas*. Tanguy, lui, cacha son visage dans la jupe de sa mère. Il ne voulait pas regarder ces lumières timides qui étaient celles de son pays et qui allaient bientôt s'évanouir dans la nuit. Il avait le cœur lourd. Il entendait des sanglots tout autour de lui et ne comprenait toujours pas très bien ce qui lui arrivait, ni *pourquoi* ils avaient perdu la guerre, ni *comment* ils l'avaient perdue.

2

Le voyage fut long. Le cuisinier du bord donna à manger aux Espagnols. C'était un bateau anglais et le cuisinier était noir. Tanguy devint son ami et apprit de lui quelques mots d'anglais. Il était fier de demander au capitaine : *How do you do ?* Le capitaine lui serrait la main et répondait : *All right, boy. How are you ?* Là néanmoins s'arrêtait la conversation. Car Tanguy n'en savait pas plus long.

Les voyageurs étaient contents. Ils parlaient de la France. Ils disaient que c'était le pays de la liberté. Tanguy était ravi. Il ne savait pas ce qu'était la liberté. Mais sa mère lui avait assuré qu'en France il n'y avait pas de guerre et que l'on y mangeait très bien.

Ils firent escale à Oran et quittèrent là le vaisseau britannique. Avec sa mère, Tanguy parcourut des rues étroites, remplies de commerçants mal élevés qui parlaient tous en même temps. Elle lui acheta une boîte de soldats de plomb. C'étaient de beaux cavaliers aux capes coloriées de teintes vives, tous coiffés d'un turban.

Ils passèrent une nuit à Oran, dans une belle chambre, avec une salle de bains. Tanguy était heureux et se disait que la France devait être un beau pays. C'est ce soir-là que sa mère lui apprit qu'il était français, comme son père qui les avait quittés peu avant la guerre d'Espagne. Ils avaient eu, en effet, son père et elle, quelques « différends », elle avait renié sa position sociale et le passé de sa famille pour défendre les intérêts des pauvres. Cela le père de Tanguy ne l'avait pas compris. Mais sa mère fit promettre à Tanguy qu'il serait gentil avec son père.

— C'est ton père. De plus, il peut nous aider. Nous n'aurons là-bas personne d'autre que lui… — Puis changeant de ton : — D'ailleurs, il va être fier de toi. Vous vous ressemblez comme deux gouttes d'eau.

Tanguy ne répondait pas. Il n'avait aucune envie d'être gentil avec son père. Il avait compris que celui-ci avait abandonné sa mère en Espagne, en pleine guerre, et n'avait même pas voulu la réclamer. Il trouvait cette attitude lâche.

La deuxième partie du voyage, ils la firent à bord d'un paquebot français. C'était un grand bateau. Les cabines étaient confortables, le service empressé et gentil. Tout le monde disait « merci » et « s'il vous plaît ». Tanguy se disait que les Français étaient des gens très polis. Il était flatté de cette idée qu'il était français comme son père et se demandait à quoi devait ressembler la France.

Sa première impression ne fut pourtant pas très bonne. Marseille lui apparut sous la pluie.

C'était une ville laide, grise, sale. Les «gendarmes» qui étaient montés à bord n'étaient pas polis. Ils traitaient les Espagnols avec brusquerie, leur enlevaient leur argent et leurs bijoux. Les Espagnols ne se plaignaient pas. Ils donnaient tout cela en silence. Les «touristes» quittèrent le paquebot. Ils étaient bien habillés et des porteurs se ruaient sur leurs bagages tout couverts d'étiquettes. Les Espagnols, au contraire, durent attendre à bord. Bientôt les quais furent remplis de soldats noirs, en armes. Tanguy demanda à sa mère qui étaient ces «gens». Elle lui répondit que c'étaient des Sénégalais, mais que, pas plus que lui, elle ne savait ce qui se passait.

Soudain sa mère s'écria :

— Voilà ton père, Tanguy ! Le voilà !

C'était un homme très jeune et très grand. Il avait des cheveux frisés, de grands yeux noirs, était élégamment vêtu. Il serra la main de sa mère, sans paraître s'apercevoir que Tanguy était là. Celui-ci était triste. Il comprenait que cet accueil était volontairement froid et qu'ils n'étaient pas les bienvenus. Il en eut de la peine pour sa mère.

— Et, je suppose, évidemment, que votre argent ne vaut plus rien, disait son père.

— C'est probable, en effet.

— C'est du propre ! Te voilà communiste, maintenant, insistait son père.

— Je t'ai déjà dit que je ne suis pas communiste...

La voix de sa mère avait un étrange accent de lassitude qui émut Tanguy.

— Pourtant tu t'es mêlée à cette racaille...

40

Tanguy eut envie de pleurer. Il se rendit compte que son père parlait des Espagnols réfugiés. Il se sentit rougir et regarda ces femmes et ces hommes, maigres, décharnés, qui attendaient sans se plaindre.

— Je vais essayer de te sortir de là. Mais je te préviens : je n'ai pas beaucoup d'argent.

Tanguy n'entendit même pas la réponse de sa mère. Il se sentait de plus en plus seul, de plus en plus triste. Il s'accrocha avec force à sa mère et descendit avec elle la passerelle du bateau. Avec elle il monta dans la voiture de son père. Mais avant de quitter le port, il remarqua que les Espagnols étaient divisés en deux groupes : les femmes d'un côté, les hommes de l'autre. Encadrés par les Sénégalais, les deux groupes furent emmenés hors du port.

— Où les emmènent-ils ? demanda sa mère.

— Dans un camp, répondit son père.

Tanguy se sentait mal à l'aise. Il ne comprenait pas tout à fait ce que disaient ses parents. Mais il ressentait au ton de sa mère que ce «camp» signifiait du malheur pour les réfugiés. Il en eut le cœur serré.

Au bout de quelques instants, pourtant, une étrange sensation de bien-être emplit l'âme de Tanguy. Il faisait bon dans la voiture. Tanguy aimait cette odeur d'essence et de cuir et, plus encore, celle du parfum de sa mère. Assis entre ses parents il était content. Ceux-ci semblaient avoir oublié leurs querelles. Ils parlaient de Paris, d'anciens amis. Tanguy se disait qu'il était devenu un enfant comme les autres, avec un père et une mère. Il était fier de ses parents, car ils étaient tous deux beaux et intelligents.

Ils couchèrent dans un hôtel. Tanguy s'endormit, pendant que ses parents, assis auprès de lui, discutaient à voix basse. Il se réveilla au milieu de la nuit et fut heureux parce que ses parents étaient toujours là. Ils fumaient et bavardaient, et semblaient ne plus se disputer. Et le lendemain matin, ils étaient toujours là.

Sa mère lui dit qu'ils allaient partir pour une charmante petite ville située au milieu de la France, qu'ils allaient avoir une maison et seraient heureux. Son père viendrait chaque semaine les voir. Tanguy se sentit joyeux à l'idée d'avoir une maison et des parents. Il demanda à sa mère s'il pourrait aller à l'école et sa mère le lui promit.

*

La petite ville avait des maisons toutes pareilles mais la leur était située un peu en dehors. Le pays tout autour était vert et boisé. Le soir, sa mère et lui se promenaient bras dessus bras dessous. Tanguy était heureux : il avait une maison ; c'était la paix ; il allait à l'école ; il avait un copain et un chien.

Le chien s'appelait Tom. Tanguy l'avait trouvé abandonné sur la route. C'était un chien méfiant, et méchant avec les enfants parce que ceux-ci l'avaient blessé. Des voyous lui avaient, en effet, attaché à la queue une boîte de conserve remplie de poudre. Le pauvre chien avait été blessé. Depuis lors il montrait les dents aux enfants. Tanguy s'était proposé de s'en faire un ami. Chaque jour, il offrait un morceau de sucre à son protégé. Le chien, au début, n'en voulait pas. Il fallait le déposer à terre et s'éloigner. Alors l'animal rampait, s'en emparait et s'enfuyait aussitôt pour le croquer dans un coin. Mais, petit à petit, Tom prit confiance en Tanguy. Il alla bientôt jusqu'à se laisser caresser par l'enfant. Et, un soir, il le suivit. Tanguy le fit entrer chez lui, supplia sa mère de le laisser le garder, et celle-ci le lui accorda. L'enfant alors baigna son chien, lui acheta un beau collier et lui donna à manger. Tous les jours Tom allait attendre Tanguy à la sortie de l'école. Au début ses camarades se moquaient du chien parce qu'il était maigre et boiteux, mais bientôt il devint un chien comme les autres, parce qu'il avait trouvé un foyer et mangeait à sa faim. Tom était fidèle à Tanguy. Il sautait de joie lorsque son maître rentrait.

Tanguy avait aussi trouvé un copain. C'était un garçon d'un roux ardent, aux yeux minuscules et légèrement divergents. On le surnommait «l'avertisseur d'incendie». Tanguy ne lui donna jamais ce sobriquet. Il l'appelait de son vrai prénom, Robert, et c'est sans doute pourquoi ils devinrent copains.

Tanguy avait de bonnes notes. Il annonçait un élève brillant, car il apprenait avec facilité. Robert, par contre, avait du mal à suivre sa classe. C'était un garçon travailleur, mais à l'entendement lent. Tanguy l'aidait à comprendre ses devoirs. Robert venait souvent goûter chez Tanguy. Celui-ci, alors, était heureux parce que

Robert lui disait que sa mère était très jolie et que son père était « très bien ».

Le père de Tanguy venait passer les fins de semaine à la maison. Il arrivait en voiture. Tous les trois ils repartaient aussitôt pour une promenade aux alentours. Ils allaient voir la rivière, parcourir la forêt. Tanguy cueillait des champignons. Il était heureux de voir ses parents se promener bras dessus bras dessous derrière lui. Il courait avec Tom et lui jetait des cailloux que le chien rapportait avec fierté. Tanguy commençait d'aimer la France parce qu'il y était heureux. Il avait oublié les coups de canon, les queues interminables à la porte des boulangeries et le bruit mélancolique des sirènes dans la nuit.

Tout n'allait pas bien pourtant. Ses parents se disputaient souvent. Tanguy était réveillé parfois par le bruit de leurs voix. Ni lui ni elle ne criait, mais ils se disaient des choses horribles. Tanguy en avait le cœur serré.

Un jour la discussion fut plus violente que d'habitude. Sa mère disait :

— Je n'ai pas besoin de ton aide pour élever mon fils. Je m'arrangerai très bien toute seule. J'irai travailler à Clermont.

— Je t'interdis d'aller à Clermont, répondait son père.

— Et de quel droit, s'il te plaît ?

— Du droit qu'il me plaît… Je ne tiens pas à ce que toute la ville sache que j'ai un fils. Tu devrais comprendre que je veuille refaire ma vie et que j'aie des ambitions…

— Moi aussi, j'ai des ambitions ! Je veux

44

gagner ma vie et celle de mon fils. Je travaillerai.
Personne ne pourra m'empêcher d'aller où il me
plaira...

— Je te préviens que nous commençons à en
avoir assez, de toute cette racaille socialo-com-
muniste qui déferle chez nous d'Espagne. Un de
ces jours vous irez tous finir en taule...

— Serait-ce une menace?

— Un conseil plutôt. F... le camp en Amérique, où tu voudras, mais que je n'entende plus
jamais parler de toi ni de ton fils!

— Je m'en irai quand il me plaira, et comme il
me plaira. Tu devrais avoir honte, honte à en
mourir!... Mais tu ne sais certainement pas ce
que c'est que la honte.

Tanguy écoutait cette dispute. Il avait envie de
pleurer. Il aimait plus sa mère que son père,
parce qu'il était petit et qu'il avait toujours vécu
avec elle. Mais il était triste de cette discorde. Il
aurait voulu pouvoir vivre entre eux deux et leur
en voulait de toujours se disputer. Ils détruisaient
son bonheur.

*

C'était au début du printemps. La forêt voisine
était plus belle encore qu'à l'accoutumée. Ils
quittèrent la ville au petit matin. Tanguy sentit
quelque chose se briser en lui. Il avait aidé sa
mère à faire leurs valises et les installer dans la
voiture qui devait les conduire à Clermont-Ferrand. Robert était venu lui dire adieu. Tanguy lui
avait serré la main, puis était monté dans la voi-

ture auprès de sa mère. Elle démarra. Il tourna la tête, revit la petite maison, cachée dans les lilas du jardin. Puis elle disparut. Tom galopait derrière, toute langue dehors. Tanguy le regardait. Petit à petit la voiture distançait l'animal. Mais Tom n'abandonnait pas. Il galopait toujours, en plein milieu de la route. Tanguy ne dit rien. Puis, soudain, il éclata en sanglots.

*

Clermont-Ferrand était, comme Marseille, une ville sale. Elle contenait beaucoup d'usines. Tanguy habitait avec sa mère dans un petit hôtel, assez mal tenu. Il attendait là son retour pendant de longues heures, dans une chambre étroite. Elle cherchait du travail. Ce n'était pas facile. Les étrangères devaient être pourvues d'une carte de travail. Or, pas de carte de travail sans emploi et pas d'emploi sans carte de travail. Ce dilemme semblait insoluble à Tanguy. Il n'osait même plus demander à sa mère le résultat de ses démarches, tant la lassitude pouvait se lire dans son regard. Il cherchait à la distraire, en lui parlant d'autres choses. Jamais il ne se plaignait de la faim, bien que les repas chauds fussent devenus pour lui chose d'un autre monde. Sa mère le nourrissait de sandwiches et de fruits. De temps à autre elle lui rapportait une bouteille d'eau Périer, ce qui le comblait de joie, car il aimait « l'eau qui pique ».

Cependant, il regrettait chaque jour davantage la petite maison des environs de Vichy où il avait connu le bonheur : un chien, un copain, l'école ; et, chaque fin de semaine, son père qui l'emmenait se promener en forêt. Il se demandait quand il aurait de nouveau une maison, un chien et un copain. Il ne haïssait plus son père et, au fond de son être, s'attristait de ne plus le voir. Il entrevoyait vaguement que sa mère cherchait à l'influencer et à lui faire partager ce qu'elle nommait sa « sainte haine ». Mais Tanguy ne se sentait pas la vocation de haïr. Ces samedis soir, où son père s'asseyait dans son fauteuil pour lire les journaux, lui manquaient. La fumée de ses cigarettes, le bruit que faisait sa mère à la cuisine : Tanguy ne pouvait oublier ces rares instants de paix où il demeurait sagement assis en lisant les contes d'Andersen.

Maintenant, à Clermont-Ferrand, les journées lui paraissaient longues, grises. Il n'allumait pas l'électricité parce que le patron de l'hôtel prétendait qu'ils en dépensaient trop. Il restait dans le noir, à regarder la foule aller et venir dans les rues. Un soir, il vit des boy-scouts qui partaient en chantant. Sa mère le trouva en pleurs. Comme elle lui demandait pourquoi, il répondit qu'il aurait voulu être boy-scout et partir dans les forêts.

— Mon pauvre petit ! Tu es bien trop maigre et bien trop fragile pour cela ! Tu serais capable d'attraper une pneumonie et d'y rester. Ce n'est pas fait pour toi, ces choses-là.

Cette réponse ne fit qu'augmenter la sourde angoisse qui le minait. Car s'il souffrait, c'était justement de ne pas être comme les autres garçons; de ne pas avoir comme eux un foyer avec un père et une mère qui s'entendent, ou feignent de s'entendre. Mais ces pensées il ne les partageait avec personne.

Sa mère trouva enfin un emploi de sténodactylo dans une grande usine. Du coup il mangea mieux et le patron de l'hôtel cessa de grommeler « sales Espagnols », lorsque sa mère et lui descendaient dans le hall. Tanguy put même allumer l'électricité pour lire en attendant sa mère, qui rentrait à la nuit tombée.

Deux hommes vinrent un jour la demander. Il leur répondit qu'elle était à son travail. Ils s'installèrent dans la chambre pour l'attendre. Tanguy se demandait qui étaient ces messieurs impolis qui restaient là, comme chez eux, sans être invités. Il décida d'ignorer leur présence et continua de lire et d'écrire, comme si de rien n'était.

La surprise de sa mère ne fut pas moindre que la sienne. Dès qu'elle se trouva en présence de ces deux inconnus, ils lui demandèrent son nom et ses prénoms. Elle répondit, en leur montrant sa carte de travail récemment obtenue.

— Il va falloir venir avec nous, ma petite dame, dit l'un.

Sa mère semblait avoir retrouvé son sang-froid, et interrogea le policier :

— Mais que voulez-vous ? Que se passe-t-il ?

— On vous dira ça au commissariat. Prenez quelques affaires. On ne sait jamais. Cela pourrait vous être utile.

La mère de Tanguy prit une petite valise, y entassa un peu de linge, y ajouta un costume de Tanguy et deux de ses chemises. Puis, escortée de l'enfant et des deux policiers, elle descendit.

Le patron les regarda passer dans le hall. C'était un homme petit, chauve, qui portait des lunettes. Il les dévisagea avec haine :

— Sales étrangers ! Tous les mêmes… murmura-t-il.

Tanguy rougit. Il aurait aimé pouvoir lui flanquer un coup de poing. Mais il ne dit rien et suivit sa mère, sans regarder ni à droite ni à gauche, dans la rue. Il lui semblait que les passants n'avaient d'yeux que pour sa mère et lui. Il se demandait ce qu'ils allaient devenir et si son père viendrait à leur secours.

*

Pendant plus d'une heure Tanguy attendit au commissariat le retour de sa mère. Les murs de la salle étaient couverts d'affiches. Quelques agents bavardaient paisiblement. Tanguy se dit que ce devaient être de braves types et qu'après tout ils ne faisaient que leur métier. Enfin une porte s'ouvrit. Sa mère, très pâle, vint vers lui :

— Mon chéri, il va falloir que tu sois très fort. Ces « messieurs » vont nous emmener dans un camp. Quelqu'un nous a dénoncés. Mais tu ne dois pas avoir peur. Nous resterons ensemble, et tant que nous serons ensemble, rien de mauvais ne pourra nous arriver.

Tanguy baissa la tête :

— Mais nous n'avons rien fait de mal! protesta-t-il.

— Je le sais, mon Tanguy. Mais la question n'est pas là.

— Qui nous a dénoncés?

— Ton père.

Tanguy maîtrisait mal ses larmes... Il haïssait tout le monde à ce moment : son père, sa mère, les gendarmes, le patron de l'hôtel. Il en voulait à toutes les grandes personnes, car toutes les grandes personnes semblaient lui en vouloir, à lui qui n'avait que sept ans.

— C'est pas vrai, gémit-il.

— Si, c'est vrai. L'inspecteur est un socialiste. Il m'a tout dit.

Tanguy détestait moins son père pour sa lâcheté misérable qu'il n'en voulait à sa mère de lui apprendre cette lâcheté. Il lui semblait qu'elle n'aurait pas dû, qu'elle n'avait pas le droit de lui faire autant de mal. Il se mordit les lèvres, prit la petite valise et la suivit. On lui avait mis des menottes, qu'elle essayait de dissimuler dans ses manches.

3

Le camp de concentration où Tanguy fut emmené avec sa mère était situé dans le midi de la France. Il n'avait jamais vu de lieu pareil et se l'était imaginé différent. Au vrai, ce n'étaient que quelques baraques en bois, rongées d'humidité, et entourées de fils de fer barbelés.

C'était un camp « spécial ». La plupart des internées — il n'y avait là que des femmes — étaient « juives » ou « détenues politiques ». Pourtant il avait entendu dire qu'il y avait aussi quelques « prostituées ».

Les prisonnières firent un mauvais accueil à Tanguy et à sa mère. En entrant dans la baraque des Espagnoles, Tanguy aperçut quelques visages hagards, très pâles, très maigres. Des rires fusèrent d'un peu partout. Tout était dans le noir et l'on ne pouvait distinguer ce qu'il y avait au fond de la baraque. On entendait des voix, mais sans pouvoir discerner de visages.

— Tiens, un manteau de fourrure ! C'est une capitaliste, ça !

51

— T'en fais pas. Elle restera pas longtemps ici, celle-là !

Une femme aux yeux fiévreux, aux cheveux décoiffés, vint à leur rencontre et s'inclina avec cérémonie :

— Madame, c'est pas le *Ritz*, ici. Mais nous essaierons de vous loger convenablement, vous et Monsieur votre fils. Nous avons une chambre donnant sur le jardin, avec une salle de bains attenante.

Les rires redoublèrent, des rires grossiers. Tanguy cacha sa tête dans la jupe de sa mère. Il avait le cœur gros, mais ne voulait pas que les femmes le vissent pleurer. Il se sentait las. Il songeait à Tom, à Robert, à son père. Il réussit néanmoins à se maîtriser, ne voulant pas offrir à ces femmes le régal de sa douleur. Il suivit sa mère. Elle installa sa petite valise sur une paillasse. Leurs châlits étaient superposés. Tanguy se coucha tout habillé et s'endormit.

*

De ces dix-huit mois passés au camp, Tanguy ne devait guère conserver de souvenirs précis. Les jours étaient pareils. On était réveillé par les cris des prisonnières qui s'insultaient, se bagarraient, juraient, blasphémaient. Aussitôt, on avait faim. C'est le souvenir le plus net que garde Tanguy : la faim. Toute la journée il rêvait d'un peu de nourriture. Il attendait le moment où les « gamelleuses » viendraient d'en bas, apportant la grande marmite fumante. Mais, après avoir avalé

ce liquide jaune et rouge qu'elles appelaient la
« soupe », on avait plus faim encore.

Tanguy ne se plaignait pas. Il savait que sa
mère aussi avait faim. Il restait étendu sur sa paillasse de longues heures. Il dormait beaucoup,
mais était néanmoins toujours fatigué, apathi-
que. Sa mère écrivait auprès de lui. Elle écrivait
des centaines de pages. Autour d'elle les autres
« détenues » s'insultaient et l'insultaient sans répit.

Elles la détestaient, la traitaient de capitaliste,
de « bourgeoise », de « vendue », se moquaient
parce qu'elle écrivait ou lisait des livres.

Tout le monde s'ennuyait. Les femmes passaient leurs journées à remâcher leur faim, leur
manque de liberté. À bout de nerfs, elles se battaient parce qu'elles n'avaient rien de mieux à
faire. Se sentant abandonnées de tous, ignorant
ce qu'elles allaient devenir, leur misère était
extrême. Elles étaient maigres à faire peur, couvertes de poux, de vermine.

Les surveillantes ressemblaient aux miliciennes
dont Tanguy gardait un souvenir imprécis. Leurs
façons étaient grossières. Elles s'ennuyaient autant
que les prisonnières. C'est pourquoi elles passaient leurs journées à persécuter les détenues.
C'était leur seul passe-temps.

Rachel, une communiste allemande, était une
grande femme blonde aux yeux bleus, dont le
sourire était un réconfort. Elle était devenue
l'amie de Tanguy et de sa mère. Tanguy l'admirait. Rachel parlait plusieurs langues étrangères,
connaissait des contes magnifiques où il était
question de gnomes et de fées. Elle était artiste

aussi, et dessinait à l'encre sur de petits morceaux de carton tout ce qui s'offrait à son regard : les baraques, les «gamelleuses» qui montaient la «soupe», les «surveillantes» qui passaient la revue, les proches forêts de sapins. Tanguy restait assis de longues heures auprès de Rachel. Il aimait la voir travailler : sur le carton blanc l'encre noire recréait le camp à petites touches. Mais Rachel était trop indulgente. Elle peignait un camp de concentration sans rapport avec la réalité, où les baraques ressemblaient à des maisons de poupée, les prisonnières à des écolières très sages. La mère de Tanguy lui en faisait le reproche :

— Vous êtes bien optimiste, ma bonne Rachel. Si les journaux publiaient vos dessins, ils pourraient titrer : «Voyez comment nos internées se plaisent dans nos camps...»

Rachel répondait en souriant :

— Vous savez, toute chose peut être vue de bien des façons. Il y a du bon en toute chose. Même dans un camp. Le tout, c'est de savoir l'y discerner. Pour moi, voyez-vous, c'est presque une chance d'être ici. J'ai réussi à échapper aux camps nazis. Ceux-là sont moins drôles, je crois.

Tanguy demanda, une nuit, à sa mère «pourquoi» Rachel était là, ce qu'elle avait bien pu faire. Sa mère lui répondit que c'était «une Juive» et que les Allemands persécutaient «les Juives». Tanguy en éprouva de la peine. Car il savait Rachel bonne et généreuse.

*

De l'extérieur du camp certaines organisations venaient apporter quelques secours aux prisonnières : les protestants distribuaient des colis à tout le monde sans distinction de race ni de religion ; les «Juifs» ravitaillaient les Juifs ; l'aumônier catholique venait dire des messes.

De cette répartition Tanguy et sa mère furent écartés par les internées. Tanguy regardait chaque samedi ces colis passer de main en main sans s'arrêter à lui. Il lui arrivait alors de pleurer. Mais bientôt, la situation changea grâce à Rachel. Elle en parla à un rabbin, qui dès lors apportait chaque semaine un gros colis pour l'enfant. C'est ainsi qu'une fois par semaine il put désormais manger du chocolat, des biscuits, du fromage.

Sa mère ne voulait toucher à rien de ce colis. Elle prétextait qu'elle n'avait pas faim, ne se sentait pas bien… Tanguy savait que sa mère se privait pour lui. Il en éprouvait du remords.

L'hiver arriva. Un hiver rude. Il neigeait. Le ciel était gris, les flocons de neige blanchissaient l'air aussi bien que la terre. Tanguy passait ses journées enveloppé dans sa couverture. Il avait froid. Il se serrait contre sa mère ou contre Rachel. Celle-ci lui avait tricoté un pull-over. Mais le froid était si vif qu'il tremblait quand même de tous ses membres et claquait des dents.

Il était devenu un enfant renfermé, maussade. Sa mère lui disait qu'il était insupportable, et elle avait sûrement raison. Il ne parlait que rarement, dissimulait ses intimes pensées, ne se livrait plus qu'avec difficulté et comme à contrecœur. Il continuait cependant d'aimer sa mère par-dessus tout. Elle demeurait pour lui la plus intelligente et la plus belle de toutes les femmes. Mais quelque chose lui manquait. Il aurait voulu qu'elle songeât davantage à lui. Elle avait beau passer ses journées à écrire ou à discuter politique, il rêvait, lui, d'une petite maison comme celle où il avait vécu aux environs de Vichy, où il pourrait avoir, de nouveau, un chien, un copain et des livres. Il aurait voulu aussi avoir un père et, comme tous les autres enfants, pouvoir faire des « bêtises ». Au lieu de quoi, il traînait de ville en ville parmi la haine et les coups de canon. Il se demandait toujours quand la guerre allait finir et ce que serait la paix.

Il ne trouvait de répit qu'auprès de Rachel qui lui racontait de belles histoires. Il avait trop connu de choses pour croire aux sorcières et aux fées. Mais il aimait les contes. Les contes, pour lui, c'était la paix. Rachel, avec sa voix douce, était une merveilleuse « conteuse ». Elle savait s'arrêter à l'endroit le plus pathétique de son récit, et le cœur de Tanguy cessait alors de battre. Il souffrait lorsque Blanche-Neige sombrait dans le sommeil et s'épanouissait lorsque le Prince venait la réveiller pour l'épouser. Tanguy avait besoin de croire aux contes. En ce merveilleux monde imaginaire, il lui semblait communier avec tous les enfants de la terre. Par les récits de Rachel il devenait un enfant pareil aux autres : ce dont il avait le plus constant besoin.

Sa mère tomba malade. Elle toussait, ne pouvait s'étendre la nuit, car elle croyait étouffer pendant ses accès de toux. Elle restait alors assise sur sa paillasse, tremblant de froid et de souffrance. Une sueur glaciale couvrait son front. Tanguy la regardait avec angoisse. Il ne savait pas très bien prier, car on ne lui avait guère appris, mais priait tous les soirs. Il demandait au Bon Dieu de ne pas le priver de sa mère, et se disait que, puisqu'il n'était qu'un enfant, le Bon Dieu écouterait sûrement sa prière. Mais, malgré son espoir, la mauvaise santé de sa mère empirait. Un jour, elle ne put se lever. Le soir même, elle était transportée à l'infirmerie. Tanguy n'avait entendu qu'un mot : « pleurésie ». Mais la vie lui avait appris à juger vite de la valeur des termes. Aussi se prépara-t-il au pire. Il transporta ses petites affaires auprès de Rachel, qui le fit coucher près d'elle. Elle le dorlotait, le gâtait. Comme il lui arrivait de pleurer la nuit et de ne pouvoir s'endormir, elle lui racontait des histoires si belles et si longues qu'il s'engourdissait avant d'en connaître la fin…

Deux fois par semaine il lui était permis de se rendre à l'infirmerie pour voir sa mère. Il y allait accompagné de Rachel. À cette occasion celle-ci le coiffait soigneusement. Il avait de beaux cheveux noirs, ondulés, très longs. Rachel peignait ses boucles et lui faisait une raie. Ils partaient pour l'infirmerie. C'était une baraque en tout semblable aux autres. Mais des lits y remplaçaient les paillasses, pareils à ceux des hôtels avec des draps et des couvertures.

Dans l'un de ces lits gisait sa mère. Le blanc de son visage se fondait dans la blancheur des draps. On n'y voyait vivre que ses deux yeux, très grands et très noirs. Tanguy s'asseyait près d'elle et lui tenait la main. Elle s'efforçait de parler, lui prodiguait des sourires. Mais ces tristes sourires ne faisaient qu'augmenter la sourde douleur de Tanguy. Lorsqu'il partait et regagnait la baraque des «détenues politiques», il avait le cœur très lourd. Mais il n'en disait rien à personne et s'empêchait de pleurer. Il se sentait mal, tout simplement. Il lui arrivait de frissonner alors qu'il n'avait pas froid ou bien de transpirer alors que les prisonnières tremblaient de froid.

Quelques-unes étaient d'ailleurs devenues très bonnes pour lui. Elles ne l'insultaient plus ni ne l'appelaient « capitaliste ». Elles lui demandaient avec douceur des nouvelles de sa mère et lui prodiguaient des sourires. Mais il n'aimait ni leurs sourires ni leurs questions ; il restait assis auprès de Rachel qui, inlassablement, continuait à peindre de ravissantes petites baraques couvertes de neige ; des baraques qui, à n'en pas douter, étaient habitées par de charmantes poupées.

*

— Tanguy. Prépare tes affaires. Ta mère va être transférée à l'hôpital de Montpellier et tu vas partir avec elle. Dans une demi-heure.

C'était une surveillante qui parlait ainsi. Tanguy baissa la tête. Il se mit à rassembler ses quelques affaires, puis alla vers Rachel. Il lui sem-

58

bla que la jeune femme était pâle et avait les yeux rouges. En tout cas, sa poitrine se soulevait et s'abaissait avec une précipitation insolite.

— Au revoir, Rachel… (Il hésita, puis lui mit ses bras autour du cou et l'embrassa.) Je t'aime bien, tu sais…

— Je sais, Tanguy. Soigne-toi. Sois gentil avec ta Maman. Elle n'est pas très bien. Il faut que tu sois un homme.

Il y eut un silence. Enfin Rachel tendit une enveloppe à Tanguy avec un tendre sourire :

— Tiens. Prends cela en souvenir de moi.

— Qu'est-ce que c'est, Rachel ?

— Quelques dessins. Comme cela, quand tu les regarderas, tu penseras à Rachel.

— Je ne t'oublierai jamais, Rachel. Tu sais, au fond, je t'aime presque autant que ma Maman.

Ils ne se dirent rien d'autre. Tanguy garda les dessins, prit ses affaires et quitta la baraque sans détourner les yeux. Il avait le cœur gros. Il sentait peser sur sa nuque le regard désespéré de Rachel. Il savait que s'il tournait la tête, il éclaterait en sanglots. Il ne le fit donc pas. Il monta dans l'ambulance. Sa mère y était étendue sur une civière, très pâle. Derrière lui la porte de l'ambulance se referma. Il colla son nez à la vitre arrière. Le camp était enseveli sous la neige. Derrière une fenêtre un mouchoir s'agita. Il devina que c'était Rachel, essuya une larme, s'assit auprès de sa mère, puis se blottit dans un coin, car il avait froid.

4

La religieuse dévisageait Tanguy avec attention. C'était une femme très forte, aux yeux verts,
au nez de boxeur. Elle l'observait comme elle
aurait examiné un ours au zoo. Il se tenait debout
dans le couloir de l'hôpital qui puait les produits
pharmaceutiques et il se sentait mal à l'aise. Il ne
comprenait pas pourquoi la sœur le fixait ainsi. Il
aurait voulu pouvoir lui dire un mot très court,
mais il n'osait, à cause de son habit.

— Qu'est-ce que tu penses faire ? Ta mère est
malade. Tu n'as pas le droit de rester à l'hôpital.
Tu n'as pas de famille ?

Tanguy rougit. Il chercha ses mots :

— Non.

— On dit « non, ma Sœur ».

— Non, ma Sœur. Je n'ai que ma mère.

— Tu es Juif ?

Il hésita :

— Non, ma Sœur.

— Comment cela se fait-il que tu aies été dans
un camp de concentration ?

— Nous sommes espagnols.

La religieuse parut réfléchir un court instant, leva les yeux, posa son regard sur lui à plusieurs reprises, puis s'abîma de nouveau dans ses pensées.

— Bon !... Je vais téléphoner aux Frères. Tu vas être interne dans leur collège jusqu'à ce que ta mère soit en bonne santé. Tu pourras venir la voir tous les dimanches. Mais il faut que tu me promettes d'être bien sage.

— Oui, ma Sœur.

— Bon, va dire au revoir à ta Maman. Puis viens me retrouver ici.

Tanguy s'assit près du lit de sa mère qu'on avait placée dans une vaste salle où il y avait de nombreux malades, et lui prit la main. Elle ne bougeait pas et cherchait à esquisser un sourire. Il sourit aussi.

— Mon pauvre chéri, que vas-tu devenir ?

— Ils vont m'emmener chez les Frères. Je serai pensionnaire. Je pourrai venir te voir chaque dimanche.

— Tanguy...

La voix de sa mère faiblissait.

— Oui, Maman ?

— Sois gentil et sage au collège. Ne me donne pas de soucis. Il faut que tu m'aides.

— Oui, Maman.

Le collège était situé presque en dehors de Montpellier. C'était une grande bâtisse grise et noire, aux fenêtres grillagées. Tanguy, précédé d'un Frère, traversa de longs couloirs sombres. Sur les murs nus, de grands christs semblaient vouloir lui faire peur avec leurs bras écartés. Enfin il arriva dans une cour intérieure plantée de platanes et entourée d'une galerie couverte. Autour de cette cour les fenêtres étaient éclairées et l'on entendait des bruits de voix. Tanguy eut un frémissement. Il se sentait seul, perdu. Sa première pensée fut pour s'échapper. Mais il se rappela aussitôt qu'il avait promis à sa mère d'être raisonnable et qu'il n'avait pas le droit de l'inquiéter.

— Frère Marcel, voici un nouveau.

Quarante têtes se tournèrent. Tanguy, les yeux baissés, sentait tous ces regards curieux peser sur lui. Il était mal habillé. Il en eut honte.

— Allez vous asseoir. Demain je vous ferai passer un examen. Asseyez-vous tout au fond de la classe.

Frère Marcel était un vieillard au regard fascinant. Il avait une longue barbe blanche et était coiffé d'une sorte de petite calotte noire. Il avait une voix harmonieuse, tendre. Tanguy se dit que Frère Marcel devait être bon et qu'ils s'entendraient sûrement. Il se sentit mieux après avoir fait cette constatation et jeta un regard rapide autour de lui.

À quelques bancs en avant il remarqua un jeune garçon blond. Ses cheveux s'obstinaient à lui tomber sur le front et il les rejetait en arrière d'un brusque mouvement de tête. Il était vêtu d'une sorte de tablier d'écolier à rayures bleues et blanches. Son nez légèrement retroussé donnait à son visage une expression malicieuse. Il se retourna vers Tanguy et lui fit un clin d'œil. Tan-

62

guy en fut bouleversé de bonheur. Il répondit par un timide sourire…

*

La vie au collège était monotone mais bien remplie. On se levait dans le noir ; puis venaient la messe, l'étude, le petit déjeuner, les heures de classe, les récréations… Les jeudis après-midi les élèves allaient se promener à la campagne ou bien jouaient au football.

Tanguy était heureux. Il était devenu l'élève le plus brillant de sa classe et Frère Marcel l'aimait bien. Le vieux professeur le citait en exemple et lui parlait toujours sur un ton très affable. Le garçon que Tanguy avait aperçu le soir de son arrivée était devenu son ami. Ils s'asseyaient l'un près de l'autre en classe, faisaient leurs devoirs côte à côte, se retrouvaient ensemble au réfectoire ; au dortoir leurs lits se touchaient. L'ami de Tanguy s'appelait Michel. Il aimait à rire. Il passait son temps à faire des caricatures et ne prêtait aucune espèce d'attention à ce qui se passait au tableau noir. Quand il avait fini une caricature, il avertissait Tanguy du pied et la lui passait. Ils riaient de tout et de rien. Les jeudis, ils marchaient côte à côte et si un de leurs camarades s'approchait, Michel le renvoyait, sans plus. Ils n'avaient pas de secrets l'un pour l'autre. Tanguy avait tout raconté à Michel : son enfance et ses angoisses. Michel le plaisantait et l'appelait « Tanguy l'Omnibus ». Ils s'aimaient. Ils s'aimaient d'autant plus qu'ils n'étaient encore que des enfants. Tanguy rêvait de Michel, pensait à lui jour et nuit. Il se jurait de ne jamais le quitter.

Frère Albert par contre n'aimait pas Tanguy. Frère Albert était le Frère Intendant. Tanguy, qui arrivait d'un camp de concentration, n'avait ni vêtements ni argent. Cela déplaisait profondément au Frère Intendant qui lui témoignait publiquement son mépris. Tanguy avait honte. Il se disait que ce n'était pas sa faute si sa pension n'était pas payée, ni celle de sa mère, si gravement malade. Enfin tout s'arrangea. La grand-mère de Tanguy, qui habitait Madrid, envoya de l'argent aux Frères. Ceux-ci achetèrent pour l'enfant des vêtements, des souliers, des livres et se remboursèrent de la pension. De ce jour, Frère Albert cessa de mépriser Tanguy.

Chaque dimanche il rendait visite à sa mère. Elle allait maintenant beaucoup mieux. Elle était fière de ce qu'il fût le premier de sa classe. Tanguy lui parlait de Michel, de Frère Marcel. Il redevenait heureux. Il aimait son collège. Apprendre était la plus grande de ses joies. De plus il avait un ami, comme à Vichy. Tanguy se disait souvent : « Pourquoi ne resterions-nous pas cachés ici jusqu'à la fin de la guerre ? Grand-mère envoie de l'argent, de quoi bien vivre. Je resterais avec Michel et je pourrais continuer d'aller en classe… » Mais il savait que cela ne dépendait pas de lui. Il aurait tant voulu pourtant rester là, auprès du Frère Marcel et de Michel !… Il était las de toujours repartir avec sa mère. Il lui en voulait un peu de cette existence nomade qu'ils menaient. Il avait beau se dire que ce n'était pas sa faute : il lui en voulait tout de même…

Un dimanche, comme il arrivait à l'hôpital, le concierge lui dit que sa mère n'était plus dans la salle commune, mais dans une chambre particulière, au rez-de-chaussée. Tanguy s'étonna. Il trouva en effet sa mère dans une coquette petite chambre, meublée avec goût. Il y avait même un appareil de T.S.F. sur une table de nuit. Sa mère était debout, vêtue d'une robe de chambre en velours vert. Tanguy fut si heureux de la voir ainsi qu'il se mit à pleurer…

— Alors ma nouvelle maison te plaît-elle ? lui demanda sa mère.

— … Ou-i…

— Tu ne me demandes pas comment j'ai réussi à l'avoir ? Elle enchaîna : «Il y a dans cet hôpital une religieuse très gentille qui s'appelle Sœur Suzanne. Elle est "républicaine" et ne sait que faire pour m'être agréable. C'est elle qui m'a fait installer ici… Regarde, j'ai même un poste de T.S.F. ! Et ce n'est pas tout. Tu ne vas plus être interne au collège. Tu habiteras ici, avec moi ; mais tu iras tous les jours en classe, comme les autres enfants… »

Tanguy en fut transporté de bonheur. Bientôt son existence devint magnifique… Chaque matin il quittait l'hôpital en courant et en sautant. Au collège il retrouvait Michel. Il lui apportait des bonbons ou du chocolat, car il le savait très gourmand. Il lui mettait ces friandises dans son pupitre et attendait avec impatience que son ami ouvrît son tiroir. Tanguy était heureux lorsque le visage de Michel s'éclairait de joie…

Le soir, il racontait sa journée à sa mère. Puis, ils écoutaient ensemble les programmes de la T.S.F. C'est ainsi qu'il apprit à connaître l'opéra italien. Dans le silence de la nuit, blotti contre la poitrine de sa mère, il écoutait la musique de Puccini ou de Verdi. Elle lui racontait « l'histoire ». Tanguy aimait par-dessus tout *La Bohème* et *Madame Butterfly*. Il s'émouvait en entendant Mimi demander, juste avant d'expirer : « Rodolphe, suis-je encore belle ? » ou encore Madame Butterfly ordonner à son fils : « Va, joue !… Joue ! » Cette musique le bouleversait. Il se demandait ce qu'il deviendrait si, comme le fils de Madame Butterfly, il était un jour séparé de sa mère…

*

— Tanguy, j'ai quelque chose à te dire.

La chambre de sa mère était sens dessus dessous. Des valises à demi remplies étaient ouvertes un peu partout ; des vêtements traînaient sur le lit et sur les chaises. Sa mère allait et venait nerveusement. Il s'assit.

— La police veut nous remmener au camp. Nous risquons cette fois d'être emmenés en Allemagne. Ils savent que je vais mieux et viendront me chercher un de ces jours. C'est Sœur Suzanne qui me l'a appris. Il nous faut fuir… Sans cela nous allons mourir…

Tanguy ne répondit pas. Il avait encore entre les mains ses livres et ses cahiers. Il apportait son

66

bulletin de notes. Il était premier en tout. Il jeta un regard à peine nostalgique sur tous ces signes de sa liberté. Sa mère reprenait la parole :

— J'ai un ami en ville. C'est un inspecteur de police. Il nous aime bien. Il m'a procuré un passeport en règle. Grâce à ce passeport nous pourrons atteindre Marseille et de Marseille le Mexique. Là nous serons enfin en sûreté.

Tanguy ne répliqua rien. Il n'avait rien à répliquer. Il se sentait las. Il se demandait si, avant de partir, il pourrait prendre congé de Michel et lui dire quelque chose qu'il ne lui avait encore jamais dit : qu'il l'aimait.

— Voici mon plan, continuait sa mère, nous allons nous cacher quelques jours en ville. En apprenant ma disparition, ils vont nous chercher partout. Ils vont me croire en fuite. Aussi vont-ils surveiller les trains et les routes. D'ici quinze jours, ils me croiront loin et nous partirons. Mais pas ensemble. Ils cherchent une femme avec un enfant de neuf ans. Il ne faut donc pas qu'ils te trouvent. Tu iras seul à la gare avec un billet que je te donnerai. Quand tu verras une petite fille ou un petit garçon accompagnés de leurs parents, tu engageras la conversation et monteras avec eux... Nous serons dans le même train, mais nous feindrons de nous ignorer. Et nous nous retrouverons à Marseille... Il y va de la vie de ta mère. N'est-ce pas que tu sauras la protéger ?

Tanguy acquiesça. Il demanda à sa mère s'il pouvait aller faire ses adieux à Michel. Elle lui répondit que c'était impossible... Il prit donc une plume, une feuille de papier et écrivit quelques phrases d'adieu : « ... Je ne t'oublierai jamais. Je t'aime plus que je ne le croyais... Mais ne crois pas que je sois loin de toi... Où que tu sois, je serai avec toi. »

5

Tanguy attendit quelques instants à l'entrée
de la gare. Il serrait dans ses mains le billet de
chemin de fer. Le flot de voyageurs se précipitait
vers les quais. Deux gendarmes examinaient
leurs papiers. Ils étaient debout, de chaque côté
de l'entrée. Tanguy avait le cœur serré. Il vit sa
mère passer devant lui sans détourner la tête.
Elle était devenue blonde. Elle tendit sa carte à
l'un des gendarmes qui la regarda d'un œil distrait ; puis Tanguy la vit disparaître parmi les
hommes et les femmes qui allaient prendre le
train pour Marseille. Aucun enfant ne passait.
Tanguy avait peur. Il se demandait s'il pourrait
franchir cette barrière et ce qu'il deviendrait
dans le cas où il n'y réussirait pas. Enfin, une
petite fille d'environ six ans passa devant lui. Elle
était accompagnée de ses parents qui semblaient
être de braves gens. Tanguy chercha les yeux de
la petite fille. Celle-ci esquissa un sourire. Il se
précipita :

— Où vas-tu ? lui demanda-t-il.

— À Marseille.

Elle avait l'accent du Midi. Elle portait des nattes, nouées de rubans bleus. Ses yeux étaient noirs, ses cheveux châtains. Elle souriait gentiment.

— Moi aussi.

— Tu n'es pas de Marseille, eh?

— Non. Je suis de Paris.

— De Paris?

Elle le fixait avec admiration.

— Oui.

Tanguy avait pris sa main. La main dans la main ils passèrent devant les gendarmes qui ne les interrogèrent pas. Tanguy sentait son cœur battre avec violence. Sa poitrine lui semblait vouloir éclater. Enfin il respira profondément et monta dans le train. Il s'installa auprès d'Anne-Marie. Les parents de la petite fille lui demandèrent où était sa mère. Il dit : « là-bas… » d'une voix douce, et ils ne s'inquiétèrent plus de lui. Ils lui donnèrent même un bonbon.

Le train partit. Au début il semblait à Tanguy qu'il hésitait sur la voie à prendre, car elles étaient nombreuses. Mais bientôt il trouva la bonne. Debout dans le couloir, auprès d'Anne-Marie, Tanguy regardait les poteaux télégraphiques, les maisons, les tours de contrôle qui défilaient devant lui. Sur les murs noircis de fumée qui longeaient la voie, on voyait des affiches : « Du-bo-Dubon-Dubonnet »…

Tanguy était triste. Une fois de plus il quittait une ville qu'il aimait et où il avait été heureux ; une fois de plus il laissait derrière lui un copain et un collège. Il avait envie de pleurer. Pourquoi toujours partir, toujours fuir ? Une fois de plus il conclut que c'était la guerre.

Le souvenir de Michel le hantait. Que dirait Michel en ouvrant sa lettre ? Comprendrait-il ? Il se rappela la première fois où leurs regards s'étaient croisés et le premier clin d'œil de Michel. Il se souvint des soirées passées avec sa mère à l'hôpital, dans la petite chambre que leur avait donnée Sœur Suzanne. Ils entendaient des opéras. Tanguy pleurait en entendant mourir Mimi...

Le voyage se poursuivit sans incident. Tanguy rejoignit sa mère, dîna avec elle dans le wagon-restaurant, puis, juste avant Marseille, alla retrouver Anne-Marie, qui fut tout heureuse de le revoir. Ensemble ils passèrent le contrôle à l'arrivée et, à la sortie de la gare, Tanguy prit congé de cette petite fille qui, sans s'en douter, lui avait conservé la liberté.

*

Tanguy retrouvait Marseille. La ville était toujours aussi sale, toujours aussi grise. Il en découvrit néanmoins de nouveaux aspects. Sa mère passait ses journées à courir les consulats dans le fol espoir d'obtenir un visa pour l'Amérique. Il restait donc seul toute la journée. Ils habitaient un petit hôtel près de la Cannebière. Le patron était un Espagnol très gentil qui l'appelait « *machote*[1] » et Tanguy aimait s'entendre appeler

1. Littéralement : « gros mâle ».

ainsi. Pendant que sa mère faisait la queue devant les bureaux, il allait au port. Il aimait assister au départ des grands paquebots. Il enviait les beaux touristes qui montaient à bord. Le triste hululement des sirènes sur ces quais couverts de vieux papiers et de peaux de bananes l'emplissait de nostalgie. Il restait là de longues heures à considérer l'affairement des portefaix, des grues qui enlevaient de lourdes caisses, des remorqueurs. Il rêvait d'un pays lointain où il n'y aurait plus de guerre, où il pourrait avoir un copain et un chien. Michel viendrait sûrement le rejoindre et là-bas ils pourraient être heureux ensemble.

Le soir il rejoignait l'hôtel. Sa mère arrivait, découragée. Elle se laissait choir dans un fauteuil avec une sorte de torpeur animale. Il avait alors pitié d'elle. Il l'embrassait et lui disait qu'il l'aimait plus qu'aucune autre chose au monde, ce qui était vrai. Elle ouvrait les yeux, souriait, se redressait. Ils allaient dîner dans un petit restaurant du port, puis entraient dans un cinéma. Elle lui parlait de l'Amérique, qui était le pays de la paix. Mais Tanguy ne la croyait plus. On lui avait dit que la France était le pays de la liberté et il y avait été interné dans un camp de concentration ; on lui avait raconté qu'en France on mangeait bien et il y avait eu plus faim qu'à Madrid en pleine guerre ; on lui avait assuré qu'en France les gens étaient polis et un patron d'hôtel l'avait appelé « sale étranger » ! À neuf ans, il ne croyait plus à grand-chose. Il ne rêvait plus que d'une petite maison entourée d'un jardin, où il pourrait avoir un chien et un copain. C'est tout ce qu'il demandait. Il avait besoin de calme, de répit. Il en avait assez d'être traité comme un homme et d'entendre toute la journée qu'ils étaient en danger et qu'il fallait partir. Il n'avait plus aucune envie de partir. Les confidences de sa mère lui pesaient. Il se disait souvent qu'une mère ne devrait pas angoisser son enfant en lui décrivant leurs périls. Mais il se disait aussi qu'elle n'avait personne d'autre à qui s'adresser et qu'il fallait bien qu'elle se débarrassât de ce lourd fardeau qu'elle traînait avec elle.

Tous les matins, elle partait pleine d'espoir parce qu'elle allait voir « un Monsieur très gentil et très important » ; et, tous les soirs, elle revenait lasse, parce que « le Monsieur important » ne lui avait donné que de bonnes paroles. Ils commençaient à désespérer lorsqu'elle revint enfin un jour… avec un homme aux allures bizarres.

C'était un Catalan. Son nom était Puigdellivol. Il était grand, maigre, nerveux. Il avait des yeux étranges, comme s'il buvait. Il était coiffé d'un béret qu'il gardait sur la tête en présence de sa mère : Tanguy le jugea mal élevé.

— Ce Monsieur va nous aider, Tanguy. Grâce à lui nous allons pouvoir passer à Londres et rejoindre les *Forces Libres*. C'est un monsieur très gentil et très important. Il fait passer clandestinement la frontière espagnole à des réfugiés juifs. Il va se charger de nous.

— Mais tu ne peux pas retourner en Espagne ! fit Tanguy. Il n'y a plus la guerre chez nous, mais tu es condamnée à mort… Franco va te fusiller…

— Mais, mon chéri, je vais passer avec un passeport français et avec des Français. Ne t'inquiète pas, tout ira bien !

Tanguy se tut. Tout cela lui était devenu un peu égal. Il y avait longtemps qu'il avait tout accepté. Il ne se demandait plus ce que les choses signifiaient. Il savait que la plupart du temps les choses ne signifiaient rien.

— Moi, je vais passer les Pyrénées à pied. Toi, tu passeras huit jours après, avec Mme Puigdellivol. Tu me rejoindras à Madrid.

Tanguy n'avait compris qu'une chose : on allait le séparer de sa mère. Il se précipita sur elle :

— Non, Maman. Par pitié, ma petite Maman, pas ça ! Je ferai tout ce que tu voudras. J'ai toujours été courageux. Mais ne me sépare pas de toi. Je te jure que je marcherai avec toi dans la montagne. Je me ferai tout petit et personne ne me verra... Non !... Ne me quitte pas, Maman ! Si tu m'abandonnes je mourrai de chagrin ; je me tuerai !... Je me tuerai !...

Sa mère aussi pleurait. Elle le serrait contre sa poitrine. Il sentait la tiédeur de son corps et l'odeur de son parfum. Il se sentait devenir tout petit, si petit que la peine qu'il ressentait était plus grande que lui :

— Je ne te quitte pas, mon amour. Je ne te quitte pas... Tu me retrouveras à Madrid. Alors nous serons heureux. Tu iras à l'école et tu pourras avoir des amis... Je te promets que tu me retrouveras.

6

Tanguy se tenait debout devant la fenêtre. Des sanglots secouaient sa poitrine. Quelque chose, comme une main cruelle, le broyait à l'intérieur de son corps et le torturait. Il souffrait. Il lui semblait qu'il allait mourir de douleur. Il ne savait pas encore que l'on ne meurt jamais de douleur.

La voiture qui emmenait sa mère venait de disparaître. Elle l'avait quitté trop vite. Il était désormais seul. Il n'y avait dans son être que silence et souffrance. Il se sentait soudainement vieilli. Il pleura tant qu'il crut avoir épuisé sa capacité de larmes. Oublierait-il jamais le goût amer, sur ses lèvres, de ces larmes salées?...

La maison de Puigdellivol était située non loin de Marseille. C'était un pavillon banlieusard, dans un jardin entouré de murs. Ses volets étaient clos. Un air de mystère planait sur elle. Elle était remplie de «Juifs» que Puigdellivol conduisait de la zone occupée en Espagne. Ils arrivaient pour la plupart sans argent ni bagages, portant encore la marque de leurs étoiles sur leurs vêtements. Il y en avait un peu partout, dans les couloirs, dans les différentes pièces, et ils attendaient assis par terre, mangeaient et dormaient là. Il leur était interdit de sortir. Toute la maison sentait mauvais.

Il y avait là un petit homme chauve, à l'air sympathique, qui s'appelait Cohen. Il attendait sa femme et ses enfants qui devaient à leur tour passer la ligne de démarcation. Il tirait de sa poche une grande carte d'Europe qu'il déployait chaque soir sur la table de la salle à manger et qu'il couvrait de petits drapeaux. Il appelait cela « faire la guerre ». Tanguy se demandait ce qu'était la guerre. Qu'était-elle en effet ? Ces hululements tristes de sirènes, ces queues devant les boutiques, ces maisons détruites, ces cadavres jonchant les rues, ces éternels départs, ces séparations ? Ou bien, était-ce cette amusante panoplie de drapeaux sur une carte ? Il ne trouvait pas de réponse.

Un jour, comme il était assis auprès de M. Cohen qui épinglait ses drapeaux, Puigdellivol entra. Il dit à Tanguy que sa mère était arrivée saine et sauve à bon port, et qu'il fallait se préparer à la rejoindre. Tanguy en fut bouleversé de joie. Alors Puigdellivol se tourna vers Cohen et lui dit brusquement :

— Il vous faut, vous aussi, vous préparer à passer la frontière. Votre femme et vos enfants ne peuvent plus vous rejoindre. Ils ont été arrêtés à Paris.

Le lendemain Tanguy apprit que Cohen était devenu fou.

*

C'était le 2 août 1942. Le lendemain serait son anniversaire. Il aurait neuf ans. Pour fêter cette date il allait rejoindre sa mère. Ce serait donc vraiment un bel anniversaire. Ce soir il s'était couché plus tôt que d'habitude, mais tardait à s'endormir, car il était excité par l'idée de ce départ. Il songeait à sa mère, vivait d'avance cet instant où il pourrait se jeter dans ses bras en poussant un grand cri. Soudain, une lumière violente filtra par les volets clos de la chambre. Ébloui, Tanguy ferma les yeux. Il entendit une voix caverneuse ordonner à tous les habitants de la villa d'en sortir un par un, les bras levés. Il eut peur. On entendait des sanglots dans le couloir où couchaient les Juifs. Tanguy fut saisi d'un frisson.

— La maison est cernée. Nous tirerons sur quiconque n'obéira pas à nos ordres ! cria encore la voix.

Tanguy se leva, s'approcha de la fenêtre. Dans le jardin des gendarmes braquaient leurs réflecteurs sur la villa. Les Juifs sortaient un par un, les bras levés, et se mettaient en rang. Quelques-uns pleuraient. Cohen se laissait pousser par ses camarades.

— Mon enfant, il faut venir.

C'était Mme Puigdellivol. Tanguy la laissa l'habiller sans dire un mot. Il entendait les reniflements de cette brave femme qui ne cessait de répéter :

— Mon pauvre enfant ! Mon pauvre enfant !...

Il sortit en levant les bras, les yeux fermés, s'efforçant de ne pas pleurer. La lumière des réflecteurs brûlait ses paupières. Il sentait contre sa poitrine la photographie de sa mère, dont il ne voulait pas se séparer. Un gendarme le bouscula. Quelqu'un grommela :

— Sales «youpins» !

Tanguy eut envie d'expliquer aux gendarmes qu'il n'était pas Juif. Il se disait que c'étaient des Français et qu'ils l'écouteraient sûrement. Mais dès qu'il ouvrit la bouche, l'un d'eux lui lança :

— Ta gueule !

*

Tanguy regardait par la fenêtre du wagon les paisibles paysages de France se dessiner et disparaître. Il y avait des prés, où paissaient des vaches, des fermes dont les cheminées fumaient, des cours d'eau endormis... Tanguy était las. Il ne sentait plus sa souffrance et considérait tout cela avec indifférence. Il avait faim et se demandait où les gendarmes les emmenaient. Puis il se dit que rien de tout cela n'avait plus d'importance, et que tout était pareil partout, lorsqu'on est seul et sans mère. Assis à côté de lui des Juifs dormaient... Seul Cohen souriait sans cesse. Debout dans le couloir, les deux gendarmes bavardaient et fumaient. Tanguy se leva et leur demanda la permission d'aller aux toilettes. L'un d'eux l'y accompagna. Comme Tanguy fermait la porte, le policier la rouvrit d'un coup de pied brutal. Tanguy n'osa donc plus satisfaire ses besoins et se contenta d'uriner et de boire un peu d'eau, qui avait un goût de savon noir.

Il reprit sa place en se disant qu'il avait passé toute son enfance dans des trains. Le sobriquet que Michel lui avait donné lui revint en mémoire : «Tanguy l'Omnibus». Au souvenir de son ami l'angoisse serra sa gorge. Il réussit pourtant à ne pas pleurer. Il se demanda quand ils arriveraient. Mais comme il ne savait pas où ils allaient, il n'avait aucune idée du temps qu'il leur faudrait pour y parvenir. Il cherchait à s'endormir, car il avait l'intuition qu'il aurait besoin de toutes ses forces. Il pensait à sa mère qui devait attendre son arrivée à Madrid et fit un vague geste d'abandon : «C'est pas ma faute»...

Il faisait maintenant tout à fait nuit. Les prisonniers étaient blottis les uns contre les autres. Mme Puigdellivol avait mis une écharpe de laine autour du cou de Tanguy. Celui-ci était à demi assoupi. La nuit était froide. Le train poursuivait sa marche indifférente. Enfin il ralentit. Quelques lumières apparurent dans la brume. Tanguy s'éveilla, frissonnant, jeta un coup d'œil autour de lui. Des officiers et des soldats allemands allaient et venaient, le fusil à l'épaule, sur un quai à peine éclairé. Une voix hurla dans les haut-parleurs. Tanguy entendit ce seul mot :

— *Achtung! Achtung!*...

Deux soldats allemands montèrent dans le wagon. Les deux gendarmes français les saluèrent. Ils échangèrent des cigarettes et se serrèrent la main. Les camarades de Tanguy s'étaient réveillés. Cohen voulait sortir coûte que coûte. Il disait que sa femme l'attendait dehors et que d'ailleurs la guerre était finie. Ceux qui étaient assis à ses côtés l'obligèrent à demeurer en place.

L'arrêt parut interminable à Tanguy. Sur le quai circulaient des officiers aux visières relevées. Tanguy se dit que leurs uniformes étaient plus beaux que ceux des Français et que les Allemands avaient plus d'allure. Puis, avec une petite secousse, le train s'ébranla et reprit l'obscur chemin de la nuit. Tanguy avait faim. Il pensa que ce train l'éloignait de plus en plus de sa mère.

En se réveillant, Tanguy comprit qu'ils arrivaient à la fin de leur voyage. Il fut heureux de
constater que cet endroit était Paris. Il regardait
avec avidité les maisons hautes de sept étages,
avec leurs cheminées toutes pareilles et les
longues rues peuplées de «bistrots». Il était
presque heureux. Sa mère lui avait tant parlé de
Paris qu'il lui semblait, en y arrivant, la retrouver
elle-même. Il suivit docilement les soldats allemands et monta le premier dans le camion. Il
aperçut par-dessus les maisons grises la vieille
carcasse de la tour Eiffel. Cette vision fit tressaillir son cœur. «... C'est Paris, murmurait-il,
Paris!...» Il répétait le mot enchanteur. Il souriait, se demandait la tête que ferait sa mère si
elle le savait à Paris...

Les prisonniers traversèrent des places, de
grandes avenues plantées d'arbres. Comme dans
un songe Tanguy entrevit l'Arc de triomphe. Il se
dit qu'à Paris rien de mauvais ne pouvait lui arriver. Cette pensée le rassura, comme il quittait le
camion avec les autres prisonniers...

Tanguy s'aligna contre le mur avec eux. Sa fatigue était moins grande. Il regardait avec curiosité quelques autres personnes qui attendaient dans cette vaste salle où ils avaient été conduits. Parmi elles se trouvait une vieille grand-mère. Elle était coiffée d'un mouchoir à la mode paysanne et dodelinait de la tête. De temps à autre, elle caressait ses joues ridées. Puis, elle se remettait à dodeliner de la tête. Il y avait aussi un beau jeune homme, très bien vêtu, dont le regard étrange fit peur à Tanguy.

Les prisonniers étaient debout face au mur. Derrière eux, deux soldats allemands allaient et venaient. Leurs bottes martelaient le plancher. Sur le mur, face à Tanguy, il y avait une grande affiche qui représentait un jeune fantassin allemand se lançant à l'attaque. Sous l'image il y avait un mot très long. Tanguy chercha à le lire, mais n'y réussit pas.

La porte s'ouvrit et l'ordre fut donné aux prisonniers de se retourner. Un homme était entré. Il était grand, mince, avait des cheveux presque blancs et des yeux verts, sans expression. Il ne portait pas d'uniforme. Il tenait un papier à la main. D'une voix ferme il ordonna :

— Les Sémites à gauche !

Tanguy hésita. Il ne savait pas ce que voulait dire « Sémite ». Il chercha des yeux Mme Puig-dellivol qui lui fit signe de ne pas bouger. Il obéit. Alors, sur un geste de l'homme qui venait d'entrer, les soldats s'approchèrent et commencèrent à regarder les « petits oiseaux » de ceux qui ne s'étaient pas rangés à gauche. Tanguy eut presque envie de rire. Pourtant il se sentit rougir pendant que le soldat l'examinait avec soin. Il se demanda ce que l'on pouvait bien chercher de ce côté-là. Le soldat fit non de la tête et poursuivit son examen. Le beau jeune homme que Tanguy avait remarqué fut poussé vers la gauche. Il se mit à hurler :

— Je ne suis pas juif, Monsieur le Commandant… Je le jure… C'est une opération… Je jure que je ne suis pas juif…

Le jeune homme se débattait de toutes ses forces. Il était tombé à genoux et cherchait à se cramponner aux jambes de l'homme qui avait donné l'ordre de procéder à cette inspection. Celui-ci recula et donna un coup de pied au jeune homme. Le pied de l'Allemand l'atteignit en plein visage. Il porta ses mains à son nez et les retira pleines de sang.

L'homme commença alors à interroger les détenus. Il leur demanda leur âge, leur profession, leur lieu de naissance… La première à subir cet interrogatoire fut la vieille grand-mère. Elle dodelinait toujours de la tête et répondait : « Oui, Monsieur le Commandant. » Celui-ci lui demanda si elle avait accueilli son fils deux mois auparavant. Elle répondit par l'affirmative. Le commandant lui demanda encore si elle savait alors que son fils s'était enfui d'un stalag allemand, et la vieille femme répondit une fois de plus par l'affirmative. L'homme donna l'ordre de l'emmener.

Vint enfin le tour de Tanguy. Celui-ci s'avança, timide, vers l'homme qui jeta sur lui un regard distrait. Tanguy débita comme les autres son nom, son âge et se dit «étudiant». Un sourire effleura le visage de l'homme :

— Que faisais-tu avec ces Juifs, à Marseille ?

Tanguy hésita :

— Je devais aller rejoindre ma mère. Elle est à Madrid. Je suis espagnol.

L'homme garda le silence. Puis :

— Que faisait ta mère ? Quelle profession ?

— Journaliste.

L'homme parut soudain intéressé :

— Réfugiée politique ?

— Oui...

— Vous avez été dans un camp en France ?

— ... Oui, Monsieur...

Tanguy avait l'impression qu'il disait ce qu'il ne fallait pas dire. Mais l'homme ne lui donnait pas le temps d'inventer une histoire. Il posait question après question, à une vitesse inouïe.

— Elle est partie pour rejoindre Londres ?

Tanguy trouva la force de mentir :

— Non, fit-il.

Il sentit sur lui le regard glacial de l'homme et ferma les yeux. Il se demandait si on allait le battre et faillit pleurer, mais il se contint.

— Comment sais-tu qu'elle ne voulait pas aller à Londres ?

— Elle voulait aller au Mexique.

— Pourquoi dans ce cas est-elle partie pour l'Espagne ?

Tanguy hésitait. Il balbutia :

— ... Je ne sais rien, moi... Je suis un enfant...

— Un enfant qui en sait long. Crois-tu que la route du Mexique passe par Madrid ?

84

— Je ne sais pas… À Marseille on n'a pas voulu lui donner un visa.

Il y eut un silence. L'homme dit enfin quelques mots en allemand et Tanguy fut emmené avec les autres prisonniers. Ils étaient dans un couloir sombre. Personne ne parlait. Le beau jeune homme saignait toujours du nez et la vieille grand-mère continuait à dodeliner de la tête.

Ils furent au complet bientôt dans le couloir sombre. Seul M. Puigdellivol ne venait pas. Une sentinelle allemande gratta une allumette. Le soudain éclaboussement du phosphore éblouit Tanguy. C'est à ce moment-là qu'un cri déchira le silence. Un cri long, très aigu. Comme le hurlement d'un chien. Deux ou trois minutes passèrent. Tanguy sentait son cœur battre avec violence. Il avait peur. Il appréhendait le prochain cri. Avec le pouce de sa main droite il traçait de petites croix à l'intérieur de cette main. «Mon Dieu, faites qu'il ne crie pas… J'ai peur, mon Dieu!…» À peine avait-il fini cette prière qu'un deuxième cri retentit, puis un troisième, un quatrième, un cinquième… Tanguy étouffait… Il avait l'impression que quelqu'un le tenait à la gorge et cherchait à l'étrangler. La sueur coulait sous ses aisselles. Il la sentait ruisseler le long de ses côtes. Ses yeux se voilaient de larmes. Le jeune homme qui avait été frappé s'était mis à pleurer. Ce qui agaçait Tanguy. Il se dit que les grandes personnes ne devraient pas pleurer devant les enfants. Mais lorsque Mme Puigdellivol se mit à sangloter, il eut de la peine et se dit qu'il est évidemment des cas où même pleurer est permis.

Les cris continuaient à déchirer le silence. Ils faiblissaient, s'arrêtaient, reprenaient. Ils étaient à présent entrecoupés de sanglots. On pouvait entendre la voix de Puigdellivol qui, en patois catalan, appelait sa femme. Celle-ci, comme prise d'une folie subite, se précipita sur la porte qui séparait les prisonniers de la salle où ils avaient été interrogés. La sentinelle l'attrapa par les cheveux et la rejeta parmi les prisonniers. Mme Puigdellivol ne se plaignit pas. Elle pleurait sans presque faire de bruit, et murmurait quelques paroles d'une voix à peine perceptible…

Ce fut enfin le silence. Aucun cri ne troubla plus les pensées des prisonniers. Tanguy était accablé. Ce lourd silence serrait sa gorge. Il se demandait ce qui avait bien pu arriver à Puigdellivol. «Il faut cesser de penser aux autres et de me tourmenter ainsi, si je veux revoir ma mère», se dit-il soudain. Et il eut honte de cette pensée. Mais il ajouta aussitôt pour lui-même : «… Il faut que je sois fort… Je n'ai plus personne… personne.»

La porte s'ouvrit et la lumière éblouit à nouveau les prisonniers. Ils furent poussés dans une cour intérieure, et prirent place dans des camions. Des soldats allemands formaient la haie. Mme Puigdellivol pleurait. Elle jetait des regards désespérés sur la porte derrière laquelle se trouvait son mari. Mais celui-ci n'en sortit pas. Le camion partit. Le bruit des moteurs étouffa les derniers cris de cette femme. Tanguy ne les entendit pas. Mais il vit deux bras désespérément tendus et comprit le sens de ce geste. Il songea qu'il pourrait être celui de sa mère et en eut les larmes aux yeux. Il releva le col de sa veste, car la nuit tombait, et malgré la saison il faisait froid.

De nouveau Tanguy aperçut la silhouette bizarre de la tour Eiffel. Pour la première fois il entrevit la Seine. L'eau de la rivière était grise, et si calme que Tanguy ne put se rendre compte du sens du courant. Puis il recommença de se dire que cela n'avait aucune importance. Mais il aurait tout de même aimé savoir s'ils le remontaient ou le descendaient, ce courant...

*

Les détenus furent conduits dans un autre camp, près de Paris. Là des centaines, des milliers peut-être de prisonniers attendaient. La plupart d'entre eux portaient cette étoile jaune avec, dessus, en lettres noires, le mot «juif». Tanguy ne les regarda pas. Il baissa la tête et alla rejoindre le groupe des enfants. Il y en avait environ une cinquantaine, entre six et quatorze ans. Ils étaient tous «juifs».

Tanguy s'assit par terre. Il avait froid. La fatigue, qu'il n'avait pas ressentie jusque-là, envahissait ses membres. Ses forces le lâchaient. Comme des ressorts trop longtemps comprimés ses nerfs se détendaient. Les larmes luttaient pour sortir. Un garçonnet d'environ sept ans, qui était assis à côté de lui, le regarda avec gentillesse. Tanguy lui rendit ce regard et chercha à

esquisser un sourire. Mais les sanglots l'étouf-
faient. Il ne pleurait pourtant pas.

Tout ce qu'il n'avait encore qu'à demi compris
lui apparut brusquement : qu'il était définitivement seul, qu'il allait être traité en homme, qu'il
avait cessé d'être un enfant. Une lassitude
extrême s'emparait de lui. « … Ils ne peuvent pas
m'emmener, se dit-il. Ils n'ont pas le droit… Je
ne suis pas juif ; je ne suis même pas français… Je
suis espagnol… Je le leur dirai et ils me comprendront. Il y a sûrement une erreur. Je parlerai
avec un supérieur… C'est la faute de l'Administration… »

— Tu n'es pas juif ?

C'était le garçonnet qui avait regardé Tanguy
qui lui posait cette question. C'était un petit garçon brun, aux cheveux longs, aux yeux fiévreux,
aux lèvres épaisses. Il avait le nez droit. Tanguy
en fut étonné, car il s'imaginait que les «Juifs»
avaient tous des nez busqués et très gros.

— Non, répondit Tanguy.

— Pourquoi es-tu ici alors ?

Tanguy ne trouva rien à dire. Alors :

— C'est une erreur, balbutia-t-il.

Le petit Juif le dévisagea avec intérêt. Tanguy
rougit. Mais il n'avait rien trouvé d'autre à dire,
car il ne savait pas pourquoi il était là.

— Comment t'appelles-tu ? demanda Tanguy.

— Guy. Et toi ?

— Moi, j'ai ton prénom dans mon prénom :
Tan-guy.

Guy esquissa un sourire. Il prit la main de Tanguy et la balança dans la sienne. Tanguy chercha

88

encore à sourire. Il n'y parvint pas. Il ne pouvait presque pas parler tant son angoisse étreignait sa poitrine.

— Guy, sais-tu ce qu'ils vont faire de nous?

— Ils nous emmènent.

— Où cela?

— En Allemagne. Ils nous emmènent dans des camps pour travailler.

Tanguy jeta un regard désespéré à l'enfant. Ce dernier ne se rendait pas compte de ce qui lui arrivait. Il disait cela du même ton qu'il aurait dit : « allons jouer ».

— Comment le sais-tu? interrogea encore Tanguy.

— C'est mon père qui l'a dit. Il est là-bas, avec les grandes personnes. Ma mère aussi est là-bas. Et ma tante... Ils nous emmènent tous.

Tanguy n'eut plus la force d'en apprendre davantage. Il se coucha sur la paille. La nuit était tout à fait venue. Sur un grand mur blanc l'ombre d'une sentinelle se dessinait, qui allait et venait. Çà et là l'on entendait quelques chuchotements, quelques reniflements, des sanglots aussi.

Tanguy sortit de sa poche la photographie de sa mère. Il se dit qu'il ne la reverrait peut-être jamais. Il eut plus mal encore. Maintenant, il pouvait pleurer. Il pleurait si fort qu'il croyait que quelque chose se déchirait de sa chair. Il embrassa la photographie, « Maman... ma petite Maman... murmurait-il... Tu sais que je n'ai rien fait. Je ne veux pas qu'on m'emmène... Je ne veux pas aller dans un camp. Maman!... » Petit à petit ses larmes tarirent. Il ne trouvait plus la force de pleurer. Il tremblait. De longs frissons parcouraient son corps. Ses cheveux lui faisaient mal. Il essaya de dormir, mais ne le put. Toute la nuit, il resta seul face à sa douleur et à l'ombre de cette sentinelle qui, sur le mur blanc, allait et venait. Autour de lui, tout était silence.

Le lendemain matin, très tôt, ils furent de nouveau embarqués dans des camions et arrivèrent à une grande gare. Tanguy regarda l'horloge, car il tenait à savoir l'heure : six heures vingt. Le jour naissant éclairait de rose un ciel vert. Il faisait frais.

Les prisonniers descendirent des camions devant la gare. Tout autour, des soldats allemands, l'arme à la bretelle. Les prisonniers se mirent en rang et entrèrent dans la gare. C'était une grande gare qui sentait mauvais. Il faisait noir à l'intérieur. Tanguy aperçut quelques curieux qui stationnaient derrière les cordons de soldats allemands pour voir les détenus. Il eut honte et baissa la tête. Puis il se dit qu'il ne devait pas avoir honte, puisqu'il n'avait rien fait de mal. Mais il se dit aussi que ces gens-là ne pouvaient pas le savoir. Il baissa donc la tête.

La longue colonne avançait lentement. Les hommes et les femmes marchaient en tête ; les enfants étaient tout à fait en queue. Tanguy avait hâte d'entrer dans la gare pour que les gens ne pussent plus le regarder. Mais il n'y pouvait rien.

La plupart des grandes personnes tenaient des baluchons ou des valises à la main. Tanguy pensa que ce devaient être quelques hardes, hâtivement empaquetées. Il se demandait à quoi ces choses pourraient bien servir là où ils allaient. Mais il finit par comprendre que ce que ces gens avaient mis de plus précieux dans ces pauvres colis, c'était l'espoir : espoir de s'habituer, de survivre, de recommencer une vie, de retrouver leurs foyers, leurs villes ; espoir de ne pas mourir. Tanguy se dit qu'il n'avait, lui, pas d'espoir. Mais il se ravisa bientôt : il avait une photographie de sa mère.

Ils demeurèrent ainsi pendant plus de deux heures sur un quai sale et mal pavé. Les uns s'étaient assis, d'autres bavardaient ; le plus grand nombre demeurait solitaire et silencieux. Guy s'était placé auprès de Tanguy et lui tenait la main.

Tanguy regarda autour de lui. Il vit un vieil Israélite à la barbe blanche. C'était un vieillard tout vêtu de noir et coiffé d'un chapeau melon usé. Ce vieil Israélite s'était assis sur une malle et noué une serviette autour du cou. Il mangeait du pain. Il mâchait lentement ; de temps à autre, il levait le regard pour examiner la verrière opaque qui abritait les quais. Ses mains tremblaient. Il s'aperçut que Tanguy l'examinait, posa sur l'enfant un chaud regard et ôta poliment son chapeau. Tanguy eut encore envie de pleurer. Il baissa la tête et attendit.

À 10 heures, enfin, les prisonniers purent prendre place dans des wagons à bestiaux. L'un de ces wagons était destiné aux enfants. Tanguy monta l'un des premiers. Le bois du wagon avait été recouvert de paille. Tanguy s'assit près d'une fente qui devait permettre à l'air de se renouveler. Guy s'assit auprès de lui. Puis, vers midi, une légère secousse marqua le début d'un nouveau voyage.

*

Tanguy passa sa première nuit à pleurer. Il n'avait jamais imaginé que des souvenirs pussent être « douloureux ». Or chaque image des quelques instants de bonheur qu'il avait pu dérober à la vie martelait son cerveau. Il revoyait le visage paisible de Frère Marcel, celui de Robert et celui de Michel ; il lui semblait sentir une odeur d'essence, comme dans la voiture de son père ; il revivait chacun des instants passés près de sa mère à Montpellier. Ses souvenirs lui semblaient s'incruster dans sa pauvre tête comme des clous dans du bois. Les heures passaient lentement et Tanguy se demandait quand il pourrait enfin se reposer et s'il le pourrait jamais.

Il avait appuyé sa tête contre le bois du wagon et posé son menton sur ses genoux. Recroquevillé sur lui-même, il jetait au-dehors des regards furtifs, mais tout était noir. Aux traversées des gares seulement des lumières timides trouaient l'obscurité. Tanguy se disait que son destin était étrange et qu'il aurait passé son enfance à voya-

ger. Il se rappela la plaisanterie de Michel :
« Tanguy l'Omnibus. » Malgré lui, il eut envie de
sourire.

Petit à petit l'atmosphère de ce wagon aux
portes scellées devint irrespirable. La chaleur au-
dehors était lourde ; le bois du wagon fumait ; la
paille puait l'urine. Tanguy avait des vertiges. Il
se sentait trop léger. Il se disait : « Je vais tomber... je vais tomber », mais comme il était assis, il
ne tombait pas. Le sang lui montait à la tête ; ses
oreilles bourdonnaient. Il avait froid ; il frissonnait. Mais en même temps la lourde chaleur le
faisait transpirer. Il avait soif aussi. Il pleurait de
désespoir. Il aurait voulu se lever et frapper de
grands coups sur les portes. Mais il était trop
faible pour se lever. De rage il se mordait les
mains et les lèvres ; des larmes de dépit coulaient
sur ses joues. Il insultait les Allemands et les
appelait « salauds ». Mais aussitôt il se reprenait :
« ... Ce n'est pas leur faute, pensait-il, ils ne
savent pas ce qui nous arrive... Ce doit être l'organisation... C'est cela : c'est sûrement l'organisation. »

Le deuxième jour Tanguy crut devenir fou. Il
avait si mal à la tête que l'envie lui prenait de
crier. Sa bouche était sèche ; ses lèvres collées ; il
n'arrivait même plus à les humecter d'un peu de
salive. Son corps était secoué de frissons. Il jetait
des regards désespérés vers l'extérieur : « Ils vont
nous laisser mourir... Ils veulent nous faire mourir... Je ne veux pas mourir. Je ne veux pas... »

Tous ces enfants pleuraient. Quelques-uns

94

n'avaient plus la force de se contenir et faisaient leurs besoins sous eux. Le wagon puait l'urine et les excréments. Le soleil d'août filtrait à travers le toit du wagon et se posait sur ces fronts brûlants. Pressés les uns contre les autres, ils ne pouvaient bouger. Guy s'était couché et pleurait. Il tremblait. Ses mains étaient moites. Tanguy caressait les longs cheveux noirs du petit Israélite d'un geste machinalement amoureux.

Enfin, quarante-huit heures après leur départ, le train s'arrêta. Les portes furent descellées. Tanguy se leva, chancelant, et quitta le wagon. Sur le quai d'en face, des soldats, le fusil épaulé, formaient un long cordon. Les prisonniers reçurent la permission de s'accroupir. Face aux soldats, hommes, femmes et enfants satisfirent leurs besoins. Tanguy hoquetait de plaisir. Il n'aurait jamais cru que le fait de pouvoir s'accroupir pût être une telle source de satisfaction. De sa main gauche il essuyait son visage couvert de larmes. Il regarda autour de lui. Le vieil Israélite s'était aussi accroupi. Il était toujours coiffé de son chapeau melon. Il aperçut Tanguy et lui sourit. Tout le monde était content. Le ciel était bleu, le soleil luisait ; on avait l'impression de revivre : on reprenait espoir.

Les prisonniers se levèrent. Deux marmites fumantes furent posées par terre. Les détenus se mirent en file. Une gamelle en métal blanc leur fut donnée. Ils étaient tous ravis. Ils s'adressaient la parole, se demandaient des nouvelles les uns des autres ; ils plaisantaient et riaient d'aise.

Tanguy était en queue de la colonne. Il se souvint soudain de Guy et courut le chercher. L'enfant pleurait. Tanguy essaya de le soulever, mais n'y parvint pas. Guy ne voulait pas se lever. Il sanglotait et appelait sa mère. Tanguy le quitta précipitamment, car il avait peur de rester sans nourriture. Il arriva encore à temps, prit deux gamelles et les tendit à la jeune femme en uniforme qui les remplissait. C'était une jeune fille brune, aux yeux bleus, belle et qui semblait gentille. Tanguy tendit les deux gamelles. La jeune fille lui dit quelques paroles en allemand. Il ne les comprit pas, et voulut expliquer que ce n'était pas pour lui, mais pour un enfant qui était malade. Au bruit de la discussion un soldat s'approcha. Il était, lui aussi, jeune et beau. Tanguy, en le voyant venir, fut content. Car il s'imaginait que le gardien parlait français et le comprendrait. Au lieu de quoi le soldat lui prit les deux gamelles et lui donna une gifle si forte que Tanguy s'étala par terre.

Il se releva. Il avait honte et tremblait de peur. Il murmurait en pensée : « ... Maman... Maman... Ma petite Maman... » Il se traîna vers son wagon. Mais la faim lui donnait encore des vertiges. Il n'avait jamais autant souffert de sa vie ; il pensait mourir... Jamais il ne s'était senti si injustement traité. Il allait remonter dans le wagon lorsque quelqu'un lui toucha l'épaule : c'était le vieil Israélite.

— Quelqu'un est malade ? interrogea-t-il.

Tanguy essaya de sourire, mais éclata en sanglots. Le vieillard caressa ses cheveux et lui posa la main sur la nuque :

— Il ne faut pas pleurer… continua-t-il. Vous êtes courageux. Vous devez donner l'exemple.

Tanguy n'était plus maître de ses nerfs. Ses larmes redoublaient. Il se sentait brisé.

— Tenez !

Le vieillard israélite tendit à Tanguy un grand morceau de pain, puis il sortit de sa valise une petite bouteille qu'il mit dans une poche de Tanguy : « C'est de l'eau, poursuivit-il. Économisez-la bien. C'est précieux. »

Tanguy ne trouva pas la force de remercier le vieillard. Il ne pouvait plus parler ni arrêter ses larmes. Il monta dans le wagon.

— Je voulais vous dire…

Tanguy se tourna vers le vieillard. Celui-ci poursuivait :

— Si quelque chose venait à arriver à l'un des petits… Je veux dire… Si par hasard il y avait un… accident. Ne laissez pas les enfants pleurer ni crier. Cela démoralise les prisonniers d'entendre leurs enfants pleurer. Faites-les chanter…

— Chanter quoi ?

— N'importe quoi… Vous ne connaissez pas de chanson française ?

— *Au clair de la lune* ?

— C'est cela, ce serait parfait…

Le convoi poursuivit sa marche. Les heures succédaient aux heures. Chacune de ces heures apportait une nouvelle souffrance : la soif, la faim, l'angoisse, la solitude, le désespoir, *la peur* !… Tanguy ne luttait même plus pour se débarrasser des souvenirs qui meurtrissaient son cerveau. Il pleurait machinalement, ne cherchait plus à trouver ni une excuse ni une raison à ses larmes. Il se disait que rien n'avait plus d'importance, que, quoi qu'il arrive, il ne reverrait plus sa mère, ni Michel. La trépidation monotone du train engourdissait son angoisse. Parfois il s'interrogeait sur le genre d'existence qu'il aurait à mener en Allemagne : « Aucune importance, finissait-il par se répondre. Aucune importance. De toute façon, ils nous tueront. » L'espoir pourtant ne se résignait pas à mourir en lui. Tanguy faisait encore parfois de beaux châteaux en Espagne : son arrestation n'avait été qu'une erreur ; il n'était pas juif ; il n'avait rien fait de mal. On comprendrait toutes ces choses, on lui rendrait sa liberté. On lui ferait même des excuses !...

L'état du petit Guy empirait. Il n'avait rien voulu manger. Il avait seulement bu quelques gorgées d'eau. Il demeurait étendu sur la paille du wagon sans bouger, si pâle qu'on aurait pu le croire déjà mort. Tanguy caressait les cheveux de l'enfant, mouillés comme s'il venait de faire une longue promenade sous la pluie.

Dehors la campagne allemande défilait. Des champs paisibles, de petits villages pittoresques, des forêts de sapins. Tanguy se disait que l'Allemagne était un beau pays et qu'il aimerait sûrement le parcourir. Un soir, il y eut un coucher de soleil si beau que Tanguy recommença de pleurer. Le soleil mourant avait teint de rose les prés et les eaux d'une petite rivière.

Tanguy se demandait obstinément *comment* de

telles choses pouvaient arriver. Puis il regarda mieux la terre qui semblait dormir d'un sommeil grave et il comprit que ni la terre ni la plupart des hommes qui l'habitaient ne savaient rien. Pour les paysans allemands qui de leurs maisons regardaient passer ce long convoi, c'étaient là des munitions ou des bestiaux, ou encore des machines agricoles. Et à supposer qu'ils eussent su la vérité, ils n'y auraient rien pu. Mais qui donc pouvait quelque chose ?…

Après soixante-deux heures de voyage, à l'aube du troisième jour, le petit Guy cessa de respirer. Tanguy ne s'en était d'abord pas aperçu ; puis il lui sembla que Guy était trop tranquille. Il secoua le petit corps, qui demeura rigide.

Son premier réflexe fut de crier. Puis il comprit que crier n'arrangerait rien. Il enleva donc son manteau et en couvrit le visage de Guy dont les yeux fixaient le toit du wagon. Ayant ainsi fait, Tanguy chercha comment se distraire. Il regarda le beau pays qui continuait de défiler devant ses yeux. Dans sa poitrine il sentait un étrange silence et ne bougeait pas, de peur de troubler cette sorte de vide. Il eut envie de tourner la tête et de voir un visage humain. Il ne le fit pourtant pas. De longs frissons secouaient son maigre dos. Un enfant cria :

— Il y a un mort ! Un mort !… J'ai peur !

D'autres enfants commençaient à pleurer. Tanguy se leva. Il ouvrit la bouche, mais sa voix mourut dans sa gorge. Il dut faire un effort surhumain pour entonner :

— *Au clair de la lune, mon ami Pierrot…*

Quelques voix vinrent à son secours... des voix mal assurées... Plusieurs garçons chantaient faux.

Lors d'une nouvelle halte, le cadavre du petit Guy fut tiré du wagon. Les soldats de l'escorte le laissèrent là, sur une voie de garage...

Pendant quatre jours et quatre nuits, Tanguy avait lutté contre la soif, la faim, contre ses souvenirs, contre le désespoir et contre la peur. Lorsque le train stoppa définitivement, à l'aube du cinquième jour, il suivit la colonne comme un somnambule. Il ne sentait plus rien. Il n'osait plus ni penser ni lever la tête. Il était prêt à tout accepter sans révolte. Il avait seulement l'impression d'être vieux, très vieux. La certitude qu'il n'avait que neuf ans lui semblait ridicule.

Le camp était une immense ville. Il y avait, à vrai dire, deux villes : l'une était construite en ciment, l'autre était faite de baraques en bois, symétriquement alignées. Ces baraques étaient plus longues et plus larges que celles que Tanguy avait connues en France ; elles formaient des rues. Il y avait même des trottoirs : des planches de bois.

Les nouveaux venus furent d'abord conduits à la ville en ciment. C'était, cette ville, un groupe de hauts immeubles formant un carré : Administration, Habitation des cadres, Infirmerie et Annexes, Vestiaires et Désinfections. Ces quatre bâtiments limitaient une cour très vaste, au pavé cimenté : le Rassemblement.

Tanguy resta debout dans cette cour pendant plus d'une heure. Il avait enlevé ses habits suivant les instructions, et il se tenait là tout nu. Il avait à la main ses pauvres vêtements, sales du long voyage, et la photographie de sa mère. Il se demandait si on la lui laisserait. Autour de lui ses camarades se plaignaient de la faim et de la soif.

Ils demandaient si on ne leur donnerait rien à manger. Quelques déportés plus anciens, venus aux nouvelles dans la cour, leur affirmèrent qu'il n'y avait rien de prévu pour les nouveaux venus, mais que ceux qui avaient de l'argent ou des objets de valeur pourraient se débrouiller... On donnait une montre en or, une bague, un souvenir précieux, contre un verre d'eau ou contre un morceau de pain, moins grand que le poing d'un enfant. Tanguy n'avait rien à troquer. Il attendait. Il était si las qu'il ne sentait plus ni fatigue ni faim. Il n'avait qu'une envie, s'étendre et se reposer. Mais l'Administration continuait son petit train-train.

Trois heures après son arrivée, Tanguy arriva aux vestiaires qui étaient la dernière étape administrative. Derrière un comptoir se tenaient deux déportés. Tanguy tendit ses hardes ; l'un d'eux les prit. Tanguy gardait à la main la photographie de sa mère.

— Qu'est-ce que cela ? lui demanda le préposé aux vestiaires.

Tanguy avala sa salive et voulut sourire :

— C'est ma mère...

L'homme jeta un coup d'œil sur Tanguy et murmura : « C'est bon ! » Puis il chercha pour lui un vêtement à sa mesure : ce n'était pas facile. Enfin il eut l'air d'avoir trouvé ce qu'il fallait.

— Tiens, fit-il, c'est le tien. Tu n'as rien à y changer. Va ensuite te faire inscrire...

« À propos, cache ta photo quelque part, et ne dis pas que je l'ai vue. Moi, je ne sais rien. Compris ? »

102

Tanguy acquiesça. Il passa l'uniforme qui était trop grand pour lui et garda la photo contre sa poitrine. Puis il alla aux bureaux où il fut inscrit sous le numéro : 3.401. Après quoi, il regagna la cour.

— Eh là-bas, toi, le gosse !... Va rejoindre ce groupe !

Tanguy obéit. Il se mit en rang. Un ordre fut donné. Il vit que les autres étendaient leurs bras et touchaient l'épaule droite de celui qui les précédait et fit de même. Alors le « kapo » ordonna :

— En avant, marche ! Gauche-droite-gauche... *links-recht-links...*

Tanguy marchait au pas. Il le perdit à plusieurs reprises et il lui fallait courir pour le rattraper. Ils s'arrêtèrent devant deux ou trois baraques et petit à petit le groupe se dégarnit. Enfin, devant une autre, le « kapo » ordonna à Tanguy de quitter les rangs et de se présenter au « chef de baraque ».

Ce dernier était un petit individu, maigre comme un cadavre, au nez immense, aux yeux si petits qu'il fallait les chercher pour les trouver ; sa peau était diaphane comme de la cire ; ses yeux n'avaient ni cils ni sourcils.

Tanguy alla vers lui et se présenta. Le chef de baraque lui dit de se mettre au garde-à-vous : Tanguy obéit. Après quoi ce petit homme pâlot désigna une paillasse à Tanguy, qui entra dans la baraque. Celle-ci avait un long couloir central ; d'un côté comme de l'autre s'alignaient des châlits superposés : quelques planches de bois supportant les paillasses.

Des visages livides, triangulaires, dévisageaient l'enfant au passage, les uns avec hargne, d'autres avec une certaine pitié, la plupart avec indifférence. Les déportés se ressemblaient tous. Ils étaient si maigres qu'ils n'en avaient plus de visage. Tanguy n'osait pas les regarder : cela lui faisait mal. Parvenu à sa place, il se laissa choir sur sa paillasse et s'endormit aussitôt. Son sommeil ne fut qu'un long cauchemar traversé par le souvenir de sa mère…

*

— Allons, lève-toi !

Tanguy ouvrit les yeux. Cette fois, celui qui le réveillait était un beau jeune homme aux yeux bleus. Il avait des cheveux plus longs que les autres déportés : comme quelqu'un qui se les serait fait tailler en brosse. Ce jeune homme se tenait debout, à côté de la paillasse, mais devait se courber en deux pour parler à Tanguy.

— Allons, debout ! insista le jeune homme.

Tanguy esquissa un sourire et fit non de la tête. Il ne pouvait pas se lever. Ses membres lui faisaient mal ; sa tête lui pesait ; il éprouvait comme un vertige.

— Je ne me sens pas bien, grommela Tanguy.

Le jeune homme sourit :

— Personne ne se sent bien ! Il faut se lever. C'est l'heure de la soupe.

Tanguy refusa de nouveau :

— Je ne peux pas. Vraiment, je ne peux pas.

— Écoute-moi bien, insista le jeune homme ;

104

ici, ne pas prendre sa soupe, c'est mourir. Il faut vivre. Tout le monde a envie de se laisser mourir. Mais ce sont des moments d'abandon. Il faut prendre le dessus. C'est l'heure des informations, de la revue et de la « soupe ». Tu vas savoir le nombre incroyable de tanks que, depuis hier soir, la *Wehrmacht* a détruits et des appareils que les chasseurs allemands ont descendus... Cela vaut le déplacement !

Tanguy sourit. Il se sentait attiré vers ce jeune homme. Celui-ci lui passa les bras autour du cou et l'aida à se lever. Tanguy, se sentant ainsi soulevé, ne put s'empêcher de songer à sa mère. Il en eut la gorge serrée.

— Tu es français ? interrogea le jeune homme.

— Oui. Et toi ?

— Allemand.

Tanguy regarda celui sur lequel il s'appuyait avec étonnement. Il n'aurait jamais pensé trouver des prisonniers « allemands » dans un camp « allemand ».

Ils sortaient de la baraque lorsqu'une sirène mugit par trois fois.

— C'est le deuxième appel, fit le jeune homme. Il faut faire vite. Appuie-toi sur moi. Là, mets ton bras autour de mon cou. C'est cela... Allons-y : gauche-droite-gauche...

Tanguy ne put s'empêcher de sourire. Les déportés affluaient d'un peu partout vers la cour du Rassemblement. Tanguy marchait lentement, s'appuyant sur son jeune guide.

— Comment t'appelles-tu ? dit ce dernier.

— Tanguy.

— Moi, Gunther. Nous sommes dans la même baraque. Je vis au-dessus de toi. Je suis ton voisin de palier pour ainsi dire. Si quelque chose ne va pas, tu frappes : poum-pa-pa-pam-poum-poum !... Je te viendrai en aide.

Tanguy aimait cette voix. Il était si ému de l'entendre qu'il sentait monter ses larmes. Il n'osait pas croire à ce bonheur qui lui tombait dessus. Il ferma les yeux et murmura : « Merci, mon Dieu, merci ! » À côté de lui Gunther parlait toujours :

— Nous y voilà ! Maintenant attendons l'arrivée de notre cher commandant. En son honneur nous chanterons le *Die Fahne hoch*. C'est un ancien S.A. et il tient à son hymne, comme les catholiques à leur *Te Deum*. Je te demande pardon : tu es peut-être catholique ?

Tanguy fit non avec la tête. À vrai dire, il ne savait plus ce qu'il était et cela le laissait indifférent.

La sirène mugit de nouveau. Tanguy prit ses distances et se mit en rang. Le silence s'était fait. Les haut-parleurs aboyèrent quelques ordres ; les kapos s'affairaient. Enfin le commandant arriva. C'était un homme grand, solidement bâti, et dont il était impossible de discerner les traits. Les officiers le saluèrent en étendant le bras. Alors les prisonniers se mirent à chanter :

— *Die Fahne hoch — Die Reihen fest geschlossen — S.A. marschiert mit einem festen Schritt...*

Le temps paraissait long à Tanguy. Il y eut encore un interminable appel ; des rapports à n'en plus finir... Enfin, les nouvelles ! Elles étaient traduites en cinq langues. Tanguy apprit

106

ainsi que les troupes allemandes étaient sur le point d'investir Moscou, que les Anglais avaient envoyé des émissaires pour signer un traité de paix avec le Führer, que deux cent mille Russes avaient été faits prisonniers dans les dernières vingt-quatre heures...

Lorsque tout fut fini, les prisonniers regagnèrent leurs baraques pour la soupe. Tanguy fit la queue, sa gamelle à la main. Il reçut une louche d'un liquide rouge et un morceau de pain noir. Il alla les manger auprès de Gunther. Ils s'assirent l'un à côté de l'autre sur la paillasse de Tanguy. Celui-ci se sentait en paix auprès du jeune Allemand; il aimait à entendre sa voix douce et se disait qu'après tout le camp n'était pas si dur que cela, puisque Gunther était là.

— Évidemment, ce n'est pas l'Hôtel Adlon, disait le jeune homme. Mais c'est mieux que rien. Et puis, il n'y a rien comme un long jeûne pour vous faire apprécier la nourriture. Je suis sûr que lorsque le bon oncle Hitler cassera sa pipe, nous saurons tous apprécier les pommes frites.

Le soir arriva. C'était le couvre-feu. Tout était devenu silence. Tanguy, couché sur sa paillasse, tardait à retrouver le sommeil. Il était triste. Cette première nuit n'en finissait pas. Il se rappelait sa mère, ses quelques moments heureux de Vichy, de Montpellier; il se demandait ce qu'il allait devenir. Et puis, il se disait qu'il n'était qu'un enfant, qu'il n'était pas juif et qu'un jour ou l'autre les Allemands finiraient par s'apercevoir de leur erreur. Tanguy songeait à Gunther aussi.

Il y avait bien des choses que Tanguy ne savait ou ne voulait s'expliquer à propos du jeune Allemand. Mais une chose était certaine ; quand Gunther était là, il se sentait bien, au chaud, et il avait envie de pleurer tout doucement, jusqu'à en mourir.

Le lendemain, la sirène mugit. Tanguy se leva avec ses camarades. Le jour naissait à peine. Le ciel était vert et rose. Il faisait si doux que Tanguy se sentit heureux. Il salua gentiment Gunther qui se réveillait, les yeux rouges et gonflés. Le jeune homme sourit :

— Où est ta gamelle ? demanda le jeune Allemand.

— Sur ma paillasse.

— Prends-la.

— Il y a une « soupe » ?

Gunther sourit :

— Non, il n'y a pas de « soupe ». Mais ils te voleront tes affaires, si tu ne les prends pas avec toi, et tu n'auras plus rien à manger.

Tanguy obéit. Il attacha sa gamelle et sa cuillère à une ficelle qui lui tenait lieu de ceinture. Il quitta la baraque avec Gunther. Il avait du mal à marcher avec ses sabots, il n'y était pas habitué.

L'air était frais. C'était une aurore du mois d'août, pleine de couleurs et de parfums. Tout autour du camp il y avait une grande forêt de sapins dont on respirait les senteurs. Tanguy ferma les yeux, dilata ses narines : il laissait entrer en lui les mille parfums de la terre qui lui arrachaient de petites larmes. Il se disait qu'après tout, comme le voulait Rachel, il fallait en toute chose chercher le bon côté et que cela ne sert à rien de se plaindre.

Il y eut une nouvelle et longue revue. Les « kapos » passaient, furieux, entre les rangs. Les prisonniers levaient le bras et criaient : « *Heil Hitler!* » Mais il manquait toujours quelqu'un. Tanguy était fatigué. Il aurait donné n'importe quoi pour que ces formalités fussent abrégées. Mais c'était le règlement. Tanguy se dit qu'après tout il fallait bien que les Allemands comptassent leurs prisonniers et que les Anglais devaient sûrement le faire aussi. Il chercha donc à se distraire. Par trois fois, il eut à crier : « *Heil Hitler!* » Enfin les kapos parurent satisfaits. Les prisonniers rompirent les rangs.

— Le kapo de travail est un ami. Viens, je vais lui demander qu'il t'envoie avec moi.

Tanguy suivit Gunther. Quelques instants après, ils partaient avec une vingtaine d'autres déportés pour le chantier. Ils marquaient le pas et chantaient : « *Die Fahne hoch — Die Reihen fest geschlossen.* » Tanguy ne connaissait pas ces paroles. Il se contentait de faire du bruit. Gunther lui avait dit qu'il était obligatoire de chanter et de remuer les lèvres.

Le chantier se trouvait à environ un kilomètre du camp. Là Tanguy reçut une pelle. Il fallait creuser des sortes de tranchées dont personne ne connaissait l'utilité. Un kapo surveillait le travail. Tanguy alla dans la tranchée et fit comme les autres. Mais il n'avait pas assez de forces et il avait du mal à envoyer par-dessus le fossé les pelletées de terre. Il devait prendre son élan. Puis, petit à petit, il commença de travailler machinalement, sans presque s'en apercevoir. Le kapo roulait des cigarettes. Tanguy, lui, commençait à sentir la fatigue s'emparer de lui. Il avait mal aux bras et aux jambes ; ses mains brûlaient. Il chancelait en soulevant sa pelle et il lui fallait prendre un grand élan pour jeter la terre hors du fossé. À deux reprises, il n'y parvint pas et la terre noire lui retomba dessus.

Tanguy leva son regard. Il rencontra celui de Gunther. Le jeune Allemand lui sourit. Tanguy s'essuya le front et répondit à ce sourire. Il se sentit mieux. Gunther avait le pouvoir étrange de lui redonner des forces et de l'encourager. Malgré sa fatigue et la douleur qui paralysait ses membres, Tanguy était content. Car il savait que Gunther était là et que le jeune homme pensait à lui.

Enfin à midi le kapo lança un bref coup de sifflet et les prisonniers cessèrent le travail. Ils allèrent s'asseoir par terre. Tanguy rejoignit Gunther qui l'accueillit en souriant :

— Au début, c'est dur, concéda le jeune Allemand. Mais petit à petit tu t'habitueras. Il vaut mieux travailler ici, au chantier, que dans les usines. Ceux qui sont dans les usines sont régulièrement accusés de « sabotage », et punis.

Ici, il suffit de faire semblant. Le travail est plus dur, mais on est sûr de ne· pas finir au camp central.

Tanguy acquiesça. Il était trop fatigué pour répondre quelque chose. Il regarda ses mains qui étaient rouges. Gunther, à demi couché par terre, ne parlait plus. De nouveau c'était le silence. Un détenu s'approcha d'eux. C'était un homme grand, plus maigre que les autres. Son crâne lisse luisait sous le soleil et ses yeux étaient noirs. Il adressa quelques mots à Tanguy, que celui-ci ne comprit pas.

— C'est un Russe, dit Gunther. Il te dit qu'il s'appelle Misha et qu'il sera ton ami.

Tanguy esquissa un sourire et tendit sa main au Russe, qui la lui serra. Misha demanda encore quelque chose. Gunther traduisit :

— Il te demande si c'est vrai que les Américains sont à quinze kilomètres de Paris et que l'armée allemande est en pleine débâcle. Il a appris cette nouvelle hier soir aux latrines. Il paraît que c'est un nouveau venu qui l'a donnée.

Tanguy fit non avec la tête. Puis :

— Quand je suis passé par Paris, les Allemands y étaient toujours. Ils occupent la moitié de la France. Je ne crois pas que cela soit vrai, que les Américains soient près de Paris.

Gunther traduisit. Le Russe parut très affecté. Il sourit pourtant de nouveau et prit congé de Tanguy.

La soupe arriva. Tanguy tendit sa gamelle, eut droit à son liquide rouge et à son morceau de pain. Il s'assit de nouveau auprès de Gunther et

112

se mit à manger. Le jeune Allemand lui demanda :

— Comment se fait-il qu'ils t'aient emmené en Allemagne ?

Tanguy hésita. Il ne savait jamais comment répondre à cette question. Il cherchait à expliquer le mieux possible son histoire à Gunther, qui l'écoutait en silence.

— À vrai dire, une fois que l'on est ici, cela n'a plus aucune espèce d'importance de savoir pourquoi l'on y est, reprit Gunther.

— Et toi ?

— Moi ? J'étais jeune avocat à Hambourg… La police m'a arrêté. Je n'étais pas, à ce qu'il semble, digne de faire partie de la nouvelle Allemagne. Je dois racheter mes fautes en travaillant pour la communauté du *Herrenvolk*.

— Qu'est-ce que ce mot ?

— Rien. C'est comme cela qu'ils appellent l'Allemagne.

— Comment se fait-il que tu parles si bien français ? interrogea Tanguy.

— J'ai étudié quelque temps à Paris… J'aurais mieux fait d'y rester.

— Tu connais Paris ?

— Oui.

— C'est joli, n'est-ce pas ? fit Tanguy.

— Très… J'aimais flâner le long des quais, je feuilletais du bout des doigts les livres poussiéreux ; en face de moi, les tours ajourées de Notre-Dame et la flèche de la Sainte-Chapelle…

Tanguy aussi rêvait de Paris. Il se disait bien sûr qu'il n'avait fait que l'entrevoir. Mais il en avait tant entendu parler qu'il lui semblait depuis toujours connaître cette ville et depuis toujours la porter dans son cœur.

Un nouveau coup de sifflet marqua la reprise du travail. Tanguy se leva, secoua son pantalon, prit sa pelle et plongea au fond du fossé. Il se remit à travailler. Il apprenait à faire semblant d'envoyer la terre par-dessus son épaule droite ; puis il recommençait.

Les heures s'écoulaient. Le soleil faiblissait. L'ombre naissait et les prisonniers continuaient de travailler. Tanguy avait des vertiges ; le sang affluait à sa tête ; ses jambes tremblaient ; ses bras et ses épaules le faisaient souffrir. Il ne pouvait s'empêcher de verser quelques larmes de dépit en jetant des coups d'œil sur le kapo. Il alla jusqu'à l'insulter en pensée. Puis il se dit que ce n'était sûrement pas sa faute et que ce devait être le règlement.

Les heures passaient. Tanguy se demandait si on n'allait pas les laisser travailler là jusqu'à ce qu'il fît complètement nuit. Il se sentait déprimé. Il ne pouvait presque plus tenir sur ses jambes et jetait des regards angoissés à Gunther qui lui souriait avec tendresse. Enfin la sirène donna le signal et les déportés interrompirent le travail.

Alors tout se mit à tourner autour de Tanguy, qui dut s'appuyer sur l'un des bords du fossé pour ne pas tomber. Il avait les yeux pleins de larmes et ne se sentait plus la force de grimper hors de la tranchée. Gunther vint à lui et, sans dire un mot, le tira dehors. Tanguy ne remercia même pas son ami. Il avait la gorge pleine de sanglots étouffés. Il se mit en rang, prit sa distance et suivit son groupe en marquant le pas. Il chantait comme les autres.

La revue fut plus longue encore que d'habitude. Il fallut attendre les groupes d'« usine » et de « déblayage », qui tardèrent au moins vingt minutes. Les différents groupes arrivaient en formation, marquant le pas et chantant. Ils traînaient avec eux des éclopés qui, pensa Tanguy, étaient évanouis. Leurs camarades tenaient ces malheureux par les aisselles et les soulevaient comme des pantins déchiquetés.

Le commandant arriva. Les kapos firent leurs rapports aux soldats, qui, à leur tour, les firent à leurs officiers, qui finirent par les faire à leur commandant. Alors eut lieu la revue. Ceux que Tanguy croyait évanouis furent lâchés et tombèrent par terre : ils étaient morts. Les kapos s'approchaient d'eux, leur donnaient des coups de pied et les portaient « décédés » sur leur liste.

Tanguy n'osait en croire ses yeux. Puis il crut tout ce que l'on ne pouvait pas croire. Il considéra presque avec indifférence le spectacle de ces cadavres qui jonchaient le Rassemblement. Il songeait au petit Guy, qui était mort dans un wagon à bestiaux et que les gardes avaient laissé sur une voie de garage… « C'est la guerre, se disait Tanguy. La guerre est faite pour tuer des hommes… Mais pourquoi des enfants ? »

La revue finie, les prisonniers eurent droit à leur ration habituelle de bonnes nouvelles. Ils apprirent la prise par la *Wehrmacht* d'une ville russe. À l'annonce de cette nouvelle, les kapos se mirent à applaudir; les déportés firent de même. Alors l'ordre fut donné de chanter le *Die Fahne hoch*. Mais quelqu'un chanta faux et le commandant se fâcha. Il fallut recommencer.

Tanguy croyait devenir fou. Il avait envie de se laisser tomber et de rester là comme ces hommes qui jonchaient le sol de la cour. Il avalait ses larmes, qui luttaient pour sortir; il était si las qu'il lui semblait impossible de réagir. Lorsque le chant fut fini, et qu'il put quitter les rangs, il suivit lentement Gunther. Ils ne parlaient pas. Ils allèrent se mettre à la queue pour toucher leur ration de «soupe». Tanguy n'ouvrit même pas la bouche en apprenant que le kapo avait puni sa baraque tout entière et l'avait privée de pain, parce que celui qui avait chanté faux en faisait partie. Tanguy baissa la tête, avala sa «soupe» et resta un instant, avant le couvre-feu, à jouir du calme crépuscule d'été qui incendiait le ciel et la forêt toute proche. Il regarda cette forêt avec nostalgie et se dit que ce serait magnifique de pouvoir s'y promener dans ce beau soir.

Il rentra pour la revue de nuit. C'était le chef de baraque qui comptait les prisonniers. Puis Tanguy alla aux latrines.

C'était une baraque aussi grande que les autres. Le plancher était percé de trous. Les déportés s'accroupissaient chacun sur un trou. Un «surveillant de latrines» se tenait à la porte. Tanguy s'accroupit. Quelqu'un l'appela. Un pri-

116

sonnier qu'il n'avait pas encore vu lui fit signe de
s'approcher. Tanguy changea de trou :

— Tu as de l'argent ?

— Non.

— De quelle baraque es-tu ?

— La 12.

— Dis-leur que s'ils veulent du pain, j'en ai. Ils
me trouveront ici demain. Et dis-leur que j'ai
appris que les Anglais ont débarqué en Afrique et
que Rommel est fichu. C'est un Fritz qui m'a dit
cela. — Le détenu se tut. Puis, d'une voix plus
basse :

— C'est toi, le p'tit Français ?

— Oui.

— Comment ça se fait qu'ils t'aient mis avec
les adultes ?

— Je ne sais pas

— Bon, ça ne fait rien. Moi aussi, je suis français. Enfin, alsacien ; c'est la même chose. D'où
es-tu, toi ?

Tanguy tardait à répondre. Enfin, il dit :

— De Paris.

— Comment cela va-t-il à Paris ?

— Mal.

— T'en fais pas, mon petit. Cela va aller
mieux maintenant. Ça ne sera pas comme en
1914. Je te jure que nous n'oublierons pas si vite.
Vous étiez nombreux, les gosses ?

— Une cinquantaine. Ils étaient presque tous
juifs. Ils ont disparu.

— Oui, je sais. Il n'y a pas eu de morts ?

— Un. Il s'appelait Guy. Il avait sept ans...

— Ses parents étaient dans le même convoi ?

117

— Oui.

— Alors, là-bas, au fond, on a fini de bavarder? cria une voix.

Tanguy baissa la tête. Il avait peur d'être puni. Il se tut. Il voulut se lever, mais son camarade lui fit signe de rester. Ce dernier appela à haute voix :

— Surveillant!

— Qu'y a-t-il?

— Viens!

— Que veux-tu?

— Viens, je te dis! C'est mieux pour toi.

Le surveillant s'approcha du Français et se pencha vers lui :

— Que me veux-tu?

— J'ai du pain pour toi.

— Combien?... D'ailleurs je n'ai pas d'argent.

— Cela ne fait rien. Je te fais crédit. Tu me paieras quand tu en auras.

— Montre.

Le Français sortit un morceau de pain noir, grand comme la main. Il le tendit au surveillant.

— Tu en veux combien? demanda ce dernier.

— Cinq marks.

— Tu es fou?

— Pourquoi fou? C'est pas toi qui te risques à aller le chercher! Et par-dessus le marché je te le vends à crédit.

— Bon. D'accord.

— Maintenant va manger ton pain et laisse-nous bavarder un peu avec le gosse. Il m'apprend des nouvelles importantes de Paris.

— Vous savez que c'est interdit de parler ici.

— Allons, personne ne nous entend !

— Je suis responsable des latrines et je dois...

— Je sais... Tu es un brave fonctionnaire. Mais laisse-nous en paix. Je te jure que ce ne sera pas long.

Le surveillant s'éloigna. Tanguy esquissa un sourire. L'autre le lui rendit.

— Je m'appelle Antoine Desprez. Et toi ?

— Tanguy.

— Mais c'est pas un nom, ça ?

— Si.

— Bon, ça ne fait rien. Où travailles-tu ?

— Au chantier.

— Aux fosses ?

— Oui.

— Mais c'est de la folie pure ! Tu vas crever, là-bas. Je vais te faire envoyer aux ateliers de laine. Le kapo est un ami.

Tanguy hésita. Puis :

— Je voudrais rester... J'aime bien travailler au grand air...

— Alors, c'est vrai que tu es lié avec le pianiste ?

Tanguy ne comprit pas la question. Il se tut.

— Le jeune Allemand, celui qui joue pour le commandant. C'est lui ton ami ?

— Je ne sais pas... Il s'appelle Gunther...

— Alors c'est sûrement lui... Remarque que moi, j'ai rien contre. Seulement je n'aime pas les « boches ». Même quand ils sont avec nous, j'ai un peu l'impression que c'est par hasard, mais qu'ils ne demanderaient pas mieux que de nous faire crever. C'est mon sentiment.

119

Tanguy ne répondit pas. Il n'avait rien à répondre. Lui, cela lui était égal que Gunther fût allemand ou belge ou chinois, pourvu qu'il fût gentil. Et Gunther était gentil.

— Bon, le petit, je suis à la 10. Si quelque chose ne marchait pas ou que tu aies besoin de moi, tu n'as qu'à m'appeler. Je serai content de t'aider.

Tanguy se leva. Il trouvait le Français gentil aussi. Mais il se dit qu'au lieu de faire tant de phrases, il aurait pu lui donner un morceau de pain. Puis il rougit de sa pensée : « Il doit sûrement travailler pour avoir ce pain… Cela doit lui coûter cher. Il n'a pas le droit d'en faire cadeau… »

Tanguy, étendu sur sa paillasse, les mains derrière la nuque, songeait à son passé. Il pensait à sa mère, à son père, qui l'avait abandonné, se demandant pourquoi il n'avait pas été traité comme les autres enfants et ce qu'il avait bien pu faire pour ne pas être comme eux. Il se sentait vidé. Il se disait qu'il n'aurait jamais la force de résister à ce travail, jour après jour, sans presque avoir mangé. La faim lui donnait des crampes au creux de l'estomac. « …Tout cela vient de ce que je n'ai pas pu parler au commandant. Si j'avais pu lui parler, il m'aurait certainement compris. Il m'aurait fait relâcher… » Tanguy pleurait. Ce n'étaient pas des larmes de douleur, mais des larmes de démission, comme en versent ceux qui ne sont plus maîtres de leur destin.

11

Les jours passèrent. Les réveils matinaux, les longues revues, le départ en marquant le pas, les dix heures de travail au chantier, le retour, le Rassemblement, les revues du soir, rien n'avait changé. Tanguy était très fatigué. Une sorte de torpeur avait envahi ses membres et jusqu'à son esprit. Il ne parlait pour ainsi dire plus. Il se traînait machinalement à la cour ou au chantier, travaillait comme un automate, se couchait enfin, sans même réagir intérieurement. Il demeurait comme sous l'effet d'une violente dose de soporifique : abruti.

Il n'avait que Gunther. Le jeune homme était devenu indispensable à Tanguy. Le sentir là était pour lui une sorte de baume. Il aimait à regarder le profil de son ami, ou à entendre sa voix, qui lui parlait de Paris. Il se sentait en sécurité auprès de lui. Il l'aimait avec un infini désespoir. Il ne se demandait pas *«pourquoi»* il l'aimait, ni «comment». Il l'aimait. Ils ne se prouvaient pas leur amour dans le mythe des paroles, mais dans l'éloquence des actes. Chaque geste les rapprochait davantage. Tanguy s'accrochait à son ami avec l'ultime effort de celui qui a constamment tout perdu et qui n'a plus rien à perdre que sa vie.

Les autres détenus n'aimaient pas Gunther. Ils l'insultaient, le battaient, le bousculaient, l'accusaient faussement pour le faire punir. Gunther ne répliquait jamais rien. Il ne se défendait pas. Tanguy, lui, pleurait de rage. Il haïssait ces hommes qui s'acharnaient contre Gunther ; il haïssait tous ceux qui n'aimaient pas son ami.

Un jour, au chantier, à l'heure de la première soupe, le kapo appela Gunther. Pendant l'absence du jeune homme, la « soupe » fut servie. Tanguy prit la part de Gunther et la mit à côté de lui. Un déporté s'approcha, prit la soupe et la but. Les autres se mirent à rire.

Tanguy ne put trouver un mot. Il était comme écrasé. Il regardait la gamelle vide avec stupeur. Gunther revint, comprit vite. Tanguy, lui, pleurait. Ses larmes se mêlaient à sa soupe. Pendant qu'il mangeait, il surprit un regard de Gunther et ce regard, jamais il ne pourrait l'oublier. Il exprimait la faim animale, la lassitude, la lutte intérieure, l'abandon.

— Prends ça, Gunther.

Le jeune Allemand sourit :

— Certainement pas, Tanguy. Je me porte très bien. Tu as beaucoup plus besoin de soupe que moi.

Tanguy regarda Gunther dans les yeux :

— Par pitié, fit-il. Je t'en supplie, mange ce peu de soupe. Je te le demande.

Gunther hésita. Il prit enfin la gamelle et commença de manger. Alors les autres détenus commencèrent à crier. Le kapo arriva.

— Que se passe-t-il ?

— C'est l'Allemand. Il oblige le gosse à lui donner sa soupe. Le petit est tout maigre et va tomber malade.

— C'est moi qui la lui ai donnée, s'écria Tanguy. C'est moi !...

— Qu'est-ce que tu en dis, toi ? demanda le kapo à Gunther.

Celui-ci ne dit rien. Il regardait par terre. Il ne prononça pas un mot.

— C'est vrai ! Le gosse la lui a donnée, cria le Russe Misha.

— Ta gueule ! intervint un autre détenu. Il la lui a donnée parce que l'Allemand la lui a demandée. La nuit il cajole le gosse pour que celui-ci lui donne son pain, ou sa soupe. C'est pas la première fois que cela arrive !

— C'est faux, cria Tanguy, c'est faux ! Je jure que ce n'est pas vrai. C'est Gunther au contraire qui parfois me donne du pain.

— C'est fini, vos histoires ! hurla le kapo. Ce soir, vous m'apporterez tous deux votre ration de pain. Comme cela personne ne donnera de pain à personne. Allons ! Au travail !

Tanguy croyait avoir mal compris. Il chercha encore à protester :

— Mais je n'ai rien fait

— Suffit ! Au travail !

Tanguy descendit dans la tranchée sans dire un mot. Il avait le cœur lourd et l'âme vide. Il était las. Il n'avait pas le courage de regarder ses camarades. Il les haïssait, les méprisait. Il se mit à travailler sans protester. Malgré lui, des larmes impuissantes, faites de rage et de désespoir, jaillissaient de ses yeux. Il se sentait défaillir. Puis il se résigna. Il travailla comme tous les jours. Lorsque la sirène en donna le signal, il regagna le camp en marquant le pas.

Il pleura néanmoins après avoir donné son pain au kapo, car il savait que celui-ci le revendrait le soir même aux latrines. Tanguy avait l'impression qu'on le volait. Il se disait que c'était lâche de s'acharner contre un enfant. Il alla se coucher. Gunther vint le trouver. En voyant son ami, Tanguy éclata en sanglots. Il cachait son visage dans la paillasse et se laissait aller. Les sanglots secouaient son corps :

— Ils n'ont pas le droit!... Ils n'ont pas le droit...

Tanguy sentait dans ses cheveux les longs doigts de Gunther. Celui-ci le consolait. Il l'appelait « *kleiner schwarzer Fürst* [1] », et Tanguy aimait à s'entendre appeler ainsi.

— Allons, Tanguy. Ne pleure pas... Ce sont des malheureux. Quand on est très malheureux, on peut devenir méchant. Il faut chercher à les comprendre. Je suis allemand et ils sont internés dans un camp allemand. Il est naturel qu'ils aient de telles réactions. Ils sont si faibles!

— Moi aussi, je suis malheureux; toi aussi... Ils n'ont pas le droit. Je les hais.

— Non, Tanguy, ne hais pas! C'est une triste

_____

1. « Petit prince brun ».

maladie que la haine. Parce que tu as beaucoup souffert, tu dois beaucoup comprendre et tout pardonner. Laisse la haine à ceux qui sont trop faibles pour pouvoir aimer.

Tanguy pleurait. Il se sentait brisé. Il avait si faim qu'il en avait mal au ventre. Comme s'il avait avalé une grosse pierre, il se sentait au creux de l'estomac un poids très lourd.

— Bon, je vais aller jouer aujourd'hui.

— Jouer quoi ?

— Du piano. C'est l'anniversaire du commandant. Il a des invités.

— Tu joues du piano ?

— Oui. Dans ma jeunesse je voulais devenir pianiste. J'ai même passé un concours au Conservatoire. Puis j'ai fini par opter pour le Droit.

— Le commandant aime le piano ?

— Il adore la musique. Surtout Chopin. Je vais lui jouer ce soir cinq des plus beaux nocturnes.

— Cela te plaît de jouer pour les Allemands ? Gunther sourit.

— Je suis allemand, reprit-il. D'ailleurs, cela ne m'intéresse pas de savoir pour qui je joue. J'aime la musique. La musique n'a pas de patrie.

Tanguy dormait. Quelqu'un lui toucha l'épaule. Il ouvrit les yeux et aperçut la silhouette de Gunther qui lui fit signe de se taire et s'assit sur sa paillasse. Puis, sans mot dire, il ouvrit le colis qu'il tenait entre les mains et en montra le contenu à Tanguy : du pain, deux oranges, une tablette de chocolat, deux bananes, un paquet de biscuits, un grand morceau de tarte.

— Je ne voulais rien te dire d'avance, car je n'étais pas sûr, cette fois, que j'aurais quelque chose. Tu n'aurais pas pu dormir et tu aurais été déçu si j'étais revenu sans rien... Voilà, tout cela je l'ai gagné en jouant du Chopin. Comme quoi il est faux de dire que les musiciens sont des crève-la-faim. Bon, nous allons faire deux parts équitables, et nous allons les manger *hic et nunc*. Sauf les biscuits que je m'en vais troquer demain aux latrines contre de la viande. Il n'y a rien de tel qu'un morceau de viande pour vous remettre d'aplomb. Allons-y.

Tanguy, pour la première fois de sa vie, pleurait de faim. Il regardait ces victuailles que Gunther étalait sur sa paillasse, sans oser y croire ni les toucher. Il y avait des mois qu'il n'avait vu une orange ni une banane : rien que voir ces fruits le bouleversait. Il se demandait quel goût auraient les oranges. Enfin, il put prononcer quelques mots :

— Je ne peux pas... C'est pas à moi... On te l'a donné... Je ne veux pas...

— Tu ne veux pas ? Je te jure que tu mangeras, bon gré, mal gré, ton orange, ton morceau de pain, ta banane et la moitié de la tarte. Nous fêterons l'anniversaire du commandant ensemble.

Tanguy mangea. Il était heureux en mangeant ; si heureux qu'il lui paraissait impossible qu'on pût l'être davantage. Il souriait, et dévisageait Gunther avec émotion. Celui-ci mangeait consciencieusement, tout en racontant à Tanguy le récital et quelle atmosphère y régnait. Mais Tanguy n'écoutait pas. Ses mains tremblaient d'émotion. Il cherchait à se maîtriser et à manger lentement; mais il ne le pouvait pas. Il jetait à gauche et à droite des regards affolés. Il se disait qu'il fallait finir avant que quelqu'un ne se réveillât. Lorsque tout fut fini, Tanguy rayonnait de joie. Il transpirait. Il ne trouvait pas de mots et se laissa enfin choir dans les bras de Gunther.

— Je t'aime… (Sans savoir pourquoi Tanguy avait les larmes aux yeux.) Je t'aime autant que ma mère; peut-être même plus… Je t'aime…

Gunther aussi était content. Il s'essuya les mains et grimpa sur sa paillasse. Tanguy tardait à s'endormir. Il pleurait tout doucement : mais pour la première fois depuis son arrivée au camp, cette fois, c'était de bonheur.

L'hiver arriva. Ce furent d'abord les pluies. La terre entière devint une sorte de boue visqueuse. Le ciel se couvrit de nuages lourds et noirs. La forêt proche parut s'assombrir. Jour après jour la pluie tombait. Une grosse pluie dense, qui trempait jusqu'aux os. Le vent aussi s'était levé.

Le matin le réveil avait lieu dans le noir. La sirène arrachait les déportés de leurs paillasses. Ils se traînaient dehors. Ils n'avaient pas reçu de manteau et leurs membres étaient secoués de frissons. Ils restaient dans la pluie et le vent plus d'une heure, pour l'appel du matin. Ces appels devenaient de plus en plus longs. À cause du froid et de la dysenterie, des déportés mouraient chaque nuit. Il fallait traîner les cadavres jusqu'à la cour du Rassemblement. Les kapos tenaient à s'assurer eux-mêmes que les hommes étaient bien morts. À travers les haut-parleurs le commandant faisait diffuser des marches militaires.

Tanguy, les mains sous les aisselles, sautillait sur place pour se dégourdir. Il tremblait de froid. Il n'avait nul sous-vêtement et la pluie ruisselait sur sa peau. Il toussait. Il ne pleurait plus, ne se plaignait pas. Il savait que cela ne servait à rien. Il s'était même habitué à la vue des cadavres. Il se disait souvent qu'il lui fallait s'habituer à tout : même à mourir.

Le groupe de travail du chantier avait espéré qu'avec la pluie ils seraient transférés ailleurs. Il leur fut répondu que les soldats allemands se battaient dans la boue et dans la neige russes, sans récriminer.

Le travail devint un supplice raffiné. Les premiers jours, les larmes de Tanguy allèrent grossir les flaques qui couvraient la terre. Puis il se lassa aussi de pleurer. Il fit comme les autres : se plia en deux. La terre n'était plus qu'une sorte de liquide couleur chocolat qui échappait de la pelle et retombait dans la tranchée. Le travail était devenu parfaitement inutile. On recommençait des gestes qui n'avaient plus ni sens ni but. À la fatigue du labeur physique s'ajoutait la rage de savoir que ce que l'on faisait ne servait à rien et que l'on ne travaillait même pas.

Tanguy se disait, les premières semaines, qu'il ne pourrait jamais tenir le coup et qu'il mourrait ou deviendrait fou. Il songeait alors davantage à sa mère ; il se répétait qu'il ne la reverrait jamais. Mais il apprit petit à petit que ce n'est pas toujours facile de mourir, et qu'il est quelque chose de pire que mourir : se mourir tous les jours un peu.

Les kapos qui surveillaient leur travail s'étaient fait construire par les prisonniers une sorte de petite cahute en bois ; ils y passaient leurs journées en bavardant ou en jouant aux cartes. Parfois ils y faisaient du feu. En levant les yeux, Tanguy voyait les deux hommes se chauffer les mains et les pieds. Les déportés avaient sur eux la pluie ; dans leur dos, le froid et le vent ; sous leurs pieds, la boue ; dans leur âme, le vide.

À midi, pour la soupe, il leur était interdit de s'approcher de la flamme. Ils restaient dans la boue froide et avalaient leur soupe en se chauffant les mains contre leur gamelle. Seulement, les cuisiniers ne se pressaient pas toujours et la soupe arrivait parfois complètement froide au chantier. Alors Tanguy avalait sa soupe sans dire un mot. Il se blottissait contre Gunther et ils essayaient de se tenir mutuellement chaud. Ils se frottaient les mains, soufflaient dedans, frottaient leurs doigts pour faire circuler le sang. Puis le travail reprenait. La sirène sonnait à 5 heures, quand il faisait déjà noir.

Après les pluies, ce furent les premières gelées. La neige tomba aux premiers jours de novembre. Il y avait dans l'air une très belle lumière et le ciel était aussi blanc que la terre. La forêt de sapins disparut, elle aussi, sous une épaisse couche de blancheur. Le froid devint vif, coupant. Les oreilles rougissaient, bleuissaient, se congelaient. Tanguy avait les mains et les pieds couverts d'engelures. Pendant quinze jours il ne put dormir tant elles le faisaient souffrir. Puis elles s'ouvrirent et devinrent des plaies purulentes. Gunther avait pu se procurer quelques vieux chiffons et avait pansé les plaies de Tanguy car il ne voulait pas que l'enfant allât au Revier, l'infirmerie, surtout avec des blessures aux pieds.

130

Peu après les premières chutes de neige, les déportés passèrent aux vestiaires pour prendre possession de leurs manteaux. Le préposé aux vestiaires était cette fois un gros Polonais, rieur. Il donna à Tanguy, en plus d'un manteau, un bonnet russe. C'est ainsi que Tanguy put se protéger les oreilles. Le manteau était beaucoup trop grand et il dut en relever les manches. Ce que voyant, Gunther parut beaucoup s'amuser.

— Tu sais ce que tu me rappelles ?

— Non.

— Les mandarins chinois, ou quelque chose de ce genre. Avec tes deux petites cornes rabattues et ton grand manteau, tes mains dans les manches… Tu es vraiment imposant !

Tanguy, qui n'avait aucune envie de sourire, ne put s'en empêcher.

— Nous voilà équipés, poursuivait Gunther. Avec cela, si l'on crève, ce ne sera sûrement pas la faute de notre commandant qui met gracieusement à la disposition de ses hôtes des manteaux d'une coupe hautement «fantaisiste».

L'arrivée de l'hiver marqua la fin du travail au chantier. Les déportés du groupe furent affectés aux travaux de déblayage. Ils allaient tous les matins au village le plus proche et dégageaient la piste allant de l'école à la gare, de la gare à l'église. C'était, ce village, un endroit paisible. On n'y voyait pas de maisons à la façon des villes, mais de petites villas, toutes précédées d'un jardin. Les habitants regardaient curieusement passer les prisonniers. Les enfants se montraient

cruels envers ceux qui travaillaient. Ils leur
jetaient des pierres en criant :

— *Russen ! Russen !*

Tanguy aurait aimé dire à ces enfants qu'il
n'était pas russe et que, par conséquent, ils
n'avaient pas à lui jeter de pierres. Puis il pensa
que même le fait d'être russe ne justifiait pas
d'être lapidé.

Un jour ils s'en prirent à lui autrement et lui
jetèrent de grosses boules de neige, si fort qu'à
plusieurs reprises il chancela et tomba. Les kapos
se donnaient des tapes sur le dos et riaient
bruyamment. Les enfants, excités par ces rires,
redoublaient de zèle. Lorsque Tanguy voulut se
remettre debout, une boule de neige l'atteignit
en plein front ; pendant qu'il était par terre les
enfants le bombardèrent de projectiles de neige ;
ils hurlaient : « Espèce de cochon ! » C'était le
mot que Tanguy entendait revenir le plus souvent. Il ne chercha plus à se lever et laissa les
enfants s'en donner à cœur joie. Il était encore à
terre lorsqu'il entendit une voix de femme qui
prenait sa défense. Aussitôt les enfants cessèrent
leur jeu. Tanguy se leva. Il secoua la neige de son
cou et de son manteau. Devant lui, à quelques
mètres, se tenait une femme d'environ cinquante
ans. Elle portait une robe à fleurettes et un manteau bleu marine ; elle était coiffée d'un chapeau
noir. Elle était grosse et avait des cheveux blancs.
Ses yeux étaient tendres et chauds. Elle lui sourit,
Tanguy ôta son chapeau et la remercia du
regard. Il était content. La femme demanda
quelque chose au kapo et celui-ci répondit par

132

l'affirmative. Alors elle chercha dans le panier qu'elle avait à la main et tendit à Tanguy un morceau de pain et une grosse pomme. Tanguy n'osait pas s'approcher d'elle. Elle vint vers lui. Mais insensiblement il reculait. Il murmurait :

— *Danke schön, gnädige Frau. Danke...*

La femme souriait. Elle tendait son présent et murmurait :

— *Bitte...*

Le kapo intervint et dit à Tanguy de prendre le cadeau. Celui-ci la remercia de nouveau. Il était sur le point d'éclater en sanglots et jetait des regards affolés sur le kapo qui regardait la scène avec attendrissement. Elle se baissa un peu vers lui et caressa son crâne bosselé.

— *Wie heisst du ?* demanda-t-elle.

— *Tanguy, gnädige Frau.*

— *Tanguy ? Das ist ein schöner Nahme. Wie alt bist du ?*

— *Zehn Jahre alt, gnädige Frau.*

— *Zehn Jahre ?...* (Elle parut réfléchir un peu) *Bist du Jude ?*

— *Nein, gnädige Frau* [1].

La femme s'en alla. Tanguy n'osait toujours pas toucher à ce qu'elle lui avait donné. Il la regarda partir comme on regarde s'évanouir un espoir. Il avait envie de crier. Il aurait voulu lui dire qu'il était innocent, qu'il n'était ni russe ni communiste, ni même français ; il aurait voulu

1. — Comment t'appelles-tu ? demanda-t-elle. — Tanguy, chère madame. — Tanguy ? C'est un beau nom. Quel âge as-tu ? — Dix ans, chère madame. — Dix ans ?... Es-tu juif ? — Non, chère madame.

faire comprendre à cette femme qu'il y avait eu une erreur, que c'était sûrement une erreur.

— Allons, mange donc ce qu'elle t'a donné ! Ou veux-tu que je le donne aux autres ?

Tanguy commença de manger. Il avalait le pain avec rapidité et la salive lui manquait parfois pour le faire passer. Avec agilité il en escamota la moitié, qu'il garda contre sa poitrine pour le donner à Gunther le soir. En même temps il pensait à tout ce qu'il aurait pu dire à cette femme, qui l'aurait sûrement compris. « De toute façon, ça ne servirait à rien... Elle ne pourrait rien !... Ce sont les ordres. C'est l'Administration... »

Il leva les yeux et surprit Misha, qui le dévisageait avec une expression de stupeur. Tanguy, en l'apercevant, se souvint de son chien Tom. Il alla donc vers Misha et, pendant que les deux kapos bavardaient, il lui tendit un morceau de pain. Misha inclina le buste et sourit à plusieurs reprises ; on aurait dit un chien auquel on jette un os. Il avala le pain en deux bouchées et remercia de nouveau. Tanguy, les yeux pleins de larmes, reprit son travail. Il savait que les Russes étaient plus maltraités encore que les Polonais ; que les kapos avaient ordre de les battre ; qu'ils n'avaient qu'une ration de pain par jour... qu'ils mouraient tous du typhus... « Ce n'est pas ma faute, pensait Tanguy, ce n'est vraiment pas ma faute... » Mais il avait honte de ce surcroît de misère que subissaient les Russes. C'est pourquoi il aimait Misha : parce qu'il était plus malheureux.

Les Russes étaient isolés de tous et de tout. La population civile allemande, jusqu'aux enfants, regardaient les Russes comme s'ils eussent été des monstres ou des pestiférés. Tanguy, lui, les aimait parce qu'ils avaient bon cœur et qu'ils lui faisaient tous des sourires gentils. Il aimait entendre leurs chants nostalgiques, avant le couvre-feu, qui montaient de leurs baraques, où ils étaient entassés comme des bêtes. Il avait, en les entendant, envie de pleurer.

Le soir, il cacha dans la couverture de Gunther la moitié du pain qu'il avait reçu. Il attendit avec impatience le moment où le jeune homme monterait sur sa paillasse. Enfin Gunther redescendit et prit la main de Tanguy :

— Merci.

— Mais non. Merci à cette bonne dame allemande qui me l'a donné.

Gunther garda le silence. Puis il dit :

— Ne garde pas rancune aux enfants qui t'ont blessé. Ils font ce qu'on leur apprend. Ils sont méchants parce qu'on les élève dans la méchanceté… Ce qui est triste, c'est qu'ils seront la génération de demain : celle dont on devrait attendre un monde meilleur.

Tanguy ne répondit pas. Il regarda Gunther, prit une main du jeune Allemand et l'embrassa.

— Je sais, Gunther…

*

La température atteignit – 30° C. La neige ne cessait de tomber. Un vent venant de l'est soufflait sur le camp. Le bois des baraques craquait. Le travail extérieur dut être interrompu. Mais les revues avaient régulièrement lieu. Matin et soir les détenus devaient rester au garde-à-vous dans la grande cour. Les kapos allaient et venaient. Il manquait toujours quelqu'un. Parfois les revues se prolongeaient plus d'une heure et demie. Des déportés s'effondraient sur place.

Tanguy ne parvenait plus à s'indigner. Il regardait toutes ces choses comme si elles eussent été depuis toujours dans sa vie. Il ne pensait presque plus à son passé et ses souvenirs s'étaient effacés, ne laissant plus rien d'autre qu'une sorte de vide à l'intérieur de son être : une secrète nostalgie d'un passé qui n'avait en réalité jamais existé pour lui. Il avait perdu tout espoir d'être libéré un jour. Il savait que la guerre tuait aussi des enfants, des femmes, des vieillards ; il n'opposait plus à la mort que l'inertie de son corps squelettique et l'immensité de la tendresse qu'il éprouvait pour Gunther. Il était dans un autre monde que celui où il était né. Au camp ni le bien ni le mal, ni la tristesse ni la joie, n'avaient plus de sens ; on se contentait de ne pas mourir ; on apprenait à jouir de chaque petite minute que l'on arrachait à la mort comme d'une immense victoire. On apprenait à parler peu ; chaque geste prenait un sens nouveau, presque symbolique. C'est par ces gestes que l'on affirmait, face aux autres, son existence.

Les baraques étaient à peine chauffées et la température continuait de baisser. Le froid, l'inaction, la faim, les souvenirs, rendaient les déportés presque déments. Ils passaient leur journée à s'insulter, se bagarrer. Des objets disparaissaient :

136

gamelles, cuillères, couvertures. La suspicion était dans tous les cœurs ; la peur se lisait dans tous les yeux. La nuit on dormait en serrant contre soi les quelques objets qui appartenaient à l'Administration. Car les punitions étaient sévères pour quiconque perdait l'un de ces objets et, chaque samedi, il y avait une « revue générale ». Le matin, on se réveillait dans les bagarres, les cris, les insultes, les blasphèmes. Les kapos prenaient prétexte de tout pour punir. Pendant des heures, les prisonniers restaient au garde-à-vous dans le vent et la neige ; ou bien on était privé de pain, ou encore condamné à manger sa soupe froide. Les déportés voyaient leurs marmites arriver fumantes, et ils restaient devant elles, au garde-à-vous, jusqu'à ce qu'elles fussent sur le point de geler. Tanguy croyait devenir fou. Il se demandait si le printemps reviendrait un jour mettre fin à cet enfer. Il tremblait de peur et de froid. Il passait ses journées blotti contre Gunther, qui faisait des cocottes en papier, ou de petits voiliers et même des fleurs compliquées. Ils étaient, Tanguy et le jeune Allemand, les souffre-douleur de leur baraque. Les déportés faisaient cercle parfois autour d'eux pour les insulter... Tanguy s'accrochait avec désespoir aux bras de Gunther. Celui-ci ne répondait jamais rien. Il subissait sans se défendre les pires insultes ; les plus basses insinuations n'arrivaient pas à le faire se départir de ce calme qu'il savait toujours garder. Après, lorsque les déportés regagnaient leurs paillasses, il lui arrivait de murmurer :

— Ce n'est pas leur faute, Tanguy... Ils deviennent fous dans cette baraque à l'atmosphère empoisonnée. Nous finirons par nous massacrer tous si nous devons rester ici... L'inaction les rend enragés.

Le froid décima les déportés. Déjà pendant l'été et l'automne chaque jour il y avait eu des morts. Mais, dès l'hiver, ce fut comme une contagion de mort qui se propagea de baraque en baraque. Chaque matin, il y avait dans chacune sept ou huit cadavres. Les chefs créèrent un service «croque-morts». Deux prisonniers avaient pour mission d'enlever les morts de la baraque, de les déshabiller, de les déposer dans une tente spéciale et de porter leurs effets à la désinfection. Chaque soir, après les «nouvelles», une charrette branlante, tirée par un interné russe, venait chercher les morts à «la morgue». De sa baraque, Tanguy pouvait voir les deux prisonniers, tenant un cadavre par les aisselles et par les pieds, lui imprimer un mouvement de bascule pour le hisser sur la charrette. L'opération se répétait autant de fois qu'il le fallait. Puis la charrette repartait, remplie de cadavres disloqués qui faisaient songer à des pantins.

Au début Tanguy se demandait comment il ne devenait pas fou. Puis il ne se demanda plus rien. Il observait cela avec indifférence. Il s'amusait même parfois à compter les corps : la moyenne était de trente-cinq par jour. Les Russes tenaient de loin la tête. Chacune de leurs baraques fournissait par jour dix ou douze cadavres : il n'y avait pourtant que deux baraques de Russes.

Un jour Tanguy apprit aux latrines que Misha

était mort. C'est un Hongrois qui le lui apprit. Il lui dit aussi que les Allemands avaient inventé une arme terrible et qu'ils allaient écraser les Américains et les Russes en quelques jours.

Tanguy regagna sa baraque, colla son nez à la fenêtre et regarda les deux «croque-morts» qui entraient et sortaient de la tente dressée à la porte du camp. Il était triste. Il songeait à Misha et au regard que celui-ci avait un jour jeté sur lui. Tanguy avait la gorge serrée et ses yeux lui faisaient mal. Il frissonna. Il releva le col de son manteau... Puis, il haussa les épaules : «Nous crèverons tous, les uns après les autres... Tous... Ils ne laisseront pas un vivant. Et puis, avec leur arme moderne ils seront les plus forts et pourront emmener tout le monde en Allemagne.» Tanguy se dit que les Allemands avaient peut-être détruit Paris. Il se rappela le jour où, d'un camion allemand, il avait aperçu la tour Eiffel pour la première fois, et peu après l'eau tranquille de la Seine qui semblait ne pas couler... Qu'était devenue Mme Puigdellivol ? Les femmes avaient été conduites dans un autre camp, plus loin. Et le petit jeune homme ? Le vieil Israélite ? Depuis le jour de son arrivée, Tanguy n'avait plus aperçu aucun Juif. Peut-être s'étaient-ils évanouis ?

Noël 1943. Tanguy ne pourrait plus jamais oublier cela. Ce fut dans ce monde du silence et de la mort comme une trêve mélancolique, faite de l'espoir de tous. Quelques jours à l'avance, les internés commencèrent à nettoyer leurs baraques, à les orner de branches de sapin, de guirlandes faites avec du papier colorié ; ils inscrivirent des sentences sur les portes... Puis Noël arriva.

La revue du soir fut plus courte que d'habitude et le commandant souhaita un heureux Noël aux détenus. Puis les haut-parleurs commencèrent à diffuser des chants de Noël. Sur la soupe flottaient des pommes de terre et elle était moins rouge qu'à l'accoutumée ; le morceau de pain parut à chacun plus gros.

L'atmosphère du camp avait complètement changé. Ceux-là même qui d'habitude s'insultaient ou se battaient se parlèrent avec gentillesse ce soir-là ; ils échangeaient des mégots qu'ils avaient achetés aux latrines ; ils se demandaient des nouvelles les uns des autres. Ils étaient devenus gentils même avec Gunther et l'un d'eux, qui s'était toujours acharné contre le jeune homme, alla jusqu'à lui serrer la main.

Ce fut comme un îlot de paix au milieu d'un océan de haine. Couchés sur leurs paillasses, les déportés rêvaient de leur pays, de leurs foyers, d'autres Noëls de paix. Ils se sentaient, ce soir-là, liés de nouveau étroitement au reste du monde et ils avaient l'intuition que ce qui les y rattachait, c'était l'Espoir. L'espoir d'un monde plus juste et meilleur, l'espoir d'une paix accordée enfin aux hommes de bonne volonté, surtout l'espoir de passer d'autres Noëls chez eux et de redevenir des hommes.

— *Stille Nacht, Heilige Nacht !...*

Ce chant, ils savaient qu'en des centaines de langues différentes, les hommes du monde entier l'entendaient ; partout dans le monde, des hommes rêvaient de cette même paix promise aux hommes de bonne volonté...

Étendu sur sa paillasse, Tanguy rêvait. Il sentait monter en lui l'infinie nostalgie des Noëls qu'il n'avait jamais connus : des Noëls qu'il aurait dû passer dans la paix du foyer, avec un bel arbre multicolore et scintillant. Il éprouvait à lui seul la nostalgie de tous les enfants qui, sans parents ou sans amour, ont rêvé d'un Noël. La mystique secrète de tous les enfants s'éveillait en lui : celle des contes de Dickens ; celle des pupilles de l'Assistance publique, celle de tous ceux et celles dont personne ne s'est jamais vraiment soucié. Il ressentait dans l'intime de son être ce que ressentent tous les enfants déshérités : le manque de

141

ce quelque chose qui aurait pu leur laisser des souvenirs heureux.

Gunther s'approcha de la paillasse de Tanguy. Son visage, à la lumière incertaine du soir, apparut à Tanguy plus beau encore que d'habitude. Le jeune homme esquissa un sourire :

— Heureux Noël, Tanguy, dit-il.

— Heureux Noël, Gunther…

— Tiens, c'est tout ce que j'ai trouvé à t'offrir. Que cela te soit comme un symbole de l'amour que j'ai pour toi.

Tanguy avait les larmes aux yeux. Il essaya de sourire, mais, au lieu de cela, il sentit le sang lui monter au visage. D'une main maladroite il ouvrit le paquet. C'était un livre : *Résurrection*, de Tolstoï.

— … Merci, balbutia Tanguy.

Gunther se tenait debout devant lui. L'enfant, à l'indécise lumière de la lune, apercevait son profil. Il était en proie à une forte émotion, ne trouvait rien à dire, et pourtant il aurait voulu dire beaucoup de choses ; il restait muet sur sa paillasse, tenant son cadeau entre ses mains. Il *souffrait de joie*.

— Tanguy… Je voulais te dire…

— Oui ?…

Gunther parut hésiter. Puis, d'une voix cassée, il reprit :

— Si quelque chose devait m'arriver, un jour, monte sur ma paillasse, soulève la première planche. Tu trouveras dessous une petite médaille en or. Je la portais le jour de mon arrestation ; c'était un souvenir de ma mère. Je t'en fais cadeau…

142

— Mais que veux-tu qu'il t'arrive ?

— Je ne sais pas. N'importe quoi… Heureux Noël !

— Heureux Noël, Gunther !… Tu sais…

— Je sais… Et maintenant, je vais aller leur donner mon récital de Noël. Tu vas pouvoir m'entendre jouer. Le commandant a décidé que les prisonniers auraient droit ce soir à de la musique, et que le couvre-feu serait retardé de deux heures… Je vais jouer une sonate de Mozart qui sera diffusée. Je suis content de savoir que tu l'entendras.

— Oui, Gunther !… C'est vraiment Noël, tu sais.

— C'est peut-être plus réellement Noël ici qu'ailleurs. Ici le rêve d'espoir et d'amour qu'est Noël a des résonances plus graves.

Tanguy garda une seconde le silence. Il regarda son livre avec émotion. Il cherchait péniblement des mots qui lui échappaient, qui du coup semblaient avoir perdu leur sens le plus élémentaire. Il reprit :

— … Gunther…

— Oui ?

— … C'est le premier Noël, dans ma vie, où je vois des guirlandes, des fleurs en papier, où quelqu'un me donne un cadeau. Tu comprends ?…

— Je comprends.

— Malgré tout, je suis content que ce soit avec toi que je le passe. Je… J'aurai sûrement du mal à oublier cette nuit.

— D'autres l'oublieront pour toi. Noël redeviendra le soir des ivresses à la bière ou au champagne, des restaurants, des théâtres, des orgies... Peu nombreux seront toujours ceux pour qui Noël conservera vraiment le sens d'un espoir : l'espoir de cette paix promise à des hommes qui la mériteraient. Mais nous ne la mériterons peut-être jamais...

Tanguy entendit Gunther jouer du piano. Il se sentait tout petit dans sa paillasse, comme au temps où il écoutait sa mère parler à la radio républicaine, en Espagne. Cette musique, qui lui semblait venir d'un autre monde, il savait que c'était Gunther qui la faisait renaître. Il imaginait les longs doigts du jeune homme glissant sur le clavier, son regard fixé ailleurs. Il avait l'impression qu'à travers la mélancolique sérénité de cette musique, Gunther voulait lui dire, à lui qui était un enfant, quelque chose d'essentiel, quelque chose de si beau que les mots eussent été incapables de le traduire et qu'il fallait pour cela la musique. Il écoutait de toute son âme. Il avait oublié sa faim, la peur des jours récents, ses engelures, le froid, sa grande misère d'enfant sans enfance...

Dans le silence des baraques endormies, Tanguy sentait passer les pensées de tous et de chacun. Il devinait quels déportés revivaient leurs instants de bonheur passé ; ceux qui, comme lui, devaient regretter le bonheur qu'ils auraient pu vivre et qu'on leur avait refusé ; il les sentait rêver comme lui d'un monde sans guerres, sans camps, sans haines, sans mauvaise foi... Tanguy se dit aussi que, dans une gare perdue, des enfants qui s'en allaient vers l'inconnu rêvaient peut-être aussi d'autres Noëls...

Le récital de Gunther fini, le commandant fit diffuser de la musique de Wagner. Tanguy était familier avec cette musique. Mais il entendit, avec plaisir, pour la première fois au camp, l'ouverture de *Tannhäuser*. Gunther lui avait un jour expliqué ce drame et maintenant il lui semblait apercevoir le Chœur des Pèlerins traversant la grande scène illuminée.

— Voilà !

Gunther étalait son butin. Tanguy s'assit sur sa paillasse et sourit. Gunther partageait méticuleusement le pain, le chocolat et l'orange qu'il venait de recevoir. Après quoi, les deux amis mangèrent silencieusement leur «souper de Noël». Dans la baraque et par tout le camp la musique continuait de bercer les rêves nostalgiques des déportés.

L'année 1944 devait apprendre aux déportés que la science de l'homme dans la destruction de son semblable est capable de progrès ahurissants. Ils avaient cru atteindre aux limites de la souffrance. Ils devaient apprendre qu'elle n'en a pas ; que l'homme est capable d'une douleur infinie. Toute une série de catastrophes devait s'abattre sur le camp.

La première fut l'arrivée de deux nouveaux convois de prisonniers. Tanguy et ses camarades avaient repris le travail. Comme ils revenaient un soir du « chantier », ils apprirent que l'appel aurait lieu par baraques et qu'il n'y aurait pas de Rassemblement. C'était un convoi de Russes. Leur voyage avait dû être plus long encore que celui de Tanguy, ou plus pénible. Car la cour du Rassemblement était parsemée de cadavres. On les apercevait des baraques. Ils faisaient songer à des hommes ivres de fatigue, qui se seraient endormis. Quant aux vivants, ils se tenaient debout dans la cour, tout nus, comme Tanguy l'avait été un jour. L'enfant regardait avec tristesse ce pauvre troupeau humain, ces êtres comme dépouillés d'eux-mêmes. Les nouveaux venus, les mains sous les aisselles, faisaient la queue devant la Désinfection. Ils étaient déjà passés par la Salle de coiffure, car ils étaient tondus. Leurs crânes luisaient sous la lumière blafarde d'un ciel nuageux. Tanguy, en les voyant, remarquait que les hommes, dans la même souffrance, répètent toujours les mêmes gestes.

Le problème fut d'abord de leur trouver un logement. Les chefs de baraque commandèrent à leurs hommes de rentrer et de fermer les portes. Tanguy obéit. Alors le petit homme à la peau transparente qui était chef de sa baraque en verrouilla la porte bien que le couvre-feu ne fût pas encore sonné. Quelques instants plus tard les premiers appels se faisaient entendre :

— Avez-vous des paillasses ? Par pitié, au nom du Ciel, répondez ! Avez-vous des paillasses, suppliait quelqu'un du dehors.

— Tu es russe ? interrogeait le chef de baraque.

— Oui.

— Pas de place. Il faut aller en bas ; à la 9, la 10, la 11.

— Je vous en prie, ils n'ont rien. Nous avons réussi à en caser quelques-uns, mais ils n'ont plus de place. Rien que pour une nuit ! Il y a des enfants parmi nous. Ils vont mourir de froid. Je vous en supplie, laissez entrer quelques enfants…

— Pas de place.

Tanguy tremblait sur sa paillasse. Chaque mot de l'homme qui suppliait au-dehors retentissait dans son crâne. Il tremblait. Il avait très peur. Il se répétait : «... C'est un crime... C'est un crime... Ce sont des enfants... » Mais ayant passé toute la journée au chantier, il pouvait à peine maintenant tenir ses yeux ouverts.

— Ouvrez, je vous prie !

Les coups redoublèrent sur la porte de la baraque.

— Je t'ai déjà dit qu'ici ce n'est pas pour les Russes.

— Je t'en prie !... Les enfants coucheront sur le plancher, par terre. Ils ne demandent pas de lit. Nous avons fait douze jours à pied. Beaucoup d'entre nous sont morts... Par pitié, laissez-nous venir.

— Il n'y a pas de place. Dehors ! Fichez-nous la paix. Nous avons travaillé toute la journée et n'avons pas de place pour les Russes.

— Les Polonais ont logé quelques-uns d'entre nous. Ils couchent à quatre ou cinq par paillasse. Faites comme eux et prenez-nous...

— Tu penses ! Pour crever... Merci bien. Et maintenant, fichez le camp.

Chacun de ces cris résonnait dans le cerveau las de Tanguy. Il avait du mal à rassembler ses idées. Il ne pouvait pas croire à la réalité de ce qu'il entendait. Comment aurait-il pu y croire ? Il voulut se lever. Mais il savait que s'il avait ouvert la bouche, le chef de baraque et ses camarades l'auraient battu ou puni. Il resta donc couché sur sa paillasse, les yeux ouverts... Son cœur battait à un rythme violent. Ses tempes lui faisaient mal. «...Que faire ? se répétait-il, que faire ?... »

Dehors les cris et les coups redoublaient :

— Ouvrez ! Ouvrez !…

Puis ce fut le silence. On entendait encore des pleurs et des gémissements. Petit à petit les pleurs même cessèrent. Tanguy, enveloppé dans sa couverture, pensait aux pauvres bougres qui devaient coucher dehors, sans autre protection que leur mince vêtement. Ils étaient disséminés autour de la baraque et devaient grelotter de froid… Enfin, Tanguy ne pensa plus à rien. Il se dit qu'il fallait ne plus penser, mais ne put pourtant pas s'endormir facilement. Il se sentait fiévreux… « Il ne faut pas tomber malade… Il ne faut pas tomber malade… »

Le lendemain, lorsque les prisonniers de « la 12 » sortirent pour l'appel du matin, plus de trente cadavres de Russes gisaient tout autour. Ces infortunés s'étaient rapprochés le plus possible de la baraque espérant en vain qu'un peu de sa tiédeur leur parviendrait. Ils s'étaient cramponnés aux saillies de la baraque et ils y étaient restés accrochés. Le froid les avait surpris dans leur geste ultime pour se tenir à la vie.

Tanguy jeta un long regard sur ces corps. Il les regardait comme s'il n'avait encore jamais vu de cadavres. Il lui semblait qu'ils étaient morts en tendant leurs bras vers lui, qui dormait au chaud ; qu'il était en partie responsable de leur mort. Il demeura longtemps immobile. Il était très fatigué et un besoin subit de repos s'empara de lui. Puis il ferma les yeux, ravala quelques soupirs et se rendit au Rassemblement. Chemin faisant il entendit le chef de baraque qui expliquait :

— C'étaient eux ou nous !

— Dommage que nous ne soyons pas morts à leur place ! dit une voix.

Tanguy se retourna. Il avait reconnu la voix de Gunther. Le jeune homme était plus pâle encore que d'habitude. Sa voix se brisait ; elle était lasse.

— Que veux-tu dire ? lui demanda le chef de baraque.

— Je veux dire qu'au moins j'aurais eu la joie de savoir que tu étais en train de crever avec moi.

Les yeux du chef de baraque s'illuminèrent. Il paraissait content :

— Des menaces de mort, hein ? Vous avez entendu, n'est-ce pas ? J'ai des témoins, mon ami. Je vais aller trouver le kapo. Tu lui expliqueras cette histoire… Des menaces de mort…

— Mais c'est toi qui l'as menacé de mort, fit soudain quelqu'un. C'est toi qui lui as dit que tu chercherais à le tuer. Nous sommes témoins.

Celui qui parlait ainsi était un Tchèque. On le disait communiste. Il n'avait jamais aimé Gunther. Tanguy fut d'autant plus étonné de cette subite défense. Il avait du mal à comprendre ce qui se passait autour de lui. Il regarda le Tchèque. Celui-ci paraissait très calme. Il avait ses mains dans les poches. Il marchait lentement et ne semblait regarder personne. Sa voix était tout aussi tranquille :

— D'ailleurs, poursuivit-il, nous t'avons vu hier soir : tu faisais du marché noir. Tu vendais du pain. Tu offrais de la viande aussi.

— Qui, moi ? hurlait le chef de baraque. Mais tu rigoles ! Je n'ai jamais fait de marché noir, moi. Je ne fais que mon devoir. Je suis « chef de baraque ». Tu mens !… Tu mens !… Je sais que tu mens !… Je vois dans ton jeu… Tu veux me faire vider, hein ? Tu n'y arriveras pas. Tu n'es qu'un sale communiste et personne ne t'écoutera. Mais moi, on m'écoutera, quand je raconterai que tu organises des réunions aux latrines.

— Mais il n'y a pas que moi… Mathias n'est pas communiste, lui. Il te le dira. N'est-ce pas vrai, Mathias, que notre « chef de baraque » fait du marché noir et qu'il vient maintenant de me menacer de mort ?

Mathias était un Italien. Il disait toujours qu'il ne savait pas pourquoi il avait été interné. Il passait ses journées à crier : « Viva il Duce ! Viva Benito Mussolini ! » Mais même lui, les Allemands ne le relâchaient pas. C'était un petit être chétif, malingre. Il était aussi brun que Tanguy et avait des yeux très noirs. Les déportés le soupçonnaient d'être « Juif », mais il s'en défendait et racontait à qui voulait l'entendre qu'il avait fait sa première communion.

— Per la Santa Madonna !… io… ai tout entendu. Il a menacé de mort. Per il Papa !… io… ai vu faire du marché noir. Io… ai… visto… tout vu…

— Ce n'est pas vrai ! Ce n'est pas vrai. Tu mens, Mathias. Tu n'es qu'un sale « youpin ». Maintenant je t'ai compris. Tu veux me perdre.

— Moi ? demanda Mathias ! Per la Santa Madonna !… Io !… Papa Pio !… Mà !… L'enfant est innocent… Il dira.

Le chef de baraque était pâle. On pouvait lire

sur son visage la plus grande angoisse. Il jeta un regard désespéré sur Tanguy.

— Tu sais que ce n'est pas vrai, toi! Tu sais qu'ils mentent. Tu ne vas pas mentir, toi!…

Tanguy hésita. Il ferma les yeux. Il pensa aux pauvres Russes morts contre la baraque verrouillée. Il regarda Gunther dont le visage était empreint de gravité :

— Tu as menacé de mort… Tu as fait du marché noir, grommela Tanguy.

Quelques instants plus tard avait lieu l'appel du matin. Il fut plus long que d'habitude. Au moment où le kapo passait dans les rangs, Mathias s'avança, et lui parla à l'oreille. Peu après deux gardiens se saisissaient du chef de baraque et le collaient au mur. Il y eut un grand silence. Le chef de baraque se débattait, jurait, accusait le Tchèque et Mathias d'avoir tramé un complot pour le perdre. Il criait :

— Je suis innocent! Je suis innocent!…

Les fusils des soldats claquèrent. Le corps s'affaissa le long du mur. Mathias fut nommé chef de baraque. Puis les déportés eurent droit aux nouvelles. Une catastrophe leur fut annoncée : ils ne toucheraient plus qu'une ration de pain par jour.

En partant pour le « chantier » Tanguy se dit qu'il était devenu un assassin.

Quelques jours après ces incidents un deuxième convoi arrivait. Les Russes s'assemblaient sur le Rassemblement. Ils laissèrent de nouveau un nombre incroyable de cadavres épars dans la grande cour. Les nouveaux venus étaient aussi maigres que les déportés. Quelques jours de voyage avaient suffi à leur donner cet aspect de cadavres vivants qui était propre aux prisonniers.

Il fallut les loger. Les baraques étaient pleines. Tanguy monta désormais partager la paillasse de Gunther et un nouveau venu s'adjoignit à eux. Ils étaient trois ainsi à se partager deux planches étroites. Il leur était devenu impossible de s'étendre. Il fut décidé qu'ils s'étendraient à tour de rôle. Tanguy passait une moitié de la nuit à dormir assis. Cela lui était pénible. Il avait mal au dos et aux jambes. La toux oppressait sa poitrine. En respirant il faisait un bruit rauque, comme le liquide en ébullition ; une sueur couvrait son front et son dos qu'il sentait moites. Il ne pouvait bouger sans réveiller ses camarades de paillasse, et évitait donc tout mouvement. Parfois ses membres s'engourdissaient et lui faisaient si mal qu'il en pleurait. Mais il savait qu'il n'avait pas le droit d'enlever du sommeil aux autres. Aussi ravalait-il ses larmes et cherchait-il à penser à autre chose pour oublier sa souffrance. Lorsqu'il parvenait enfin à s'assoupir, il était bientôt réveillé, car son tour était venu de prendre la relève. Le lendemain matin ses membres étaient gourds, ses yeux étaient rouges et gonflés... Mais que faire ? Il ne protestait pas. Gunther lui-même perdait sa capacité d'endurance. Il parlait peu, devenait maussade et renfermé. Un silence étrange se faisait dans le camp, qui ne présageait rien de bon. On eût dit que tous les déportés s'apprêtaient à opposer à de pires souffrances une plus muette résignation.

Les nouvelles les plus invraisemblables avaient
cours dans les latrines. Tanguy rencontra un soir
Desprez qui lui dit que le commandant avait reçu
l'ordre d'« exterminer » les prisonniers ; d'autres
affirmaient que les Allemands ne pouvaient plus
nourrir les détenus et qu'ils avaient décidé de les
laisser mourir de faim. Ces nouvelles circulaient
de bouche à oreille, grossissaient. Une tension
nerveuse bizarre s'empara des déportés qui ne
savaient plus ce qu'ils devaient croire. Les nouveaux venus avaient laissé entendre que la guerre
tournait mal pour les Allemands et qu'en Russie
la Wehrmacht essuyait de sérieux revers ; d'autres
assuraient que les Russes étaient en Pologne et
les Alliés en Italie. Des convois ayant été bombar-
dés, on allait jusqu'à prétendre que les princi-
pales villes allemandes n'étaient plus que de
vastes cimetières.

Tanguy, lui, croyait tout et ne croyait rien. Il
attendait. Il se disait que ce qu'il fallait seulement, c'était ne pas mourir. Car si les Alliés
gagnaient la guerre et qu'il fût mort, la guerre
serait tout de même perdue pour lui. C'est pourquoi il attachait beaucoup plus d'importance aux
nouvelles qui lui parvenaient sur le régime intérieur du camp qu'à celles qui le renseignaient sur
l'extérieur.

Sa faim devint animale. Tanguy ne savait
même plus analyser ce qu'il ressentait. La faim
s'était emparée de lui jusqu'à faire de tout
son être une faim. Il en avait mal au ventre, à la
tête, aux yeux, au dos… partout il sentait cette
faim. Jour et nuit il rêvait de nourriture : de n'im-

porte quelle chose qu'il aurait pu porter à sa bouche.

Cette obsession de chaque instant ne l'empêchait pas de pressentir l'ampleur du drame qui se jouait dehors. Il comprenait que, dans la panique d'une défaite devenue inexorable, les Allemands évacuaient des camps, jetaient sur les routes des centaines de milliers de prisonniers et de déportés ; il devinait que, pris d'un accès de folie, les Allemands fuyaient, eux aussi. Surtout, il sentait la tristesse de Gunther qui ne pouvait pas s'empêcher de penser aux siens et se sentait déchiré, écartelé.

Tanguy n'était plus un enfant ; son amour pour le jeune Allemand lui donnait une sorte de lucidité supérieure. Il voyait sa peine comme il voyait la souffrance de milliers d'innocents, arrachés à leurs foyers, jetés sur les chemins de l'exil.

15

Tanguy avait eu le temps de s'habituer à la mort. Il l'avait vue rôder autour des baraques russes, dans les convois, dans la grande tente dressée à l'entrée du camp. Mais soudain il en eut plus peur, car elle cessa de rôder pour s'installer au milieu d'eux. Chaque matin des tas de cadavres gisaient à la porte des baraques. La vieille charrette fut remplacée par un gros camion, comme ceux des Services municipaux. Partout la mort devint une réalité présente. Une véritable panique de mort s'installa dans les baraques. Chacun doutait d'être en vie. Mourir devint l'acte le plus simple et le plus facile : celui qu'on ne voulait pourtant pas accomplir. Au chantier, brusquement, un détenu s'affaissait pour ne plus se relever ; en plein appel un corps allait mesurer le pavé de la cour de toute la longueur de ses os ; dans les baraques, un détenu paraissait avoir glissé, mais il ne bougeait plus... Ce fut alors comme une « chasse à la mort » qui commença. Les prisonniers évitaient d'en parler, enlevaient en vitesse les corps de leurs camarades décédés.

En même temps, un certain « cynisme de la mort » fit son apparition. La nuit, des prisonniers rampaient de paillasse en paillasse et touchaient leurs camarades au front pour voir s'ils étaient encore vivants. Les morts étaient dépouillés avant d'être froids. On leur enlevait leurs gamelles, leurs cuillères. Ce qui importait, c'était moins de prendre quelque chose que de défier cette panique de la mort qui hantait les vivants. On se mit à mourir de peur comme jusqu'alors l'on était mort de faim ou de maladie : avec naturel.

Tanguy subit cette panique contagieuse de la mort. Il n'osait plus regarder les cadavres. Lorsque après l'appel le camion venait charger ceux de la journée, il s'étendait sur sa paillasse en tremblant. Il n'osait même plus dormir. Le moindre vertige faisait battre son cœur. Il ne pensait plus : « Je vais tomber... », mais « Je vais mourir... ». Il ne voulait donc plus tomber. Il luttait désespérément contre cette contagion qui n'épargnait personne et qui frappait sans préavis.

Bientôt une nouvelle incroyable parcourut les baraques. Tanguy n'osait pas y croire. On était en train de construire un four au camp central, et les internés assuraient qu'il s'agissait d'un four pour brûler les prisonniers trop vieux, ou inutiles, afin de faire de la place pour des jeunes gens dont le travail serait plus productif. Mais Tanguy ne croyait pas cela possible.

Bientôt les prisonniers apprirent la vérité : ce four était fait pour les morts. Il s'agissait d'enrayer, par l'incinération des cadavres, l'épidémie de typhus. Dès lors mourir devint quelque chose

157

d'encore plus épouvantable. Comme si le fait d'être incinéré pouvait être un surplus de misère! Les déportés regardaient avec terreur cette fumée lointaine. Suivant la direction du vent, celle de la fumée changeait. Il arrivait qu'elle se rabattît vers le petit camp.

Les journées s'écoulaient ainsi. Tanguy travaillait toujours. Il était si faible qu'au retour deux d'entre ses camarades devaient le soutenir.

Après la journée de travail, les mêmes interminables appels devenaient de plus en plus compliqués. Les différents groupes de travail ramenaient eux-mêmes leurs morts.

Quand Tanguy apprit-il l'existence des « chambres » ? Il ne s'en souvient plus. Un Juif rescapé de Pologne raconta le traitement réservé à ses coreligionnaires. La nouvelle, donnée aux latrines, fit le tour du camp en une soirée.

Bientôt tout transfert vers un autre lieu fut interprété comme un « départ vers une destination inconnue ». Les sélections répandirent une terreur primitive. Tout départ parut à chacun définitif et l'ignorance ajoutait à cette panique obscure.

Vers deux ou trois heures du matin la porte de la baraque s'ouvrait. Deux soldats se tenaient à l'entrée. Le chef de baraque allait de paillasse en paillasse et réveillait ceux qui étaient désignés pour partir. Des scènes affreuses se produisaient alors… D'autres au contraire partaient calmement. Ils serraient quelques mains et disparaissaient dans la nuit.

Au moindre bruit, Tanguy tressautait et s'asseyait sur sa paillasse en tremblant. Gunther même ne parvenait plus à le rassurer. Tanguy devenait odieux avec son ami. Il en était arrivé à ne plus pouvoir supporter sa conversation. Il n'était plus qu'un peu de chair et d'os tremblants.

Les kapos avaient enfin trouvé le moyen de dompter les prisonniers par la terreur. Ils entraient bruyamment au milieu de la nuit. Les détenus s'éveillaient en sursaut.

— Ma foi ! On dirait que vous avez peur... Allons, nous allons vous passer en revue.

Des larmes amères jaillissaient alors des yeux de Tanguy. Un jour il eut une véritable crise de nerfs. Il mit plusieurs jours à s'en remettre.

Au printemps 1944, des fuites commencèrent à se produire dans les bureaux de l'Administration. Ceux dont le nom figurait sur des listes purent ainsi être renseignés indirectement sur leur sort. Lorsqu'un camarade s'approchait d'eux et leur demandait gentiment : « D'où es-tu ? As-tu de la famille ? Es-tu marié ? », tout le monde comprenait que l'interrogé serait bientôt transféré.

C'est vers cette époque que le camp eut à subir les premiers bombardements aériens. Au milieu de la nuit les sirènes mugissaient. Puis les réflecteurs lançaient dans le ciel leurs faisceaux de lumière. Au bout de quelques instants la vague d'avions passait sur les baraques, qui craquaient et vacillaient, semblant vouloir se casser en deux. Puis c'était le bruit des explosions de la D.C.A. À l'aller, le bruit des moteurs dans le ciel était lourd et indécis; au retour, les avions paraissaient libérés d'un poids écrasant. Et quelque part sur l'horizon des lueurs rouges persistaient.

Le premier bombardement violent que Tanguy dut subir eut lieu en décembre 43. Jamais il n'avait eu aussi peur de sa vie. Tout lui eût semblé préférable à ce fracas lugubre, à ces sinistres sifflements... Quelques appareils furent abattus près du camp et tombèrent avec leur charge : Tanguy se dit que la terre allait s'entrouvrir sous ses pieds. Il avait très froid et il était terrorisé. Malgré lui, il songeait aux enfants et aux femmes qui, dans des caves, devaient trembler de peur comme lui et comme lui prier des dieux auxquels ils ne croyaient plus.

Chez les détenus ce fut une explosion frénétique de joie. Des hymnes divers montèrent des baraques : *La Marseillaise*, l'hymne soviétique, l'*Internationale*. Les prisonniers s'embrassaient, levaient des poings menaçants. Quelques-uns pleuraient même de bonheur :

— Ce sont les nôtres, les nôtres!... Ils sont là!... Ils sont là !

— Vive la Liberté !

— À bas le fascisme !

— Nous avons gagné la guerre !

Tanguy, qui était sur sa paillasse avec Gunther, demanda à ce dernier s'il croyait vraiment qu'ils avaient gagné la guerre. Gunther haussa les épaules avec indifférence :

— Dans une guerre il n'y a ni vainqueurs ni vaincus : il n'y a que des victimes.

Le lendemain tous les prisonniers furent

160

punis : trois jours sans soupe du soir, pour «atteinte au moral des travailleurs étrangers» libres… Le camion fit deux voyages pendant ces jours et la cheminée ne s'arrêta pas de fumer.

Par ces «appels pour une destination inconnue», par ces interventions bruyantes des kapos, par ces bombardements, les nuits n'étaient plus qu'un long cauchemar. Tanguy entendait tout, sursautait au moindre bruit alors même qu'il croyait dormir, ne réussissait pas à perdre le contact avec le monde extérieur… Personne, s'il ne les a connues, ne peut savoir ce qu'étaient ces nuits ; personne ne peut savoir, à moins de l'avoir ressenti, ce que l'on éprouve lorsqu'on voit le chef de baraque s'approcher de votre paillasse, une liste à la main ; personne ne sait ce que c'est qu'attendre à chaque seconde la mort. Chaque jour peut être «le jour». Et les jours deviennent une lente agonie.

*

Ils revenaient du travail. L'appel du soir venait d'avoir lieu ; les détenus avaient eu leur soupe ; les sentinelles sommeillaient sur leurs hauts miradors ; le ciel était pâle ; au loin la cheminée du four fumait ; la nuit hésitait. Tanguy, exténué, s'était laissé tomber sur sa paillasse. Il cherchait à dormir un peu avant que Gunther et son camarade de paillasse ne vinssent le rejoindre. Il était las ; une lente apathie s'emparait de lui. Tanguy avait souvent envie de ne plus se lever et de se laisser aller : la mort commençait à lui apparaître comme ce qu'elle était réellement pour tant de prisonniers : une libération. Seul Gunther pouvait l'obliger encore à se lever chaque matin. Parfois cependant ils luttaient. Tanguy en arriva à mordre le jeune Allemand ; ce dernier à gifler Tanguy.

Gunther entra dans la baraque et monta sur la paillasse. Tanguy eut soudain le cœur serré. Gunther était terriblement pâle, si pâle que son visage était plus blanc que le ciel des neiges hivernales. Ses yeux, au milieu de cette figure livide, étaient rouges : le jeune Allemand avait certainement pleuré. Or Gunther ne pleurait jamais. Tanguy frissonna. Il n'osa pas poser de questions. Il avait un gros nœud dans la gorge. Il attendit.

Le jeune homme lui prit la main et la serra très fort. Puis il essaya de dire quelque chose, mais sa voix s'éteignit. Enfin il reprit contenance :

— Tanguy, commença-t-il, promets-moi une chose…

— Quoi ?

— Que quoi qu'il arrive tu feras des efforts héroïques pour te lever et aller au travail et à la soupe ; que tu ne resteras pas dans la baraque… Même si je n'étais plus là, même si tu avais beaucoup de peine…

Tanguy avait de plus en plus froid. Il avait les yeux brouillés… Il ne trouvait rien à dire. Une grande lassitude s'emparait de lui ; une sorte de torpeur de mort tombait sur son âme.

— Tu le promets ? insista Gunther.

— Oui.

— Merci. (Gunther fit une pause. Puis :) Je

162

voulais aussi te donner ceci. Garde-le précieuse-
ment. C'est tout ce que je possède. Je te l'offre
parce que c'est le seul objet de valeur qui me
reste encore.

Gunther avait glissé dans les mains de Tanguy
la petite médaille en or, avec une fine chaîne du
même métal. Tanguy la regarda longuement.
Ensuite il avala sa salive et jeta un regard autour
de lui. À quoi se raccrocher ?… À quoi ?… Il ne
pouvait pas croire qu'un enfant pût autant souffrir et rester vivant. Il finit par tomber dans les
bras de son ami… Mais que dire ? Que pouvait-il
dire ? Il ne le savait pas. Et pourtant il avait
besoin de parler, de dire quelque chose :

— Gunther… Je t'aime… Je t'aime plus que
tout au monde. J'ai été méchant ces derniers
temps, et toi tu as toujours été bon avec moi.
Mais je t'aimais. Seulement j'avais peur de mourir et je n'en pouvais plus… Mais je t'aime… Je
suis encore un enfant. Mais je suis vieux… Je sais
que… Gunther…. Pourquoi la guerre ? Pourquoi
les gens veulent-ils la guerre ?

— Mais qui veut la guerre, Tanguy ? Les gens
de la rue ? Ceux qui ne comprennent rien à rien,
mais qui s'exaltent parce que ce que disent les
journaux est bien dit, chatouille leurs entrailles ?
Qui donc veut la guerre ? La guerre est un fléau.
On crie : « c'est la guerre, c'est la guerre ! »…
comme au Moyen Âge on criait : « … c'est la
peste, c'est la peste !… » Personne ne veut la
guerre, mais la guerre est là. On se plie à elle. On
ne s'en repent que lorsqu'on la connaît, et alors
il est trop tard.

Tanguy ne dormit pas. Gunther non plus. La main dans la main, ils épiaient les bruits de la nuit silencieuse. La baraque était échouée dans les ténèbres. Leur camarade de paillasse dormait. Il était si maigre qu'on n'apercevait même pas sa forme sous ses vêtements et sa couverture. Les heures s'égrenaient, lentes et inexorables. Tanguy ne vivait pas; il ne savait pas s'il vivait. Il étouffait sous sa douleur, beaucoup trop lourde pour lui, beaucoup trop lourde pour n'importe qui. Il ne pleurait pas. Il était « étonné » de douleur. Il ne cherchait pas à comprendre ni à parler. Il attendait tout simplement; comme d'autres attendent un train. La nuit était longue. Il faisait froid dans la baraque. Tanguy, assis sur sa paillasse, s'était enveloppé dans sa couverture. Il s'était même couvert la tête. Il tremblait. Dans le silence angoissant, il entendait ses dents qui claquaient comme les vitres au passage des bombardiers. Il entendait des détenus aussi qui râlaient et gémissaient. Mais tous ces bruits allaient se perdre dans le grand silence de la nuit d'automne.

Vers minuit il y eut alerte. Elle dura environ trois quarts d'heure. Les détenus ne se réveillèrent même pas. Ils s'étaient habitués aux fracas des bombes et des explosions de la D.C.A. La baraque fut éclairée par des réflecteurs qui cherchaient leurs proies dans les ténèbres en entrecroisant leurs rayons. Puis l'on y vit comme en plein jour, parce que les avions lançaient des fusées éclairantes. De loin un bombardement ressemble à un feu d'artifice. C'est presque un beau spectacle. Tanguy ne bougea pas. Il serra plus fort la main de Gunther, qui répondit à ce muet appel de détresse. Enfin l'alerte cessa. Tout redevint silence. Les heures se mouraient à peine nées; Tanguy s'assoupit. Soudain il tressaillit. La porte de la baraque s'était ouverte et Tanguy vit deux silhouettes noires qui se détachaient sur le ciel. Mathias alluma sa petite lampe à pile.

Gunther n'attendit pas. Il enleva sa couverture et en couvrit Tanguy. Puis il posa sur le front de son ami un long baiser et s'avança… Il paraissait plus grand encore que d'habitude. Mathias arriva et ne parut pas surpris de voir là Gunther. Ils se serrèrent la main.

D'autres détenus se levaient. Quelques-uns étaient à moitié endormis. Tanguy vit le Tchèque qui passait aussi, et se dirigeait vers la sortie.

Tanguy se retrouva debout sans savoir comment. Il se dirigea vers la fenêtre et colla son nez aux vitres couvertes de givre. Çà et là des groupes de déportés marchaient, pliés en deux. Des soldats, le fusil à la main, les suivaient de près. Les groupes marchaient vers les bâtiments de l'Administration. Tanguy reconnut la haute silhouette de Gunther.

— Donne-moi ça. L'Allemand me l'a donné.

Un prisonnier arrachait à Tanguy la couverture dont Gunther l'avait enveloppé. Tanguy ne dit mot. L'autre fit un mouvement brusque pour la lui arracher et la médaille que Tanguy avait encore entre ses doigts tomba par terre. Le détenu se précipita :

165

— Qu'est-ce que c'est?

— Une médaille. C'est un souvenir de Gunther…

— Alors elle est à moi. Je suis son héritier. J'ai un témoin.

— Il m'a prié de la garder en souvenir de lui. Je t'en prie, tu sais très bien qu'elle est à moi, dit Tanguy d'une voix lasse.

— Non, elle est à moi!… Elle est à moi!

Tanguy regagna sa paillasse. Ils n'étaient plus que deux à se la partager. L'aube naissait. Une lumière grise éclairait la baraque. La sirène du camp hurla. Le haut-parleur commença de diffuser les premiers hymnes. Tanguy frissonna, se leva. Mathias lui serra la main. Tanguy le remercia. Les morts de la nuit étaient à la porte.

Tanguy n'imaginait pas ce qu'était devenu Gunther. Il n'imaginait rien. Il refusait même de penser. Il avançait machinalement au son d'une marche guillerette. Un pas, puis un autre… Il ne savait ni où il allait, ni pour quoi faire. Il ne l'avait jamais su.

II

LES ILLUSIONS
DÉTRUITES

« ...qu'il devait être dur de vivre
seulement avec ce qu'on sait et ce
dont on se souvient, et privé de ce
qu'on espère. »

(ALBERT CAMUS, *La Peste*)

1

Tanguy, le front contre la vitre fraîche de la fenêtre, regardait la campagne allemande courir à la rencontre du train. Il n'avait pas encore tout à fait recouvré la vue ; mais, grâce à des lunettes spéciales, il commençait d'apercevoir les choses assez distinctement. Il considérait avec tristesse ce pays ravagé par la guerre. Partout des ruines, partout des gens qui fuyaient la zone russe, emportant avec eux leurs pauvres hardes ; partout cette même foule anonyme et silencieuse qui ne comprenait pas tout à fait l'immensité du malheur qui fondait sur elle. Les gares à demi détruites étaient bondées de réfugiés qui avaient fui l'avance des Russes. Des enfants squelettiques venaient tendre la main aux rapatriés. Ils couraient derrière le train, même après que celui-ci se fut remis en marche. Ils criaient : « *Ein Stück Brot, bitte !... Brot !... Brot !...* » Les détenus donnaient peu, parfois même ripostaient par des insultes.

Tanguy ne disait rien. Il avait distribué à la sortie de Berlin le colis que la Croix-Rouge lui avait donné. Maintenant il n'avait rien à faire d'autre que de contempler cette infinie misère sur laquelle il ne pouvait même plus pleurer. Dans son âme un vide se creusait. Les dernières paroles de Gunther le hantaient : « Dans une guerre il n'y a ni vainqueurs ni vaincus : rien que des victimes. »

Il songea au jeune Allemand. De fait Tanguy ne faisait que songer à lui. C'était plus qu'une obsession : l'absence d'une part de lui-même. Il chercha à se distraire mais ne le put. Il pensa aux derniers mois passés dans le camp ; à ces journées passées à lutter contre une mort presque certaine ; à ces derniers jours avant la libération, où il était resté étendu sur sa paillasse pour se laisser mourir, cependant que, tout proche déjà, le canon tonnait qui annonçait la liberté ; à cette mystérieuse main qui lui apporta sa soupe et l'empêcha de mourir ; puis à cet accident dont il ignorait les causes : vers le même moment il avait perdu la vue… Il se rappela la folle euphorie de cette libération, ces soldats russes qui l'embrassaient, le serraient dans leurs bras, pendant que lui ne savait que pleurer.

Tout cela semblait déjà si lointain à Tanguy. À présent il roulait vers Paris, qu'il allait voir pour la deuxième fois, et vers l'Espagne, qu'il allait retrouver après sept ans d'absence. Il avait quitté Madrid, âgé de cinq ans, par une nuit froide de 1939 ; il allait retrouver sa ville en plein été de 1945… vieilli de combien d'années ?…

Le train arriva à la frontière française. Tanguy aperçut confusément une foule de gens qui

criaient et agitaient des drapeaux et des bande-
roles. Un orchestre attaqua *la Marseillaise*. Les
yeux de Tanguy se troublèrent. Il se leva. Le train
venait de stopper. Il n'était plus en Allemagne,
pas encore en France. Les notes vibrantes de
l'hymne émurent Tanguy. Mais déjà le maire du
premier village français commençait son discours.

Il dit d'abord combien son émotion était vive
d'accueillir les déportés au nom de la France
reconnaissante... « Vous avez pu croire, poursuivait le maire d'une voix émue, que la France vous
avait oubliés... Je dois en son nom vous affirmer
que vous étiez tous présents dans la mémoire des
Français. Aujourd'hui c'est un peuple ému qui
vous accueille... il veut vous aider à supporter vos
souvenirs douloureux... » Tanguy pleurait. Des
sanglots agitaient sa poitrine. Il songeait à Gunther, à Misha, à tous ceux qui n'étaient plus là.
Qui donc penserait à eux ? Le maire continuait :
« ... Nous avons vaincu le fascisme. Il nous appar-
tient de bâtir un monde meilleur et plus juste. »
Tanguy regardait autour de lui : ces visages éma-
ciés, ces blessés sur leurs civières, ces demi-
vivants, étaient-ce donc là des « vainqueurs » ?... Il
n'écouta plus le maire.

*

Le délégué de la Croix-Rouge auquel on avait
confié Tanguy pour le rapatrier l'avait amené
chez une certaine Mme Lucienne qui, à Saint-
Sébastien, tenait une pension de famille. Mme Lucienne était une vieille dame élégante, aux

cheveux blancs, aux yeux doux. Elle accueillit Tanguy avec bonté. Elle comprit, sans qu'il ait besoin de rien dire, qu'il avait beaucoup à oublier. Aussi le laissa-t-elle en repos, lui épargnant toutes les questions qui auraient pu l'attrister ou le gêner. Tanguy lui savait gré de cette bonté délicate. Et comme certains souvenirs étaient encore trop frais dans sa mémoire, il les lui raconta. Elle l'écouta patiemment ressasser ses pauvres histoires et n'en marqua jamais d'impatience.

Le premier soir de son séjour à Saint-Sébastien, Tanguy sortit. La ville l'éblouit. Elle luisait du feu de ses lampadaires, de la magie de ses néons. Il s'arrêtait devant les devantures des boutiques, n'osant croire que tant de choses existassent encore en ce monde. Il souriait. Il était content de voir tant de victuailles appétissantes. Il se dit que maintenant c'était la paix, et que tout allait changer; qu'il allait enfin pouvoir *vivre*.

Il arriva à la Concha. Les réverbères se réfléchissaient sur l'eau; la lune avait parsemé la mer de papiers d'argent; les lames caressaient les rochers de leur écume blanche. Tanguy fut transporté de joie. Il descendit sur la plage, marcha sur le sable. Il riait de joie. Le bonheur emplissait à tel point son être que Tanguy croyait possible d'en mourir.

Il respira profondément et repartit vers la pension. Dans le silence de la nuit, l'écho de ses pas s'attardait derrière lui. Pour la première fois depuis sa libération, Tanguy se sentait libre. Il en bénit l'Espagne et la mer.

Mme Lucienne l'attendait. Elle était en train

172

de lire son journal dans le salon. Une petite lampe répandait une lumière tamisée dans la pièce et rendait plus doux encore les traits de la vieille dame. Elle esquissa un sourire :

— Alors, cette promenade ? demanda-t-elle.

— Très belle. J'ai suivi la rivière. Je ne sais comment elle s'appelle. La mer y pénétrait et la grossissait. De beaux ponts enjambent les rives. Je suis allé à la Concha aussi… La mer était belle…

— Tu en as vu des choses ! Tu vas bientôt mieux connaître Saint-Sébastien que moi. C'est une jolie ville, n'est-ce pas ?

— Très jolie. Je l'aime beaucoup… J'ai vu des boutiques aussi. Il y a de tout !… Des jambons, des saucissons, des fromages, des beaux vête-ments !… Et puis, c'est plein de lumières !…

— Oui. Ici, il y a longtemps qu'il n'y a plus eu de guerre !

Ils gardèrent le silence. Enfin Mme Lucienne lui montra une enveloppe :

— À propos, j'ai des nouvelles pour toi. Ta grand-mère n'habite plus Madrid, mais Barce-lone. Alors, c'est à Barcelone que tu iras… la rejoindre. Il paraît que c'était une dame extrê-mement riche et fort distinguée.

« La Croix-Rouge m'a payé ta pension. Tu res-teras encore quelques jours et tu en profiteras pour te refaire un peu. Tu n'es pas bien beau à voir, tu sais.

Tanguy rougit et baissa la tête.

— Allons bon ! Le voilà qui devient triste ! fit Mme Lucienne. Viens donc te coucher. Je vais te déshabiller et te faire un peu la lecture.

Tanguy sourit. Il trouvait cela drôle que Mme Lucienne voulût l'aider à se coucher. Il avait douze ans ; personne ne l'avait jamais aidé à se coucher. Il laissa faire néanmoins Mme Lucienne. Une fois couché, elle lui fit la lecture. Il n'écoutait rien, pour ainsi dire. Il songeait à la mer.

— Bonsoir, mon bonhomme. Elle l'embrassa, voulut éteindre la lumière et se ravisa : tu préfères un peu de lumière ?

Il acquiesça et lui sourit. Elle se pencha vers lui et d'une voix douce murmura :

— Maintenant, mon jeune Monsieur, il faut s'efforcer d'oublier tout ce qu'on a vu de laid. Deux points essentiels : grossir et dormir. D'accord ?

— D'accord.

*

Tanguy avait baissé le carreau et regardait Mme Lucienne qui restait là debout sur le quai. Elle portait une robe grise, un petit chapeau noir. Elle paraissait émue. Tanguy avait passé huit jours chez elle. Il était monté à l'Igueldo, avait canoté sur la baie, visité le vieux port, était même allé au cinéma avec elle. Maintenant il partait. Il allait retrouver sa grand-mère à Barcelone. Il serra encore une fois la main de Mme Lucienne ; le train siffla.

— Écris-moi !

Il fit oui de la tête.

Tanguy dévorait des yeux des terres immenses, incendiées par la lumière, ces horizons toujours plus vastes. Il se disait que c'était là son pays : celui où il était né. Il en était fier. Il regardait ces paysages virils, austères et les sentait vibrer dans sa poitrine. Tanguy était assis dans un compartiment de première classe ; il était vêtu avec élégance ; il avait posé sur ses genoux quelques journaux qu'il ne songeait même pas à feuilleter. Il ne pouvait penser qu'à cette chose merveilleuse, que, pour lui, tout était enfin fini : la paix était là. Il allait pouvoir commencer une nouvelle vie, paisible, heureuse. Il essaya de se représenter sa grand-mère, mais ne le put. Puis, las de penser, il se laissa bercer par le train et ne chercha plus à savoir ce qu'il pensait.

— Mme de Bayos habite-t-elle ici ?

Tanguy s'était arrêté devant l'immeuble qu'on lui avait indiqué. Il interrogeait la concierge. C'était une petite femme brune, grosse. Elle semblait bavarde.

— Mme de Bayos ? Mais elle est morte !... Il y a trois mois qu'elle est morte. Elle habitait le second. Elle était propriétaire de l'immeuble. Maintenant c'est le Syndicat qui l'a confisqué. Mais qui êtes-vous ? Que vouliez-vous ?

Tanguy cherchait à sourire. De fait il se sentait très fatigué. Il n'avait qu'une envie : se reposer. Il comprenait mal ce qui lui arrivait.

— Rien, fit-il, je ne veux rien.

— Vous étiez de sa famille ?

— Son petit-fils.

— Celui qui était dans des camps là-bas, « dans les Frances » ?

175

— Oui.

— Sainte Marie-Madeleine ! Pauvre Madame !
Comme elle doit souffrir en ce moment ! Si vous
saviez combien elle me parlait de vous ! Tout le
monde parlait de vous. On ne parlait que de
vous… Entrez donc une minute, Monsieur. Entrez,
je vous en prie. C'est pas bien grand chez nous,
mais cela me fera plaisir. Reposez-vous un peu.

Tanguy la suivit. Il ne l'écoutait pas beaucoup,
mais il aimait l'entendre parler. Il avait besoin
plus que d'aucune autre chose au monde de se
donner l'illusion qu'il n'était plus seul. Il entra
dans la loge, s'assit sur une chaise. La concierge
s'assit en face de lui et lui prit les mains.

— J'ai été concierge à Madrid, chez votre
grand-mère… Je vous ai vu naître. Vous étiez si
mignon !… Mon père avait été concierge de l'hôtel de votre grand-père, à Madrid. C'était quelqu'un, votre grand-père, vous savez !… C'était
vraiment quelqu'un ! Vous pouvez dire que vous
en avez une famille, vous !… C'était l'homme le
plus beau, le plus intelligent, le plus riche de
Madrid, peut-être ! Il donnait de ces fêtes !
Chaque fois qu'il en donnait une, mon père se
faisait de l'argent avec les pourboires !… Il y avait
deux laquais à la porte et… Vous pleurez, Monsieur ? Ce n'est pas possible !… Vous pleurez ?
Ah ! Seigneur… Ce que vous avez dû souffrir,
vous, dans « ces Frances » !… Tout ça, c'est la
faute à votre mère !… La politique ! La politique !
Ça l'aura bien avancée, la politique !… Calmez-
vous, Monsieur. Vous allez me faire pleurer. Vous
voir, vous, dans cet état… Qui l'aurait dit, Sei-

176

gneur ? Votre grand-père serait mort de douleur s'il avait pu prévoir que son petit-fils viendrait un jour pleurer chez sa concierge ! Santa Maria del Pilar !

— Ce n'est rien, dit Tanguy. Avez-vous eu des nouvelles de ma mère ?

— Mademoiselle ? Elle est passée par ici en 1942. Elle s'était fait teindre les cheveux. Elle passait avec un convoi de Français, vers les Britanniques... Mais depuis on n'a rien su... Rien du tout... Pauvre Monsieur, que pourrais-je donc faire pour vous ?

— Rien, je vous remercie... Rien !

Tanguy lut : « Asile Dumos-Centre de Redressement. » Il serra plus fort sa petite valise verte. Le
policier qui l'avait accompagné sonna. Une petite
cloche retentit. L'œil rond d'un judas se découpa
dans l'épaisse porte, et un visage blafard s'y colla.
— Que voulez-vous ?
— C'est un nouveau.
— Vous avez l'ordre d'admission ?
— Oui. Le voici.
Le policier tendit un papier.
La porte s'ouvrit. Tanguy se trouva devant un
religieux vêtu de noir. C'était un homme petit,
maigre, aux yeux inexpressifs. Il congédia le policier avec brusquerie et fit signe à Tanguy de le
suivre. Celui-ci obéit et se trouva bientôt dans un
étroit bureau avec une fenêtre qui donnait sur
un vaste parc planté de grands arbres. Le Frère [1]
s'assit devant une machine à écrire. Tanguy
déclina son identité…, les noms de ses parents…

1. L'auteur croit devoir informer ses lecteurs qu'il ne s'agit
pas dans tout ce qui va suivre de l'Institut des Frères des
Écoles chrétiennes.

— Votre dernière adresse ? demanda le religieux.

Tanguy hésita. Puis il se décida :

— Saint-Sébastien.

— Vous y avez habité pendant combien de temps ?

— Huit jours.

— Adresse précédente ?

— Un camp de concentration, en Allemagne.

Le Frère leva ses yeux ternes et les posa sur Tanguy. Celui-ci sentait que l'homme lui était hostile. Il cherchait à en trouver les raisons.

— Tu es communiste ? demanda le Frère...

Tanguy eut presque envie de sourire. Mais il se contint :

— Non.

— Pourquoi as-tu donc été interné ?

— ... C'était la guerre...

Tanguy n'avait rien trouvé de mieux à dire... Il était dégoûté. Il avait envie d'en finir et se demandait ce que toutes ces questions pouvaient bien signifier.

— Ici tu n'es pas en France, reprit l'homme en soutane d'une voix sourde. Ici la racaille comme toi, on la dresse... Tiens-toi droit. Sans quoi...

Il n'avait pas achevé sa phrase. Tanguy ne broncha pas. Il prit sa valise et suivit le Frère... Ils traversèrent le parc et gravirent un grand escalier. Le Centre était sur la hauteur. Tanguy marchait en silence. Il avait le cœur serré. Les bruits de la ville proche montaient jusqu'à lui. Ils lui parvenaient amortis, comme dans un songe.

Ils arrivèrent. C'était une cour carrée, très

vaste. Pas d'arbres. Tout autour des bancs en faïence andalouse. Des enfants étaient assis sur ces bancs ou bavardaient debout. Ils étaient tous tondus et portaient le même uniforme : un pantalon kaki et une chemise sans col. Ils étaient chaussés d'espadrilles. Le Frère s'arrêta dès l'entrée de la cour. Deux garçons solidement bâtis s'y tenaient. Ils avaient chacun un bâton à la main.

— Voici un nouveau. Qu'on l'emmène «chez le coiffeur» pour le tondre.

— À quelle division ?

— La B 11.

Tanguy regardait tomber ses courtes mèches. Le coiffeur était un garçon très maigre, aux yeux marron. Il avait un regard de bête traquée.

— C'est toi l'Allemand ? demanda-t-il soudain.

— Non, je ne suis pas allemand. Je viens d'Allemagne.

— Qu'est-ce que tu as dans ta valise verte ?

— Des vêtements, quelques livres.

— Rien à manger ?

— Si, des fruits, du pain et un peu de lait condensé.

— Quels fruits ?

— Des bananes et des oranges ; quelques mandarines aussi.

— Je te « sonne » les peaux.

— Tu quoi ?

— Je te « sonne » les peaux.

— Qu'est-ce que cela veut dire ?

— Que c'est moi qui, le premier, t'ai « sonné » les peaux ; que tu ne peux les donner à personne d'autre. Tu comprends ?

180

— Vous mangez les peaux ?

— Évidemment. C'est bon… Les peaux d'orange ont des vitamines B, et avec celles des mandarines on fabrique la poudre… Tu penses, alors, les vitamines des peaux de mandarine !

Il y eut un silence. Le coiffeur avait achevé son travail. Tanguy se leva. Il sourit et tendit sa main au garçon maigre qui venait de lui tondre le crâne.

— Je m'appelle Tanguy.

— Moi Antonio Maderas. Mais tout le monde m'appelle le « P ».

— Pourquoi est-ce qu'on t'appelle comme ça ?

— J'ai des « éplisies ».

— Quoi ?

— Des attaques. Je tombe par terre évanoui, je me mords les lèvres, je fais sur moi… Tu connais ?

— Épilepsie. Oui… Moi aussi j'ai eu des attaques. J'en ai encore. Mais ce n'est pas de l'épilepsie…

— T'en sais des choses !

Le « P » dévisageait Tanguy avec admiration.

— Non, pas beaucoup.

— Tu sais écrire ?

— Oui.

— Tu voudras m'écrire une lettre ? C'est pour ma sœur. Elle est dans un autre Centre de Redressement. Elle m'a écrit. Mais je ne sais pas répondre.

— Tu ne sais pas écrire ?

— Non.

— Et personne ne sait écrire ici ?

— Si ; le secrétaire de Frère Rouge écrit. Mais

il faut lui donner quelque chose. Moi je n'ai pas de famille et par conséquent pas de colis. Je ne peux rien lui donner, si ce n'est sur ma ration. Et ça je ne veux pas. Il faut manger, sans quoi l'on meurt. Surtout lorsqu'on est malade.

— Je t'écrirai ta lettre.

— T'es chic.

Le « P » hésita :

— Tu veux être mon ami ?

— Pourquoi pas ?

— Je veux dire : tu veux bien qu'on soit à moitié de tout ?

— Qu'est-ce que tu veux dire ?

— De tout ce que j'aurai je te donnerai la moitié ; de tout ce que tu auras tu me donneras la moitié.

Tanguy hésita. Il regarda le jeune malade qui se tenait devant lui et commençait à ranger les tondeuses et les ciseaux.

— J'ai pas de colis. Comme je suis coiffeur, les « voyous » me donnent tous les jeudis à manger… Mais personne ne veut être à moitié avec moi. Il n'y a que les « voyous » qui se mettent à moitié. Les « orphe » ne se mettent jamais à moitié de rien. De quoi donner la moitié quand on n'a rien ? Mais c'est bon d'être à moitié avec quelqu'un : on est moins seul, tu comprends ?

— Oui. On sera à moitié, si tu le veux.

— On se serre la main ?

— D'accord.

Tanguy serra la main du « P » en souriant.

— Maintenant crache par terre et dis : « Le premier qui change d'avis est un vendu. »

182

Tanguy obéit. Les yeux de son nouvel ami brillèrent d'un singulier éclat. Le « P » se mit à parler de tout à tort et à travers. Puis il dit :

— Tu dois aller maintenant aux vestiaires. Sors la nourriture de ta valise. Je la garderai. Les gens du vestiaire te la voleraient. Tu me retrouveras ici.

Tanguy fit ce que lui disait son ami. Il sortit la nourriture de la valise et alla aux vestiaires. Il y toucha sa nouvelle tenue. Puis il regagna la cour. Le « P » l'attendait. Ils allèrent s'asseoir dans un coin à l'ombre et mangèrent. Le « P » suça d'abord le jus de l'orange ; puis, lorsque le fruit fut tari, il le plia en deux et l'avala avec sa peau, comme s'il se fût agi d'un sandwich. Tanguy ne mangeait pas les peaux, et son ami les prenait toutes. Ils ne parlaient pas ; ils se nourrissaient en silence. Autour d'eux petit à petit d'autres pensionnaires arrivèrent. Ils tendaient leurs mains sans mot dire.

— Si tu me donnes, je te donnerai jeudi.

Tanguy regarda celui qui parlait. C'était un garçon d'environ quinze ans, aux traits tirés, et qui semblait plus vieux que son âge… Son visage exprimait quelque chose que Tanguy pensa être de l'indifférence : c'était du mépris.

— Tiens.

Tanguy tendait un morceau de pain. Le « P » l'arrêta d'un geste brusque.

— Ne lui donne rien, dit-il. Il ne te donnera rien. C'est un radin. Il dit la même chose à tout le monde, mais il ne donne jamais rien.

— Ça ne fait rien. Je ne lui donne pas pour qu'il me le rende, mais parce qu'il a faim.

— Moi aussi, j'ai faim! cria quelqu'un.
— Moi aussi!
— J'ai faim! Je suis orphelin.
— ... Je suis de l'*Ayuntamiento*[1]! Personne ne me donne...

Tanguy se leva. Toutes ces mains tendues lui faisaient mal; l'expression de ces visages remuait en lui de trop pénibles souvenirs. Il garda le peu de nourriture qu'il avait encore et se mit à marcher. Les élèves le suivaient, parlant tous en même temps.

— Rien qu'un petit morceau!
— Les peaux!
— Un morceau de peau!

C'était dimanche. Tanguy ne s'en serait pas aperçu si le «P» ne le lui avait pas dit. C'est pourquoi les élèves demeuraient dans la cour toute la journée. Ils restaient dans le désœuvrement à remâcher leur faim. Ils parlaient nourriture, femmes, liberté. Les pensionnaires étaient de deux sortes : ceux de l'*Ayuntamiento* et ceux du *Tribunal*. Les premiers étaient ou orphelins ou fils de parents indignes; les seconds, de jeunes délinquants qui purgeaient leur peine de «redressement», six mois, un an, ou plus. Délinquants et orphelins vivaient ensemble et menaient le même genre d'existence.

Le «P» avait montré à Tanguy un jeune garçon fort beau, à l'air très fragile, qui avait tué son père. Tanguy avait du mal à croire cela. Le jeune

1. Assistance Publique.

parricide s'appelait Firmin. Il passerait toute son adolescence dans le Centre et serait ensuite transféré en prison. Il avait seize ans, un sourire angélique et attirant. On ne pouvait croire qu'il y eût quelque chose de méchant dans ce garçon. Tanguy s'approcha.

— Comment cela se fait-il que nous soyons toute la journée dans la cour ? lui demanda-t-il pour dire quelque chose. Ce garçon se tenait seul, à l'écart. En entendant cette question, ses yeux étincelèrent.

— T'ai-je demandé l'heure qu'il est ?

Tanguy ne sut que répondre. Il balbutia :

— Pardonne-moi. Je voulais être gentil avec toi. Je ne voulais vraiment pas t'importuner.

— Non ?

— Non.

— Alors, sois gentil jusqu'au bout et f... le camp.

Et comme Tanguy hésitait, Firmin insista :

— Je t'ai dit de décamper !

Tanguy s'en alla retrouver le « P ». Il était triste. Il aurait voulu lier conversation avec Firmin. Il ne comprenait pas pourquoi ce dernier le rejetait. Puis il se dit que, sûrement, il devait avoir l'air bête. Car tous les nouveaux venus ont l'air bête.

*

La vie au Centre était réglée par le sifflet du Frère. Il fallait obéir aux ordres de cet instrument avec une promptitude totale. Après chaque coup de sifflet le Frère ajoutait : « Le dernier en rang aura deux jours sans dessert ! » Ou : « Le dernier debout, trois jours sans pain ! » Les élèves se ruaient alors les uns sur les autres. Les derniers se bousculaient, se poussaient du coude. Une fois dans les rangs, il était interdit de parler. Il fallait croiser les bras et garder la distance d'un mètre entre soi et le camarade de devant, soi et celui de derrière. Entre les files silencieuses, se tenaient les kapos, pour la plupart jeunes gens du *Tribunal*, délinquants de droit commun. Les Frères choisissaient les plus « durs », et surtout les plus forts. Car les kapos étaient autorisés à battre leurs camarades, les punir, les priver de nourriture. Les pensionnaires étaient à leur merci, comme ils étaient à la merci des Frères. Les kapos n'étaient pas régulièrement tondus et ils étaient les seuls à pouvoir se coiffer.

Les punitions étaient diverses. Il y avait tout d'abord celle qui consistait à prendre tous ses repas à genoux et à rester une semaine privé de pain ; ou cette autre qui consistait à courir autour de la cour. Les pensionnaires appelaient cela « faire la noria ». Le Frère et les kapos se plaçaient aux quatre coins de la cour et obligeaient les punis à courir vite et à marquer bien les angles. Au passage ils fouettaient les jambes des punis avec de minces baguettes de châtaignier. De plus les « punis » n'avaient pas le droit de toucher leurs colis, et c'étaient les kapos qui les dégustaient à leur place. C'est pourquoi ceux-ci étaient à l'affût de fautes qu'ils punissaient sans autre but parfois que d'enlever à leurs victimes les colis qu'ils recevaient.

186

Le Centre était très surveillé. Toutes les portes avaient leurs gardiens et les murs qui séparaient les pensionnaires de la liberté étaient hauts. Les Frères avaient en plus inventé le système des « responsables » qui avait fait de chaque élève un mouchard en puissance : chaque pensionnaire avait deux camarades « responsables » de lui. Ils étaient sévèrement punis si leur « protégé » faisait ou cherchait à faire le mur.

Malgré toutes ces précautions, quelques pensionnaires réussissaient à s'enfuir. Ils étaient souvent repris. Parfois même ils étaient repris par la police, quelques jours après leur fuite. En ce cas, il y avait la *paliza*[1]. Le soir les Frères se saisissaient du fuyard et l'attachaient, face au mur, par les poignets et les chevilles. Avec des baguettes de châtaignier ils le flagellaient. Dans le silence du dortoir, les camarades pouvaient entendre les cris déchirants de ceux qui subissaient ce traitement. Cris de bête blessée, entrecoupés de sanglots. Parfois, si le « fuyard » était un délinquant, s'établissaient des dialogues ahurissants. Les Frères, à chaque insulte, redoublaient de rage. Ils frappaient à la tête, aux jambes, parfois aux parties génitales. Lorsque leur baguette cassait, ils donnaient des coups de poing, des coups de pied. Frère Antonin avait déchiré l'oreille d'un fuyard ; Frère Armando avait provoqué une hémorragie cérébrale chez un garçon qui avait failli en perdre la vie.

Tanguy se tut. Il n'osait pas se livrer tout à fait.

1. Mot espagnol : « bastonnade ».

Il fermait les yeux et cherchait à s'endormir. Mais cela n'était pas possible. La *paliza* se pratiquait dans un préau situé près du dortoir, et de leurs lits les pensionnaires pouvaient distinguer le râle du Frère et saisir chaque parole et chaque plainte du «puni». Quelques anciens avaient des statistiques. Le «record» était détenu par Frère Rouge : deux cent dix coups.

Les élèves couchaient sur des matelas étendus par terre. À deux par matelas. Ils n'avaient qu'une seule couverture et dormaient tout habillés. La nuit, le plus fort enlevait à l'autre sa part de couverture. Tanguy avait de la chance : son camarade de lit ne bougeait pas beaucoup.

Il dormait peu. Son cerveau était sans cesse occupé à revivre son passé et à méditer son présent. Lui qui n'avait jamais su haïr haïssait ces Frères à un degré incroyable.

Il s'en effrayait lui-même. Il savait que s'il en avait eu la force, il aurait, de ses propres mains, étranglé chacun de ces hommes en soutane. Il les aurait étranglés sans pitié.

Tanguy avait certes connu les camps de concentration. Mais c'était la guerre. Tandis que ces Frères agissaient sans motif, ils communiaient chaque matin. Ils obligeaient même leurs pensionnaires à assister aux offices religieux. Ils osaient commenter pour eux l'Évangile. Tanguy détestait cette hypocrisie ignominieuse. Parfois, dans l'église, l'envie lui prenait de hurler son mépris. Il se disait : « Comment osent-ils ? Comment ne meurent-ils pas de honte ? » Mais Tanguy savait qu'il ne fallait s'étonner de rien. Il se contentait de ne jamais communier, de ne jamais jouer le jeu des Frères. La plupart des élèves communiaient en effet chaque matin pour être « bien vus ». Certains n'avaient même pas fait leur première communion ; d'autres ignoraient s'ils étaient baptisés.

Tanguy avait de nouveau perdu l'espoir. Il avait cru, en Allemagne, que la paix lui apporterait une vie meilleure. C'est cet espoir qui l'avait soutenu. Maintenant il n'avait plus d'espoir. La paix était venue ; elle avait apporté un monde encore plus injuste. Tanguy vivait comme un automate. Aucun enthousiasme ne le retenait plus à la vie. Il accumulait de la haine : une haine si vaste qu'il craignait qu'elle ne l'engloutît lui-même.

Les Frères faisaient vivre les pensionnaires dans la terreur du sifflet. Le matin, ils ne les éveillaient jamais à la même heure. Ils essayaient au contraire de les surprendre. Ils entraient précautionneusement dans le dortoir, puis, soudain, un long coup de sifflet faisait tressaillir des corps qui n'étaient plus qu'un amas d'os tremblant de peur.

— Le dernier aux douches, huit jours sans pain et huit jours sans « repos » !

Les pensionnaires se bousculaient. Parfois l'un d'eux, dans l'affolement général, oubliait sa serviette. Il n'osait pas retourner la chercher pour ne pas être surpris.

La « douche » faisait le bonheur des Frères. Au

premier coup de sifflet, les garçons se déshabillaient dans un sombre couloir éclairé par deux vasistas. Ils attendaient là, tout nus, les bras croisés. Deuxième coup de sifflet : un premier contingent entrait dans la salle de douches pendant que leurs camarades attendaient dans le froid du réveil et du petit matin, claquant des dents. Il fallait rester sous la douche jusqu'à ce que le Frère ordonnât d'en sortir, sans bouger, sous l'eau glacée. Il fallait faire semblant de se savonner. Le Frère passait, une courroie à la main. Les douches n'avaient pas de portes. Le Frère soudain frappait l'un ou l'autre avec la courroie, qui laissait sur la peau humide des empreintes violacées. La douleur était aiguë. Elle arrachait des larmes. Le Frère cherchait à atteindre des parties sensibles : les oreilles, les mollets. Les victimes hurlaient de douleur. Les Frères riaient à plein gosier :

— En voilà une poule mouillée ! Savonne-toi mieux, voyons ! Là, les oreilles ! (Nouveau coup de lanière.) Vite ! Allons ! Les oreilles !...

Tanguy jetait au Frère des regards chargés de haine et de mépris. Un jour, Frère Rouge l'atteignit à l'oreille. Des larmes jaillirent instantanément des yeux de Tanguy. Il feignit pourtant de n'avoir rien senti. Frère Rouge l'avait frappé sans aucune raison. Il l'avait frappé pour s'amuser, en vociférant :

— Vite ! Vite ! Ne perdons pas de temps !

Tanguy n'accéléra pas l'allure. Il éprouvait une secrète joie à défier Frère Rouge. Celui-ci était un homme jeune, portant des lunettes, et boiteux. Il savait à peine lire et écrire. Ces Frères ne seraient jamais ordonnés prêtres, leur ordre ne se recrutant que parmi les classes sociales les plus basses; ils y étaient entrés, pour la plupart, comme ailleurs certains jeunes gens étaient devenus S.S. : parce qu'ils ne savaient que faire de leur puissante animalité. Tanguy n'aimait pas Frère Rouge, et celui-ci le lui rendait.

— Je t'ai dit de faire vite !

La courroie s'enroula autour du jarret de Tanguy. Celui-ci dut faire effort pour ne pas hurler de nouveau. Il se sentit rougir et pâlir mais ne broncha pas.

— Tu te moques de moi ?

Les coups pleuvaient. Tanguy avait laissé tomber le morceau de savon. Il avait glissé dessus et était tombé. Son front avait heurté le plancher. Il y porta la main et la retira pleine de sang. Frère Rouge éjaculait sa rage en phrases incohérentes.

— Salaud ! Ordure !... Petite ordure !... Il veut tenir tête, hein ? Je t'apprendrai, moi, à tenir tête !... Sale ordure ! Communiste !... Bolchevik !... Ça ne croit pas au bon Dieu, hein ?... Ça fait le malin ! Ordure !...

Frère Rouge avait le souffle coupé. Tanguy suffoquait. Ses yeux étaient voilés de larmes. Chaque coup de lanière sur sa peau mouillée était un affreux supplice. Mais il ne pleurait pas. Une sorte de joie monstrueuse l'emplissait au contraire. Il se régalait de cette colère; il se sentait le plus fort. Il savait que le Frère, au fond de son âme, avait peur de lui. Et c'était parce qu'il avait peur de lui que Frère Rouge le haïssait.

192

Tanguy, soudain, fut pris d'un vertige de haine. Il se leva, blême, le front couvert de sang, le corps strié de traces violacées. Il se mit à crier : «Vous voudriez me tuer, hein?... Allez-y!... Qu'est-ce qui vous retient? Votre Christ? Votre charité chrétienne? Allez-y, parlez!... Vous savez ce que je pense de vous. Vous le savez, et vous en avez peur... c'est vous qui êtes des ordures... Mais des ordures qu'on n'ose pas toucher... Vous communiez chaque matin... et vous n'êtes qu'un amas de voleurs et d'assassins!... »

Frère Rouge recula, pâlit. Puis Tanguy le vit qui avançait. Instinctivement, il chercha à se protéger. Les coups pleuvaient partout. Tanguy avait mal à la tête. Il la sentait devenir lourde. Un coup de pied aux reins le fit tomber évanoui.

Il passa cinq jours à l'Infirmerie. Quand il en sortit il avait encore la tête gonflée et le corps tuméfié. Frère Rouge, en le voyant arriver, lui administra une paire de gifles et lui commanda de «faire la noria» jusqu'à nouvel ordre. Tanguy obéit. Les premiers tours ne furent pas trop durs; mais petit à petit tout chancelait autour de lui. La faim tiraillait; la sueur coulait sur son front et sous ses aisselles. Il courait, les lèvres serrées, attentif à ne pas s'évanouir. Malgré lui, il tremblait à chaque tour, en s'approchant du Frère. Car celui-ci avait un bâton à la main. Il ne frappa pourtant pas Tanguy. Ce dernier fut seulement astreint, pour seule punition, à prendre tous ses repas à genoux pendant un mois; à ne pas manger de pain pendant huit jours; et à rester une heure à genoux avant de se coucher, pendant un mois aussi. Dès lors sa vie entière devint une punition. Mais cela lui était devenu indifférent. Il souffrait, bien sûr. Mais la haine l'emportait. Il se demandait souvent *pourquoi* il était né, s'il ne ferait pas mieux de se tuer. Mais il savait qu'il n'oserait pas le faire. Il supportait donc cette nouvelle existence sans mot dire. Il ne voulait d'aide ni de consolations de personne. Il déchira l'unique photo qu'il avait de sa mère et ce geste prit pour lui toute la valeur d'un symbole.

Quant au « P », il n'était plus « à moitié » avec lui. En réalité le « P » n'avait rien voulu d'autre que toucher une part du peu de nourriture que Tanguy apportait le jour de son arrivée. Mais Tanguy n'en voulait pas au « P », qui était un pauvre être, affamé et malade. Il était presque content de s'en être débarrassé, car il n'avait envie de parler avec personne ni d'être l'ami de personne. Il ne voulait rien, sinon qu'on le laissât tranquille.

Depuis l'incident des douches les kapos le guettaient et l'avaient à l'œil. Tanguy le savait. Aussi s'efforçait-il de ne pas donner de prétexte à ces derniers de le punir. Il faisait attention au règlement. Il vivait sur ses gardes. Il sentait qu'on cherchait à lui faire le plus de mal possible et était prêt à se défendre dans la mesure où il le pouvait. Parfois la lassitude l'emportait. C'était généralement au souvenir de Gunther. La nuit, alors que ses camarades dormaient, Tanguy, agenouillé sur le plancher, se rappelait le doux

194

visage. Il se souvenait de chacun des gestes et de chacune des paroles de celui qu'il avait aimé. Alors, tout à ce souvenir, il sentait un gros poids entrer en lui; il pliait sous un invisible fardeau. Sa lutte lui paraissait stérile. Il se demandait pourquoi il ne mourait pas... Gunther... Le soir de son départ son ami lui avait glissé entre les doigts la seule chose de valeur qui lui restât au monde; ils avaient passé la dernière nuit à attendre, blottis l'un contre l'autre... Un détenu avait arraché à Tanguy le seul souvenir que celui-ci espérât garder de son ami...

Tanguy ne pleurait plus. Il ne pleurait plus jamais. Il sentait par moments l'angoisse serrer sa gorge et tenailler sa poitrine; il croyait alors qu'il allait éclater en sanglots. Mais il n'en était rien. Tanguy avait épuisé sa capacité de larmes, comme il avait épuisé son espoir. Il n'y avait de place dans son cœur que pour la révolte et la haine. Il détestait indifféremment les uns et les autres. Il avait chassé de sa mémoire jusqu'à sa mère, car il ne voulait voir en elle comme en tous qu'inimitié : sauf en celui qui n'était plus.

4

Les pensionnaires travaillaient dans des ateliers situés dans l'aile gauche du bâtiment. Ils appartenaient à des particuliers. Ces derniers trouvaient dans le Centre une main-d'œuvre efficace et bon marché. Les « patrons » ne payaient en effet aux Frères qu'une somme minime par journée et par tête. Car la plupart des élèves étaient mineurs. Ceux-ci ne touchaient chaque semaine qu'« un pourboire » de cinq pesetas.

Tanguy était aux polissoirs. C'était le travail le plus pénible. C'est aux polissoirs qu'on plaçait les « fuyards » et les « punis ». Les polissoirs étaient dans une cave. Là, vingt pensionnaires travaillaient sous les ordres et la surveillance d'un kapo de travail et d'un contremaître. Il s'agissait naturellement de « polir » des pièces de métal. Les brosses cylindriques tournaient à une vitesse vertigineuse. Elles dégageaient une odeur nauséabonde qui les faisait cracher. Ceux qui vivaient aux polissoirs étaient, à plus ou moins longue échéance, condamnés à la maladie. Ils restaient là de huit heures et demie du matin à midi et demie, et de trois heures à huit heures. Il leur était interdit de parler ou d'aller aux toilettes. Ils ne devaient pas non plus interrompre leur travail.

Tanguy travaillait en silence. Il avait le bout des doigts brûlé par la brosse et par le métal qui s'échauffait au fur et à mesure qu'il était travaillé. Tanguy se mettait un mouchoir sur la têtc et un autre sur la bouche. Il ne pensait à rien, à longueur de journée. Il haïssait à tel point les Frères qu'il se sentait presque content à l'atelier. Là, du moins, personne ne s'occupait de lui ni ne l'obligeait à donner autre chose que ses pauvres forces et son attention.

Le travail avait pour lui un autre grand avantage : il l'empêchait de penser. C'est ce dont il avait le plus grand besoin. Il se saoulait de fatigue, comme d'autres de vin. Il cherchait à oublier son court passé et à chasser de son cerveau le douloureux souvenir d'un visage. Il ne parlait jamais avec personne. Ses camarades disaient de lui qu'il était un original ; d'autres, moins subtils, assuraient qu'il était « toqué ». Tanguy n'attachait aucune espèce d'importance à ces propos.

Le contremaître des polissoirs était un homme gentil. Il s'appelait Mateo. Robuste, solidement bâti, avec une tête carrée et de grands yeux noirs, il n'aimait ni les curés ni les patrons ; c'est pourquoi il était secourable aux pensionnaires. Au moindre prétexte, il giflait le kapo qui symbolisait pour lui la tyrannie des Frères. Comme Mateo était très fort, quand il frappait il frappait bien. Il disait que les kapos étaient tous des «vendus», les Frères des «salauds», les patrons des «trafiquants d'esclaves». Il ne cachait pas ses opinions. Il se disait «libéral». Le triomphe de son libéralisme eût été de massacrer tous les curés si les moyens lui en avaient été donnés.

Mateo aimait Tanguy. Il l'envoyait souvent chercher des pièces au-dehors, ou les rendre. Il clignait de l'œil et lui disait :

— S'il faut attendre, tu attendras.

Tanguy pouvait de la sorte se reposer. Il s'enfermait dans les toilettes et fumait une cigarette qu'il obtenait avec les mégots de Mateo. Il fallait faire attention en fumant et dissiper la fumée avec les mains. Mais c'était une impression de liberté que ces instants où l'on était seul avec sa cigarette, dans le silence de la cour, en écoutant la lointaine rumeur des presses, des machines et des polissoirs.

Mateo apportait chaque matin son casse-croûte. Il le prenait vers les dix heures et demie. Il appelait alors l'un des pensionnaires qui travaillaient sous ses ordres et lui en donnait la moitié. Il le lui faisait manger devant lui. Mateo se retournait vers le kapo et, en riant :

— Dis-le-lui, au Frère. Fais ton métier, mon petit !… Fais-le et du premier coup de poing, je t'aplatis la face…

Mais Mateo savait bien que le kapo n'oserait pas le dénoncer. Car tout le monde admirait plus ou moins Mateo.

Le patron de Tanguy était un homme très grand, très parfumé, aux doigts chargés de bagues.

Il était toujours bien rasé, bien vêtu. Il surveillait sans cesse ses ateliers, car il avait peur que les pensionnaires ne fissent du sabotage. Mais il ne descendait que rarement aux « polissoirs » : la cave sentait trop mauvais. Quand il lui arrivait de descendre, il avait l'air gêné. Il souriait timidement aux pensionnaires. Mais personne ne lui rendait ses sourires. On le laissait seul. Pour se donner une contenance il prenait une des pièces déjà polies et feignait de l'examiner avec soin. Tout le monde savait que le patron avait peur des « polissoirs ». Les pensionnaires l'appelaient le *gula*[1].

Un matin, alors que Tanguy était au travail, la sirène retentit. Les pensionnaires se précipitèrent au-dehors. Ils apprirent vite l'événement : un élève qui travaillait aux presses avait fait un faux mouvement. Une pièce s'étant coincée dans le moule, il avait voulu la retirer avec la main. Sans doute, en proie à la fatigue, avait-il inconsciemment actionné la pédale. La presse, lourde de plusieurs tonnes, était tombée sur la main du pauvre garçon. Du dehors on entendait ses cris désespérés : « Maman !… Maman !… Aïe !… »

Dans la cour des ateliers tous les pensionnaires attendaient. Leurs visages étaient tendus. Une ambulance arriva. Deux infirmiers en blouse blanche en sortirent. Ils entrèrent dans les ateliers et quelques instants plus tard les cris avaient cessé. Le blessé fut emmené au milieu d'un silence lourd des pensées de chacun. Il était

---

1. En catalan : « radin, avare ».

étendu sur une civière. Il était livide, avait l'air endormi. Tanguy n'avait jamais vu un visage aussi blanc. L'ambulance démarra dans un grand tumulte d'avertisseurs.

Le *gula* était là, entouré d'un médecin, du kapo des presses, de Frère Rouge et de quelques pensionnaires. Tanguy s'approcha.

— Il a dû faire une fausse manœuvre, disait Frère Rouge.

— Bien sûr, bien sûr…, répétait le *gula*.

— C'est épouvantable, renchérissait le kapo.

— Terrible ! insistait Frère Rouge. Terrible !…

— Bien sûr, bien sûr…, répétait le *gula*, qui semblait ne pas vouloir comprendre ce qui lui arrivait.

— Était-il en bonne santé ? demanda le médecin.

— Excellente. Hier encore, il courait dans la cour, dit Frère Rouge.

Tanguy avait mal aux tempes. Il croyait que sa tête allait éclater, était submergé de honte et de dégoût ; il tremblait d'indignation. Ses dents claquaient.

— Faux ! s'écria-t-il. C'est faux !…

Toutes les têtes se tournèrent. Frère Rouge devint pourpre. Il murmura :

— Toi, retourne à ton atelier ! Ne l'écoutez pas… C'est un communiste. Il a été dans un camp, en Allemagne.

— Vous avez peur, hein ? hurlait Tanguy. Vous avez peur que le médecin n'apprenne la vérité !… Eh bien ! je la dirai cette vérité. Même si vous devez me tuer!... Même si vous devez me couper en morceaux!

Frère Rouge se tourna furieux vers le kapo :

— Manolo, emmène cet hystérique aux polissoirs!

Tanguy fit un geste violent pour écarter la main qui allait se poser sur lui. Il s'en dégagea prestement :

— Ne me touchez pas!... Vous me dégoûtez!... Vous me dégoûtez!...

— Laissez-le parler. Il a sûrement quelque chose à dire.

C'était le médecin, petit homme pâle, chauve, qui portait des lunettes. Il était vêtu d'un élégant complet gris et avait une serviette en cuir à la main. Ses paroles plongèrent Frère Rouge et le kapo dans la stupeur. Un silence se fit autour de Tanguy qui avait les yeux pleins de larmes et dont la poitrine haletait d'émotion.

— Parle... Comment t'appelles-tu?

— Tanguy.

— Vas-tu dire la vérité, rien que la vérité?

— Oui.

— Sais-tu que ton témoignage devra être entendu par l'enquête, si une enquête doit avoir lieu?

— Oui.

— Et tu n'as pas peur de dire la vérité?

— Si.

— En ce cas, pourquoi la dis-tu?

Tanguy hésita. Comment aurait-il pu dire au médecin que, puisqu'il était seul au monde, il n'avait plus grand-chose à perdre? Comment aurait-il pu lui dire que lorsqu'on a perdu l'espoir en un monde plus juste, on trouve le courage de dire la vérité ? Comment lui dire que lorsque tout ce à quoi l'on a cru a fait faillite, l'on ne peut plus, n'eût-on que treize ans, craindre les hommes ? Tanguy se contenta de répondre :

— Vous savez, moi !... Cela m'est égal !...

— Tu es délinquant ?

— Non.

— Pourquoi es-tu ici ?

— Orphelin.

— Bon, qu'as-tu à dire ?...

— Vous n'y pensez pas ! C'est un communiste ! s'écria Frère Rouge. Il va inventer des mensonges. Vous ne pouvez pas l'écouter ! C'est un communiste !

Le médecin se tourna vers le Frère :

— Comment savez-vous qu'il est communiste ?

— Les Allemands l'ont interné dans un camp.

— Quel âge avait-il à l'époque ?

— Dix ou onze ans.

— Communiste à dix ans ?

Le médecin fixa longuement le Frère qui balbutiait des phrases incohérentes.

— ... Il ne croit pas en Dieu, ni à rien de sacré ! articula enfin Frère Rouge.

Le médecin dévisagea le religieux presque avec mépris. Il resta silencieux un long moment :

— Qu'en savez-vous ? demanda-t-il enfin.

— ... Il ne communie pas.

— S'il était ailleurs, peut-être communierait-il.

Puis, regardant Tanguy dans les yeux, le médecin lui dit :

202

— Maintenant, parle.

Tanguy pleurait. Après les premiers instants d'indignation, il n'y avait plus à présent dans son être que silence et lassitude. Il fit un effort et commença :

— Il s'appelait Antonio Fuentès Mazos. Il avait quinze ans et six mois. Il travaillait à la matière plastique. C'était un travail moins dur. La semaine dernière, il chercha à envoyer en cachette une lettre à sa famille pour dire qu'il avait très faim et très froid. Il demandait à sa mère de lui envoyer une vraie couverture. Je sais ce qu'il disait dans sa lettre, car Fuentès ne savait pas écrire et c'est moi qui ai fait sa lettre. Il devait la donner à un kapo qui paraissait un bon ami. Il avait promis de donner à ce kapo son pourboire de semaine pendant un mois. Le kapo sortait en ville et avait juré qu'il mettrait sa lettre à la poste… En réalité, il moucharda Fuentès. Avant-hier, Fuentès reçut une *paliza*. Du dortoir, nous avions compté les coups : cent dix. Il avait le dos bleu et gonflé… Je l'ai vu hier. Ici, mes camarades m'appellent à l'aide parce qu'ils croient que je sais tout, étant donné que je sais lire et écrire. C'est moi qui soigne leurs furoncles et leurs plaies. J'ai pansé le dos de Fuentès comme j'ai pu, et j'ai mis un peu d'huile dessus. Fuentès m'a avoué qu'il avait des troubles visuels. Je ne pouvais malheureusement rien pour ça. Depuis deux jours il n'a rien eu à manger. Il était puni sans pain. Et depuis deux jours il est à genoux dans le dortoir, dans le réfectoire et partout… Frère Rouge vous disait qu'il courait hier encore dans la cour. C'est vrai ; mais c'était

pour faire la *noria*. Vous savez ce que c'est?...
Bon. Frère Rouge et le kapo qui l'a trahi s'étaient
placés dans les coins de la cour. Ils lui fouettaient
les jambes avec une mince courroie qu'ils appellent ici un *raviveur*. Hier enfin, Frère Rouge a fait
muter Fuentès de la matière plastique aux
« presses »... Le reste, vous le savez.

Il y eut un long silence. Tanguy s'essuya les
yeux. Il avait parlé d'une voix dégagée, monotone. Il se sentait détaché de tout cela, comme
du danger qu'il courait lui-même. Il *savait* que
rien de pire ne pouvait lui arriver qu'il n'ait déjà
vécu; il *savait* surtout qu'il était très difficile de
tuer un enfant.

— Je vous remercie... fit le médecin d'une
voix blanche. Je m'en vais tout de suite examiner
le jeune blessé pour constater qu'il présente les
signes que vous m'avez indiqués. Je ferai aussi
examiner ses yeux. Malheureusement, poursuivit
le médecin, votre déposition n'est pas suffisante.
Il faut un deuxième témoin pour qu'elle puisse
avoir une valeur légale. Pourriez-vous trouver ce
second témoignage?

Tanguy hésita. Intérieurement, il passa quelques noms en revue et finit par répondre :

— Je ne crois pas. Ils ont très peur.

— Je le comprends... C'est dommage!

— Je serai ce second témoin!

Tanguy tourna la tête. C'était Firmin, le parricide de seize ans, qui avait élevé la voix. Il fixait
Frère Rouge avec une moue haineuse aux coins
des lèvres :

— Oui, ce qu'a dit Tanguy est vrai. Il ne vous

204

a pas dit qu'il est, lui, puni depuis un mois ; qu'il n'a pas mangé de pain depuis bientôt une semaine… Il ne vous a rien dit…

— Moi, je peux dire que j'ai entendu dans mon atelier les élèves raconter l'histoire du petit Fuentès, telle que ce garçon vient de vous la raconter. (C'était Mateo qui parlait.)

— Votre témoignage est très important, Monsieur. Vous êtes censé être un témoin en dehors des parties en litige. Votre témoignage est très important, je vous en sais gré.

— Mais tout le monde sait que c'est un libéral ! protestait Frère Rouge. Il ne va jamais à l'église ; il ne fait pas ses Pâques !

Tanguy ne fut ni battu ni puni. Il était lui-même étonné de ce silence qui l'entourait. Frère Rouge feignait maintenant de l'ignorer. La vie continuait comme si rien ne s'était passé. Fuentès revint avec son bras en moins. Il fut dispensé de travail, Tanguy sut par lui qu'un médecin était venu l'interroger et examiner son dos et ses jambes. Tanguy se demandait comment tout cela finirait. Il se disait que les Frères avaient dû prendre peur. Mais ses hypothèses se heurtaient partout à une discrétion totale. On ignorait Tanguy. Celui-ci était d'ailleurs fort content qu'on l'ignorât ; il n'avait qu'une crainte : qu'on cessât un jour de l'ignorer.

Les jours passaient, les semaines, les mois. Le travail, l'église, les deux repas, les récréations… Rien n'était changé. Tanguy ne gardait de ces journées si pareilles à elles-mêmes qu'un souvenir précis : la faim. Elle régnait sur ce petit monde. C'était une faim animale. Les élèves passaient leur temps libre à parler de nourriture, à échanger des menus. Ils n'avaient droit qu'à deux repas par jour. Ils ne mangeaient jamais de viande ou de poisson, seulement des *farinetas*, une espèce de purée d'orge. À midi, ils avaient droit à une mandarine et à un morceau de pain ; le soir, à un morceau de pain seulement. Ce n'était pas du pain de blé. Mais un pain jaune et collant. Il fallait boire de l'eau en grande quantité pour pouvoir l'avaler. Les Frères, eux, avaient leur propre cuisine. Ils mangeaient trois plats : hors-d'œuvre, poisson et viande. On leur faisait des pâtisseries. Tanguy voyait parfois passer leurs plats. La seule odeur de la viande lui donnait des crampes au creux de l'estomac.

Le réfectoire était une salle immense. Les tables étaient en marbre, les bancs fixés au sol. Il fallait « tendre » sa gamelle et celle du voisin d'en face au kapo de cuisine. Deux garçons tenaient ce que l'on appelait la « piscine ». Le kapo de cuisine servait une pleine louche de *farinetas* par personne. C'était un art difficile que de « tendre » la gamelle. Car le kapo marchait vite et servait rapidement. Il fallait imprimer à la gamelle une ondulation savante pour ne rien perdre du liquide. Parfois, le kapo faisait exprès de brûler les doigts de ceux qu'il n'aimait pas ; ceux-ci lâchaient alors leur gamelle. Le kapo les frappait à la tête avec sa louche et les laissait sans manger.

Il y avait le « marché noir ». Ceux qui recevaient des colis revendaient un peu de leur nourriture. Tanguy leur achetait toujours un peu de nourriture sur sa paye du samedi. Un jour il acheta un morceau de fromage. C'était un drôle de fromage, avec des taches bleues : « Du fromage français », lui avait-on dit. Il le garda dans sa chemise pour le manger le soir. Il était content à l'idée de manger du fromage français. Il se disait que le fromage, c'était la liberté.

Le soir, il attendit pour le sortir de sa cachette que son camarade de lit fût endormi. Cette fois, il ne voulait pas avoir à le partager avec de plus pauvres que lui. Il le mangea lentement, pour faire durer le plaisir. Il était ravi de manger du fromage français. Il mangea jusqu'au papier d'argent dont il était enveloppé. Le « P » lui avait dit que le papier d'argent contenait des vitamines C. Tanguy se dit qu'après tout ce papier n'était pas si mauvais que cela ; le tout était de s'y habituer.

C'était le jeudi que les « délinquants » recevaient leurs colis. Tanguy prenait alors un grand morceau de papier, en faisait une sorte de bourse et allait solliciter l'un ou l'autre. Parfois les propriétaires de colis se fâchaient et renvoyaient tout le monde. Mais, le plus souvent, ils étaient gentils avec Tanguy parce qu'il savait écrire et que tous avaient plus ou moins besoin de lui. De plus, c'était lui qui soignait leurs maladies. Ils lui donnaient donc de petits morceaux de pain, ou cinq ou six grains de raisin sec, ou bien un quartier d'orange ; mais c'étaient surtout les peaux qu'il récoltait. Il s'était habitué à les manger et à les aimer. Toutefois les peaux de bananes lui paraissaient un peu dures à avaler.

Le jeudi soir, ceux qui avaient reçu des colis ne mangeaient pas leurs *farinetas*. Ils les passaient aux orphelins, à ceux qui n'avaient pas de colis.

Tanguy avalait donc les jeudis cinq ou six gamelles de cette purée d'orge. Il en était toujours malade. Souvent il avait mal au ventre et des coliques. Il ne prenait pourtant pas son parti de refuser ce qu'on lui offrait. Il transpirait en mangeant. Il devenait rouge comme un homard et gonflé comme un ballon. Parfois, tout en mangeant, il avait honte de lui. Il se disait que c'était ignoble de se remplir ainsi le ventre des restes de ses camarades. Mais il avait déjà chèrement appris que la dignité humaine ne sert pas à grand-chose dans certains cas graves et qu'il vaut mieux s'accrocher à la vie coûte que coûte.

Un autre souvenir pénible pour Tanguy était celui des récréations. Les jeux étaient obligatoires. Les pensionnaires étaient partagés en équipes. Chaque équipe avait son terrain de jeux. Il y avait aussi des kapos de jeux. Les pensionnaires étaient obligés de jouer aux *chepas*. L'équipe était divisée en deux camps. Le terrain était partagé par deux raies tracées à la craie. On tirait au sort : un camp allait « en haut » l'autre « en bas ». Le capitaine de ceux « d'en bas » envoyait la balle au capitaine de l'autre camp. Ce dernier courait alors vers l'équipe adverse ; il devait « toucher fort » un quelconque des garçons de l'autre camp. Le jeu consistait d'une part à menacer sans frapper ou à « toucher » ; de l'autre à « esquiver » le coup. Si celui qui avait la balle atteignait son adversaire, celui-ci était « mort » ; s'il ratait le coup, lui-même était éliminé.

Les kapos profitaient de ce jeu pour satisfaire leurs vengeances personnelles. Ils essayaient de frapper ceux qu'ils n'aimaient pas au visage ou aux reins. Les balles étaient pleines, dures ; les coups faisaient très mal. Tanguy néanmoins arrivait à esquiver facilement. Il était nerveux et agile. Malgré tout il n'aimait pas jouer et parfois il en avait les larmes aux yeux. Les Frères, sur une récréation d'une heure, ne laissaient aux pensionnaires que cinq ou six minutes libres. C'était le « repos ». Il y avait alors de longues queues devant les toilettes, car il était interdit de s'y rendre « pendant les jeux ». Si par hasard un étranger venait à rendre visite au Centre, il fallait feindre l'enthousiasme, rire, courir vite, « en mettre un coup ». Tanguy détestait cette duplicité. Il regardait ses camarades qui étaient exténués de fatigue et de faim, s'efforçant de crier et de rire. Il les en méprisait.

Tanguy apprit au Centre l'art difficile de haïr. Lui, qui avait le goût d'aimer, il devenait misanthrope et renfermé. Il évitait de parler. Il fuyait ses camarades et ne se sentait bien que dans le bruit des polissoirs et dans l'abrutissement du travail. Là il se retrouvait. Ses nerfs se détendaient ; ses traits se reposaient. Il lui arrivait même de sourire à ses camarades de travail. Il était heureux quand Mateo l'envoyait chercher des pièces à polir et qu'il pouvait s'enfermer dans les toilettes pour griller une cigarette. Il remerciait gentiment Mateo.

Tanguy apprit bien d'autres choses au Centre. Celles qui concernaient la sexualité, par exemple. Ces garçons, privés de filles, se satis-faisaient naturellement entre eux. La nuit, ils changeaient de matelas pendant que d'autres faisaient le guet. Mais ce qui rendait ces pra-tiques plus haïssables, c'était le cynisme éhonté que les «délinquants» y étalaient, se gaussant de telle ou telle particularité physique d'un garçon, évaluant leurs camarades d'un œil averti, vantant en public les charmes de tel ou tel...

Les kapos ne prenaient pas la peine de choisir. Ils commandaient. Lorsque deux d'entre eux avaient des «visées» identiques, ils jouaient aux cartes l'élu qui n'avait, en tout cela, rien à dire.

Les Frères, eux, avaient leurs «favoris». Ces derniers constituaient une sorte de caste inter-médiaire entre le commun des pensionnaires et les kapos. Ils échappaient à la règle commune, n'étaient pas tondus, mangeaient «de la cuisine des Frères», pouvaient se promener dans le parc et ne travaillaient pas.

Tout n'allait pourtant pas sans incidents. Les Frères choisissaient leurs «favoris» dans la Divi-sion A, constituée par les pensionnaires les plus jeunes : de huit à treize ans. Parfois des mécomp-tes survenaient... On étouffait dans l'œuf les scandales, comme on pouvait.

Une fois de plus, Tanguy croyait devenir fou... Cette ambiance de sexualité effrénée détraquait ses nerfs. Sa virilité naissante était constamment aiguillonnée par les conversations de ses cama-rades et leurs commentaires. Il ne pouvait faire un pas sans entendre partout parler de la même chose. Il lui semblait sombrer dans une animalité totale. Il pleurait de rage de se sentir devenir à ce point l'esclave de sa chair, et son cerveau se révoltait. Mais il ne voyait plus de moyen de lutter et de se reconquérir.

C'était fête au Centre. L'évêque devait venir poser la première pierre d'un nouveau bâtiment de dortoirs. Les pensionnaires avaient touché des tenues neuves. Ils étaient passés par les douches ; mais cette fois les Frères n'avaient battu personne. Une étrange fébrilité régnait dans les bâtiments et dans les cours. L'évêque devait arriver à dix heures et demie. Une odeur de pommes de terre et de viande cuite envahissait toutes les salles et Tanguy en avait mal au ventre. Des instructions avaient été données aux pensionnaires, qui devaient faire la haie au passage de l'évêque et crier : « *Vive Monseigneur !* » et « *Vive le Pape !* » À neuf heures et quart ils étaient déjà sur place. Gênés dans leurs tenues neuves, ils restaient debout, les bras croisés, et attendaient. Une nouvelle avait fait sensation : ils auraient deux plats à manger, un potage et des pommes de terre avec de la viande ; ils auraient aussi un dessert. Tout le monde était excité. La chaleur était lourde et humide. À onze heures et demie, l'évêque n'était toujours pas là. Les pensionnaires étaient las de se tenir debout sous le soleil.

Enfin, vers midi et quart, l'évêque parut. Trois autos noires remontèrent la piste qui conduisait au collège. Dans la deuxième se tenait le prélat. Les pensionnaires s'écrièrent aussitôt : «Vive l'évêque !… Vive le Pape ! Vive l'Église » !… Monseigneur était un homme petit, trapu, au teint sanguin, aux yeux glauques, vides d'expression. Il sortit péniblement de son auto, en relevant sa soutane. Il portait des gants violets et, sur ses gants, une grosse améthyste. Ses mains s'accordaient avec le reste du corps : petites et bouffies. Dès qu'il se fut dégagé du siège de la voiture, il commença de tracer des croix en l'air. Il s'efforçait de marcher lentement et avec majesté. Il souriait avec condescendance aux pensionnaires qui redoublaient de cris et d'applaudissements.

Enfin les Frères se précipitèrent vers lui et le débarrassèrent de sa cape violette. Ils le revêtirent de ses habits pontificaux, le coiffèrent de sa mitre et lui mirent sa crosse entre les mains. Le prélat se laissait habiller sans bouger. On aurait dit un mannequin. Une fois habillé, il marcha vers les fondations du nouveau bâtiment et les arrosa d'eau bénite en psalmodiant du latin. Pour terminer il frappa une grande pierre d'un petit coup de marteau, et les Frères applaudirent. Les pensionnaires firent de même. Monseigneur fit alors signe qu'il allait parler et le silence se fit :

— Mes chers enfants, commença-t-il. Nous sommes profondément touchés de l'attachement dont vous faites preuve à l'égard du Pasteur de cette riante et généreuse Cité de Barcelone…

Là-dessus, il fit un long éloge de Barcelone, des généreux bienfaiteurs de la ville, fit allusion au long passé de la Catalogne catholique, qui était si «près de Son cœur». Puis il en vint au Centre et aux Frères… «Ces magnifiques religieux qui prennent soin de vos corps et de vos âmes. Ils font de vous des hommes, et cela… un peu malgré vous. Bien sûr, il leur arrive d'avoir à frapper; bien sûr, vous vous plaignez… Mais le métal brut, s'il le pouvait, ne se plaindrait-il pas, lorsque le forgeron frappe; et pourtant, quelle fierté que celle de ce même métal, une fois devenu objet précieux!… Il en va de même, chers enfants, de vous…»

Tanguy écoutait en silence. Il se demandait si le prélat se moquait. Mais Monseigneur avait l'air de parler très sérieusement. Tanguy était écœuré.

Les pensionnaires furent stupéfaits, en entrant au réfectoire d'y apercevoir des assiettes en porcelaine et, dans chaque assiette, un morceau de pain, une orange, et une mandarine. Il y avait deux *porrones*[1] par table, qui contenaient du vin rouge. Ils s'assirent et applaudirent les cuisiniers, parce qu'ils apportaient deux grandes marmites: l'une avec de la soupe, l'autre avec des pommes de terre et de la viande. Tanguy n'en croyait pas ses yeux ni sa bouche. Il avait mangé son orange avec peau, et il voyait arriver de la viande! Il se frottait inconsciemment les mains.

1. Cruches.

L'évêque fit une courte apparition dans le réfectoire. Il goûta la nourriture des pensionnaires et leva les bras au ciel avec émerveillement comme pour dire : « Que c'est bon ! » Les élèves applaudirent à ce geste. Monseigneur était entouré de messieurs bien habillés, qui souriaient sans cesse. Tanguy se disait qu'il n'y avait vraiment pas de quoi faire tant de cérémonies ! Mais il ne voulait pas être contrarié, ni de mauvaise humeur, et il pensa à autre chose.

— C'est dégoûtant !

Firmin, depuis leur première et malencontreuse rencontre, n'avait jamais adressé la parole à Tanguy ; et celui-ci se demandait pourquoi brusquement il l'interpellait.

— Ils m'écœurent. Tu l'as vu, avec son gros ventre et ses bagues ? Ça, un disciple du Christ ! Il nourrissait bien son homme, le Christ, en tout cas !

— Nous aussi. Grâce à l'évêque, nous avons eu de la viande. Depuis que je suis ici, c'est la première fois que j'ai vu de la viande !

Tanguy ne voulait pas découvrir ses pensées. Il avait trop appris à se méfier de tous et de tout. Il était sur ses gardes.

— J'aurais mieux aimé ne manger que des *farinetas* et ne pas voir ça. Te rends-tu compte qu'il s'est fichu de nous ?

— Pourquoi ?

— Pourquoi, pourquoi ?… Son truc du métal content d'être forgé ! Tu avales ça, toi ? Pour moi, c'est vraiment trop gros ; aussi gros que lui. Il sait

216

ce qui se passe ici. Pas tout, bien sûr. Mais il en sait le principal. Et il est d'accord?... Alors non! Tu comprends?

— Oui.

— C'est tout ce que ça te fait?

— Non.

Il y eut un silence. Firmin était appuyé contre un mur. Tous les pensionnaires étaient adossés à ce mur, pour se chauffer au soleil. Quelques-uns mangeaient; la plupart s'étaient assis à même le sol et assoupis. Tanguy observait Firmin du coin de l'œil. Le jeune parricide traçait avec ses pieds des raies dans la poussière de la cour.

— J'ai envie de faire le mur.

Firmin avait dit cela à voix basse. Le cœur de Tanguy s'était arrêté de battre. Depuis longtemps il avait en tête cette même idée insensée.

— Ils te prendront.

— C'est à risquer. Qui ne risque rien n'a rien.

— Sortir, c'est peut-être possible. Mais après, une fois dehors? Ils te reprendront sûrement.

— Peut-être. Mais si je passe, ne fût-ce que trois mois, en liberté, ce sera toujours ça de gagné!

— Après, tu auras une *paliza*!...

— Oh! tu sais!... J'en ai pris mon parti. Je ne sens plus rien.

Tanguy n'osait encore tout à fait se découvrir. Il sentait pourtant que Firmin était quelqu'un en qui l'on pouvait avoir confiance. Il hasarda :

— Ce serait bon d'être libre!

— Tu es de l'*Ayuntamiento*, toi? interrogea Firmin.

— Oui.

— Tu n'es pas près de sortir. Il te faut attendre vingt et un ans.

— Je sais.

— Tu en as combien ?

— Seize.

— Ça ne fait toujours que cinq ans encore.

— C'est long !

— Si l'on veut.

Tanguy sentait que c'était le moment de franchir le pas, mais n'en trouvait pas encore le courage. Il regarda le beau visage régulier de Firmin. Celui-ci avait de grands yeux verts bordés de longs cils, un nez long et droit, des lèvres rouges et charnues. Quand il souriait, il découvrait des dents blanches et régulières. Il était grand et mince. Son visage, de par sa beauté, semblait un peu féminin ; de fait Firmin était d'une étonnante virilité de caractère.

— C'est vrai que tu as tué ton père ?

— Oui.

— Pourquoi ?

— Il m'ennuyait... Il pleurait tout le temps. Chaque fois qu'il était saoul, il venait me chercher en pleurnichant. «Firmin, mon enfant... Tu es mon soutien, mon seul soutien ! Donne-moi un peu d'argent ! Rien qu'un peu... » Un jour j'en ai eu assez !

Tanguy baissa les yeux. Il sentit la tristesse l'envahir. Il voulut s'en distraire, mais ne le put. Il demanda :

— Il y a longtemps que tu es ici ?

— Deux ans.

— Que faisais-tu avant... l'accident ?

218

— J'étais plutôt bien, tu sais. Je le savais. Ma mère m'avait toujours dit que j'étais beau. Alors, comme il y a des gens qui aiment les beaux garçons…

— Ça ne t'écœurait pas ?

— Bien sûr que si !… Mais tout est écœurant ! Tu crois que c'est drôle de travailler comme manœuvre dans une usine de verrerie ou de textile ? Tu crois que c'est drôle de décharger des cargos au port ?

— Tu faisais cela avec des femmes ? Pour de l'argent ?

— Avec des femmes… avec tout !

Tanguy gardait le silence. Il aurait voulu trouver un mot affectueux pour Firmin, mais n'y réussissait pas. Il comprenait que la jeunesse de Firmin n'avait pas dû non plus être drôle…

— Tu gagnais de l'argent ?

— C'était selon. Pas toujours facile. Des soirs, ça marchait bien. Seulement j'étais seul à rapporter quelque chose à la maison. Alors c'était pas fameux…

— Pourquoi n'as-tu pas voulu parler avec moi le premier jour ?

— Tu étais de l'*Ayuntamiento*. Presque tous ceux de l'*Ayuntamiento* sont des salauds. Ils finissent tous par être des hommes de confiance des Frères. Et puis, tu avais un colis. J'aime pas qu'on pense que je suis le copain de quelqu'un parce qu'il a un colis. Ici, c'est courant. Tu as vu le « P » ? Il fait le coup à chaque fois. Il se met à moitié avec tous les nouveaux, les aide à avaler ce qu'ils ont. Puis… ni vu ni connu !

219

— Et maintenant, pourquoi me parles-tu?

— Tu ne reçois pas de colis. Et tu es un homme...

Aucun compliment ne pouvait toucher Tanguy davantage. Il rougit de plaisir. Il allait demander quelque chose à Firmin lorsqu'on appela son nom. Il fut tout étonné de savoir qu'il avait une visite. Il se rendit au parloir, tout en se demandant qui ce pouvait être. Il se trouva face à face avec le médecin auquel il avait raconté l'histoire de Fuentès. Il le salua. Tanguy s'assit. Le médecin parla le premier :

— J'ai tenu à vous voir. Vous avez été très courageux lors du malheureux accident qui a coûté le bras à votre camarade. Grâce à vous, j'ai pu établir les responsabilités... Malheureusement, l'enquête a été stoppée. J'ai reçu des ordres formels... Croyez que je le regrette !

Tanguy esquissa un sourire. Il fit :

— Je comprends...

— Je voulais vous dire ceci aussi : votre place n'est pas ici. Si vous aviez un moyen d'atteindre Madrid, allez trouver la Société protectrice des mineurs. Elle a de bons Centres, où vous pourriez étudier. J'ai même pensé qu'un mot d'introduction ne vous nuirait pas. Je vous le donne. C'est pour une vieille amie à moi, qui est secrétaire de cette Société. Elle pourrait vous aider.

Tanguy serra la main du petit homme et garda la lettre.

— Je vous remercie.

— Cela n'en vaut pas la peine. On se sent cou-

220

pable, vous savez, quand on vient ici. Je vous parle sincèrement... Il *faut* vous en aller.

— J'essaierai.

— Je vous souhaite bonne chance. Si vous parvenez à Madrid, je sais que vous serez entre de bonnes mains... Vous avez beaucoup souffert, n'est-ce pas?

Tanguy tardait à répondre :

— Un peu...

— Oui, je vois. Au revoir. Et encore une fois : bonne chance.

Tanguy regagna la cour. Il se disait qu'il n'était pas possible qu'il n'y eut qu'une simple coïncidence entre sa conversation avec Firmin et la visite du docteur. Il était tenté de parler de Providence, mais il n'aimait pas ce mot parce que les Frères l'employaient à tort et à travers. Il alla retrouver Firmin qui n'avait pas bougé.

— Firmin !

— Quoi ?

— Tu veux de moi pour faire le mur ?

— D'accord. Mais qu'est-ce qui te prend ?

Tanguy lui raconta la visite du docteur. Puis, il demanda :

— Tu as un plan ?

— Oui.

— Lequel ? Pour quand ?

— Pour ce soir. Il faut profiter de ce que l'évêque est ici. Les kapos sont à moitié ivres parce qu'ils ont bu tout le vin. C'est une occasion unique. Maintenant écoute...

Firmin parlait d'une voix neutre. Il ne regardait pas Tanguy et remuait à peine les lèvres :

— Tu as souvent des attaques, n'est-ce pas?

— Oui.

— Que font-ils avec toi quand tu es comme ça?

— Ils m'emmènent à l'Infirmerie.

— Tu pourrais feindre une attaque? Ils marcheront. Ils sont habitués aux vraies et ne discerneront pas que celle-ci sera fausse.

— Bien.

— Tu t'arrangeras pour «tomber» entre le «P» et moi. Nous te prendrons par les pieds et les aisselles. Je m'arrangerai pour que ce soit lui qui te prenne... C'est un garçon de confiance et le kapo nous dira de t'emmener à l'Infirmerie. Quand nous traverserons le parc, je dirai que je suis fatigué et nous te lâcherons. Alors je sortirai mon couteau et je menacerai le «P». Nous l'attacherons et le laisserons derrière un arbre. Puis... nous sauterons le mur.

— Oui. Mais que feras-tu si le kapo te dit de me lâcher et envoie un autre à ta place?

— Tu en seras quitte pour une fausse attaque de nerfs et il nous faudra attendre une autre occasion. Mais je crois que ça ira.

— D'accord. Où est le «P»?

— Tout à fait au bout du mur. Il est en train de ruminer son repas d'aujourd'hui.

— Bon, j'y vais.

— Non, laisse-moi y aller d'abord.

Le cœur de Tanguy battait follement. Il regarda Firmin s'avancer lentement vers le «P». Puis il laissa s'écouler quelques minutes, avant d'y aller à son tour. Quand il fut près de Firmin, il se laissa glisser par terre. Il se fit mal au dos, car il s'était heurté à une pierre. Il entendit Firmin crier :

— C'est Tanguy ! Aide-moi, le « P » !

Tanguy se sentit soulevé par les aisselles et par les jambes. Celui qui le tenait par les jambes faillit le laisser choir. Enfin il comprit que ceux qui le tenaient marchaient vers la sortie de la cour. Ils s'arrêtèrent.

— Qu'est-ce que c'est ? demanda une voix.

— L'Allemand. Il est tombé.

— Encore !… Emmenez-le à l'Infirmerie, voir s'il y crèvera. Toujours malade !

Tanguy avait peur. Il fermait les yeux. Il se demandait ce qui allait se passer si le « P » se mettait à crier, ou si un Frère les voyait de sa fenêtre.

— Attends, on va se reposer ! Je suis fatigué. Laissons-le par terre.

Tanguy ouvrit les yeux. Firmin avait ouvert son couteau et en dirigeait la lame vers la gorge du « P ». Tanguy se leva d'un bond.

— Tiens, voilà de la corde ! Attache-lui les poignets derrière le dos ; comme cela !… C'est ça !

— Qu'allez-vous faire ? Vous n'allez pas me tuer ?… Vous n'allez pas faire le mur ?… Je vais être puni… Je suis malade… Vous n'avez pas le droit de me faire cela !

— Ta gueule !

— Ça y est, Firmin ?

— Attends. Je ne tiens pas à ce qu'il crie…

Firmin sortit de sa poche une sorte de boule en caoutchouc et l'enfonça dans la bouche du « P » en lui disant : « Désolé, mon vieux. Il faut ce qu'il faut ! »

Tanguy se mit à courir. Firmin aussi. Avec son aide, Tanguy grimpa sur le mur et eut peur :

— Je ne peux pas, Firmin. J'ai peur...

— Il faut.

— Non, je ne peux pas. Je vais me casser la jambe. J'ai peur.

— Il faut tomber sur la pointe des pieds et rebondir comme une balle. Allons, toi, d'abord !

Tanguy ferma les yeux et sauta. Il eut très mal. Il tâta ses jambes. Elles étaient intactes. Firmin sauta à son tour. La rue était vide. Le soir tombait. Les deux amis se mirent à courir comme s'ils avaient toutes les polices espagnoles à leurs trousses. Enfin, ils soufflèrent. Tanguy respira avidement sa première bouffée d'air « libre ». Des larmes mouillèrent ses paupières. Il souriait, pleurait et riait à la fois. Ils traversèrent une grand-rue. Un tramway passa. Sur les marche-pieds des grappes humaines étaient accrochées. L'air était frais, et sentait l'iode et les fritures.

7

Ils quittèrent la ville par l'une des routes du Tibidabo. Ils étaient essoufflés. Chaque fois qu'ils apercevaient un uniforme, ils se cachaient. Puis ils reprenaient leur course effrénée. Ils ne parlaient pas, s'arrêtaient à peine, couraient à l'unisson. Ils atteignirent la campagne, traversèrent de riches potagers plantés d'arbres fruitiers. Il faisait presque nuit. Le ciel était encore pâle, mais la terre s'était déjà obscurcie. Enfin ils ralentirent l'allure…

— Ils doivent être au Salut maintenant, dit Firmin.

— Oui. Ils doivent nous chercher. Le « P » va sûrement avoir une *paliza* soignée.

— Cela ne lui fera pas de mal. C'est un mouchard. Comme ça, il saura ce que c'est.

Tanguy avait faim. Il regardait à droite et à gauche de la route. Mais les *payès*[1] étaient encore nombreux dans les champs. Ils remplissaient des charrettes de fruits. Ils étaient coiffés de grands

1. Paysan de la Catalogne.

chapeaux de paille et portaient des pantalons de velours côtelé noir.

— Comment va-t-on faire pour manger? demanda Tanguy.

— J'y pensais. Nous allons trouver un *payès* et lui demander quelques fruits.

— Moi, je n'ose pas. J'ai honte.

— Honte? Et mourir de faim, n'est-ce pas plus honteux encore?... Enfin reste là, en bordure de la route, et attends-moi. Si tu voyais la *pareja*[1], tu entres dans un champ et tu te caches.

Tanguy obéit. Il s'assit en bordure de la route à l'ombre d'un platane. Quelques voitures roulaient silencieusement tous phares allumés. L'air était doux comme une étoffe de soie. Des effluves l'embaumaient, chargés de lourds parfums. Des voix montaient vers le ciel... Il y avait en tout cela une paix majestueuse. Tanguy se disait: «... Je suis libre... libre... libre!» Des larmes de bonheur pointèrent à ses yeux. Il regardait avec attendrissement ce crépuscule répandre sa paix sur la terre... Il aurait voulu pouvoir prier, mais prier qui? Ce n'était pas le bon Dieu qui l'avait délivré, mais Firmin. Et Firmin n'était pas le bon Dieu.

Tanguy dut attendre longtemps. Il commençait même à se demander si son ami ne l'avait pas abandonné. Puis il se dit que Firmin était un homme et que les hommes n'ont jamais qu'une parole. Il avait dit qu'il reviendrait; il fallait donc

1. Littéralement: «le couple». Ce mot désigne les agents de la Guardia Civil qui marchent toujours par deux.

l'attendre. Quelques instants plus tard Firmin arrivait. Il avait sa chemise toute gonflée et le sourire aux lèvres :

— Alors ? fit Tanguy.

— Je l'ai aidé à charger sa charrette. Il m'a donné du pain, des pommes, une boîte de sardines, un demi-litre de vin rouge et vingt-cinq pesetas.

— Comment as-tu fait ?

— Je lui ai dit que j'avais un petit frère malade.

— Il l'a cru ?

— Pourquoi pas ? D'ailleurs c'est un peu vrai. Tu es malade... de faim.

Ils éclatèrent de rire ; puis ils reprirent leur marche. Ils n'étaient qu'à cinq kilomètres de la ville mais auraient pu se croire à cinquante ou soixante, tant la campagne était paisible. Ils mangeaient des pommes tout en marchant. Ils chantaient, sautaient, dansaient presque, en proie à une exaltation radieuse...

— Si le « P » voyait ces rognures de pommes, il se jetterait dessus ! remarqua Firmin en riant.

— Le pauvre ! s'écria Tanguy. Tu crois que Frère Rouge l'aura battu ?

— Sûrement ! Il a dû lui flanquer tous les coups qu'il aurait voulu nous donner.

— Pourquoi dis-tu cela joyeusement, Firmin ? C'est un garçon malade...

— Et alors ? C'est pas ma faute s'il est malade. C'est un mouchard, un « planqué ». Il est là, à lécher les pieds des curés et à sourire béatement. On peut être malheureux, mais on n'a pas le droit d'être servile.

Ils arrivèrent à un carrefour où ils lurent sur un écriteau : « Bord de mer : 300 mètres. »

— C'est ce qu'il nous faut, s'écria Firmin. Sur la route nous risquons de trouver la *pareja*. Il vaut mieux passer la nuit au bord de l'eau.

Il faisait déjà nuit. Le sable, sous la lumière aiguisée de la lune, luisait comme du vieil or ; cette même lune avait tracé sur l'eau un chemin scintillant qui semblait aller se perdre dans un royaume merveilleux. Tout était calme. Sur tout cela régnait un étonnant silence qu'à intervalles réguliers le bruit fracassant de la mer se brisant contre les rochers rendait plus angoissant encore. Les lumières de la côte clignotaient ; des mouettes s'envolèrent avec des cris. Une brise s'éleva de la mer et agita les branches des pins qui émirent un soupir prolongé.

Les deux amis marchaient, silencieux, sur le sable. Tanguy avait envie de s'agenouiller et de baiser la frange marine qui venait s'étaler sur le sable. Il était si ému qu'il entendait les battements de son cœur. Firmin aussi était ému. Il marchait, le regard perdu. Sa poitrine se dilatait. Tous deux se regardèrent et se sourirent. Tanguy prit la main de Firmin :

— C'est beau, n'est-ce pas ?

— Très.

— C'est cela la liberté : pouvoir contempler la mer.

Il y eut encore un silence. Firmin fit signe à Tanguy de le suivre. Ils escaladèrent des rochers. La montagne disparaissait à même l'eau. Elle y

plongeait. Ils s'arrêtèrent devant une grotte. Le
sol en était encore encombré de bouteilles vides
et de journaux, d'où ils conclurent que des
couples avaient dû y passer la nuit. Ils s'assirent et
mangèrent des sardines et du pain. Devant eux la
mer argentée se débattait contre la montagne
sombre. Ces deux puissances s'affrontaient avec
noblesse. Au-dessus d'eux, les étoiles scintillaient.
Tout autour d'eux, la terre s'assoupissait.

Ils tardèrent à s'endormir. Tanguy raconta à
Firmin son enfance. Il lui parla de sa mère ; de
tout ce à quoi il avait cru : la paix, le bonheur, le
foyer, les copains, les chiens. Firmin l'écoutait en
silence. Enfin il dit :

— Tu crois que ta mère vit ?

— Oui.

— Pourquoi le crois-tu ?

— Parce que là où elle allait, elle ne risquait
pas grand-chose.

— Que ferais-tu si tu la retrouvais ?

Tanguy hésita. Puis, il haussa les épaules :

— Je ne sais pas... J'ai beaucoup vécu, tu sais.

— Je comprends. Moi, ma mère m'aimait
bien... C'était une femme très simple, mais elle
était mère. Rien que mère !... C'était une femme
très simple, très humble, tu vois ?

— Oui, je vois.

— Toujours de noir vêtue, jamais de fard ; elle
ne vivait que pour nous. Mon père, quand il revenait ivre, la battait. Un jour j'ai pris une barre de
fer et je l'ai menacé. Elle s'est écriée : « Firmin, tu
ne vas pas le tuer ? Tu ne vas pas devenir un assassin ?... Pas ça, Firmin !... Il ne faut pas !... C'est

un malheureux ! »… Ma mère était une sainte ; une vraie sainte. Elle n'a vécu que pour les siens. Elle est morte d'un cancer à l'hôpital. Son dernier mot a été : « Firmin, sois gentil avec ton père !… Il est si seul ! »

Firmin s'arrêta de parler. Il regardait ses mains, comme s'il y voyait encore les traces du sang du père assassiné. Puis il reprit d'une voix très basse et comme perdue :

— Si elle me voyait !… Et tout ce qui m'attend !… De maison de redressement en maison de redressement ; puis, la prison… Elle qui disait toujours : « Mon Firmin est bon… Il est très bon. Il a bon cœur ! »

— Qui t'a dit que tu n'avais pas bon cœur ?

— Les juges. Ils se sont étonnés « de mon manque de sensibilité ».

Tanguy se tut. Il hésita. Puis :

— Moi, j'adorais ma mère. Elle était si belle, si intelligente !… Je me souviendrai toujours d'une nuit où elle allait au Casino. Elle portait une robe du soir toute noire. J'étais au lit et je la voyais se préparer. Je la faisais tourner en lui disant : « Tu es belle comme une fée ! » Cela me fait mal de penser que depuis sept ans elle vit, parle, rit, boit ou danse, et cela pendant que j'étais en Allemagne, et plus tard ici, chez les Frères !…

— Ce n'est peut-être pas sa faute. Elle pense peut-être à toi ? qui sait ?

— Ce n'est pas tout de penser. Lorsqu'elle m'a laissé à Marseille… Enfin, ta mère l'aurait-elle fait ?

— Jamais.

— C'est ce que je voulais te faire dire.

— Et ton père ?

— Oh ! lui… Je m'en souviens si peu ! Il nous a quittés très vite après ma naissance, tu sais. C'est un peu comme le tien. Un pauvre type… Seulement il ne boit pas. Il a passé son temps à chercher la femme riche, la situation payante, l'affaire qui rapporte… Je ne crois pas qu'il était méchant : pas vraiment. Mais il était lâche.

Ils gardèrent à nouveau le silence. La mer se brisait toujours contre les rochers. La lune montait dans le ciel. La brise avait cessé. Les lumières de la côte tremblaient toujours.

— Ce doit être dur de douter de sa mère, dit Firmin comme dans un rêve…

— Oui. On ne sait plus en qui croire, ni à quoi.

Ils s'endormirent. La mer berça leur premier sommeil d'hommes libres.

*

Le lendemain matin, ils reprirent la route. Ils marchèrent toute la matinée. Il faisait beau. Tout était joie autour d'eux. Ils riaient en se racontant des anecdotes du Centre. Ils arrivèrent à Sitgès. Un chauffeur de camion les avait chargés à son bord et les y avait déposés. C'était un brave homme qui n'aimait pas, lui non plus, les curés. Ils avaient plaisanté tous les trois. Il leur avait donné des cigarettes, avait pris congé d'eux.

Sitgès était une petite plage mondaine. Des baigneurs à demi nus emplissaient les petites rues étroites, toutes blanches. Firmin entra dans une boutique et acheta de quoi aller manger sur la plage. Après quoi, ils s'écartèrent de Sitgès et prirent un bain sur une plage solitaire. Ils couchèrent une fois de plus au bord de l'eau.

Le surlendemain de leur fuite, Firmin emmena Tanguy à la gare de Sitgès. Ils y attendirent longtemps. Tanguy ne savait pas encore pourquoi Firmin l'avait emmené là. Il ne lui demandait rien pourtant. Car il laissait à Firmin le soin du commandement.

Vers midi un train de marchandises s'arrêta devant eux. Alors Firmin se tourna vers Tanguy :

— Écoute, mon petit vieux, tu vas monter dans ce train et tu vas aller jusqu'à Madrid. *Il faut* que tu arrives à Madrid. Je sais que c'est dur de se séparer. Mais la police nous prendra plus facilement si nous sommes deux. Moi, je suis un assassin, et mon signalement doit être dans tous les commissariats. Toi, tu pourras t'en sortir.

Tanguy avait la gorge serrée. Il eut un geste nerveux. Alors :

— Pas encore, Firmin ! Ne nous quittons pas encore ! Demain, si tu veux ! Nous sommes heureux... Pas encore ! J'ai peur de me retrouver seul.

— Non. Il faut que ce soit *maintenant*. Sans cela, nous ne le pourrons jamais. C'est le moment.

— Je ne peux pas. La police va me prendre.

— Elle ne te prendra pas.

— Je ne sais pas voyager clandestinement.

— Si, tu sauras. Tu vas monter dans cette guérite qui est devant toi. Tu vas t'asseoir et ne pas bouger. Ce sera long, mais tu ne crains pas grand-chose. Regarde le wagon : *Madrid* y est écrit à la craie. C'est un train direct.

La cloche du départ retentit. Firmin se leva :

— Allons, monte !

— Non… !… Demain, si tu veux.

— Maintenant.

Firmin poussa Tanguy. Celui-ci monta dans la guérite. Elle était très étroite. Il ne pouvait pas s'y allonger. Il s'assit par terre. Il avait la gorge serrée. Il était triste parce qu'une fois de plus il était seul. Il se dit que son destin était de toujours être seul, de toujours perdre ce qu'il aimait. Il avait froid dans le dos. Le train partit. Tanguy posa son front sur ses genoux. Il ne pleurait pas. Il sentait un grand vide dans son âme. Il était triste pour Firmin aussi. Il se dit que Firmin était bien seul aussi et qu'il méritait d'être aimé. Puis, il ne pensa plus à rien. Il avait chaud dans ce réduit étroit et mal aéré.

Le train ne cessa de rouler pendant toute la journée. La nuit tomba et Tanguy s'endormit. Il se réveilla au milieu de la nuit et se rendit compte que le train ne roulait plus. Il se leva et jeta un coup d'œil autour de lui. C'était une petite gare perdue. Un *guardia civil*, assis sur un banc, fumait une cigarette, enveloppé dans son manteau. La pendule marquait quatre heures dix. Des employés qui portaient des lampes passaient entre les wagons. La nuit était froide, l'air d'une rare pureté, qui embaumait.

Tanguy reprit sa place et s'assoupit à nouveau. Lorsqu'il se réveilla, le train n'avait pas bougé. Il se demanda s'il allait rester là. Il jeta un coup d'œil au-dehors : toujours la même gare. Il ne savait pas où il était, car de son observatoire il ne pouvait pas voir le nom de la localité. La pendule marquait six heures dix. Tanguy s'assit de nouveau. Quelques minutes plus tard une légère secousse fut le début d'une seconde étape. Tanguy soupira, soulagé. Il était content. Il se disait que la vie était tout de même belle et que tout n'était pas si dur que cela. L'aube rougissait le ciel ; une légère fumée rampait à ras de terre ; la lumière était d'une surprenante beauté ; l'air se réchauffait.

8

Tanguy arriva à Madrid aux premières heures du matin. Il quitta la gare d'Atocha sans encombre, en se faufilant, et fut ébloui par la grande ville. Il y avait de beaux immeubles surmontés de chevaux de bronze ; de larges avenues bordées d'arbres ; des rues très droites. La circulation y était dense et Tanguy dut faire attention pour ne pas être renversé. Il remonta le Paseo du Prado, prit la rue d'Alcalà et alla jusqu'au Retiro. Là il s'immobilisa devant le lac. Il était content à l'idée qu'il était né dans cette belle ville. Les gens de Madrid paraissaient affables. Ils avaient une façon de marcher et de parler qui était, pensa Tanguy, très citadine.

On le regardait. Quelques personnes se mirent à rire. Tanguy se demanda ce qu'elles avaient à rire ainsi. Il aperçut une bascule automatique et alla s'y regarder dans la glace. Il constata qu'il était hirsute et sale. Son visage était tout noir. Alors il avisa une petite fontaine cachée parmi les arbres et se lava la figure. Il se rasséréna aussitôt : il pouvait de nouveau circuler parmi les hommes.

Il décida d'aller voir la maison où il était né. Il remonta la rue Velazquez et continua par la rue Goya. Il s'arrêta devant l'immeuble. Il sourit. Il trouvait amusant de penser qu'il était le petit-fils de celui qui avait habité là, possédé des terres innombrables et des maisons à travers toute l'Espagne. Puis Tanguy haussa les épaules et marcha encore un peu. Il voulait, avant d'aller à la Société de protection des mineurs, revoir un peu sa ville. Il remonta la rue d'Alcalà, passa par la *Puerta del Sol*, descendit par la *Gran Via*, marcha le long de la *Castellana*. Il était ravi. Il regardait tout ce qui l'entourait avec sympathie. Il était content parce qu'il y avait beaucoup de monde dans les rues et qu'il se sentait entouré d'une foule sympathique. Enfin, il se sentit très fatigué et décida d'aller trouver la personne pour qui il avait un mot d'introduction.

C'était une femme très grande, très mince. Elle avait des cheveux gris, et était vêtue d'un tailleur noir d'une coupe très masculine. Elle avait de petits yeux noirs, vifs et rapides, et son visage était sans fard. Son seul bijou était une médaille d'or qu'elle portait autour du cou. Elle lut la lettre, la relut. Puis, elle dévisagea Tanguy tout en paraissant réfléchir sur le contenu de la lettre qu'elle venait de lire. Elle posa enfin quelques questions à Tanguy, auxquelles celui-ci répondit avec attention, parce qu'elle posait souvent les mêmes questions dans un ordre inverse et qu'il y avait des choses qu'il ne voulait pas dire. Alors elle lui demanda s'il croyait au bon Dieu. Il ne sut d'abord que répondre. De fait il ne savait pas s'il croyait au bon Dieu ou non. Le bon Dieu le laissait indifférent. Il ne savait qu'en faire. Elle lui dit enfin qu'elle allait l'envoyer chez un saint, un vrai saint. Tanguy était content qu'elle voulût bien s'occuper de lui.

Le soir même il se retrouvait dans un train qui roulait vers l'Andalousie. Dans le même compartiment il y avait d'autres enfants qui paraissaient heureux et riaient. Ils étaient accompagnés par un homme d'environ quarante ans, qui paraissait très bon.

Tanguy poussa un soupir. Il s'était habitué à être ballotté par-ci, par-là... Il était presque content. Cependant il pensa à Firmin. La police l'avait-elle arrêté? Il se souvint de leur première nuit de liberté, passée au bord de l'eau. Deux larmes jaillirent de ses yeux. Il les sentit glisser le long de son nez, puis tomber. Un enfant cria :

— Monsieur, il pleure !

L'homme qui accompagnait les enfants prit la main de Tanguy et lui dit d'une voix douce :

— Il ne faut pas pleurer. Vous allez dans un très bon collège. Ce sont des Jésuites. Vous allez devenir un homme de bien. Vous verrez !

Tanguy sourit. Qu'il était las ! Il ne pouvait s'empêcher de penser à Firmin. Que deviendrait-il ? Qu'allait-on faire de lui ?... Il se demandait s'il existerait jamais un monde où les enfants seraient aimés et protégés. Puis il appuya sa tête contre le dos de la banquette et s'assoupit. Vers minuit les enfants le réveillèrent pour lui montrer la Sierra Morena. À peine jeta-t-il un coup d'œil nostalgique sur ces rocs abrupts et figés à jamais entre ciel et terre. C'était un spectacle impressionnant. Mais Tanguy était très fatigué et il se rendormit aussitôt.

C'était un homme maigre, au regard péné-
trant, fait d'intelligence et de compréhension. Il
avait des cheveux gris, et une calvitie commen-
çante. Il devait avoir entre quarante et quarante-
cinq ans. Il portait des lunettes et se frottait
toujours les yeux, après les avoir enlevées. Tanguy comprit qu'il s'agissait là d'un geste machi-
nal.

Il était entré dans le bureau du Père Pardo vers
cinq heures du soir. À huit heures et demie il y
était encore. Il parlait à cœur ouvert, comme il
n'avait jamais parlé de sa vie. Cet homme lui avait
inspiré dès l'abord une infinie confiance. Tanguy
sentait dans son regard que, pour la première fois
de sa vie, il était compris. Il raconta tout, dit les
choses les plus intimes, comme s'il était au confes-
sionnal : sa mère, son père, ses espoirs flétris, sa
déportation due à une monstrueuse machination,
Gunther, le Centre des Frères, Firmin… Le
Jésuite l'écoutait avec une attention tendre. De
temps à autre il émettait une réflexion ou posait
une question ; sur l'organisation des camps, par

exemple. Mais le plus souvent, il restait silencieux. Tanguy distinguait à peine ses traits. Il parlait avec volubilité et anxiété. Chacune de ses phrases le libérait d'un poids étrange. Il se sentait devenir un autre, uniquement parce que ce prêtre acceptait de l'entendre.

Le bureau était étroit. Une table en chêne, chargée de livres, un fauteuil, une chaise. Dans un coin un prie-Dieu surmonté d'un christ accroché au mur ; et dans un autre coin, un squelette monté sur tringle. Face au Père et dans le dos de Tanguy, une étroite fenêtre ouverte, de laquelle on avait vue sur un paysage de coteaux couverts d'oliviers, avec dans le fond la Sierra.

Tanguy s'arrêta enfin de parler. Le Père sourit. Il avait un étrange sourire, le sourire de quelqu'un qui ne veut pas trahir sa sensibilité et qui s'est toujours imposé de retenir les élans de son cœur :

— Ici, tu n'auras ni murs ni surveillance. Tu seras libre. Si un jour tu voulais partir, personne n'essaiera de te retenir… par la force… Tant que tu n'en auras pas trouvé d'autre, je voudrais que tu considères cette maison comme ton propre foyer. Nous serons là, non pour te punir ou te brimer, mais pour t'aider dans la mesure où nous le pourrons… (Le Père fit une pause.) Tout ne sera pas toujours facile pour toi. Les enfants que j'ai ici n'ont connu d'autres problèmes que celui d'une misère aussi vieille que l'Andalousie. Ce sont des garçons un peu rudes, pas méchants ; mais tu les trouveras « très jeunes ». Ce qui vieillit un être, vois-tu, ce sont les adieux ; plus on a fait

240

d'adieux dans sa vie, et plus on est vieux. Vieillir, c'est quitter quelqu'un ou quelque chose… Tu te sentiras vieux… Ils ne te comprendront peut-être pas tout à fait; ils te jugeront «original»… Alors, quand cela n'ira pas, viens dans ce bureau. Viens-y, comme tu irais vers l'église si tu croyais, pour te délivrer. Nous aurons toujours de quoi parler. Nous serons seuls… avec Philiston…

Ici, le Père Pardo montra le squelette du doigt.

— Qu'est cela? dit Tanguy.

— Philiston! Mon plus grand ami. Je l'ai acheté quand j'étais en troisième année de médecine. J'étudiais à Grenade. Je n'avais pas beaucoup d'argent. Mon père était, lui-même, médecin et avait quatorze enfants. Alors… il fallait faire attention. Pour étudier l'anatomie, j'allais chez un ami. Un jour, il me signala une occasion. J'ai eu Philiston pour un prix très raisonnable. J'étais si heureux, le soir de cette acquisition que je l'ai mis sur mon lit, à côté de moi…

Tanguy esquissa un geste de protestation… Le Père leva le sourcil d'un air amusé :

— Quoi?… Tu ne vas pas avoir peur de Philiston? C'est un garçon charmant et d'une discrétion à toute épreuve. Peut-on en dire autant de beaucoup d'humains?

Tanguy sourit. Quand il quitta le Père Pardo pour se rendre au réfectoire, il se sentait heureux et détendu. Il respira profondément. Tout n'était que paix. Seules les cloches des églises d'Ubeda, en égrenant leurs coups, troublèrent le calme du soir.

241

Le collège était un édifice moderne, situé sur la hauteur, d'où l'on avait vue sur une vallée toute plantée d'oliviers. Par les nuits claires on apercevait, au loin, les lumières de Jaén.

Tanguy avait une chambre pour lui seul. Le mobilier en était simple : un lit, une chaise, une table de travail, des rayons pour les livres, et, dans un coin, un lavabo surmonté d'un miroir. Tanguy aimait à travailler dans cette chambre, alors que tout était silence dans le collège. Sa fenêtre donnait sur la Sierra. En se réveillant, la première image qu'il aperçût était cette montagne majestueuse enveloppée d'un voile mauve et couronnée de blanc. Elle semblait si proche qu'on croyait pouvoir la toucher avec la main ; en réalité on en était séparé par plus de vingt kilomètres.

Tanguy connut là dès le début un bonheur comme il n'en avait jamais rêvé. Il était pris d'une fièvre de travail. Il avait trouvé le moyen, malgré ses traverses, de beaucoup lire ; mais sa culture demeurait celle de beaucoup d'autodidactes : peu solide et peu systématique. Ce qui lui avait toujours manqué, il l'eut en ce collège : de vrais professeurs.

Ce n'étaient pas des religieux. Le Père Pardo n'en avait pas voulu, en effet. Ils étaient, pour la plupart, de jeunes licenciés préparant un concours. Les quatre Pères qui se trouvaient au collège n'enseignaient que la religion, la morale, la théologie et la philosophie ; à l'exception du Père Pardo qui s'était réservé les cours d'anatomie, de botanique, de chimie organique, de trigonométrie et de grec !

Ces professeurs étaient d'un abord aimable. Ils étaient, pour la plupart, d'excellents pédagogues, aimaient leurs élèves et leur collège, que personne n'appelait autrement que *l'Œuvre*. Tous, à des degrés divers, comprenaient qu'ils remplissaient une mission importante auprès de ces enfants. Ils aidaient le Père Pardo dans la mesure de leurs capacités, mais toujours avec une grande efficience.

Tanguy avait un professeur de géographie remarquable. Ses classes étaient des plus vivantes. Il avait des cartes dites « muettes », où fleuves, monts et villes ne portaient aucune indication. Les élèves apprirent vite à se familiariser avec ce genre de cartes. Ce professeur de géographie s'appelait Don Francisco. Il était d'une grande gentillesse avec Tanguy qui, par ailleurs, obtenait de très bonnes notes en géographie.

Le professeur de littérature espagnole s'appelait Don Armando. C'est à lui que Tanguy dut le goût du classicisme et de la rigueur d'expression ; c'est lui aussi qui orienta ses premières lectures sérieuses : Cervantès, Lope de Vega, Quevedo, Calderon ; puis Azorin, Pio Baroja, Unamuno, que Tanguy aimait par-dessus tout. Don Armando était un homme petit, aux yeux bleus. Son visage avait une particularité : ses deux sourcils se rejoignaient. Il était du Nord, de Galice, et préparait une thèse sur « l'influence du romantisme allemand dans l'évolution de la littérature espagnole au XIXe siècle ». C'était un homme d'une immense culture et d'une grande finesse. Tanguy se plaisait à causer avec lui. Les autres garçons n'aimaient pas beaucoup Don Armando, parce qu'il était très sévère dans ses notes et très rigoureux dans l'appréciation des devoirs. Tanguy se souviendrait longtemps de cette main énergique, qui écrivait en marge de ses copies : « …Inutile !… » ou « …Platitude !… » ou encore : « Trêve de métaphores ! »

Il y avait encore Don Isman, le professeur de français, un homme sec, nerveux, d'une remarquable intelligence, mais de mauvais caractère et qui donnait à Tanguy des notes excellentes ; Don José Aguilde, un mathématicien, qui avait cette très rare qualité d'être bon pédagogue et de faire aimer l'algèbre à ses élèves… Tant d'autres encore…

La bête noire de Tanguy était Don Santos, homme très courtois et très doux, mais qui avait ce terrible défaut d'être professeur de latin et de grec. Tanguy n'avait jamais fait de latin ni de grec. On le mettait, soudain, en concurrence avec des garçons familiarisés depuis deux ans avec les déclinaisons, les formes du verbe, et Tanguy souffrait chaque fois qu'il se rendait en classe de latin. Il faisait tout pour l'esquiver. Don Santos avait, par-dessus le marché, pris la bonne habitude de l'interroger à chaque fois :

— Allons, voyons un peu cette *Catilinaire.*

Tanguy croit encore entendre la voix de cet homme exceptionnel. Il eut la patience de reprendre par la base la culture de Tanguy. Il lui dit un jour :

— Vous viendrez chaque soir me trouver pendant le cours d'agrément. Je pense que le latin et le grec vous seront d'une plus grande utilité que le dessin ou que la musique.

Chaque soir, Tanguy allait donc trouver le vieux Don Santos dans la bibliothèque des professeurs. Là il passait plus d'une heure à suer sur les déclinaisons et les conjugaisons. Bientôt, néanmoins, il fut capable de traduire assez aisément César, puis Cicéron. Ce fut pour lui une révélation. Don Santos sut inculquer à Tanguy le goût de l'Histoire comprise comme un tout. Avant de travailler sur un discours de Cicéron, Don Santos évoquait toute une fresque historique : les textes prenaient alors une signification nouvelle et s'enrichissaient d'une vraie résurrection. Au bout de quatre mois Tanguy avait dépassé ses camarades et les cours du soir se poursuivaient toujours. Don Santos s'épanouissait :

— Tu vas voir, je vais faire de toi un latiniste !

Ils riaient. Tanguy lisait Ovide qu'il aimait par-dessus tout. Il connaissait par cœur de longs passages de ses *Tristes* qu'il aimait réciter à voix haute en se promenant dans sa chambre. S'il se sentait le cœur serré, ce lui était un remède plus efficace que n'importe quelle parole de ceux qui l'entouraient. Virgile venait en second dans l'ordre de ses préférences. Ainsi formé, Tanguy ne pourrait jamais renier ses vieux maîtres. Don Santos lui avait fourni le moyen le plus sûr de s'évader de son présent : le goût de ce qui est immortel.

Une autre caractéristique de l'enseignement du collège était le « travail collectif par équipes », auquel le Père Pardo attachait une très grande importance. Les élèves étaient distribués en « équipes de travail » pour étudier tel ou tel problème qui leur était posé. Leur devise était : « chacun pour tous ». Le Père Pardo bannissait formellement de ces équipes les supériorités. Il n'y avait pas de « maître » ou de « chef », mais seulement un « philosophe », chargé de la synthèse, dont le rôle était de rassembler et de commenter les travaux de chacun et de les coordonner, pour en faire un ensemble homogène. Chaque jeudi une équipe exposait devant tous les professeurs et tous les Pères réunis le résultat de ses recherches. Les Pères et les professeurs posaient des « colles ». Il fallait les avoir prévues. Parfois elles étaient si difficiles que des discussions s'ensuivaient entre les professeurs eux-mêmes. Le Père Pardo avait toujours le dernier mot. Tout le monde s'en remettait à lui. Les professeurs disaient de lui que c'était « un monstre de savoir ». Sa mémoire était en effet prodigieuse. En histoire, en chimie, en lettres comme en sciences, sa culture était tout aussi sûre, on se demandait comment un cerveau humain pouvait avoir accumulé tant de connaissances diverses et, surtout, comment il avait pu les assimiler.

Les élèves de *l'Œuvre* n'appelaient jamais le Père Pardo autrement que «le Père», titre qui, pour eux, était un symbole. Ils se moquaient de ses distractions, plaisantaient de sa mémoire qui touchait à l'anormal. Mais ils l'aimaient profondément et avaient en lui la plus totale confiance. Les garçons les plus «durs» pleuraient comme des enfants lorsque le Père les appelait pour les gronder. Un blâme de sa part suffisait à obscurcir la joie d'un élève. Car ils savaient qu'il était d'une probité et d'une justice à toute épreuve; d'une bonté presque surnaturelle aussi. Ils ne se laissaient pas abuser par sa voix qu'il savait rendre terrible, parfois à l'excès; ni par son regard qu'il savait rendre dur en fronçant les sourcils. Ils savaient qu'il les aimait; comme lui-même savait que ces enfants «l'aimaient».

Le Père Pardo n'était pas un saint. Mais il était «un homme». C'est une chose exceptionnelle que d'être «un homme». Lui, il en était un. *L'Œuvre* était son Œuvre : le résultat de son énergie, de son amour pour les enfants, de son savoir-faire, de sa foi… aussi. Le Père Pardo en avait jeté les fondements lorsqu'il était en théologie, déjà docteur en médecine et en philosophie. Il avait plus de trente ans lorsqu'il avait décidé d'entrer dans la compagnie de Jésus. Puis il avait été touché par la misère des régions andalouses, plus poignante depuis la guerre civile. Des milliers d'orphelins erraient à l'abandon, survivant par la mendicité ou le vol.

Le Père Pardo fit alors un rêve. Il voulait des écoles. Mais des écoles modernes, spacieuses, claires, où les enfants seraient chez eux ; il les voulait entièrement gratuites. Ce fut alors une lutte de tous les jours contre les pouvoirs établis. Ses confrères disaient de lui qu'il était un utopiste. Mais ses supérieurs lui avaient laissé les mains libres. Il commença par obtenir du conseil de la municipalité d'Andujar une école désaffectée : ce fut début de son rêve. Il y accueillit des orphelins auxquels il donna la nourriture et le savoir. Dans une salle de cette école il exposa le saint sacrement. Il ne demandait aux enfants que de répéter cette invocation : « Cœur Sacré de Jésus, j'ai confiance en Vous ! »

Tanguy avait pour camarade l'un des premiers élèves du Père, qui s'appelait Gabriel Almonzas et lui raconta ces débuts de *l'Œuvre*. Le Père téléphonait parfois de Madrid au milieu de la nuit : « J'ai des difficultés aux Finances. Exposez le saint sacrement. Que les enfants se relaient par équipes jusqu'à ce que je téléphone à nouveau. » Jour et nuit, d'un côté, des enfants répétaient inlassablement la même prière ; jour et nuit, de l'autre, un homme se débattait contre des bureaucrates et réclamait pour des enfants le droit de devenir des hommes... Petit à petit le rêve se réalisa. Des écoles s'ouvrirent à Andujar, Las Carolinas, Linarès, Puerto de Santa Maria, Ubeda enfin. De spacieux bâtiments surgissaient du sol. Le Père disait : « La Providence. Vos prières. » Les enfants avaient confiance dans le Père. Parfois, dans les années difficiles de l'après-guerre, les provisions s'épuisaient. Personne ne savait comment elles pourraient se renouveler. Le Père réunissait alors les enfants et les avertissait : « J'ai confiance en vous, leur disait-il. Je sais que si vous priez vraiment, tout ira bien. » Les enfants se mettaient à genoux devant le saint sacrement. Jour et nuit la Maison bourdonnait de prières ; les équipes se relayaient sans relâche. De son côté le Père parcourait la région avec son camion. Quand il revenait, celui-ci était plein de sacs de pommes de terre et de bidons d'huile. Le Père aimait à dire que *l'Œuvre* « était un miracle de tous les instants ». Tanguy, lui, se disait : « Courage, énergie, justice, voilà le vrai miracle. »

Pour les enfants *l'Œuvre* était *leur* Maison. Ils en parlaient ainsi, d'ailleurs. Ils savaient aussi bien que le Père ce qu'il y avait ou ce qui manquait dans les réserves.

Le Centre d'Ubeda se divisait en deux collèges. En haut, le collège proprement dit ; en bas, les écoles professionnelles. Le Père prenait en effet toutes sortes de garçons et de tous les âges. Ceux qui pouvaient faire des études allaient en haut ;

les autres trouvaient en bas des ateliers et des machines modernes. Ils choisissaient eux-mêmes le métier qui leur plaisait. Ils devenaient des techniciens spécialisés, car le Père voulait fournir des cadres à l'Andalousie. Aucune différence n'existait entre les «professionnels» et les «livresques». Ils étaient tous également attachés à la Maison.

Tanguy n'avait jamais eu de contact avec la charité. Il ne l'avait jamais rencontrée. Or le Père *était* charité. Il aimait chacun des êtres qu'il rencontrait dans la mesure où ils avaient besoin de lui. Il ne cherchait pas à fouiller les consciences. Il disait : «Ce qui importe, c'est de donner.» Il donnait, à longueur de journée. Il était toujours là prêt à aider, avant même qu'on lui eût rien demandé. Il n'y avait aucune complaisance ni aucune curiosité maladive dans la façon qu'il avait d'écouter ceux qui se confiaient à lui. Ceux qui avaient besoin de parler, il les laissait parler; ceux qui voulaient plaisanter plaisantaient; d'aucuns allaient pleurer dans son bureau comme l'on va pleurer près de sa mère. C'est le Père qui dit un jour à Tanguy :

— La charité n'est pas vertu : elle est acte.

Il était d'ailleurs lui-même tout action. Il pensait en actes. Chez lui action et pensée étaient indissolublement liées par ce lien invisible de la charité. Il n'aimait pas les consciences scrupuleuses, les âmes «tourmentées». Un jour, Tanguy lui ayant avoué qu'il se demandait souvent s'il croyait ou non en Dieu, le Père lui jeta un regard sévère :

— Laisse en paix ces histoires!… Mange, dors,

joue, étudie, ne mens pas, sois bon avec tes camarades, travaille, agis loyalement. Quand tu auras fait toutes ces choses, et qu'en plus tu te sentiras capable d'aimer ton prochain jusque dans tes actes, alors demande-toi si tu crois en Dieu ; pas avant. La plupart de nos « croyants » cessent de se comporter en croyants dès qu'il s'agit de donner mille pesetas. Foi bien fragile que celle qui dépend du portefeuille ! Ce n'est pas le superflu qu'il faut savoir donner, mais bien le nécessaire.

*

La vie de Tanguy suivait son cours. Il étudiait, jouait, mangeait. Il avait grossi de plusieurs kilos. Le Père le pesait régulièrement et notait la moindre différence de poids. Tanguy avait à nouveau des cheveux longs et il était bien habillé.

Les jeudis, les élèves se promenaient. Ils allaient deux par deux jusqu'à Baeza ou descendaient la vallée vers une ferme abandonnée qu'ils appelaient le « château ». Là ils jouaient, s'ébattaient, se disputaient.

Tanguy avait des copains qu'il aimait bien. L'un d'eux était de Cadix et s'appelait Manolo. Il était d'une drôlerie extraordinaire. Ses voisins ne pouvaient arrêter de pouffer de rire et cela jusque dans l'église. Manolo était petit, noir, avait des cheveux bouclés qui lui tombaient dans les yeux, et un regard pétillant. En plus, l'accent andalou. Don Armando le grondait toujours parce qu'il ne mettait pas les s à la fin des mots et parce qu'il employait indifféremment le *s* ou le *z*.

251

— Que faites-vous de vos *s* ? demandait Don Armando.

— J'les mange… C'est pas ma faute. J'écris pas castillan ; j'écris andalou. L'Académie dit que la Langue s'écrit comme elle se prononce. Moi j'écris comme je prononce.

— Vous prononcez mal, Manuel.

— Mal ?… Ah ! non !… Pas vous, Don Armando !… Ce sont ces Castillans qui le disent. Moi j'prétends que le vrai espagnol, c'est l'andalou.

Le Père aimait beaucoup Manolo qui était malicieux, mais jamais méchant. Tanguy sut qu'il était orphelin et l'une des premières recrues du Père. Ce dernier l'avait trouvé dans les rues de Séville. Manolo était alors cireur : il avait sept ans.

Il y avait aussi Platero. C'était un grand garçon passionné de football. Il passait ses journées à se disputer avec Manolo, qui n'aimait que les taureaux. Manolo appelait son rival « morue desséchée », et l'autre l'appelait Monsieur Zi-Zi, à cause de sa prononciation andalouse.

Et puis il y avait Josselin. C'était un garçon très doux, qui avait été longtemps malade. Il aimait beaucoup le cinéma. Il adorait la musique et Tanguy passait de longues heures à discuter avec lui. Ils s'enfermaient dans la bibliothèque et écoutaient des disques. Le Père avait formé une véritable discothèque. Ils pouvaient choisir entre Beethoven, Mozart et Bach, dont presque toutes les œuvres étaient à portée de leur main. Quand ils sortaient de la bibliothèque, tout transportés de musique, Manolo s'écriait :

— Silence !… Voilà nos Beethoven !… Ils viennent d'entendre *La Vaca Lechera*[1] !

Manolo, Platero, Josselin et Tanguy étaient inséparables. Ils étaient toujours ensemble. Les autres élèves les avaient surnommés « les quatre mousquetaires », d'où Manolo avait tiré « les quatre moustiquaires ».

Les dimanches après-midi les élèves avaient quartier libre. C'étaient alors des disputes à n'en plus finir entre les quatre. Josselin voulait rester à écouter de la musique ; Platero voulait assister au match de football ; Manolo était pour les promenades au grand air, Tanguy pour le cinéma. Mais chaque dimanche le débat se terminait de la même façon : ils allaient tous quatre d'abord au football, ensuite au cinéma, à sept heures.

Tanguy était content de mettre son beau costume. Il cirait ses chaussures, nouait sa cravate, se peignait avec soin. Puis il allait trouver le Père qui, chaque dimanche, donnait cinq pesetas à chacun de ses orphelins. Il y avait en ville un cinéma qui passait de vieux films, où l'entrée ne coûtait que deux pesetas. Avec le reste Tanguy s'achetait des bonbons et parfois quelques cigarettes au détail, qu'il fumait aux toilettes du cinéma.

La salle était aussi vétuste que les films. Quatre ou cinq fois, au cours de la projection, il y avait des coupures. C'étaient alors des sifflements à n'en plus finir. Manolo excellait dans ce genre d'exercice. Il avait une façon particulière de siffler en mettant deux doigts dans sa bouche, qui

1. *La Vache laitière*, chanson populaire.

faisait taire tout le monde. Josselin, lui, était un romantique. Quand les deux protagonistes du film s'embrassaient, il poussait de petits gloussements. Manolo criait :

— Ça va !… Ça va !… On connaît la suite !

Un dimanche le Père emmena plusieurs élèves voir l'illustre Manolete, qui était venu toréer à Linarès. Le Père était un fervent de la tauromachie. Manolo jubilait ; Platero affichait un mépris académique, mais était néanmoins si excité qu'il fut prêt le premier ; quant à Tanguy, c'était sa première corrida et il était hors de lui. Trois jours à l'avance, le Père avait commencé à lui expliquer le sens caché des gestes et des rites qui constituent *La Fiesta*. Il lui prêta des livres, des lithographies anciennes, lui fit des croquis ; pour finir il assura que Manolete était « le plus grand parmi les plus grands ». La joie de Tanguy était immense. Malheureusement, sa première corrida fut la dernière de Manolete. La mort du *diestro* s'abattit comme une catastrophe sur le collège et le Père dit une messe solennelle pour le repos de celui qu'il appelait « le dernier représentant de la grande tauromachie espagnole ».

Bien que leur joie eût été assombrie par l'événement douloureux, les privilégiés qui avaient accompagné le Père passaient leur temps à mimer des « naturales » avec leurs vestes et à expliquer aux autres « l'accident ». Il y eut thème à conversation pour plus d'un mois. Tous étaient unanimes à vanter le courage de Manolete, son art indiscutable. Ils se servaient pour le louer des mêmes termes que le Père.

Tanguy, qui s'était demandé s'il était très « orthodoxe » de dire des messes pour les *diestros*, eut une nouvelle surprise « liturgique » quelques semaines après.

Il y avait au Centre une ferme modèle, pour ceux qui voulaient étudier l'agriculture, où se trouvaient en quantité appréciable poules, lapins, vaches, etc. La ferme était merveilleusement équipée et un Hollandais en avait la charge. Or, l'une des vaches qui s'appelait « Louise » étant tombée malade, le Père célébra aussitôt une série de messes pour que le Seigneur ne privât pas le Centre du lait de « Louise » ! Pendant six jours, « livresques » et « professionnels » se retrouvèrent autour de l'animal, qui regardait avec ahurissement cette subite montée de sa popularité. Elle inquiéta tous les esprits pendant cette semaine. On parlait « température de Louise », « sommeil de Louise », « appétit de Louise ». Un nouveau venu aurait pu croire que Louise était une infante d'Espagne.

Pâques approchait. Il y avait plus de huit mois que Tanguy était à Ubeda. Il préparait ses examens trimestriels au prix d'un travail acharné. Il était premier en tout, mais tenait à obtenir des notes très élevées, car il savait que cela faisait plaisir au Père et il aurait fait n'importe quoi pour lui faire plaisir. Tanguy travaillait dans sa chambre. Parfois Platero et Manolo venaient lui tenir compagnie; ils s'interrogeaient mutuellement.

Tanguy pourtant souffrait de malaises; il était souvent en nage. La nuit, il ne pouvait s'étendre, car des accès de toux le faisaient suffoquer. Il perdait l'appétit. Un soir, comme il toussait, la porte s'ouvrit et le Père entra :

— Ça ne va pas?

— Si. Ce n'est rien. Je tousse.

— Oui, j'entends.

Le Père posa sa main sur le front de Tanguy.

— Mais tu as de la fièvre, mon bonhomme !

— Non, c'est la chaleur.

— Quelle chaleur ? Te rends-tu compte que la

Sierra est toute proche et que les nuits sont loin
d'être chaudes ? Je te dis que tu as de la fièvre.

— Vous croyez ?

— Je vais le savoir tout de suite. Je vais chercher le thermomètre. Reste tranquille et couvre-
toi bien.

Le Père revint et tendit un thermomètre à
Tanguy. Pendant que celui-ci le laissait monter,
le Père alla regarder le paysage. Tanguy voyait
son ombre noire se découpant dans le cadre de
l'étroite fenêtre.

— Ça y est ?

— Oui.

— Donne voir.

— … Tu as de la fièvre, jeune homme. Tu as
même une forte poussée de fièvre… Bon. On va
tâcher de savoir ce que c'est. Je vais te poser
quelques questions et tu vas me répondre exactement. D'accord ?

— D'accord.

— As-tu des frissons ?

— Oui.

— Sont-ce des frissons courts, séparés ?

— Non. Ce sont de longs frissons.

— Bon. As-tu saigné du nez ces jours derniers ?

— Oui. Hier et avant-hier.

— D'accord. Tu as mal à la tête, tu as des
sueurs, des malaises, as-tu des vomissements ?

— Non.

— As-tu mal quelque part ?

— Ici, au côté gauche.

— Bon. Je vais aller chercher mes joujoux

pour voir ce qu'on entend dans cette vieille poitrine, et te transporterai ensuite à l'infirmerie.

Le Père ausculta Tanguy, le fit tousser, lui posa encore quelques questions, puis l'enveloppa dans une couverture, et le transporta dans ses bras à l'infirmerie, au même étage. La sœur infirmière, vêtue de blanc, aida le Père à mettre Tanguy au lit. Celui-ci se laissait faire. Il se sentait bien. Il regardait le Père aller et venir et se sentait rassuré car il avait une totale confiance en lui. Il frissonnait encore et cherchait à se blottir dans le lit. En étendant les pieds, il trouva une boule chaude, et sourit. C'était bon d'être malade et d'être soigné et cajolé. Il se dit que s'il avait eu des parents, ils l'auraient sûrement soigné.

Le Père arriva et se prépara à lui faire une injection :

— Là, bonhomme, nous allons te faire un peu mal.

Tanguy sourit et tendit son bras. Le Père lui fit l'injection avec habileté. Puis il lui donna une petite tape sur le front et lui dit :

— Tu as une vilaine maladie, mon bonhomme. Mais nous allons te soigner. Tu vas être bien raisonnable et nous aider à te guérir. Sœur Marie-Madeleine va te veiller. Si tu as besoin de quelque chose, tu le lui demandes. Elle va te faire un grand broc, avec du jus d'orange. Bois le plus possible. Demain matin je viendrai et apporterai de beaux appareils pour te faire des photos. Nous allons voir ce qu'il y a exactement dans cette carcasse.

— Je ne pourrai pas me présenter aux examens ?

— Sûrement pas ! Tu vas rester un mois ici. D'abord pour te guérir, et ensuite pour te retaper.

Pendant quinze jours Tanguy fut gravement malade. Son point de côté devint de plus en plus douloureux ; sa toux de plus en plus embarrassée. Chaque fois qu'il ouvrait les yeux, il trouvait ceux de Sœur Marie-Madeleine ou du Père posés sur lui. Ceux de Sœur Marie-Madeleine étaient noirs et humains. Sous ses habits blancs elle faisait songer à une fée. Le Père, debout, immobile, souriait. Tanguy cherchait aussi à sourire :

— Alors, le malade, tu ne vas pas rester comme cela jusqu'à Pâques ? Sœur Marie-Madeleine a l'intention de te faire des gâteaux immenses.

Tanguy était heureux. Il se sentait léger comme une plume et avait grande envie de dormir. Il était content, en ouvrant les yeux, de voir qu'il n'était pas seul ; qu'ils étaient là, auprès de lui. Dès qu'il se réveillait, la sœur infirmière se saisissait du broc et lui faisait boire un peu de jus d'orange. Tanguy aimait cette sensation d'avoir sous sa nuque les bras de la sœur. Il se disait que c'était merveilleux d'être aimé. Il ne pensait plus à sa famille ni à personne. Le Père était là. C'était l'essentiel.

Tanguy put commencer à se nourrir. La toux diminua, la fièvre tomba. Il gardait le lit, mais pouvait parler avec la sœur et le Père. Ce dernier tenait à assister à ses repas, pour être sûr qu'il mangeait tout. Tanguy souriait. Quand il n'avait plus faim, il regardait le Père d'un œil candide ; mais le Père ne se laissait pas attendrir. Il jetait un regard sévère au convalescent et l'obligeait à terminer son repas.

Jamais Tanguy n'avait si bien mangé : des bouillons de poule, du lait, de menues pâtisseries, du blanc de poulet, des œufs battus dans du vin, du *serrano*[1]. La sœur infirmière lui servait tout cela sur un plateau ; parfois, elle y ajoutait quelques fleurs. Tanguy était heureux. Il se sentait revivre. Dehors, le printemps se mourait et l'été s'annonçait. Il ne restait presque plus de neige sur les sommets de la Sierra.

De son lit Tanguy commença à épier tous les bruits du collège. Cela l'amusait. Il devinait ce que faisaient ses camarades rien qu'au bruit. Il y avait aussi les cloches de la ville. Elles ne sonnaient jamais en même temps. Quand l'une finissait, l'autre commençait. Tanguy devinait au son de sa cloche quelle église sonnait. Il les reconnaissait toutes.

Il s'ennuyait. Sa seule distraction et sa seule joie étaient les visites du Père, qui venait tous les jours vers la même heure : après la grande récréation. Il s'asseyait auprès de Tanguy et ils bavardaient. La culture du Père plongeait Tanguy dans le ravissement ; car il savait tout. Il connaissait des centaines d'anecdotes de chaque règne et les racontait de façon si vivante que l'on avait l'impression qu'il en avait été le témoin.

1. Jambon de montagne.

Chaque jour, ils abordaient un sujet différent : l'histoire, la philosophie, la musique, la politique. Pourtant le Père Pardo était rien moins qu'un homme de gauche. Il avait le culte et la passion de l'ordre. Tant d'humanité avec des opinions si tranchées, cela ne manquait pas d'intriguer Tanguy.

Un soir, comme ils parlaient éducation et problèmes pédagogiques, le Père demanda soudain à Tanguy :

— Tu ne penses jamais à ta famille ?

— Si. Parfois.

— Tu ne voudrais pas retrouver ton père ?

Tanguy haussa les épaules :

— Je ne sais pas. Je suis bien ici.

— Vraiment ?

— Oui.

— Cela me fait plaisir de te l'entendre dire. Nous t'aimons tous ; tes professeurs, tes camarades, les sœurs et les Pères.

Le Père s'arrêta. Puis il poursuivit d'une voix lasse :

— Moi-même j'ai souvent souhaité pouvoir me limiter à un seul être afin de pouvoir l'aider vraiment. J'aurais voulu pouvoir t'offrir plus. Mais ceci, malgré tout, n'est qu'un collège. Tu aurais eu besoin d'un foyer ; d'un vrai foyer... Et je me dois, hélas ! à tous. Ils sont nombreux à n'avoir pour foyer que cette maison. Et je dois m'efforcer de leur donner l'illusion qu'ils ont un vrai foyer... même si ce n'est qu'une illusion...

Tanguy ne répondit pas. Il aurait pu dire au

Père que, grâce à cette illusion, il avait, lui, retrouvé l'espoir et la joie ; que pour la première fois dans sa vie, quelqu'un avait agi envers lui comme un père et une mère doivent agir ; que, depuis qu'il était à Ubeda, il avait appris à rire et à être heureux… Il ne dit pourtant rien.

— J'ai fait, d'après les renseignements que tu m'avais donnés, des recherches pour retrouver tes parents. Or, je viens de recevoir une lettre qui me donne l'adresse de ton père. La voici. Veux-tu lui écrire ?

Tanguy regarda la lettre : quelques lignes à peine, tapées à la machine. Il les lut. Son cœur battait à une vitesse accélérée. Le Père lui tendit une petite photo d'identité :

— Je suis allé avec cette adresse au consulat de France à Madrid, poursuivit-il. Ils vont sûrement écrire à ton père. Je leur ai dit de nous transmettre la réponse. Mais tu pourrais, je pense, écrire, toi aussi. Au consulat ils m'ont donné cette photo. C'est ton père. Il avait vingt-cinq ou vingt-six ans, à cette époque.

Tanguy regarda sur la photo ce visage qui ne lui disait rien. Il chercha quelques souvenirs dans sa mémoire, mais n'en avait plus que de très confus. Il était en proie à une violente émotion. Il prit la main du Père et y posa un baiser :

— Merci.

Le Père jeta sur lui un long regard triste, et ouvrit la bouche pour parler, mais il se ravisa.

Le soir même Tanguy écrivait à son père. Il voulut écrire en français et fit des fautes d'orthographe. Il pensa que son père comprendrait qu'il avait oublié le français et apprécierait son intention. Il tarda ce soir-là à s'endormir.

Un mois après, il quitta l'infirmerie et rejoignit son cours. Il n'eut pas de mal à rattraper son retard. Tout le monde fut content de le revoir. Ses professeurs lui serrèrent affectueusement la main ; ses camarades lui prodiguèrent les tapes sur le dos. C'est alors qu'il apprit qu'il avait été très gravement malade, qu'une nuit le Père avait fait exposer le saint sacrement et que tous ses camarades, le collège entier, avaient tenu à passer la nuit en prières à la chapelle. Même les « professionnels » avaient veillé. Tanguy en fut si ému qu'il resta sans voix et que des larmes montèrent à ses yeux.

12

Tanguy attendait la réponse de son père avec impatience. Mais rien ne venait. Il était triste. Il avait écrit à son père que depuis que sa mère l'avait *abandonné* en France pendant la guerre, il était seul au monde. Il ne comprenait donc pas que son père pût ne pas lui répondre. Il avait dit à tous ses camarades qu'il avait un père, que le Père Pardo venait de retrouver sa trace et son adresse, et qu'il attendait de lui une réponse. Ses camarades s'étaient réjouis avec lui. Maintenant, s'il arrivait que l'un d'eux demandât à Tanguy : « As-tu des nouvelles de ton père ? » le visage de Tanguy s'assombrissait.

Tanguy avait été pleinement heureux aussi longtemps qu'il avait pu entrevoir cette possibilité de vivre avec son père comme tous les autres enfants. Il avait alors bâti de beaux rêves. Quand il dut constater que son père tardait à répondre, il s'imagina d'abord que celui-ci viendrait lui-même le surprendre au collège. Tanguy se représentait chacun des détails de cette rencontre : une voiture arriverait, on appellerait Tanguy, qui tomberait dans les bras de son père et pleurerait très fort...

Mais le temps passait et rien ne venait. Tanguy connaissait à nouveau l'angoisse. La nuit, tout ce passé qu'il avait en vain cherché à oublier reparaissait devant lui. Il cherchait à comprendre pourquoi son père ne voulait rien savoir de lui. Il se souvenait de sa mère; des jours lointains de Vichy, où il avait eu, près d'elle, un foyer. Ce souvenir lui était cruel. Il lui arrivait de serrer les poings en songeant à elle. Car il ne comprenait pas qu'elle ne l'eût pas, elle aussi, recherché.

Tanguy avait passé les examens de sa seconde année d'études d'une manière très brillante. Il avait obtenu une mention honorable dans chacune des matières du cours. La nuit, il regardait tous ces diplômes et ces médailles qui parsemaient son lit et se disait que personne n'était là pour se réjouir avec lui de ses succès. Il se sentait à nouveau seul, ne trouvait de repos qu'auprès du Père. Là, dans le petit bureau, auprès de Philiston, qui était en vérité discret, Tanguy pouvait parler à cœur ouvert. Il allait donc souvent trouver le Père. Ils causaient pendant des heures. Tanguy parlait nerveusement. Le Père l'écoutait avec attention.

— C'est dur de se passer du mythe des parents, lui dit un jour le Père, car c'est l'illusion la plus fortement ancrée dans le cœur des enfants. Ici, vois-tu, il m'arrive souvent de voir des enfants abandonnés par leur mère ou dédaignés par leur père s'accrocher avec un désespoir farouche à ce mythe du père et surtout de la mère.

— Oui. Mais à quoi d'autre peut s'accrocher un enfant ?

— À très peu de choses, bien sûr. J'allais te dire : à Dieu. Mais généralement ceux qui parlent ainsi ne savent pas ce qu'ils disent. Même aux adultes Dieu seul ne suffit pas.

— Moi, le souvenir de ma mère m'a souvent soutenu, au camp. Surtout à la fin. J'étais tenté de rester étendu sur ma paillasse et de ne plus bouger. Alors je me disais qu'il fallait lutter, pour la revoir.

— Tu avais Gunther aussi.

— Oui, j'avais Gunther. Mais après sa mort, à qui donc me serais-je accroché ?

Le Père garda le silence. Il ôta ses lunettes et se frotta les yeux. Il semblait fatigué. Par la fenêtre ouverte les parfums de la terre et du crépuscule entraient dans le bureau.

— Pour un éducateur les parents sont toujours l'obstacle. Ils ne comprennent pas leurs enfants, ou les aiment mal. Ils ne font jamais ce qu'il faut… Mais… Mais ils sont les parents ! Ils sont des dieux pour leurs enfants, qui souvent courent à leur perte les yeux ouverts.

— Ils me seraient autre chose. Il y a pour moi une question de mise en place. Vous me comprenez ?

— Mal.

— Je veux dire… Tout dans ma vie a toujours été cassé. Je voudrais pouvoir mettre un peu d'ordre dans ce chaos. Si je ne le fais pas, je deviendrai fou. Je ne pourrai trouver la paix qu'à ce prix.

266

Tanguy fit une pause.

— Vous voyez, quand j'étais à Barcelone, je disais souvent que ma mère était morte ; j'inventais même des détails. J'expliquais sa mort tantôt comme ceci, tantôt comme cela. Je ne prenais même pas la peine de bien mentir. C'était un besoin… *Il fallait que je la tue…*

— Je comprends. Mais dis-toi, Tanguy, que ni l'ordre ni la paix n'appartiennent à ce monde. Pas même cet ordre relatif dont tu as besoin. Il est des choses, à propos de ton père et de ta mère, qui t'échapperont toujours. Les parents sont des humains. Et les humains sont incompréhensibles.

— Cela je me le suis dit souvent. Pourtant j'éprouve le besoin d'en savoir plus long que je n'en sais. Vous savez, il m'a fallu faire de grands efforts pour pardonner. J'ai maintenant dix-huit ans. Je n'en avais que neuf quand ils ont commencé à tout faire pour me briser. Ils ont anéanti jusqu'à mes espérances les plus légitimes… Je ne leur en veux pas. Mais *je voudrais qu'ils me voient…* Vous comprenez ?

— Oui.

— Ce n'est pas de la rancune. Je n'en ai pas. Je ne veux rien d'autre que me planter devant et leur montrer mon visage.

— Mon pauvre enfant ! Tu seras le seul ému. Ils ne sourcilleraient même pas… Toi, par contre…

— Le jour où je suis arrivé à Barcelone pour voir ma grand-mère, la concierge m'a parlé longuement du séjour de ma mère en Espagne…

Elle paraissait heureuse, riait... C'était en 1942...
Ces phrases de la concierge, j'ai souvent voulu les
oublier, les excuser. Mais je n'en ai pas le courage. Elle venait de me laisser, vous savez, vous,
en quelles conditions. J'ai un peu l'impression
qu'elle riait de moi...

Le Père ne répondit pas. Il jouait avec un
coupe-papier. Il leva sur lui des yeux humides de
larmes, fit un geste, puis :

— Tu as écrit au consulat ?

— Oui. Tout à coup je n'en peux plus... Je
veux aller en France coûte que coûte. C'est...
plus fort que moi.

— Je vois...

— Mais le consulat me répond que si personne ne me réclame en France, ou n'y garantit
mon hébergement, ils ne peuvent rien pour moi.
J'ai beau leur dire que je suis français. Ils n'ont
pas l'air de prendre cela très en considération...

— Que vas-tu faire ? demanda le Père.

Tanguy hésita. Il regarda par la fenêtre les oliviers. L'olivier est l'arbre triste, l'arbre douloureux, l'arbre anormal. Comme l'homme, il se
plie et se replie sur lui-même, rongé par un mal
secret ; comme lui il s'accroche farouchement à
une terre sèche et stérile ; comme lui, il ne porte,
malgré son infortune, que de maigres fruits.

— Partir, fit enfin Tanguy.

— Partir où ?

— Pour Madrid d'abord. Je vais aller au
consulat voir ce qui se passe.

— Et puis ?

— Le plus près possible de la frontière.

Ils se turent. Tanguy n'osait pas regarder le Père. Celui-ci avait une fois de plus ôté ses lunettes et frottait ses yeux et ses paupières closes en un geste las.

— Tu vas commettre une erreur, dit le Père. Mais c'est une erreur que je commettrais à ta place. Je ne puis que t'offrir mes prières et je crains qu'elles ne te soient pas d'une grande utilité. Je vais dire à la sœur de la garde-robe de te chercher un deuxième costume, un peu de linge et une paire de souliers. Je prendrai ton billet pour Madrid. Tu partiras demain soir…

*

Tanguy baisa la main du Père. Il hésita. Puis il se mit à genoux. C'était une habitude du collège que de bénir les partants. Le Père posa ses deux mains sur la tête de Tanguy, puis le bénit de sa voix tranquille. Tanguy se leva. Il avait l'âme lourde. Il avait senti que le Père était aussi ému que lui et ne voulait pas ajouter à sa peine. Il ne se retourna pas et descendit dans la cour. Les quatre sœurs chargées de la cuisine, de la garde-robe et de l'infirmerie l'attendaient. Elles lui dirent gentiment au revoir. Puis ce furent Manolo, Platero et Josselin. Enfin Tanguy monta dans la voiture du collège, jeta un dernier coup d'œil derrière lui, et aperçut le Père, immobile derrière une fenêtre. Tanguy ferma les yeux. La voiture démarra et traversa bientôt des champs d'oliviers. Les fruits reluisaient sous la lune. Il arriva en gare de Baeza juste à temps pour prendre son train. L'express était plein. Tanguy resta d'abord debout dans le couloir, puis s'assit sur sa valise. Il se demandait à quelle heure arriverait le train. Car il avait oublié de consulter les horaires. Il essayait de penser à quelque chose qui l'eût distrait de sa peine, mais ne trouvait rien. Il ne pensa donc à rien…

13

Tanguy habitait à Madrid chez des Pères auxquels le Père Pardo l'avait recommandé. La maison de ces Pères ne se trouvait pas loin du Retiro.
Tanguy n'avait qu'à traverser le grand jardin
public pour se trouver au consulat de France, où
il se rendait presque tous les jours.

Il y avait là une gentille dame, assez âgée, qui
s'appelait Mme Bérard. Elle était petite, avait les
cheveux blancs et se fardait. Elle était d'une
grande amabilité, et l'appelait «jeune homme».
Tanguy se sentait réconforté de la voir. Il arrivait
tranquille au consulat parce qu'il savait que
Mme Bérard était là. Elle paraissait navrée de sa
situation. Pour lui prouver que le consulat s'occupait de son cas, elle lui montrait un dossier
épais de plusieurs dizaines de lettres échangées
entre le ministère des Affaires étrangères à Paris
et le consulat de France à Madrid. Elle lui disait
qu'elle ne voyait plus ce qu'on pourrait essayer
pour lui. Alors il insistait pour qu'on le laissât
rentrer en France, proposant même de s'enga-
ger. Il lui semblait qu'on n'avait pas le droit de

l'en empêcher, étant donné qu'il était français. Mais Mme Bérard, avec une infinie patience, cherchait à lui faire comprendre qu'il fallait savoir *où aller*. Un jour elle l'appela « mon petit jeune homme » et lui avoua à mi-voix :

— Vous savez, c'est pas un bonhomme très intéressant, votre père. Son obstination à ne pas nous répondre nous gêne tous énormément. J'espère que vous réussirez quand même à rentrer en France.

En sortant du consulat, Tanguy allait se promener au Retiro. Il se sentait très las. Il aimait à se rendre à la Roseraie et entendre les joueurs d'orgue de Barbarie. Ils jouaient de vieux *chotis* de Madrid. Tanguy regardait les bonnes d'enfant avec leurs blouses bleues et leurs tabliers blancs. Il allait parfois jusqu'au lac. Des jeunes gens et des jeunes filles canotaient. Les garçons en profitaient pour voler un baiser aux filles. Cela amusait Tanguy. Il souriait et se disait que la vie était belle.

Enfin après deux mois de démarches inutiles, il lui fallut se résoudre, ou à retourner au collège, ou à trouver un moyen d'existence. Il imagina les questions de ses camarades s'il retournait là-bas. Il préféra chercher du travail.

Auparavant il alla prendre congé de Mme Bérard. Cela le peinait presque de penser qu'il ne la reverrait plus. Il la remercia beaucoup, et s'excusa de l'avoir tant dérangée. Mme Bérard était triste. Elle lui dit qu'elle regrettait de ne pas avoir pu mieux faire, mais que personne ne saurait obliger son père à faire ce qu'il ne voulait pas

272

faire. Tanguy comprit. Il sourit et quitta ces lieux, où il avait passé tant d'heures à essayer de retrouver une identité.

Tanguy avait décidé d'aller à Barcelone pour chercher du travail, car à Madrid il était difficile d'en trouver. Il prit donc le train pour la cité comtale, mais eut de la peine en quittant Madrid. Il aimait Madrid, et Barcelone lui paraissait être une ville sale. Puis il se dit que ce qui importait, c'était de travailler et que dans les villes sales on travaille plus facilement que dans les autres.

*

Tanguy cherchait du travail. Mais ce n'était pas facile. Chaque fois qu'il allait quelque part en demander, les employés le regardaient avec malveillance. Tanguy se disait qu'il n'y avait pourtant rien de honteux à vouloir travailler. Il lisait attentivement les journaux aux rubriques d'*offres d'emplois*. Il achetait les journaux de bon matin, et courait à l'adresse indiquée. On lui répondait toujours : «écrivez» ou «revenez dans huit jours». Il savait ce que signifiait ce : «revenez dans huit jours», mais ne savait par contre s'il serait toujours vivant dans huit jours. Il patientait de longues heures dans des salles malodorantes. D'autres personnes, assises sur des bancs, défaisaient des mégots et, avec le tabac ainsi obtenu, roulaient des cigarettes ; d'autres crachaient par terre ou toussaient très fort. Tanguy, lui, écoutait les bruits amortis de la ville. Au bout de deux ou trois heures un employé épinglait un petit papier à la porte : « On n'embauche pas. » Alors, tout le monde repartait patiemment.

Tanguy allait au port voir les grands paquebots *El Cabo de Hormos* ou *El Cabo de Buena Esperanza*. Il s'asseyait par terre près de l'eau, contemplait l'eau sale sur laquelle flottaient des épaves, des peaux de banane et des oranges pourries. Il rêvait. Son esprit était comme détaché de sa chair et visitait des mondes merveilleux. Ses désirs charnels le tourmentaient et il errait toute la nuit comme une âme en peine. Le lendemain de ces nuits blanches, il avait la bouche pâteuse et froid à l'âme parce qu'il se sentait amoindri.

Il n'avait plus d'argent, couchait sous les bancs au parc de Montjuich, et se nourrissait de fruits qu'il gagnait en déchargeant des camions aux Halles. Parfois on lui donnait un pourboire et alors il buvait un café au lait chaud. Deux fois il put même aller au cinéma. Il aimait le cinéma : il s'y sentait bien au chaud et entouré.

Mais les jours passaient et les semaines, sans que Tanguy trouvât du travail. Un jour il se dit qu'il pourrait se suicider. Mais cette idée lui parut absurde : à qui sa mort profiterait-elle ? Mieux valait continuer à lutter.

Il descendait les Ramblas pleines de fleurs et de mouvement, ou s'attardait sur la Plaza de Cataluña ; parfois il poussait jusqu'à El Paralelo. Il regardait tous ces hommes qui allaient et venaient. Il se sentait seul dans ce grand flot humain et se demandait si l'un de ces hommes aurait pu le comprendre, ou se trouvait dans une situation semblable à la sienne. Il aurait voulu le leur demander. Il était intrigué par ces visages. Il aurait voulu pouvoir leur ouvrir le cerveau et lire leurs pensées. Ils étaient là, irréductibles ; et continuaient d'aller et venir…

Enfin, un jour il apprit qu'on allait embaucher dans une usine de ciment, près de Barcelone, à Vallcarca de Sitgès. Tanguy prit le train.

L'usine était une vraie ville. Il y avait, à un kilomètre de l'usine proprement dite, le « chantier », puis les divers ateliers avec leurs grands fours qui n'arrêtaient jamais de tourner ; enfin le port, avec toute une flottille de cargos qui appartenaient à l'usine.

Celle-ci se trouvait dans une vallée étroitement encaissée. Les cheminées fumantes s'encadraient dans un cercle de hautes montagnes couvertes de pins. Il n'y avait d'issue que vers la mer. L'usine avait un port et une plage. De l'autre côté des montagnes, en suivant le rivage, se trouvait Sitgès, la plage élégante que Tanguy connaissait déjà. L'usine était comme une ville aux rues étroites et parallèles. Elle fournissait en effet un logement à ses employés. Maisons et ateliers étaient couverts d'une poussière blanche qui faisait songer à la neige.

Tanguy arriva vers les dix heures du matin à l'usine. Il alla d'abord à l'Administration et vit un papier accroché à la porte : « Bureau d'embauche ». Il entra dans une salle. Une vingtaine d'hommes y attendaient; parmi eux un garçon de seize ans. Mais il avait l'air plus âgé que Tanguy, tant son visage était marqué par la lutte et la douleur. Tanguy salua l'assistance et alla s'asseoir dans un coin. Personne ne répondit à son salut. Il attendait. Les ouvriers bavardaient et riaient. Enfin, vers midi, la porte s'ouvrit. Un par un, les ouvriers entraient et ressortaient une feuille de papier à la main. Ils paraissaient contents. Tanguy se demanda s'il aurait, lui aussi, cette chance. Il entra dans le bureau son tour venu, et se trouva devant un homme de stature moyenne, aux cheveux très blancs, aux yeux gris, au visage rouge. Il était vêtu d'un costume bleu foncé. Il leva les yeux vers Tanguy.

— Vous avez déjà travaillé?
— Non.
— Vous avez des papiers?
— Oui.

Tanguy tendit les certificats que lui avait donnés le Père. Ils assuraient qu'il était un garçon honnête, d'une grande culture, parlant plusieurs langues, et qu'il avait fait deux années d'études équivalentes aux deux dernières années du baccalauréat au collège qu'il avait l'honneur de diriger.

L'homme resta un instant rêveur, regarda Tanguy attentivement, et lui demanda :

— Vous parlez français et anglais?
— Oui.
— Pourquoi voulez-vous travailler comme ouvrier? Vous pourriez trouver une place comme secrétaire à Barcelone?

— J'ai déjà cherché.

— Je vois… Le métier est dur ici (il le regarda dans les yeux). C'est un métier d'hommes.

— Je ferai ce que je pourrai.

— Le fait est que vous n'avez pas l'air de pouvoir faire grand-chose.

— Je ferai ce que je dois faire.

Il y eut un silence. L'homme écrivit quelques mots sur un bout de papier :

— Je vous prends à l'essai. Si l'essai est satisfaisant au bout de trois mois, je vous inscrirai aux Assurances. Vous commencerez lundi. Vous irez au « chantier » avec Quico. Allez le trouver lundi. Il vous dira ce qu'il faut faire.

Tanguy eut envie d'embrasser l'homme. Il sourit et dit :

— Merci.

Il sortit content et fit des pirouettes. Quelqu'un lui demanda si on l'avait embauché et il montra son papier. Alors on le félicita. C'était samedi. Tanguy avait donc deux jours de liberté devant lui. Il trouva le chemin de la plage et alla se baigner. Le sable n'était séparé du port que par la jetée. L'eau n'était pas propre, mais couverte de l'huile des cargos. Il faisait bon. Tanguy s'étendit sur le sable. La mer scintillait. Elle faisait mal aux yeux. Elle était bleue et blanche de voiles. La montagne derrière était mauve et on apercevait dans son flanc une grande plaie blanche : le ciment. De temps à autre le silence était brisé par la sirène de l'usine qui ne cessait d'appeler ou de renvoyer des hommes. Ceux qui sortaient allaient s'étendre sur la plage. Ils étaient couverts de poussière. Ils couraient sur le sable et se plongeaient dans la mer. Sur la route de Sitgès à Barcelone circulaient d'élégantes voitures de tourisme.

Tanguy dut trouver un logement. On lui signala l'adresse d'une veuve, du nom de Sebastiana, qui louait une chambre. Il s'y rendit. Sebastiana était née en Estrémadure. C'était une femme forte, solide, courageuse, qui avait mauvais caractère et parlait avec brusquerie. Elle n'aimait pas ses voisines, qu'elle trouvait trop occupées des affaires des autres. Elle n'allait jamais à l'église et quand sortaient les processions, elle fermait ses volets. Les ouvriers l'aimaient bien et parlaient d'elle avec le sourire. Elle avait perdu son mari à l'usine. Depuis trente ans elle ne connaissait d'autres horizons que ceux de l'étroite vallée inondée de poussière. Sa vie était réglée par les sirènes de l'usine. Peu tendre, elle détestait toute « sensiblerie ».

Tanguy fut impressionné par son profil rude. Elle se tenait devant lui, les mains sur les hanches, vêtue d'une robe noire très propre, les cheveux tordus en un chignon. Elle n'avait pas d'âge. Elle le dévisagea de ses yeux noirs et dit d'une voix brusque :

— Alors, on a perdu la voix ?

— … Je… euh… Je voulais savoir si vous aviez une chambre…

— Oui, j'ai une chambre. Et alors ?

— … Euh… à louer…

— Tu es murcien ?

— Non.

— D'où es-tu?

— De Madrid.

— Mauvais. Les gens de Madrid aiment faire la noce. Que viens-tu faire ici?

— Je commence à travailler lundi.

— Où?

— Au chantier.

— Que fait ta famille?

— Je n'en ai pas.

Sebastiana cessa d'interroger. Elle regarda Tanguy avec plus d'attention. Celui-ci se demandait où elle voulait en venir avec toutes ses questions. Il attendit.

— Pas de père, pas de mère? fit-elle.

— Non (il n'avait aucune envie de tout expliquer à tout le monde).

— Bon. Viens, je vais te montrer ta chambre.

Les logements des ouvriers étaient tous semblables, composés de deux pièces et d'une antichambre. Pour y accéder, il fallait descendre quelques marches. Une petite cour pavée, de trois mètres sur quatre, s'ouvrait devant la porte. Cette cour était attenante à celle des deux logements voisins. Les pièces n'avaient pas de fenêtres. La cour et les murs qui la séparaient des autres logements étaient peints à la chaux. Le mobilier était très pauvre, mais très propre.

— C'est tout ce que j'ai : cette pièce-ci, fit Sebastiana. Mais elles sont partout les mêmes.

— Oui. Je vois. Et le prix serait?

— Quel prix?

— Pour la chambre.

— Il n'y a pas de prix qui tienne!... Tu me

280

donneras tout ce que tu gagnes. J'arrangerai cela moi-même. Il faut que tu manges; que tu t'habilles. Les hommes, en plus, ça doit fumer. Puis il y a le cinéma. Ne t'occupe pas de ça. Maintenant mets un peu la radio, pendant que je prépare le dîner. Tu aimes les œufs?

Tanguy fit oui de la tête. Il s'installa sur une chaise. De sa petite valise il avait sorti *les Tristes*. Il en lut quelques passages, chercha un programme de musique classique et finit par s'arrêter sur un poste allemand, qui diffusait les *Concertos Brandebourgeois*.

Sebastiana entra, une assiette à la main. Elle lui avait fait des pommes de terre frites et des œufs sur le plat. Elle avait l'air gêné et s'assit devant lui:

— Tu aimes Strauss, toi?

Tanguy tarda à comprendre. Pour Sebastiana, il n'y avait que deux musiques: les paso doble et Strauss. Tout ce qu'elle ne comprenait pas était de Strauss. Et comme elle ne comprenait rien sauf les paso doble, presque toute la musique était de Strauss.

— Oui, fit Tanguy.

— Et tu lis l'allemand?

— Non. C'est du latin.

— Tu es curé?

Sebastiana le regarda avec méfiance.

— Non. C'est du latin « civil ». C'est un poète: Ovide.

— Ah!

Elle resta un instant tranquille et le regardait manger.

— Pourquoi es-tu venu ici ?

— Pour travailler.

— Mais c'est pas une place pour toi, ici !

— Pourquoi ?

— Ici personne ne lit Ovide… On lit… On lit… autre chose !

Tanguy finit de dîner. Sebastiana le prit alors par le bras, et ils allèrent ensemble se promener sur la grande route. Elle le regardait avec admiration. Soudain, elle dit à voix basse :

— J'aurais voulu avoir un fils beau et intelligent comme toi.

Il en fut ému. Car il savait qu'elle était sincère. Il la regarda, sourit, et caressa ses cheveux gris. Puis ils poursuivirent leur promenade. L'usine fumait. Dans la nuit des lueurs montaient dans le ciel. Toute proche, la mer se débattait contre la montagne. Dans une de ces grottes, Tanguy avait passé une nuit, sa première nuit de liberté. Il sourit à cette pensée. Il avait grandi depuis.

15

Le lundi, Tanguy alla au chantier. Il se présenta à Quico, son contremaître. C'était un Catalan, grand, gros, au visage débonnaire. Ils sympathisèrent tout de suite. Quico conduisit Tanguy à son poste : il n'aurait pas un travail trop absorbant et pourrait se reposer de temps à autre.

De sept heures du matin à sept heures du soir, avec une pause d'une heure, Tanguy restait debout dans le petit train qui emmenait le ciment brut du chantier à l'usine. Le train entrait dans l'usine, passait sous les hauts fourneaux cylindriques qui travaillaient le ciment à de hautes températures. Les ouvriers disaient que c'étaient les meilleures machines d'Europe. Tanguy n'en savait rien. Il était content. Il se disait qu'enfin il gagnait sa vie. Il en était fier et s'efforçait de bien travailler. Il faisait son travail méticuleusement, comme si l'usine eût été sa propriété. Il était content quand on lui disait que tout allait bien ou que des cargos venaient chercher des sacs. Il s'intéressait aux commandes, à la hausse de la productivité. Mais un jour il se demanda pourquoi il prenait tant de soins. Personne ne faisait attention à lui. C'est tout juste si l'employée du magasin lui souriait quand il passait dans le train. Il comprit alors qu'il n'était rien dans cette grande usine qui crachait du feu la nuit. Son travail n'avait d'autre sens que de lui permettre de ne pas mourir de faim.

Il y avait bien sûr, quelque part, là-haut, le bureau du gérant. Mais Tanguy n'avait jamais vu ni bureau ni gérant. Ce gérant était un mythe. C'était l'homme qui parle au téléphone, qui a une secrétaire, deux secrétaires, peut-être même trois secrétaires; qui pouvait le congédier sans que lui, Tanguy, n'eût rien à objecter à tout cela.

Tanguy se demandait comment ces hommes qui l'entouraient pouvaient vivre dans cet abrutissement d'esclaves. Il s'interrogeait et avait du mal à comprendre comment ils acceptaient d'être là, jour après jour, sans même avoir vu leur gérant. Alors il découvrit quelque chose : ils étaient habitués. Oui, ils étaient habitués. Habitués à leur vie obscure; habitués à n'avoir que des espoirs menus et immédiats. Toute la semaine ils vivaient dans l'attente du dimanche, travaillaient dans l'espoir d'acheter un jour une robe à leur petite ou une table pour la salle à manger. Ils se contentaient de devenir des hommes une fois par semaine : le dimanche. Ce jour-là ils se baignaient sur la plage ou allaient au cinéma de l'usine. Ils disaient : « N'allons pas à Sitgès, sans quoi les "gens bien" seraient obligés d'aller ailleurs. » Tanguy était étonné de cette servilité. Il ne pouvait admettre leur patiente docilité. Lui qui avait tant lutté se disait que ces hommes ne savaient pas, ne s'étaient jamais rendu compte qu'ils étaient forts et pouvaient entamer la lutte.

L'usine petit à petit engloutissait les êtres. Elle était dirigée par un Allemand. Les ouvriers crachaient par terre en parlant de lui. Mais là s'arrêtait leur révolte. Cet Allemand avait pris une série de dispositions qui avaient rendu l'existence des ouvriers plus misérable encore que jamais. Les enfants des travailleurs, par exemple, ne pouvaient sous aucun prétexte chercher un autre emploi. Ils étaient d'avance liés par un contrat avec la maison. Si leurs parents les envoyaient travailler à Barcelone, alors ils perdaient eux-mêmes leur emploi et on leur enlevait leur misérable logement. De plus, pour payer moins cher ses ouvriers, l'Allemand avait passé des contrats avec l'État qui lui fournissait une partie de sa main-d'œuvre. Des trains de marchandises arrivaient à l'usine. Des Murciens, mal vêtus et affamés, en débarquaient. Ils avaient voyagé dans des wagons plombés, sous passeport collectif. On leur interdisait d'en sortir pendant le jour. Le directeur leur « offrait » un contrat de travail merveilleux pour des Murciens. La Direction publiait alors un communiqué affirmant que, *d'un commun accord*, patron et ouvriers, « vu la baisse du coût de la vie », avaient décidé de ramener le tarif horaire de tant à tant.

Tanguy gagnait dix-huit pesetas par jour. Il faisait deux heures supplémentaires qui lui étaient payées à trois pesetas soixante-quinze. Cela lui faisait une moyenne de vingt-cinq pesetas par jour. Ceux qui gagnaient le plus arrivaient à trente-deux pesetas, heures supplémentaires comprises. Les contremaîtres en touchaient quarante. Or, la vie, au lieu de baisser, ne cessait de monter. Sebastiana avait du mal à joindre les deux bouts et Tanguy le savait. Le jeudi elle devait acheter à crédit à la coopérative sur la paie du samedi.

Malgré tout, Tanguy était content le samedi quand il touchait sa petite enveloppe bleue. Il était heureux de la donner à Sebastiana. Elle lui avait acheté à terme une veste de sport et une cravate rouge. Les samedis, après la sortie de l'usine, il se lavait dans la cour en chantant, mettait sa veste et allait chercher José, qu'il appelait Pepe. Ensemble ils prenaient le train pour Sitgès, allaient dans un café que Pepe connaissait et buvaient quelques verres en écoutant du *flamenco*. Puis ils se rendaient au cinéma.

Mais le lundi arrivait. Tanguy repartait pour l'usine. Chaque jour qui passait le trouvait plus las. Le soir il avait de nouveau de longs frissons de fièvre, mal à la tête et il toussait. Il ne pouvait s'étendre car aussitôt il commençait à étouffer. Sa gorge était irritée par la poussière du ciment, au goût de sable ; son palais était pâteux. Quand il toussait, Sebastiana entrait dans sa chambre, mettait une cape en tricot sur ses épaules et s'asseyait sur son lit. Elle lui caressait les cheveux et lui donnait de petites tapes dans le dos. Tanguy souffrait. À sa fatigue physique, de plus en plus grande, se joignait le désespoir de celui qui se sent devenir une bête. Il s'enlisait en commençant de s'habituer au malheur, et c'est cela qu'il ne voulait pas. Entre deux accès de toux il se mettait à pleurer. Sebastiana le consolait de sa voix rauque. Elle l'appelait « mon tout petit ». Il se disait qu'après tout, à dix-neuf ans, on n'est pas si grand que cela.

Son visage était de plus en plus pâle, ses traits de plus en plus tirés. Il perdait l'appétit. Il passait ses soirées à écrire des lettres à tout le monde : au consul de France, à son père, etc. Mais rien ne venait. Il partait tous les jours dans le noir vers l'usine et y restait dix heures. Il mettait un mouchoir sur la bouche pour ne pas avaler la poussière de l'usine. Mais cela ne servait à rien. En rentrant chez lui, il était recouvert de cette pâte blanche et farineuse. En vain essayait-il de la cracher ! Elle était en lui.

Il dut bientôt faire comme les autres et s'inscrire pour une équipe de nuit. Les tarifs de nuit étaient plus élevés. Cinq pesetas l'heure. Après dix heures de jour, il faisait trois heures de nuit. Le travail consistait à charger les cargos et à empiler les sacs de ciment dans les cales des bateaux. C'était un travail très dur. Les grues laissaient tomber dans la cale les sacs qui soulevaient des nuages de poussière. Les travailleurs avaient des masques pour s'en protéger, mais leurs yeux les brûlaient, et ils toussaient sans cesse... On prenait le sac à deux et on l'arrimait. Il fallait faire vite. Les sacs tombaient avec une précision mathématique et il ne fallait pas s'arrêter, sans quoi le travail devenait un supplice.

L'un des camarades de Tanguy s'appelait Alejandro. C'était un grand garçon, d'environ trente-cinq ans, avec un visage flétri. Sa femme travaillait aussi dans l'usine. Il faisait quatorze heures par jour; sa femme dix. Il n'avait qu'une peur : que les heures de nuit fussent supprimées.

Tanguy perdait tout courage. Il se sentait sombrer. Ses derniers efforts se heurtaient à un mur de silence. Il avait écrit à son père pour lui dire qu'il était malade. Pas de réponse. Cela laissait d'ailleurs Tanguy indifférent. C'est moins son père qu'il cherchait à atteindre que la France. Car Tanguy croyait encore à ces choses qu'on lui avait dites quand il était petit : la France était le pays de la liberté, de la fraternité, de l'égalité, où il n'y avait ni riches ni pauvres. On y gagnait bien sa vie. Bien sûr, Tanguy se disait que le premier camp de concentration qu'il avait connu était un camp français; que les gendarmes qui l'avaient livré aux Allemands étaient des Français; que son père était français. Mais il se disait que c'était alors la guerre, et que maintenant il allait sûrement retrouver la vraie France : celle qui l'avait accueilli à son retour d'Allemagne; celle de la Révolution.

Le soir quand il ne pouvait dormir, il entendait *Paris-Inter*. Il attendait la fin des émissions pour avoir *La Marseillaise* et pleurait d'émotion en l'écoutant. Il se disait que quand il serait en France, il aurait enfin cette paix dont il avait tant rêvé.

Puis, au milieu de la nuit, Sebastiana le réveillait pour qu'il aille rejoindre son équipe. Elle avait à peine besoin de le toucher, car il avait le réveil de l'homme qui a eu des réveils terribles. Il sursautait au moindre bruit. Elle lui préparait un peu de pain qu'il arrosait d'huile. Il ouvrait une tomate en deux, et la mangeait en allant au port. Tous les jours c'était la même lutte contre l'habitude du malheur. Tous les jours il devait faire le même effort surhumain pour se maintenir debout.

Sebastiana aimait Tanguy. Elle l'aimait en silence. Elle veillait sur lui, le soignait. Tous les jours, à l'heure de la pause, on la voyait arriver avec le déjeuner du « fiston ». Elle avait plus d'une demi-heure de chemin à faire pour lui apporter sa nourriture. Mais elle voulait qu'il mangeât chaud. Elle trouvait toujours moyen de se procurer un article qu'elle croyait « de luxe » : un morceau de jambon, un peu de fromage. Elle arrivait toute fière et s'asseyait sur une pierre, à l'ombre, à côté de Tanguy. On la taquinait en lui disant « qu'elle avait passé l'âge ». Mais elle laissait dire et ne prenait même pas la peine de répondre. Elle s'attristait de le voir abattu, malade. Elle le regardait avec une infinie tendresse.

Elle passait ses journées à chercher pour lui de la musique classique. Elle prétendait adorer Bach et Beethoven. Le soir, entre le retour de Tanguy et l'heure du dîner, ils s'asseyaient dans la petite cour pour bavarder. Quand il lisait le journal ou écoutait de la musique, elle restait silencieuse, sans bouger.

Ils ne s'étaient jamais dit de grandes paroles d'affection. Elle l'aimait en silence. Comme Gunther, elle n'extériorisait sa tendresse qu'avec l'irrécusable éloquence des actes. Elle vivait pour lui comme elle aurait vécu pour son fils, veillait sur son sommeil, entretenait ses vêtements, lui donnait à manger ce qu'il aimait, dans la mesure où elle le pouvait, cherchait à le distraire. Les dimanches ils allaient parfois déjeuner au bord de l'eau, à l'écart de la foule… Il lui parlait de tout. Elle l'écoutait en silence et lui souriait avec tendresse. Elle comprenait tout par le cœur. Elle n'était qu'élans maternels. Lui, en retour, l'aimait et l'admirait parce qu'elle était juste et vraie. Il aimait en elle sa générosité sans arrière-pensée et son regard lucide. Elle était sage plus qu'intelligente. Mais elle voyait presque toujours juste.

Six mois après l'arrivée de Tanguy à l'usine, une rumeur se propagea parmi les ouvriers. On allait décréter la grève à Barcelone. Le prétexte invoqué était celui-ci : les Cortès avaient voté une augmentation de dix pour cent sur les salaires, «en raison du coût de la vie». Sept mois après, cette augmentation n'était toujours pas effective. Les diverses branches de l'industrie devaient se joindre au mouvement. Il en était même question pour les étudiants ; beaucoup de commerçants voulaient fermer leurs volets.

Ce ne furent plus que conciliabules à l'usine. Les uns étaient pour la grève et disaient qu'«on ne risquait pas grand-chose» ; les autres affirmaient qu'«on risquait beaucoup, et que ça ne servirait à rien». Les deux camps échangeaient leurs arguments. Les jours passaient. La Radio nationale lançait une offensive en règle, accusait les «hordes communistes et juives» de vouloir fomenter des troubles, répétait à longueur de journée : «Le communisme ne passera pas!» Tanguy savait que les ouvriers se souciaient peu du communisme, et que ce dont il était question pour eux, c'était de gagner plus et de manger mieux; peut-être même de travailler moins.

Des haut-parleurs furent installés partout dans l'usine, prodiguant alternativement promesses et menaces. Douche écossaise. Personne n'y prêtait attention. Mais ce qui frappa les esprits, ce furent des trains chargés de *Policia armada* et de *Guardia civil*, armés de fusils-mitrailleurs. Les convois se succédaient à une cadence régulière. Allaient-ils tirer?... Y aurait-il des incidents?... Tout le monde se posait cette question. Tanguy, lui, regardait en silence ce déploiement de forces. Il n'avait jamais participé à une grève et ignorait même ce que c'était. Il alla néanmoins à la réunion du Comité de grève.

Les ouvriers discutèrent longtemps. Il y eut des votes à main levée. Les uns prétendirent que la grève équivaudrait à un suicide. Alejandro monta sur l'estrade et assura que «les patrons allaient supprimer les heures supplémentaires et prendre des décisions graves». Quico fut très écouté. Il travaillait depuis vingt-six ans à l'usine et n'était pas un irréfléchi. Lui aussi pensait que la grève était l'arme ultime, celle du désespoir, et ne croyait pas qu'il fallût aller jusque-là. Il aurait été

292

partisan de grèves surprises dans les différents secteurs de la productivité : « Ce serait plus efficace. » Mais il était d'avis aussi qu'on n'avait pas le droit de laisser tomber les camarades de Barcelone sous le prétexte que les patrons montraient les dents. Il fut très applaudi. Un autre ouvrier demanda ce qu'il fallait faire pour éviter des incidents. Quico prit de nouveau la parole. Il pensait que les « gros » chercheraient à créer des incidents pour pouvoir mieux mater la grève, et empêcher les cortèges de se former ; il croyait que ce qu'il y avait de mieux à faire c'était de faire défiler les femmes. « Ils ne tireront pas sur elles ! » disait-il. Un vacarme indescriptible se produisit alors. Les hommes étaient partisans de laisser les femmes à la cuisine ; elles n'avaient rien à faire « dans la politique ». Quico répondit qu'il ne s'agissait pas de politique mais de pain, et qu'elles savaient aussi bien que les hommes ce qu'était la faim. De plus, une grande partie d'entre elles travaillaient à l'usine.

Enfin la grève fut votée à une très grande majorité. L'usine fermerait ses portes et des piquets de grève s'opposeraient à la reprise du travail. Les travailleurs se retrouveraient à la *Diagonal* et défileraient avec leurs camarades de Barcelone en rangs serrés. Ils veilleraient à éviter tout incident et ne répondraient à aucune provocation, sauf verbalement.

Le jour fixé pour la grève arriva. Tanguy revêtit son costume neuf comme s'il allait à une fête. Les autres ouvriers l'avaient mis aussi. Il prit le bras de Sebastiana qui était ravie. Elle ne cessait de répéter à qui voulait l'entendre qu'«enfin on allait commencer à penser avec la tête». Les ouvriers avaient confisqué les camions de l'usine. On se mit en route. Chaque camion arborait une pancarte : « *Nous voulons du pain.* » Sur l'une d'elles on lisait : « *NOUS VOULONS VIVRE.* » Cette phrase frappa Tanguy. Il connaissait la misère de ces hommes qui allaient tout risquer pour pouvoir crier leur volonté de vie. Et il se dit que l'amour de la vie doit être bien fort, en effet, pour que ceux qui n'ont encore jamais véritablement vécu continuent à en affirmer le droit.

Ils trouvèrent Barcelone armée jusqu'aux dents. Les rues étaient remplies d'oisifs. Sur les trottoirs stationnaient des forces de police, le fusil-mitrailleur à la main, échangeant des insultes avec les ouvriers qui les traitaient de tous les noms sans faire le moindre geste. Quand un ouvrier voulait outrepasser la consigne, ses camarades le rappelaient à l'ordre. Enfin le cortège atteignit le *Diagonal*. Tanguy n'avait jamais vu un tel rassemblement. Il y avait là des milliers et des milliers d'hommes, de femmes et d'enfants qui bavardaient, plaisantaient… La chaleur commençait à monter. Les hommes étaient en bras de chemise… Tous les volets des rues élégantes étaient fermés.

Vers onze heures le cortège se remit en marche. Il occupait les deux chaussées et le trottoir du milieu. On n'en voyait ni le début ni la fin. C'était une immense vague humaine qui déferlait avec indifférence vers le port. La police la regardait passer sans broncher.

Tanguy se rendit brusquement compte de la force que représentaient ces hommes. Ils étaient là, défilant les uns contre les autres, et rien n'aurait pu arrêter leur marche pacifique vers le port. Ils étaient « les plus forts ». Chacun prenait en ce moment conscience de sa propre force et surtout de la force qu'ils représentaient « ensemble ». Tanguy comprit que le mythe du patron n'existait vraiment que parce qu'ils le voulaient bien. En même temps un malaise insurmontable s'empara de lui. Il se sentait « différent d'eux ». Il avait peur de la force qu'ils représentaient. Il les entendait rire, menacer, insulter. Il se disait, angoissé, que si ces hommes déferlaient un jour non plus calmement, mais avec colère, dans ces mêmes rues, il n'y aurait plus de nouveau que des vaincus.

Vers une heure, pendant la pire chaleur, Tanguy atteignit les Ramblas. C'est alors qu'une nouvelle se propagea de groupe en groupe : les soldats faisaient circuler les trams. Tout le monde s'interrogeait avec anxiété sur ce qui allait se passer. Enfin l'ordre fut donné de tenir bon et de resserrer les rangs. Les ouvriers continuèrent d'avancer. Un bruit insolite se fit entendre : un tramway voulait remonter les Ramblas à l'encontre des hommes qui les descendaient. Le véhicule continuait d'avancer, les hommes aussi. C'était un duel muet et étrange. Enfin le cortège tint bon et l'emporta. Le tram s'arrêta deux mètres à peine avant les premiers rangs des femmes qui descendaient. Un cri rauque, immense, inhumain, s'éleva : « *VENCIMOS, COMPAÑEROS !* »

*

Pendant deux jours tout se tut à l'usine. Les ouvriers reprirent le travail. Mais quelque chose avait changé. Sebastiana dit à Tanguy :

— Ils ont compris qu'ils sont les plus forts. Tôt ou tard la grève d'aujourd'hui se transformera en vraie catastrophe pour les salauds. C'est toujours grave pour eux que les ouvriers prennent conscience d'eux-mêmes, de leur force, parce que alors ils comprennent qu'ils sont les plus nombreux... C'est pas pour tout de suite. Mais la machine est en marche. Rien ne l'arrêtera plus. Ce qui est dur, c'est de la faire démarrer.

Tanguy ne répondit pas. Il continua de travailler, de tousser, de cracher. Il se demandait si cela finirait un jour et ne comprenait pas à quoi servent les grèves puisque rien « d'essentiel » ne paraissait changé. Mais au deuxième jour il apprit qu'on avait congédié soixante-douze hommes. Il courut vers la liste qui était affichée et y trouva son nom. Il se demanda pourquoi on le renvoyait, lui. Puis il haussa les épaules : cela lui était devenu déjà presque indifférent. Il était triste pour Sebastiana. Mais Sebastiana n'était plus à la maison : la *Guardia civil* l'avait emmenée. Tanguy apprit par une voisine qu'elle avait pris la parole pour inciter les femmes à faire grève avec les hommes.

Il revint à Barcelone, cherchant par tous les moyens à la retrouver. Mais il ne put rien apprendre quant à l'endroit où elle avait été

296

emmenée. Il vendit alors son costume neuf, son unique pardessus et une montre dont le Père Pardo lui avait fait don au moment de son départ. Il venait de se décider à risquer le tout pour le tout...

Il monta dans le train de Saint-Sébastien, plus que jamais las, déprimé, fiévreux, agité de frissons. Mais il n'obéissait plus qu'à une idée fixe : à tout prix rejoindre la France.

Depuis cinq jours, il n'avait pas cessé de pleuvoir. La fenêtre grande ouverte, Tanguy se laissait bercer par ce bruit uniforme et cadencé. Bruit doux, mou, chaud, comme le frôlement d'une robe féminine. Il se savait affaibli par la faim. Il n'avait rien mangé depuis deux jours qu'un petit paquet de cacahuètes. Il restait là, étendu sur son lit et cherchait à rassembler ses idées. Parfois il se levait. Mais il sentait alors le sang lui monter à la tête et ses jambes tremblaient encore plus. Il n'avait même plus faim…

La chambre qu'il avait louée était située au septième étage. Sa fenêtre s'ouvrait sur une terrasse d'où l'on dominait Saint-Sébastien, sa baie et la proche campagne. Tanguy se dit qu'il serait très agréable d'être assis sur cette terrasse par un beau temps chaud, un verre de limonade à la main. Puis il fit la grimace, car il n'aimait pas la limonade : un Cinzano, voilà ce qu'il lui aurait fallu, ou un gin-fizz bien frappé.

La pièce était tapissée d'un papier d'une couleur indéfinissable. Une nuit, Tanguy avait aperçu des punaises sur son lit. Il se couchait tout habillé de peur d'être piqué, et laissait sa lampe allumée pour se sentir moins seul. Sa chambre était réglée pour une semaine, mais Tanguy se dit qu'il ne pourrait rester là sans manger. L'idée le traversa d'aller sonner chez l'hôtesse qui l'avait logé sept ans auparavant, Mme Lucienne… Mais cette pensée le fit rougir… : « …Je ne suis pas encore un mendiant… » se disait-il. Puis il recommença d'écouter la pluie. Elle lui tenait compagnie…

*

Chaque soir il allait à la gare pour assister au départ du petit train électrique qui rejoignait la frontière. Il n'avait plus d'argent ; sans cela il y serait monté. « Le plus près possible de la France », se répétait-il.

Il se demanda soudainement ce qu'il adviendrait de lui à Paris, s'il n'y avait personne pour l'attendre à la gare. Il sourit. Peut-être ne pourrait-il jamais quitter l'Espagne… D'ailleurs, le cas échéant, il pourrait toujours trouver du travail : « À Paris tout le monde travaille. » Il le croyait sincèrement.

Il s'intéressa aux horaires des trains, fit des calculs pour voir quel était le plus rapide, et de combien ; cela l'amusait.

Un jeune homme vint s'asseoir sur le même banc que lui et entama la conversation. Il se plaignait du mauvais temps. La pluie durait trop longtemps et survenait après une trop longue sécheresse. Des inondations étaient à craindre, ainsi que des pertes sérieuses dans les récoltes. Tanguy n'y avait pas songé, mais il se souvenait d'avoir lu quelque chose comme cela dans la presse. Son interlocuteur devint soucieux : que les inondations aient rendu impraticable la voie ferrée et les routes menant à la frontière, c'était pour lui un contretemps sérieux. Tanguy lui demanda s'il connaissait Biarritz : ce jeune homme y allait tous les jours, car il y avait des affaires.

Ils repartirent ensemble vers la ville. Tanguy raconta sa vie dont il passa sous silence certains détails qui n'auraient pas paru vraisemblables. Ricardo — c'était le nom de son nouvel ami — souriait afin de le mettre à l'aise. Tanguy lui savait gré de cet encouragement. Ricardo affirmait qu'il était très difficile de passer la frontière, mais que, peut-être, il pourrait l'y aider... Mais, que ferait-il, une fois parvenu à Hendaye, pour arriver, sans argent, jusqu'à Paris ? Tanguy ne s'était jamais posé cette question... Le tout, pour lui, était de passer. Il croyait que cette ligne rouge tracée sur les cartes était la seule barrière qui le séparât réellement de ce bonheur et de cette tranquillité auxquels il aspirait. Maintenant il comprenait qu'il y en avait bien d'autres, mais que, s'il voulait chercher à tout prévoir, il ne sortirait peut-être plus jamais de sa chambre ni même de son lit. Il fallait commencer par quelque chose...

Ricardo lui offrit de monter chez lui et d'y rester dîner. Tanguy sentait le besoin de rester avec lui. Il s'accrochait à lui de toutes ses forces. Il se sentait envoûté par cette voix humaine qui lui paraissait chaude et affectueuse. Tout cela lui semblait d'ailleurs fort normal.

Après avoir pris un bain et changé de linge, Tanguy se coiffa, se regarda dans la glace : il se trouva maigre, un peu pâle. Il éprouvait néanmoins un grand bien-être. Ensuite, il dîna fort agréablement avec son ami. Au début, il était trop faible pour apprécier ce qu'il mangeait. À la fin du repas, la tête lui tournait un peu : « … J'ai trop bu. C'est sans doute le mélange des vins. Oui, c'est cela… » Ricardo continuait de parler avec bonne humeur. Il lui expliquait qu'il avait des cartes de visite, signées du commissaire de police à Saint-Sébastien, l'autorisant à passer en France pour quarante-huit heures. C'est ainsi qu'il lui ferait passer la frontière le lendemain matin. Soudain il lui demanda :

— Est-ce bien vrai, tout cela ?

— Tout cela, quoi ?

— Ton enfance, ton père, les Jésuites, etc. Veux-tu vraiment rejoindre ton père ? Est-ce vraiment pour cela que tu cherches à passer la frontière ?…

— Bien sûr…

Ricardo resta un instant silencieux ; puis il reprit d'un ton grave :

— Quand j'étais gosse, je croyais tout le monde, même les curés. La vie m'a appris petit à petit à ne plus croire personne. Je m'étais promis de ne jamais plus faire le couillon… Malgré tout, j'ai l'impression que tu ne mens pas. Je vais donc te payer le voyage jusqu'à Paris. Tu pourras me le rendre...

Tanguy sentit sa gorge se serrer :

— Merci.

— C'est normal. Il faut s'aider les uns les autres. Un jour, tu pourras peut-être me rendre service à ton tour. On ne sait jamais...

Il s'approcha de Tanguy et posa les deux mains sur ses épaules. Brusquement, Tanguy cessa de l'entendre. Les mains de Ricardo s'étaient glissées sous sa veste. « C'est donc cela qu'il voulait ! Le salaud. Il voulait abuser de la circonstance !... C'est pour cela qu'il m'a invité chez lui ! Pour cela qu'il m'a proposé de m'offrir le voyage !... » Tanguy cessa de réfléchir... Il sentait que tout ne pouvait s'expliquer par ce seul mobile. Son raisonnement était faux. Ce garçon pouvait avoir agi sans calcul et n'éprouver que maintenant le désir de profiter d'une occasion. Tanguy sentait que lorsque, quelques minutes auparavant, Ricardo lui avait parlé un langage généreux, il était sincère : maintenant il l'était aussi...

Tanguy voulut trouver quelque chose à dire. Il pensa soudain à la pluie, aux punaises, à sa solitude accablante. Mieux valait malgré tout rester ici... Sur quoi, il ne pensa plus à rien... Il était triste, car il croyait mal agir.

III

LES DEUX MONDES

« Je voudrais pardonner, je voudrais embrasser, je ne veux pas que l'on souffre encore. »

(DOSTOÏEVSKI, *Les Frères Karamazov*)

1

Ricardo avait tenu sa promesse. Tanguy était installé dans un coin de compartiment. Il regardait défiler sous ses yeux les paysages de France. Après huit jours, la pluie avait cessé. Un soleil timide déchirait des nuages noirs et blancs. À perte de vue des prés verts, séparés par des haies. Tanguy retrouvait avec émotion ce pays qu'il avait connu enfant et dont il s'était si souvent réclamé avec désespoir. Il dévorait de ses yeux humides de larmes cette terre riche et généreuse.

Il frissonna. Sa faiblesse était encore extrême. Sans cesse une angoisse l'étreignait à la gorge. L'envie le prenait sans raison de se mettre à pleurer jusqu'à en mourir. Il avait peur de tout et de rien, se sentait las, brisé. Il se demanda si son père serait à la gare pour l'accueillir; puis il haussa les épaules. «Aucune importance», se dit-il. Et il colla son nez à la fenêtre. Il cherchait à établir une comparaison entre la France et l'Espagne, mais n'y parvenait pas.

«L'Espagne, se disait-il, c'est le désert. Le

désert est un infini. Ce qui est étonnant en Espagne, c'est cette étrange parenté de l'homme et du paysage... L'Espagne se devait d'être le pays des fanatiques, des exaltés, des mystiques. Quichotte et Pança seraient tous deux morts de tristesse dans ces prés verts tout hérissés de haies, de murs... »

Il se leva, inquiet. La police française n'allait-elle pas inspecter le train et demander les passeports ? Ricardo lui avait dit qu'après Bordeaux cela ne pourrait plus se produire. Mais avant Bordeaux ? À supposer que oui, que ferait-elle de lui ?... Personne ne voudrait le croire ; personne ne prêterait foi à son récit. De plus, il était si mal vêtu !...

Il entra dans les toilettes, sortit de son portefeuille les quelques pièces d'identité qu'il avait encore et les déchira... « Comme cela ils ne sauront pas d'où je viens, ni que je suis espagnol... »

Il sortit des toilettes libéré d'une partie de son angoisse, reprit sa place de coin près de la fenêtre et se laissa bercer par la trépidation régulière du train. Sa mémoire vagabondait parmi son lourd passé.

Il faisait froid. Tanguy avait la gorge nouée... Ce passé qu'il évoquait lui pesait encore dans l'âme ; il le portait en lui et ne savait comment s'en débarrasser. Il ferma les paupières et se souvint brusquement de Sebastiana qui devait être en prison et pleurer en songeant à lui... Puis, il se demanda, une fois de plus, ce qu'il ferait si son père n'était pas à la gare pour l'accueillir... Que pourrait-il faire d'autre que ce qu'il avait tou-

jours fait?… Se résigner… Chercher une issue…
Il avait l'habitude des situations désespérées…

Aucun incident fâcheux n'était venu interrompre sa rêverie. Il ne s'apercevait même pas
que ce long après-midi d'automne touchait à sa
fin. Les premières lumières de la banlieue commencèrent à poindre derrière ses paupières
closes. Paris était proche. Tanguy sourit. Il trouvait cela presque drôle de retrouver Paris pour la
troisième fois sans connaître encore la ville. Tout
ce qu'il en savait c'était que les Champs-Élysées
allaient de l'Étoile à la Concorde; que par les
quais on arrivait à Notre-Dame.

Il se leva, descendit du filet sa petite valise
verte, la posa par terre dans le couloir et alla aux
toilettes. Il se dit qu'en France les trains étaient
plus propres qu'en Espagne. «Évidemment, ils
sont électriques…» Mais, lui, il aimait les bons
vieux trains espagnols qui n'avaient d'autre
horaire que leur fantaisie. Tanguy se regarda
dans la glace. Il sortit de sa poche un bout de
peigne que lui avait donné Sebastiana et coiffa
ses longs cheveux en les relevant en arrière. Puis,
il se lava les mains et le visage, et défroissa un peu
sa veste. Il portait un vieux costume que lui avait
fait faire le Père Pardo et qu'il avait fait teindre
en noir. Il allait quitter les toilettes lorsqu'il se
souvint qu'un jour de son enfance un gendarme
français avait voulu l'obliger à y satisfaire ses
besoins la porte ouverte. Ce souvenir l'assombrit.
Le train ralentissait. Tanguy prit sa valise et descendit du wagon.

La gare lui parut immense. Il avançait vers la

sortie, jetant à gauche et à droite des regards angoissés. Il avait peur. Il redoutait le moment proche peut-être où il se retrouverait seul dans une grande ville inconnue. Il se dit qu'il n'aurait jamais dû quitter l'Espagne. Mais il était trop tard. Un grand flot humain déferlait vers la sortie. Tanguy aurait voulu pouvoir arrêter un de ces hommes et lui parler. Parmi eux il devait y en avoir un au moins qui avait connu la guerre, la faim, la solitude, le désespoir. Ils s'entendraient sûrement. Tanguy avait besoin de parler à quelqu'un, de dire ce qui lui arrivait. Mais personne ne le croirait. On le prendrait pour un « tapeur » ou pour un extravagant. Ces hommes qui l'entouraient avaient oublié ; ils ne voudraient jamais entendre une histoire aussi invraisemblable. La guerre était depuis trop longtemps finie. Comment se pourrait-il qu'un jeune homme en fût encore là en 1953 ?

Tanguy déboucha sur une vaste cour emplie de voitures. Tanguy n'en avait jamais vu un si grand nombre. Les affiches lumineuses, les lampadaires, les enseignes rouges des *Tabacs* l'étourdirent. Il s'arrêta. Il avait peur. Il savait qu'il fallait avoir le courage de franchir la grille. Mais il restait là. Il avait perdu tout espoir que son père fût à la gare. Les derniers voyageurs sortaient avec leurs parents ou leurs amis. Des gens s'embrassaient autour de lui. Tanguy se demandait où aller. Il avait trois cents francs sur lui. Pourrait-il dîner avec trois cents francs ? Puis il pensa qu'il était trop tard pour dîner.

— Vous cherchez quelqu'un ?

Celui qui l'interpellait ainsi était un homme grand, à demi chauve, qui grimaçait en se penchant vers lui.

— Monsieur Legrand ?

— C'est moi.

Tanguy regarda l'homme avec étonnement. Celui-ci comprit le sens de ce regard et ajouta :

— Non, je ne suis pas votre père. Votre père va venir. Il était sur le quai à vous attendre. Il a dû vous rater. Posez votre valise à terre. Ce ne sera pas long. Vous avez fait bon voyage ?

— Oui. Je vous remercie.

Tanguy attendait. Il sentait son cœur battre avec violence et crut défaillir : « ... Ce n'est pas le moment... Non, ce n'est vraiment pas le moment... » Il fixait la sortie avec attention. Il se disait que c'était du roman : un père et un fils se cherchant sur les quais d'une gare comme deux inconnus. Puis il conclut que toute sa vie n'avait été qu'un roman : un roman que le plus fou des romanciers n'aurait pas osé signer.

— Le voilà !

Un homme venait. Il devait avoir entre quarante-cinq et cinquante ans. Ses cheveux rares commençaient à blanchir. Il était vêtu d'un manteau gris foncé et marchait voûté. Son teint était brun comme celui d'un Espagnol, son nez court et droit, ses lèvres épaisses. Mais ce qu'on remarquait d'abord, c'étaient ses yeux, immenses, noirs et luisants comme aile de corbeau au soleil, légèrement humides. Par contre ses mains étaient fortes.

Tanguy le vit approcher avec une grande émotion. Soudain il lui parut vieux. Pour Tanguy le visage de son père s'était fixé, dans son inconscient, à cette époque lointaine de maintenant quinze ans où il venait les voir, sa mère et lui, à Vichy. Mais le temps avait coulé. Son père avait vieilli. Tanguy s'en attrista.

— C'est toi?

La voix rendait un son brusque. Tanguy comprit une fois de plus qu'il n'était pas le bienvenu.

— Oui.

— Bon. Viens, nous allons aller causer quelque part. Tu vas laisser ta valise dans la voiture. Qu'est-ce que tu as dans cette valise?

— Un peu de linge sale.

— Sale?

— Oui... Je...

Ils montèrent tous trois dans une traction noire. Son père jouait nerveusement avec un trousseau de clés.

— Je voudrais tout de même savoir ce qui a bien pu te décider à venir ici. Je comprends fort bien que tu te sois dit : «J'ai un père... Je vais aller le retrouver.» Mais pourquoi maintenant?

Tanguy cherchait à expliquer ses raisons à son père. Celui-ci voulait tout savoir. Il l'interrogeait surtout sur sa mère : comment s'étaient-ils séparés? Tanguy décida de ne rien dire, ou de n'en dire que le moins possible. Au surplus, il n'en savait guère davantage... Son père insistait. Tanguy s'en sortit comme il put. Il était las de parler. Il sentait chez son père un mépris et une mauvaise foi absolus. Cet homme parlait du bout des lèvres, comme il ne tendait que le bout des doigts.

310

Il conduisit Tanguy à Montparnasse où ils s'installèrent, toujours avec l'homme qui lui avait parlé le premier, à la terrasse de *La Rotonde*. Tanguy commanda un demi. Tout en buvant il lui fallut subir un nouvel interrogatoire. À l'intérieur du café, un orchestre jouait *Le Beau Danube bleu* et son père continuait à jouer avec ses clés. Ces bruits agaçaient Tanguy. Il aurait donné n'importe quoi pour les faire taire. Il ferma les yeux et parla comme il put. Son père souriait d'un air faussement désinvolte. À l'intérieur, une femme dans une robe très décolletée se mit à chanter : « ...se ramassent à la pelle ». Tanguy se demanda ce que l'on pouvait bien ramasser à la pelle. Il se dit qu'il devait s'agir de baisers.

— Et tu n'as pas de papiers ?

— Non.

Son père se tourna vers leur compagnon comme pour le prendre à témoin : « Ne te l'avais-je pas dit ? » Puis il toisa son fils avec un infini dédain :

— Tu as vraiment l'air d'un voyou, d'un *chorizo*[1] !

Tanguy rougit. Il aurait pu répondre à son père que, lorsqu'on vient de passer une semaine presque sans manger, en proie à la solitude et à l'angoisse, il est naturel que l'on ne paie pas de mine. Il aurait pu lui dire aussi qu'il n'aurait tenu qu'à lui que son fils revînt bien habillé et muni de papiers en règle. Il aurait pu lui dire... À quoi

1. En argot espagnol : « pickpocket, voleur ».

bon? Depuis la fin de la guerre, Tanguy n'avait pas cessé d'appeler cet homme au secours, de multiplier les demandes; cent fois, il avait été à deux pas de couler. Et maintenant… Mais qu'aurait-il compris à tout cela, cet homme qui le regardait avec une visible antipathie? Tanguy avait mal au cœur. Il n'en pouvait plus de fatigue et fut soulagé lorsque son père lui annonça qu'il allait le conduire dans un hôtel et viendrait le chercher le lendemain matin, vers onze heures.

Le lendemain son père arriva en effet ponc-
tuellement. Il était vêtu d'un élégant complet
noir à rayures blanches, qui allongeait sa taille. Il
était rasé de près et avait l'air détendu. Tanguy le
trouva beau.

Il conduisit de nouveau son fils à *La Rotonde*,
cette fois à l'intérieur du café. À cette heure-là il
n'y avait pas d'orchestre. Deux amoureux seulement, qui ne cessaient de s'embrasser. Tanguy
aimait les amoureux et se sentait heureux de les
croire heureux. Il écouta néanmoins son père.
Celui-ci avait sorti un dossier et entreprenait de
démontrer à Tanguy que sa mère seule était responsable de tous ses malheurs. Tanguy cherchait
une diversion… Il trouvait l'attitude de cet
homme parfaitement inélégante et se disait
qu'un Espagnol n'aurait jamais agi ainsi. Sur
quoi son souvenir s'envola vers l'Espagne…

— Je ne veux pas te parler mal de ta mère…
Mais je ne veux pas que tu penses que je suis un
monstre. Si je n'ai pas répondu à tes lettres, c'est
parce que je les croyais plus ou moins dictées par

ta mère. Quand tu étais petit et que nous nous sommes séparés, j'ai voulu te prendre avec moi. Elle a refusé de te laisser partir... Alors, je lui ai dit que jamais plus je ne voudrais entendre parler de toi... De plus... Je croyais que tu étais devenu... un «ouvrier»... ou quelque chose d'approchant... une sorte de voyou.

Tanguy eut envie de sourire. S'il eût été borgne, sot ou mauvais sujet, qu'aurait fait de lui cet homme? Puis il se dit que c'était après tout naturel, quand on est intelligent, de vouloir des fils cultivés.

— Je vais te donner ta chance... *To give you a chance,* comme disent les Anglais... Je vais essayer de t'aider. Je ne sais pas encore comment. Je n'ai pas beaucoup d'argent; je travaille durement. Mais je vais faire quelque chose pour toi...

Tanguy pensait à autre chose. Il entendait à peine ce que lui disait son père. Il disait «oui» de temps à autre. Son père s'était remis à parler de sa mère. Soudain, Tanguy se sentit rougir. Il eut honte. Il eut honte pour l'homme qui était en face de lui et qui semblait être incapable de rougir. Il fut étonné. Son père venait de dire :

— D'ailleurs je ne sais même pas si tu es mon fils... Ta mère traînait pas mal à l'époque...

Cela puait le mensonge; le mensonge improvisé pour blesser. Mais Tanguy restait impassible. Il rougissait pour cet homme qui osait parler ainsi, sans tomber raide mort. Puis, Tanguy se dit que ce n'était pas de la méchanceté, mais de la lâcheté. Son père sentait le lâche. Tanguy, rien qu'à le voir, aurait pu le définir. Ses yeux fuyaient les regards, ses mains étaient molles et sans courage, son langage pédant, ses manières faussement protectrices. Il en eut pitié.

Il déjeuna dans un « self-service », avenue George-V. Il était content d'être seul, seul à Paris. Il mangea vite et alla ensuite jusqu'au Cours-la-Reine. Il fit le tour de la Concorde, en admira les proportions et remonta les Champs-Élysées. Les feuilles jaunissaient ; le ciel se voilait de brume et un timide soleil perçait, réchauffant les cœurs. Tanguy souriait. Il songea à Sebastiana : si elle avait pu le voir à Paris, sur les Champs-Élysées !

À trois heures il alla au Colisée, descendit au sous-sol car il y avait un nouveau rendez-vous avec son père. Celui-ci arriva en retard. Tanguy avait commandé un café. Il se sentait mieux. L'atmosphère était agréable. L'orchestre jouait en sourdine. Tanguy se promit de revenir au Colisée.

Son père recommença à parler de sa mère. Tanguy ne l'écoutait pas. Il se sentait bien et il ne voulait pas s'angoisser. Il détaillait son père et cherchait à analyser ce que ce mot « père » éveillait en lui. Mais ce mot le laissait indifférent.

— Je voulais te dire… enfin…

Son père était visiblement embarrassé. Tanguy était curieux de savoir pourquoi. Il attendit. Enfin son père finit par lui avouer qu'il s'était remarié. Il avait épousé une femme très gentille, qui avait deux grands enfants et avait un foyer heureux… Tanguy ne ressentait rien. Alors son père prit une voix encore plus cérémonieuse pour lui dire qu'il en avait assez de traîner dans les cafés et allait l'emmener chez lui prendre le thé.

«Je vais aller prendre le thé… chez moi», pensa Tanguy. Mais il trouva la boutade mauvaise.

Avant d'aller «chez lui», Tanguy dut passer par les mains d'un coiffeur et d'un chemisier. Il observa alors un changement subit dans l'attitude de son père. Celui-ci semblait content de pouvoir s'occuper de son fils et de lui acheter des choses. Il supervisa la coupe de cheveux, alla jusqu'à dire qu'ils avaient les mêmes cheveux, que cela sautait aux yeux… Tanguy découvrit alors que son père avait dû traîner quelque part, dans sa conscience, le souvenir de ce fils qui écrivait parfois des lettres angoissées. Il en fut touché. Il y avait eu la guerre, l'Occupation, les ruines successives… Non, il n'était pas l'unique responsable. Par ailleurs Tanguy ne lui en voulait pas. Il n'en voulait à personne. Il se sentait trop las et n'avait qu'une envie : se reposer, se soigner, recommencer enfin une vie…

*

Il fut ébloui en entrant chez son père par les beaux meubles du salon. Tanguy n'avait jamais vu cela : même au cinéma. Il resta sagement dans un fauteuil et se sentait gêné. Son père avait disparu pour aller chercher sa belle-mère. Tanguy attendit.

Une porte s'ouvrit et sa belle-mère entra. C'était

une femme grande, svelte, aux allures distinguées. Elle avait de beaux yeux verts et des cheveux blonds. Elle était vêtue avec élégance, c'est-à-dire avec simplicité. Elle prit Tanguy par les mains et balbutia quelques phrases en pleurant. Tanguy se demanda *pourquoi* elle pleurait. Elle lui dit qu'elle chercherait à l'aimer et à être gentille. Elle s'essuya les yeux et lui expliqua que ces meubles étaient des meubles «anciens» et «signés».

Ils éprouvaient une certaine gêne. Enfin son père revint et Tanguy se sentit soulagé. Son père lui dit d'aller prendre un bain. Tanguy acquiesça, ravi. Quand il sortit de la salle de bains, il se sentait détendu et presque nouveau. Son père lui sourit et ils prirent le thé, tous trois, devant le feu. L'angoisse qui à Saint-Sébastien et pendant tout le voyage avait noué sa gorge avait disparu. Il ne pensait plus à rien. Sa belle-mère lui présenta la bonne : Marie. C'était une Alsacienne au regard humain et tendre. Elle pleurait plus que les autres membres de la famille et renifla pendant toute la soirée. Tanguy connut aussi la fille de sa belle-mère. Elle s'appelait Jeannette. C'était une jeune femme d'environ trente ans. Il la trouva jolie et surtout aimable Elle était veuve depuis peu et Tanguy en eut de la peine pour elle. Elle lui donna un manteau qui avait appartenu à son mari et un paquet de cigarettes. Elle lui expliqua que son mari et lui étaient à peu près de la même taille. Tanguy sourit, ému parce qu'il savait que faire ce cadeau avait dû coûter un grand effort à la jeune femme. Il aurait aimé avoir une grande sœur comme elle…

On avait décidé, vu qu'il n'y avait pas assez de lits à la maison, que Tanguy coucherait dans un hôtel voisin et prendrait ici ses repas. Le soir, son père et lui se promenèrent ensemble, avec le chien pleurnichard et bête. Celui-ci boudait Tanguy et Tanguy le lui rendait. Pour la première fois depuis son arrivée, le père et le fils bavardèrent gentiment de choses et d'autres, parlèrent de l'Espagne, de Grenade, des couchers de soleil sur la Sierra Nevada… Tanguy était heureux en se couchant.

3

Cette détente entre père et fils s'accentua les jours qui suivirent. Ils eurent des moments de vraie intimité où ils restaient de longues heures à causer au salon. Ils se tenaient au coin du feu.

Son père était décidément un étrange mélange de bourgeoisie et d'humanité simple. D'un certain côté il se voulait rationaliste, fidèle disciple de Descartes. Il prétendait rechercher les causes des événements avec une précision dérisoire. Mais il était capable aussi de comprendre et de saisir l'intime poésie des choses et des êtres. Il aimait la nature. Le dimanche, ils partaient ensemble en voiture vers les forêts toutes proches de Paris, marchaient sur les feuilles mortes, respiraient les parfums de la terre mouillée. Son père « sentait ». Il s'extasiait devant la teinte des arbres, savait s'arrêter pour contempler la petite maison campagnarde aux vieilles tuiles et couvertes de lierre. Il aimait, dans les bistrots, s'entretenir avec les habitants du coin, de chasse, de pêche, du temps... Il trouvait le ton qu'il fallait pour s'adresser à chacun. Mais un autre côté de sa nature échappait à Tanguy. Il était facilement impressionné par l'extérieur des êtres, n'accordait de valeur qu'à la réussite d'argent, méprisait les pauvres et se considérait comme faisant partie d'un monde à part.

Ce mélange se retrouvait dans leurs relations. Tanguy sentait qu'ils auraient pu s'entendre. Mais quelque chose les séparait alors même qu'ils étaient le plus près l'un de l'autre. Ce « quelque chose » échappait à l'analyse de Tanguy. C'était peut-être leur passé.

Quand ils parlaient humainement, avec simplicité, ils se retrouvaient. Ils avaient une même façon d'aimer les êtres et les choses « pour ce qu'ils sont ». Ils savaient sourire des mêmes gestes ou pardonner les mêmes travers. Ils avaient le même commun mépris pour les drapeaux et les fanfares, pour les symboles obscurs d'où l'humain est banni. Ils savaient « voir » derrière les grands discours les petitesses ridicules et percevaient avec acuité la vanité des grands mots. Ils aimaient de la même façon la rue avec ses types divers, souriaient avec la même bonhomie devant le clochard ou les couples d'amoureux. Ni son père ni Tanguy n'avaient de « morale » et c'est ce qui les unissait. Ils regardaient le monde avec sympathie et se rangeaient du côté de l'amour contre les sexophobes et du côté du bonheur simple contre le Grand Bonheur. Ni l'un ni l'autre ne jugeaient le monde. Ils l'aimaient simplement, parce qu'ils le trouvaient beau ; ils ne voulaient, ni le père ni le fils, d'un au-delà hypothétique dans le Temps ou dans l'Espace et construit sur la mort d'êtres à qui l'on ne demande pas leur avis. Le monde n'était peut-être pas le meilleur des mondes possible, mais il était «bien», avec son cortège de pauvres peines et de pauvres joies. Tanguy avait durement acquis cette sagesse; quant à son père…?

Mais il y avait un autre aspect du caractère de son père que Tanguy ne comprenait pas. Ce côté fait de petits snobismes mal placés et absurdes; de jugements sévères sur des êtres qu'on ne connaît pas, mais qui ont ce grand malheur de n'être pas «nés»… Tout un amas de mesquineries, de pauvres choses qui les divisaient.

Tanguy, lui, savait que si son père avait connu un camp, il aurait appris que l'on n'est jamais «né». Il aurait appris à aimer les êtres pour ce qu'ils sont et non pour ce qu'ils paraissent. Il aurait adopté à l'égard des hommes l'attitude qu'il avait adoptée à l'égard de la vie. Car cette attitude de sympathie à l'égard de la vie n'était-elle pas «pour se donner un genre»? Tanguy n'aurait su dire en quel cas son père se donnait un genre: quand il demandait: «est-elle née?» ou quand il causait familièrement avec un clochard. Là était toute la différence entre eux. Pour Tanguy, tout le monde était «né». Même les chiens et les chats. Il ne pouvait accepter de se cantonner dans un monde étroit de «gens bien nés» et de «meubles signés». Tanguy n'était pas «né». Il se sentait plus près de ceux qui souffrent que de ceux qui jouissent; du côté des victimes «naturellement». Il était avec les grévistes contre les forces de l'ordre; avec le déserteur contre le tribunal militaire; avec le voyou contre la police.

Ces sentiments, il n'aurait pu les analyser. Il avait appris que ce qui sépare le voyou de l'honnête homme n'est pas une bien haute barrière... Il avait appris beaucoup de choses et tenait à ne jamais les oublier. Il savait que renier ces foules silencieuses qui avaient accompagné sa vie eût été se renier, et renier tout ce qui lui avait permis de tenir bon : l'amour qu'il vouait à ces hommes et à ces femmes « sans naissance » qui n'opposent à l'ordre que les forces de leur patience et de leur résignation.

Il y avait d'affreux malentendus aussi. Tanguy parfois se taisait. Il avait vécu toujours si replié sur lui-même qu'il avait du mal à vivre en société et à prendre part à des conversations qui ne l'intéressaient pas. Son père croyait voir dans son attitude un blâme et une condamnation de ses erreurs passées. Des scènes avaient lieu. Un mur d'hostilité recommençait à les séparer. Ils avaient du mal à se supporter.

Et puis, Tanguy songeait à sa mère...

Un jour, son père lui apprit que sa mère vivait, qu'il l'avait aperçue à Paris.

— Mais ce n'est pas possible ! fit Tanguy. Elle serait venue te voir, te demander de mes nouvelles !...

— Non... Elle a peur de moi. Elle croit que c'est moi qui l'ai dénoncée et fait interner dans un camp.

Tanguy se tut. Ces tristesses resurgissaient... Il avait beau vouloir les oublier. Elles renaissaient d'elles-mêmes. Tanguy demanda :

— Et ce n'est pas vrai ?

— Pas exactement. La police m'a demandé certains renseignements...

Tanguy éprouva une sorte de commotion. Il eut pitié de son père. Il n'arrivait pas à comprendre cet homme auquel il manquait si peu pour être tout à fait un homme. Il avait honte pour lui. Il se disait que ce devait être dur de renoncer tous les jours à être pleinement soi-même.

— Je lui avais interdit de venir à Clermont-Ferrand où j'avais une bonne situation. Elle a fait exprès de se montrer partout...

Tanguy ne répondit pas. Il ne trouvait rien à répliquer. Que sa mère fût vivante ne l'étonnait pas. Qu'elle habitât Paris, il s'y attendait. Il regarda ses mains. Il avait toujours imaginé ce moment où il retrouverait sa mère. Maintenant qu'il était devant le fait, il en avait peur. Un malaise étrange s'emparait de lui. Il aurait voulu reculer cet instant. Il balbutia :

— Ce n'était peut-être pas elle !

— Tu penses !... Quand on a vécu dix ou onze ans avec une femme, on est tout de même capable de la reconnaître !

— Ou-i... Sûrement !

Tanguy regarda son père. Cet homme, qui avait dénoncé sa femme et son enfant et les avait fait interner, se trouvait assis en face de lui ! Il frissonna. Il se dit que ni la guerre, ni l'Occupation, ni la ruine, ni la faim, n'avaient réussi à changer certains hommes. Ils restaient en tout pareils à ce qu'ils avaient été. Tout imprégnés encore de leurs haines médiocres et de leurs médiocres ambitions. C'était un monde mort. Mais un monde qui, déjà mort, risquait à chaque instant de ressusciter.

— Elle a dû sûrement avoir des embêtements avec la police. Avec ses histoires politiques !...

De nouveau, Tanguy eut peur. Cet homme ne serait-il pas capable de refaire ce qu'il avait déjà fait ? Tanguy «savait» qu'il en était capable, quoique pas méchant. Mais il était lâche. Il avait la cruauté des lâches, de ceux qui n'ont pas le courage de mourir pour une idée. Tanguy le plaignait. C'était un homme à plaindre. À vomir aussi.

4

Le père de Tanguy avait deux frères dont l'aîné s'appelait Norbert. C'était un homme bien bâti, grand, très sportif. Il avait de grands yeux marron, très bons, et des cheveux déjà blancs. Dans sa jeunesse il avait aimé le jeu, et en avait gardé l'amour du risque et du danger. Il avait épousé par amour une femme qui n'était ni de son pays ni de sa religion. Sa famille lui avait fait payer cher cette «mésalliance». Ses frères et ses sœurs l'avaient «ignoré» pendant de longues années. Personne ne lui avait tendu une main secourable alors que lui se débattait contre les difficultés les plus dures. Pendant de longs mois, il avait dû vivre au jour le jour, sur une petite plage normande où il n'avait même pas de quoi manger. Il allait aux alentours cueillir des pommes vertes que sa femme faisait cuire et dont ils se nourrissaient. Il écrivait des lettres désespérées à ses frères et à sa mère, qui refusaient de recevoir le «paria» qu'il était devenu. Norbert avait eu un fils qui mourut, peu après sa naissance... De ces longues années de luttes et de solitude, il n'avait pas plus hérité de haine que Tanguy de sa geôle. Mais il y avait appris à juger les êtres à leur juste valeur. Souvent il se taisait. Car il préférait taire ce que ses épreuves l'eussent autorisé à dire.

Norbert aimait Tanguy. Du premier coup d'œil il l'avait compris, mais ne voulait pas avoir l'air de trop s'immiscer dans les affaires de son frère. Néanmoins, Norbert se montrait affectueux avec son neveu. Il le respectait et, sans le comprendre toujours, le laissait suivre sa voie. Il avait eu la passion du risque et du pari, et en avait pâti. C'est pourquoi, peut-être, il regardait Tanguy comme il aurait suivi des yeux un cheval de sang. Il se demandait ce qu'il adviendrait de ce jeune homme si malmené par la vie, rebelle aux traditions. Il le laissait faire et avait décidé de l'aider coûte que coûte, sans rien lui demander en échange.

Nita, sa femme, était grande, mince, blonde, d'allure élégante, avait un nez légèrement retroussé, des yeux bleus comme la mer par les jours clairs d'été, et, dans ses gestes, dans son sourire, ce charme indéfinissable des brumes qui enveloppent le pays du nord dont elle était originaire. Elle parlait le français avec un léger accent chantant.

Elle avait connu Tanguy à l'âge de cinq ans, avait aussitôt proposé de le garder, ayant deviné avec la plus fine intuition ce que pourrait devenir la vie de cet enfant dont les parents étaient divisés par une haine irréductible. Personne ne l'avait écoutée car elle avait toujours été considérée comme l'« étrangère », l'indésirable.

326

Tanguy aimait son oncle et sa tante. Ils avaient des préjugés, bien sûr, mais savaient les oublier. Il aimait leur logement simple, clair, exposé au soleil, se plaisait à venir s'asseoir chez eux et à laisser couler les heures. L'épreuve avait étroitement rapproché ces époux et Tanguy comprit qu'ils s'aimaient profondément. La sécurité qu'il trouvait là, et qui n'était pas faite de meubles signés mais de véritable amour, lui était douce. C'est pourquoi il venait souvent les voir. Ils essayaient de le persuader que son père malgré tout l'aimait bien...

Pourtant la vie en commun avec ce père devenait pour Tanguy de plus en plus difficile. Des scènes éclataient à propos de n'importe quoi. Avec une maladresse perfide et une abominable lâcheté, cet homme cherchait à blesser son fils dans ce que celui-ci avait de plus sacré : ses souvenirs. Une scène naquit un jour d'un prétexte absurde, qui allait atteindre très vite une violence inhabituelle.

Norbert s'était intéressé, dans un passé déjà lointain, à une petite fille d'un milieu modeste, dont la mère était malade, et qui avait elle-même les poumons touchés. Il avait recueilli à son foyer cette petite Monique et lui avait procuré ainsi deux années d'instruction et de vie familiale. Grâce à Norbert elle avait pu entrer comme secrétaire dans une maison d'édition. Elle avait voué une vive reconnaissance à celui à qui elle devait son salut, et Norbert chérissait fort sa protégée. Il eut un jour l'idée de présenter Monique à Tanguy. Celui-ci eut l'imprudence d'en parler chez lui :

— Mais tu n'y penses pas! s'écria son père. Sortir avec une « bonniche » !

— *Primo*, il ne s'agit pas d'une bonniche, répliqua Tanguy. *Secundo*, je sortirai avec qui il me plaira. *Tertio*, elle vaut sûrement mieux que beaucoup de gens de votre monde.

— Non, mais regardez-moi ce voyou! Il ose répondre à son père !... J'aurais pu le laisser crever de faim. Rien ne m'obligeait à aller le chercher à la gare. J'y vais. Je le ramène chez moi. J'en fais un « gentleman », et regardez-moi le résultat !

— Albert, calme-toi, intervint sa femme. Cet enfant ne peut pas *savoir*... Il a toujours vécu avec des gens impossibles... Il faut se dire qu'il a été mêlé à des ouvriers, ou même des voleurs... Tu comprends, il faut du temps... Il se formera.

Tanguy se leva. Il était pâle. Son cœur battait à se rompre. Il criait malgré lui. Pour la première fois depuis son arrivée il allait leur sortir tout ce qu'il avait sur le cœur...

Se croyaient-ils plus et mieux que ces « ouvriers » qu'il avait connus? Ils ne l'étaient pas. Non, ils n'étaient pas dignes de leur enlever leurs chaussures. Lui, un homme qui avait dénoncé sa femme, qui se vantait de s'être fait réformer, grâce à une maîtresse influente, qui avait fui lors des premiers coups de canon, comment oserait-il se comparer à des hommes, à des vrais? Comment pourrait-il, lui qui n'avait jamais rempli son devoir envers son fils, regarder en face des hommes comme le Père Pardo ou des femmes comme Sebastiana? Comment osait-il insulter des êtres qui lui étaient cent fois supérieurs par la vertu comme par le courage?…

— Mais regarde-toi, hurlait Tanguy. Regarde-toi donc, avec tes meubles signés et ta femme bien née!… Où en es-tu arrivé? À ce que ton fils t'insulte et te dise que tu es un lâche? Un lâche de la pire espèce, l'espèce de ceux qui intriguent dans les coulisses, de ceux qui n'osent même pas avoir le courage de leurs actes?… Tu nous espérais morts, enterrés, tu pensais que tu n'entendrais plus parler de nous… Tu as fait un mauvais calcul. Il ne suffit pas de dénoncer sa femme et son fils pour se débarrasser de la honte. Elle te poursuivra, cette honte. Je te méprise. Je te méprise. Chacun des êtres que j'ai rencontrés au cours de ma vie valaient mieux que toi parce qu'ils étaient plus hommes que toi. Non, tu n'as jamais eu le courage de tes actes et tu ne l'auras jamais… Veux-tu savoir ce que tu es?… Non pas même de la merde dans un bas de soie, mais un bas de soie dans un tas de merde. Et il est trop tard maintenant pour te débarrasser de toute cette puanteur. Elle t'ensevelira. Tu mourras étouffé sous tes saloperies… Et tu n'auras même pas la main d'un fils pour te fermer tes grands yeux voraces! Je ne te hais pas! Tu passes ta journée à dire que je te hais; mais pourquoi te haïrais-je? Je dois à la douleur et aux hommes de la douleur d'être sorti de ces excréments. Tout cela, c'est grâce à toi, et je t'en suis presque reconnaissant. Des hommes comme toi ne peuvent pas être pères. Il ne suffit pas d'avoir… des couilles et de savoir s'en servir pour être père…

Être père, c'est beaucoup plus difficile que cela. Être fils est difficile aussi... Non, tu n'es rien. Tu me fais pitié... Infiniment pitié.

La sueur ruisselait sur le front de Tanguy. Il s'arrêta de parler. Il avait les lèvres serrées de dégoût et il était livide. Son père avait changé plusieurs fois de couleur. Il se leva et se mit à frapper son fils avec rage :

— Salaud ! Ordure !... J'ai fait de toi un monsieur, je t'ai pris chez moi. Mais maintenant c'est fini ! À la rue ! À la rue ! Va retrouver tes pareils ! Va retrouver tes « Sebastiana » et tes « ouvriers » !... Je le savais, je le savais ! Tu as ça dans le sang ! Tu es un « rouge » !... Une ordure de « rouge » !

Un coup de poing atteignit Tanguy à l'oreille. Il s'écroula, en proie à une attaque de nerfs plus violente que celles dont il était parfois victime. Quand il revint à lui, son père était près de lui et se tordait les mains. La servante posait sur son front des serviettes mouillées imbibées de vinaigre. Tanguy se leva chancelant. Sans mot dire, il alla vers son armoire, en sortit ses quelques effets et quitta la maison. Tout le monde le regardait faire en silence.

Au-dehors, c'était un bel après-midi de printemps. Tanguy alla chez son oncle. Celui-ci s'étonna du visage tuméfié du jeune homme. Tanguy sourit. Il souffrait de l'oreille. C'était une douleur presque intolérable. Son oncle l'emmena chez un médecin qui diagnostiqua une otite. Il conseilla des gouttes qui calmèrent la souffrance de Tanguy. Puis, son oncle le ramena chez lui. Tanguy s'assit dans un fauteuil. Sa tante s'approcha de lui et caressa ses cheveux :

— Sais-tu, chéri, que dans le lit où tu vas dormir ce soir, tu as déjà couché ?

— Non. Quand cela ?

— À l'époque où tu étais dans cette petite maison à Vichy. Tu te rappelles ?

— Oui.

— Vous faisiez un voyage, ta mère et toi, et vous étiez venus habiter chez nous. Tu ne t'en souviens pas ?

— Non, pas du tout. Alors, j'ai vu quatre fois Paris ?

— Oui. Tu étais tout petit. C'était avant la guerre en mai 1939. Ta mère voulait partir pour le Mexique. C'était avant que vous n'alliez dans ce camp… (D'une voix plus douce, Nita ajouta :) Tu étais mal élevé à l'époque ! Tu levais le poing et tu disais : « Salut ! »

— Vraiment ?

— Oui.

— C'est drôle. On croit se rappeler tout. Puis il y a toujours quelque chose qui vous échappe. Je ne savais même pas que j'avais un oncle. Sans quoi, je vous aurais écrit d'Espagne.

— Un jour, ta mère était partie ; tu étais seul à la maison avec moi. J'étais dans la cuisine. Tu es venu tout doucement vers moi ; tu m'as mis les mains autour du cou et tu m'as dit : « Tu sais, tante Nita, je t'aime bien. J'aimerais habiter une maison belle et propre comme la tienne. »

Tanguy sourit. Il avait oublié la douleur des coups reçus. Il prit les mains de sa tante entre les siennes. Le soleil couchant éclairait la pièce. Son oncle, auprès de lui, lisait le journal. Il souriait malicieusement parce qu'il avait acheté un billet de loterie sans que sa femme le sût. Il l'avait dit à Tanguy et cette complicité lui faisait plaisir. Il cligna de l'œil à son neveu. Celui-ci fit de même. De la rue des bruits de klaxon montaient. Tanguy se sentait bien, en paix. Il ferma les yeux et sur son front brûlant deux mains de femme se posèrent tendrement inquiètes. Il ne bougea plus.

5

En avril 1955, la veille de la Fête des Mères, Tanguy retrouva la sienne. Ils se revirent après treize ans de séparation… Ce fut triste. Chacun d'eux avait poursuivi sa longue route. Lorsqu'ils se rencontrèrent, ni l'un ni l'autre n'étaient plus les mêmes. La guerre, qui n'avait pas changé certains êtres, les avait changés, eux…

Ils ne se comprirent pas. Elle haïssait encore. Elle croyait toujours à la justice de sa cause. Pour elle, il y avait encore deux camps : celui des « salauds » et le sien. Les salauds étaient tous ceux qui n'étaient pas de son bord. Tanguy, lui, ne croyait pas à un monde divisé en deux camps. Il ne voulait pas de haine. Peut-être était-il un utopiste, peut-être était-il un clairvoyant. Mais il s'obstinait à aimer la vie et les hommes avec un désespoir farouche. Et parce qu'il avait appris la valeur du sang de ses frères, il ne se sentait pas capable d'en verser une seule goutte, fût-ce pour construire le meilleur des mondes possible. Son monde à lui était *ici* et *maintenant*. Il y avait des Sebastiana, des Firmin, des Père Pardo, et peut-être un autre Gunther. Tant qu'il y aurait des êtres de cette sorte, il se sentirait chez lui sur la terre. Les « autres », il les éviterait et les laisserait seuls, face à eux-mêmes.

Sa mère voulut lui démontrer que toute la responsabilité de son sort incombait à son père. Elle essaya de le convaincre qu'il y avait une « sainte haine ». Tanguy lui répondait qu'aucune haine n'était sainte. Elle l'accusa d'être un opportuniste parce qu'il n'était pas « engagé ». Il répondit qu'il ne savait pas ce qu'il était et que cela le laissait indifférent. Il ne voulait ni de « parti » ni de « luttes »… Ils se séparèrent sans déchirement, comme se séparent des rails qui conduisent vers des directions différentes.

Et maintenant, que va devenir notre Tanguy ?… Nous allons le laisser dans la rue qu'il aime ; parmi ses frères, en qui il a confiance. Nous ne chercherons pas à lui enlever ses dernières illusions. Nous voudrions pouvoir le laisser avec Dieu, mais nous ne sommes pas trop sûrs nous-même que Dieu existe. Aussi le laisserons-nous seul avec son grand amour pour une terre qui ne lui a jamais rien donné et qu'il s'obstine à chérir. Nous espérons seulement que de nouvelles Sebastiana et de nouveaux Père Pardo viendront lui tendre une main amie. Alors il esquissera son sourire et sera content. Peut-être ira-t-il jusqu'à trouver la vie belle ?

Paris, octobre 1954 — Madrid, juillet 1956.

DU MÊME AUTEUR

Aux Éditions Gallimard

RUE DES ARCHIVES, 1994, prix Maurice Genevoix (Folio
n° 2834)

TANGUY, nouvelle édition revue et corrigée, 1995 (Folio
n° 2872)

Aux Éditions du Seuil

LA NUIT DU DÉCRET, 1981, prix Renaudot 1981 (Points-
roman n° 88)

GÉRARDO LAÏN (Points-roman n° 82)

LA GLOIRE DE DINA, 1984 (Points-roman n° 223)

LA GUITARE (Points-roman n° 168)

LE VENT DE LA NUIT, 1973, prix des Libraires et prix
des Deux-Magots (Points-roman n° 184)

LE COLLEUR D'AFFICHES (Points-roman n° 200)

LE MANÈGE ESPAGNOL (Points-roman n° 303)

LE DÉMON DE L'OUBLI, 1987 (Points-roman n° 337)

TARA (Points-roman n° 405)

ANDALOUSIE, 1991 (Points-Planète)

LES CYPRÈS MEURENT EN ITALIE (Points-roman
n° 472)

LE SILENCE DES PIERRES, prix Chateaubriand 1975
(Points-roman n° 552)

UNE FEMME EN SOI, 1991, prix du Levant (Points-roman
n° 609)

LE CRIME DES PÈRES, 1993, Grand Prix R.T.L.-*Lire*

LES PORTES DU SANG, 2003
SORTIE DES ARTISTES, 2004

Au Mercure de France

MORT D'UN POÈTE, 1989, prix de la R.T.L.B. (Folio nº 2265)

Aux Éditions Fayard

MON FRÈRE L'IDIOT, 1995, prix de l'Écrit intime (Folio nº 2991)
LE SORTILÈGE ESPAGNOL, 1996 (Folio nº 3105)
LA TUNIQUE D'INFAMIE, 1997 (Folio nº 3116)
DE PÈRE FRANÇAIS, 1998 (Folio nº 3322)
LA RELIGIEUSE DE MADRIGAL, 2006
LA VIE MENTIE, 2007
LE TEMPS DE FRANCO, récit, 2008
MAMITA, 2010

Aux Éditions Stock

COLETTE, UNE CERTAINE FRANCE, prix Femina essai 1999 (Folio nº 3483)
LES ÉTOILES FROIDES, 2001 (Folio nº 3838)
ALGÉRIE, L'EXTASE ET LE SANG, 2002

Aux Éditions Plon

DICTIONNAIRE AMOUREUX DE L'ESPAGNE, 2005

Aux Éditions de l'Avant-scène théâtre

LE JOUR DU DESTIN, 2003

Impression Maury-Imprimeur
45330 Malesherbes
le 2 mars 2011.
Dépôt légal : mars 2011.
1ᵉʳ dépôt légal dans la collection : août 1996.
Numéro d'imprimeur : 162603.

ISBN 978-2-07-040091-1. / Imprimé en France.

183412

FIRST KISS

Munro's gaze washed over hers, and he reached up to smooth a lock of hair at her temples. "I like your hair like this," he whispered. " 'Tis beautiful. As magical as the flames of a campfire."

Elen could not drag her gaze from his blue eyes, not even when he lowered his head.

He was going to kiss her? He would not dare!

His mouth was nearly at her trembling one before something snapped inside her and she lifted her hand to cuff him. "How dare ye—"

He caught her wrist in midair and held it above her head. "Do not strike me, ever," he whispered. "If ye do not wish my affections, ye've naught but to say so. But never *ever* strike me."

Her lower lip trembled. Not because she was afraid, but because she was angry—angry with herself for wanting his mouth upon hers.

And he knew. He knew.

A strangled cry erupted from her throat as he released her hand, and in one swift motion, he grasped her around the waist, pulled her against him, and forced his mouth upon hers.

It was harsh and frightening . . . and sweeter than she could have imagined in her wildest dreams. . . .

Books by Colleen Faulkner

FORBIDDEN CARESS
RAGING DESIRE
SNOW FIRE
TRAITOR'S CARESS
PASSION'S SAVAGE MOON
TEMPTATION'S TENDER KISS
LOVE'S SWEET BOUNTY
PATRIOT'S PASSION
SAVAGE SURRENDER
SWEET DECEPTION
FLAMES OF LOVE
FOREVER HIS
CAPTIVE
O'BRIAN'S BRIDE
DESTINED TO BE MINE
TO LOVE A DARK STRANGER
FIRE DANCER
ANGEL IN MY ARMS
ONCE MORE
IF YOU WERE MINE
HIGHLAND BRIDE
HIGHLAND LADY

Published by Zebra Books

HIGHLAND LADY

Colleen Faulkner

Zebra Books
Kensington Publishing Corp.
http://www.kensingtonbooks.com

Prologue

South of Aberdeen, Highlands of Scotland
July, 1314

"He calls for ye."

Elen Burnard glanced up, meeting the dark-eyed gaze of her father's steward. Finley was only ten years older than she. They had grown up together, loved her father together. He understood how difficult it was for her to enter her father's bedchamber.

Elen's gaze shifted to the half-open door. "Is he . . ."

Finley reached out and gripped her shoulder, his awkward touch reassuring. "Aye. 'Tis the end, I fear."

She took a deep breath. Death was a part of life. She knew death, for it had come to her door often and at an early age. Her mother had died birthing her only sibling, Rosalyn, when Elen was five. Her nursemaid had died of the pox only three years later. Uncles, cousins, family friends, all dead at the hand of English soldiers. But the pain of those deaths, even her mother's, was not akin to this.

"Ye'd best go," Finley said gently, his Highland burr much heavier than her own.

She nodded, but still hesitated. She wasn't ready to say farewell.

"If ye need me, I wait at the door."

With that reassurance, Elen entered her father's bedchamber in the tower house, the chamber where she
and her sister had been born, the chamber where her
mother had died in pools of blood. But it was also the
happy place where she'd bounced on her father's bed
in the good years before the war for independence.
Then Dunblane had fallen to the English, and her family had been forced to take refuge across the Grampian
Mountains with her mother's relatives.

Elen entered the room and smiled. "Father."

The room was bright, sunlit by the massive tinted
windows that faced the south, windows whose wide
stone seats she had often perched on as a child. No
dark shuttered room, candlelight, or burning herbs for
her father's death. No barbaric physician who would
poke and prod, bleed and leech the last stone of
strength from him. She would not have it. Sir Murdoch
Burnard, Laird of Dunblane, would die bathed in the
warmth of the summer Highland sun with the scent of
wildflowers in the air and his daughters at his side.

Murdoch opened his eyes and lifted his hand weakly
from his side. "Elen, lass."

She pulled up the stool beside his great four-poster
bed and took his cool hand between hers. It was a big
hand, rough, but gentle. And so young. He was not yet
fifty; his hands were too young, his body too young to
die.

Elen lifted her father's hand to her cheek. He seemed
small now, insignificant, framed by the heavy brocaded
bedcurtains and quilted linens. He smelled of shaving
soap and the polish of the broadsword he had lifted to
the English, thus winning back his blessed Dunblane—
and all of Scotland, in her eyes.

Now, a little more than a month after the triumphant
battle at Bannockburn, he was dying of a thigh wound
that had seemed a trifle at the time. But the wound had

not healed. It had festered, as wounds sometimes did, without reason. And now her father was slipping away.

Her father licked his dry lips, his eyes half closed. They were mirror images of her own eyes—as green as the morning sea, he had always told her. "So much I need to tell ye, child of my heart," he whispered, not in his own voice, but that of a man dying before his time.

Elen wanted to assure him they could discuss such matters later, but both knew how near his time truly was. There would be no later.

She drew closer so he would not have to strain to speak. "Aye, I listen."

"First, your sister. The arrangements have been made. She is to marry her cousin come Michaelmas. She will be provided for. Happy, I pray."

Elen nodded. Sweet Rosalyn was all she was not—tiny, pretty, well versed in needlework and weaving. She would make a good wife and mate to young Robert.

"Aye, I will see her wed. The Highlands have nae seen a wedding such as the one I will give your youngest daughter."

Her father turned his head and lifted his eyelids, which seemed heavier than the lead in the casement windows. "Now . . . Dunblane."

"Dunblane," Elen murmured.

"Ye must hold her," he croaked. "Hold her against the English bastards, for the fall of Stirling Castle at Bannockburn will not be the end."

"I can do that." She squeezed his hand. "You know I can."

Elen's upbringing had been more that of a son than a daughter. And though Murdoch had taken sore abuse from his in-laws for his decision, Elen had learned to ride, to draw a sword, and to command her father's men while her sister had been tutored in stitching and husbandry. Because Dunblane had no male heir of his loins, Elen had ridden the moors and mountains of the Highlands at her father's side. Now the line would pass to her . . . if only she could hold the lands.

"Nae an English mon will tread upon this soil again, Father," she swore calmly, firmly. "Nae as long as I draw breath and sword."

He exhaled, as if the words gave him comfort. "And the North Woods," he whispered.

She leaned closer, his words difficult to hear. "The North Woods?"

"A map in my box," he murmured, his eyes now closed, his tone urgent. "I must have my box."

Elen climbed off the stool and crossed the flagstone floor of the chamber to retrieve the leather box that held her father's most precious possessions. This tooled-leather box *was* Dunblane.

"You must petition the Bruce our king to have it returned," he continued. "Rancoff has nae claim to it."

Elen returned to her father's bedside, the box cradled in her arms. She knew Rancoff and Dunblane had been fighting over the woodlands that bordered both properties for more than a century. Only the coming of the English had ceased the bickering. But now, with the land their own again, it was once again time to settle Scot disputes.

"Petition the Bruce," he repeated. "He will grant the lands." A smile flickered across his chapped lips. "For your comeliness if not my loyalty at Bannockburn."

Elen lowered her gaze to the wrinkled linen bed-clothes as she settled on the stool again. Beautiful was not a word generally used to describe her. Words such as hardheaded, stubborn, and manly were more often spoken, though only in a whisper. No one dared speak them aloud for fear of risking the wrath of Dunblane.

"So what am I to do?" she asked, her tone teasing

despite the lump that had lodged in her throat. "Don a gown of golden threads, let down my hair, and color my lips with red paste?"

He chuckled. "If 'twould aid the cause, I would have donned a gown myself."

Despite the tragedy of the moment, she could not help but laugh. Her father knew her so well. He knew how she felt about the trappings of a woman, how confined she sometimes felt being born one.

God's bones, she would miss him.

Dunblane began to cough, his body shuddering as he tried to catch his breath. Elen lowered the box to the bed and pressed a handkerchief to his lips. "Mayhap ye should rest now," she whispered. "We can finish this later."

"Nay," he choked. "Now."

It was an order, and though she was his daughter, he was still her laird.

Elen sat back on the stool, again taking his hand. "Here is your box, Father." She brushed his hand against the ancient tooled leather.

"Open it."

She hesitated, her gaze fixed upon the box. It was smooth beneath her fingertips and smelled of old leather and tobacco. She had never been permitted to lift the lid before.

"Elen," Murdoch beseeched, patting her hand. "Please, Daughter, there is nae much time. My strength . . ." His last words drifted in the warm, summer air that smelled of the roses her sister had brought up to adorn the chamber.

"Open it," he whispered.

Her hand trembling, Elen turned the key on the iron lock and lifted the lid. She held her breath. Inside lay the yellowed stag's horn of retention, physical proof of the gift of Dunblane given to her great-great-great-grandfather by King David a century and a half earlier.

"The horn," she whispered, the words catching in her throat.

Now that they were home and settling into Dunblane, the horn would be returned to its place above the fireplace in the great hall, where it had resided on and off for the last century.

" 'Tis yours," he said, his voice surprisingly strong.

She lifted her lashes to meet his gaze.

"Because I have no son, no male heir, I grant this horn of retention to ye, my beloved, my daughter. I make ye, Lady . . ." He smiled. "Nay, Laird of Dunblane."

Tears welled in Elen's eyes. If her father had any concerns as to whether or not she could fill his boots, he gave no indication in word or facial expression. He believed in her.

"Be strong," he whispered, his voice again weak. Weaker, if possible. "Be strong." His eyes drifted shut. "And trust no one." He paused, now struggling to find the strength for each word. "Trust no one."

She held his hand tightly, seeming to feel his life's blood waning. "I love ye, Father," she whispered, pressing a kiss to the back of his hand.

"I love ye," he mouthed, too feeble for voice.

And in that bright, sunny room with the sound of birdsong on the windowsill, Sir Murdoch died, leaving the burden of Dunblane Castle upon his daughter's shoulders.

One

Two months later

Elen knew something was wrong even before she rounded the wood and came into full view of Dunblane Castle. There was a sense of tension on the autumn breeze, one she had not tasted since she had watched from the hills as her father and the Scots, led by Robert the Bruce, had taken Stirling Castle in Bannockburn from the English in late June.

Elen touched her spurs to her mount. The rugged Highland pony bolted forward, seeming to sense, as well, that something was amiss.

"My lady—"

"Lady Dunblane—"

"Mistress—"

Her father's clansmen were still uneasy about what they called her to her face. What names they placed upon her behind her back were probably less appropriate and far more colorful.

Elen rushed through tree limbs and tumbling oak leaves into view of the castle on the crest of the hill, a panorama of the North Sea behind it. The frantic movement of men at arms on the wall immediately caught her eye—double the number she had left on guard. She cursed beneath her breath and shouted to Finley.

His response caught on the salty afternoon breeze as he struggled to catch up.

She ran her mount beneath the arched gatehouse into the lower bailey, vaulting from the horse's back before the mare came to a full halt. "What?" Elen demanded of her nearest vassal, Banoff. She tossed her reins to a grubby-faced boy. "What is about?" she demanded, her deer-hide boots sinking in the mire. "Tell me."

Banoff, broad of bottom and slow in the head, but forever loyal, avoided eye contact. He was one of her father's men who seemed always to fear her, though she didn't know why. She never expected anything more of her men than she expected of herself.

Banoff tugged on his spittle-stained beard, his attention drawn to a steaming pile of dung.

Elen grasped his woolen tunic and tugged heartily. "Banoff?"

"My lady . . ." Banoff's brother, a sight brighter, but equally as fearful of her, sidestepped the dung as he approached, his eyes downcast.

"God's blessed broken bones!" she shouted. "What has happened? Why have my men drawn weapons upon the wall?"

Was it the English swine? Her heart pounded in her throat. Since the Bruce's defeat of the English at Bannockburn, the English had all but abandoned Scotland, but it was always possible a few stray troops could be unaware their King Edward had gone home defeated. The English still did not recognize the Bruce as king of the Scottish monarchy, but all believed it was only a matter of time now. She wasn't unwilling to fight the English, if necessary, but she feared the toll another battle would take upon Dunblane's men.

"My lady," Banoff stumbled.

"Elen," Finley interrupted. " 'Tis Rosalyn." Her steward's voice trembled. "I fear she's been kidnapped."

"You fear?" Elen turned on Finley, stepping nose to nose with him. She was nearly as tall as he. "Ye fear? Ye nae know?" she ranted. "Either aye, she has been kidnapped, or nae, she has not." She spread her arms wide, shouting to the others hurrying across the bailey. "What? No one knows if Rosalyn of Dunblane has been kidnapped?"

Finley swallowed, his Adam's apple bobbing in his throat. "She has been kidnapped," he said softly.

Elen sucked in her breath and for a moment felt light-headed. The castle, her clansmen, the vassals and their families, the surrounding countryside and its tenants—it was all a great burden upon her inexperienced shoulders. What had her father been thinking when he'd left it all to her, made her lord of his land?

He was thinking her shoulders were broad enough to bear the weight.

"Tell me what happened," she hissed, looking Finley straight in the eye. It didn't matter he hadn't been here when the alleged crime had taken place. As her right-hand man and closest adviser, it was his duty to take on her fury and serve as a buffer between her and her vassals and clansmen.

"They say she was walking in the meadow, near to the peat bog, picking flowers," Finley explained, plucking at his short-cropped beard. "Men rode up, flung her upon the back of a steed, and carried her off."

"And no one went after them?"

Finley glanced downward, then up at her again. "Aye, two men. They've nae yet returned."

"How long ago? Who saw it?" Elen demanded. Again, she turned to face the men in the muddy bailey, all standing frozen in place. "Who saw the assault?" Only a premature rooster's crow and the nicker of ponies broke the silence.

"Less than an hour ago, Elen," her bailiff spoke up.

Donald was her father's age, a cousin to her mother and a man she trusted. He and Finley were the only men who dared use her Christian name. "I sent Basil and Rob to follow, but gave word only to gather information, then return to Dunblane. They havenae yet come back."

She met his dark-eyed gaze, her jaw set. "Ye should have sent for me."

"There was much confusion," he apologized. "And I knew ye were due back."

She strode toward the door that led into the great hall, knowing Donald and Finley followed her.

"Was she injured?" she questioned, pushing emotion from her voice.

He knew what she meant. "Raped, nae. Slapped around a bit . . . perhaps; she was conscious when they took her."

Elen ground her teeth. "English or Scot?"

"Scot for certain." Donald scowled. "They fled north."

A door was held open for her, and she entered a small vaulted entranceway, her boots clanging on the grate that covered the hole to the oubliette where prisoners were held. She went up stone steps and through another door into the smoky great hall.

Built to compliment the tower house less than a hundred years ago by her great-great-grandfather, the hall was a long rectangular room used as a banquet room and the center of communication for the castle. Above the fireplace on the north wall, in its place of honor, hung the horn of retention passed down to her by her father.

The vaulted chamber smelled of roasting venison, bird droppings, and unwashed bodies; Elen had little time for concerns of housekeeping. At least a fire glowed in the great stone fireplace. Its warmth felt good. Already the days were turning cool, the nights colder.

"Ye say they went north." She eyed Donald, accepting the horn cup Finley pushed into her hand. "Have you thoughts on who might have taken my sister?"

Donald's gaze did not sway. "I canna say for certain, but they had the look of Clan Forrest."

"Forrests?" She almost spit the ale from her mouth.

The Forrest clan of Rancoff Castle lived some six miles north of Dunblane, their lands bordering her own. It was acreage between the two properties, called the North Wood by her father, that the families had been fighting over as long as she could remember. After her father's death, she had petitioned the new Scottish king, as her father had requested, for return of the land. She still awaited a response.

In truth, Elen knew little of the neighboring family. The elder Forrest had died two years before, like so many loyal Scots, fighting the English for Scotland's freedom. Rancoff Castle and its vast properties had been left to his eldest son, Munro, who had fought at his side and survived the civil wars to return home. There was another son, Cerdic, in his mid-twenties; no one else of the immediate family had survived the war.

At one time, Rancoff Castle, too, had fallen to the English. Unlike Dunblane, it had never been occupied. The Forrest family had reclaimed her a year before the win at Bannockburn, and had fought skirmishes regularly with the English who held Dunblane. Eventually Dunblane had been abandoned. Because of the land dispute, Elen's father had had little good to say of the Forrests, but he had been grateful for the trouble they had caused the English holding Dunblane.

After her family returned to Dunblane, her father had invited the eldest, Munro, to a celebratory meal. At the last moment he had sent his younger brother Cerdic, an insult to her father. Elen had not cared much for Cerdic, though he was a strikingly handsome man filled with mirth and wile. The evening complete and thank-yous said, her father and Cerdic had parted and returned to being adversaries.

Elen's mind raced. Munro Forrest knew her father was dead. He had sent condolences, though not attended the likewake. Was this his way now to deal with the land dispute? To steal the virgin daughter of one of the greatest Scots who had ever lived? Did he think that because a woman now commanded the castle, he could get away with this?

"A fresh mount," Elen ordered, her mind racing. She wasn't certain what she was going to do, but she knew damned blessed well she wasn't going to sit here and wait to hear the fate of her sister.

Finley and Donald hurried after her as she left the hall, strode out into the bailey, and crossed the muddy courtyard toward the tower house.

"Divide every able-bodied man we have. Half go with me, half remain here—at your command," she told Donald.

"Elen, be reasonable." Finley followed her up the stone steps toward her personal chamber, that which had been her father's before her.

Donald remained at the bottom of the stairs, knowing better than to dispute her order.

Finley caught the sleeve of her woolen tunic. As a concession to the men, she wore an undertunic, like a woman's skirts, but it fell just below her knee. For her own comfort, her typical garb of the day was a man's tunic or shirt over an undertunic and boots. With the coming of winter, she would soon add a plaid of green and navy thrown over her shoulders to keep her warm.

"Ye don't even know if it is the Forrests," he said. She jerked her sleeve from him. "It's them. They want my land and they'll ransom my sister if I do not agree to give up all claim to it." She shoved open the door to her chamber.

Her favorite hound, Camille, whined from the rumpled bed, yet made no effort to vacate the feather tick, though she knew she didn't belong there.

"Let us wait until the men return with more information," Finley pleaded. "Let us—"

She spun on her heels in the doorway. "I change into more suitable clothing. Will ye follow into my chamber and watch me undress to bare skin?"

Finley's cheeks reddened and he lowered his gaze. "I simply say I think ye should reconsider. Impulsiveness can be dangerous."

"There isnae an impulsive bone in my body, Finley, and you know it. Now listen, and listen well." She lifted a finger beneath his nose. "I want my men armed and mounted in ten minutes' time." She met his gaze with a fierce determination, then walked into her chamber and slammed the door shut with her booted foot.

"We shall have a visit with Rancoff," she murmured to herself. And on the way, she would surely come up with a plan of attack.

Elen studied the entrance to Rancoff Castle with a well-trained eye. Her father had taught her much about battle, about the surprise attack, about outwitting the opponent.

She doubted her attack would be a surprise, for surely they were waiting for her. But could she outwit them?

The ride to Rancoff had not yielded a plan. No answers had sprung at her from the trees.

The bridge was drawn on the Z-shaped stone castle; men could be seen through the flanking slits in the guardhouse tower. No one else was visible, not stable boys, goose girls, nor a goose—unusual for an autumn afternoon.

"Tight as a water-logged barrel," Elen muttered.

"Should we return and wait for a ransom note?"

Ignoring Finley's inquiry, Elen pushed through the brush that hid her from view of Rancoff Castle and joined her men, who remained mounted on their shaggy ponies. "I think they wait for us," she said, her mind churning with possibilities.

"Do we attack?" one of her young, ill-experienced vassals inquired anxiously.

Her gaze flickered from the young man to Finley.

"Or do we wait to be certain they indeed hold her?" Finley finished the thought for her.

"Oh, they hold her," Elen mused. "The question is, how do we get her back without injury to ourselves or to my fair sister?"

"From the look of the castle and the number of men we have now," Finley said, "a strike of luck is what we need."

Elen paced, unsure of what to do. Attacking seemed foolish. Her reserves were still low from the battle three months ago; not enough manpower or munitions. She didn't want to fight unless she had to. Was Finley right? Should she return to Dunblane and wait for the demands?

But then she thought of her sister. She could only imagine the horrors that could befall the young woman. She didn't believe the Forrests would dare rape her or allow her to be despoiled. It would mean all-out war between the two clans.

Such outright animosity would surely displease the Bruce. He had made it clear the Scots needed to set aside the differences among themselves and stay united.

It was the only way they would beat the English in the end.

Elen tensed as hoofbeats caught her attention. It wasn't even the sound so much as the vibration beneath her feet.

"Who is it? From where do they approach?" she asked her men, who were at a better vantage point.

Finley squinted, peering through the trees into the meadow below. "From the west, a small entourage. Appears to be a hunting party."

Elen caught Finley's shoulder and mounted her horse. "Where?"

Banoff pointed.

Elen spotted a tall, broad-shouldered man leading two others, a stag thrown across the haunches of each of the trailing riders' mounts.

"Finley," she demanded softly, "who is that?"

Finley rose in his stirrups and stared in the same direction as the others. "Blessed Virgin," he muttered. " 'Tis the Earl of Rancoff, Munro Forrest, come back from hunting."

Elen drew on her stained kidskin gloves, checked the position of her sword strapped to her pony, and lifted her reins. "The laird, is it? Then let us go have a talk with him, shall we?" She flashed Finley a satisfied grin. "Father always said I was born under a lucky star."

Munro Forrest, Earl of Rancoff Castle, rode leisurely through his meadow. Grasses swayed and partridges took flight as their shelters were disturbed. Behind him, his two companions talked of the size and speed of the roebucks they'd brought down, comparing this chase with past exploits.

Munro laughed with them, in a benevolent mood. It

had been an excellent hunting day and a perfect fall afternoon. A cup of heavy mead, a hock of venison, and a full measure of slap and tickle with the widow Alice would make the day complete.

The moment he entered the grassy meadow at the foot of the castle, Munro should have noticed the silence and inactivity. But he was so caught up in the pleasure of the hunt and joviality of the conversation that it took him a moment to realize something was amiss.

Munro jerked on the leather reins and his mount halted so abruptly that its front hooves reared off the ground.

The men behind him, always attuned to their master, ceased their conversation in midsentence.

"My lord?" they cried in unison.

Munro eased his hand backward toward his scabbard, scanning the wall of the castle.

The drawbridge was closed, yet nary a kinsman could be seen on the stone wall.

What, by Christ's bones, was going on?

Before his hand closed over the hilt of his sword, Munro heard pounding hoofbeats.

The vassals cried out in surprise as they struggled to reach their weapons, all the while fighting to control their startled mounts.

Munro spotted the horsemen charging at full speed toward them, cutting off the way to the castle.

Shouts rang out as the swearing Scots fell upon them. Steel against steel resounded in the crisp autumn air. Beyond, more shouting could be heard from Rancoff's wall as the alarm was cried.

But it was too late. The horsemen had the small hunting party surrounded. One of Munro's vassals fell from his horse, and the frightened beast nearly crushed his rider in its haste to escape.

Munro raised sword to meet the nearest surging opponent. To his shock, he met not the eyes of a fierce Scot warrior, but ones of glimmering green and entirely female.

Munro was uncertain as to what happened next. Did he hesitate a split hair of a second? Did someone strike from behind?

Their swords clashed as the female Valkyrie bore down on him, demanding surrender. Munro lost his balance upon the impact of steel and horseflesh and tumbled from his mount.

Next thing he knew, he was on his back, gazing upward from the tall grass into the angry green eyes of the heir to Dunblane.

Two

"M'lady." Munro flashed his most charming smile. He had heard tales of Dunblane's heir. Nae, not heard tales, but rather been warned. They said she thought herself manly and carried herself so. They said she rode and lifted a broadsword as fiercely as anyone with a cod. They said that with one bellowing order she could reduce a grown man to a quivering mass of jelly. They had not told Munro that she was beautiful.

It was difficult to tell by the drape of Elen of Dunblane's boy's tunic and skinned bare knees just what body form lay beneath the dusty wool, but her face . . . her face was that of an angel. Fiery red-blond strands of hair escaped from a man's wool bonnet upon her head. She had high cheekbones that had pinkened with the flush of fighting. Her eyes were a deep green with flecks of brown, just now nearly flaming with her anger. And her lips . . . her lips were as rosy as any he had kissed in any dream.

The lady of Dunblane did not bat an eye. "My lord . . ." She drew out the last syllable with thick sarcasm as her men yanked his dirk from his belt, removing his last weapon of defense.

"Fair Elen, daughter of Sir Murdoch Burnard, I take it?" he asked, still grinning, though his back was throbbing from the fall he had taken from his pony. And just where was that blasted horse right now? And where were his men, who should have been defending him from this lunatic woman who wore men's clothes and swung a sword nearly as well as he?

"Aye, and ye must be Lord Rancoff."

"Please, my Christian name. I am called Munro to those who love me." He grinned devilishly as he eyed the tip of the sword she pressed to his breast. "And to those who would see me on a pike."

The corner of her mouth nearly turned up with amusement. Nearly. "My sister. Give her back."

He lifted a brow. "If only ye would allow me to roll on my side, I could pull her from the pocket that swings at my waist."

She was not amused.

"She has been kidnapped and brought here, and I want her back." She gave a push with her sword for emphasis.

Munro could not help but flinch. The damned tip of her steel had cut his new shirt.

"I know naught of your sister. Now let me up, ere I embarrass ye here in front of your men by wrestling ye to the ground."

She laughed and stepped back. "Truss him and throw him o'er Finley's mount," she ordered. "We'll take the stags, too, and sup well tonight." She walked away into the tall meadow grass as two men fell roughly upon him. "We will talk further at Dunblane, where it will be more commodious."

"Commodious? Ye call this commodious?" Munro shouted upward through the ceiling grate in the Dunblane Castle oubliette.

Elen stood on the grate above her prisoner and took her time in replying. She chewed the delicious hunk of roasted venison, which she had speared with her dagger. The fresh meat was sizzling hot and burned her tongue, but she was too ravenous to wait for it to cool.

"Commodious enough to me," she called downward, gesturing with the dagger toward the great hall. "A fire to warm my bones, fresh meat, cool ale." She nodded thoughtfully. "Quite commodious."

"Where are the men who were with me? God bless me, if ye have—"

"They are well enough. Locked in a feed room, dining on bread and cheese and water as we speak."

Elen took another bite of the meat. Though she appeared to her clansmen to be calm, inside she was all ajitter. She was concerned for her sister's safety, but right now, it was not her sister who gave her difficulty breathing, but the man directly below her.

Elen was no innocent. Well past the age of marriage, she knew the ways of nature, knew that men and women were intrinsically attracted to each other. It was as God, the Maker, had intended. But never in her life had she felt this physical reaction to a man. The sound of his voice, the twinkle in his blue eyes, the broadness of his chest all tugged at her, at her mind, at her body. She was drawn to him as a drunk is drawn to his next draught.

This peculiar reaction to Munro had begun from the moment she'd laid eyes on him. Riding back to Dunblane with her prisoner tied to Finley's mount, she had found her heart pounding and her palms sweaty. Even tied like the fallen deer, this man Munro had her blood pulsing hot.

It was the most incredible feeling she had ever experienced—and the most frightening.

"The venison is quite good," she said to Munro. "I thank ye for the contribution to the meal. My men thank ye."

He nodded as if she were royalty. "I am glad to be of service to m'lady." He lifted an eyebrow. "Perhaps a sample for myself?"

She tore another hunk of venison from the knife with her teeth. "Perhaps." She smacked her lips with exaggerated enjoyment. "After we speak."

Munro threw up his hands and began to pace. Of course, he could not pace far in the dungeon that was the width of a tall man and only twice his length. "Speak? What is there to speak of?" he demanded hotly.

She watched the top of his head as he walked back and forth. His hair was dark and silky, though still cropped short, as the Scots wore for battle. He had broad shoulders and a nice neck that was muscular, yet did not make him look as if his head were planted directly onto his shoulders. She liked his neck.

"Let us see," she mused. "Ah! Perhaps we could speak of my dear sister and why, in God's sweet name, she hasnae been returned to me." She shouted the last words so loudly that a group of clansmen and vassals supping just inside the door of the great hall ceased their chatter to glance her way.

"How many times must I say I know naught of your sister?" Again, he threw up his hands, obviously fond of that grand gesture. "I have nae even had the pleasure of meeting the fair lady."

Elen tapped her high deerskin boot on the oubliette grate. "Really, sir?" She made a face. "That's quite interesting, considering my trusted clansmen saw Rancoff men slap her about and then carry her off."

He stood under her again, looking straight up. "Let me say it again, I nae have your sister."

Though he shouted so loudly that the grate beneath her boots trembled, she did not react. Shouting men had no impact on her. Her father had been a shouter, and though his harsh words had brought many a lassie to tears and many a man to his knees, she had learned long ago to ignore him.

Finished with the venison, Elen wiped the blade of her dagger on the hem of her tunic and slid it into its sheath on her hip. "I think I will have a drink. Can I get ye something, sir?" She tapped her forehead. "Ah, that's right. I have forgotten. Ye are my prisoner. Prisoners nae get rations, save for bread crumbs and stale water with filth floating atop." She walked back up the short flight of stone steps into the great hall.

"Come back here," Munro shouted. Gone was his playful tone. Now he was most definitely angry. "Do ye hear me? I don't care whose daughter ye are. Come back here and listen to me."

The men in the doorway chuckled with amusement. It had been a long time since Dunblane's oubliette had held a prisoner, and the entertainment value could not be matched.

Elen crossed the rush-covered floor, her gaze drifting over the men and women who served her. Most of the males in the room were her father's clansmen. Some served her year-round, living here in the castle, and many served a few months at a time. They gathered in clumps on stools and on benches, their supper on their laps. Maids had brought chargers of roasted venison in from the kitchen to the dais table meant for her to sit at, though she rarely did. From there, the men helped themselves, carrying their bread trenchers heaped with food back to their benches.

The smells of the gathering room assaulted Elen's nostrils: burning wood, meat, ale, bodies, with the underscent of dirty rushes, dogs, and fowl. Absently she wondered when last the floor rushes had been changed.

In the home where she and her father and sister had previously resided, the rushes in the main hall had been changed regularly and scented with dried herbs. There had been no hounds nor falcons left to defecate where they might. But Elen's aunt had been talented in housewifery and had run her residence with an iron fist. Elen had lands to manage—men, women, and children to defend and feed. She had no time for housewifery.

Elen lifted her father's horned cup, now her own, from the table, and a boy filled it. As she drank, she turned back to the doorway. Munro was quiet in the oubliette now. That, or he couldn't be heard for the men's laughter, the squawking hawks in the corner of the room, and the growling dogs fighting for scraps beneath the dais.

Finley approached her slowly, as if trying to sum up her mood. He tended to avoid her when it was foul.

"How are ye feeling?"

"Fine," she snapped.

"No pain yet?"

She rubbed her eyes, achy from little sleep the night before and from the smoke that clouded the room. She really needed to send a boy up the chimney and have the flue cleaned.

"I said I am well."

He paused, giving her a moment. He knew how much she hated this singular physical weakness, how she resented it, how she preferred to pretend it did not exist when it was not present.

The scorching, debilitating headaches had begun when she was fifteen, just days before her first woman's bleeding started. For more than a decade now, she had suffered the blinding headaches as regularly as the moon's phases. Though she had tried many potions, many tinctures, even leeching, nothing brought relief but the onset of her monthly cleansing.

Now she simply accepted the headaches as a part of

her life, her woman's curse. What she hated most was
that everyone in the castle knew of her ailment. Her
clansmen, her vassals, her servants, even the blessed
goat girl knew when her cycle was expected, knew
when the mistress of the manor would be incapacitated
for one to three days.

Her cross to bear. The thorn in her side.

"He has nae provided any information as of yet,"
Elen told Finley, gesturing with her cup in the direction
of the oubliette and her handsome prisoner. "He still
maintains he knows naught of Rosalyn's disappear-
ance."

"Shall I send Banoff down to jostle his memory?"

She glanced downward at her mud-encrusted boots
as her stomach gave an involuntary lurch. She knew
the necessities of dealing with the enemy. She knew
torture worked, but somehow she just couldn't bring
herself to consider ordering the torment of the man she
held below. Somehow it seemed sacrilegious to disfig-
ure such a glorious example of maleness.

"That isnae yet necessary," she told him briskly, trying to cover her true reasoning. "Let him sleep over-
night without water or bread heel, and we will see at
first light if his memory has improved."

Finley nodded. "Anything I can do for ye ere I retire?"

She glanced up, meeting his brown-eyed gaze. "Nay."
She reached out and squeezed his arm. "Thank ye for
today. Ye served me well."

He lifted his hands. "The only way I know to serve
ye."

She flicked her wrist, waving him off. "So to bed
with ye. If I need anything, I can well get it myself."

"Ye should turn in, too. The hour is late and ye
should save your strength."

For the impending onslaught of the next headache, he meant. It was due any day.

"Good night," she bid Finley and watched him walk away.

The men were beginning to file out of the hall as well, most done with their meals, bidding their good nights, headed for bed or a shift watch. She observed as the servants began to carry away the trenchers of food that would be brought out again on the morn.

Elen kicked at a bone tossed to the floor by one of her men, wondering how her sister was faring right now. She prayed she wasn't too frightened. Prayed she was being kept well. She tried to convince herself her sister was all right. Everyone knew ransom was paid only for that which was well cared for.

She walked to the north window that overlooked the walled garden and stared through the darkness in the direction of Rancoff Castle. The inside shutter had been left ajar so she could feel the cool breeze on her cheeks and taste the bite of the salty air.

"Hold fast, little sister," she whispered. "Hold fast and I will save ye."

"Nay!" Roslyn screamed and darted forward out of Cerdic Forrest's reach on the four-poster bed in the master bedchamber. Her golden-blond hair had come undone and her braids trailed down her bare back, one unraveling as she crossed the cold stone floor.

"Come back here," Cerdic ordered, attempting to seize one long, wayward braid as she escaped from his arms.

Dragging a bedsheet behind her to cover her nakedness, she let out another squeal as she bounded forward from the bed and he grabbed her around the waist.

"Nay, Cerdic, nay!" she shouted.

He lifted her off the floor and she wiggled around in his arms to pummel his chest. "Let me down, I say. Let me down."

The bedsheet fell away and he smacked her bare bottom with the flat of his hand.

"Ouch!" She shrieked and slapped him in return.

Cerdic threw back his dark head and laughed, tossing her onto the furs that covered his brother's grand curtained bed.

Rosalyn screamed again and tried to roll away to escape him, but he was too fast for her. He fell over her, trapping her beneath him and pressing her into the goosetick so she could barely draw breath.

"Cerdic! Please! Enough."

He lowered his head over hers and nipped at her swollen lower lip with his teeth. "Enough? There can nae be enough of ye, my sweet Rosalyn."

She lifted her blond lashes to meet his gaze and broke into an errant smile. "So ye say now, but what of later? What of when ye tire of me and my games?"

He caught her nipple between his thumb and forefinger and gave it a tweak.

She grabbed a handful of his chest hair and tugged viciously.

He laughed again. "I could never tire of ye, my love," he whispered thickly in her ear.

Already Rosalyn could feel her lover's rod hardening against her bare leg. Already she could feel herself growing wet and needy.

He buried his face in her tangled hair and she stroked the back of his head.

"If ye don't let me up to go to the closet, I'm liable to piss right here in your bed." She giggled.

He licked her earlobe, then thrust his tongue in her ear. "Will ye piss on me?"

She grabbed two handfuls of his hair and roughly

jerked his head upward to gaze into his blue Forrest eyes again. "That is revolting."

He grinned. "Just why I thought you'd like it, pet."

She reached around and slapped him on his bare buttocks, harder this time. "Ye are a vile mon."

"I know." Cerdic grasped her around the waist and lifted her upward, thrusting into her, taking her breath away. "And that is why ye can nae live without me."

Three

"Hey, come back here! I demand to speak to Elen," Munro hollered upward, his hands cupped around his mouth.

Men passed over the grate above and filthy bits of rushes fell from the bottoms of their boots to drift downward into the oubliette.

Munro coughed and waved his hands in front of his face to keep the filth out of his eyes. The rushes smelled musty with the definite odor of dog crap. He brushed bits from his hair, grinding his teeth angrily. "I know ye hear me, you imbecilic curs! Ye fetch me that witch and ye fetch her now, or ye will regret the day your mothers whelped you!"

A pair of boots halted overhead and Munro glanced up. In the darkness of the pit and the torchlight above, he could make out only the silhouette of a man.

"Ye up there," Munro ordered. "Fetch your mistress."

"She's gone to bed."

Munro recognized the man at once. He had always been good with voices, even as a child. The man was her steward Finley, and he stuck to Elen of Dunblane like crap stuck to Burnard boots. His first impression was that he didn't like him, maybe because Finley obviously had an eye for his mistress. It was just as obvious that she was oblivious to his mooning.

"Then get her out of bed," Munro snapped. He had lost his patience. At first, the kidnapping had seemed a bit of a lark. He hadn't felt his life threatened; he saw no imminent danger to himself, his men, or his castle. And it would make a good tale to tell round the fire in winters to come—his being kidnapped by a woman wielding a sword.

But the fun had worn off by midevening. Now he was hungry. He was tired and his bones ached from the fall from his horse and then the twelve-or-so feet drop into the oubliette. Somehow he had cut the top of his head in the tussle with the men and, though the bleeding had stopped, his entire skull pounded with a headache. Now he wanted nothing more than a solid meal and a hot bath before he turned in on his own feather tick in the master's chamber.

He knew naught of Rosalyn's kidnapping and was certain, despite Elen's claim, that none of his men were responsible. They would not dare. Though the Burnard and Forrest clans had not been friendly for years due to an ancient land dispute, the animosity was usually kept to the occasional fistfight when the two clans met by accident. In battle, the Burnards and Forrests fought together as Scots and would have died defending the other. Many *had* died.

"I willnae wake her," Finley said from above. "My lord is ill-tempered when she's awakened after she's abed. Better to let her sleep and talk with her in the morn."

"So what I have already witnessed isn't ill-tempered?"

The bearded man chuckled. "Nae. 'Twould be considered rather good-natured for her."

Munro scowled, running a hand through his hair. He no longer wished to be amused. He was being held prisoner under false accusations, and it was time they got to the bottom of this. "I could care less what mood she is in." He glanced upward. "And why do ye insist upon calling that she-devil 'my lord'? It's plain to see she is most definitely female, despite how she tries to hide her figure."

Finley stiffened. Even in the dim light and shadows, Munro could tell he had struck a nerve.

"She is heir and lord to Dunblane and she is whom I serve," the steward spat. "Now shut up and go to sleep." He started across the grate.

"Wait!" Munro hollered again. "Ye canna leave me without a blanket or water to quench my thirst. I've had naught to drink for hours."

Finley halted overhead. "Then drink this."

A blink too late, Munro realized the cur had tipped a cup. The ale poured through the grate and splashed onto Munro's shoulder and his back, soaking his tunic.

"Son of a poxed whore," Munro boomed, wiping at his clothing as the ale soaked in, making him colder than he already was.

All Munro heard was Finley's soft laughter as he walked away.

"Daughter of a poxed whore," Munro murmured beneath his breath. With a groan of resignation, he retreated to the corner of the prison pit and slid to the floor to wait out the night.

Elen was up with the first streaks of dawn. Relieved that she still felt no signs of the impending headache, she dressed quickly in the cold room. A young servant, Alexi, who slept on a pallet outside her door, brought her a cup of hot water brewed with precious herbs, which she sipped as he stoked the coals in her fireplace. She felt rested after the night's sleep, restored and clearheaded.

Despite her worries, Elen was certain her imprisoned

sister was safe. She was confident Rosalyn would return home to sign the *leabhrachadh* and complete the preparations for her coming wedding. With the master of Rancoff imprisoned in her oubliette, the castle would have no choice but to return fair Rosalyn.

Elen did not understand why Munro Forrest would not admit to having masterminded the kidnapping. After all, one kidnapped for gain. How could one gain without claiming the crime? And why would he have been outside the gates of his castle after the offense had taken place? Surely the Forrest clan expected someone to come for the maid.

The only logical answer was that Munro was not a part of the kidnapping, as he maintained. But Elen wasn't ready to accept that answer, not yet. There had to be something more to the explanation. Perhaps the clever Munro wanted it to appear as though he had nothing to do with the kidnapping. But to what end?

"Cold this mornin', m'lady," Alexi remarked.

"Aye. 'Tis only September, and already we hear the cold winds of winter knocking at our door." She pulled her blue and green plaid woolen mantle tighter around her shoulders and fastened it with a small claspbrooch.

"Anything else I can git ye?" Alexi asked from the doorway.

She shook her head. "Nay. Now run down to the kitchen and get yourself a bowl of hot mush."

"Shall I bring ye some?"

She shook her head.

With the boy off, Elen left the morning solitude of her father's bedchamber and then took the long flight of stairs to the bottom room of the tower. She went out the door and cut across the bailey. Already men and women were about, trudging across the partially frozen yard, tending to their morning duties. At least the cold snap would put an end to the damned mud.

Elen pushed through the hefty iron-hinged door to the great hall. Someone had already stoked the fire, and she could feel the heat through the doorway. It was inviting, but she halted inside the entryway on the oubliette grate and glanced down.

Her prisoner peered up.

"Munro." She didn't know what made her use his Christian name, or why it rang so oddly in her ears.

"Elen."

He looked cold, dirty, tired, his knees drawn up for warmth. As he arose from his seated position, she saw he was stiff as well. In the light of the morning, she noticed a crust of blood on the top of his head. One of her clansmen must have gotten a little heavy-handed when they tossed him below.

She gazed down into his intriguing eyes. "Are ye well?" she asked softly. She felt as if she were drugged, as if she were watching herself speak to this man. It was the oddest feeling.

"Well enough."

She smiled, feeling a sudden sense of tenderness and having no idea why. She was not, by nature, a tender creature. "Ye are a poor liar, sir." She gazed down at the grate and then waved to a dirty-faced lad dawdling in the hall doorway. "Lift this grate and fetch me a basin of warm water, a hot brew, and some bread."

The boy blinked.

Elen gave him the eye. "Are ye addlepated, laddie?" She pointed. "Lift the grate."

The boy tripped coming down the steps to her aid. He leaned over and gave the heavy iron grate a tug. It clanged and screeched as he dragged it from its place, across the stone.

"And a ladder. I'll need a ladder."

"To git down, m'lady?"

She frowned, dropping to her hands and knees to lower herself into the hole. "Nay. To get back up."

Munro barely had warning enough to lift his arms as Elen of Dunblane dropped through the oubliette hole. He caught her beneath her buttocks and let her slide through his hands.

Even through the rough fabric of the tunic and the bulk of her woolen mantle, he could feel her feminine shape. And shapely she was. As he withdrew his hands, still startled by her sudden descent, he inadvertently brushed over her round breasts that were firm, though not overly large.

He released her the moment she touched the stone floor and stepped away, not because he did not like the feel of her in his arms, but because he knew he must stink to the high heavens. If she noticed he had clumsily touched her in a way he should not have, she gave no indication.

For a moment, they both considered each other awkwardly. There was a tightness in the air Munro knew well as sexual energy, but he sensed the woman didn't quite recognize the signs.

He cracked a grin and opened his arms wide, then bowed. When in doubt, he found that humor always came to his rescue. "Welcome to my humble lodge, my lord."

She removed her mantle and tossed it to him. "Aye, jocular ye are for a mon who has gone all night without food and drink." She sniffed the air. "And was forced to piss on the wall."

He caught the mantle in midair. He considered refusing, but he was cold and she owed him this much after kidnapping him under false pretenses. He wrapped the plaid around his shoulders, noticing the faint scent of woman on the wool. Her smell was different than any other he had known—almost masculine, yet most definitely female at the same time.

A Jacob's ladder dropped into the hole, tied above somewhere, no doubt.

"Thought much of your predicament?" Elen asked, crossing her arms over her chest.

"Nae much else to do." He drew the mantle tighter, not knowing if he did it for the warmth or to envelop himself in her scent. It was madness to feel this attraction to her after what she had done to him, but he was unable to stifle such an utterly physical response to her.

"Any conclusions?" She met his gaze, eye to eye, as any fair opponent would.

He shrugged. "A few. Your sister is missing. Ye think me responsible, but 'tis nae true. The obvious next step is to figure out who is responsible."

"Your basin and the food, miss," the lad called from above. "Ye want I should bring it down?"

She rolled her eyes. "Nay. I want for ye to pour it upon my head." She walked to the rope ladder and glanced upward. "Of course I want ye to bring it down."

She held the swaying ladder while the boy descended and passed down a small bucket of water. Elen held it out for Munro as if he were her servant as well. The boy shimmied up and came down again, this time carrying a mug, with a loaf of bread tucked beneath his arm.

"Ye want I should bring up the ladder so's the prisoner don't escape?"

"Nay, leave it. If he tries to escape, I'll kill him." She turned to Munro with a most enchanting smile. "Something to eat and drink, sir?"

He accepted the mug that was warm to his touch and lifted it to his mouth, drinking greedily of the hot cider caudle flavored with honey and cinnamon. It was the best thing he had ever drunk.

She tore off a piece of the dark, nutty bread and handed it to him. As he chewed hungrily, she pulled off a piece for herself and tucked the rest beneath her arm.

"Back to our conversation," she said, chewing. "Ye claim ye are nae responsible and that your men would nae dare act without your sanction. One is obviously a falsehood. My guards saw men in green and burgundy plaids take my sister from my meadow. Rancoff was barred and armed when we arrived, almost as if they expected trouble." She frowned thoughtfully. "If ye were me, what would be your conclusion?"

The truth was, he didn't know what was going on. Why would his men have kidnapped the Burnard chit? Had someone taken leave of his senses? No clansmen would dare defy him in such a way . . . no one save one man, he concluded. And even that possibility seemed improbable.

She pulled off another hunk of bread and handed it to him. "Well?"

He washed the dry bread down with the last of the caudle, wishing there were more. "I admit something is awry," he conceded. "The most sensible thing for ye would be to release me and let me ride home to see what has happened. If your sister is indeed harbored within Rancoff's walls, she will, of course, be immediately returned."

His reasoning sounded perfectly logical.

Elen laughed. "Let ye go, indeed." Her father's last words to her had been that she must trust no one, and she intended to heed that advice. "And what leverage would I have then?"

Munro groaned and turned away. She was right of course . . . damn her.

Elen waited quietly, tearing off more bread and eating. She was so calm, so sure of herself that he found himself as intrigued by her manner as by her pert mouth and eyes a man could lose himself in. What creature was this who could tempt a man so and still have the stones to stand alone in a prison pit with her enemy?

Munro turned back to gaze at her. "A message, I suppose," he said.

She nodded, wiping her fingers on her tunic. "I thought the same. Now sit so I can clean your wound." She lifted the bucket of water and approached him, still obviously unafraid.

Wanting to protest, but unable to come up with a good reason why he should, he dropped to the cold stone floor, crossing his legs and drawing her mantle around him. Without thinking, his gaze fell to the dagger she wore at her waist.

Her gaze met his. "Nae even consider it. Ye injure me in any way and my men will kill ye, but nae ere they have ripped your limbs off one by one and boiled your bullocks in oil." She batted her eyelashes as if some coy maiden.

He burst into laughter as she lifted the washrag from the bucket and dabbed at the wound on his head.

Her gentleness surprised Munro. He had expected her to be rough, to enjoy causing him pain, yet she was as tender as a nursemaid . . . nae, a lover.

He closed his eyes as the warm water soaked his hair and she dabbed at the encrusted blood. "So ye will send a messenger to Rancoff?" he questioned, speaking softly, as if a louder voice would break the tenderness of the moment.

"Aye. I will inquire as to the safety of my sister and the terms of the surrender." She halted the movement of her hand to look down at him. "Of course, there will be no terms other than the return of the laird"— she nodded—"for the return of the maiden." She dipped the rag in the water again and returned to her task. "S'truth, I am surprised that no one has come knocking upon our wall in search of ye."

In truth, he, too, was surprised. Nae, incensed. Where were his loyal clansmen, and why had no one yet come to his aid? Heads would surely roll for this.

Munro did not respond to her observation. "Send a messenger immediately and let me know when ye receive a response."

She looked down at him, lifting an eyebrow.

Perhaps his tone had been a wee bit too commanding. "If ye would be so kind," he added.

Nodding, she dropped the rag into the bucket of water and took a step back. "Aye. I will keep ye abreast."

He felt the urge to stop her as she started for the rope ladder. He didn't want her to go.

"Use the water to wash," she said. "I will have bedding sent. No need for ye to catch your death whilst you wait."

"I have no intention of spending another night in this hole," Munro snapped, leaping to his feet. He'd had just about enough of the impudent chit.

She ignored him, grasping the rope ladder and shimmying upward. "And I've no intention of leaving my sister in the hands of the Forrests another day, so I see we have the same objective."

As she climbed, he caught a flash of bare legs beneath her tunic. Just that one glimpse brought heat to his groin.

Munro turned away, grasping his head with both hands. *By God's bones,* he swore to himself, *if I get out of here in one piece, I will swear off lasses forever.*

"Have a fine, day, sir," Elen called sweetly as she raised the ladder out of his reach.

Munro only wished he had something to hurl at her.

Four

"A taste, my sweet?" Cerdic offered Rosalyn a tidbit of roasted hare.

Rosalyn took the morsel between her lips, licking one of his fingers. "Mmm, tasty." She batted her blond lashes. "As are ye, my lord." She laughed wickedly and touched the tip of her nose to his.

They sat at the table in the great hall of Rancoff Castle, Cerdic in his brother's padded seat, Rosalyn to his right. Cerdic had ordered a great feast be cooked to serve his guest.

The servants had balked at first, mumbling gibberish about what the Earl of Rancoff would and would not approve. The entire castle was in an uproar over his little adventure, but a cuff or two to the head and they had remembered their place.

Conveniently, the steward was away on business for Munro. Cerdic refused to discuss the matter of his brother, and anyone in the keep who challenged him could well go to the stocks.

Cerdic could not believe his good fortune. After the exhilaration of fighting with the English had ended and he had returned to his family estate, he had thought his life over. Here he was at isolated Rancoff Castle, frittering away his life at the beck and call of his brother. Then Rosalyn came into his life and changed his fate.

They first met at her father's table, exchanging barely a few courteous words, but she had immediately taken to him. Unlike his brother, Rosalyn respected Cerdic. Unlike his brother and the rest of his bloody clansmen, she liked him. Rosalyn said she could look past what he was to see what he could be.

Just the thought made him squirm in his chair. With Rosalyn at his side, he knew he could do anything. And she was such fun. This whole scheme of kidnapping her had been her idea. It was the only way she would give herself to him.

They had plotted together, planning to merely hide her in Rancoff Castle. Though he hesitated to defy his brother in such an outlandish way, Rosalyn had convinced him that all would go well in the end. And, as she had pointed out, the laird of Rancoff had never said Cerdic could not kidnap the neighbor's daughter. She was a clever little minx, his Rosalyn.

What he had not anticipated, of course, was Rosalyn's sister attacking Munro's hunting party and taking him prisoner. Right now, Cerdic was doing his best not to think of that wee glitch in the plan.

"A drink?" Rosalyn lifted Munro's double-handled cup to Cerdic's lips, and he drank of the best ale in the castle's cellars, usually saved for important guests.

The table was heaped with roasted meats, thick puddings, nuts, and sweetmeats. The servants and vaslets muttered that to prepare so much for only two was a waste, a sin. The housekeeper who served as head cook had actually dared take him by the ear, saying the laird would not approve, but Cerdic had set her straight quick enough.

"Oh, dear, I do believe I'm stuffed as a pincushion." Rosalyn sighed with content as she leaned back in her chair, slipped her feet from her leather mules, and laid them across his lap, brushing his cod with the ball of her foot. He gave an involuntary groan. The girl had been a virgin when he had taken her yesterday, but she learned quickly and seemed insatiable.

Rosalyn's blue eyes twinkled as she caught a lock of her unbound golden hair and twirled it round her finger. She wore an English silk dressing gown that had been Cerdic's father's and now belonged to Munro. She was naked beneath it, and as she leaned forward, he caught a flash of bare breast and pert nipple. He licked his suddenly dry lips, despite the ale he had consumed.

"Are ye ready to retire to the chamber?" she asked.

In truth, Cerdic could use a rest, but he had no intention of saying so. "If that is what—"

"Sir." One of the vaslets entered the great hall and bounded toward them, his eyes downcast. "A message from Dunblane."

Cerdic bolted upright. He knew sooner or later he would have to deal with the consequences of his little exploit, but he'd hoped it would be later. How was he to know Rosalyn's manly sister would capture Munro in retaliation for the kidnapping?

Cerdic held out his hand for the rolled missive. "How did ye come by it?"

"One of the Burnards, sir. He rode it o'er." The vaslet's gaze strayed to Cerdic's half-dressed guest.

Cerdic's fingers curled around the parchment. If Rosalyn didn't mind the servant gawking, he didn't. "Ye didn't harm the courier, I pray?"

"Nay," the vaslet pshawed. "Threw some shit o'er the wall upon him, is all."

Rosalyn burst into delighted laughter, clapping her hands together.

The snarly-haired churl chuckled, as if pleased he could entertain the Burnard maiden. "But no harm come to him that can't be fixed with a dunk in the pond."

"Ye set him free?"

"Methinks he waits for an answer."

Cerdic's gaze met Rosalyn's with uncertainty. She was much better at this than he.

"I think my lord should take time to consider the message," she said softly, rubbing Cerdic's groin beneath the table with her bare foot. "No need to make a hasty decision that might put the laird of Rancoff's welfare in jeopardy." She batted her lashes. "My sister can be shrewd. Ye can nae trust her."

Cerdic turned back to the vaslet. "Send the Burnard on his way. Rancoff will respond in good time."

"Aye, sir."

As the young vaslet took his leave, Rosalyn left her chair and slid into Cerdic's lap. She looped her arms around his neck, the dressing gown falling open. "What a clever mon ye are," she purred in his ear. "We can put them off for days."

"Days?" Cerdic blinked.

She pressed her pink tongue to his jawline and swept it upward to his cheek. When she did things like this, it made it difficult for him to think. To breathe.

"More time for us to be alone together," she whispered, sliding her hand downward from his chest to beneath the hem of his tunic.

Cerdic gulped. He had honestly thought the fun could last only a day, and then Munro would be back, shouting and giving ultimatums again. But maybe Rosalyn was right. Maybe he could put Dunblane and that silly woman off a few more days. Certainly he would be in trouble with Munro, but what difference did it make now? One day, two, or three? And just what could Munro do to him when he did return? Cerdic would do as he always did when he angered his brother. He would apologize humbly and beg forgiveness. It always worked.

"To the chamber?" Cerdic asked Rosalyn as she slipped one leg over his thigh and straddled him.

"Nae." She giggled as she grasped his tunic and lifted it upward until he was bare beneath his waist. "Right here, my lord."

"What do ye mean there is no word?" Munro hollered up.

"What do I mean?" Elen pressed her fingers to her temples, as irritated as her prisoner sounded. The headache was coming; she could feel the pressure, the cold fingers of pain creeping through her head. By morning it would be full blown. She took a deep breath, knowing she must remain calm and in complete control of this situation.

The headache could not have come at a worse time. At noonday, she had sent a messenger to Rancoff Castle demanding the safe return of Rosalyn for the return of the Laird of Rancoff. He had been turned away with no response but the insult of a filthy tunic.

"I mean, sir, that Rancoff refused to respond," she answered slowly from the oubliette grate where she stood, her hands planted on her hips. "My messenger said your men on the wall, after emptying several chamber pots upon his head, promised a reply in good time."

"Has he lost complete control of his senses?" Munro bellowed.

She winced, the sound of his voice reverberating painfully inside her head. "I do nae know, sir," she said slowly, carefully, "because I do nae know who *he* is."

He glanced up at her, scowled, and looked away without answering.

Again she pressed her fingers to her temples. It had never occurred to her that those at Rancoff might not respond at all to her demands. What madness was that? She held their laird prisoner. He could be sick, injured, even dead for all they knew, and they made no response? The thought was so ridiculous as to be almost funny. Almost.

"Elen, ye should rest," said Finley, coming down the great hall steps to the entranceway. He touched his hand to her shoulder. "Ye look tired."

The evening meal was already under way. Men supped or played cards or diced. Someone played the pipe. Ordinarily, this was Elen's favorite time of day, when her clan gathered together to take and share bread. Sometimes they sat around the great stone fireplace to sing songs and tell tales of old. Other times they merely enjoyed each other's company in conversation.

Elen glanced at Finley, who still stood behind her, hovering like a mother hen. It annoyed her when he did this, annoyed her more when she could feel the pressure of a headache coming on.

"I nae need rest," she said tightly. "What I need is to have my sister returned. What I need is for someone at Rancoff Castle to respond!" she shouted into the oubliette.

"And ye think I do not?" Munro shouted back.

Elen ground her teeth. She hated this distance between her and her prisoner. How could she argue with a man twelve feet below her? She stepped off the grate. "Open it," she ordered Finley.

"Elen—"

She leaned over and began to tug on the grate, though it probably weighed more than she did.

Finley brushed her hands aside. "I just don't think it wise for ye to get near him."

"He wouldn't dare harm me." She turned and

dropped to her knees on the stone floor to lower herself into the oubliette.

"Elen, please," Finley begged.

Holding the edge with her fingers, she lowered herself into the prison hole so she dangled by her arms. She felt her prisoner's warm hands around her legs and she let go, trusting him instinctively.

"Nice of ye to drop in, my lady," Munro said as she turned to face him.

She pushed down her rumpled tunic and straightened one sagging woolen stocking.

"And to what do I owe the honor of this visit?"

In truth, she didn't know why she was down here again. There was something about this man that made her think and do things contrary to her nature.

"God's teeth, it's dark down here," she muttered.

" 'Tis a dungeon."

She ignored Munro's sarcasm. "Finley," she called. "Toss down some candles and a light." She paced the tiny cell, taking care nae to get too near her prisoner. "How can I interrogate a man without any light with which to see him?"

Elen and Munro eyed each other in darkness as they waited for Finley to return with light. He smelled better tonight. She had ordered he be given water to bathe with and a covered pot for his waste. A pallet and a thick woolen blanket made in Dunblane's own weaver's shop had been added to the floor.

"Elen," Finley called. His voice echoed in the oppressive chamber, then inside her head.

She glanced upward.

"Ye want me to bring them down?" He stood above her, candles in one hand, a small torch in the other.

"Nay." She waved him on. "Drop them."

Giving up the fight, Finley dropped the bundle of candles. She caught them and tossed them to Munro.

"Ready?" Finley called.

She glared at her steward and he dropped the smoking torch. She caught it by its handle and tossed it to Munro.

"Whoa," he exclaimed, just catching it. "Ye be a dangerous woman."

She watched him light three candles and press them into the floor so they stood upright. "Nae as dangerous as I will become if I dinnae receive word on my sister," she snapped.

Munro dropped the stinking, smoky torch and ground the flame out with his boot. They were fine boots of deer hide with fur trim at the tops.

"Ye speak as if ye think I want to be here," he remarked dryly.

She shook her head, turning away. In the dim light he seemed to draw her as if she were a moth and he a flame. Finley was right. It had been a mistake to come down here tonight. She was not herself. She trembled inside and felt as if she was not quite in control. It was the headache coming on, of course.

"Just explain to me what is happening here," she said, backing to the nearest wall. "Why has there been no word? Why do your men nae respond to my missive?"

He dropped to the floor on his pallet and leaned against the wall, drawing up one knee to rest his elbow upon. "I nae know."

"Who is in charge of your keep when ye are gone?"

He refused to look away from her; he followed her with his gaze, watched her every movement. "My brother, Cerdic."

"Ah, that's right. Young Cerdic." She gave a humorless chuckle.

"So ye know him?"

"He came in *your stead* when we invited ye to sup

with us so my father and I might thank ye for the part ye played in the recapture of our land. 'Twas summer, I recall, ere my father fell seriously ill."

He paused. "Perhaps that was a poor decision, my not coming."

It was her turn to watch him carefully.

"It is just that the Burnards and the Forrests have been . . . *adversaries* for so long," he explained, somehow managing to make it sound like an acceptable apology.

"Ye think my father wanted ye at his table?" She gestured. "He only invited ye out of his sense of honor."

"And my brother made a fool of himself, I take it?"

She shrugged. "Nae. Not really. He was polite enough to my father. My sister found him entertaining. He simply dinna strike me as a mon who could be left to defend one's castle."

Munro ran a hand through his hair. "That is plain to be seen, isn't it?"

That made her chuckle with sincerity.

He glanced up, smiling. "What?"

She shook her head, coming closer. She was tired to the bone. It had been a long day, and she was greatly worried about her sister. "I'm sorry. It really isn't funny, this situation we have here."

Now he laughed. "Actually, it is. The great Earl of Rancoff, laird of Clan Forrest, is kidnapped, and no one seems to care." He slid over on the pallet and patted it. "Your steward is right. Ye look tired," he said gently.

She hesitated, though the invitation seemed inviting. Perhaps if she sat for a moment, she would feel better. But then she really would be consorting with the enemy, wouldn't she? What would her men think? What would Munro think?

Why did she care? She obviously had the upper hand here.

Elen slowly lowered herself to the pallet, her hand on the dirk at her waist, and leaned against the cold stone beside him. For a moment they sat in silence, staring at the three flickering flames of the candles that burned on the floor, giving the tiny chamber a glow.

"Your father would be proud of ye," Munro said, his voice still with that quiet calming tone to it. "Ye command your men well. They have great respect for ye, 'tis plain to see."

They sat a hand's width apart. She could feel the warmth of his body, smell his bathed skin. He was very distracting, this virile stranger. "What do ye know of my father?" she asked.

"Actually, I fought with Sir Murdoch at Invervurie and Perth. He was a fine mon." He fiddled with the corner of the woolen blanket beneath them. "My father greatly admired him. In fact, he used to say that if the Burnards weren't always trying to steal our land, he would have made a marriage union between our two clans."

"A Burnard would never steal land," she argued, but it was halfhearted. "We wish only to have returned what was ours."

He glanced at her. " 'Struth, I don't know why either of us would care. We each have enough land to serve us and our people. The Lord has been good to us."

She set her jaw. "It's the principal of the thing. What is Burnard land, deeded to my great ancestors, is Burnard land. I am sworn to protect it, as my father ere me."

"And what is Forrest land is Forrest land." His tone was slightly mocking, but she couldn't tell if he was mocking her or himself.

"So now what?" he asked after a pause.

She lifted one shoulder. "We wait. I suppose eventually word will be sent." She glanced fleetingly at him. "Would he hurt her?"

"Cerdic?" He frowned. " 'Tis nae in him. He's a lazy lad for the most part. Nae ambitious, unless it directly relates to his cod."

She ignored the crude comment. If there was one thing she had learned from her father, it was that men could be greatly influenced by what hung between their legs. "So why would he do this, if he is indeed responsible for the kidnapping and nae ye?"

He glanced sideways at her. "I dinnae order your sister kidnapped." He let his gaze linger. "Honestly, I cannae ken any earthly reason why Cerdic would kidnap a woman." He gave a short laugh. "Why he would have need to. My brother has a . . . let us say certain charm with ladies."

Elen wasn't certain what he meant by that, but she thought perhaps she didn't want to know.

"I wonder," he continued slowly, "if it is a possibility she could have gone willingly with those men."

Elen was shocked by his suggestion. "She was mishandled. My men saw it. She was struck and thrown o'er the rear end of a pony."

Munro took his time before speaking again. "I must tell ye, there were rumors my brother was meeting someone on the beach after nightfall. Ye know how servants gossip. Ye nae think it could have been your sister?"

She drew her knees up. The headache was closing in. Her mouth was dry and she felt weak. "Certainly not," she said loudly. "Certainly not," she repeated with less certainty.

Could Rosalyn do such a thing? She was to marry shortly. She had seemed pleased with her father's choice for her. She had seemed happy. To all outward appearances, she was the glowing bride-to-be.

But there was a part of Rosalyn no one but Elen knew. Aye, Rosalyn was sweet and agreeable most of the time. But she could also be conniving, petty, and childish. *But couldn't we all be those things?*

It was too much to think about right now. Too much to contemplate with a headache so imminent.

"I cannae imagine what my brother is thinking," Munro reasoned aloud. "Perhaps he has lost his mind."

Elen lowered her forehead to her knee, feeling light-headed. The pain was coming on faster than usual. "Perhaps we all have," she said, not realizing she had voiced her thought until it was too late.

Munro stared at her in the flickering candlelight. "Are ye all right?"

He leaned closer, enveloping her in his presence. The headache was now at her door, its iciness slipping through the cracks.

"I . . . I nae feel . . . well," she managed. Suddenly she was dizzy. Finley had been right. She should have gone to bed. But usually she had more warning than this.

"Elen?"

She felt Munro's arms wrap around her. In her confusion, she thought how good it felt, how solid and yet gentle at the same time.

Munro rose and hurried to the hole in the ceiling of the oubliette. "Up there! Finley!" He spoke with such an air of authority that Elen wondered absently just who was in charge here. Was she in his prison, or he in hers?

"What do ye want?" Finley called. But his voice seemed far off, distant, as if floating on the waves that lapped the shore.

"The lady has taken ill."

She heard Finley swear.

"Toss down the ladder," Munro ordered.

"If this is some trick—" Finley warned suspiciously.

"Drop the futtering ladder, or I will guarantee you'll be skinned, mon," Munro shouted.

Elen winced as the words reverberated in her head. Dust motes floated before her eyes and her vision blurred.

Suddenly Munro was at her side again. He lifted her into his arms. She wanted to tell him she could walk, but she didn't have the strength. She closed her eyes tightly, for even the dim light of the candles sent daggers of pain through her eyeballs and into the depths of her head.

"Elen, Elen, what is wrong?"

She felt him move, carrying her securely in his arms. "Is she taken to some sort of fits?" Munro demanded.

There was a great deal of confusion above, such confusion that she wished they would all go away and leave her alone with her pain. Every sound around her seemed intensified. Men shouting. Dogs barking. Time crept slowly, as if she were in a dream.

Elen shrank against Munro, praying he could protect her from the noises.

"It's all right," he hushed, holding her tighter against his broad, muscular chest. "We'll get ye abed."

"Give her to me." It was Finley's voice again. She felt him touch her. But Munro held her secure in his arms.

"Let me carry her up," Munro voiced quietly, but with an authority a man could only be born with. "Ye willnae manage with those scrawny shoulders."

"Ye are a prisoner. Ye willnae leave this hole until my lord orders it so or Kingdom come."

Finley's words shot through her head. Why was he shouting? Didn't he know how much it hurt her?

The two men were fighting. Fighting over her. Even in the daze of pain she knew it. What was Munro saying? Finley could not carry her up the rope ladder. Munro was right.

"Finley," she mouthed. "I fear I cannae walk. Let him carry me above."

"What? What do ye say?" Munro's breath was warm on her face, soothing . . .

"Finley. Let him," she whispered.

"One false move and I cut out your liver," came Finley's voice.

She would have smiled if it would not have hurt so much.

Again, she felt movement. Munro was carrying her. Strong arms. Nice neck. Her arms were around his neck, though she barely had the strength to keep them there.

"It's all right," he kept murmuring. "Try to hold tight, sweeting."

She didn't know how he climbed up, her in one arm cradled against his hard, lean body, his other arm pulling them both out of the dark hole.

Then there was more light. More noise. She cringed and shrank against him.

"The light, ye idiot. It pains her," Finley hissed. She felt the weight of something thrown over her head, and the excruciating light dimmed. "Give her to me."

"Show me to her chamber."

Their voices were all drifting now. Her clansmen talking. Benches scraping on the stone floor. A bird squawking. But Munro did not hand her over. She felt the cold as they walked outside, then warmer when they entered the tower.

Steps. Many steps. As a child, it had seemed to take a lifetime to reach the tower chamber where her parents slept.

But it was easy now. Easy because he carried her.

His foot hit the door with a bang, and a moment later she felt herself being eased into the softness of her feather tick. Then, as he withdrew his arms, she felt a slight pressure on her forehead. Warmth. Gentleness. She knew that feeling, though she couldn't quite place it. Something from her childhood.

A kiss?

The sounds grew loud again as Finley entered the room. She shrank into her inner self. The last she heard was Munro's heated voice and a crash as someone fell. Then she eased thankfully into unconsciousness.

Five

"Where is she?" Munro shouted furiously. "I insist upon seeing your mistress or knowing why she willnae come. I demand to know what word comes from my keep!"

"M'lord Rancoff, ye are nae in a position to demand anything," Finley said coolly. "Now shut up afore I shut you up."

Munro glared up at the little weasel, but said nothing more. Last night when he had demanded an audience with Elen, the cur had dumped a bucket of slimy water into the cell, soaking not only Munro, but also his bedding. Out of a sense of self-preservation, nothing more, he did not call out again.

In truth, he was not so much worried about himself and his position as he was concerned about Elen. She was obviously gravely ill, but with what illness? And why did the men and women of her castle take the malady so calmly? Munro had asked Finley if she had been taken to such fits in the past, but had received naught but a cuff in reply.

Munro stroked his sore jaw absently as he paced from one end of the tiny, damp cell to the other. It had to be late afternoon. Already the dim light that filtered into the cell from above was beginning to wane. Another night in this hellhole? He wasn't certain he could stand it. If only he could speak to Elen, perhaps he could be moved elsewhere in the castle. Under guard was acceptable, but this . . . this was not.

Munro turned sharply at the wall he faced and strode in the other direction. *Elen.* He could not get her out of his mind. The woman had guts. She was intelligent. Men respected her as few respected anyone, male or female, in these times. She was all he could imagine in a woman. And when he thought of feeling the roundness of her breasts in his hands, he suspected she was more.

Were circumstances different, he would have considered petitioning her father for her hand in marriage. Clan Forrest had been urging him for years to wed again. When he was eighteen, he had been married, but it had lasted only a few short years. The lass, a distant cousin to his mother, had been called Mary Ann. She had died in childbirth when he was off fighting the English with his father.

Munro had been saddened by her death and that of his premature child, though when he closed his eyes, he could barely remember the pale-eyed, timid girl. His marriage to Mary Ann had been purely political, and he had not met his bride until just prior to the wedding. He had liked her well enough, but she was not the kind of woman he ever could have loved.

Now this woman, this Elen of Dunblane, was another matter. She was a lass Munro sensed he could give his heart to.

He smiled, thinking of the feel of her weight in his arms when he had carried her up the Jacob's ladder and then up to her tower. It was odd how the considerable burden had felt weightless because it was Elen. All that had mattered to him was protecting her. Keeping her safe.

He had never felt such a need before, and even now didn't quite understand it. Had that woman he had felt so protective over truly been the same woman he had sat up all night conceiving vile names to hurl at when next he saw her?

Munro reached the wall and spun on the heels of his boots, this time pumping his arms as he strode. It was important that he keep up his strength while imprisoned. Even in the short time he had been in these cramped dank quarters, he could feel the weakening of his muscles, and it worried on his mind. Ordinarily, he was a very physical man; he relied on his corporal strength and took pride in his agility. He was a man who fought hard, rode hard and—he glanced in the general direction of the castle tower where he suspected Elen still lay in illness—he supposed he could love hard as well.

In the years before his father's death, the elder Forrest had often chastised his son, claiming he felt too deeply for a man. His father had said Munro was too emotional and would do well to ignore those feelings. They could do nothing but hinder him, Conal Forrest had warned. Weaken his leadership abilities.

At times, Munro had to admit he wished he had heeded his father's words. He had been hurt, and by those he had loved most of all. His brother, Cerdic, the person he loved most, had caused him the most grief. But no matter how hard he tried, Munro could not deny who he was. With the coming of wisdom, he had learned not to wear his heart so openly on his sleeve. He'd learned to test the waters before diving in. But he could not stifle his feelings altogether. These emotions were a part of what made him who he was. He could no more cut them from his body than he could amputate his own arm or leg.

Munro met with the stone wall again and cursed in frustration at the size of his cell. He dropped to his hands and knees and began a series of rapid push-ups. Sometimes physical exertion was the only healing balm for ragged emotion.

As he lowered his body to the cold damp floor and pushed up again, his thoughts turned to Elen once more. Was she ill enough to die? Why would Finley not say what ailed her?

Munro was not as godly a man as his mother would have liked him to be, but he believed in prayer. As he pushed up again, perspiration beading on his forehead, he prayed she would recover. He prayed he would have the opportunity to see her, speak with her, touch her again. He prayed for quick release from her prison and the settlement of this bizarre situation. For if all could be set right, he hoped to have the opportunity to know her better.

Know, hell. He might just marry her.

Elen woke to find her chamber deep in late afternoon shadows. Nightfall, but on what day? That was always the question when she recovered from a headache. How long had she been ill?

She sat up in bed, dizzy and disoriented, but of sound mind. The headache was mercifully gone but for a nagging hum deep in her head, and she knew that she was well again, at least until the next turn of the moon. Within hours, her blood would flow and the cycle would begin anew.

Elen paused and waited for the dizziness to pass, then slid out of bed. She walked to the side table and splashed her face with icy water left in a bowl for her. It was cold in the chamber, and she shivered. She wore nothing but a thin linen shift, but could not recall having taken off her clothes.

She grabbed a green woolen tunic left tossed over a chair. She added her girdle with its pearl-handled dirk and a pair of woolen stockings, and then, on impulse, went to the looking glass that hung on the wall above her father's trunk. A precious present for her mother from her father on their wedding day, it was said to have come from the East.

She glanced in the framed oval and was immediately disappointed. She did not have the slender, comely look of her mother. Instead, she looked like all of the other Burnards, full at the face, with dark lips and green eyes. She pushed the weight of her braids over her shoulder. Not even her hair was her mother's. Rosalyn had inherited the golden tresses, but Elen's portion was not so fine. Her father's mother had been a redhead, and that was where the streaks of morning sun in her hair came from, her father had once explained. And the freckles? She wrinkled her nose. Where on God's sweet earth did they come from?

Elen was not much for attention to her personal appearance. As long as her hair was tied back and not a nuisance, she cared little what it looked like. But tonight she was feeling differently. She took her time to unwind the plaits and brush out the waves of hair that fell to below her waist. Instead of rebraiding it, she took a discarded ribbon from a pair of stockings and tied it back in a thick mane that fell heavily down her back. It was totally inappropriate . . . and she liked it.

Pleased with herself, Elen sat on the edge of her father's bed to pull on her boots. She was delighted to see someone had kindly cleaned them of their crusted mud and polished them for her. It wasn't that she didn't like sweet-smelling clothing and shiny boots, she simply had not time to see to such trivialities.

"Alexi," she called.

The door pushed open immediately, as expected, for Finley always made sure her room was well guarded when she was ill.

"Aye, m'lady." Towheaded Alexi squirmed, grinning. "Glad to see ye up and about and well."

She offered a quick smile and jerked on her other boot. "What day is it?"

" 'Tis wash day."

Monday. She had fallen ill Saturday night and missed all of the Sabbath, but two days was not bad. Acceptable, at least.

"Where is Finley?" She strode toward the door.

Alex stepped back. "In the hall. Ye want I should fetch him?"

"I'll find him myself." After a headache passed, she was always famished and eager to get exercise. Lying in bed for two or three days a month was difficult for a woman so used to the physical rigors of the day-to-day running of the castle.

Elen stepped out onto the stair landing. Above, the steps led to the castle's original rampart. Below, they led to the three lower levels of the tower, where rooms were used for additional food storage and sleeping quarters for her men.

Alexi tripped over his feet to follow her. "He said I should run and fetch ye wine and bread. Ye want it afore ye go below?"

She stepped over his straw pallet in the tiny hallway, thinking of Munro. Two days she had been incapacitated. Two days he had remained in the oubliette, for surely no man at Dunblane would dare make any decisions without her, not even Finley.

She smiled to herself as she started down the steep stone steps that curved downward. No doubt her impatient prisoner was more than a little angry by now.

"The bread, miss?" Alexi called after her.

"Have no fear," she called up. "I will tell Finley ye tried to feed me. Run and fetch your own meal, and see if your mother needs help in the kitchen."

Smiling and relieved to be free of the pain, she started down the stairs again.

"M'lady!"

She halted on a step as Alexi came barreling down after her.

"Yer mantle. 'Tis cold out."

She allowed the boy to drop the woolen mantle over her shoulders; then she continued on her way.

Elen left the tower and crossed the bailey, which was lit with smoky torches. She spoke to the man at arms in the gatehouse and learned that all was quiet. She greeted one of her vassal's wives, inquired as to the health of their new babe, then entered the great hall.

Once inside, Elen fully intended to pass over the oubliette grate and hold audience with her steward and clansmen in the great hall first. She could eat, be brought abreast of the situation with her sister, and then deal with the prisoner.

But as she approached the iron grate, she could not push her concern for Munro from her head. She could not cast off the memory of the feel of his arms around her as he had carried her to her chamber. She could not forget the gentleness of his lips upon her forehead nor the stirrings his touch had brought to her in her confused, painful sleep.

As if of their own accord, her feet halted on the center of the grate. "Munro?"

"Elen?" he called up anxiously.

She heard him leap to his feet, saw him appear below. In the darkness, she could barely see his face, but could strongly feel his presence. "Ye've no candles?"

"Burned out."

"Then I shall get ye more. There is no need ye should sit in darkness. Prisoner or nae, ye are still the laird of Rancoff and should be treated with that courtesy."

She paused, waiting for him to speak. She knew what he would say next. He would want to know of her illness. She would have to silence him or bear the embarrassment of giving some explanation. She didn't want to tell Munro what malady had struck her. She did not want him to know what a weak female she truly was.

"Are ye well?" he asked, in the same deep, intimate voice.

"Aye."

There was a weighty pause, and she prepared for his next words.

"No word from Rancoff, I take it?"

Utterly surprised by his change of subject, she glanced in the direction of Finley. He was seated at the dais, talking with one of the men. He had not yet seen her, obviously, or he would have been at her side already, clucking like a mother hen.

"Let me speak with my mon, and I will tell ye what news he brings me." She continued to look downward, knowing their gazes locked, though she could not see his eyes. "Have ye eaten?"

"A nibble upon a mouse that passed by."

She liked his sense of humor; it was much like her own. She admired the way he dealt with a difficult situation, too. "Clean water to bathe?"

"Only if I could bring it up from the tick."

She cursed beneath her breath, a French word she had learned from her father. She would have Finley by his ear for mistreating Munro. He was laird of Rancoff, a man held dear by Robert, their king. Robert would not take kindly to injury to Rancoff by Dunblane. Leaders such as the Bruce tolerated feuds between clans only so long as it did not affect the kingdom. When good leaders, good fighters, were threatened, it became a different matter. For that reason, she knew those who held her sister at Rancoff would not dare to harm her. It was Elen's only consolation.

"Such language from a lady," Munro remarked.

She could not detect his meaning from his tone, but she could guess. "I take ye nae approve."

He chuckled. "Nae, actually I approve greatly. Sometimes there is nothing like a decent French oath to set a mon—or woman," he amended, "right with himself."

"Elen!" Finley came down the steps from the hall. "Ye should have stayed in bed and rested the night."

She was annoyed he had interrupted her conversation with Munro, though she wasn't certain why. He was only expressing his concern for her health; it was his duty.

"I am well, Finley." She tried to hide her annoyance with him. "And I am famished."

"Come sit and let me serve ye, then. There is roast duck stuffed with oysters, one of your favorites."

She could feel Munro's gaze upon her, watching her.

"First I want the prisoner seen to," she told Finley. "I nae approve of his abuse—"

"His abuse," Finley flared, taking a step toward her.

She raised a finger, halting him. She would not stand for insolence, not even from Finley. She could not. Her hold on Dunblane, and thus a part of the Bruce's hold on Scotland, depended on her command. No man could second-guess her, question her authority, or all could be lost.

"Bring him up and let him bathe. Give him clean clothing. Whilst he makes himself presentable, have that pit cleaned. I want a new pallet placed off the floor so he does not catch a chill. A brazier for the cold, candles. Water."

Finley lowered his voice. "Elen, please. It isnae that I question your judgment, but—"

"I have faith ye wouldnae," she cut in. "Now see to my orders." She started up the steps, not daring to meet Munro's gaze again. "And bring him to me when he is clean. He can sup with me."

Elen heard Finley make a sound in his throat, but he choked it back.

"Aye, my lord."

"Aye, my lord," she whispered beneath her breath, smiling. "Aye, indeed."

Six

Elen returned to the hall, leaving Finley to see to Munro and his prison cell. She moved about the smoky room talking to her men, laughing with them, pretending, as she always did after a headache, that she had not been ill. Nothing had changed since she was last here. It was almost like a tale from yore, where once a month the castle stood silent and still in time and waited patiently for its queen to awaken from her slumber.

As Elen moved about the room, she feigned interest in all that was being said. She pretended to be totally engrossed in the latest gossip of infidelities, the reconstruction of the dairy wall, and a clansman's latest round with the gout. She pretended to listen to the advice of one of her clansmen as he explained that, in his day, Rancoff would have been attacked days ago. But in truth, every fiber of her being was focused on the doorway. She could not help herself.

She waited for *him*.

Finley entered the hall in a sour mood, but made no mention of the laird of Rancoff except to say that once he had been bathed and deloused, he would report to the great hall.

As the kitchen maids carried in great bread trenchers of roasted meats and vegetables for the evening supper, she and Finley discussed her sister and the predicament they found themselves in. As she suspected, no word had come from Rancoff in her "absence." The men she had sent to watch the castle from afar reported that Rancoff had returned to its routine as if nothing was amiss, save for several extra men who stood watch on the stone walls.

"It makes no sense," she mused aloud as she sipped ale from her father's cup.

Finley listened obediently.

"Why have they still nae contacted us?" she questioned.

They stood near the fireplace, warming themselves. She had given the others leave to eat without her, and they had broken into groups to dine at their pleasure at the tables and benches scattered like rushes on the floor. The room was smoky and loud in a comforting, familiar way. Hounds barked and fought for tidbits beneath tables. A serving wench's babe wailed for his supper. A maiden flirted with one of the young men in a dark corner, her breasts swelling above the low neckline of her stained bodice.

The only thing different this night than many others was that Elen had ordered the maidservants to set two places at the dais. She hoped Finley did not feel neglected, for normally she dined with him, but she wanted to speak with Munro alone.

No, if she would admit it to herself, she wanted to *be* alone with him. She wanted to recapture the intimacy she had experienced in the oubliette just before she had fallen ill.

"I dinnae ken Rancoff's intentions," Finley spouted. "Have ye asked our prisoner these questions?"

"He doesnae ken why no one has responded. He is as angry and perplexed as we." She brushed her upper lip against the rim of her cup thoughtfully. "I think he suspects it is his brother who holds Rosalyn, though he doesnae come out and say so."

Elen wished she could discuss with Finley what Munro had suggested—that perhaps Rosalyn had played a part in her own kidnapping. She wanted to ask Finley if he had heard any rumors concerning her sister and a man she met in secret, but could not think how to word it so as not to blemish the girl's reputation.

Ordinarily she could trust Finley not to repeat anything said between them, but this was too delicate a matter. If Rosalyn was innocent, as Elen prayed she was, she did not want her clansmen to even consider her sister could do such a thing. So long as there was no scandal and Rosalyn was returned with her maidenhead intact, there was no reason why she could not still be married off to Campbell come Michelmas.

That she could even consider Rosalyn might be a part of this nightmare set her teeth on edge. How could she, for one moment, suspect such scandalous disrepute?

Because she knew Rosalyn.

Her sister's purity of heart and piety were more feigned than real. In her gut, Elen sensed Munro's suggestion might be closer to the truth than any other she had contemplated so far.

Still, she had no proof, and she needed to keep her emotions in check. She had to suppress the fear, the feeling of helplessness that nagged at her inner thoughts. Men did not govern with emotion; they governed with thought and deed. Until she had proof, she must believe her sister was safe, but being held against her will for ransom, be it coin or land.

Finley met Elen's gaze and tugged at his short, wiry beard, his eyes stormy. He was obviously not pleased with Elen's decision to bring Munro out of the hole and into her hall. Fortunately, she did not care what he thought on this matter.

"I nae ken why ye believe the prisoner so easily."
Finley eyed her. "Ye must remember what your father
warned. He told ye there would be men who would try
to sweeten ye with lies, to try to take Dunblane by your
bed, if nae by force."

She laughed at that thought . . . and was flattered at
the same time. Never before had she considered that
any man might be attracted to her the way men were
attracted to other women. Did Finley really think
Munro would try to get into her bed to take her land?
Did Finley really think she would let him?

Her mouth twitched into a smile. "So ye think Cerdic's
kidnapping of my sister was a way to force me into cap-
turing Munro so that he might woo me from the depths
of my dungeon?" She could not suppress a snigger.

Finley frowned, put out that she was not taking him
seriously. "Ye laugh, but stranger things have happened.
Ye said yourself this wasnae the usual damsel-captured-
for-ransom plight."

He sounded hurt, and she reached out to brush his
arm with her hand. "I'm sorry, Finley. I dinnae laugh
at ye, only at our situation. When father left the responsibility of Dunblane to me, do ye really think he
believed we could get ourselves into such a mess as
this?" Again, she laughed.

Finley did not. "I amnae certain ye take this situation
seriously enough. I think—"

Elen caught sight of Munro, flanked by two burly
guards as he was led up the steps to the great hall, and
Finley's voice faded from her mind. Her surroundings—
her men, the tables, the dogs, the black smoky torches—
all seemed to recede. Suddenly she saw nothing but
Munro. Nothing mattered but this man who walked
slowly, proudly toward her, his head held high.

Elen could not fight the feeling of warmth that
spread from the inside out to her limbs, warming her

from her stomach to the tips of her toes and fingers. Once again, she was in awe of the physical reaction of her body to this man. She was in awe of *him.*

Munro approached her at the fireplace. Finley must have realized she was not listening to him, because he had gone silent.

"This is poor judgment," Finley whispered. "He might attempt to escape, and then we would be forced to kill him. I, for one, wouldnae want to be the one to write that letter to our king."

"He willnae attempt to escape," she said aloud, surprised by the strength of her own voice. "Will ye, sir?"

She met his gaze. His eyes smoldered . . . the fire for her. Even a complete innocent such as herself could see it.

"Nay, I willnae," he said.

"Stand guard upon the door," Elen ordered the two men who escorted Munro. "Should he attempt to escape, run him through."

Munro gripped his stomach in mock pain. He wore one of her father's navy tunics that was a wee bit short but fit him well. Over his broad shoulders, he wore a green and navy plaid woven on Dunblane's loom. "Egads, woman, ye have a taste for blood."

Finley stepped between them, lifting a hand threateningly. "Speak rudely to my lord, and ye will find it a long fall into the oubliette again."

"Finley." Elen laid her hand gently on his shoulder and he immediately backed down. "Let me try my way," she said quietly in his ear as she passed him. "We havenae been able to gain information with brawn. Perhaps honey will better serve us."

She walked toward the dais. "Come sit, sir, and dine with me," she told Munro over her shoulder.

He followed her to the head of the hall. At the rear of the scarred trestle table, he surprised her by pulling out the long bench they would share. Had she been a woman in skirts, she would have easily been able to maneuver the folds of fabric around the bench and take her seat.

It was obvious he had offered such courtesy before. This was a man who had sat at daises with women of good breeding in the past. Immediately she was curious about them. What kind of women did Munro of Rancoff like? Blondes with ringlet curls and batting lashes? Dark-haired, mysterious lasses?

Munro gracefully stepped over the bench and sat beside her. A hovering Alexi refilled Elen's cup and then her guest's, staring without the good sense to pretend he wasn't.

"Do ye feel better with a bath and clean clothing?" she asked quietly. She would not have the serving boy repeating this conversation word for word to the others.

"Much better." He lifted the horned cup and smiled over the rim. "Me thanks ye from the bottom of my heart."

The way he said "my heart" sent a thrill through her. Elen knew she was being a goose. He was obviously playing her. She should heed Finley's warning, but she couldn't help herself. Everything she had ever done in her life had been for her father, for her sister, for her men, for Dunblane. When would she do something for herself?

Elen set down her ale and reached for a trencher of roasted hare. She was starving.

"I would serve ye," Munro said, covering her hand with his to take the tray from her, "if only ye would allow me."

She lifted her lashes. Heat passed between them, a flicker of energy she was unfamiliar with but relished all the same.

He felt it, too. She could see it in his eyes.

"I serve no lords save my king and Him above," she said softly. "If I allow ye to serve me, will you come to expect the same in return?"

She did not know where her boldness came from. Her father thought it was the headaches. He said it seemed each time she recovered she was born anew with appreciation for life and its frailties. And Elen did indeed love life.

He smiled, showing even white teeth blemished by neither rot nor discoloration. "My only hope would be ye would come to wish to serve me as I wish to serve you."

A play on words, for "serve" could hold many meanings.

She pulled the trencher of hare from him and took a piece for herself with the dagger she had pulled from her belt.

"Let us to business," she said, setting down the dish and pushing it toward him.

He sighed, as if disappointed, and served himself. She reached for another dish, this of roasted onions and kippers. He made no attempt to serve her this time, and she couldn't help being a wee bit disappointed. Was this why men spoke of females' indecisiveness?

Munro blessed the table for them both and they began to eat, falling into conversation as if she dined every day with a prisoner from her oubliette and he with those who held him prisoner.

"There has still been no word from Rancoff." She tore off a bit of succulent hare from her knife with her teeth.

"I suspected as much. Even with ye indisposed," he said diplomatically, "your Finley wouldnae have been able to suppress some word thrown down to me had ye heard anything."

"Finley is a good mon," she defended, reaching for

her cup. The hare was delicious, the bread hearty. It felt good to fill her gnawing stomach. "If a wee bit overprotective."

"So what now?" he asked, diplomatically changing the subject.

She met his blue-eyed gaze. "I would ask ye the same."

Again, that devilish grin that seemed to be his tradesman's mark. "I asked you first."

She couldn't resist smiling in return. "I think I must go to Rancoff. I could demand to see my sister to make certain she is still alive and unharmed. Then I would speak directly to Cerdic . . . or whoever seems to be in charge." She deferred to his obvious hope his brother was not responsible.

Munro nodded, chewing thoughtfully. "I could ride with ye."

She laughed. "I think not."

He lifted one brawny shoulder. "Ye would have been disappointed in me, had I nae given it a try."

She glanced out over the great hall, trying to conceal the smile that would not leave her. Her clansmen and vassals were still talking and eating, too mannerly to make it outwardly apparent, but all obviously attuned to her. Only Finley dared stare straight at them; only Finley dared wear that frown of disapproval upon his face.

Munro took another helping of hare and several pickled doves' eggs. "I cannae think what my brother could mean by this. It makes no sense that he would take her and make no demands."

Elen listened carefully not only to his words, but his tone. She believed the laird of Rancoff was sincere. His sincerity in no way solved her problem, but she felt as if she could deal with him fairly. She almost felt she could trust him, but she recalled her father's warning and knew she must not allow her attraction to him to cloud her judgment. Though she would like to have him moved to more comfortable quarters, she knew Rancoff must return to the pit. Right now, it was her only leverage.

Her meal completed, Elen sipped her ale and divided her time between watching her men in the hall and watching the man who sat beside her.

As the evening stretched on, the conversation turned from her sister and Munro's brother to safer topics such as the reavers seen in the area. When he had eaten his fill, Munro accepted more ale and seemed content to remain at her side and converse. The Burnards finished their meals. As the maidservants cleared away the food, men set out dice and cards to game. One of the older vassals lifted the pipe from the corner of the vaulted room and began to play.

Munro and Elen spoke of common matters—storing food for the winter, hunting, doling punishment and justice to the serfs within their jurisdiction. She found him to be knowledgeable and fair, and discovered they shared many of the same philosophies of ruling over a castle and men. Not until they began to talk did Elen realize how lonely she was. Since the death of her father, she had had no one to share such discourse with, no companion. Though Finley served her well, he was not a friend. Not as her father had been.

Munro poured more ale for them both and pulled up one knee to lean upon it. Just then, her dog Camille scrambled between them in search of scraps and he bent over to peer beneath the table. "God's teeth," he exclaimed. "When did someone last clean here?"

She glanced beneath the table and was surprised to find piles of bones and dog droppings, along with a bent cup, fish bones, and various other smelly objects she could not identify in the dim light.

She lifted her gaze, feeling sheepish. " 'Tis a wee bit dirty," she conceded.

"Dirty?" He gave a laugh. " 'Tis foul. Ye have plenty of servants. Why havenae the rushes been swept out?"

Feeling chastised, she bristled. Who was this man to judge her? "I have much to attend to, my lord. Seeing the rushes changed isnae a high priority when my sister has been *kidnapped* by villains."

He nodded, a smile twitching on his full lips. "I agree. I apologize for my words. But the cleaning of the hall should be someone's duty." He glanced around disapprovingly, spotted the hawks on their rests and the waste below them, and grimaced. "I attended your father on more than one occasion, and I must say he was an organized, cleanly mon."

She scowled and pushed a bit of leftover meat around her plate with the tip of her dagger. She was hurt by his comment and wished she were not. Why did she care if her prisoner did not approve of her housewifery skills? She was not his wife.

"If ye have naught else to say"—she forced her tone to be light—"but to criticize, I should think it's time ye returned to your accommodations." Before he could respond, she rose from the bench and stepped over it, this time not allowing him to give her assistance.

Already, the hall was less crowded. Men were taking their leave for the night—to bed, to watch, to attend to their evening duties. The fire was beginning to die back, and there was a chill in the air. Elen could not tell if it was between her and the great fireplace or her and Munro.

"Elen . . ."

She ignored his soft plea. She did not want to hear his gentle words of apology. What would be the point? She would not deny she was attracted to this virile laird, but to what end?

Finley approached her the moment she came around the dais. "Ye want him tossed below?"

"I'll see to my prisoner." She lowered her voice so Munro, taking his time to finish his ale before he followed, could not hear. "Check our records. I want a map of Rancoff castle."

Finley's muddy eyes lighted up. "An attack?"

She frowned. "Find the map. I know I have seen one among my father's records. We will meet at dawn to break the fast and discuss my plan."

"Aye, my lord," he conceded with a nod, lowering his gaze. He turned away.

"And Finley—" She crooked her finger, beckoning him.

He lowered his head to listen.

"Please, in the future, address me as my lady . . . or Elen will do."

He lifted his gaze in question, but she had no intention of explaining that she did not want to be viewed as a man, that she never had, that she had accepted the role only because it was what her father had offered. How could she tell him this man, her prisoner, had made her realize she was not ready to give up on her femininity? How could she explain to him what she did not understand herself?

"Good night, Finley. God rest ye in your bed."

With that dismissal, he had no choice but to take his leave. "God rest ye," he returned, and made his departure.

Elen waited before the dais for Munro to join her and then continued through the hall toward the steps that led down to the oubliette. A few men remained behind, still dicing, but the great vaulted room was now relatively quiet. A maidservant moved from group to group, making lively with the men as she removed the last remnants of the meal.

Down the steps, the entranceway was dark. Someone had allowed the two torches that ordinarily burned there to go out.

So perhaps she was occasionally remiss in her house-keeping.

Elen stood at the mouth of the oubliette. "Would ye like the ladder?"

"Elen, I dinnae mean to insult ye," Munro said. His tone was soft, gentle, yet remained entirely masculine. It seeped into her head, into her body, like water leaking around a window not properly sealed.

Suddenly she felt vulnerable, and she did not like the feeling. Not one bit.

"No insult was taken," she said, more abruptly than she had intended. "What do I care what ye think of the cleanliness of my castle?"

He chuckled, and the sound drew her against her will. She met his gaze in the small, shadowy stone chamber. She had not realized he stood so close. Her breath matched his, and they seemed to inhale and exhale as one.

He brushed her chin with the tip of two fingers and her breath caught in her throat.

"I think ye wouldnae care what I think of the state of your hall," he said in the same mesmerizing voice, stepping closer so that his tunic brushed hers, "Nae when I earlier offered ye compliment. Ye are a better laird, I can see, than most in our Scotland." His gaze washed over hers and he reached up to smooth a lock of hair at her temple. "I like your hair like this," he whispered. " 'Tis beautiful. As magical as the flames of a campfire."

Elen could not drag her gaze from his blue eyes, not even when he lowered his head.

He was going to kiss her? He would not dare!

His mouth was nearly at her trembling one before something snapped inside her and she lifted her hand to cuff him. "How dare ye—"

He caught her wrist in midair and held it above her

head. "Do not strike me, ever," he whispered in such a low, threatening tone that she suddenly wished Finley was beside her.

"If ye nae wish my affections, ye've naught but to say so. But never *ever* strike me."

Her lower lip trembled. Not because she was afraid, but because she was angry—angry with herself for wanting his mouth upon hers.

And he knew. He knew.

A strangled cry erupted from her throat as he released her hand. In one swift motion, he grasped her around the waist, pulled her against him, and forced his mouth upon hers.

It was harsh and frightening . . . and sweeter than she could have imagined in her wildest maiden's dreams. Munro's manly scent enveloped her as tightly as his brawny arms. As his mouth met hers, her fingers found the hair at the nape of his neck.

He tasted of ale and his maleness and some startling emotion she did not recognize.

And she wanted him.

Elen gave Munro a great shove, ashamed of herself and her body's betrayal. Even now, as she panted and wiped at her mouth, she wanted him to do it again.

He was breathing hard, too. She could hear him in the tiny chamber, though she did not dare lift her gaze to meet his for fear he would see the tears of frustration that sprang in her eyes.

"Either jump below," she snapped, striding past him, her entire body trembling, "or I will push ye, and ye are likely to break a leg."

His laughter echoed in her head and off the walls of the oubliette as he dropped easily into the hole.

She took her leave at a dead run.

Seven

"I think we should attack," Finley said without pre-
amble the moment they were out of earshot of the other
men.

It was midmorning, and she and several of her armed
clansmen were riding out to a tenant's farm. She had
received word this morning that the farm and been
raided by reavers. Apparently no one had been harmed,
but cattle had been stolen and a feed shed burned to
the ground. Because the family lived upon Dunblane
land and paid her homage each year, she was responsible for their safety. Though she could have sent Finley
or any number of trusted men, she had decided to look
into the matter herself. She needed to get away from
Dunblane for a few hours. Needed to get away from
him.

"I am well aware of your opinion, and I thank ye
for it." If there was one thing she had learned from
her father, it was diplomacy. Whether she agreed with
Finley or not, she must appreciate him for what he
was—a loyal clansman. And she had to keep in mind
he always had her and Dunblane's best interests at
heart. He was the most unselfish man she had ever
known.

"But ye nae intend to follow my advice."

Elen adjusted the reins in her gloved hands and

pushed her mount to pick up his speed. "I intend to take your advice under consideration, as I always do."

"Ye should take care," he murmured under his breath.

She glanced at him. "If ye have something to say, speak."

He hesitated.

"Well?" She was not in the mood for sport.

"There is talk that ye havenae been as concerned about your sister's kidnapping as might ye should be."

"Who says such nonsense?" she flared. "Which of my men?"

" 'Tis only prattle. Nae men," he defended. "Maidservants, vaslets without enough work to occupy themselves."

"They'd do well to sweep the rushes from the hall if they have so much free time." She set her jaw, focusing at a point ahead on the gray horizon. They were rounding a peat bog, and the pace was too slow to suit her. She felt the need to ride fast, the wind in her hair, her heart pounding in her chest.

"Tell me I am nae concerned for my sister. What would they have me do?" she muttered. "Run about the hall flailing my arms, wailing and pulling out my hair?"

"Only idle gossip."

She eyed him. "Better yet, would they have me take their husbands and sons and attack Rancoff without clear forethought?" She lifted one shoulder, her tone sarcastic. "Aye, mayhap a few men would die, a limb or two might be lost, but 'twould show my concern."

"Elen . . ." he said quietly.

She threw up one gloved hand to silence him. "I am placed in a mon's position," she hissed. "And then criticized for nae behaving as a woman."

Finley opened his mouth to say something more, then clamped it shut.

"Speak," she demanded. "Finish what ye have begun."

He shook his head. "Ye have enough to concern yourself with right now."

She pressed her leg to her mount's side and eased him over until she was an arm's length from Finley. She knew she had no right to be angry with him. He was simply repeating what had been said.

She gentled her tone. "Finley, ye know you can always speak your mind with me. I may nae agree with ye, but I have always listened."

He lowered his gaze. "The prisoner," he said as if he were afraid she might strike him.

Ah, so there it was. She had feared this was coming. She had seen the way Finley had watched her and Munro. "Go on," she said, half wishing he would not. Suddenly she was afraid. How much had he seen?

"There are those who observed ye last night at the sup table behaving verra much in a womanly way with him."

She looked forward again, feeling as if she had been slapped in the face. For a fearful instant, she had feared Finley was going to say someone had seen her kiss Munro. At least that disaster had not occurred. Still, she could tell by his tone that he disapproved of her behavior. He was not telling her what some of her men thought, he was telling her what he thought.

She had two choices now: lower her head and admit she had behaved inappropriately with the prisoner by laughing and talking with him, or defend herself.

"I supped with a mon, Finley. I am well beyond the age of my father or anyone else telling me what I may and maynae do. I have a right to enjoy another's company."

"Your duty is to Dunblane."

"Ye nae have to remind me what is my duty," she said firmly. "I know it well. All too well," she exhaled.

"I dinnae mean to make accusations, only to make ye aware there has been talk."

Elen understood all of the reasons why Finley warned her. She understood he was only looking out for her and Dunblane. But his words still hurt and angered her.

"They want to talk? They want to judge me?" She met his gaze head on. "Let them judge." She grasped her pony's shaggy mane and lunged forward to ride ahead of the men.

Once Elen was well in front of her men, she relaxed in her saddle and gave the gelding rein. Alone, she could think more easily.

It had been almost a week since Rosalyn had been kidnapped. Unconcerned? They thought she was unconcerned? She was becoming more worried with each passing hour. She was desperately worried her sister had been kidnapped for ransom; she was worried she had not been.

She was not, however, desperate and knew she must not behave so. She had studied the layout of Rancoff Castle and had mentally considered various plans of attack, but her gut feeling told her to hold off. Yesterday she had sent a second missive, addressing this one directly to Cerdic. Her runner had returned empty-handed, but this time with the promise of a response, as well as an unsoiled tunic.

Munro was growing impatient in the oubliette, and rightly so. Last night he had attempted to convince her to release him. He swore he would have his brother's head on a pike himself if only she would let him go.

She, of course, could not release him. Intuition was not enough to trust a man when her sister's life could be at stake. She had not even allowed him out of his cell since they had kissed. Nor had she gone below. It was not because she did not trust him within the walls of her castle, but because she did not trust herself.

Munro. She groaned aloud, thankful her men were not close enough to hear her.

Just thinking of Munro led to the memory of his mouth, of his arms around her waist, bringing a heat to her cheeks. She had relived that kiss over and over again, remembering every brush of his skin against hers, every breath they had taken. It was the first kiss she had ever shared with a man, and though she supposed every woman memorialized her first kiss, she suspected what had passed between her and her virile prisoner was more than first kiss perturbation. Munro was dangerous. Her physical and emotional reaction to him was dangerous.

In the past, little had mattered to Elen but Dunblane and her duty to her family and clan. Her every waking moment had been devoted first to her father's wishes, and now to the daily running of the castle. Now Munro was in her every waking thought. He distracted her from her duty, and she could not be distracted, not when Rosalyn's life was at stake.

Elen prayed a message would come from Rancoff quickly. If it did not, she would have to send word to Rosalyn's intended of his love's plight. If word did not come soon, she would have to deal with her feelings for Munro. At this moment, she did not know which would be more difficult.

The sound of pounding hoofbeats behind her party caught Elen's attention, and she immediately pulled back on the reins. The men she traveled with halted, looking back, their mounts dancing.

" 'Tis all right," Finley said, magically at her side in a breath's time. " 'Tis a rider from Dunblane."

They waited for the messenger. It was the same man

she had sent to Rancoff yesterday. He waved one hand wildly as he drew near.

She spotted a scrolled paper in his hand. It had to be a message from Rancoff.

Elen spurred her gelding forward, not waiting for one of her men to retrieve the message for her. She held out a gloved hand, passing the nervous young man on his right side so closely that their legs touched and his mount shied.

"From Rancoff, m'lady," he said. "I came straight away because I knew ye would not want to wait for it until you returned."

Pulling off one glove and halting, Elen nervously unrolled the delicate parchment. She scanned the script quickly, then glanced up, a curse upon her lips. "Finley!"

"M'lady?"

"Take six of the men with ye and see to the farm. Get what details ye can on the reavers and come home. Do not pursue them, even if ye suspect they are nearby. We must be prepared and well-armed before we encounter them face to face."

"Aye." He nodded. "Ye return home?"

She wheeled her mount around, tucking the missive into her tunic. She knew what he was thinking. "With three men for escort, I'll be safe enough. And Cerdic already has my sister. How many more Burnard women could he kidnap?" she teased.

At last she drew a smile from him. "Be careful," Finley warned.

"Aye." With that, she sank her heels into the gelding's flanks and headed back in the direction she'd just come, her escorts flying to catch up. She was anxious to get home. Anxious to have a word with her dear prisoner.

* * *

"What kind of ransom note is this?" Elen demanded of Munro. She shook the letter written by his brother, Cerdic.

"I do nae know." Munro leaned against the rough stone wall of the oubliette, one foot propped up behind him. Since the fret she had made the other night, her men had seen to it he had been provided for properly. His hair was washed and brushed back roguishly off his forehead. His clothing was clean, though rumpled. Even here in this cold, shadowy prison cell, it was obvious he was a man of presence.

"What do ye mean ye nae know?" She pressed her back to the far wall. Even angry with him, she did not entirely trust herself with this man. Ever since their kiss, she had felt an energy between them that would not dissipate. Even now, the stale air crackled with it.

"I mean I have no clue what my brother is doing. 'Tis madness."

"Madness, indeed." She glanced at the paper in her hand, scanning the list of demands Rosalyn's kidnapper had set forth. There were several, each one more absurd than the previous. She read them aloud to Munro, still in disbelief.

"In payment for Rosalyn of Dunblane's safe return: a breeding bull from Dunblane's herd, two piglets with curly tails, a crate of quail, one silver-toothed comb, a pot of eel stew, and the short toe of a tall mon."

Munro laughed. "Nothing of the lord master?" he inquired.

"Nae, unless it is your short toe he means to have," she quipped.

Munro shook his head and crossed his arms over his chest. He had finally ceased laughing, but he was still smiling. This whole situation was ridiculous, as evidenced by the note containing no threats against her sister's life. At least Rosalyn was safe. Elen was so utterly unamused that she wanted to smack the grin from his face.

Who was she jesting? She wanted to kiss it from his mouth.

"What am I to do with this?" She shook the paper, impatient with him. Why was he not taking this more seriously? His brother had not even inquired as to his health. "Do tell. How does one address such preposterous demands?"

He spread his arms wide. "Honestly, I cannae tell ye. I have only twice dealt with kidnapping and ransom—once in battle, another time when I was young, barely off lead strings."

"I cannae resist," she said dryly. "How did they turn out?"

He sighed as the laughter died from his voice. "Both times badly. I dinnae pay my cousin the sweet for my dolly and he dropped her in the moat. I paid the English for my servant and they tortured and killed him anyway."

Elen crumbled the note in her hand in frustration. His sudden emotion made her feel a gentleness she did not want to feel. "I am sorry," she said softly.

A silence yawed between them.

"Elen, listen." He took a step toward her. "Obviously there is more to this than what it appears. One of my brother's harebrained schemes, not well thought out, as usual, but cleverly executed, I must say." He paused. "I know ye do not want to consider other possibilities, but it is time we do so. There is a possibility," he said carefully, "that your sister could be involved. Ye said yourself she was taken with Cerdic when he came to sup with ye."

"She laughed at his jokes, nothing more." Elen ground her teeth, frustrated that he had brought up the very suspicions she did not wish to entertain. "I cannae believe my sister would be part of this." Rosalyn was flighty and selfish, but had never been cruel in the past. With the weight of Dunblane's responsibilities upon Elen's shoulders, surely Rosalyn would not be so callous as to let her sister think she was in grave danger when she was not. She just could not believe it.

He took another step toward her, and she wished her great-great-grandsire had not built this prison cell.

"I would like to believe my brother wouldnae behave so dishonorably either," Munro said gently. "But this ridiculous ransom note is proof that there is much amiss."

He reached for her, and she could not make herself pull away.

"Rosalyn is betrothed to marry. She put up no protest when my father made the arrangements ere his death," she reasoned aloud, her last words higher pitched than normal. She did not care what direction the evidence pointed. She didn't care what Munro said. She simply could not believe Rosalyn would do this to her . . . to her clansmen. "I cannae believe she would do this to us."

"We could send the piglets and the toe and see what he does next," he teased.

This time she could not help herself. She laughed aloud, and he caught her around the waist with one hand and kissed the top of her head. It was a simple enough gesture, innocent perhaps, but his touch set her on fire.

"What are we doing here?" she whispered desperately, thoughts of her sister and his brother gone for the moment. "What am *I* doing?"

This time he brushed his lips against her ear. "Nae what either of us expected, eh?"

She gave a strangled laugh that was close to a cry.

"I . . . I shouldnae feel these things. Ye are my prisoner."

He took her in both arms, pulling her against him to nuzzle her neck. "In more ways than ye realize, lass."

She struggled with her inner self, but could not step away. "Ye must understand, I cannae act upon these thoughts."

He smoothed the back of her head with his broad palm. "Ah, sweeting. Do not think my intentions dishonorable. I am a man in need of a wife."

She lifted her lashes to meet his gaze, her heart fluttering in her chest. This was insane. Anyone passing to the hall could catch them. But she couldn't pull away. Not yet. Just one more moment. . . .

"Ye do not understand. I have never known a mon," she said boldly. "But I can never wed."

"Why?" He grasped her arms, searching her face for meaning.

"Dunblane," she said simply.

He thought a moment and then gave a slight nod. He understood.

That made her want him all the more.

"I am nae a mon who has the need to control," he intoned. "We could work something—"

"Munro, please," she breathed. "Kiss me now ere someone comes."

She lifted on her toes, letting her eyes drift shut. If she did not feel his mouth upon hers, she knew she would perish.

He did not disappoint her. He brought his mouth down hard against hers. He thrust his tongue and she parted her lips, savoring the taste of him. He kissed her until she was breathless and dizzy.

Releasing Munro, Elen stumbled back a step. Her mouth was raw and burning. Every fiber of her being cried out for this man. She was overwhelmed.

"I . . . my sister." She lowered her head and tried to catch her breath, tried to think clearly. "I would never say this to anyone else, but I'm unsure what to do."

"Perhaps I should send a message." His breath came unevenly as well, as if he were as affected by their kiss as she. "Would ye send a message to my brother if I wrote it? I would send a message to my steward as well, but he is away making purchases for me."

She glanced at the stone floor. She knew what Finley would say. But he did not know of her and Munro's suspicions. "I will send it." She inched toward the Jacob's ladder that she had dropped down. "I'll send down paper and quill from my trunk."

"I had hoped ye would bring it yourself," he suggested huskily.

She grasped the rope ladder with both hands. "This is dangerous, Munro. We should stop it here."

He shook his head ever so slightly. "I cannae, for I am enchanted." He opened his arms wide. "I am bewitched by ye. By your mind. By your body."

Had any other man on God's earth uttered those words, she would have laughed. But from Munro's lips, she sensed them to be sincere.

Without a word, Elen grasped the ladder and shimmied up. At the top, she hesitated for a moment, then drew the ladder up. She did not know if she did it to protect her leverage with Cerdic Forrest or because she did not want Munro to escape before she felt his touch again.

Eight

"Cerdic, don't!" Rosalyn squealed with laughter.

He gripped her ankle and tickled the bottom of her bare foot again. "That? Ye nae wish me to do that?"

She laughed and kicked him with her other petite foot. "I say enough. Stop!" She knocked him off balance and he tumbled backward, off the end of the bed. He hit the hard floor with a thump and a crack.

"Cerdic?" Rosalyn shrilled. She climbed across the great bed, over the tangled bedlinens, on all fours. "Cerdic, are you all right?"

She peered over the side to see him lying on the floor, his arms and legs spread wide, naked as the day he entered this world. His eyes were shut, his body still.

"Oh, God upon heaven!" she breathed. "Cerdic! Are ye all right?" She scrambled off the bed, dragging the linens with her. "Cerdic, my love?" Had that crack she heard been his head upon the stone floor?

She smoothed the sandy blond hair from his forehead and brushed her fingers on the floor. There was no blood. He appeared to have no broken bones. He had not fallen very far. How could he have been knocked unconscious?

She lowered her cheek to his mouth to be certain he

still breathed. Aye, she felt his breath on his cheek. So why didn't he wake up?

Rosalyn grasped his shoulders and shook him, panic gripping her stomach. "Cerdic! Cerdic, ye must wake up!"

She lifted her head, looking frantically at the closed door. The servants had been ordered not to enter unless they were summoned, no matter what they heard, but she knew someone was just outside. Perhaps she should call one of them to give her aid. Or maybe she should dump water on Cerdic's head. She didn't know what to do.

She knelt beside him and gazed down at his handsome, still face. The dunderpate couldn't have died tumbling from a bed, could he?

Suddenly Cerdic's eyes popped open and his face lit up.

"Cerdic. Cerdic, you're all right!" She threw her arms around his neck. Only then did she realize from his expression that he was just playing with her.

"Ass!" She struck him across his cheek with her palm.

He burst into wild laughter. "Ye thought I was dead, didn't ye?" he gloated.

She started to get up, but he grabbed her arm roughly and wouldn't let her go.

"Leave me alone." She struck at him with her free hand. "I nae wish to play with ye anymore. Prick."

He laughed harder. "Prick? Ye want a prick? That I can provide. See?" He gestured below his waist.

She was still angry that he had given her a fright, but she couldn't resist a quick peek. The man was not as bright as she was, but he had other attributes that could be far more useful to her in a man than a brain.

He was standing as stiff and thick as a flagstaff.

She giggled.

"Want to play, lass?" he teased.

"I thought you were going to scribe the letter for me." Rosalyn had never learned to read and write. Despite her father's and sister's constant jabber, she thought it a waste of time. Why did she need to read and write when she had others to do it for her?

"But we wrote a letter yesterday," he bemoaned.

"The short toe of a tall mon. 'Twas quite clever of ye, I must say." She covered her mouth with her delicate hand and giggled. "I can only imagine the look upon my sister's face when she read it. Surely steam came from her ears."

He laughed with her. "Oh, that I could see the look on my brother's face. He hasnae the sense of humor I have."

She laughed and kissed his mouth. "Now the letter, please?" she begged sweetly. " 'Tis my sister's Saint's Day tomorrow, and I wish to send her greetings."

"Ye don't think she'll become suspicious?"

Rosalyn gazed into Cerdic's eyes. "She'd have to be a clout nae to be suspicious by now."

"What do ye think she'll do?" Cerdic's forehead wrinkled with worry.

"She will do naught. She will shake her finger at me, haul me home, and marry me off ere anyone else knows of my adventure." She ran her hand over his bare chest.

He gazed up at her earnestly. "And that is what ye want?"

"What I want is for you to write a letter for me."

"First fun, then work." He held out his arms for her.

She still knelt beside him on the floor, tangled in the bedlinens. " 'Tis cold down here on the floor." She pouted.

"Aye, upon the floor. But nae here." He grabbed her

by the waist, then lifted her up and over so she straddled him.

With one easy movement, she was upon him.

"Warmer, my love?" Cerdic crooned.

Rosalyn rocked to and fro with excitement, throwing
back her hair, thrusting out her bare breasts. "Aye, love.
Already warmer . . ."

"He must be mad," Finley said, holding the missive
from Rancoff. He was one of the few men at Dunblane
who could read.

Elen opened the creaking door to the old mews built
before her father's time and stepped inside. Finley followed.

"Mad, indeed," she said. "I agree, there can be no
other explanation." She had come to inspect the mews
in the outer bailey to see what repairs needed to be
done so her hawks could be housed here rather than in
the great hall. It was convenient to have them in the
hall to kill sparrows and other small birds that flew in,
but Munro was right. They were filthy creatures, and
they did make the hall stink.

"What says our prisoner?" His tone was thick with
antagonism.

She turned to Finley impatiently. "Why, by God's
precious bones, do ye dislike him so?"

"Because he is our prisoner. He has taken Rosalyn."

Elen ran her fingers over a dusty perch, her mind
half on Finley's words, half on the task at hand. Sun-
light slipped through cracks in the roof and dust motes
floated in the air, making the tiny room seem oddly
surreal. The mews were actually in good condition.
With a day's work on the roof, it could house her birds
again.

Elen wondered if Finley truly believed Rosalyn was

in danger. He had read the letter. He knew of the ridiculous demands, and he was an intelligent man. Though he would never dare suggest Rosalyn could be a part of the kidnapping, he might think it. She debated telling Finley of her and Munro's suspicions and asking him what he thought, but she could not bring herself to do so. What if she was wrong? She feared she was not, but still she held to a golden thread of hope. "That is the only reason ye nae like him?"

He lifted a dark brow. "That is nae reason enough, m'lady?"

She turned away from him. "I nae think Munro had anything to do with my sister's kidnapping."

"So he says."

She looked back at him. "So I believe. I have . . . misgivings," she said, choosing her words carefully, "concerning the circumstances of Rosalyn's kidnapping and imprisonment."

"Misgivings *he* has put in your head?"

She shot him a look that did not need words.

He sighed, backing down as he always did when he went boot to boot with her. "So tell me. Let me judge for myself."

"I would rather nae yet say." She met his gaze, reaching for his hand. "Nae because I do not trust ye." She squeezed his hand and released it. "But because I wouldnae want you to think ill of anyone ye need not. I have only suspicion, nae proof."

His bushy brows knitted in confusion.

"Trust me," she said.

He paused. She waited.

"So ye have a plan?" he said finally. "Ye know how ye can get her back ere we must inform her intended?"

"Nae yet. But I draw closer. And I willnae reply to the absurd demands. Short toe of a tall mon, indeed," she scoffed. "What kind of dullpate does he think I am? Nay, I want to see what he will do when I ignore *his* missive."

"But you willnae release the prisoner?"

She gave a snort that was entirely unladylike. "Of course not. What kind of silly goose do *ye* think me?"

Finley bowed his head. "I am forever your servant. Speak and I will obey, my lady."

Elen pushed open the hinged wooden door and stepped out into the fading afternoon light. The air was strong with the smell of salt and the sea. "Now what else is it you wished to speak to me about?" She started across the bailey, her stride long and confident.

"Your birthday celebration. 'Tis tomorrow night."

She frowned. "I don't think a celebration would be appropriate considering the circumstances, do you?"

"Perhaps we should dispense with much of the usual music and dancing. But I think your clansmen, your vassals, and the crofters need to have a day to honor you. Some have made preparations for months for the gift they will provide ye."

She walked through a gaggle of squawking geese and they scattered. "I nae need their gifts. I only need their allegiance."

Finley had to practically run on his short legs to keep up. "But, Elen," he said gently, "this is the way they pledge their allegiance to you."

She glanced back at him, mulling his words over in her mind. Her father had been a wise man to bring Finley here from a distant cousin's keep. Neither a man, nor a woman could have a better steward. He always saw what she did not. It had probably already occurred to him Rosalyn's kidnapping was not what it seemed. "I suppose you're right."

"I'll make the arrangements. Tomorrow night. Something simple."

"Bread and meat for all," she ordered. "No one upon

Burnard lands should sleep with an empty belly this night."

He nodded. "Of course. Your huntsmen are already in the forest."

She smiled. "Ye know me too well."

A strange look appeared on his face, but it was gone in an instant. Gone before she could interpret it.

He glanced to the west. "Will ye still ride?"

She gazed up at the sun slipping beyond the hilltops. Already branches were bare, the last of the leaves torn from their branches. "Aye, a quick ride, but I'll find someone else to escort me. I know you have a great deal to do."

"Aye, m'lady."

He turned to go in the direction of the great hall and she called after him. "Finley?"

He looked back. "M'lady?"

"The prisoner will attend my saint's day celebration. See he is clothed in a manner befitting his station. Have something of my father's cut down, if necessary."

Finley nodded, but this time the look upon his face was clear to read. Disapproval, anger . . . and a hint of jealousy.

Munro stood in the tiny chamber used for storage underground below the great hall and held out his arms. The room was cramped with empty barrels and broken stools, but it was a damned sight roomier than the oubliette cell. A carrot-topped maidservant ran a clean rag over his bare back and warm water dripped into the shallow wooden tub he stood in. Outside a burly man with a wicked dagger on his belt stood guard.

Munro gave a sigh of pleasure. Like any man, he had always appreciated a bath after a long day in battle or riding, but he had not realized until being imprisoned by the Burnard wench just how much he liked feeling and smelling clean.

Music swelled from the great hall above him, and he glanced upward. He couldn't stop thinking about Elen. She was such an enigma—masculine in so many ways, and yet utterly feminine in ways he suspected she didn't even realize. "A big celebration tonight in honor of your mistress," he remarked.

"Aye," the maid breathed in obvious awe. "Bread and meat for all. And ale."

"So ye like her, do ye?"

The maid came around his side, scrubbing his shoulder with the rag she had run through soap shavings. "Aye, my lord. She scares the wits out of me, but she has a heart big as a stag's. When my little brother took sick last month with a belly gripe, she come herself to bring him ale and bread. The lord, her father, was a good soul, but you never would have seen him beneath no crofter's roof."

Warm, soapy water ran down his chest, and he closed his eyes to enjoy the moment. "And she's had no proposals of marriage? Odd, a woman her age in her position."

The maid lowered her head over his shoulder. "They say she willnae ever marry," she whispered. "Nae wants to give up Dunblane to a mon." She gave a shrug of her thin shoulders and went back to scrubbing him. "Others say no mon would have her, but I think 'tis the other way around. M'lady, she might carry sword and wear her tunic too short, but she be a great woman. She got a heart no matter how she tries to hide it with them gruff words and ordering people about. Her da was the same way, ye know, so my ma say. Shoutin' orders, waving his arms like a madman. All growl, but no bite."

Munro let the maidservant ramble on, but he was

only half listening. The more he learned about Elen, the more intrigued he was. The more enchanted.

Munro himself had doubted he would wed again, though he knew it was his duty to do so. He had married for political reasons once. If he ever married again, it would be for love. He had begun to think no one could have his heart, that no woman could stand up to his expectations, but perhaps he had been wrong.

Munro shifted uncomfortably. Just thinking about Elen brought tightness to his groin. "Enough!" He grabbed the linen towel that dangled from a barrel and quickly wrapped it around his waist as he stepped out of the wooden tub. He didn't want the girl to think him a brute or that her attention had brought on this physical response, though it was obvious by the way she bathed him that she admired his physique.

He was not unaccustomed to such reactions. Female servants had been bathing him since he'd reached puberty. It was a common practice both in his own household and others that guests were attended when they bathed, but Munro had never been the kind of man to take advantage of such situations, as many men were. It just wasn't in his nature, though at this moment he half wished it were. Perhaps if he could find some physical release from his torment, he could think more reasonably and figure out how the hell he was going to get away from Dunblane and her mistress and home to strangle his little brother.

The girl took a step back, dropping the rag into a wash pail. "Ye want I should help ye dress, my lord?"

He shook his head. "Nae, just leave me. I can attend to myself." He began to dry himself off with the towel. "Tell the guard at the door I shall be ready shortly to be escorted to m'lady's hall."

The girl bobbed a quick curtsy and retreated through the door, taking the bucket with her. A few minutes later, Munro was dressed in a dark green woolen tunic, black stockings, and his own fine leather boots. Over his shoulders he wore the green and blue plaid of Dunblane, pinned with a claspbrooch. The garments were simple, but he knew the weave was the best the keep's loom had to offer. He wore a leather belt at his waist, but felt only half dressed without a dirk or some sort of weapon. Even an eating utensil would have been better that this feeling of nakedness—of vulnerability.

Munro took a deep breath, ran his hand through his damp hair, and walked out the door. The guard escorted him up the dark steps with nothing more than a grunt to point him in the direction of the hall—not that he needed it, for the music beckoned him.

Munro walked over the oubliette grate, thankful to be above ground, and entered the great hall. It was lit with hundreds of candles and torches in the corners of the room. The lights were so bright that even the vaulted ceiling was illuminated. The massive stone fireplace at the far end of the room roared and the horn of retention, proof of Elen Burnard's claim to Dunblane, gleamed above the great mantel. It was a splendid chamber, filled with bright light, the lively sound of pipes, and laughing men and women. Impressive even to him.

As Munro entered the hall, he smiled to himself. The great hall was much cleaner. The old, soiled rushes on the floor had been swept out and fresh ones spread. Benches and tables had been set in some semblance of order, and the hawk roosts were vacant. The only dog he spotted tonight was a hound asleep on the hearth— too old to be moved out into the cold, no doubt.

As Munro surveyed the changes, he couldn't help but wonder if they had been brought about by his comments. He'd like to think Elen had ordered the great hall cleaned because she was interested in his opinion. At the same moment, he realized it was dangerous to think so. Elen Burnard was nothing like any woman—or any man, for that matter—he had ever encountered.

The guard at Munro's side gave him a none-too-gentle push. "She beckons ye," he growled.

Munro almost did not recognize Elen without her man's tunic or plaid as she glided toward him in a forest-green woolen gown. She was utterly stunning, utterly feminine with her waist-length golden-red hair falling down her back and jeweled earrings glittering in her ears.

She was so beautiful she took his breath away . . . and his heart.

Nine

Elen was so mesmerized by the sight of Munro that it took her a moment to gather her wits enough to speak. He was clothed in one of her favorite tunics of her father's, a deep forest green that matched her own gown nearly perfectly.

When she had ordered Finley to fetch some of her father's clothing, she had been acting practically. His clothing had been too fine, too expensive not to be used. But when the words had come from her mouth, she had tasted regret. She didn't want to share her father's clothes, didn't want to share his memory with others.

Now, surprisingly enough, seeing Munro in Murdoch Burnard's tunic made her smile as she remembered her father in his valiant days when he had been an aide to Robert the Bruce. A part of her wanted to think that her father would have liked to have seen Munro in the clothing as well.

Munro bowed as if she were the queen, then reached for her hand to kiss it. She let him, and felt a rush of heat when his lips lingered a moment too long on the back of her hand.

"Good even', Elen." His voice was rich, melodious.

Finley was right, damn him. The heir to Rancoff *was* trying to seduce her.

"Good even', sir." Reluctantly, she withdrew her

hand, feeling as if perhaps she wanted to be seduced. At least wooed. But too many Dunblane men and women were watching. Duty called.

"I see Finley took care to have ye attended to," she stumbled, searching for level ground to speak on.

Munro brushed his hands over her father's tunic. Strong hands. Large. Capable. Could they be loving?

"Aye. I thank ye." He glanced up at her, his eyes as blue as the sky that stretched over Dunblane on a sunny day. "Your father's." It was a statement, not a question, and he seemed to understand what an honor she had bestowed upon him in allowing him to wear Murdoch Burnard's clothing.

She offered a slight smile, almost shy. It felt entirely uncharacteristic, but then this man always made her feel unlike herself. "It was always one of my favorites," she said. Without thinking, she reached out to adjust the lay of the green fabric across his shoulder. She had done the same for her father a thousand times, and yet this was inherently different.

Munro gazed about the hall. "So many have come to celebrate your Saint's Day."

She walked away, toward the dais. He followed.

"I did nae believe raucous merriment was appropriate, considering the circumstances," she said, "but Finley insisted we should still recognize the day in some way. For the others." She lifted a hand to indicate two red-faced men locked hand in hand in an arm-wrestling contest. "He says they look forward to it as much as Christmastide."

"Finley is right."

They reached the dais and, again, Munro pulled out the bench for her. This time in women's skirts, she felt feminine in the wake of his gesture, not in a weak way, but in a warm, confident kind of way. Somehow these skirts, the earrings, the unbound hair, all of which had

seemed cumbersome in the past, gave her a control over
this man she had not felt before. Was this what her
father had referred to as 'women's wiles'? If so, why
hadn't he told her of the potential power it gave her?
He had taught her the power of her mind, of her sword
over men. Why not of her body as well?

She sat and he climbed over the bench, making the
assumption he would sit beside her. It was nice to have
someone else make a decision without leaving it to her,
even such a simple one.

"Ye know, he doesn't like ye." She lifted her lashes
and reached for her her wine.

"Finley?" Munro lifted an eyebrow, and she wondered if he realized just how roguishly handsome he
was. "I know," he said matter-of-factly.

She ran her finger along the rim of her father's chalice. Scribed in its face, worn but still visible, was the
Burnard name and coat of arms. "Do ye know why?"

A boyish grin. "I have an idea." He paused. "And
methinks ye know as well."

"Would ye care to enlighten me?"

He took a pitcher of wine from a hovering servant
and filled her cup, then the one set for him. He added
no water. Hoping to get her drunk?

She added water to her cup from a wooden pitcher
on the trestle table. She needed to keep her wits about
her with this man.

"Your man is only looking out for your interest. For
Dunblane's." Munro lowered his voice, his next words
meant only for her. "He fears I will take advantage of
the beautiful, strong-willed Elen of Dunblane."

She reached out to catch a drip of wine from the rim
of her cup with the tip of her tongue, watching him.
"And will ye?"

He studied her, his response slow, lazy. "I would nae."

She laughed and glanced away. "And what if I would

like to be taken advantage of?" She didn't know what made her say such a bold thing, but she didn't have the desire to take it back.

Munro slipped his hand below the table to rest it on her hand on the bench. "Ye surprise me, Elen of Dunblane. There are nae many who can."

She sipped her watered wine, her confidence growing stronger with each swallow. Maidservants began to bring out food piled high on wooden trenchers. Someone played a fiddle while a group of vassals' wives sang to the tune, but Elen noticed little of her surroundings. The only one she saw or heard was Munro.

"And do ye like surprises?"

He squeezed her hand and then lifted it above the table again. "Aye, especially from a woman."

"And have ye known many women?"

"Would it make a difference to ye if I had?"

She lifted one shoulder, enjoying the feel of the fabric of the gown against her skin. Funny, she had never noticed such detail before. "I nae know."

Munro gazed out over the table into the great hall, his eyes glimmering in the light of the candles on the tables and the torches that burned behind them. "I was married once."

She leaned closer. Her father had always said the key to understanding others was in listening to them.

"Our families made the arrangements," Munro explained. "I dinnae set my eyes upon her until we met on our wedding day."

Elen rested her chin on her forehand, studying his expression carefully, not caring if others saw her. "Was she beautiful?"

Munro gazed into Dunblane's hall, but she knew it was not the present he saw, but the misty past. She imagined the ghost of a woman throwing herself into

Munro's arms, her husband—her hero—just come back from war. Oddly, she felt sadness rather than jealousy.

"Aye. A wee thing with hair as black as a raven's wing."

"She died."

He gave a slight nod. "My son as well."

"I'm sorry," she whispered, wanting to touch him, but not daring.

He paused and glanced back at her, leaving the past behind. " 'Twas a long time ago." He shook his head. "I dinnae make a good husband to her. Nae to anyone. Not then. I was too young, too impulsive. My priorities were nae what they should have been."

She couldn't resist. "Do ye imply that you would make a good husband now?"

He met her eye to eye. "I would."

She threw back her head and laughed, catching Finley's attention. He eyed her with disapproval. Feeling silly, as if she'd been caught stealing sweetmeats, she gave a cheery wave in his direction. Perhaps she had not watered her wine enough.

"We are being given the evil eye," she whispered, with amusement.

Munro glanced in Finley's direction.

"Perhaps I should toss ye back into the oubliette," she murmured.

"Or toss me into your bed."

She cut her gaze to him, shocked by his bold overture. Flattered. "Something tells me ye nae take your situation seriously enough. Ye are my prisoner, Munro Forrest. Your life is in danger."

"Oh"—he reached for his wine—"I fear 'tis more than my life in danger."

She accepted a plate of boiled mussels from a maidservant and placed a heaping portion on her plate. "Finley is right, ye are an insolent mon," she told Munro. "I should have ye tossed back below."

"Then why don't ye?"

She waited until the servant served him and backed away. "Because ye amuse me." She met his unyielding gaze. "Because every breath I take is for others and it is nice to seek my own pleasure for once."

He gave her a devilish half smile. "So ye are beginning to see my charm."

"I am beginning to wonder why I dinnae listen to Finley and boil your stones ere hanging ye by your neck from my tower until ye were dead."

Munro laughed heartily and, after a moment, she laughed with him.

Servants brought more food, and more food upon that. They sampled delicacies saved for special occasions: smoked pheasant, roasted hare with onion sauce, whiting soup teeming with butter. Elen and Munro ate until they were stuffed and then ate more. They talked mostly of subjects of little import, but they also talked of Scotland and of their king. Their loyalty to the Scottish crown and to the Bruce was a place of common ground between them.

When neither Elen nor any Burnard in the entire hall could eat another bite, men and women began to line up to pay her homage. Some brought her gifts of baked bread, others of handkerchiefs or blankets they had woven. Munro sat back in the shadows behind her and waited quietly. Elen spoke to each man and woman who approached her. She thanked each for his gift, for his kind words, and for his loyalty to Dunblane.

For more than an hour, Elen served as laird over her people. She smiled, she laughed, she humbly accepted their gifts. Last in line was a towheaded lad she did not recognize.

"One of my tenants' sons," Munro said quietly from behind her. "Joseph. It may be word from my keep."

The boy approached at Elen's signal, then halted in surprise at the sight of Munro.

Elen waved him forward, and the lad bowed and offered a gift wrapped in blue flannel. How clever of Cerdic to send someone from beyond the castle walls. It would be fruitless to question him. He would know nothing of what was happening with her sister, save perhaps a little gossip that trickled down from the kitchen or perhaps the stables. Elen glanced at Munro and knew he was thinking the same. She looked back at the object.

"Rosalyn of Dunblane sends ye good wishes," the boy said carefully, obviously attempting to recall what he had been instructed to say. "She asks that I tell ye she is unharmed."

"And?" she asked.

The boy stared, panic in his eyes.

"And, m'lady?" He stared quizzically.

"And what else did she say? What has happened? Why has she been taken prisoner? What is it I am expected to do?"

The servant lowered his gaze. "That is all I was told she said, my lady. I nae saw her myself."

Elen stood up and slammed her fist upon the table in frustration and anger. The gesture was entirely unladylike and certainly not appropriate for her dress or position this night, but she didn't care. "That is all? That cannae be all!" She grabbed the flannel package. "And why does she send me a gift? How is it that a woman held prisoner in your dungeon is able to send gifts?"

Elen jerked open the flannel to reveal a dagger. It was no longer than the length of her palm, blade included, and the hilt gleamed with tiny jewels.

"A jeweled dagger?" she bit from between her teeth. "What kind of gift is this from a prisoner?" It was not, of course. No prisoner gave such gifts. The present could only mean one thing. Rosalyn was, indeed, a part of the kidnapping scheme.

The boy shook visibly.

Elen leaned over the table, unable to control her anger. "I say what kind of gift is this from a prisoner?"

The boy's face reddened and his eyes filled with tears. "I be sure I nae know, m'lady."

"Ye nae know?" Elen cried furiously as she grabbed the dagger and stabbed the blade into the tabletop. "Ye tell me ye nae know?"

"Elen." Munro appeared suddenly behind her, his hand steady on her shoulder. "Joseph probably knows nothing. He never enters the castle walls. 'Tis why Cerdic sent him."

Munro turned to the boy, his tone gentle when he spoke. "Nae be afraid, lad. Have ye been within the walls in the last week?"

Joseph shook his head emphatically.

"What of gossip? What says the great hall of my sister's capture?"

"Nobody don't say nothin'," Joseph said, his eyes round, as his gaze skated from Elen to his master and then back to Elen. "We been told to keep our holes shut and nae ask questions. They been quieter than a mouse, them stone walls."

Munro let out a sigh and stepped back.

Having heard the entire conversation, Elen forced herself to take a deep breath. *Never kill the messenger,* her father had always said. Maybe Finley could get him something to eat in the kitchen and question him there, but chances were Munro was right. He knew nothing.

"Donald," she said softly. "Get this boy something to eat. A coin for his trouble."

At that point, Elen realized everyone in the hall was staring at her. The room was startlingly quiet, save for the sound of footsteps as the boy from Rancoff was escorted from the great hall by her bailiff.

Elen felt sick to her stomach. She felt angry. Betrayed. She had tried beyond reason to believe, to rationalize, that her sister had nothing to do with the kidnapping. How could she believe that now, for what prisoner was permitted to send such expensive gifts?

Suddenly Elen felt as if she could not breathe. Her stomach tumbled and she feared she would be sick. She was embarrassed in front of all of her men. Embarrassed for Rosalyn. Embarrassed for herself for taking so long to believe what must be the truth.

"I have to get some air," she whispered, her voice unfamiliar to her ears.

Munro clasped her arm tightly to steady her and moved back the bench with his boot so she could get around. "This way. Outside."

"I don't want them to think me ungrateful," she said under her breath, her gaze falling to the heaps of woolens, embroidery, and eggs her guests had brought her. "Everyone has been so kind." She was so angry, so hurt that she couldn't think clearly.

"Just outside, Elen." Munro led her around the bench. "Minstrels," he called with such authority that all looked his way. "Play!"

The minstrels struck up a tune, and the focus of the great hall shifted.

"Thank ye," Elen breathed as he directed her toward the door.

"What do ye think ye do?" Finley asked, stepping in front of Munro, blocking his path.

Munro met Finley's gaze with a look Elen found frightening. "Step aside, Finley. Your mistress needs air."

Finley reached for her other arm. "I will take her."

"Nae." Munro ground his teeth.

Finley tightened his grasp on her arm. "I said—"

"Enough, both of ye." Elen broke free of the men flanking her. "I amnae an invalid. I only wish to take a turn in my bailey."

"I'll go with ye," Munro said quietly, the threat still in his voice.

"Ye'll go nowhere but the hole," Finley muttered under his breath.

"Finley, please." Elen took a deep breath. "Please remain here and see everyone is well fed, that there is plenty to drink. See if Donald got any information from the boy from Rancoff. Perhaps he has heard some wee bit of gossip and feared to repeat in front of me and his master."

She could not tell Finley she *wanted* Munro to go outside with her, though surely he read her implication.

Finley hesitated for no more than a breath. "Aye, m'lady. As ye wish."

Elen hurried out of the hall, through the entryway, over the oubliette, and pushed through the heavy hewn door into the darkness. The air was so cold tonight that it hit her like a wall. She took deep breaths, hugging herself for warmth as she paced back and forth on the frozen ground.

Munro gave her a moment to gather herself before he spoke. "A mantle? 'Tis cold."

She shook her head.

He breathed deeply and exhaled. "I suppose this tells us for certain we have been duped."

"We?" She whipped around, pacing in front of a burning torch that lit a small area of the inner bailey. "There is no *we* about this. My sister has tricked me. How or why, I nae ken, but she has tricked me and made a fool of me before my men."

"Nay. She has a made a fool of no one but herself. Ye acted in good faith. Ye responded as any would have, given the circumstances."

She gave a laugh that was without humor. "Aye,

acted on good faith. I have kidnapped my neighbor and held him nearly a fortnight, and for what? I nae want to consider what my sister is doing in yonder keep." She gestured angrily in the direction of Rancoff.

Munro caught her hand. She tried to yank it free, but he held fast. "Elen."

"Let me go." She was near to tears.

"I willnae."

She attempted to struggle free, but he caught her other wrist and pulled her against him. She fought for only another second and then met his lips with fiercer want than she had the last time they had kissed.

Elen's mind was a jumble of thoughts; her heart ached. She was hurt and bewildered—and as angry as she had ever been in her life.

Munro's kiss was long, hard, demanding. He did not release her until she was dizzy and breathless and her mouth tasted more of his than of her own.

She pulled free and wiped her bruised mouth with the back of her hand. "What do ye want of me?" she demanded.

He let his arms fall to his sides. He panted as she did. "I cannae say."

They breathed big billowing white clouds that met and rose as one. Elen was cold, cold all over now, and all she wanted was Munro's warmth. His comfort.

Without a word, she grabbed his hand and pulled him toward the tower house.

At the door, he stopped her and caught her chin between his fingers, forcing her to look at him. "I would nae want to take advantage of ye, lass." He swallowed. "No matter how badly I want ye."

She held his gaze in the shadows of a torch for a moment. "And if I want to take advantage of ye?"

Munro lifted her into his arms and started up the great winding stone steps to her tower room.

Ten

The tower house was silent and vacant. Every able-bodied man, woman, and child who claimed Dunblane as home was in the great hall or in their modest cottages, eating, drinking, and dancing. All were making so merry that Elen knew there was a good chance no one would realize she was missing . . . if she did not dally too long.

Munro's footsteps rang in the cylindrical stairwell as he rushed up the stone steps, knowing what little time they had. Elen clung to his neck she had so admired, breathing in deeply the scent of his skin, pressing to her memory the feel of his hard frame molded to her softer one.

I will not think, she repeated over and over in her head. *For once I will not think. I will not contemplate the results of my actions or how it will affect myself or others a century from now.* She rested her head on his muscular breast, savoring the feel of his chest as it rose and fell with each breath he took. *For once, just this once, I will live for the moment, for myself, and the future be damned.*

At the doorway to her bedchamber on the fourth floor, Munro stepped over Alexi's pallet and halted at her door. "Are ye certain this is what ye want?" he whispered against her lips.

She tightened her grip on his neck, pressing her aching mouth to his. "As certain as I have ever been of anything."

A warm, tender smile that melted her heart lifted the corners of his mouth, and he kissed her again. This time his touch was gentle, reassuring. Almost loving.

Elen had never thought of herself as a sensitive woman. It just was not in her temperament. But at this moment, her chest swelled with tenderness.

"It's what I want . . . what I need," she murmured, still not understanding the urges she felt deep inside, yet knowing she must follow them or shrivel and die.

Munro pushed inside the door. Her father's chamber was dark save for the glowing light from banked coals in the fireplace. Still holding her in his arms, he kicked the door shut and fiddled with the latch. "A lock?" Again, he brushed her lips with his, as anxious as she was.

"Nay, there has never been one."

In the darkness, she saw him scowl. She knew what he was thinking. Privacy.

She laid her hand to his jaw, turning his head to gaze into his eyes. "No one would dare enter without gaining my permission."

He arched a dark brow. "No one?"

He meant Finley, of course. She shook her head. "Nae even Finley. He would not cross that line. Now get me to bed ere ye break your back and are of no good to either of us."

Still cradling her tenderly in his arms, he threw back his head and laughed. The sound of his deep male voice reverberated in the chamber. It sounded as music to her ears, so right in this room that had not held the sound of laughter or love between a man and a woman for too long.

Munro crossed the room to the great bed and lowered

her slowly onto her back as he covered his mouth with hers. She clung to him, unable to get enough of him, of the feel of his tongue in her mouth. A month ago, even a fortnight ago, if anyone had asked her if she would have allowed such an invasion of her body, she would have struck them for insolence.

How could she have been so wrong about something so right?

Munro kicked off his boots and then sat on the edge of the soft tick to remove hers. He slid his hands up her calves to just above her knees to pull down her stockings, and ripples of pleasure coursed through her.

Munro tossed her stockings over his head and they floated into the shadows of the chilly room.

Elen sat up, running her hands over his shoulders to meet his mouth again, overwhelmed by her urgency. A part of her haste was to avoid being caught by anyone, of course, but it was more than that. More primal.

"My back," she whispered between kisses. "The gown ties at my back." She knew she need only lift her skirts to make love with him, but she was a greedy woman. She wanted more. What if this was the only time she ever made love with a man in her life? She would not be cheated. She wanted to feel her naked skin pressed against his. She wanted to lay bare breast to chest, to share his heartbeat.

Elen sat up and leaned forward and Munro fumbled with the crisscrossed ribbon that held the bodice of the gown closed. Releasing her from its confines, he pulled the gown forward off her shoulders and she shoved it to her waist.

But still there was more clothing between her breasts and his hand. She was also wearing a shift. This was why she did not care for women's clothing—too many layers.

Munro pulled on the shoulder of the linen undergarment. He meant only to push it down out of their way, but in his haste, the thin fabric tore.

"I'm sorry," he whispered, kissing her bare shoulder where the thin strap had torn. "Now ye will think me a brute."

She laughed and yanked at the other side, ripping it as well. "I would be disappointed if ye were not just a little. Now, your tunic," she told him. "Take it off. Your stockings and whatever else it is ye wear beneath your wools. I want to see ye."

He leaned over and kissed the hollow of her throat and slid his mouth downward to the swell of her breast. His tongue darted out to draw a thin, wet, hot line as he peeled away the fabric to bare her breasts. The heat, the feel of his wet tongue was glorious.

Munro's thumb brushed the nub of her nipple and she cried out in surprise. Pleasant, searing surprise. He slid his hand up from below to clasp her breast and, at the same instant, his mouth closed over her swollen nipple.

Elen lay back on the bed and moaned aloud, not caring what he heard. Not caring at this moment if all of the North Country of Scotland heard. Nothing mattered at this moment but this man and the feel of him, the taste of him.

"Such beauty I have never seen," he whispered between strokes of his tongue.

"Nae," she managed between breaths as she ran her fingers through his hair. "Ye don't have to say those things."

He ran one hand over the bunched folds of the gown, over her stomach, down one thigh, setting the flesh he touched on fire. "But I do," he whispered passionately. "Ye are so strong, and yet so beautiful. So feminine in a way I did not know a woman could be."

She caught his cheeks between her hands, forcing

him to gaze into her eyes. His were heavy-lidded with passion, with desire for her, and she could not resist a smile. "Listen to me, Munro Forrest, Laird of Rancoff. I ask nothing of ye because I can offer nothing. Ye spoke of marriage. There will be no marriage for me. No husband, no children. My duty cannot allow it." She brushed her thumb across his lower lip. "So I can offer ye nothing but honesty, and even that I have no right to demand from you."

He opened his mouth to protest and she pressed her finger to his lips. "Would ye spend these few moments we have in argument?" She ran her hand boldly over his chest to his lean, hard stomach. "Or would ye spend them otherwise?"

With a groan of surrender, Munro pushed her deeper into the feather tick and covered her body with his. They kissed and stroked, pulling and pushing at the remainder of their clothing until they were naked flesh to naked flesh at last.

"Munro, please," she moaned, feeling his male hardness against her thigh. "If ye do not . . . if I do not . . ." She was unable to find the words to express herself, not so much because she was embarrassed, but because she did not know the words. She didn't know how to phrase the overwhelming physical ache that had overcome her.

"Shhh," Munro soothed, rolling onto his side to draw her into his arms. "Do not be in such a hurry."

"Such a hurry," she panted. "All of Dunblane will soon be looking for us."

He brushed away her protests with his seeking mouth and capable hands. How could she fight him? For once, she was out of fight. For once, she was willing to surrender.

"Munro, Munro," she whispered his name as he ran his hand over the flat of her stomach, then lower. . . .

"Elen, my strong, brave Elen. . . ."

She laughed, yet tears of frustration welled in her eyes. She wanted him so badly. Needed to feel him inside her. Needed release.

The first stroke of his fingers upon the folds of her womanhood brought her halfway off the bed with a cry of surprise. He kissed her mouth, her chin, her neck, making little soothing sounds, easing her back into the soft tick again.

"Relax," he whispered. "Just live for this moment, just once. Trust me." He leaned over her, catching her chin with his fingertips, forcing her to look at him. "Can ye do this for me, sweeting? Can ye trust me just this once?"

Her lower lip trembled. She felt vulnerable, a feeling so foreign to her that she barely recognized it. Slowly she nodded her head, afraid to trust her voice. She could trust him. She knew she could.

"Relax," Munro whispered, his voice as caressing as his hand.

She relaxed. The waves of pleasure came faster, stronger, like the tide washing up on Dunblane's own beach. She didn't understand these feelings. They felt so unfamiliar, and yet somewhere deep inside, she knew them.

Between her legs she grew wet, and the scent of their lovemaking filled the dark, quiet room.

Higher and higher on the beach the waves washed. Elen grasped the wrinkled bed linens, rolling her head, lost in the tide of ecstasy Munro created. Then suddenly, the incoming tide of pleasure mounted to a wave and she felt herself crash on the beach. Her muscles tensed and relaxed in an astounding shock of release that started below her waist and radiated outward.

"Oh," she moaned. "Oh . . ."

Finally his hand was still, but eddies of pleasure still

rippled through her. Elen was thrilled; she was annoyed. Why had her father never told her making love was like this? Certainly, he had told her the mechanics, but he had never told her of the immense joy, the emotions that accompanied the primal act.

Munro laid his cheek upon her quivering stomach and waited patiently for her to catch her breath.

Elen closed her eyes and then opened them again. Suddenly it occurred to her she had had her pleasure, but he had not. At least she did not think he had.

"Munro. . . ." She didn't know what to say. "Don't ye want to . . ." She fumbled for the lack of the right words and then laughed at herself. "Oh, ye know what I try to say! Climb upon me."

He grinned, and she grasped a pillow from behind her and struck him with it. "Nae laugh at me. I have never known a man." She struck him with the pillow again. "I nae ken how one does this, but I am relatively certain there should have been a bit more than was."

Munro grabbed the pillow and sent it flying across the room. "I laugh nae at ye, sweet, but with pleasure at your honesty and candor." He kissed her temple. " 'Tis enough for tonight."

Stretched out beside her on the bed as he was, and in spite of the darkness, she could see he had, indeed, not found his release.

She turned her face to gaze at him suspiciously. "I nae ken the rules of this game. 'Tis all right?"

He laughed. "It's all right, lovely. There are no rules in lovemaking." He clasped her hand and threaded his fingers through hers. "Only honesty, as ye said. And pleasure." He grinned.

"Ye are more of a gentleman than I thought," she told him, rolling to face him, propping her head up with her hand. She gave him a push with her knee.

"And a bigger fool. Ye should have taken what was offered when it was offered."

He rested his hand casually on her bare hip. "I wanted ye to be certain. And . . . to enjoy your first time. The joining isnae always so . . . *profitable* for a woman. Nae at first."

She knew her cheeks reddened, but she appreciated his honesty. They were well suited. They seemed to live by the same standards. They required a great deal of others, but also of themselves.

Elen glanced up at him, wishing she did not have to speak the words on the end of her tongue. "We should get up and dress," she said softly.

He shook his head. "Nae yet. Just another moment let me gaze upon your beauty ere I am tossed again into your prison."

"Munro, if we do nae get ourselves below stairs—"

The sound of pounding footsteps in the stairwell drew their attention to the closed door.

Elen's breath caught in her throat. She had known this could happen. She had known—

"If he enters this room without knocking—" Munro clutched one fist threateningly.

Elen grabbed Munro's hand. "He willnae." She clasped his fist and lowered it to the bed, then lowered her feet to the floor, taking a sheet with her to cover her nakedness. She hurried to the closed door.

"Elen!"

It was Finley, of course.

"I am here," she said as she pressed her hand to the door.

She heard Munro rise from the bed and begin to gather his clothing.

"If he has harmed ye," Finley whispered harshly.

Elen closed her eyes, wishing at this moment she was

anywhere but here. "Finley, go downstairs," she said calmly, though her heart was pounding.

Already the waves of pleasure were being replaced by waves of guilt. She should not have done this. Elen of Dunblane had no right to a personal life. She had no right to pleasure. Only duty.

Finley remained outside her door. She could feel him on the other side. She could hear him panting with exertion from the run up the steps. With his anger.

"Go," she repeated sternly. " 'Tis an order, steward."

Finley was quiet on the other side of the door. She knew her harshness had hurt him, and for that she was sorry.

"Ye must get him out of your chamber," he said after a moment. "If others see—"

"I understand perfectly," she said, wishing she did not. "So, ye go back to the great hall where I left you. Keep all content, and I will join ye shortly."

Again, Finley paused. Elen waited, clutching the linen sheet, as she leaned her forehead against the door. If he did not go, she did not know what she would do.

"As ye wish, my lady," he said finally.

Elen closed her eyes in thanksgiving. She waited until she heard him retreat and then turned to Munro. He had dressed and was yanking his boots on.

The magic of the moment was gone. Reality had returned full force.

"I have to dress and return to the hall or there will be questions. It would be better if ye return to the oubliette."

"To the oubliette?" he protested. "Knowing what ye know now of your sister? After this?" He gestured to the bed.

Elen leaned against the door, clutching the sheet to her breasts. She was thankful it was dark in the chamber. She did not want Munro to know how close to

tears she was. She did not want him to know how uncertain she was of what she had to do next. Of how
she felt right now about him.

"I ken naught for certain. Ye are still my prisoner."

"Elen—" He started to speak and then changed his
mind. He took a deep breath. She could see his silhouette across the dark chamber, broad-shouldered and tall.

"Let me help ye dress," he said, the anger gone from
his voice.

She shook her head, turning away from him. "If ye
want to help me, dress and go below," she whispered,
fighting the lump that rose in her throat. "Ye can do
no more."

Eleven

"Hallo!" Munro cupped his hands around his mouth and called from the damp, dank oubliette. "Hallo, above!"

He had slept poorly last night and was in a foul mood this morning. His lack of sleep had been partly due to the thinness of his bedding on the stone floor and partly because of Elen.

Munro could not believe his good fortune—or his sour luck. Last night had been one of the best moments in his life, and he wouldn't hesitate to say so if he could just get the damned woman to speak to him. Last night he had shared with Elen something he had never shared with another woman. It had not just been about bedsport; it had been about intimacy.

In the past, even with his wife, he had always been anxious to have his pleasure and move on. He had never wanted to lie in bed and hold a woman in his arms as he had held Elen. He had never before been more concerned about a woman's pleasure than his own. His behavior had been totally out of character.

Elen was right. She had offered intercourse, but he had wanted more. He wanted her trust. He wanted her love.

Then Finley had come along and ruined everything. Why could the man not have remained in the great hall with the others as Elen had ordered, even if he had suspected Munro and Elen might be together? So what if he suspected what his mistress was about in her tower room?

Munro ground his teeth at the injustice of it all. Had Elen been a man, Finley never would have thought twice of his master taking a woman to his bed to ease his needs. Munro knew for a fact that Murdoch Burnard had shared bedsport with women on a regular basis after he had become a widower.

But, of course, this was different. Elen was a woman. And though she was expected to ride as a man, make life and death decisions as a man, swing a broadsword as a man, she was expected to follow the rules of morality of a woman. It was ludicrous.

"Hallo!" Munro shouted angrily. "Is someone there?"

He knew it was midmorning, yet still, no one stirred in the great hall above. The Burnard Clan had danced and drank until dawn and now all but the guards, no doubt, were sleeping it off in their bunks or on the floor before the fireplace in the great hall where they had fallen.

But Munro didn't care who he woke. He wanted to see Elen. He wanted to talk to her. He needed to talk to her, to set things right between them before too much time passed.

"Isn't there someone alive up there?" Munro growled.

He heard footsteps at last, and a man with a bulbous nose and bloodshot eyes appeared on the grate above. Munro recognized the burly man. He was Elen's bailiff and had served Murdoch Burnard before her.

"Quiet yer racket," the bailiff bellowed. "Ye be loud enough to wake the dead—or those who be wishing they were dead right now."

Munro scowled. He had never been a man taken to

besottedness and he had not patience for those who were. "I wish to speak to your mistress." He ran a hand over the tunic he had been given to wear. He could still faintly detect the scent of Elen's skin on the wool. "Now," he ordered.

The bailiff removed his dirk from the sheath at his waist and leisurely began to cut his fingernails, letting the dirt and nail bits fall through the grate onto Munro.

Munro took a step back, so angry that if he could have flown, he would have lifted off the stone floor and through the grate to strangle Donald Burnard with his own hands.

But because he could not fly, Munro was forced to take a deep breath and speak again. "I have need to speak with your mistress. Could ye please send word I want to speak with her?"

If Munro could just talk with Elen, if he could just reason with her, he knew he could convince her to release him from the oubliette. Together they could ride to Rancoff and discover exactly what his brother and her sister thought they were doing. Together they could put an end to this matter of Rosalyn's "kidnapping," and then perhaps they could move on to explore their own relationship.

Suddenly Munro was feeling his age. Come spring he would be four decades old. He had experienced enough battle, enough death and dying for a lifetime. Now he wanted to live. He wanted sons and daughters and a wife. To hell with his father's warnings of the unmanliness of emotions. Munro wanted to love and be loved.

Donald took his time in responding, and Munro wondered if all Elen's servants and clansmen were required to be surly. "Cannae talk to her."

"But I must speak with your mistress about the lad who came from Rancoff Castle last night," Munro said from between clenched teeth, thinking a different tack might work.

The bailiff shook his head. Another dirty fingernail floated downward.

"Listen to me, ye sullen, corpulent excuse for a bailiff. If ye nae inform your mistress of my need to speak with her, ye will regret the day your mother whelped ye." He pointed. "Because eventually I will be out of this dunghole, and then all of Scotland will nae be large enough for the both of us."

Donald gazed down at Munro, then back at his fingernail, not in the least bit disconcerted. "Cannae, because she isnae about."

"What?"

"Said ye can't talk to the mistress 'cause she ain't here." The bailiff crossed over the oubliette grate, obviously on his way out of the hall.

"Get back here," Munro boomed. "I have nae finished with ye."

"Gotta piss."

Munro spun in the oubliette, facing the direction the bailiff had gone. "Where is she?" he called after him.

"Rancoff Castle," Donald retorted, as if Munro were the most addlepated of men. "Where else?"

Elen eyed Rancoff Castle's drawbridge apprehensively as it creaked downward. Her pony nervously side-stepped one way and then the other as Rancoff's armed guards on the wall peered down at her with what appeared to be a mixture of amusement and wariness. The clansmen who had accompanied Elen hung back as ordered, but rested their hands on their swords, ready to draw, should their mistress be threatened in any way.

There was a scent of snow in the crisp, biting air and she took notice of the direction the wind was blowing. Off the sea. A storm coming in? she wondered. A seagull soared overhead, screeching above the sound of the yielding drawbridge.

The drawbridge hit the ground with a solid thump, and Elen urged her mount forward. It was the first time she had ever entered Rancoff's bailey. The surefooted pony pranced across the wooden drawbridge as the guards on the wall turned to watch Elen make her entrance. The moment she and her men were inside, she called to the nearest gawking stranger, "I am Elen Burnard of Dunblane. I wish to see Cerdic Forrest."

A redheaded lad, barely old enough to use a straight razor, stepped forward. "Is my lordship well?" he said softly. "We have been greatly worried for his well-being."

She eyed the redhead. "If ye were so worried, I cannae help but wonder why someone dinnae come to check upon him."

The redhead lowered his gaze. "Orders, my lady. My father, the steward, is away on Rancoff business. We cannae act without orders from the hall." He indicated the castle tower.

Elen nodded in understanding. Munro would be pleased to know there were at least some men within Rancoff's walls who were loyal to him.

Munro . . . The thought of him sent her mind racing in a direction she had been avoiding all morning. Last night had been the most wonderful and the worst night of her life. It had given her a glimmer of what life could be with a man who touched her soul. It gave her a glimpse of what she would never have.

Elen shoved all thoughts of last night and of Munro Forrest from her mind. She had to remain focused. Right now, she had to find out what had happened to her sister, what part she played in the obvious farce, and why.

First thing this morning, she had awakened thinking

she should release Munro and let him ride home beside her, but at the last minute, she'd decided against it. Perhaps because she was not ready to face him. Perhaps because she wasn't ready to let him go from her life. The excuse she had given Finley was that her original demand had been the Earl of Rancoff for Rosalyn Burnard, and she would not capitulate at this late date and lose face with her men or with Munro.

"Is Cerdic inside?" Elen asked the redhead, confident she had found an ally.

"Aye. He knows of your arrival and waits." He grasped her pony's reins but seemed to sense she did not want or need help dismounting.

Elen dismounted lightly on her feet. She had discarded the green woolen gown and the earrings for clothing she was more suited to. This morning she wore a soft brown tunic with hare trim at the neckline and a mantle of soft brown hare that was both light, but warm. She rested her hand on the dirk fastened to her girdle. "Lead on."

Elen's men dismounted behind her. "Finley, come with me. The others may remain here and wait." She met Finley's gaze, and though she knew he questioned the idea of taking only one man inside the castle walls to guard her, he knew better than to question her decision among others.

That was one of her steward's best qualities. He understood it was not that Elen wanted to be a tyrant, only that she must be one in situations such as this. It was the only way for a woman to retain her power. The only way for a leader to keep control of the men and women who served him or her.

The redhead tossed Elen's horse's reins to another lad. "This way, my lady." Again, he lowered his voice. "I am called Robert. Will ye give my master word that all is well within Rancoff?" He cut his dark gaze at her. "At least as well as can be expected."

On impulse, Elen reached out and squeezed the young man's forearm. "I will give Munro your message. He will be relieved to know there is someone about who still has some sense about him." She met the boy's gaze. "He will be home safely. Have no fear."

The young man offered a shy smile. "I am to take ye to the solar."

She turned to him, lifting an eyebrow. "The solar, is it?"

The boy shrugged. "So I was ordered, m'lady. 'Tis what she calls the sleeping chamber."

Elen studied the young man's honest face. "Will I see my sister?"

He lowered his gaze to the ground, his cheeks coloring. " 'Tis possible."

She walked beside the boy. "The solar." She nodded. "Your master keeps his prisoners well," she said, her tone dry.

"Nae my master," Robert mumbled, obviously fearing someone might hear him, but feeling the need to express himself. "I serve no one but my father, the Lord of Rancoff, and God Almighty."

Elen couldn't resist a smile. She liked this young man, liked him indeed. She could use more of his ilk within her own walls. "So, to the solar," she said. "Lead the way."

The boy escorted Elen through a roll-molded and arched doorway, pushing through an iron-studded door. Rancoff was smaller than Dunblane, but extremely well fortified. No wonder she had never been occupied by English forces.

In a small paved vestibule, they took a steep stair contrived within the thickness of the tower wall. Elen glanced over her shoulder at Finley. She could tell that he, too, was curious as to why Cerdic would see them in the solar, a personal chamber, rather than the hall, where politics were normally played out.

They climbed three stories in the stairwell and halted on a landing. Robert knocked on a closed door.

"Enter," a man called.

Elen could have sworn she heard her sister's voice and then a giggle, but she could not make out Rosalyn's words.

Robert pushed open the door. "Elen Burnard of Dunblane," he announced and stepped out of her way.

"Come, come, there are no formalities here," Cerdic called, waving Elen inside.

Cerdic sat on the floor at the hearth in the private bedchamber . . . at Rosalyn's feet.

Elen walked into the room and planted her feet squarely, her hands on her hips. Finley stopped short behind her.

"Do close the door," Cerdic said, all smiles and warmth. " 'Tis a cold draft that comes up the stairwell."

Elen's immediate reaction that her sister was alive and obviously well was not one of thanksgiving, but of anger. White-hot anger. Here was the truth now, hitting Elen square in the face. She could no longer deny what fiber Rosalyn was made of.

Rosalyn was wearing her own gown, the one she had worn the day she was kidnapped, but it was not fastened in the back. It hung over one shoulder, baring more pale flesh than appropriate. Her glorious blond hair fell loose in waves over her shoulders, looking as if she'd just rolled from the bed. Her feet were bare.

Elen eyed the grand curtained bed. From the look of the linens, Rosalyn had just climbed from the bed, and Elen's guess was that she had not been alone.

"Aren't ye going to say anything?" Rosalyn said

sweetly. "Something like, 'Tis good to see ye, dear sister.' "

Elen bit down on her lower lip. " 'Tis good to see ye safe, sister, dear," she mocked, taking a step closer. "When I dinnae receive word immediately, I feared for your life, but I see ye have been well taken care of."

Rosalyn smiled. She was indeed a beauty, looking like some mythical blond sea sprite with her waves of golden hair and her rosy lips and cheeks. "Nay, Cerdic has taken good care of me."

He grinned up at her as if he were her pup.

Elen thought she might be sick, and the heavy scent of flowery soap or perfume was not helping.

Munro had been completely right and she completely wrong. It was obvious from the look of the chamber—pillows on the floor, food heaped in dishes here and there, glasses of half-drunk wine and ale—that the days Munro Forrest had spent in the dank, dark oubliette, Rosalyn and Cerdic had spent the long hours in the warmth of this chamber, engaged in debauchery.

A second look at the chamber, the needlepoint tapestries that hung on the walls, the rich waxed wood of the furniture, made Elen think this was not even Cerdic's chamber. Only the master of the house would warrant such a room. While Munro had been sleeping on a damp pallet on the stone floor, Elen and Cerdic had been sleeping on his feather tick. Somehow, that made the entire situation even worse.

Elen's gaze turned back to Rosalyn. She was so angry she could not find the words to express her feelings. What did she do now?

Rosalyn was obviously going to make no attempt at offering an explanation. Had she gone mad? It did not appear so, and yet Elen could think of no other reason why her sister would so openly flaunt lascivious behavior.

Elen took a deep breath, lowering one fist to her palm. "Sister, might I speak with ye . . . in private?"

Cerdic hugged his knees and glanced up at Rosalyn. "Whatever ye wish, love."

Rosalyn thought a moment, reaching for a cup on the chest beside her. Her casual attitude made Elen even angrier. Had she honestly no idea what she had done to those at Dunblane, or was this more of the same game? For sweet heaven's sake, men had been willing to storm this castle to "rescue" her. Clansmen had been willing to die to save Murdoch Burnard's youngest daughter, and here she had been safe all along, tangled in a lover's arms.

At this moment, Elen wanted nothing more than to grab a handful of that lovely blond hair and shake Rosalyn until her teeth rattled.

Cerdic rose from the floor, garbed in some sort of silken dressing gown, and clasped Rosalyn's hand and kissed the back of it. Rosalyn uttered some sort of simpering, cooing sound that made Elen want to cuff her *before* she shook her teeth out of her head.

"Finley, it is obvious my safety is not at risk here. Wait for me below." Elen stepped out of the way to allow Cerdic to pass. The two men disappeared into the stairwell, closing the door behind them.

Elen strode toward Rosalyn, who was still seated as if she were the queen. "What, by God's bloody bones, do ye think you're doing?"

Roslyn shrank back in the chair. She blinked. "I knew ye would be angry with me."

"Angry with ye!" Elen shouted. "I want to lift your head from your shoulders. I want to draw and quarter ye. I want to dip ye in a pot of boiling water and watch the flesh roll off your lovely face."

Rosalyn gave a wave. " 'Egods, Elen, must ye speak thusly? 'Tis early, and I have nae eaten." She reached for the cup of ale. "Ye will sicken my stomach so that I cannae eat a thing."

"What are ye doing here?" Elen demanded. "What are ye doing with Cerdic Forrest?"

She smiled. "He's been so kind to me."

Elen glanced at the bed and its rumpled linens. "It appears he has been more than *kind* to ye."

"Must ye be so crude, sister?" Roslyn rose from her seat.

"Ye have nae answered my question." Elen ground her teeth, now beyond impatient. "Why are ye here and what are you doing with that mon who is nae your husband?"

Rosalyn blinked innocently. "Well, he kidnapped me, of course." She walked to the bedstead and grabbed one of its massive posts. "There was naught I could do but succumb," she said dramatically. "I feared for my life."

"Feared for your life, my rosy arse!" Elen spun away angrily, her thoughts running in a thousand directions at once.

She held Munro, Earl of Rancoff, falsely. What would the Bruce think of that when he heard? What chances would she have of regaining Dunblane land now?

The betrothal agreement between Rosalyn and her cousin would obviously have to be broken.

Just what was Elen going to say to her men when she returned with her little strumpet sister? How could she possibly keep what she had seen here a secret?

"Ye see, I knew you would be angry." Roslyn pouted. "I knew ye would nae understand."

"Understand?" Elen felt as if she breathed fire. "Understand? Do ye ken I captured Munro Forrest, laird of this keep, more than a week past? Do ye understand he has been living in my oubliette, dining with the rats off water and bread scraps?"

"Oh!" Rosalyn shuddered. "Ye dinnae really put a mon in that thing, did you? Why in heaven would ye do such a thing?"

Elen covered her face with her hands, praying to God to keep her from strangling her sister. Surely Murdoch Burnard was rolling in his grave in Dunblane's kirkyard at this very moment.

"I thought ye had been kidnapped!"

"I had."

"I thought ye were in danger of death or great peril," Elen continued, not daring to take a step closer for fear her fingers would close around her sister's neck and she'd not be able to stop herself. "I took that mon to exchange his life for yours. To rescue ye."

"He isnae a very nice mon, ye know. He's mean to Cerdic. And Cerdic is such a deary. Utterly misunderstood."

Elen walked to a narrow window to gaze down at the courtyard below. Snow was beginning to fall in light, powdery flakes.

"What am I going to do with ye now?" Elen said quietly. She was beyond rage. Now she felt only quiet resignation.

Rosalyn plopped herself on the edge of the bed. "Do with me?"

Elen, of course, had no choice. There were no alternatives. She could not marry Rosalyn off to the cousin now. Her sister had literally made her bed, and now she would have to lie in it.

Elen calmly turned to Rosalyn. She would deal with one matter at a time. First Rosalyn and Cerdic. Then Munro.

"Ye must marry him."

Rosalyn jumped up, her tiny bare feet slapping the stone floor. "What?"

"Ye heard me." Elen started for the door, her mind made up. She was already pondering how she would deal with her prisoner. Besides, if she did not get out of this chamber and away from the cloying smell of French soap and lechery, she would surely be sick. "Ye will marry Cerdic Forrest and ye will do it by week's end."

The cup Roslyn hurled through the air missed Elen entirely and struck the wall.

Her sister always had been a bad shot.

Twelve

"Ye *summoned* me?" Munro's tone was sharp.

Elen presented her back to him and put out her hands to warm them by the flames that blazed in the great hall's fireplace. Overhead, the white shell of the Burnard horn of retention glimmered, as if mocking her. As the laird of this castle, she felt utterly incompetent. She didn't know if she was doing the right thing in forcing Cerdic and Rosalyn to marry, but how else could she save what honor Rosalyn had left?

Still, she feared she had handled the entire situation badly from the beginning. Surely there was some way she could have brought about different results, but how, she did not know.

"I wanted to tell ye how sorry I am for what has transpired," Elen told Munro, carefully keeping any emotion from her voice. "I rode to Rancoff this morning and spoke with my sister and your brother. The situation is much as ye guessed, and I have held ye falsely." She took a trembling breath and continued. "I make my sincere apology, sir. I can do no more."

He grabbed her arm and spun her around. "Ye can look at me when ye speak."

She forced herself to lift her gaze. A lump rose in her throat. No one could know how she felt about this man or what had happened between them. "Munro, please," she murmured, noting her men were watching with keen attention. She need only give the word and they would come down upon him without mercy. "Let go, else they will come to my aid."

"Ye erred and so now I am simply free to go?" He lowered his voice, slowly loosening his grip. "I am nae your hound to be dismissed at will."

"I am nae releasing ye." She yanked her arm from his grasp, unable to stand the heat of his touch. She could not bear the thought of the deeper heat that had all but consumed her last night without wanting more. "I brought ye up to apologize and to have you moved to more comfortable quarters. Ye will remain there until my sister and your brother agree to wed." She didn't know why she was angry with him. Because he had made her feel the way he had? Because she cared for him and did not want to?

He gave a laugh but he was obviously unamused. "I am nae free?"

She tucked a stray bit of hair behind her ear, setting aside any misgivings. She had the upper hand here, and she would keep it. "I believe my sister and your brother must wed immediately, though they do nae yet see my way of thinking." She looked him directly in the eyes. "I cannae, in good faith, release ye until your brother agrees to marry my sister."

He stared at her for a moment, shifting his jaw one way and then the other. Elen was not afraid of him, but she could tell by the light in his stormy green eyes that he could be a dangerous man.

"Cerdic took advantage of her?"

It was Elen's turn to chuckle humorlessly. "Or she of him. I cannae yet say."

He let out a sigh, glancing away, but not at anything in particular, then back at her. He was a man who chose his words carefully, and she appreciated that characteristic.

"I am sorry," he said finally, "for what my brother has done. I am ashamed—ashamed for him."

" 'Tis nae your fault." Again, she shifted her attention to the warmth and light of the fire. Right now, she would have felt more comfortable standing upon the red-hot coals than under Munro's scrutiny. "Ye cannae be responsible for all your kin do."

"And ye do nae feel responsible in any way for what your sister has done?" His tone was soft, yet probing at the same time, and it made her uneasy. He was trying to learn more about the way she thought, why she acted the way she did. He was trying to get under her skin.

For a moment, she could not respond to his question. She wondered how this man could know her so well—not just her body, but her mind . . . her heart. How could he know how guilty she felt at this moment for subjecting the entire castle to Rosalyn's lascivious whim?

"I always knew my sister wasnae quite what she appeared to be." Elen lifted her shoulder. "But honestly, what woman is?"

"Ye."

The word came from his mouth like a breath of warm air on the seashore, and again she could not meet his gaze.

Munro took a step closer. "Elen, what did ye see within Rancoff's walls? What did they say? What excuse did they offer?"

She shook her head. "None." She looked to him. "Absolutely none at all."

He swore beneath his breath. "And yet they nae wish to marry?" He raised his voice angrily. "What did they think would be the end result of such waggery?"

"I honestly cannae imagine. I suppose Rosalyn thought she would dally with her bonny neighbor a few days and then invite him to her wedding feast come Candlemas."

"Aye, her betrothal. I am sorry. What will ye do?"

"What can I do? I will send him a message of humble apology merely saying Rosalyn cannot wed him because she ran off and married another. There will be some talk of scandal, but 'twouldn't be the first time a maid married a man other that the one chosen for her by her father." She hesitated. "What is important now is that Cerdic and Rosalyn marry without delay. Then we can all put this ugliness aside and move on."

Munro rested his hands upon his hips. "Release me and I will ride to Rancoff. I will drag Cerdic to the kirkyard step myself, if necessary."

She folded her arms around her waist. She wanted to let him go, yet she would not vacillate. She had made the decision to hold him, and hold him she would. "I canna let ye go."

His brows knitted. "Why? I wish to see them married as quickly as possible as well. After this behavior, you are right. There's nothing else to be done but get them wed before everyone in the Highlands hears of this little escapade."

Her bailiff caught her attention and Elen signaled she was coming. "I canna set ye free because I told Cerdic if he dinnae agree to the marriage posthaste, I would hang ye by your bullocks until you were dead." She gave him a sweet smile, akin to one of Rosalyn's, and walked away.

"Please, Rosalyn," Cerdic puled as he refilled her goblet with more wine from Rancoff's cellars. Munro would be angry that he had broken the seal on the keg, but surely he would understand a man in desperation. And he was doing this for his brother, wasn't he? Surely that bitch of a sister of Rosalyn's meant what she said when she warned she would hang Munro from his nuts if Cerdic did not marry Rosalyn.

Just thinking about it made Cerdic shiver.

And he did, indeed, want to marry Rosalyn. He loved her. There was only one wee problem. She did not want to marry him.

"Please," Cerdic begged, setting down the pitcher of wine as he perched on the side of the tick.

Rosalyn reclined in Munro's great bed, naked and unabashed. "Wedding ye wasnae the agreement when ye carried me off, Cerdic, love," she returned, sipping the sweet red wine.

He clasped her dainty hand and rubbed it to his cheek. "It was nae in the plan, but surely you thought it would be a possibility. Did ye truly think your sister would let you come home bedded, yet still to be wedded to your betrothed?"

She eyed him.

"And what now of your betrothed? Surely word will get out. He will not . . ." Cerdic struggled to find the right words. He did not want to insinuate that Rosalyn was tarnished goods, but in truth, that was how all would see her, even her own clan.

"Oh, shut up," she snapped, yanking her hand free from him. "Shut up and let me think. If my sister had nae abducted your brother"—she shot him an angry glare—"if he had nae been so stupid as to have allowed a woman to capture him, we would nae be in this position now."

Cerdic wrung his hands. The letter he had received from Munro had been rather disturbing. Munro was very, very angry, and Cerdic didn't like it when Munro was angry with him. Munro had threatened to disown him if he did not marry the Burnard girl posthaste. He swore he would banish him.

Cerdic had never meant for this little diversion to get so out of hand. He had never meant for Munro to be kidnapped. Who would have thought the red-haired lass, who was more man than woman, could have managed to abduct the great laird of Rancoff?

Originally, Cerdic's plan had been to keep Rosalyn hidden in his chamber for the night and then set her free on the morn. Munro never would have known. But then the ballsy sister had taken Munro and the situation had changed. Even then, Cerdic had only meant to keep Rosalyn a night or two and then make the exchange, but he had been unable to resist her womanly wiles.

Cerdic ran his hand down her bare shin and took her foot between his hands to massage her toes. "I would make ye a happy woman," he pleaded, giving one toe a lick.

She grabbed a walnut and a cracker from the bedside and snapped the nut open, letting bits of shell fall to her bare breasts. "I am already happy."

"I could give ye things another mon nae could." He climbed onto the bed to straddle her, letting his cod dangle enticingly before her.

Her eyes lit up.

The woman was more lustful than he.

He took the nutcracker from her hand and fed the last bit of walnut to her with his fingertips. As he straddled her hips, his member swelled and stiffened as it prodded her bare belly.

She wiggled under him.

He caught both her hands with his and held them down over her head, pinning her to the bed.

"Stop," she cooed. "You're hurting me."

"Marry me and I will hurt ye every night," he whispered. Then he thrust his wet tongue inside her ear.

She giggled. "But if I marry ye, what of my ambition? I had no true intention of marrying my cousin, either. I merely went along with my father and sister. I nae want to wed a second son."

He dragged his tongue along her jawline. She tasted of sweat and excitement. Cerdic loved excitement in his life. "Marry me," he breathed, "and your ambition will become mine."

She met his gaze, and the corner of her pink mouth turned up in a half smile. "Swear it?"

"Anything for you, pet," he crooned.

"All right," she conceded. "I'll marry ye, but on one condition." She brought a slender finger before his nose.

"Aye?" he panted, now fully aroused.

She gave him a shove, pushing him off her, onto the bed on his back. "I want to be on top."

"So . . ." Elen said

"So . . ." Munro repeated, feeling foolish but not quite certain how to handle the situation. How did a man say good-bye to a woman who had falsely held him in her prison for more than a fortnight? And in the meantime, he had fallen in love with her. No manual of war or social graces covered that topic, he was certain.

They stood in Dunblane's outer bailey. Cerdic and Rosalyn had sent a message to the castle an hour before inviting both Munro and Elen to their wedding come Saturday. It was a clever message, with no indication they were being forced into the marriage or that Cerdic feared the repercussions from his brother if he did not. So . . . Munro was now free to go.

He glanced up at the sky. The sun shone brightly, warming his face. There had apparently been snow the previous day, and it had melted, making the castle's yard a quagmire of mud. There was a wet, salty smell to the air. It felt good to be outside again. It felt good to be free—and yet he lingered.

Elen had ordered his pony saddled and brought around from her stables. The shaggy steed had been well cared for in the time she'd held Munro captive. Not only had his mount been fed, but groomed and exercised as well. She was a good woman. A good leader.

"I shall come to Rancoff on Saturday for the wedding," she said quietly. "I will bring a few men."

"Ye are certain you do nae want the marriage to take place in your kirk?" He fiddled with one of his stirrups. It did not need adjusting, but it gave him something to do with his hands when what he really wanted to do was place them around her waist, then kiss her soundly.

" 'Twould be no trouble to come here," he continued. Rancoff had no kirk. The church had been destroyed years before in the fighting.

"Considering the circumstances, your hall and a mon of the cloth will be sufficient."

"And ye do nae wish to have her sent home?" He gestured, feeling silly, knowing he should be off, but wanting to stretch out the moments he had left with Elen. He had made the decision to pursue her in earnest, but first things first. This matter between his brother and her sister had to be laid to rest.

"Ye know, to prepare. To pack her belongings," he said. "Whatever it is women do before they wed." Rosalyn would be joining his household, as was appropriate when a woman married into the Forrest family. Actually, it would be nice to have a woman's touch in the castle. His mother had been dead a long time.

"What they do before they wed?" She gave a snort that would have been undignified coming from any other woman, but from her only added to Munro's fascination. She shook her head in disgust. "Nay. Ye had best keep Rosalyn there. I cannae say I could be held responsible for my behavior should she step over my threshhold right now."

Munro lifted his head and gave a laugh, and surprising him yet again, she laughed with him.

He lowered his gaze to meet hers. She was dressed to hunt in green and brown woolens, a quiver of arrows strapped to her back. Aye, she appeared to be more male than female in the garb, but there was no denying her womanhood. There was a certain way her green eyes sparkled, the way her pink mouth turned up at the edges. And though she had pulled back her hair and tied it in a knot behind her head, wisps of bright golden red still managed to escape her plaid bonnet.

There was no denying it. Munro was in love. He was in love, and he had to have the woman. Have all of her, not just her body but her mind, her soul. He wanted her to love him as intensely as he knew she loved the stone walls that surrounded them.

"Well, I suppose I should be off," he said. Yet still he stood there, looking at her.

"Until Saturday," she said softly. And the way the words came from her mouth, he knew she had feelings for him as well. She just didn't know what to do with them.

"Until then." He offered his bare hand to her to clasp in friendship.

She hesitated.

"Look," he said, amused. "We can no longer be enemies. My brother will soon be wed to your sister."

She offered her smaller hand, setting her jaw. "But there is still the matter of my land you have taken from me."

He clasped her hand warmly and then released it, breaking into easy laughter. "Aye, there is the question of the land." He took the reins from a stable boy and lifted easily into his saddle. "But that argument," he told her, feeling good about himself, about this woman and about their future, *"that* argument we shall save for another day."

He reined his mount around and thundered out of the bailey, through the gatehouse, and into the open meadow toward home.

Munro galloped over the drawbridge that led into Rancoff Castle's bailey. Ahead he saw a crowd of familiar faces. It was good to see the walls of home, good to see the men and women who served him. Under any other circumstances, he would have halted in the meadow to take in the view of his beloved Rancoff. But not today.

"M'lord . . ."

"Master . . ."

His clansmen, vassals, and servants clustered around him, their faces red from the wind, their eyes round with relief. There were many smiles, but a few nervous frowns.

"Good to see ye safe, m'lord," called his blacksmith.

"Welcome home, my lord."

"Missed ye, we did, master," cried Alice the chicken woman, her apron filled with eggs.

Munro felt as if he'd been gone two years rather than two weeks. He tossed his reins to the stable lad and strode toward the yett, yanking off his leather gloves. There would be time to greet his men properly later. He wanted to hear what they all had to say. He had to know where they stood on preparations for winter, he wanted to know how the hunting had been. Had his steward returned from Edinburgh yet?

But first he had another matter to attend to.

"Where is he?" Munro growled.

"Your brother, my lord?" His steward's son ran on gangly legs to keep up with him.

Robert was a good lad. Smart like his father. Elen said he had been helpful when she came, not afraid to speak up, unlike most of the others, and give her assistance. He would not forget that.

"Aye. My brother." He eyed the boy, who looked as if he had grown a foot in the last fortnight. "Your father has nae yet returned?"

"No, my lord, but I have seen to his duties, I swear I have. Just like ye and he was here."

Munro mussed the lad's pate of tangled red hair. "I knew I could count on ye, Robert. Ye shall be rewarded for your loyalty. We will speak later." The boy halted as Munro passed into the front vestibule.

"Aye, sir. Thank ye, sir."

Munro took the curving stone steps one at a time to the second floor of the great hall. It was neither as large nor as grand as that at Dunblane, but it had great character, with its wainscoted walls, massive stags' horns fastened on the wall, and minstrels' balcony. And unlike Dunblane's hall, which had been added a century after the main tower, Rancoff's great hall was as his great-great-uncle Munro had built it. That thought often gave Munro comfort. Rancoff was his father's legacy and his father's before that. And someday, God willing, his son's legacy after him.

Munro's mud-encrusted boots pounded the hardwood floor as he entered the hall. His brother and a striking blond woman sat at the table in the center of the room, down at the far side. Obviously, this was Rosalyn. Some men might have thought her beautiful beyond words, but Munro already had his heart set on a redhead. To him, Rosalyn's comely looks were common and, worse, only skin deep.

"Cerdic," Munro barked. He had vowed before he passed over the drawbridge that he would not do bodily harm to his brother, only scare him. But now on seeing him, Munro's blood boiled once again. Perhaps he could strangle Cerdic until he merely passed out, rather than to death.

"M-Munro." Cerdic shot up out of the great chair at the head of the table. Munro's chair. "G-good to have y-ye home, brother." He half turned to Rosalyn. He was wearing one of Munro's shirts. "Let me intro—"

Munro reached out and grabbed Cerdic by the ear. "If ye could excuse us for a moment?" he said politely to Rosalyn, with a forced smile. "I would have a private word with my dear brother."

She stared in shock, but made no attempt to rise from her chair. It was probably just as well, else Munro would have been tempted to take her by the ear as well.

"This way, Cerdic." Still holding him by his ear, Munro dragged his brother through an arched doorway into a small chamber that served as his private office. "Close the door," he growled.

"I . . . I cannae." Cerdic struggled, but not too hard—for fear he might be further injured, no doubt. "Ye . . . ye hold my ear."

Munro lifted one boot up behind him and slammed the door so hard that a painting of his uncle Munro that hung on the plastered and painted wall rattled.

Cerdic cringed.

Munro released him and pushed him down into the chair at the table where he and his steward did the castle accounts. "What in God's blood-sucking bones have ye done?" he bellowed, not caring if everyone in the castle, if everyone in the Highlands, heard him.

"I'm sorry," Cerdic whimpered. "I didn't mean for this to happen. I'm verra sorry."

"Ye're sorry? Sorry for what?" Munro's face grew

hot with anger. His muscles tensed. He wanted to hit someone—hit Cerdic. It had been years since he had struck out at anyone or anything in anger, but he was sorely tempted now. "Sorry ye took a woman's maidenhead and ruined the marriage her father arranged on his deathbed? Sorry ye took a man's betrothed to your bed? Or sorry I spent a fortnight in a futtering prison cell whilst ye played slap and tickle with that wench?"

Cerdic shook from head to toe as he brought his fingertips to his mouth, a nervous tick he had. "Sorry, sorry for all of that." Tears filled his eyes. "I know ye don't believe me, but I truly am. I didn't mean to hurt anyone. Only . . ." He met Munro's gaze. "I wanted her so badly and . . . and . . ."

"Enough!" Munro threw up one hand. This was the way it always went with him and Cerdic. Cerdic futtered up and then Munro repaired the damage. Cerdic was always sorry and Munro always forgave him. Cerdic was family, all he had left of his mother and father.

"Get out of here!"

Cerdic sat slumped in the chair, clutching its polished arms. "What?"

"I said get out of here," Munro spat, gesturing to the closed door. He had thought he could calmly discuss what had happened between Cerdic and Rosalyn right now, but he was wrong. He was still too angry. "Get out of my sight."

Cerdic leaped out of the chair and grabbed for the doorknob. "Aye, Munro. Whatever ye say, Munro."

Munro turned to the table that was littered with pieces of paper, a broken iron lock, one of his gloves, and a letter with the Bruce's seal upon it. He picked up the letter, wondering if the contents were of a personal nature or a matter of state. The Bruce had said he would remain in contact with Munro and send word if he needed him. "Who has run the castle in my stead?"

"I . . . I . . . don't . . ." Cerdic sucked in a great breath. "Me . . . me, of course."

Munro glared at him over his shoulder. "How many casks of dried fish have been put into the cellars? What is the count on our cattle herd? Did Jake's widow have her child and was it a boy or a girl?"

Cerdic began to tremble again. He, of course, knew none of the answers because he had no idea who had been running Rancoff in Munro's absence. All he knew was who was not. He had been too busy chasing young Rosalyn through the house to be bothered with the work that had to be done.

Munro turned his back on his brother again. "Send Robert up."

"Wh-who?"

"Robert! The son of our steward. Send him to me. And I warn ye, do not let me find you and your lady taking your leisure in my hall when I leave this chamber."

"Aye, Munro. Whatever ye wish. I . . ." He sucked in another great breath of air and made his escape, closing the door quietly behind him.

When he was gone, Munro dropped into his chair. His desk was a mess. No doubt his entire household was a mess. He had hours—nae, days—of work to do.

But he did not want to be here. Instead of attending to his duties, instead of being pleased to be home, all he wanted was to be with Elen again. Even if it meant in her oubliette.

Thirteen

The minstrels on the balcony struck up a merry tune, and bride and groom began to dance hand in hand down the center of Rancoff Castle's great hall. The main table had been moved to another chamber and the benches pushed against the wall for the wedding ceremony that had transpired a short time ago.

Under ordinary circumstances, the marriage would have taken place on a Thursday and feasting and celebration would have lasted days, ending with the bride being kirked the following Sunday. It had been Elen and Munro's decision that there be only one night of merriment. Their brother and sister deserved no more.

Elen grasped her horn cup and took another sip of the wedding wine, observing the newlyweds. Cerdic was laughing merrily, whilst Rosalyn batted her pale lashes like the virgin she most definitely was not.

Elen gazed into the depths of her cup and watched the liquid slosh up the ivory sides. It was not the loss of her sister's maidenhead that upset her. Obviously, she had no right to call the hare skinned. She herself was still a virgin, but as far as she was concerned, it was only a technicality.

No, Elen understood fully now how a moment could be lost to passion. What she did not understand was the elaborate ruse the two used to have their day in the hay. Had Elen stormed the castle as all her clansmen had advised, men would have lost their lives for the sake of a maiden who did not need saving. And, obviously, Munro should not have been held prisoner for return of a woman who had not actually been kidnapped.

Elen turned away in disrelish from Rosalyn and Cerdic. The two were as alike as twin calves; neither showed any shame for what they had done. As far as Elen was concerned, they deserved each other. And while she felt bad for her cousin for the broken engagement, she was certain now the marriage would not have been a happy one. The young Campbell deserved better.

" 'Tis good to see our siblings behave so humbly, nae?"

Elen didn't know where Munro came from, but suddenly he was there. She had been avoiding him since her arrival. Not because she didn't want to see him. All week she had thought of nothing else. It was because she didn't know what to say. Didn't know what to do. She could not have this man, no matter how badly she wanted him, no matter how badly he wanted her.

Elen leaned against the dark-paneled wood of the wall, a half smile, half frown on her lips. "There are times when I am ashamed to call her my sister. This is one of them. Not a word of apology from her lips. When I arrived here to see her in her chamber ere the priest's arrival, she asked me what wedding gift I had brought her."

Munro took a swig from the mug he carried and leaned against the wall beside her. Other guests had joined in the dancing. The sound of piping and fiddling and the stomping of the dancers' feet made it difficult to hear each other speak. He leaned closer to Elen. "What did ye tell her?"

She turned to him. "I told her I brought her a swift kick in the arse."

Munro exploded into hearty male laughter. "Aye, Elen Burnard, ye are my kind of woman."

"Nae one word of apology," Elen repeated, beginning to relax. She didn't know why she had been so nervous about coming here today. Munro was so easy to talk to. She felt so comfortable near him. She felt as if she could be herself.

"Cerdic apologizes enough to me for the both of them." Munro tipped his cup, moving closer yet. His sleeve now brushed hers as he leaned against the wall beside her. "He practically dropped to his knees and kissed my boots, begging forgiveness, and has done so all week."

Elen lifted her gaze tentatively to meet his. He was dressed regally tonight in a rich burgundy and green plaid and matching stockings, a burgundy mantle pinned on one shoulder with a beaten copper claspbroach. On his belt, he wore a glimmering copper sheath and short dirk worthy of a king.

The moment she saw him she had regretted not dressing more appropriately. She wore an everyday tunic that fell just below her knees and a sensible wool mantle thrown over her shoulders. Her waist-length, unadorned hair was pulled back in a thick braid. And though she was clean and her hair brushed, she felt plain and ordinary beside him. Finley had suggested she should dress more like a woman . . . or man of station. Perhaps he was right.

"And did ye?"

He watched her every move, making her feel self-conscious.

"Did I what?"

"Forgive him?" she asked.

He glanced away, watching the dancers spin and clap. Servants were now carrying trenchers of food into the hall from one of the rear doors. The room was packed with people, and the noise was becoming unbearable.

"My brother and I have this relationship," he explained, gesturing toward the oblivious bridegroom. " 'Tis been this way since we were children. He doesnae think ere he acts. He gets himself, and sometimes me, into dangerous situations."

"And ye always get him out."

He shrugged. "I am the big brother. My father nae only gave me the responsibility for these lands, but also my only living sibling. I ken it sounds ridiculous, but—"

She laid her hand on his forearm, not caring who saw her. Besides, the wedding guests would all soon be too drunk to remember on the morn what they had seen. "Say no more. I understand." She chuckled and pointed to the bride in her deep red gown, miles of long blond hair rippling down her back. Rosalyn was laughing, having the time of her life. "How could I nae?"

Munro met and held her gaze, and she could not look away. It was if he was a sorcerer and she his possessed.

"Would ye like to dance?"

Elen hesitated. She thought to say no. She did not need to make a spectacle of herself here on Rancoff grounds.

"Come," he pleaded. "Don't tell me ye do nae dance. 'Tis nae a mon or woman on this earth who claims to call himself a Highlander who doesnae dance."

She could not resist his charm. "I dance," she defended indignantly.

"Then dance with me."

Before she could present any argument, he took both

their cups, set them against the wall, and clasped her
hand in his. He led her out onto the floor, and the
guests gave way to the man who had made the festivities possible. The fiddlers and pipers struck up another
tune and Munro released her hand to dance a circle
around her.

In minutes, Elen found herself laughing, pounding
her feet, and spinning with the other dancers. She
clapped and wove her way in and out of the men and
women, meeting with Munro, parting, only to take his
hand again. Then the tune changed to a Highland reel
and the women moved to the outside circle, clapping
rhythmically. Munro, Cerdic, and the other men moved
to the center, their backs to each other.

Elen could not say if Munro was the best dancer in
the room. For her, he was the only dancer. He clapped
and pounded his feet to the beat of the music, whirling
faster, stomping harder, caught up in the moment. There
was something about watching the powerful, graceful
way Munro moved to the music, the way his plaid
swirled at his knees, that set her blood boiling.

As she watched, clapping and keeping time with her
booted foot, she could not keep her gaze from the rippling muscles of his suntanned forearms, bared when
he pushed up the sleeves of his shirt. She could not
help but see the square line of his jaw, the hue of his
clean, dark hair, or the way his sensual mouth turned
up at one corner when he laughed.

She clapped her hands to keep them occupied, but
they ached to stroke his bare chest and biceps. She
sang with the other guests, but her mouth throbbed with
desire to press to his.

Wanton witch, she thought as she met his gaze and
he smiled. *Caught.* The rogue seemed to know what
she was thinking, but she didn't care. She didn't want
to grow old, a shriveled maid who had never known

the love of a man's hands. She could accept her duty
to her father and her family, but she couldn't help but
think perhaps she owed herself one moment in time.
Didn't she have the right to finish what they had started
that night in her bedchamber? The question was, could
she love Munro enough in a moment, an hour, a day,
to last a lifetime?

As he turned to face her, the music reaching a cre-
scendo, he reached out with both hands to take hers,
and she accepted his invitation. The warmth of his
hands, the strength of them was overpowering.

Aye, one moment naked in this man's arms would be
enough. She would make it be enough.

They danced facing each other, bringing their knees
up high in the Highlander manner, bare thighs flashing
beneath their clothing. She twirled and laughed huskily,
praying that the strength of the wine and ale would
prevent the other guests from paying too close attention
to her and Munro. He caught her around the waist and
she rested one hand on his shoulder, turning with him.
The leather tie at the end of her thick plait of hair gave
way, and as she spun her red mane fanned out, tumbling over her shoulders and his.

Munro locked gazes with her, and he did not need
to say a word. She knew what he wanted, what he was
willing to accept this time—and she knew what she
would give him.

The song ended, and despite protests from the other
dancers, Munro and Elen broke free and wove their
way through the guests back to the wall, where they
had left their drinks. Panting, her heart pounding, she
drank to the bottom of her cup.

Finishing off his, Munro wiped his mouth with the
back of his hand. "More?"

She shook her head. It was too loud in the great hall
to hear each other speak. The fiddlers and pipers had

begun anew and two men beside them were fighting hotly over the type of arrow that flew truest in cold weather.

"I'm hot," she mouthed, tugging on her tunic. " 'Tis too loud."

He nodded. Abandoning their cups on the floor, he took her hand and led her through the crowd of guests. They circumnavigated the center dance floor and took a small, arched doorway out of the great hall.

Though the chamber was small, the air was considerably cooler inside. He pushed the door shut with one elbow, leaving them in darkness.

"My office," he said, leading her through the room. "There's another door this way."

He was leading her deeper into the tower, not outside. This was her chance to protest if she wanted to. She did not. He lifted another latch and led her out into a dimly lit passageway.

"Where are we going?" Her voice was breathy.

He halted and lifted his finger beneath her chin. "Where do ye want to go?"

Elen's eyelids felt so heavy that she could not keep them up. He knew. He knew where she wanted him to take her. His bedchamber, of course. His bed.

Munro kissed her first, but only because he was quicker. Elen pressed her back to the rough plastered wall, easing her hands over his broad shoulders. He was hot from the exertion of dancing, his clothing damp. But Elen was not squeamish. She knew that her face, too, gleamed with perspiration. She liked the way he smelled right now, hot and sweaty and clean, as only a man could.

Munro thrust his tongue into her mouth. He tasted of wine. Of desire—desire for her. She found that thought exhilarating.

He pressed her harder against the wall, lifting one hand up beneath her breast.

She moaned. Aye, this was what she wanted. What she must have or she would not live.

When Elen thought she would faint for want of air, he slid his mouth from hers. "I've changed my mind," he murmured huskily as he kissed her neck, the pulse of her throat.

She threaded her fingers through his thick, short hair. "Have ye, now?" she panted.

"What was so generously offered a few nights ere," he breathed in her ear. "Does that proposition still stand?"

She could not resist a chuckle. He knew, of course, that it did, else she would not have allowed him to lead her into the darkness. She would not be allowing him to fondle her here in the hall by the light of a single burning torch.

She caressed his back, speaking between stolen kisses. "No one may know," she panted. "No one. One night. Just once. And there are no obligations, Munro. I do nae expect any from you. Ye willnae get any from me."

"Elen, Elen," he whispered. "Ye are stronger than I could ever be."

She lifted her lashes, brushing the tip of her nose against his. "Ye talk again, when ye could have a naked woman standing in front of ye."

He laughed and eased her against the wall to kiss her again. This kiss was not one of passion, but tenderness.

"Which way?" she whispered, slipping her hand into his. "We must hurry. No one must realize we're gone."

He exhaled, running one hand through his hair. He appeared slightly dazed. Was it the dancing and wine or her kisses? She liked to think it was her.

"I nae want it to be this way," he said. "Rushed. Without proper time to woo you."

How sweet. A truly chivalrous man. "This way or no way," she whispered against his lips. And she meant it.

For one fearful moment, she thought he might change his mind. Perhaps he had really meant what he'd said when he told her he did not merely want a bedmate but a wife.

Fortunately, he came to his senses.

"This way."

They ran like children down the dark stone passageway and up winding narrow steps. She knew he led her to his bedchamber, but she was certain this was not the way she had come when she had paid a visit to her sister and his brother earlier in the week.

At a landing, he stuck his head around the doorway and then tugged on her hand. Then they were inside his bedchamber. His door had a sturdy bar.

Before she could slide the bolt home, he was on his knees pulling off her boots. She laughed, keeping her balance by pressing her hands to his broad shoulders. He stripped off one of her short hose and then another, letting them fall to the floor without care.

As he stood, she tugged on his belt and removed it, along with his sheathed dirk. He took off hers and looped both of them over the back of a wooden chair. First his shirt, then her tunic. They were both in such a hurry that their movements were awkward. They laughed as they fumbled to remove each other's clothing.

"Ye are so beautiful," he murmured as he lifted her linen undertunic over her head and she stood before him naked.

Elen was not embarrassed. What God had given her was all she had. Ample but not overly large breasts, a flat stomach. A sturdy, strong body to work . . . but also to make love?

He said she was beautiful, and for this one moment in time, she believed him.

She ran one hand over his bare chest, reveling in the feel of the sparse, dark hair. He was all muscle, hard, lean. Now there was nothing between them and complete nakedness but the plaid he wore bound about his waist.

Again, their lips met. "Do ye take this off, or do I?" she teased, boldly running a finger along the waistband. "I do nae know the rules of this game."

He groaned aloud and pushed her hand aside. "The rules are simple. Take care, lass, or all will be o'er ere it has begun."

She laughed and withdrew her hand, but she was not worried. Something told her this man was virile enough to take more than a single inexperienced caress from a lady's hand.

He lowered his head between her breasts and leaned against the door for support. He took one nipple and gently tugged. At the same time he brought his hand up to the throbbing dampness between her legs, and it was she who thought all might be lost.

"Munro, please," she begged. "I nae wish to die a virgin."

Laughing, he scooped her into his arms and carried her to the same great bed her sister had rested upon only days before.

This is Munro's bedchamber, she told herself, pushing all thoughts of Rosalyn and Cerdic aside. *His . . . and now mine . . . for a moment, only a moment.*

They fell beside each other on the great, soft bed, and somehow he unwound the plaid at his waist. He sprang forth into her hand, hotter and larger than she had anticipated.

Elen's breath caught in her throat. It did not seem to matter that she had never been with a man before. Her body seemed to know instinctively what to do, even when she did not. She opened her legs to receive him, her need for him greater at this moment than her need to breathe. She knew they hurried, and yet as he took her, time seemed to slow . . . to become suspended.

She had heard tales in women's solars of the pain of joining, remarks of disgust, abhorrence even. But what she experienced as he entered her was nothing short of glorious.

Again, Elen's breath caught in her throat. She was drowning, drowning in pleasure, in the smell and the feel of Munro. In his power.

He muttered sweet words in her ear as he slid deeper, and Elen lifted her hips to meet him.

"Munro," she cried.

"Elen . . . Elen."

The rhythm came from somewhere deep inside her. She knew instinctively how to move to please him, to please herself. Deeper, faster. A part of her wanted it to last forever, but a part of her pressed on. She could no longer control her need.

And then it was over in an explosion of bright light, tensing muscles, and sweet release. At almost the same moment she reached her climax, he, too, burst. With a groan and one more thrust, Munro reached completion.

"I'm sorry," he muttered, rolling off her and onto his side.

"Sorry?"

Slowly he opened eyes to meet her gaze. He rested one hand on her waist, and they lay facing each other crosswise on the bed.

"Next time will be better." He swallowed hard and closed his eyes, trying to catch his breath and slow his pounding heart, no doubt.

She laughed. "Better?"

He opened his eyes. "Ye laugh at me."

"Better and ye would kill me," she whispered, delighted with him, with herself.

Chuckling, he leaned forward and pressed a kiss to her damp forehead. "Ye are good for my ego, my love."

She lifted her lashes, mischievously. "Am I, now?"

He ran his hand over her hip in a gentle caress. "Aye, ye are. And I am sorry I handled ye so roughly your first time. It was nae my intention." He traced a line over her hip and down her thigh. "But I couldnae help myself. Watching ye dance, I thought I would embarrass myself by bursting right there in my own hall."

She smiled and snuggled up against him. "Now that would 'struth have been a sight."

He brushed his lips against hers in a lingering kiss. "Do ye think anyone has noticed we're gone?"

She wrinkled her nose, wishing he had not brought up the others downstairs. Now she could hear the music again, faint but most definitely present. They could not keep the world at bay for long, but perhaps for a few more minutes. She had left Finley at home, against his wishes. She wondered now if this joining had been her intention all along; she'd just not known it. "Nae. No one has even thought of us. Your wine is too good, your minstrels too experienced."

He slid his hand over her thigh to the softer, inner flesh. "Does that mean we do nae have to go yet?"

"Nae yet . . ." she breathed, letting the ripples of warmth he created with his gentle motion wash over her.

"Shall we take it slower this time?"

She ran her hand over his bare shoulder. "Again? I dinnae ken a mon could do this again."

"Ah, this mon can," he growled playfully.

He rolled her onto her back and she closed her eyes.

The music downstairs in the great hall seemed to dim as she allowed Munro to carry her away one last time.

As the half moon had already fallen in the sky and dawn was nearing, Elen and Munro stood in Rancoff's bailey. The bride and groom had been put to bed, and most of the guests had departed for home or bedded down in the great hall or in one of its chambers. Only a few of his men lingered in the dark, frozen courtyard, smoking their pipes, finishing off the last of the ale.

"I wish ye dinnae have to go so soon," Munro said quietly, walking beside her. He caught her hand, not caring who saw. He was in love, and he'd tell anyone who would dare to stop and listen. He'd tell Elen—if she'd just stand still long enough to hear him out.

She let him hold her hand only for a moment and then slid it away from his. "So soon?" She glanced up at the dark sky already fringed with light. " 'Tis almost dawn." Her voice was still sultry from their lovemaking.

"Marry me and ye would nae have to go home," he murmured in her ear.

She gave a laugh. "Ye've had too much to drink, Munro Forrest." She eyed him in the darkness, her green eyes twinkling. "Or too much of something else."

He laughed with her. "There could nae be too much of ye for me, Elen. Never enough."

They reached her mount, which Munro had ordered saddled and brought around. Her escorts were already mounted and waiting for her on the open drawbridge.

She smiled up at him, ignoring his proposal. But that was all right. Tonight he had realized for certain that this woman was the only woman for him. He could never be whole again without her. Hell, maybe he had never been whole before. What he did know was that one way or another, he would make this red-haired, man-talking, sword-wielding woman his wife.

"Thank ye," she said to Munro, taking her reins from a sleepy stable boy.

Munro arched a dark eyebrow with amusement. "Thank ye?" he said quietly so that none could hear. Though he would make no bones about declaring his love for Elen, he agreed with her. No one should know about the consummation of their love. "I have nae had a woman thank me for my affections in the past."

"Perhaps ye were nae this good."

Before he could respond, she slid her boot into the stirrup and lifted into her saddle.

He stared up at her for a moment, not shocked by her forwardness, but certainly amazed. And just a wee bit flattered.

She settled in the saddle and pulled her gloves from inside her cloak. "I suppose this is good-bye."

He shook his head, taking a glove from her. "Only for tonight." He offered her open glove and watched her slide her hand into it, remembering what those hands had felt like on his body. Just the thought made him hard all over again.

She slipped the glove on her other hand and clasped her reins. "The agreement was this one time," she whispered harshly. "That was the understanding. Ye agreed."

He smiled, and slapped her horse's rump with his hand. "So I lied," he called after her as her horse bounded off for the drawbridge.

Her words caught in the cold wind, so he did not catch what she said, but he guessed there was no sweet crooning now. Chuckling to himself, Munro started across the bailey.

He was tired, but content. He would sleep a few hours and then rise. He had a great deal to do. There was much to attend to at his keep before winter truly set in, and those matters had to be seen to before he could concentrate on convincing Elen to be his bride.

As he passed several of his clansmen, he saw by the light of a smoking torch that coins were passing between them as one man collected for bets. Scots were always wagering on something—the speed of a horse, the trueness of an arrow. "What's the bet?" he called good-naturedly.

A red-bearded man, his steward, Robert, looked to another. "When ye'll wed Dunblane," he dared.

Munro halted. "Your bet?"

"By Epiphany," the steward said.

Munro thought a moment and then gave a nod. "I'll wager prior to that. A horse from my stable for ye if I am nae wed to the fair Elen ere Christ's birthday."

The men in the bailey stared in amazement.

"And if I lose, m'lord?" Rob called.

"Oh, ye *will* lose. And then you, my fine friend"—he pointed in amusement—"will ride naked round the castle's outer wall."

The clansmen who stood around burst into laughter, patting Rob on the back and shoving each other.

"That will be the day," Rob called to his master.

"I look forward to it." Munro waved good night as he walked through the open yett. He was anxious to get to bed and wrap himself in the bed linens he hoped still smelled of his rough and tumble Elen Burnard.

Fourteen

"Ye should send it back," Finley quipped, glancing up from his ledger.

Elen fingered the fine fabric that had just arrived by messenger from Rancoff Castle. It was tied in a bundle by a green ribbon. "I would garb ye in golden threads," the attached note read. It was signed simply, "M."

"No good can come of it." Finley lowered his gaze to the numbers written on the parchment in front of him. They were taking an inventory of the foodstuffs stored for the winter. "Ye ken why he woos ye."

"Because I am a rich woman," she said tartly.

She knew that, of course. And this had not been the first gift. A full month had passed since she had taken Munro Forrest as ransom for her sister and more than a week since the wedding. The day after the wedding, he had sent a plate of sweets. She had told herself it was a token gift for the hours they had spent naked in his bed.

Then he had sent needles and golden thread, now fabric. And now the gifts were coming with clever little notes.

She had sent the food and the thread and needles back. The sweets would make her fat and slow. And what need did she have for golden fabric fit only for a lady's gown? Hadn't she made it clear to him she could never be his lady?

Elen rubbed her temples irritably. The headache was coming. She could feel it seeping in from the far reaches of her mind, trickling inward. She dropped the bundle of golden cloth on the dais where she and Finley were going over some accounting.

A fire blazed on the hearth in the great hall while a frigid sleet fell outside. Because of the inclement weather, several clansmen were seated in a circle before the fire polishing broadswords and iron-ringed mail. Her hound, Camille, lay stretched out on the hearth. She was now the only dog permitted inside the house, and she behaved as if she were the queen of the keep.

"Ye can send it back," Elen told Finley, giving the golden bundle of fabric a shove across the table. "Gold cloth, indeed. Who does he think I am? Rosalyn?"

But she was too restless to take her seat beside Finley again. She told herself it was the bad weather and lack of exercise. She had wanted to go hunting with her men and their falcons, but had decided against it when the sleet began to fall. They all had enough duties inside to attend to and did not need to be about in such miserable weather.

It was the headache, too, she admitted to herself. And the way everyone looked at her, knowing, anticipating.

What she did not care to admit was that it was Munro who prevented her from fully concentrating on her ledgers. Munro and his gifts. Munro and his clever wee notes. Munro and his hands . . . his mouth.

She had taken great risk of being caught by lying with him at Rancoff, but she had done it to get him out of her head, to get him out from under her skin. She had been certain that one night, one glorious night, and she would no longer desire him . . . need him as her crops needed rain.

And sweet bones of God, it had certainly been a glorious night. But it had not been enough. Not nearly enough. She had thought one tumble in his bed and she would be satisfied, but she wasn't. She thought of Munro day and night, of the way he had touched her and the feelings he had evoked. She went over in her mind again and again how she had touched him, the sounds that had come from his throat. God save her, she seemed as obsessed with him as he was with her.

"What do ye want me to say?" Finley spoke, interrupting her thoughts.

She glanced at him; she had not even seen him rise, but now he was holding the bundle of golden cloth with a clear look of disdain on his face.

"Say?" she questioned.

He shook the bundle. "I'll send the cloth back by messenger, but what should I say?"

She climbed onto the bench and began to arrange the delicate sheets of parchment before her. "Say naught."

"Naught? Ye should state your rejection clearly, else he will think ye be toying with him."

Elen laid down the sheets of paper and ran her hand over her eyes, massaging the aching sockets. The headache was inching closer. "Finley—"

"I'm sorry." He looked down at his muddy boots contritely. "It's only that your father warned us this would happen. He warned us that men would try to woo ye to get what was yours, the land and the coin. He warned men would try to take advantage of ye."

"I ken what ye say," she sighed. Finley had never mentioned the night of her birthday, when he had discovered her behind the closed bedchamber door with Munro. He had never mentioned it, but sometimes he looked at her as if he were thinking of that very incident. This was one of those times.

She glanced up at him, wanting to make him understand she had already made her decision that Rancoff would not woo her. Perhaps she just wanted to repeat it one more time to make it clear to herself. "I nae want Munro's gifts. I have made it clear to him he may nae pursue me, but I don't think it's my land he wants. He's a different kind of mon than most. He's nae like that."

Finley leaned on the table, drawing closer to her. "All men are like that when the reward is great enough."

"I nae know the size of his coffers for certain," she said, unsure why she felt compelled to continue to argue her point, "but I suspect his are larger than mine."

"No coffers are large enough for a mon, any mon," Finley countered.

She met his dark-eyed gaze for a moment and then pulled away, sitting upright on the bench. She waved him away, impatient with him, with herself. "Just return the damned cloth."

"As ye wish. I'll send a courier right away; the message will be clear that ye willna accept gifts." He picked up the bundle again. "Do ye want me to escort ye upstairs? Ye could work on the ledgers a wee longer in quiet."

He knew, of course, of her headache. He was only trying to think of her, of what would make her the most comfortable and wag the fewest tongues.

She began to gather up the thin sheets of parchment. "I'll go myself. If I need anything, I will send Alexi."

He watched her gather the paper and pick up the ink and quill. "Ye could leave the work for me."

"And do what?" she scowled. "Sit about? Or perhaps stitch a little needlework?"

He smiled and she smiled back. "Thank ye, Finley." She watched him depart and reminded herself how fortunate she was to have him.

* * *

Munro did not open the sack that had just been delivered from Dunblane Castle. Though it came with no message, he knew what lay inside. In the last week he had made no attempt to see Elen, but had instead sent gifts. His thought had been to ease his way into her good graces and then pay a call on her. After all, what woman did not like gifts?

But Elen was no ordinary woman, and he had been a fool to think she would be so easily enticed.

Cerdic glanced up from his hand of cards. "What's come from Dunblane?" He and Rosalyn had planted themselves at the end of the table closest to the fire in the great hall and there they had remained all afternoon, while the wind howled around the castle's eaves and sleet fell. While Munro had worked on his ledgers and settled several disputes between his tenants, his brother and his new bride had kept themselves warm by his fire, content with his mulled wine and entertained by playing cards. Cerdic had made no offer to lift a hand to aid Munro.

"Is it something for me?" Rosalyn popped out of her cushioned chair and grabbed the bundle of cloth.

Munro wanted to snatch it from her hands, but he knew he was being foolish. He attempted to concentrate on the columns of figures before him.

"Oh," Rosalyn breathed. "What beautiful cloth for a gown. Did my sister send it for me? She's such a dear."

" 'Twasna a gift for ye, but one returned to me," Munro said sourly. He dipped his quill in ink. "Put it down."

She dropped the bundle as if it were hot. "A gift to my sister. My goodness." She batted her lashes. "So there is truth to the gossip I've heard. And I thought it just lurid prattle."

Munro scowled, but did not take the bait. He did not like Rosalyn, that he had already concluded in the short time she'd been here, but out of respect for Elen he kept his mouth shut.

"So ye've discovered the charm of the Burnard girls, have ye, brother?" Cerdic shuffled the cards and began to deal them again.

Munro said nothing.

"She'd be a fine catch, fine indeed," Cerdic went on. "With the Dunblane lands added to your name, ye'd be one of the strongest men in all the Highlands."

"I already am one of the strongest men in the Highlands," Munro responded dryly. He was not boasting, only speaking the truth.

"Aye, that's right. I suppose ye are." Cerdic was still trying to please Munro, to make all right again between them, and he was not above false flattery. "But 'twould certainly make ye richer, such a marriage."

"Are ye saying my dower didnae add to your purse?" Rosalyn questioned, brows raised.

"Of course it did, my sweet," Cerdic stumbled. "I was merely saying that my brother and Elen would make a good match."

"If ye could put up with her," Rosalyn snapped. "Between her captivating personality and those tedious headaches, I cannae imagine why any mon would want her."

Munro glanced up, his attention immediately tapped. He had not questioned Rosalyn about Elen's headache because he did not want to discuss her at all with this woman, but since she had brought it up . . . "When I was there she had one of the headaches. What ailment does she possess?"

Rosalyn gave a disinterested shrug. "No leach or barber has named the affliction. It comes and goes with her woman's moon cycle."

Munro nodded thoughtfully. He had not known such maladies existed, but he was certain there were many illnesses in the world he did not know of. "And once they pass, she is recovered?"

"Sweet as a lemon tart . . . until the next moon."

"A mon could tolerate a great deal for the amount of money my Rosalyn says Elen of Dunblane possesses," Cerdic put in.

Munro eyed his sister-in-law. She had no right to be telling Cerdic of Dunblane's holdings. It could be dangerous for the castle, or, more importantly, dangerous for Elen. He wondered if Elen knew just how perfidious her sister could be.

"So ye must be trying to bribe her first with gifts, eh?" Cerdic asked slyly. "Ye be a clever mon, brother."

"This subject isnae up for discussion, Cerdic," Munro said sharply. "Nae between ye and me nor your bride and me." He glanced at Rosalyn and then back at Cerdic. "Do I make myself clear?"

"Of course," Cerdic gulped.

Munro once again lowered his gaze to the scattered papers on the table. "I still wait for that count of kegs in the wine cellars, Cerdic."

"Aye, 'tis nearly done."

"Well, I would hope so." Munro made no attempt to hide his sarcasm. " 'Twas a simple task that should have been complete two days ago."

Rosalyn gave a huff and flounced toward the door that led to the tower's private chambers. "Cerdic," she snapped. "I believe I've a headache myself. Run fetch me a poultice and come to our chamber."

Cerdic rose from his chair. "Aye, love." He halted halfway between the door and his brother. "If ye don't mind, I will just see to my wife and then—"

"Go," Munro muttered, already intent upon adding

up another column of figures. "Chances are, ye will nae do it properly anyway."

Cerdic closed the paneled door behind him, leaving Munro once again in peace, but the third time he added a column incorrectly he dropped his quill and walked to the fire to warm his hands.

He could not add for thinking of Elen. He could not ride for thinking of her. He certainly could not sleep.

So the headaches were chronic. He found that thought more upsetting than he would have imagined. The time he had seen Elen overcome by her headache, she had obviously been in great pain, so pained that she was overcome. Yet after it had passed, she had not said a word of complaint.

He walked back to the table to try once again to complete his task. Rosalyn said the ailment came with Elen's woman's cycle. Approximately one month.

Munro halted midway to the table. One month. It had been one month since the last headache.

The pain hit Elen with such force she felt as if she were being crushed by the granite of the castle walls around her. Suddenly the heat of her chamber, the dim light of the glowing candles, all became the enemy, so fierce as to send her hiding beneath the woolen counterpane.

Her entire body shook with the pain. She was hot, burning hot, and yet she shivered with a cold that shook her bones.

"Elen, shhhh, there, there," came a voice that seemed to float out of nowhere.

She recognized the voice. Munro.

He, of course, was not here. She was dreaming—half awake, half asleep, delusional. It happened some months.

She heard the rustle of parchment. Has she left her ledgers on the bed? She did not wish to wrinkle them, but she hadn't the energy to sit up to find them. She had only meant to close her eyes for a moment, but then the headache had hit her full force and the ledgers were forgotten.

There were more sounds in the room. Then Elen felt the pressure of a hand on her shoulder. She allowed the hand to roll her from her fetal position onto her back. She felt a cool touch on her forehead, then something wet.

In her dream, she relaxed a little and the pain seemed to ease slightly. She could hear Munro speaking, but she could not understand what he was saying. He was too far away. A figment of her wishful imagination. A ghost.

But the ghost did not slip away as most ghosts do. The ghost removed her short hose, the knee-length plaid she wore pinned around her waist, and the saffron yellow shirt. She felt a soft billow of fabric fall over her naked body. A nightgown? It smelled of herbs from her father's chest.

"Drink." The ghost instructed and pressed something hard against her lips. The pain of the crushing headache was so intense she could not remember how to drink, but her body knew. She parted her lips and a cool, pungent liquid passed them.

"This will ease the pain," the ghost whispered as he stroked her forehead with the gentlest of hands. Ordinarily when the headaches hit like this, she could not bear to be touched. Even the weight of a counterpane pained her. But Munro's ghost touch was so light it calmed her.

Elen wanted to speak. She wanted to tell the ghost he need not stay. He could not. Someone would come. Find him here. She wanted to tell him she would be

all right, that it was like this each month. But a part
of her wanted him to stay. She liked the feel of the
weight of him on the edge of the bed beside her.

He had blown out all the candles and pulled the bedcurtains. Perhaps specters did not like light, either.

Ye should not be here, ghost of Munro. She wanted
to say it, but she could not find her voice to speak.

"Shhhh," the spirit soothed. "Do not try to speak,
just relax. Sleep. Stop fighting it. I willnae leave ye."

She felt his hand close over hers. It was large and
cool and reassuring.

Usually her headache dreams were riddled with
nightmarish scenes of battles, either of ones related to
her or imagined. Often she dreamed of her first pup
trampled by soldiers when she was young. Or of dying
relatives, tortured by the English. But this time there
were no nightmares, only the comforting feel of her
ghost's hand and the soothing sound of his voice.

She liked this dream much better than the others.

"Shhhhh," Munro whispered. "That's it, Elen. Relax.
Sleep," he soothed. And slowly, as if by his command,
he saw her relax in her great bed. Her muscles slack-
ened and the lines of pain on her face seemed to ease.
At last, she was drifting off to sleep.

Munro smiled grimly to himself and placed the lichen
poultice he had brought from his keep on her forehead.
He knew he had taken great risk to enter the castle this
way—over the wall, through the tower, up her back
chamber stairs—without being detected. But somehow
he had known Elen needed him. And he had been right.

Munro could not understand why they left her like
this. Even Finley, who was supposed to be so loyal to
her. Why was there no maid here to undress her, give

her water, change the poultice for her head? Why did she suffer alone like this?

And then he wondered how he would suffer if he was cursed by the same affliction. Would he want others who depended on him to see him in such a weakened state?

He gave a sigh, easing onto the stool he had pulled up to the bed. Nae, if he were Elen, he, too, would suffer alone. But the thing was, he did not want her to suffer alone. He wanted her to trust him enough to allow him to do this each month for her.

He wanted her to let him love her.

Fifteen

The next gift arrived two days after the headache had come and gone. It was still hazy in Elen's mind as to whether or not Munro had actually come to her chamber that night, but she was fairly certain he had.

The realization hit her with a mixture of anger and concern. She was angry that he would dare to presume she needed him, dare to enter her household uninvited. She was concerned he was able to penetrate the walls of Dunblane, to slip into her chamber and out again without being detected.

Elen, Finley, and Donald stood side by side outside the castle wall watching their clansmen practice shooting their bows and arrows. Targets had been set at various distances from a long line of men. The frozen ground was dusted with snow, and the air was sharp with the sting of more snow to come, but the men had thrown aside their woolen and fur mantles. The men laughed and bantered back and forth, yet still took their task seriously.

It was true that the Bruce and his armies had run the English off Scottish soil once again, but no one in the Highlands who had fought or had loved ones fight thought for a moment the English were gone for good. Word was King Edward was merely regrouping, changing strategies. Word was he and his soldiers would return, and it was Elen's responsibility as the laird of this castle to keep her men sharp. If Scottish freedom called, Dunblane would respond.

A bareback rider approached, but her clansmen and vassals gave him only passing notice. It was the messenger everyone now recognized from Rancoff. The two men beside her exchanged knowing glances, and Elen scowled. The rider, the red-haired laddie called Robert, carried a bundle in front of him on his shaggy pony.

"For m'lady of Dunblane," the boy called, grinning.

Elen eyed the large, soft bundle the steward's son balanced before him. It was nearly as big as she and wrapped in burgundy and green wool, but the wool was not the gift. "Me thinks your master wastes his time," she said. She pretended to be disinterested in the parcel, but in truth, she was intrigued.

Robert lowered his gaze in respect, then lifted it to meet hers. "I beg ye to forgive my forwardness, but I think nae."

It was not the words he spoke, but his tone. Obviously, he regarded her highly, though she didn't know why. He barely knew her.

Elen realized many of her men were studying her curiously, waiting to see what their mistress would do. There was speculation among her clansmen, vassals, and tenants as to whether or not she would accept Rancoff's proposal of marriage. Everyone clearly knew by now he was courting her, or at least attempting to do so. But no one save Finley said anything to her about Munro, and she simply made no mention of him. Let their tongues wag.

"Take it back," Finley ordered, striding toward Robert. "Take it back and tell Munro Forrest neither he nor his are welcome here." He waggled a finger, his Highland burr thicker than usual. It was always that

way with him when he grew angry. "Nae so long as
he lays claim to land that belongs to Clan Burnard."

Finley was right. She should not encourage Munro.
She should let Finley return the gift . . . and yet she
was so damned curious.

"Leave it," she told Rob softly, signaling with her
finger for him to drop the bundle on the ground.

He pushed the gift from his horse to the snowy
ground and turned away. "Is there a message, my
lady?"

She shook her head.

"A blessed day to ye, then." Rob touched his head
to his burgundy bonnet in respect and rode off in the
direction of home.

For a moment, Elen stood over the bundle, which
was tied with several ropes of leather, and stared at it.
It was as long as she, thicker, but when it fell it had
barely bounced. Something soft, unbreakable. More
clothing?

Finley stood beside her, a sour look upon his bearded
face. She didn't care, and after a moment she reached
down and yanked at the ties. The wool fell open to
reveal a thick, glossy brown wolf pelt.

She couldn't resist a grand smile. It was beautiful.
She squatted down again and ran her hand over the fur.
It was softer than she could have imagined. Thicker,
longer.

She spotted a tiny bit of parchment and lifted it to
read it. She recognized the scrolled handwriting.
"Marry me and I will warm your heart as no wolf's
pelt could," it read. And then, "Meet me on the beach."

She immediately glanced up in the direction of the
ocean. She could hear the waves today, loud, destructive
sounding. A winter storm was on its way.

She refolded the note before Finley could look over
her shoulder to read it.

Gordon had come to stand beside her to stare at the pelt on the ground. "Weel, 'twould make a fine mantle," he grumbled. "By the size of it, two, mayhap."

"Put it in my chamber," she said and walked away.

"Where are ye going?" Finley called.

"A ride."

"Unescorted?"

Her answer was lost, this time on the wind that whipped her woolen mantle, but Finley did not follow.

Elen ordered her pony saddled and rode away from Dunblane into the wind toward the beach. It was cold on horseback and the wind fierce, but it felt good on her warm cheeks. The frigid air cleared her mind and set her heart to a normal pace again.

A wolf pelt. What an unusual gift from a man. But then Munro was no ordinary man, was he?

Elen rode through the meadow, along the tree line, over a crest of rocks, and through a stone gully where men of Dunblane had cut a path a long time ago. She took her time riding down the wet dune, but her short-legged, rugged pony was well suited to such a track and remained surefooted.

At the water's edge, she turned north toward Rancoff. She spotted Munro from a distance, seated on a rock that jutted from the beach at the rising waterline. The green and burgundy plaid he wore tied at his shoulder flapped in the wind. With each sweep of the incoming tide, the frothing gray-green water surrounded the rock and then retreated again.

He turned to watch her ride toward him, but made no attempt to jump down, not even to help her dismount.

She left her pony standing and walked through the

wet sand. Water ran up over the toes of her boots, but the grease they had been oiled with kept her feet dry.

"I knew ye would come," he said.

Cocky. She liked a man who was sure of himself. "I came because I wanted to, nae because ye bid me."

He extended his arm, and the next time the waves rolled out, she took a running leap, caught his hand, and landed beside him.

He moved over on the rock, leaving her a flat surface to perch on. She drew up her legs beneath her mantle and sat beside him. It was bitterly cold, yet invigorating.

"I want ye to marry me, Elen," he said. He looked at the sea, not at her.

She stared at the same rolling, white-capped waves. He certainly was not a man to mince words. She liked that, too. "I nae wish to marry ye. 'Tis nae ye in particular," she amended.

"I thank ye."

"It's just that I willnae marry any mon. I told ye that ere I enjoyed your *hospitality*."

He gave a wry smile and continued to stare out over the sea. "And I told ye I've enough land and coin for two men. I want naught of Dunblane. It could be written into the contract." His arm brushed hers, and though he made no attempt to touch her, the warmth of him so near set her nerves on edge.

She was as wanton as her sister. Probably worse.

Elen studied Munro's profile. It was as handsome as the full view, with his long shapely nose and carved cheekbones. "Contracts can be easily broken."

"Elen, ye are being difficult." He turned to look at her. "I am in love with ye . . ."

Her heart skipped a beat when she heard the word "love." Just a word, she knew. Anyone could say it and not mean it. She did not even know if she believed him, but she wanted to. Sweet God in heaven, she wanted to be loved by this man.

"And ye with me if ye would dare take the time to realize it," he continued.

Unsure of what to say, what to do, she laughed and turned to look away toward the sea. Was it true? Was she in love with him? Was love this desperate feeling in the middle of her stomach that would not go away? This ache she felt that only eased when she laid eyes upon his face? Was being in love wanting to think, eat, drink, and sleep a man?

"I want my land back," she told him. "The North Woods. Dunblane land."

"Ye would trade me land for your hand in marriage? Ye surprise me."

"Of course I wouldnae give ye my hand in exchange for the land. What kind of a woman do ye take me for? But if ye gave me back the land, I might consider the proposal," she said slyly.

He groaned. "Elen, ye must understand the predicament I am in. 'Twas nae my doing. I have men who fought for that land, women whose fathers and grandfathers died fighting for that land. 'Tis theirs more than mine." He slid his hand across the cold, damp rock to cover her gloved one. "I cannae merely give it to ye for the sake of those who went ere me. But if I could, I would."

She let him rest his hand upon hers, but did not lace her fingers through his. "Thank ye for the wolf pelt."

He lifted one side of his mouth in a smile of amusement. "I see ye dinnae return that gift. I should have realized I should appeal to your practicality."

"Practical? Is that what I am?" She met his gaze and watched how the light of the sun and the froth of the sea reflected in them. "Aye, I suppose I am practical. Is it practical, then, that while I willna marry ye, I would nae be opposed to . . . receiving ye into my bedchamber on occasion?" She couldn't believe she had said it, but she wanted him so badly . . . maybe even loved him. Only she could not marry him. Didn't he understand that? Didn't he understand that her duty to Dunblane, to her father and all the Burnards before her, prevented her from wedding him?

He shook his head. "Nae, I willnae just have ye for my lover. I want more."

She lifted his hand into her lap and turned it to study his palm. Her throat tightened until she feared she could not speak. He was turning her down. "Ye are too greedy, Munro."

"And ye are nae? Ye have as much land as I. More coin—so blabs your sister."

She gave a little laugh. "Rosalyn has no idea what Dunblane possesses."

"I thought nae, but still, she talks. I dinnae mean to carry tales, but I suspected ye would wish to be warned."

"How is my dear sister, the newlywed? I should have thought she would have come to pay a visit by now, ere the snow grows too deep. 'Struth, she doesnae like the cold Highland winters. She was forever badgering my father to allow her to go south to stay with relatives."

"Oh, we willnae stray from the conversation so quickly." He pulled her hand to his mouth and kissed the back of it. "Why will ye offer me your body, but nae your heart? Most women, 'tis the other way around, even after they are wed." He massaged her fingertips thoughtfully. "I have made up my mind, Elen. Though I burn for ye, ache for ye, I willnae come to your bed again. I took advantage of ye once without wedlock. I willnae do it again. Nae until a priest stands between us."

"A mon with conscience," she mused aloud, releasing his hand to rise to her feet. "What a curiosity."

He scowled.

"I told ye, I cannae marry any mon. I have a duty to my father, to the Burnards to hold what is Dunblane's." She cut her eyes at him. "To take back what is rightfully ours."

"Ye are making a mistake, sacrificing your heart for land. That north wood will never make ye as happy as I can. It will never give ye sons and daughters to fill your keep from the cellars to the battlements."

His words tugged strangely at her heart. She had never thought she would marry, and therefore had never considered children. She had never thought she was like other women in that respect. But suddenly she felt emptiness for what would never be, and it made her sad.

He rose to stand beside her, seeming to sense the conversation was over. "What will ye do with the pelt, Elen? Make it into a mantle?"

She stood on the rock, letting the wind and salt spray hit her full in the face. It tore so heartily at her woolen mantle that it threatened to send her tumbling into the water, but she held steady, supported by his strong arm at her back.

"Nay." She looked him in the eye mischievously. "I thought I would place it in my bed and lie naked upon it to sleep." Then she leaped off the rock into the sand, laughing. "A pity ye willnae see it."

"Dinnae be so sure of yourself, Dunblane! 'Tis nae the end of the matter. I vow ye will be my wife."

She raced across the wet sand toward her waiting pony, feeling light-headed, almost giddy. He had said he loved her. Munro Forrest was in love with her. He meant what he said when he had told her he wanted to marry her. She would not allow the fact that she could not wed him dampen her spirits. He loved her!

"Good-bye, Rancoff," she hollered, leaping onto her mount's back.

Munro stood on the rock, the great ocean behind him like a painted canvas, and waved. "Until we meet again, Dunblane."

And then she rode off down the beach, full of a strange sense of wonder, and, even stranger, hope.

"Who is he to tell ye what to do?" Rosalyn demanded irritably. She rested on her back in the bed she and Cerdic shared, still in her sleeping gown though it was well past midday.

"Who is he?" Cerdic reached for his boots. He was already late and knew Munro would be angry with him. "He is my brother and laird of the castle, laird of Clan Forrest. I must serve him."

"Ye must be his servant, you mean. Counting cows! What a disgusting duty. It's cold outside. Snowing. Can't someone else count cows?"

"Those cattle we will eat this winter, my love. No one else can be trusted to see to this task."

"So he tells ye! God's rotting bones, Cerdic." She sat up in the bed. "Do ye nae see what he does to you? He dangles a sweetmeat in front of ye and leads you about by your nose." She flopped back onto her pillows. "I knew I shouldnae have wed a second son."

"Oh, lovely, nae get yourself so perturbed." He reached out to take her hand, but she slapped it away.

"Perturbed? Ye want to see me perturbed?" she eyed him angrily. "Ye come again to my bed late as you did last night. I waited up half the night for ye. I was lonely," she whined.

He sighed. "I ken, my love. I am sorry. My brother and I—"

"My brother this, my brother that," she snapped. "One would think ye cared more for him than me."

"Rosalyn, ye ken that's nae true." He pushed his other foot into his boot and rose. If he didn't hurry, there would be hell to pay. Hell here, hell there. It seemed he was always in hot water these days, trying to keep Munro and Rosalyn happy. "I'll come to bed early tonight, I swear it."

She threw a pillow at him. "Ye'd better."

"I will come in early and rub your back for ye, sweet, just the way you like it."

"And what am I to do in the meantime?"

He picked up his mantle from the floor and threw it over his shoulders. The chamber was a mess. There was clothing everywhere, plates of half-eaten food, and empty cups. If it was not cleaned soon, the rats would be in bed with them.

"Ye could call upon your sister or . . . or pick up a wee bit if ye dinnae wish to leave the keep in this weather," he said quietly.

"Pick up! Pick up!" she screeched, leaping out of bed. "Isn't that what we have servants for? My father certainly didnae expect me to clean up after myself."

That's obvious, Cerdic thought, but he did not dare say it. The last time he had made a wee criticism, she had hit him in the head with a trencher and he had bled all over the floor.

She followed him to the door. "If this wasn't such a tiny, pathetic room, perhaps everything wouldn't be such a mess. I must have somewhere to put my things. I don't understand why Munro must have the larger chamber when ye are the brother wed."

Cerdic opened the door and a rush of cold air from the stairwell blew through the door.

"Close it! Close it!" Rosalyn cried. "Ye feather-witted imbecile! Ye'll give me my death."

"Have a pleasant day, love," Cerdic called, blowing her a kiss. He could still hear her ranting and raving from behind the closed door as he descended the stone steps.

At the bottom passageway, he found Munro waiting for him. His brother glanced upward. "I see your wife is in a comely mood this morning."

He had always been the witty one. Cerdic glanced up wearily, relieved that for once he wasnae in trouble with Munro. "There is more to being a good husband than I had thought, I fear."

Munro laughed and clapped Cerdic on the shoulder. "Come, let's go. The cold air will do ye good."

Cerdic grinned at Munro, thankful to be in his good graces again. He understood that what he had done had been impulsive and wrong. He was just grateful his brother could forgive him. Munro was like that. He could forgive anyone for anything. That was one of the reasons why Cerdic loved him most.

"Do ye think we'll be out late?" Cerdic asked, pulling his woolen bonnet down over his head as they passed through the yett.

"Perhaps." Munro eyed him good-humoredly. "Have ye a need to stay out, brother?"

Cerdic grinned. "Mayhap. Mayhap, I do."

Sixteen

"If ye've not the time for me, sister, I'll go home," Rosalyn whined, following Elen down the dark corridor.

"I told ye, I am genuinely glad to see you, Rose, but this must be done." Elen lifted the torch she carried to allow her sister to pass into the small storage chamber, then stepped in behind her.

Here in the bowels of Dunblane Castle, in the catacomb of passageways and rooms, was where foodstuffs for the household were stored. In the winter, the barrels of smoked fish and shellfish, the tubers and grain would not freeze. In the summer, it kept the supplies dry and fairly insect-free. Best of all, the food stored below the great hall was safe from wandering marauders, English or Scottish. Once the first snows began to fall, there were always bands of desperate men riding about, stealing cattle and taking what grain and meats they could find.

"I'm nae an addlepate," Rosalyn snipped. "I understand the need to take inventory. Heavens knows what the servants would steal if ye did not, but cannot this be done by someone else?" She wrapped her hare mantle tighter around her thin shoulders and shrank against the wall as Elen pushed the torch into an iron ring that hung on the wall.

"These men and women are my responsibility," Elen

explained, trying to be patient. After all, this was her sister's first visit since the entire Cerdic incident; obviously, Rosalyn was trying to make amends. Elen owed it to her to at least be cordial. She began to count the barrels that lined the rear wall and held wheat that had already been ground into flour. "Besides, my men have other duties. The stable needs repairing, there's hunting to be done, fishing. I must do my share, just as they do."

Rosalyn turned up her pretty nose. "Ye sound like Munro now."

"Do I?" Elen turned her back to Rosalyn for fear her sister might read the curiosity on her face. She kept her tone politely conversational. "How so?"

"He drags my husband about dawn 'til dusk counting cows, repairing corn sheds, and only sweet Jesus knows what else. Poor Cerdic is so tired when he comes to my bed that he can barely perform his husbandly duties."

Elen could not resist a smile of amusement, thinking that was more information from her newly married sister than she needed to hear.

"And speaking of Munro," Rosalyn rattled on. It had always been easy to converse with Rosalyn. She talked enough for both of them. "Just what is this I hear about ye and my brother-in-law?" She giggled. "Your brother-in-law now, too, I suppose."

"I've no idea what you're talking about, Rosalyn. Ye know better than to listen to idle kitchen gossip."

"Oh, no, this was more than idle gossip." Rosalyn came up behind her. "He sent ye that golden cloth. Ye were a fool not to take it. It would have made a fetching gown."

Elen reached behind her and moved her sister aside. "Rose, you're standing in the light."

"Everyone at Rancoff is talking about their laird mar-

rying the Dunblane witch." Rosalyn took a step, blocking the light again. "You're not going to marry that
arrogant knave, are ye?"

Elen turned to her sister, giving her a look that hopefully conveyed what a ridiculous question that was.
Witch? They called her a witch? "If you're going to
stand there, you'll have to bring the torch."

Rosalyn reluctantly went to the wall and brought back
the torch, holding it as far from her as possible to avoid
the stench and black smoke that curled from the pitch.
"I told Cerdic the thought was outlandish. You, a wife."
She laughed again, her voice high and shrill.

Elen had never paid much attention to what Rosalyn
said or thought. She and her sister were so different
that Elen had never been particularly concerned with
Rosalyn's opinion on anything, but her words stung.
Did she not think a man would want her? Did she think
Elen could not be a wife if she wished to be one?

If being a wife meant catering to her husband's every
need, waiting on him hand and foot whenever he was
around, lying around ordering servants about when he
was not, Rosalyn was probably right. She would not
make a good wife.

"I told Cerdic the notion was absurd," Rosalyn went
on. "Now another matter. I'm simply going to have to
have more coin."

"Coin?" Elen turned, lifting an eyebrow.

"And woolens, wine, casks of ale, and I must have
my own pony. Could ye possibly spare one of the
wenches from the kitchen? One that knows how I like
my poached haddock, because—"

"Wait a minute, wait a minute," Elen interrupted, lifting her hand to cease her sister's prattle. "Rose, ye've
already received the dowry Father left ye. A very gen-
erous dowry. What have ye done with that money?"

She scowled, the yellow light of the torch doing nothing for the sour look on her face. "It is simply nae enough."

"Well, ye will have to make it enough."

"It's not fair." She stomped her slippered foot. "Cerdic and I wish to travel south, to Edinburgh for the winter. We must have more coin. We must have transportation, servants."

"And what of your husband's money?"

"Spent it, the foolish bugger," she flared angrily. "Spent all of his inheritance on dice and whores, no doubt. And his cheapflint brother will not hand over another coin, not even so we might travel and have some time together alone, we being newly wed and without our own home."

"I thought ye told me the day of the wedding that Cerdic had land and a small keep in the lowlands."

Rosalyn blinked. "Had. Lost that gambling, too, apparently. The rogue led me astray; he made me believe he was far wealthier than that cousin of mine I was suppose to wed." She stuck out her lip, altering her tone so as to appeal to Elen's sympathies. "He lied to me, sister. He lured me into his bed and lied to me."

So, that was why Rosalyn had run off with Cerdic—because she thought she could make a better marriage. Elen still guessed the whole forbidden adventure was part of the appeal, but she understood her sister better now. She was sorry if she had been led to believe Cerdic Forrest was wealthier than he was, but surely she realized a man might say anything to get her into bed.

"Rosalyn," she said calmly, taking the torch from her hand. "I'm terribly sorry if ye were misled by Cerdic, but he is your husband now and ye must live by his means."

"By his brother's means," Rosalyn spit. "What scraps he will toss us."

"Rose, I seriously doubt—" The hollow sound of footsteps caught Elen's attention.

"Elen?"

It was Finley.

"Here. With the flour," she called, wondering what was about. He sounded anxious to find her.

Light glowed in the passageway as he drew nearer. "A royal messenger just arrived," he said excitedly. He entered the small chamber, carrying a torch in one hand, a piece of folded and sealed parchment in the other. " 'Tis from the Bruce. I knew ye would want it right away."

Elen's hand trembled as she reached for the letter and passed her torch to Finley. The missive could be one thing and one thing only, short of a call to war, which was highly unlikely right now. The letter was an answer to the request she had made almost two months ago for the return of the North Woods to Dunblane.

"Ye've fed the royal messenger and seen to his mount?"

"Of course."

"What does it say?" Rosalyn asked curiously. "Mayhap he will invite us to a banquet. Munro said only last night that he had heard our king was in Aberdeen. Wouldn't that be exciting, to hold audience with the king?"

Elen stared at the parchment in her hand, her heart beating in her throat. If her lands were returned to her, could she possibly reconsider Munro's proposal? She had wanted Dunblane to remain in her family, but if she had children of her own, if she legally retained the properties, couldn't she bestow the land upon her own sons rather than Rosalyn's? She had never considered the idea in the past because it had never occurred to her that any man would be willing to marry her and not take Dunblane to do as he would with it—sell it, even. But now her world suddenly opened with a thousand possibilities. But first things first. She had promised her father she would have the North Woods.

Holding her breath, Elen ripped open the royal seal. She read the script quickly, then a second time to be certain she understood the decision. The message had not actually been written by the Bruce, but by a secretary. The language was wordy, but the meaning clear. The Forrests were personal friends; they had served him well against the English. He did not wish to become involved in ancient land disputes. Her request was denied.

Elen crumpled the letter in her hand, fighting tears.

"What is it? What's wrong?" Rosalyn asked.

Elen stared at the dirt floor beneath her. "My request has been denied. Our king suggests I deal with Munro Forrest on my own," she said quietly.

"What request?" Rosalyn demanded impatiently.

Elen lifted her gaze, her eyes filled with tears. In a blink of the eye she had seen not only the North Woods slip from her grasp, but Munro as well. "The request to have the North Woods returned to us, Rose. Ye remember, our father's dying request."

"Oh. That. Well . . . I am sorry. But what would ye do with that bit of land, anyway? I'm going above for a drink to warm my bones. Finley, lead the way." Rosalyn passed him and entered the passageway.

"Elen," Finley said gently. He knew how important this was to her. Not the part about Munro, but about her father's last request. He was hurting with her. She could hear it in his voice.

" 'Tis all right. Take her upstairs."

"I can—"

"Finley," she said firmly, fighting her tears, embarrassed by her emotions. "If ye could just get her out of my hair for a few moments . . ."

"Aye." He dropped one of the torches back into the ring on the wall. "I'll feed her and send her on her merry way if I can."

"Finley!" Rosalyn hollered. "Get that light out here. There could be rats."

Finley left Elen alone in the small dimly lit chamber to collect her wits . . . and cry alone.

"How was your visit to see your sister, love?" Cerdic asked, pulling up a stool beside his wife before the fireplace in Rancoff's great hall. She was cracking nuts and tossing the shells into the flames.

Munro remained where he was at the far end of the table, polishing his halberd. As he ran the soft linen cloth over the blade, he listened absently to his brother and sister-in-law. His exchange on the beach with Elen the day before had left him with a mixture of emotions. Part of him thought his cause hopeless. Elen wanted the North Woods, and Munro could not give it to her, not when men within these walls had fought for that land. Didn't she understand how it would look to his men? He could not sell them out, not even for the woman of his heart.

Of course she understood. She was in the same position. She had promised her father the return of the land. Her men expected her not to give up until she had it. Munro knew she was attracted to him. If she had her land, perhaps there could be some way to convince her of a marriage that would allow Dunblane to remain hers and under her command. Munro knew it was highly unusual—unheard of, even—for a woman to retain her lands after marriage, but Elen Burnard was a highly unusual woman.

If only Munro could come up with a way to save

face with his own clan while giving her that damned woods.

"She was in a frightful mood," Rosalyn whined.

The wench was always whining—when she wasn't shrieking, that was. Munro was no longer angry with Cerdic about the kidnapping and subsequent marriage. After living with Rosalyn for barely a fortnight, he felt nothing but pity for his brother.

"Not hospitable at all. And then she received a letter from the king and she actually started to cry. My sister! Imagine Elen crying."

Munro glanced up. Elen crying? The thought made his stomach twist. What was it about this woman that made him want to protect her when she obviously could take care of herself?

"Whatever did the letter say?" Cerdic asked, taking the nutcracker from his wife's hand to open nuts for her.

With his brother there to ask the necessary questions, Munro remained out of the conversation, but listened intently.

"That silly North Woods matter again. The King told her no. Said to see Munro Forrest and take it up with him." She fluttered her hand in Munro's direction. "Honestly," she continued. The woman seemed to talk nonstop dawn to dusk. "I nae ken why she cares so much about that wee woods. A promise. How ridiculous. Da is dead. How does he know if she got it back?"

Her laughter made Munro grind his teeth. What a disrespectful little twit.

But her words had given him an idea. The King. Robert, of course. Why hadn't he thought of that before? He had not given Elen back the land because Rancoff had held it for years, but what if he himself asked the king to return the land—without Elen knowing about it, of course.

"Cerdic." Munro strode toward the door, already making plans in his head.

"Aye?" Cerdic looked up.

"See that mounts are prepared for morning. Ye and I are riding north to Aberdeen."

Rosalyn's eyes widened, but she didn't dare say a word in Munro's presence. She feared him, and well she should.

"A-Aberdeen," Cerdic stumbled, coming to his feet. "Whatever for?"

"Because I say we go." Munro clasped the arched doorway, glancing over his shoulder. "Make the arrangements."

"If ye go to Aberdeen, whatever shall I do here?" Rosalyn demanded, piping up.

"Perhaps ye could take up a little housewifery, Rosalyn dear," Munro said impatiently. Every room she entered seemed to be in disorder. "And earn your keep."

He heard her loud cry of protest as he turned into the passageway, but he was too excited to care. He would petition Robert the Bruce. The plan was perfect. Elen would get her land back, marry him, and Munro's steward would be riding round the castle naked before Christmas Day.

Seventeen

"Munro," Robert the Bruce greeted jovially. " 'Tis good to see ye, Cousin."

"Your Grace." Munro went down on one knee in reverence. He and Robert were old friends, as his father and Munro's had been before them. In the war for independence, the men had fought side by side and over the years had formed a bond based not only on friendship, but also respect and admiration. "Cousin, aye, but only by marriage some time ago."

Robert laughed and mussed Munro's uncovered head. "Howbeit, cousin none the less. Now get up. What do ye think I am, an Englishman? Ye stood beside me with your father at Scone and saw me crowned. In younger days, ye held my head whilst I vomited my night's entertainment. Ye need not kneel before me."

Munro stood to consider his old friend. Robert Bruce, now King of Scotland, looked far better than last he had seen him at Bannockburn, when they had taken Stirling Castle. The patriot king had regained the weight he had lost during the last campaign of the Scots' fight for independence. His cheeks were no longer hollow, and his shoulder blades no longer protruded from his saffron linen shirt. His red beard and hair were neatly trimmed. His clothing, though simple, now befitted a king, rather than a common soldier.

"So how have ye been, Munro? Sit, sit." Robert, seated in a great padded chair at the end of the table, pushed a bench aside with his booted foot. He had already dismissed clansmen and advisors as well as servants so that they had the great hall to themselves for a moment. The home where he was lodging belonged to a mutual friend, Sir Archibald Randolph. "When last I saw ye, you were riding hell-bent for the Highlands. How has Rancoff fared?"

"She is good." Munro, overly warm in the small room, pushed his green and burgundy plaid off his shoulders. A crackling fire, which gave off the sweet smell of applewood, warmed the oak-paneled hall that reminded him much of the one in his own keep. Before him had been placed a horn of good Scottish ale and a plate of bread and cheeses. "All was well when I returned, save my brother is up to his usual fatuousness."

The smile did not recede from the King's face, but his tone sobered. "Be thankful ye still have the mon to call brother," he said.

Robert had lost many of his family members in the fight for Scotland, and Munro lowered his head, rightfully chastised. "Aye, ye are absolutely right. I tell myself that each and every day, and yet there are still times when I could strangle the life from him myself." He gestured with both hands around an imaginary Cerdic's neck.

"So what has he done now? Surely not impregnated another blacksmith's daughter?"

"Long story, little time." Munro gave a wave. "There are others with more important matters than I waiting outside to see ye. Suffice it to say there was a hasty wedding at Rancoff a fortnight ago after my dear brother kidnapped the neighbor's daughter. Between the kidnapping and the marriage, I spent nigh on a fortnight in an oubliette with only rats to keep me company."

Robert slapped his thigh with a guffaw. "It does my heart good to hear he is keeping you on the toes of your boots. I do not like to think ye would grow lazy and fat after returning to your keep." He winked and lifted a cup to his lips. "I may need ye again someday."

"Ye know ye need only call and I will come, with bells tied upon my toes and a garrison of men at my heels."

Someone tapped on the hall door and the Bruce looked in that direction, irritated.

"I am sorry," Munro said, taking a sip of his ale. "I keep ye. Let me get to the business at hand. My neighbor Elen, daughter of Sir Murdoch Burnard, recently petitioned to have a plot of land returned to her possession, land our families have been fighting over for more than a century."

"Aye, I vaguely recall the request." Robert placed cheese on his bread and rolled it before taking a bite. "Have no fear, I denied it. I will take no land from ye, Munro. Not even for a Burnard, though I must say her father served me well, too."

" 'Struth, that is why I come, Robert, to ask that ye reconsider and grant her the land. 'Tis only a small patch of woods, nonessential to my properties, a wood not nearly as important to me as to the lady."

Robert's red brows knitted. "Ye wish me to give the wench the land?"

Munro took a breath, trying to place his thoughts in order. He did not want to take any more of the king's time than necessary for such a trivial matter as his bedmate, not when there were pressing matters of state. But he knew Robert was his best chance at convincing Elen to marry him.

" 'Tis this way. I find I fancy this red-haired lassie. Nay," he corrected himself, "I am in love with her, but she and I have this wee disagreement over the land she calls the North Wood. She wishes to have it returned to Dunblane, but there are men in my keep who have fought for the land. I do not feel it is mine to give. 'Tis a matter of honor with men who have fought so bravely at my side, at the side of my father and his father before him."

The Bruce reached for another slice of nutty bread. "So marry the stubborn lass, and then the land willnae matter."

Munro exhaled in frustration. "I have tried that tactical maneuver, and she willnae have any part of it. She refuses to wed me. 'Tis a matter of principle in her eyes, I fear."

Robert peered over his chalice. "Let me be certain I understand. Ye want me to give the land to her so she will *consider* marrying ye?"

Munro nodded. "Aye."

Robert thought a moment and then shook his head. "Nay."

Munro was startled. "Nay, Your Grace?"

"Nay, I willnae grant the land to Dunblane. I am sick to death of this kind of bickering here in the Highlands." His eyes narrowed thoughtfully. "Howbeit, if it is this wench ye must have, I can do ye one better than granting her the land."

Munro could not resist a smile. For a moment, he had feared all was lost. "Ye can?"

"I will make her marry ye." The king threw up his hands, obviously pleased with himself. "The two families will be joined once and for all and the owner of the land will no longer be an issue."

"Ye will order her to marry me?" Munro lifted a brow, not yet convinced this was the way to get Elen honorably into his bed. "She is a rather headstrong lassie, if I must say. She will not take kindly to someone telling her who she must wed. Even the King of Scotland."

"To deny my request, any request, even that she marry ye, would be sedition. Is she loyal to the crown of Scotland?"

"As loyal as I," Munro said with great certainty.

Robert nodded. "Then she will follow my bidding."

Munro could not stop grinning. He could only imagine the look on Elen's face when she was told she must wed him under command of the king. The only trouble was, if he was the one who gave the news, she might remove the manly parts he would need to consummate said marriage.

Munro glanced up hopefully. "And who will break the news to my fair lady?"

Robert chuckled. "I have never seen ye this way, Munro Forrest. Ye are indeed enamored, are ye not?"

"Enamored, I am."

"Wears well on the eyes, does she?" Robert questioned with interest.

"In my eyes, there is no fairer," Munro admitted. "Waves of red hair streaked with blond, eyes a stormy green, a mouth God of our heavens surely made to kiss. But 'tis more than that. Since her father's death, she has single-handedly run his keep and run it well. She speaks and her men stumble upon each other in the effort to accomplish the task. She is a woman like none other I have ever met or ever hoped to meet." He met his king's gaze as a man rather than a servant of the Scottish crown. "She is an equal."

"I have heard tales of Murdoch's daughter, though I recall 'she-devil' was used more than once in the conversation. I was saddened to hear of his untimely death.

I meant to see the lassie wed, but I've had so many matters to deal with. 'Struth, it slipped my mind."

"I am glad ye didnae marry her off, because that man's blood would be upon my broadsword."

Again, a knock came at the door, this one more insistent. Robert glanced that way again, then back at Munro apologetically.

"I must go." Munro rose.

"Nae worry yourself over your blue bullocks. I will break the word to the strong-willed lady myself."

"Ye will?" Munro grinned. Now that would be a sight to see, Elen Burnard up against the King of Scotland. He would not lay a gold piece confidently upon the table to wager the outcome.

"Make your wedding plans, make your bed, but say naught to the lass," Robert told him with a wink. "I will send word I come to pay a visit as I pass south. Come Saturday next, ye will be wed in my presence. I shall even bring the priest."

Munro considered kneeling, but instead offered his hand in friendship. "Thank you, Robert."

"Ye are welcome." The king clasped his hand and then shooed him away. "Send the men who pound at my door in on your way out, will ye, friend? I shall see you in a few short days."

"Another message from the king?" Elen asked, shocked. She took the sealed note from Finley's hand. They stood inside the blacksmith's timber shed, where she had been discussing what household implements she needed made, such as buckles, wool-combing heckles, and other hardware. With the winter coming, there were so many details to attend that she was sleeping little these days.

Elen presented her back to the heat of the stone furnace and ripped open the seal. She glanced over the missive. "God's brittle bones," she exclaimed excitedly.

"What is it? Has he reversed his decision?" Finley asked.

Elen glanced up. "He's coming here. The king of Scotland is coming here!"

"To Dunblane?" Her steward appeared stricken. "When?"

"Saturday."

Finley's eyes widened. "Saturday come this week?"

Elen reread the note, unsure of what to make of it. Written by one of the king's aides, it informed her of Robert the Bruce's sojourn and requested she bid the Earl of Rancoff to be there upon his arrival.

Surely the king had changed his mind. Surely he meant to return the North Woods to the Burnard claim. Why he felt it necessary to tell her himself, she didn't know. Perhaps he was passing through to pay respects to Dunblane for their service in the war. Who was she to try and comprehend the king of Scotland's motives?

Elen glanced up at Finley, nearly as overwhelmed as he. "Aye, this Saturday. He plans to spend the night and head south the next morning after mass. God's teeth, Finley, we must make room not just for him, but his retinue as well. We must not only prepare the keep and grounds, but the old kirk as well."

"We cannae do it." Finley held his wiry beard with his hands.

"We must!"

"Elen, have ye any idea how many men he will bring? How many horses? Dunblane is small in comparison to what the king of Scotland—"

"I have heard tales from my father of how our Robert slept in swine sheds, and so have ye." Elen strode across the bailey, her mind already going in a thousand directions. She would place the king in her bedchamber. It had been good enough for her father, the Earl of Dunblane. It would be grand enough for King Robert. She would house what men she could within the walls of the keep, and when they overflowed, she would put up tents. Mounts would be sheltered in the stable, and when the barns were packed, she would place them in the cattle sheds or hobble them outside the castle walls—with guards, if necessary. "We will provide for him as best we can; we can do no more. Our king will expect no more."

"I dinnae understand how ye can speak so calmly," Finley panted, trotting beside her. "The king! The king will dine in our hall in five days' time and 'tis all ashambles."

"Then set it all aright," she declared, throwing her hands in the air. She was so excited that she was giddy. The king was coming here. He was returning the land to its rightful owner, and she would be fulfilling her father's dying wish. She could not even begin to think what possibilities lay beyond that. She could not think about Munro now. First the king and her blessed North Woods. Later she would worry about Rancoff.

"Set it all aright," Finley mumbled.

Elen halted and grasped Finley by the shoulders, giving him a gentle shake. "Finley."

He lifted his gaze.

"Ye have served me well as steward and my father before me. Please tell me ye will not fail me now."

Finley's gaze searched hers, his dark eyes so intense that his scrutiny made her uncomfortable. "For ye, Elen, I would do anything. I would lay my life down for yours. I would rip out my heart and serve it up on a platter if ye bid me do so."

Elen released his shoulders, laughing away his intensity. "I nae want your bloody heart, Finley. I want your mind, your hands. We've much to do before Saturday."

"Tell me what ye'll have me do. Where do we start?"

"Well, first send a messenger to Rancoff. The king left it up to me to notify Munro that he has been summoned here."

At the mention of Rancoff, Finley's mouth twisted in a scowl. Elen knew her steward did not care for Munro Forrest and she knew why, but still she did not appreciate his attitude. "Notify him of his summons," she repeated, coolly. "And send a separate note to my sister and her husband. They must, of course, be here to greet our king."

"As ye wish." Finley nodded.

"After that, I will give ye your next duties. I will make a list. A hundred lists." She strode through the arched doorway into the entryway that led to the hall. "See to the messenger and then come find me."

"Aye, m'lady."

Elen strode over the oubliette grate and took the steps two at a time into the hall. She could not believe her good fortune. A call from the king, and the return of her lands. Her father had always said good comes to he who waits.

Then she thought of Munro and chuckled to herself. Wouldn't he be angry when he discovered that the land would be returned to her after all? She knew it was un-Christian of her, but she could not wait to see the look on his handsome, arrogant face.

"M'lady." Alexi ran down the dark passageway of Dunblane's cellars.

"Here," Elen called, sticking her head through the doorway of a small chamber in the far corner. She was covered in dust and grime, having been in search of her father's traveling tents from his days of fighting.

Fortunately, her perseverance had paid off; she thought she had located them.

"A visitor, m'lady."

She blinked in the dim walkway that was lit by a torch on the wall. The flame spit and sizzled, curls of dark smoke drifting upward. "A visitor?"

"What must a mon do to get an audience with ye?" Munro grumbled, coming up behind the lad.

Elen could not resist a smile. " 'Tis all right, Alexi," she called to the boy. "Go back to what Finley had ye doing."

"Ye nae need help with that, miss?" The lad pointed at the mountainous tent she had wrestled from its hiding place.

"Nay." She rubbed her nose with the back of her hand, trying not to sneeze from the dust. "I am certain the laird of Rancoff can give me aid if need be."

Alexi looked doubtful, but bobbed his head and took off down the passageway again.

Elen grasped the heavy canvas heap and began to try to unfold it.

"What are ye doing?" Munro asked, sticking his head into the storage room.

"What does it look like? Arm wrestling a tent, of course."

His brow creased. "Is there nae anyone but the lady of the keep to wrestle tents?" He set the bundle he carried down on the packed dirt floor and took the other end of the stiff fabric she was trying to unfold.

"And who might that be? Let me see." She scratched her head with amusement as she walked across the edge of the canvas. Knowing she had the upper hand with Munro, she was tickled to see him. "Perhaps the cook could set down the pastries she makes for our sovereign and help me. Or Andrew and Albert could set aside their skinning knives from where they dress the stags for the king's sup. Or Alexi could leave the bedcurtains in my chamber to hang with dust. Or—"

"Enough, enough already, wench," Munro grumbled good-naturedly. "I will help ye."

She pushed back her hair, which had fallen loose from its leather tie. "My lord, I am honored."

He tugged on the canvas near where she stood, pulling it out from under her. She laughed as she tried to catch her balance, and he put out one arm to catch her.

"Come here and give me a taste of those lips. A man must have strength to work."

She let him lower her with one arm so that she was gazing up into his blue eyes. "Ye are certainly in an affable mood for a mon about to lose a plot of land," she murmured.

"And ye are certainly smug."

Elen had no intention of letting him kiss her; she was only teasing with him. She had no time for kissing. The king of Scotland was coming! But when Munro lowered his head to meet her lips, she could not resist. She tasted his mouth on hers even before it touched her.

"God's teeth," he murmured against her lips when they were both at last breathless. "I cannot get enough of the taste of ye." He pressed his face to her neck. "Nor enough of the scent of ye."

She brushed her palm over his cheek, noting he must have shaved. "I suspect right now I smell of dust motes and mildew."

"Nae, only of honey." He skimmed his mouth from the pulse of her throat over the rough linen of her shirt to the valley between her breasts. Even through her father's old shirt, she could feel the heat of his mouth.

"Munro." She gave him a gentle push on the shoulders. "Someone will come."

"So?" He nuzzled her breast, using his free hand to

push up the shirt. "Ye are laird of this keep, master of all the eye can see. Ye have as much a right to kiss your neighbor as to wrestle tents in your cellar."

She laughed, the sound of her voice echoing off the low ceiling of the chamber. "A right to a kiss, mayhap, but not a right to where this leads." She gave him another push and, surprisingly, he released her.

" 'Tis all right. I havenae the time to dally with ye today anyway, my wench."

She waggled a finger. "Do not call me that vile name. I am nae a wench—and even if I was, I would not be yours."

He gently bit the tip of the finger she waved under his nose. "Do not harass the man who comes bearing gifts."

"Gifts?" She wiped her forehead with her hand, wondering if it was the heavy work that made her damp or the man. "Ye bring gifts to the woman who has convinced a king to give her back what is rightfully hers?"

"I bring gifts to a woman who is sadly in need of a garment to wear befitting an audience with the king."

She glanced down at the bleached linen shirt and plaid she wore tied around her waist. Self-consciously, she brushed away some of the dustballs that clung to the fabric in clumps. "Ye think this not befitting?"

"He is the king, Elen." He reached out and rubbed her cheek. "Wear a gown, and wash your face."

She fully intended to dress suitably for a woman of her station, but she felt no need to tell Munro that. She rubbed at her dirty cheek with the back of her hand. "Do ye truly think a gown would be better, m'lord? And I thought I would wear these." She pointed at her mud-encrusted deer-hide boots. "Though I contemplated cleaning the soles of my shoes in honor of him."

Munro picked up the bundle he had left at the door

and tossed it to her. She caught it and pulled aside the cloth wrapping. It was the gold, shimmering fabric he had sent once before to Dunblane.

She glanced up at him. "I told ye, I do not want your gifts. I already accepted the pelt when I should not have."

"Trust me. Ye will look better in a gown than a wolf pelt." He snaked out a hand and caught her forearm. "Now come, be sweet for just a moment and give me a thank-you kiss."

"A thank-ye kiss? All ye will get from me, Munro Forrest, is—"

He clamped his mouth down hard on hers, silencing her. She struggled for an instant, but once again could not resist the power he held over her. Did not want to resist. As his tongue pushed into her mouth, she let the bundle of cloth fall between them. A groan of pleasure rose in her throat.

"Elen—" Finley appeared in the doorway in front of her, startling her. She pulled away from Munro, dazed for a moment. Embarrassed.

"Finley—"

He stared at Munro for an instant and then turned on his heel. "I will come back at a *more opportune* moment," he intoned.

Elen pushed Munro's broad shoulder aside to climb over the tent and get by him. "Finley, wait!"

Eighteen

"Finley, please wait!" Elen ran through the dark tunnel after him. "Finley!" She caught his sleeve and forced him to halt. When she turned him to face her, she saw by the dim light of the torch he held in one hand that tears welled in his eyes.

For a moment she was so taken aback, so surprised, that she wasn't certain what to do. She had never seen a man cry before, and she knew this was because of her.

Overcome by a guilt she didn't understand, she released his sleeve and glanced down at her muddy boots. "I am sorry. I dinnae intend for ye to see that."

He wiped at his eyes with the rough sleeve of his shirt, his pitted face red with embarrassment. "Ye told me that . . . that what happened with that mon was one night," he sputtered bitterly. "One night only, ye said. A mistake, ye said."

"I know what I said," she whispered. She wanted to say more, to explain what she felt for Munro, but how could she explain to Finley what she herself did not understand?

"He does nae care for ye. Does nae love ye. He only wants Dunblane."

"Finley, that is unfair."

He shook his head, unwilling to meet her gaze. "Your

father, God rest his soul"—he crossed himself—
"warned us of such men. He warned ye you could not
trust anyone."

Slowly, impatience replaced her guilt. On one hand,
Elen did not see why she had to explain herself to her
steward. On the other hand, she felt bad for upsetting
him. "Finley, 'twas a kiss, nothing more."

"He will only take advantage of ye," he went on.
"Men like the laird of Rancoff wish only to take, to
use. He would never give. He would never love ye as
I love ye."

Elen stared at Finley in shock. Love her? Finley
thought he loved her? For a moment, she entertained
the idea that he meant brotherly love, that he loved her
the way two siblings love. But one look at his face told
her that was not what he had meant. He meant he was
in love with her.

She glanced away, an ache coming to her chest. Now
she felt like an inconsiderate dolt. How could she have
been so blind as not to have seen this coming? How
could she have been so wrapped up in herself that she
had not noticed the pain of the man closest to her in
her keep?

"I would never take advantage of ye," he said softly,
speaking faster as he gained momentum. "We could
share Dunblane. It would always be ours. Yours to do
with as ye please." He took a step closer, clutching the
torch so tightly that his knuckles were white. "I only
want you, Elen. Not the land, not the castle, not the
coffers. Just you. Just one kiss and . . ."

He reached out to her, beckoning with one hand, and
instinctively she stepped back. She was not afraid of
him, but the thought of him touching her . . . it repulsed her. The thought of any man but Munro touching
her repulsed her.

"Finley," she breathed. She didn't know what to say,

only that she had to say something. Tears filled her eyes as she forced herself to meet his gaze. His dark eyes were begging . . . pleading.

Firm. She had to be firm. Honest, but firm. "Finley, I am so sorry."

His lower lip trembled and he looked away, his body slumping. He knew a rejection when he saw one. "I . . . I must see to the benches in the hall. There are nae enough to seat the king's retinue." He turned to go.

"Finley." Again she grasped his sleeve.

He would not turn around, but he halted, one foot on the bottom step of the stair that led upward to the first floor.

"Finley, I want ye to know how much I value you. How much I appreciate all ye do for me. Your devotion, your dedication is beyond the—"

"But ye nae love me," he said so softly that she could barely hear him. "And ye could never love me."

She shook her head sadly. She did not want to hurt him, but she knew she must make her feelings clear. To do anything else would be cruel. "Nae, I am sorry. I love ye as a brother, as the man who stood at my father's side and now mine . . . but I could never love ye as a mon and woman love each other."

He pulled away from her. "I must see to the benches."

This time she let him go. A moment later Munro found her sitting on the bottom step. She glanced up at him from where she cradled her head in her hands. "How much of that did ye hear?" she asked glumly.

"Probably more than I needed to." He dropped down beside her. "But I must confess, I knew he had it for ye, sweet."

She looked up, frowning. "Ye did? How could ye have? I had no idea."

He took her hand and lifted it to his lips to press a

kiss to her knuckles, dirt and all. "It is easy for a man who loves a woman to know who else loves her."

She groaned. "I feel so bad and I don't know why." She met his gaze, needing him to believe her, to understand. "I never encouraged such feelings. By all that's holy, I swear I dinnae."

He stood, pulling her up by her hand. "Do not worry. All men fancy themselves in love at one time or another with a woman they cannot have. Be gentle, give him time, and he will recover."

"He'll get over it? Just like that?"

Munro smiled sadly. "Nae. One never completely gets over unrequited love. I still remember mine." His eyes twinkled, but there was a sadness in them that touched her. "Mine was another man's wife."

She offered a tender smile, amazed his sentiment could bring forth emotion she had never known was inside her. "Thank ye, Munro."

"You are most welcome." He pushed the bundle of gold cloth yet a second time into her arms and pressed a chaste peck to her cheek. "If ye've no one to stitch a gown for ye at such short notice, deliver word to Rancoff and I will send someone."

She turned to watch him go up the steps into the light. She still felt bad about Finley, but Munro had made her feel better. Just his presence lightened her mood. "That's it? You're going to leave me with moldy tents, cloth but no gown, and a lovesick steward? How will I manage?"

"I am certain you will handle all three matters and any others you encounter as you always do, my love."

She dropped one hand to her hip. "And how is that, m'lord?" she asked with amusement.

"By throwing yourself headlong into it."

He winked and was gone, leaving Elen to her tent and gown and preparations for the coming of the king.

* * *

Elen stood on her rampart with her clansmen and awaited the arrival of the king. The biting, salty wind whipped her woolen mantle about her shoulders and tore at her hair and headcovering, but she was too excited to be cold.

Far below, the kitchen was ascurry with activity as the evening meal's preparations were completed. Dunblane's great hall was lined wall to wall with tables and benches, and every candle and torch the castle possessed would soon be ablaze. Every room in the tower, first floor to fourth, had been readied with as many beds as could possibly be squeezed on the floor, and there was more bedding to be laid out in the hall after the night's festivities. Every able-bodied man, woman, and child of Dunblane was busy with last-minute preparations for the arrival of the king, the expectation palpable. It had been more than a hundred years since a king had stepped foot upon Dunblane's land by the sea.

A trumpet blared and Elen glanced out with excitement. The king's herald. Robert the Bruce was approaching.

"Here he comes," Finley said from where he stood at her elbow. "I see the herald's banner. Do ye see?"

She glanced at Finley and smiled. Nothing more had been said between them about his confession in the cellars. Much to Elen's relief, just as Munro had said, Finley seemed to be better. It was not that she felt he had gotten over it already as much as he was accepting of the truth of the situation. She was greatly relieved she would not cause him any more pain, relieved she had him at her side to depend upon.

Finley turned to her, a proud smile upon his face. He had trimmed his beard, as well as his hair, and was almost handsome in the fading light. "Are ye ready to receive our king, m'lady?"

She grinned. "Ready."

Elen crossed the narrow walk to take the stairs downward. Munro, Cerdic, and Rosalyn had arrived a short time earlier, but she'd not yet seen them. She had given the excuse that she was dressing and cleaning the last of her belongings from the room where the king would sleep tonight. In truth, she was too nervous to see Munro right now. First the king and the matter of the North Woods must be dealt with. Then she would deal with Munro. Only then would she consider Munro and her feelings for him, which seemed to be doubling by the hour.

As Elen took the winding stone stairs, she bunched the gold fabric of her new gown in her hands and lifted the hem high. She truly did not know how women wore these cumbersome garments day after day without tumbling to their deaths. She felt awkward moving in the dress, but secretly she had to admit that she liked the way the fabric slid over her bare skin, the way it fit tightly over her breasts to her waist and then flared downward. Alone in her chamber, she had actually spun to watch the hem float outward and then down again. The sleeves fit closely to her elbows, then flared like small golden trumpets. Around her waist, she wore a golden chain belt from which her keys and her dirk hung. On a whim, she had left her hair down and allowed the weaver who had stitched the dress to make a small golden headdress from leftover fabric. It was a pretty trifle that kept her hair back off her face and glimmered in the candlelight, enhancing the shine in her hair.

Elen reached the bottom of the tower and was surprised to find Munro waiting for her. He was dressed as a man fit to greet the king, if not be the king himself. He wore a green and burgundy plaid around his waist to his knees, a white linen shirt, and another cloth of Rancoff plaid thrown over his shoulders and pinned with an ornate silver claspbrooch the size of her hand. He offered her his hand, grinning broadly. "Ye take my breath away, m'lady."

She offered a sassy smile. Why not flirt with him? In a short time, the North Woods would be hers, declared so by the king himself before men of both the Burnard and Forrest clans. She had a right to be flirtatious. Tonight she had a right to be any blessed damned thing she wanted to be. She was about to accomplish what her father and his father before him had been unable to do.

She looked up at him through her lashes. "Thank ye for the gold cloth. It suits me," she said, for once in such a good mood that she did not begrudge him the compliment.

"Suits ye, indeed." Holding her hand above her, he turned her slowly, as if they danced. For that moment, it seemed as if they were the only people in the small passageway. "Suits ye, indeed," he murmured, his voice thick with an emotion that made her shiver.

She didn't dare meet his gaze. He wanted her.

She could hear it in his deep voice, feel it in his fingertips. Elen had no idea where she would sleep tonight, but she wondered if perhaps it would be with Munro. She knew he had insisted that day on the beach he would not make love with her again without wedding vows to bind them, but she wondered if she could not persuade him otherwise. Such deeds, even such thoughts, were a sin, but what matter did it make now? She was already bound for hell, wasn't she? For surely any woman who wanted a man as much as she wanted Munro was too sinful to enter the gates of heaven.

"Where are Cerdic and Rosalyn?" Elen asked, stepping out of the way to let one of her men carrying a cask of ale pass between them.

"Still in the hall. Your sister is fraught with the wait," Munro said over the cask. "Cerdic said he would meet us outside should he survive the onslaught." He took her hand and led her out of the tower and into the bailey, where they would await the king.

Elen cut her gaze to him to see the amusement on his face. "All isnae well in paradise?" she questioned.

"The bloom has fallen from the newlywed rose, I fear. Your sister has been in a terrible mood all week. Naught suits her, nae the servants, nae the meals, nae the accommodations, and Cerdic has taken the brunt of it."

"What on earth could be wrong? She wanted him, did she not?"

He shrugged. "Love is fickle."

"Love, my arse." She clung to his arm as they traipsed over the icy ground across the bailey, which was crowded with men and a few women converging on the open gate. "Rosalyn nae has the first clue of what love truly is."

"And what of her sister?" he asked softly, tightening his grip on her hand.

"Your questions are too weighty, m'lord," she said hesitantly, her stomach fluttering.

Did she love Munro? At this moment she was unsure of what would be worse, to be in love with him or not to be in love with him. Either, she surmised, could be painful for both of them.

Once again, the herald blared his trumpet, and suddenly the bailey was filled with the commotion of horsemen. The king rode not at the front of the party, as would an English king, but in its midst, as if he were one of his men. Still, Elen spotted him right away. His red hair and beard could not be missed.

"Your Grace." Still holding Munro's hand, she lowered her head and half bowed, half curtsied as low as she could without landing on her knees in the snow.

Beside her, Munro bowed. "Your Grace." His voice was rich with a warmth that was respectful, yet personal.

"Munro," the king called amiably as he leaped from his shaggy Highland pony and tossed the reins to one of his men. "Good to see ye, friend." He grasped Munro's hand warmly. "And this must be the blessed Elen I have heard so much about." He took her hand from Munro's and lifted it to his mouth, his mustache tickling her.

Elen was both confused and delighted by the king's familiarity with them. She understood that Munro and Robert Bruce had known each other in the days before he had taken his rightful place as king, but she had not realized they were actually friends.

"Munro, ye didnae tell me how truly breathtaking this woman is." The king held tightly to her hand.

"I most certainly did," Munro protested.

The king shook his head, directing his comments to Elen, as if Munro were not here. "Aye, I recall Rancoff muttered something of hair of spun red gold and lips created for kissing, but mostly he babbled on about your ability to lift a broadsword, bring down a stag, and make better men than he quiver in their boots."

Elen laughed, but felt her cheeks color. She was never one to take compliments well, but she tried to be gracious. "M'lord is too kind," she said, cutting a wicked glance at him. "And has been known to tell a tale or two."

At last, the king released her hand and clapped his together. "Well," he said to Munro. "Shall we be to the kirk?"

Elen looked to the king, then to Munro, then back

at the king again. She had understood he would wish
to hear mass in the morning before he took his leave,
but she had not realized he was so devout as to attend
service daily. Even so, she would have thought he
would have gone this morning while still in Aberdeen.

"Now?" Munro said, a strange intonation to his
voice. "I thought we might sup first, Rob." He motioned, suddenly seeming nervous. "Ease into it."

"Ease, hell!" The king waved a hand. "Let us be
done with it and then we can drink to the bride and
groom."

Elen's face grew warmer as the king's words seeped
through her head. Bride and groom? What bride and
groom? Suddenly she had a sick feeling in the pit of
her stomach.

"Ye . . . ye wish to hear mass now, Your Grace?"
she questioned, already realizing that was not what he
had meant when he said he wanted to go to the kirk.

"Aye. A wedding mass," Robert said, still in good
spirits. "For I have made a decision, Elen of Dunblane,
and have come to deliver word myself." He grabbed
her hand and offered it to Munro. "For the well-good
of Scotland, I have decided ye are to marry Munro and
forever join these squabbling Forrest and Burnard
clans."

Elen felt as if she were in one of her headache
dreams where events floated around her, events she
could not participate in, but only watch as if from afar.

She yanked her hand from Munro's grasp. "M-marry,
Your Grace?" she heard herself say.

"Aye, marry." The king grinned. "So let us be to the
kirk." He waved a hand in invitation toward the gatehouse. "Then to your hall to celebrate."

Elen turned to Munro. "Marry ye," she shouted.
"Marry ye? I told ye I would nae marry ye. What is

this folly? What makes ye think ye can force me into a marriage I nae want?"

Up to this very moment, Munro had thought his and the king's scheme to be a good one. He knew he loved her. A union between the two families truly would be a blessing to Scotland. Now, though, the fury on Elen's face and the low pitch of her voice made him think perhaps he had erred.

Munro looked to Robert for aid.

"I willnae marry ye," she shouted, giving Munro a push with her hand.

Elen turned to face her king, her legs spread wide in a manly stance, her hand upon her side as if she would have drawn her broadsword had she carried it. "I willnae marry him. Nae if the king orders me wed. Nae if God Almighty upon His throne bid me wed."

Nineteen

The king glanced Munro's way with amusement. "The lady says she willnae have ye. Ye havenae abused her or taken advantage of her, have ye?"

Munro frowned and opened his mouth to speak, but Elen beat him to the first word.

"Nae, he has not taken advantage of me." She stepped right up to the king, her hands firmly planted on her hips, her woolen mantle thrown off her shoulders to whip around her in the bitter wind. Snow had begun to fall, and a light sprinkling of snowflakes rested in her hair, setting it aglitter as if she wore a crown of jewels.

The crowd in the bailey was beginning to take notice of the king and Elen of Dunblane and Lord of Rancoff. Curious, they began to press closer with obvious interest. Ponies nickered, the biting Highland wind whistled through the inner courtyard, and men and women gawked and whispered behind their hands.

"Do I look to ye, Your Grace, like a woman who would allow any mon to take advantage of me?" Elen continued her diatribe. "I simply do not want him. Nae in my keep, nae in my bed." She glared at Munro. "Nae in all of the Highlands, had I my choice at this moment."

Munro cringed inwardly. He appreciated Elen's stubborn streak—God's breath, he loved her for it—but did she realize what she was saying? Doing? To defy the king could mean the confiscation of her lands, imprisonment, even death. Did Elen not realize Robert had the upper hand here? He was the king, and one way or another, she was bound for the altar.

Robert the Bruce lifted an eyebrow in response to Elen—thankfully still amused. "I have made my decision, fair maid. Will ye walk to the kirk with me?" He offered his arm to escort her.

Her chin shot out obstinately. "I willnae step foot outside these walls with that mon." She pointed at Munro accusingly. "He has tricked me." She turned to him. "Ye knew, didn't ye? Ye knew that was why he came. Nae to return my land, but to make me wed ye. Bastard!" she spit.

"Elen," Munro said quietly, realizing from the pressing crowd that she was causing quite a commotion. She was not the first Highland lady to be forced into marriage, but she was most assuredly the loudest protester. He reached out to her to calm her.

Elen slapped his hand away. "Nae touch me, or I will take off that arm at the shoulder," she growled.

The king threw up his hands. "So, shall we go, ladies and gentlemen, and witness this happy union?" He started back through the gatehouse, headed for the stone kirk that lay just to the east of the castle.

There were ripples of laughter.

"Ye will have to go without me, Your Grace," Elen called, her face red with anger.

"Bring her." With a single motion of the king's finger, two burly men descended on Elen, took her by her armpits and lifted her up off her feet.

"Nay," she shouted, swinging both fists.

Munro cringed as she caught one burly Lowlander soundly in the jaw.

"Munro," the king called.

Munro looked to the king, then back at Elen. He wanted to come to her rescue, to suggest she should not be handled so roughly, but in truth it was she who was handling the king's men roughly.

"Munro," Robert called more sharply as he crossed the drawbridge into the open. "Leave her to my men and walk with me."

"Munro Forrest," Elen screamed, "ye willnae do this to me. Do ye hear me? I willnae have ye!"

Munro caught up to the king, glancing over his shoulder at Elen as the men half carried, half dragged her behind them over the drawbridge.

"Your Grace," Munro said, his words meant for the king's ears only. "If she honestly doesnae wish—"

"I have made my decision," Robert said firmly. "She is of good stock and her holdings are vast. To leave a maiden such as she unwed could be dangerous for her and for Scotland. If I marry her to ye, I know ye willnae only protect her, but her lands as well." He met Munro's gaze and waited.

Munro did not know what to say. The king's argument was wise. Munro had no choice at this point but to go through with the marriage.

The king squeezed Munro's forearm. "Worry not. She is Murdoch's issue through and through. The Burnards are all pragmatists. She will get over her anger and realize the good sense of the union. Ye will merely have to convince her of the more private reasons a woman should be wed to ye." He winked. "She probably nae realizes half the women in Edinburgh, wed or unwed, once pined for your attentions."

"Munro Forrest," Elen shouted. "Stop this! Stop this at once or I will have your bullocks between—"

Munro turned away, uncertain as to whether he was horrified, embarrassed, or amused.

Robert burst into hearty guffaws as her words were lost on the wind that tore across the barren meadow between the castle walls and the stone kirk, which was nestled in a copse of barren trees.

"Munro!" Rosalyn came running up behind him, barely giving her sister more than a passing glance. Cerdic trailed behind her, attempting to fasten her mantle more securely on her shoulders. "What is happening?" she asked excitedly. "Oh," she breathed, catching sight of the king. "Your Grace." She curtsied. " 'Tis truly an honor to have ye step your royal foot upon Dunblane ground."

The king and Munro halted just outside the church.

"Your Grace." Cerdic, without bonnet or mantle, bowed.

"Rosalyn of Dunblane . . . of Rancoff as of late," Munro introduced. "My brother's bride. And ye know Cerdic."

"Good to see ye." Robert nodded cordially to Cerdic. "As to what is about," he told Rosalyn, "your sister is about to be wed."

Rosalyn's eyes widened. "Wed? Wed to whom? Have ye brought her a husband?" She glanced around at the men draped in woolen plaids and skins.

Munro grinned proudly, unable to help himself. He could see getting Elen to the altar was not going to be as pleasant as he would have liked, but all he could think about was the future—their future together. He loved her, and he was certain he could make her happy, given the chance. Thoughts of children and a legacy drifted in his head. True love rarely came to a man more than once in a lifetime, and he intended to take advantage of the opportunity, even if it did involve a wee bit of unpleasantness. "Me," Munro told Rosalyn. "Your sister will wed me."

"Ye?" She turned on Cerdic. "I suppose ye knew of

this," she accused shrilly, slapping him across the chest with her gloved hand.

"I knew naught."

"My brother and Rosalyn are only recently wed," Munro explained.

"So I have heard." The king cut a knowing glance in Munro's direction. "Onward."

Munro opened the kirk's door and allowed the king to step inside. Men with torches had run ahead to light the candles. "God's brittle bones, 'tis as cold in here as out," the Bruce muttered, dipping his hand in the hollow carved well in the wall that held the holy water. He crossed himself and hurried up the aisle toward the simple altar. "Harold!"

A man in a priest's frock pushed past Munro. "Here, Your Grace."

"Let us be done with this quickly," Robert said. "We wish the shortened version of the wedding mass." He pressed his gloved hand to his stomach. "I am hungry, and I can smell the roasting venison in Dunblane's hall from here."

"Aye, Your Grace." The thin man hurried forward to the altar to make his preparations.

"Munro," Elen shouted, as she, aided by her "escorts," burst through the door behind him. "Nae do this, or ye will regret the day your whoring mother gave birth—"

One of the men carrying her clamped a beefy hand over her mouth.

"Elen, not in a kirk," Munro whispered.

She bit down hard and the man yanked his hand away, grunting in pain.

"That will be enough, lassie." He grumbled and drew back his hand as if to strike her.

Munro crossed the narrow aisle in the blink of an eye to grab the man's arm. "Strike her and I will lay ye flat," he growled, looking the man straight in the eye.

"She bit me," he protested.

"I nae care if she plucked your bullocks from their resting place and crammed them down your throat," he whispered loud enough for only the man to hear. "Ye willnae strike what is mine, and that woman is mine." Munro turned to Elen, suddenly warm in the frigid church. "That is quite enough, m'lady." He looked at the two men. "She is within the kirk walls. Release her."

They glanced at each other and slowly let go of her. She swung both arms, nearly knocking them off their feet as she broke free of them.

"Do ye nae hear me, Munro Forrest? I willnae marry ye."

"Lower your voice," he ordered. He understood why she was upset. He would not have been pleased to be forced into a marriage like this either, but for heaven's sake, they were in love. This union would be a good one. It was time she used her good sense and made the best of the situation. "Show respect for the church and for your king," he told her in a half whisper.

She shot him a look that could have melted a lesser man, but when she spoke again her voice was softer, though no less edgy. "I willnae be forced to wed ye." She gestured. " 'Twould nae even be legal, nae without proper documentation."

Munro frowned. "Elen, Robert is the king. He can well do what he wishes. Documentation can be provided later." He took a breath, lowering his head to keep their conversation private. "Now listen, and listen well. Ye've no choice in this matter. Neither of us has at this point." He nodded to Robert, who stood in the front of the church, facing the altar. Rosalyn was talking nonstop, batting her lashes and running her hand up and down the king's forearm. "Our king has ordered us wed, and wed we will be. His wishes cannot be defied. Ye know it, and ye know it well."

He held her gaze, ignoring those who filtered around them to take seats on the church benches. "Now, ye can either walk to the altar with me, Elen of Dunblane, and behave in a way that would honor your father, or I can carry ye kicking and screaming. Either way, I will wed ye."

"Ye do this to me and I will hate ye for it," she breathed.

For a moment, Munro again thought about asking Robert to reconsider, to give Elen a few days to think the matter over. But he knew Robert and he knew it was too late. Robert the Bruce had commanded her wed, and wed she would be—if not to him, then to another man in his retinue. The thought of another man holding Elen in his arms strengthened Munro's resolve.

"Our king grows impatient," he murmured. "Come, let us be done with the matter and we will discuss it later in the privacy of our own chamber."

Elen grabbed Munro's arm and started down the aisle toward the priest. "Discuss, my arse," she muttered. "Ye'll never step foot in a private chamber with me again."

The wedding mass was short, so short that before Elen knew what was happening, she was married to the man standing beside her, holding her hand tightly enough to prevent her from getting away. Everyone clapped, men she didn't know kissed her, and she was led in a daze through the falling snow back toward the keep. On the way across the meadow, Munro took her arm to help her through a snowdrift as she tried to maneuver in the golden gown.

She glanced at the place where he had laid his hand upon her. "I would not do that just now," she hissed beneath her breath.

Munro pulled away his hand, but grinned smugly. "Be stubborn. Fall in the snow," he said, then left her to walk with the king.

Watching Munro trudge ahead, chatting merrily with Robert, she did not know which was worse—to have him here at her side when she was so angry she could have strangled him, or seeing him up ahead where he did not have to witness her fury.

Inside the entryway to the great hall, Elen flung off her mantle and tossed it to a passing servant. She caught up with the king and Munro. " 'Tis a pleasure to have ye here to celebrate this special day," she told the king with a false sweetness. "We have prepared a great banquet in your honor." She motioned into the hall toward the dais, which had been set higher than the other tables. "Please let me escort ye to your place of honor."

"And what of me?" Munro raised an eyebrow, toying with her.

"Why, husband, ye already know your place of honor." She pointed to the grate over the oubliette and both men burst into laughter.

So angry she would have liked to slap both Munro's and the king's heads together, Elen entered the hall, leaving her sovereign and her husband to find their own blessed seats.

For the next hour, she busied herself with the banquet. She saw to it that the maids continued to bring food to the guests, that the traveling players she had hired kept up a merry tune, and that all in her hall were well content. Elen knew she could have left these last details up to Finley. He was more than willing, more than competent, but if she didn't keep busy right now, she would surely lose her mind and do something truly foolish. Finding two empty ale pitchers, she picked them up and headed for the kitchen.

Married. She was married to Munro Forrest until death did them part. Of course, if she had her way right now, his death would come sooner than expected.

Elen felt as if she was looking at the world through a haze of red, but anger was easier for her to deal with than some of the other feelings coursing through her right now. She was hurt that Munro would make these plans behind her back with the king, that he would dare use his personal influence with the king to get what he wanted at her expense.

And she was just a little flattered, maybe even a little relieved. Perhaps he really did love her. And now she did not have to make the difficult decision of whether or not to marry him and take her chances with Dunblane. The decision had been made for her, ending the struggle she'd been having with herself.

Elen turned down a narrow hall lit by only a few smoking candles in sconces on the walls. On her way to the kitchen, she heard a man's low rumbling voice followed by a giggle. She halted a moment and listened. She could hear the rustle of clothing. Heavy breathing. Her eyes widened in recognition of what that sound was.

The nerve of her servants. The king of Scotland was in Dunblane's hall, and they took this moment to play slap and tickle in the corridor?

Elen took another step, intent upon breaking up the liaison, when the woman giggled again. She halted once more. She recognized that giggle. She almost called out her sister's name when she realized she had just passed Cerdic in the great hall as he headed toward the dais to speak with Robert and Munro.

So who was her sister with?

Elen contemplated turning around and returning to the hall with the empty ale pitchers. This was not her business. Rosalyn was Cerdic's problem now.

But she was still Elen's sister. Still family until death parted them . . . not unlike a husband.

"Rosalyn Burnard," Elen shouted, charging forward down the dim hallway.

"E-Elen."

Elen turned the corner to the short stairway that led into the kitchen. There in the alcove in the darkness were Rosalyn . . .

. . . and Finley.

Elen was so taken aback she could not speak. She just stood there in her golden dress, an empty tin pitcher in each hand, staring at them. The chilly air smelled of warm skin and bodily fluids.

Finley fumbled with his shirt, tucking it into the plaid he wore around his waist. He did not lift his gaze to meet hers.

Rosalyn just stood there, her gown rumpled, her hair mussed.

"Get yourself to your husband," Elen growled.

"Please don't tell him," Rosalyn begged. "Please. Nothing happened. 'Tis only that I had a wee bit too much unwatered wine and I forgot myself."

Elen pushed past them, disgusted with them both. How could Rosalyn do such a thing? She had been married less than a month. And Finley . . . God's teeth! She did not even want to begin to try and figure out what he thought he was doing. Had all the men and women in Scotland taken leave of their senses?

"To your husband," Elen repeated, going down the steps.

In the bustling kitchen, she handed the pitchers to a girl with flour on her cheek. "Refill these and take them to the hall, will ye, lassie?" she asked. Suddenly

Elen was weary. She wanted nothing more than to climb into her bed and hide from her family, from Munro, even from the king. Of course, she had no bed tonight because Robert would be sleeping in her chamber. And she could not hide. She had a king to entertain . . . and now a husband to see to.

When Elen passed the dark alcove where she had found Rosalyn and Finley, they were thankfully gone. Starting down the corridor toward the hall, she decided she would say nothing more to them tonight. Once the king was gone, she would take them both by the ear.

Just in front of her, the small door from the service corridor to the great hall swung open, and Elen stepped back to give a servant with trays room to pass by.

"There ye are. I wondered where ye had gone." Munro filled the doorway, looking handsome and smelling dangerously provocative.

She pressed against the wall, her palms to the cold stone. She did not look at him. "I had matters in the kitchen to deal with."

"Let Finley do it." He grasped her hand and did not allow her to escape when she tried. "Ye are wanted in the hall. The king wishes to offer a toast in our honor. And then, of course, there is the obligatory dance of the bride and groom."

"I nae wish to be toasted," she grumbled. "I nae wish to dance, not with ye or with any mon on God's rocky earth. I wish to shout and perhaps pummel a few faces."

He laughed. He had been drinking. He was not drunk, but she sensed a relaxed easiness to his voice. "Ye cannot refuse a toast by the king, Elen. Now come." He pulled hard on her arm and she bumped into him.

A bolt of energy arced between them. Just his touch, the smell of his clothes, his clean hair . . . he took her breath away even now, when she was so angry she could have laid his head upon a plate.

Elen did not protest as he pushed her against the wall and grazed his mouth across hers. He smelled and tasted of ale . . . of desire.

She parted her lips to allow him to deepen his kiss, telling herself she was merely surrendering. She could not fight Munro and the king. She could not fight Scotland. But the truth was, she wanted him, even now, even when she was so furious with him.

Elen lifted her arms to his shoulders and clung to him, moaning as his tongue met hers.

Munro slid his hand down her back, over her buttocks, and squeezed gently. Without thought, she pressed her hips to his, molding her body to his. Her groin throbbed, and there could be no relief but his male hardness, no relief but Munro's muscle and sinew and tender, knowing hands.

Munro dragged his mouth over her chin and she lifted her head. He kissed her neck, moving lower to the valley between her breasts that swelled over the bodice of the golden gown.

"Elen, Elen," he whispered. "I am sorry it happened this way, but I will make it up to ye. I swear I will."

"Munro," she gasped. He closed his wet, warm mouth over her breast, and even through the fabric of the gown, she could feel the heat of his desire for her. "Nae here. Not now." All she could think of was her sister and Finley groping in the dark corridor. She knew this was different. Munro was her lawful husband, but this was not the way she wanted to make love with him this time. This time, there would be no creeping about, no secrecy. They now had the blessing of God and the king.

"The king waits," she whispered. "There will be time for this later."

Reluctantly, he set her free and stepped back. "I will hold ye to the promise, wench," he said huskily.

"Do not call me that." She tried to smooth her gown and realign her bodice. " 'Tis degrading."

Munro reached out and tucked back a lock of stray hair that had fallen forward from her headdress. "Have I told ye you are the most beautiful bride I have ever seen, if not the most willing?"

"I will not hear your pretty talk." She pushed past him. "I am still angry, and ye have not heard the last word on this marriage business."

He lifted an eyebrow. "Oh, and what of this?" He pointed to the wall where they had just exchanged heated kisses and hurried caresses.

"That?" She threw back her head, determined not to look flustered when she sat at the dais with the king. "That is an entirely different matter, m'lord."

Munro was still laughing when she entered the great hall and closed the door soundly in his face.

Twenty

Elen entered the great hall flustered, her cheeks burning, her limbs tingling. No matter what she thought of Munro and his manipulations, she could not deny her fervent desire for him, nor his desire for her.

"Your Grace." She approached the dais and lifted the hem of her gown to curtsy.

Robert smiled, a horned cup in his hand. "I see he found ye." The king lifted a brow, no doubt noticing the red of her cheeks and perhaps that her bodice was set slightly askew. "I feared ye might have fled, and then I would have to lift myself from this bench to follow your merry chase."

She drew her hand self-consciously over her breasts. "I had to attend to surly lasses in the kitchen, 'tis all, Your Grace."

He slid over to make room for her on the bench beside him. "And have they been properly drawn and quartered, m'lady?"

She laughed. Considering the events of the evening, she was surprised she had it in her. "With their heads placed on spikes beyond the gatehouse." She reached for a pitcher of ale. "Let no mon or woman say Elen of Dunblane will stand for laziness."

He lifted his cup to his lips, his eyes twinkling. "Lady Rancoff now as well."

She filled her cup to its brim; she was not hungry, but beyond parched. She was the wife of an earl now, but that didn't matter to her. What mattered was her father's land. "I nae wish to hear of Rancoff. I care not what Munro says. He knew ye came for this purpose and this purpose only, and I warrant ye, he will pay dearly for his treachery."

Robert laid his hand upon Elen's. "Now admit it, if only to me. If ye had to wed, our Munro is a better choice than most."

The pipes and fiddlers were loud, the crowd of guests becoming rowdy with laughter. A couple danced before the great hearth, and several men had cleared their tables of food to try their hands at cards or dice. Elen had to speak loudly and lower her head to the king's to hear and be heard.

"I shall admit no such thing." She lifted her cup to her lips. "My Lord Rancoff tells me Dunblane can remain in my name with your blessing, at least as long as I live or until I pass it on to my issue. Is this more of his perfidy, or is there truth to his words?"

" 'Tis highly irregular." Robert set his cup in a stag's antler holder in the center of the table and reached for another slab of venison to drop onto his plate.

For the king's feast, Elen had gathered all the chargers in the entire castle and borrowed several from Rancoff to set the dais table. The men and women below table would eat off bread trenchers as they always did at Dunblane, but for her honored guests, she presented nothing but the best they had to offer.

"But it can be done?" she questioned. "Ye could make it so, Your Grace?"

The Bruce cut his gaze at Elen. "I think this marriage will be good for ye, Elen. Mayhap the Clan Forrest can teach you your place."

Elen met his gaze, tearing off a bit of brown bread

to eat. She knew she treaded upon thin ice; the king had been more than tolerant with her. But it was important to her that she continue to protect Dunblane. "I know my place, Your Grace. I am a servant to God, to my king"—she bowed her head in reverence—"and to the land and people my father left in my care."

"And to your husband?"

A smiled tugged at the corners of her mouth. She understood why Munro liked Robert not just as a king, but also as a man. He was kind when he needed to be, but also clever and shrewd. "And to my husband, when necessary," she conceded.

"Well enough." Robert reached for his cup again. "I shall have the decree written and pressed with my seal before I leave at daybreak. So long as you are true to me *and* true to your husband," he stipulated, "the land is yours. I ask only that ye tell no one. This must be between us and Munro."

"Thank ye," she breathed, feeling a weight lift from her shoulders. "Munro said ye were a fair man."

He shrugged. "Your father left it in your hands in the belief you would do well by Dunblane. Who am I to question Murdoch Burnard?"

A lump rose in Elen's throat and she reached for her cup again, surprised by the sudden sadness she felt. She wished her father could be here tonight to see her entertain the king. And in truth, she knew he would be pleased by the marriage as well.

"There ye are." Munro approached the dais and came around to sit beside Elen. He leaned over to kiss her cheek, but she pulled away.

"Nae push your good fortune, m'lord," she warned.

Munro's blue eyes twinkled. "I ken." He looked to Robert. "She is saving all of her sweetness for our marriage bed," he explained.

Robert grinned and returned to conversation with the man seated on his other side.

Elen gave Munro a none-too-gentle tap beneath the table with the heel of her kidskin slipper. "A pity ye will have to wait on that marriage bed, m'lord, but the master chamber is already occupied."

"By whom?" Munro bellowed.

Elen's eyes widened, for he knew damned well who would sleep in her chamber. "The king," she whispered.

"The king," Munro shouted. Several men at the table below them glanced up with interest. "I beg your pardon, m'lady, but I must have a word with our king."

"Munro," Elen whispered harshly. "Hush. Ye cannot insult the king by—"

"Insult the king?" He tried to push her aside to get Robert's attention. "After the words that came from your sweet lips this night, my love, if we havenae been tossed in the Edinburgh dungeon by now, we are nae going to be." He laid his arm across her chest and pushed her backward. "Robert! I must speak with ye."

"Munro." Elen felt a sudden sense of panic. She was not ready to sleep with him . . . not tonight. Not with the castle bursting at the seams. Not with everyone listening at the door.

"Aye, what is it?" Robert asked.

"All night I have thought of naught but taking my lovely virgin wife into my arms in the privacy of my chamber, and now she tells me someone else sleeps in my bed."

"Who?" Robert played along.

"Ye!"

"Me?" Robert laughed. "Nae me. I intend to drink myself into a slumber and lie down right there before the hearth with yonder hound." He indicated Elen's sleeping Camille.

"Your Grace," Elen reasoned. "Pay nay attention to my

lout of a groom. My father's chambers are yours this night. What would people say to hear Dunblane offered the hospitality of a floor to their king?"

"They would say Dunblane had a wedding to consummate this night," Robert teased. He lifted a hand. "Nae another word of it now, or I will toss ye both in the oubliette." His gaze twinkled as he turned back to the man beside him.

Elen elbowed Munro. "Ye told him I threw ye in the oubliette?"

" 'Twas the truth."

" 'Twas a mistake, and ye know it."

"There, there, my love. Wait until we retire to the privacy of our chamber, and I will soothe ye as a husband should."

Elen's eyes sparked with anger. "Ye will sleep upon the floor," she threatened.

Munro took her cup from her hands, holding her gaze. "Nay. I will not. Ye are my lawful wedded wife now, and I shall have my husbandly rights."

The force of his tone frightened her . . . thrilled her. "Give me my cup." She snatched at the ale, but he was too quick for her.

"I nae want ye drunk this night, Elen," he murmured huskily. "I want ye totally aware of your senses."

His words sent a rush of tingling warmth through her, rendering her speechless. By the time Elen was in control of herself again, the king had stood to offer his toast to the newlyweds.

The next hours were a blur. Elen danced with Munro, with the king, with men she had never laid eyes upon before. She drank, she ate, and she dreaded—waited with desperate anticipation—for the night to end.

At last Munro suggested they bid good night to all. Elen was so tired that her mind was hazy, her muscles tired beyond thought. It would be dawn in a few hours.

"Bid His Grace good night and I will see ye above stairs shortly," Munro murmured in her ear. They stood near the doorway, clapping, watching two men arm wrestle. "Robert wishes a word alone with me."

Elen thought to protest. She wanted to protest, but she was too tired. She said her good nights and climbed the stair to her father's chamber . . . and her wedding bed.

Munro took his time in climbing the long tower stairs to Elen's bedchamber. It was with great trepidation and excitement that he made the climb. His head was awhirl with what seemed like gallons of ale, with the excitement of Robert's visit, with the amazing truth that he had gotten what he wanted. Elen Burnard was now his wife until death parted them. The question now—he chuckled aloud—was what would he do with her?

At the bedchamber door on the fourth floor of the tower house, he stepped over a lad sleeping on a pallet. He laid his hand on the door latch. She might well openly refuse his entrance to their marriage chamber, king present in the keep or not. Or she might be waiting for him. He could not guess. Elen was constantly a source of amazement to him. One moment she was all spit and claws, and the next all woman and softness.

To his relief, the latch lifted, which was fortunate because he wasn't certain he had the energy to break down any doors tonight.

Slowly he eased it open. The room was warm; a fire flickered in the hearth. An array of candles lit the room like diamonds glimmering in the darkness. As he stepped inside and closed the door, a sense of panic rose in his chest. Where was Elen? Had she flown?

Then he discovered her, and for a moment he could not move, too mesmerized for thought or word.

Elen lay upon the great four-postered bed on the

wolf's pelt he had given her. She was naked, her pale skin and long limbs surrounded by the soft, thick fur of the pelt gleaming in the darkness. She was watching him, her head propped upon a pillow, her eyes half closed.

"Wife . . ." he whispered, fearing he was dreaming.

"Munro."

He walked slowly to the bed, unfastening the clasp of his brooch, and let the burgundy and green plaid fall to the floor.

"Ye ne'er fail to amaze me," he murmured, his voice already thick with desire for her.

"I nae know what ye mean. We are wed and I am yours." A smile played on the corners of her rosy lips. "Which means ye are mine."

Munro kicked off his shoes and grasped the back of his shirt to pull it off over his head. He tossed it to the floor. "Does this mean we have called a truce?" He sat down on the edge of the bed. His hand ached to cup her bare breast, yet he hesitated. She was so ravishing, as exquisite as any painting he had ever seen, and he feared if he touched her, it might mar the moment.

"Only a bedchamber truce," she sighed.

He rolled onto his stomach over the bedlinens and the pelt to reach her. "A bedchamber truce?" He breathed deeply, enveloped by the scent of her warm skin, her hair. "Is this some trick?"

She laughed sleepily, her voice a delight to his ears. "Nae a trick, m'lord."

"Then why—"

"I considered putting up a fight." She reached out to him, drawing him over her. "I considered barring the door. Flinging insults, daring ye to break it down with our king below in the great hall, but . . ."

He lowered his head over hers, drinking in her green eyes and the colors they reflected—browns, yellows, like the eyes of a jeweled cat in the darkness.

"But?" he breathed, thinking surely he had died and risen to heaven.

"It wasnae what I wanted." She lifted her head from the pillow to press her lips to his. Her tongue flicked over his lower lip. "This is what I wanted. And I am used to getting what I want." She gazed into his eyes. "On the morrow, I vow I will be angry with ye again for doing this to me."

Munro lowered his mouth over hers, unable to hold back any longer. "I would expect no less of ye," he growled in his throat.

Their mouths met, tongues twisted.

"Your clothes," she whispered when they were both breathless from the kiss.

He fumbled with the plaid around his waist, feeling as if he were a lad again. He was already swollen, throbbing for want of her. He tossed away his shirt and hose and at last he, too, was naked upon the wolf pelt. He covered her body with his, stretching out over her, thrilled by the softness of her curves that melded so well to his muscle and hardness.

They fit so perfectly together.

Elen dragged her nails over his back and as he met her gaze, the silent communication was profound. She loved him. She just didn't know it yet.

Munro lowered his head, sliding his mouth downward. He encircled her areola with the tip of his tongue. She moaned. He took her nipple between his lips, between his teeth, and suckled gently. She lifted her hips, grinding against him. He suckled one breast and then the other, taking his time, praying to sweet God that he could last long enough to take her.

Elen writhed beneath him on the wolf pelt as she caressed his back, his buttocks. She moved against his hardness, stroking him with her thighs.

He slid lower, kissing a lazy path downward. She ran

her fingers through his hair and groaned, "Munro,
please . . ."

"Shhh," he whispered. "We have all night."

"Nay. Ye will kill me with your attentions. Just—"

He kissed her below her navel, silencing her, and
felt her relax deeper into the pelt. He kissed lower,
delighting in the salty taste of her silky skin.

Elen wondered what had possessed her to strip off
her clothes and lie naked in her bed to wait for him.
Just because she wanted him did not mean she should
have given in so easily. But to give in was so exquisite.
Elen lifted her hips to meet his mouth as Munro kissed
even lower.

As his mouth met the bed of curls at the apex of
her thighs, she felt her worries swirl away from her.
Suddenly she could not think. Nothing mattered. Not
the unwanted marriage, not the king, not even Dunblane. All that mattered was this man and the feelings
that rolled over her like waves on the shore.

His tongue flicked to taste her, and whatever conscious thought still remained with her slipped away.
He made her mad with passion . . . wild. She twisted
and turned beneath him, begged for release.

Munro took his sweet time, seeming to enjoy her
heady torture.

"Munro," she begged. "Please . . . I need . . ."

"What?" he murmured, his breath hot in her ear.

She lifted her lashes, meeting and holding his gaze.
"I need ye," she whispered, lifting her hips to the hardness that pressed against her thigh.

"This?" he breathed, pressing the tip of his swollen
manhood to the place that ached for him.

She lifted up, grasping his bare buttocks, pulling him
toward her.

They laughed together in joy, in relief as he slid into
her. And suddenly Elen was riding one continuous wave

of climax—a place where there seemed to be no beginning, no end, only the sweet ecstasy of the pleasure . . . and of Munro.

Twenty-one

Elen lifted her hand in farewell as the king rode over the drawbridge. "God bless," she shouted, clutching the king's writ of her land retention in her hand. "Long live King Robert!"

"Until we meet again," Munro, standing beside her, called.

When the last of Robert's men had crossed over the drawbridge, Elen turned to Munro. "I suppose ye shall be off this morning, m'lord."

He blinked. "Off?"

She strode across the bailey, her boots sinking into the mud and muck created by the snow and so many horsemen. This morning she wore her usual utilitarian garb, having carefully folded the golden gown and placed it in a trunk. "To your keep, of course. Winter is coming. I know ye have much to do."

Munro chuckled. "Actually, my keep is well prepared for winter, as are my tenants. And what matters need attending can be dealt with by Cerdic." He followed her through the entryway, over the oubliette, into the great hall.

She lifted a shoulder. "I suppose ye could make Rancoff Castle ready for the king's daughter ye must care for. The lass will need a place to sleep."

After Elen had gone to bed, the king had asked a

personal favor of Munro. He had requested Munro and Elen offer their protection to an illegitimate daughter Robert had only recently discovered he had. Apparently the girl's mother had died and this by-blow of the king's had nowhere to go. Robert did not feel taking her into his own household was proper, but he wanted to see her well cared for.

The king had promised Munro he would take her off their hands as soon as he had time to provide a suitable dowry and find a husband for her among his loyal supporters. He'd explained that the lass was sixteen, angry and headstrong, but it was his opinion Elen could handle her as well as anyone. And with the forthcoming of children, God willing, the king had suggested, a well-born woman and mannerly lass in the household would be helpful.

Elen had not been thrilled with the idea of taking in the lass when Munro told her, but she had enough sense to realize she could not refuse Robert, especially considering the documents he had provided her with this morning.

"Oh," Munro said. "I wouldnae leave the lass with your sister. Nae telling what ill habits she might pick up there. Robert specifically said he thought your influence would be good for the lass."

Elen frowned as she walked into the great hall. The entire chamber was in a shambles in the aftermath of the hasty wedding and Robert's visit. The men who had slept here last night had risen to bid the king farewell, but pallets still lay about. Benches had been piled high to make room for the sleepers, and tables were still littered with food.

Munro strode past Elen to the fireplace. "I have no intention of returning to my keep. Nae today, nae tomorrow, perhaps nae until the spring thaw."

Elen eyed him, willing to play along with his game for the moment; after all, she had started it, hadn't she?

Last night had been so wonderful that now, in the light of day, it seemed as if it had been a dream. It had to have been a dream. How else could she explain the feelings coursing through her? Last night there had been no one in her world but Munro. Last night no one had mattered but Munro. Last night she had loved him. But this morning she had awakened to anger and general annoyance. She wanted him to go home. The king had said they must wed. He had not said they must live together.

"But who will run your keep?" she asked her husband sweetly, carefully folding the documents in her hands. She would place them in her father's leather chest for safekeeping. "Surely ye willnae trust your brother and my sister. Rancoff's walls would tumble in a matter of months."

"My steward, Rob, is a good mon. Competent. And I will ride to Rancoff daily to see that all is well." He held out his chilled hands to the blazing fire. "But I will sleep here with ye, wife. Unless, of course, ye prefer to move your belongings to Rancoff's keep for the winter and reside with your sister." He almost laughed the last words.

Elen felt heat rise in her face. She knew he was baiting her, but she could not help herself. "Rancoff?" she fumed. "I willnae sleep at Rancoff. Ye willnae take me from these walls until ye carry me to the kirkyard in my coffin, Munro Forrest." She paced the hearth. "And reside with my sister? I would sooner reside with a nest of rodents."

He chuckled. "Good. Then it is settled, wife. I will bring my belongings here."

Elen glared at him, knowing he repeatedly addressed her as *wife* simply to irk her. She lowered her voice so that the others milling about the hall, beginning to clean up, could not eavesdrop. "I nae wish your belongings in my chamber, Munro."

" 'Tis not what ye said last night," he teased.

Her cheeks grew hotter. They had made love not once, not twice, but three times last night. On the bed. On the floor. In the window seat. She did not know what had gotten into her to behave so brazenly. They had fallen asleep only as the sun began to rise, and then had soon been awakened with word that the king was anxious to be on his way.

Elen rubbed her temples. She was tired and did not have the energy to argue with Munro. Yesterday, when she had married him against her will, she had not really thought of the day-to-day consequences of married life. She had not thought they might live together. Having him live at Rancoff and visit her bed sounded like a far more satisfactory arrangement, but he did not seem to see matters her way. She would work on him.

"Place your belongings in whatever chamber ye choose, m'lord," she said with a flutter of her hand. "In hell's chambers, for all I care. I've matters to attend. Last night the reavers struck again on my lands while we made merry. I ride there to see the damage."

"Do ye wish me to go with ye?"

She gave him a look that did not require an answer. "Were I ye," she said, walking away, "I would be patrolling my own lands, m'lord. These reavers grow bolder by the passing day. With my Rosalyn and your Cerdic guarding your keep, the reavers may well walk away with stone from your walls."

Munro accepted bread and a cup of ale a maidservant offered him. "Then have a pleasant day, wife," he called after her. "I recall I do have business at Rancoff today, after all, but I willnae be home late. A bet to collect involving a naked rider."

She stared at him. Sometimes the man made no sense, but right now she did not care what he was talking about. She just wanted to get away from him and away from all these feelings he produced inside her.

"I will see ye tonight," he told her good-naturedly.

Tonight. The word reverberated in her head as she walked out of the hall, headed for her own chamber to lay the land right safely away. Just thinking about nightfall, about Munro in her bed, sent tingles of pleasure up her spine. If she could keep Munro out of her hair during the day, mayhap having him here at night would not be so bad after all.

" 'Tis cold in here," Rosalyn complained, dragging her chair closer to the fireplace in Rancoff's great hall. " 'Twas always warmer at Dunblane."

Cerdic looked up from the column of figures he was attempting to add again for the third time. Each time he had almost completed the task, she interrupted him with another lament. He exhaled, steadying his patience. " 'Tis cold in here because 'tis cold outside, my love. Snowing. Would ye like me to fetch another mantle for ye from our chamber?"

"I would like for ye to take me south is what I would like," she snapped.

He glanced down at the figures before him. He loved Rosalyn dearly, he truly did, but he was quickly discovering she was not the wife he had hoped she would be. When all went her way, she could be so charming, so full of fun, so exciting between the sheets. But when life was not as she would like it, she was petty, annoying, and downright mean. She had no patience with the men and women who served the keep, and she was unreasonably demanding, contributing nothing. Her world was very small, and she was most definitely in the center of it.

"Did ye hear me?" she shrilled. "What have ye to say of traveling south? We could probably beg hospitality from one of my cousins."

"I must remain here and try to run my brother's keep," he mumbled, having wanted to avoid the subject, knowing what her reaction would be.

"Run your brother's keep!" She rose from her chair. "And for what in return? He willnae give ye neither coin nor rights to any of this land so ye might earn something. He makes ye work as if you were a slave to this barren bit of rock and heather. 'Tis not right he should have everything and ye have nothing." She stood behind him, her hands on her shapely hips. "Well?" she demanded. "What have ye to say for yourself?"

He said nothing because he had nothing to say. Munro had asked him to take over more of the day-to-day business of Rancoff so he might remain at Dunblane with his new wife. What could Cerdic say? He couldna refuse him, else where would he go? He had no place to live but here, no keep to provide his wife but his brother's. And he truly did wish to be a part of Rancoff, a part of his brother's life, though he realized he had not shown it very well in the past.

"Are ye deaf?" she shouted. "Speak up. Stand up for yourself for once!"

Suddenly the anger that had been simmering deep inside bubbled up and out of him. "What would ye have me do, eh?" He slammed his fist down on the table, and Rosalyn jumped. "What would ye have me do?" he repeated. "I have naught left but my brother's hospitality. No coin. No lands. Naught!"

Rosalyn's eyes were wide with surprise. He had never raised his voice to her.

"I have nay choice but to do as he asks." He rose

out of his chair, slamming it backward in anger. She was right. It was not fair that Munro had everything and he hadn't a pot to piss in. " 'Tis nae fair, nae right, but short of killing the bastard, I am stuck." He gave her a push. "And ye are stuck with me now!"

Rosalyn gave a cry as she fell.

Immediately feeling guilty, Cerdic reached her side and caught her in his arms. "I am sorry, my love. 'Struth I am. I just lost my temper. I nae meant it, nae meant to say that about Munro."

She stared at him, a strange look on her face that appeared to be a mixture of fear and excitement. "Ye've a right to be angry." She slid her arms upward over his chest to his shoulders. "Just nae hurt me, my love. I'll do what ye ask. I willnae fight ye."

He realized then she was sexually excited by his outburst. Her excitement fueled his. He turned her in his arms and roughly pushed her backward so she leaned against the table.

"Cerdic," she simpered, pressing kisses to his neck.

He lifted her skirts, raised his own plaid, and thrust savagely into her, right there at his brother's dining table.

Rosalyn cried out in pain . . . whimpered with pleasure.

Cerdic squeezed his eyes shut as he rammed into her again. God's bones, he loved this woman. He would do anything for her. Anything at all.

Elen slowly climbed the stairs to her chamber, her feet feeling as if they were hewn of iron. She was cold, damp, and tired beyond reason. The day had turned out to be a long one. She had ridden westward with three of her clansmen to speak with the tenants who had been attacked by the reavers. Their small thatch barn had been burned and their livestock taken.

From there, Elen and her men had ridden farther west, hoping to pick up a trail. But the reavers had been clever, and the newly fallen snow had covered whatever tracks they might have left.

Elen and her men had visited several other tenants on the far reaches of her property and warned them of the reavers. Their ride home was long and cold, made longer and more miserable by the falling snow and dim visibility. By the time she arrived home, the hearth in the great hall had been banked. A servant informed her Lord Rancoff had retired to their chamber, and there was a meal and a hot caudle waiting for her.

Elen didn't know why, but as she climbed the cold stairwell, she was annoyed by Munro's evening arrangements. Just because they were wed did not mean he could make decisions for her or change her habits. She did not take her evening meal in her chamber; she took it in the hall with her men, just as her father had. That Munro had been thoughtful in arranging a meal made her feel no better. Perhaps he was simply attempting to be controlling, rather than thoughtful.

She entered her room to find Munro seated at her father's small writing table. He appeared to be penning a letter. The moment she walked in, he was on his feet.

"Good evening," he said warmly.

" 'Tis not," she grumbled.

He removed her damp hare mantle from her shoulders. " 'Tis late. I was concerned. I had expected ye home sooner."

He *was* trying to control her. "The ride was long," she snapped. "We found a few tracks, and I wanted to attempt to trace the reavers." She sat on the edge of the bed to pull off her boots. "I think we should get this straight between us now, Munro." She met his gaze.

"My father rode these lands, and I will ride them." She raised her voice defensively. "And I willnae be kept home tied to a spinning wheel. Ye wanted me as your wife. Now you have me, but ye must take me as I am."

He stood in front of her, his hands planted on his hips. "Are ye done?"

She paused. "What?"

"Are ye done with your wee temper tantrum?" He crouched in front of her and grabbed the heel of one of her wet, muddy deer-hide boots.

She narrowed her eyes and crossed her arms over her chest. "I am nae having a temper tantrum. Adult women nae have temper tantrums. Children have temper tantrums. Rosalyn has temper tantrums."

He yanked off one of her boots. "Ye sound like her."

She swung her foot to kick him, but he feinted left and she missed. He grabbed her other boot and tugged none too gently.

"I was just wondering," he said calmly, "if we were going to argue like this every night before we make love."

"We are nae making—" she bit off her words. "I amna doing *that* with ye tonight, so ye might as well get it out of your wee brain."

"Aye, ye are going to do that with me and, worse, ye are going to like it. We both are." He grasped her stockinged foot and massaged the ball.

It felt so good that Elen could have lain back on the bed. She had to fight to maintain her anger, and pointedly reversed the conversation. "Ye cannae brush this matter under the bed, Munro. I mean what I say. I willnae be controlled by ye! By any mon. I care not what the king says. Dunblane is mine, and I will run her as I see fit."

He rubbed the arch of her foot and she had to stifle a moan of pleasure.

"I have nae desire to control ye, Elen. Who said anything about control? I merely said I was concerned for ye. For your welfare. For your health. A tired wife isnae nearly as entertaining between the sheets as a well-rested one." He grinned devilishly.

She pushed his shoulder with her other foot, furious he should reduce her to the level of a bedmate and nothing more. Was that all he saw in her—a warm body, quickly brought to fire? Then she realized he was kidding her, trying to get a rise out of her. "Oh, ye have the wit tonight, m'lord."

He laughed, but then his angled face sobered. "Ye are going to have to learn to trust me, Elen. We are going to have to learn to trust each other. I am a mon who speaks his mind. I mean what I say and I say what I mean. Ye need not fear what underlying meaning my words hold." He peeled off one of her stockings and then the other.

She watched him carefully in the flickering light of the fire and the candles that burned in the bedchamber. Once again, he sounded sincere. Begrudgingly, she acknowledged she needed to take his words into account for the good of the keep, if not for her own good.

" 'Tis just that this will be difficult for me," she said, her tone softer.

He continued to rub her feet, seeming to rub the anger and tension from every muscle in her body as his fingers manipulated her flesh.

"I am nae used to answering to anyone, to anything but my duty," she continued. "Even when my father was alive, even in my aunt's house when my father was away, I had my own duties. To answer to a husband . . ." She let her words drift in the chamber.

"I think it is not so much that a husband and wife should answer to each other as that each should be concerned for the other. Protective of each other." He spoke slowly, softly, sounding like a man much older than his years. And much wiser. "Do ye nae see, Elen? I watched the time today nae because I wanted ye here where I could keep an eye on ye, but because I wanted to be with ye."

She met his gaze and was surprised that moisture had gathered in the corners of her eyes. "No one has ever said they wanted to be with me before," she murmured.

Munro released her foot and rose to sit beside her on the bed. He wrapped one arm around her shoulder, his warmth radiating to her bones.

"If only ye could lean on me just a wee bit," he said quietly. "Yield as I will have to yield to be a good husband. I could make ye a happy woman."

She rested her head on his shoulder. As much as she hated to admit it, what he said made sense. Her father had always said that relationships meant give and take, that selfishness served no one.

"I can make no promises," she said, turning her face to his. "I cannae tell ye I can change who I am inside." She brushed her fingertips over her breast. "But I can tell ye I can try to make this marriage work, to make the best of it."

He smiled tenderly and brushed a wisp of hair off her temple. "I can ask no more of ye . . . at least for now." He kissed her temple. "Now, something to eat for ye and then to sleep. We have had a great deal of excitement these days, and my bones ache for that feather tick."

She ran one hand over his thigh, feeling the corded muscle beneath the wool of his plaid. "If ye wished to exercise your husbandly duty, I wouldnae be opposed."

He chuckled as he got up to retrieve the bread and cheese and hot drink Alexi had left for her. "No, thank ye. I have changed my mind. I like my wives well rested. 'Twill be plenty of time for that. A lifetime."

A short time later, Elen lay nestled in her bed beneath the wool blankets in the crook of Munro's arm. As she drifted off to sleep, she listened to the sound of his quiet breathing and thought about his words. He said if she could just learn to trust him, depend on him, yield to him on some level, he could make her happy. Elen wanted to be happy. The only question was, could she yield to him?

Twenty-two

"May I ask ye about the headaches?" Munro lay crosswise on the bed, his head resting on Elen's lap. He wasn't certain what kinds of questions he wanted to ask her. Was the pain always the same? Did the headaches always last the same number of hours? He wanted to talk to her about it not just because he was curious, but so she realized he cared. He wanted to be part of her life in every way he could.

She brushed his hair from his forehead in a caress that touched him deep inside in a way physical contact with other women never had. Elen had not yet actually said she loved him, but he had a feeling it was a matter of pride and that it would come in time.

"Ye may not," she said sweetly.

They were still lying drowsily in bed, though the sun had long been up. Her headache had lasted almost two and a half days this time, and she had not risen from her bed until early last evening. They had shared a meal of soup and bread, and then she had turned in again.

Munro was relieved that the headache had once again passed and that she seemed none the worse for it. But he was still concerned about her well-being, and he was frustrated because there seemed to be nothing she could do about her ailment but endure, nothing he could do but sit by and wait for the pain to pass.

In the two weeks and some odd days since their sudden marriage, Munro and Elen had settled into some semblance of a routine. Most days they separated after breaking the fast. He rode to Rancoff to see to his duties, while she remained at Dunblane and saw to hers. They met in the evening for a meal in the hall with her clansmen, or ate alone in their chamber.

Most nights they made love. Some nights she came to him with inviting arms as she had the night they were wed. Other nights she had to be coaxed. But no matter what disagreement they had met with during the day, she seemed to welcome his attentions once they were alone in their chamber again.

Munro and Elen were still treading lightly in this new territory called marriage, but she seemed to be reasonably content. And he . . . he was optimistically delighted. With each day that passed, he learned more about this woman with whom he shared his bed and became more convinced he had done the right thing in wedding her. He and Elen were, indeed, compatible, and though she could be stubborn, she was also insightful, thoughtful, and truly helpful to him in running his lands. She had far more energy than his brother and possessed an interest in his life and in Rancoff that Cerdic had never expressed.

Munro took a deep breath, planning his strategy with Elen. He never knew for certain what would be the best way to deal with her. Sometimes when he asked her questions or made requests, he was forced to retreat. Other times he could push her. The woman was indeed a test of his patience . . . and perhaps of his love.

"Why can I nae ask?"

"Well, ye may ask, but I'll not answer." She smiled, looking down at him. "Do ye prefer that response?"

He groaned. "Ye are obstinate."

She slid away from him and climbed out of bed to

dress. "I simply nae wish to go over and over what ye already know. Rosalyn said she gave ye the sad tale. There is naught else to know, and I would prefer ye nae dwell upon it. 'Tis naught to be concerned with."

He rolled onto his stomach to prop himself on his elbows, and the woolen blanket fell away. The chilly morning air was cold on his naked body. "Naught to be concerned with! I watched ye lie in bed for more than two days too ill to lift your head."

The moment the words were out of his mouth, he knew he should not have spoken them. She did not like to be reminded of how debilitating the headaches were.

Elen turned away from him, the warmth of their earlier intimacy washing away like an icy rainfall.

He considered letting the matter drop as he had several times in the past. But she was his wife, and he felt the better they knew each other, the better chance their marriage had of being a happy one. "Ye know, I nae see your illness as a weakness in your character."

She narrowed her eyes until they were two green slits. " 'Tis good to know," she said sarcastically as she yanked on a saffron shirt.

He watched her wrap a Dunblane plaid around her waist and up over her shoulder. "If I suffered those headaches, would ye think me any less a man?"

She grabbed a pair of wool short hose off the clothing chest, where he had placed them two days previously. Becoming a wife had not made her suddenly tidy, but Munro had discovered that he didn't mind picking up after her nearly as much as he thought he might. And she did seem to be making an attempt to keep the great hall and the bedchamber they shared cleaner.

" 'Tis nae the same thing and ye know it," she snapped, stuffing a bare foot into her short hose.

He frowned. "Why not?"

"Ye know well why. I am a woman and ye are a mon.

Men nae bleed." She yanked on the other stocking. "The headache is as much a curse as the bleeding."

" 'Tis nae a curse," he argued. "That is nonsense."

She lifted a brow. "So now ye argue with the Holy Bible? The words are plain in the book of Genesis."

He scowled and climbed out of bed to dress, cold without her wrapped in the blankets beside her. "Ye twist my words."

"I nae wish to discuss this, Munro. The headache has passed for another month and I've work to do. Don't ye?"

He stood a moment in indecision and then chose to let the subject drop. "I nae know if ye recall my telling ye, but those damned reavers hit Rancoff land two nights ago whilst ye were ill. A tenant's home was partially burned. His barn is a pile of cinders, his livestock gone." He picked up his shirt and dropped it over his head. Elen relaxed visibly before his eyes, apparently relieved he had let the headache subject drop. "I intend to ride west with my men. When Donald and I talked last night, we came up with some possibilities as to where they might be hiding, for they must surely be near."

"Take some of my men with ye if ye like." She stepped into her boots. "If I nae had that portion of the wall to deal with today, I'd go with ye."

If any other woman had made such a suggestion, he would have laughed. But not at this woman, not at his wife. He knew damned well she could stand up to any reavers, and if she met with them, it was the reavers who would be in trouble.

"Ye said the wall might need repair."

"Repair?" She gave a grunt as she walked to the window and took her hairbrush from the window seat. "An entire section must be replaced where the mortar has grown soft and mealy. If the winter is bad and the snow is heavy, part of it could come down. Someone could be injured."

He watched her brush out her golden red hair that reached to her waist and wished they could linger longer in the peacefulness of their bedchamber. But they had two keeps to run and hundreds of men, women, and children depending on them. "I can help later in the week if ye need me."

She nodded. "Perhaps."

She was still hesitant to let him participate in the workings of Dunblane, but he had a feeling he simply needed to give her time. Though he and Finley avoided each other as much as possible, he and gruff old Donald were fast becoming friends.

"I still wait for word from Robert on his daughter. I may have to ride to meet her retinue." Munro sighed in both frustration and impatience. He had not felt he could refuse Robert after what he'd done for him.

Having a king in debt to them was no poor trade for dealing with an unwanted lass. And he liked the idea of having another lady here with Elen. Even better was the notion of someone to care for the children he hoped he and his wife would be blessed with. Elen was not as enthusiastic about the girl coming, but had agreed that they were stuck with her. Those who deny the requests of a king soon find themselves his enemy.

Elen tied back her hair with a bit of leather, looping the long tail up so that it would not get in her way. "Or I can go for her, if ye haven't the time. He said she lives beyond the Grampians. He'll have to hurry if he's to get her here ere winter truly hits."

Munro wrapped a plaid around his waist, then stood before her. She set down her brush on the window seat and met his gaze.

"I am glad ye are feeling better," he said quietly.

"I'm glad ye were here," she said even more softly, letting her gaze fall. "It nae seemed so long this time,

I think because ye were beside me." She lifted her gaze again. "As ye were last month."

He raised a brow. "I nae know what ye speak of," he said innocently.

She gave him a look that spoke of disbelief. "Ye are a poor liar, Munro Forrest, and ye ought to count yourself lucky one of my men didnae run you through on the stairway."

He leaned forward to kiss her. "I am a lucky man, I will give ye that." He kissed her again. "Have a good day. Build that wall tall and strong."

"Build." She walked toward the door. "There will be nae building today. It will take days to get the stone down before we can begin to mortar again." She waved. "Be careful today."

He watched her go through the door. "Always am, my love. Always am."

Munro and a group of five men rode through the underbrush along a mountain ridge on the southwestern edge of the Rancoff border. Three men had accompanied him from his keep, including his steward's boy, Robert. The two brothers, Banoff and John, came from Dunblane.

For nearly a week, they had been riding Rancoff and Dunblane land looking for signs of the reavers. This morning they had gotten lucky. Munro and the men had spoken to tenants here in the foothills, who said they had heard drunken laughter the previous night and had suspected the reavers were camped nearby.

Munro and his men followed a deer trail that had been traveled upon by men on horseback since the last snow four days ago. They rode cautiously, keeping an eye out for anything out of the ordinary. The going had been slow on the narrow, snow-laden path, but now they wove upward into the mountains.

Munro glanced at young Robert who was riding his pony in line behind him. The lad was obviously thrilled to have been asked to accompany his laird, and anxious to actually set eyes upon the reavers. Munro had warned Robert that should they come upon the reavers, he was to fall back, riding for help if it became necessary. Though the boy carried a bow and arrow and a long-bladed knife, he was not to engage, should there be any fighting. In Munro's eyes, at this age boys needed to observe rather than participate. He realized there was risk for the boy, of course, but he wanted to minimize that risk until the lad had a little more experience.

Robert grinned at Munro. " 'Tis their tracks, aye, m'lord?" he asked excitedly. "We'll catch them for certain and hang them by their black necks."

Munro had the king's authority to deal with the reavers when they were caught, but he did not relish that duty. He had seen too many men die on the battlefield, in accidents, and in the name of justice served. He understood the need to punish criminals, to make an example of them. He understood his duty to protect his people and now Dunblane's, but that made his duty no easier to fulfill. Rightfully dead was still dead, and Munro wondered if the souls of the men he had killed and seen killed would not be hanging around his neck on the day he met St. Peter. It was a serious question he tried not to contemplate too often.

"Chances are we will not come upon them today," Munro patiently explained to Robert. "Right now, we try to figure out where they are hiding, what paths they are using regularly. We can bring more men and set up a trap. That is the safest way to deal with thieves like these."

"But how fast can they ride with all them sheep and goats and sech?" Robert asked.

"I warrant ye they're keeping them somewhere nearby, selling them off to other thieves as quickly as possible—probably in Aberdeen, where no one asks where men get their livestock."

Munro, who was taking his turn at riding point, ducked beneath a branch laden heavily with snow. He held it back for Robert, and the lad caught it and urged his mount forward so his pony's shoulder was at Munro's pony's rump.

Robert gave a startled cry of pain just as Munro turned his head to release the branch into the boy's hand. The boy's spotted pony shied and slid on the icy path. The men behind Robert called out in alarm as they halted their mounts.

Munro urged his pony backward, pushing past the snowy branch. Snow dumped onto his lap, onto his pony, and onto the lad. "Robert!" he called.

"My lord," the young man whimpered.

"What has—" Munro cut his sentence short.

The boy had remained mounted and managed to pull his frightened pony to a halt. He gripped his upper right arm, where an arrow protruded from it. Blood ran down the sleeve of his tunic and pooled on the snow that had fallen on his mantle.

"Quickly," Munro shouted to the others. "Find where that arrow came from. It must be from the right." He regarded the dense brush in frustration. "Leave your mounts if ye must."

Rancoff's two men crashed into the woods, still on their ponies, while Dunblane's brothers dismounted, taking their weapons with them.

"Ye want I should stay here with ye, m'lord?" Banoff shouted.

Munro gave a wave. He had already dismounted and was catching the lad's pony's reins.

"Nay. Go on. My guess is the coward has already ridden off."

Munro turned his attention back to the boy. Robert's

face was as white as the snow that had fallen on him from the tree branches, and he clutched at his injury.

"Rob," Munro said gently, " 'tis not a bad wound." He ran a gloved hand over the boy's knee to soothe him while playing down the severity of the wound. "Ye will be fine."

Robert was trying hard not to cry. " 'Tis a lot of blood." His voice trembled as he swayed in his saddle.

In the distance, Munro's men crashed through the trees, shouting to each other. Apparently they had found something.

Munro kept his gaze locked with the lad's. It truly was not a serious wound, but he knew that in this cold he needed to keep the boy calm, awake, and coherent. He brushed the snow off him, taking some of the crimson blood with it, and thinking the snow made it look worse.

"I am going to take a quick look," Munro said, still holding the lad's frightened, dark-eyed gaze. "I am nae going to touch it. Just a wee peek."

Robert swallowed and nodded.

Slowly releasing his pony's reins, Munro took the boy's arm. The arrow had carried straight through and the iron point protruded beneath near his armpit. The point had been sharpened recently and carefully. It had been meant to kill.

"Your mother will be sore angry," Munro teased as he tried to decide whether to leave the arrow in until they arrived home, or to take it out now. "The arrow went clean through your mantle. 'Twill have to be patched."

Robert managed the barest smile. His eyes were rimmed in red and wet with moisture, but not a single tear fell. "I think ye should tell her, m'lord, else I will be hauling water for weeks."

Munro chuckled. He was certain he could remove the arrow easily by breaking it and pulling it from the back of his arm where the tip had come through, but this type of wound could be tricky. If it bled heavily, the boy could pass out. It would be faster to get him home if he rode on his own.

"Are . . . are ye going to yank it out the way it come?" Robert asked, trying not to sound as frightened as he obviously was.

Munro shook his head. "I think I will break it off here." He pointed to the shaft a finger's length from where it entered the boy's upper arm. The bleeding was already tapering off. "And when we reach the keep, your father can remove the remainder through the back." He wrinkled his nose. " 'Twillna take but a moment and 'twill barely hurt."

"I nae care about the pain, m'lord. I only hope it does not fester. My uncle died of an arrow wound to his arm."

"Battle is different, lad. The air is filled with bad humors that work into a man's blood. A wound cared for in your own keep rarely gives a moment's trouble." Munro tousled Robert's shock of red hair. "You'll be fine."

Munro could hear men approaching from the trees. John and Banoff appeared. "One man," Banoff declared, grabbing his pony's reins and leaping into his saddle. "Found a place where the reavers must have been camping. Guess they don't want us raining on their fair day."

"Where did Charles and Ethan go?"

"They said they would follow the archer's path. Not to wait, but get the lad back. They will meet up with us on the path below or back at Rancoff."

John mounted his horse as he eyed Robert. " 'Tis not bad, I take it."

Munro made a face. "Nay." He looked back to Robert. He would have preferred to have ridden with his men after the archer, but he could not leave his steward's son with the other men. It was his duty to see the boy home himself. "Let me break off the shaft so ye will be more comfortable to ride home, all right?" He did not ask the boy if he could ride, hoping to give the lad confidence in himself.

Robert nodded, his fear again shadowing his eyes.

Munro pulled his dirk from its sheath at his waist and cut off the corner of his wool mantle. He would use it to stanch the blood.

"Hold steady." Munro clasped the arrow's shaft and grasped the end. He counted to three and then used all his strength to snap it off quickly and cleanly.

Robert gave a little moan and swayed in his saddle as Munro quickly pressed the bit of fabric to the entry wound that had begun to ooze blood again.

"Are ye all right?" Munro asked quietly, holding the cloth down with even pressure. "If ye need to ride behind me, 'twouldnae—"

"I am all right." Robert was pale, but had his wits about him. He would be able to ride.

Munro nodded. "We ride down the way we came. Across the meadows, over the ridge." He wiped away the last of the blood and patted Robert's leg. " 'Tis less than a two-hour ride home." Confident the bleeding had stopped, he grabbed his pony, which waited patiently on the path.

"Lead on, John," Munro called. "We'll ride with the boy between us. Banoff, take the rear."

"Aye, m'lord."

Munro jumped easily into his saddle and pushed past his steward's son, anger bubbling inside him. What kind of men shot at lads not old enough to use a razor and then rode off like cowardly curs? Perhaps he would not mind hanging these reavers after all.

Twenty-three

"Ye didnae have to come," Munro said, settling on the edge of his chair at the table in Rancoff's hall.

He and his search party had made it back to the keep in less than two hours. The lad had ridden all the way home on his own pony and was now tucked in a bed on his mother's hearth, the arrow removed and his arm bandaged. His mother and father had declared their son would be fine. Elen had taken a look at the wound and deemed it clean and well bandaged. Munro knew the lad would be up and about, good as new, in a few days, and yet he still felt guilty.

"I know." Elen knelt in front of him, grabbed the heel of his wet boot, and pulled. "I came because I wished to. The poultice I brought will speed up the healing."

With a sigh, Munro met her gaze. "If ye wish to return to Dunblane, I can escort ye. With the reavers about, I didnae think any of us should be traveling alone. Especially in the dark."

"Finley can manage one night." She pulled off his other boot. "I'll sleep here and return in the morning."

Munro watched her as she set his muddy, wet boots aside and rolled down his wet hose. Her thick tail of hair fell over her shoulder to frame her face. By the light of the candles, she was a sight of beauty and strength. He was glad to have her here.

"Ye are certain the wound won't fester?" he worried aloud.

"As certain as one can be." She tossed his hose aside and got to her feet. "Ye brought him home immediately, and the arrow came out clean." She pushed back her hair. "He will be all right, Munro. Now ye must eat."

He shook his head. "I'm nae hungry."

She reached for the bowl of soup that had been placed on the table by one of his servants and slid it in front of him. "Eat."

He pushed away the bowl. "I am nae hungry."

She slid it back before him again. "Ye will have to ride again tomorrow. If ye nae eat, ye will fall from your saddle, and then your men will have to truss ye like a stag and bring ye home."

He chuckled and reached for a spoon. "Ye've a way with words, wife."

She sat on the edge of the bench beside him, tore a piece of bread from a loaf, and handed it to him. "I am being practical, as ye must be. Ye are nae responsible for the lad's injury."

He gave a humorless laugh. "I took him with me."

"As is your duty to his father . . . to him. How else will the lad become a mon if he doesnae do a mon's job?"

What she said was true. He had taken all of the proper precautions, but accidents happened. Munro knew that. Men died in hunting accidents; their boats overturned while they fished. For heaven's sake, men caught chills and died.

He still couldn't shake the guilt.

"I simply nae understand why they would shoot at the boy rather than one of us." He dipped his bread in the fish soup and took a bite.

"They were probably nae taking aim at all." She poured ale from a pitcher into his cup. "Just trying to scare ye off. Maybe create a diversion so others could make their escape."

Munro shook his head. "My men combed that forest. Other than the signs someone had camped there recently, there were no other signs of men but for a single rider."

She shrugged. "They are reavers. Outlaws, either English or Scots. Addlepates. Who knows why they do what they do? *They* probably dinnae know why." She tore off another piece of brown bread for him. "Now finish eating and let us go to bed. On the morning 'twill be easier to think logically about this."

"I have to find them. Someone is going to die."

She met his gaze. "We will find the reavers, and they will get their just reward."

He watched the way the firelight from the hearth played across her face. Elen was being so pleasant this evening, serving him, saying and doing all the right things. Tonight he felt cared for—even loved—and he liked the feeling.

The door behind them opened, and Munro glanced over his shoulder to see Rosalyn bustle in, her cheeks rosy from the cold. She left a trail of snow behind her as she shook out her mantle without consideration for who would clean up the puddles.

Munro turned back to his fish soup.

"Where have ye been?" Elen asked her sister with a frown.

"Where have I been? Where have ye been?" She snapped back. "I rode all the way to Dunblane in this lousy weather, and ye werenae there." She flung her rabbit hair mantle over the chair at the end of the table and thrust out her hands to the warmth of the fire.

"Munro sent word he wouldnae be returning home.

The steward's son, Robert, was wounded whilst riding with the men in search of the reavers. I came to help."

Rosalyn presented her back to them. "Well, I suppose I missed ye."

Munro took notice that Rosalyn did not ask how Robert was, and he knew she did not care.

Again, Elen frowned. He could tell by the way she looked at her sister she had noticed, too.

"I nae know how ye missed me," Elen snapped back.

Rosalyn threw her hands into the air, her voice shrill. "Well, there is more than one path between here and Dunblane, sister."

Munro sopped up more soup with the bread, having no intention of getting between the women.

"I suppose the two of ye will be staying the night, being 'tis so late," Rosalyn said irritably.

It was his damned castle. Elen was his wife, and therefore it was hers, too, and they could stay every night until the Second Coming if they wished, but he held his tongue. He did not have the energy to argue with his brother's shrewish wife tonight. All he wanted was to finish his meal in peace and climb into bed with Elen.

Munro fought a smile of amusement as Elen's eyes narrowed dangerously. "Aye, I will stay tonight and mayhap tomorrow night if my husband so wishes. See that there is hot food for the laird for the morning meal, will ye, sister dear?"

Rosalyn grabbed her mantle and exited through the far door in a huff.

Munro chuckled as the door slammed behind her. "Methinks your sister prefers I remain at Dunblane."

"Just so she can pretend this keep is hers," Elen answered tartly. "No doubt when ye are gone, she pretends she is queen and orders the servants about." She met his gaze. "More soup?"

He shook his head as he rose from his chair and reached for her hand. "Nae." He led her toward the door. "I want nae more tonight . . . naught but ye if . . ." He tried to think of the best way to ask if she was still bleeding. He didn't yet know how husbands and wives handled such matters.

She squeezed his hand. "My cycle is complete," she said, smiling, "if that is what ye ask."

"That is what I ask. Now come to my bed, wife, and let me ravage ye."

As he pulled her along, she indicated his boots and hose they'd left behind. "They'll grow stiff if they're nae cleaned tonight," she said halfheartedly. She was anxious to make love, too. He could hear it in her throaty voice.

He squeezed her hand. "Come with me, wife. I know of other things that grow stiff."

She laughed huskily, and despite his present concerns, Munro thought himself a lucky man. His Elen was coming around to the thought of being his wife. In good time, all would be well between them.

Elen had already ordered that the fire be stoked on the hearth in the master bedchamber and that a heated wine caudle be left for them. The room was warm and smelled faintly of cinnamon from herbs tossed on the fire.

Elen had debated whether or not to come to Rancoff when she received word from Munro that Robert had been injured and that he would be remaining at the keep to watch over the boy. Her first thought was to send word back to take his time in returning to Dunblane.

But, being truthful with herself, she realized she wanted him with her—at least at night. And if he could not come to her, she wanted to go to him. She was also concerned for the lad; she liked Robert and respected the loyalty he had shown for his laird when she had held Munro captive. Now that she was here at Rancoff Castle, she was glad she had come.

Inside the bedchamber, she walked to the tall, deep window to gaze out into the darkness. Munro came up behind her and lifted her hair off the back of her neck. He kissed her nape and she sighed with pleasure.

"I missed ye today," he whispered. "Wished ye had been with me when we were attacked. 'Twas the strangest thing, but I kept wishing ye were there to turn to. To ask your advice."

Her eyes drifted shut as he wrapped one arm around her waist.

"Did ye miss me?" he asked.

"I am here," she said, knowing that wasn't the answer he was looking for. She was trying hard, she truly was, but she simply was not ready to make the emotional commitment that he was. Not ready yet, but getting closer.

His hand spanned the flat of her stomach, and she felt the heat of his touch through the wool of the plaid she wore pinned around her waist. She leaned against him, reveling in the hardness of his form. He was like a wall around a keep, only warm, pliable. She rested her head against his shoulder as he slowly, leisurely planted a row of kisses around her neck.

"Ye did miss me," he teased, letting her hair fall over her shoulder so he could bring his hand around to cup one breast.

"I missed ye," she whispered. "I wished ye had come home for a midday meal as ye did last week."

He chuckled. "Ye are insatiable, wife. A brazen Jezebel."

She turned in his arms to face him. When they were alone together like this, she felt so strange. So vulnerable in some ways, less in others. Being alone like this with him gave her a newfound strength, a new confidence in herself when she next passed through the door into the outside world. He was giving her so much that she wished she could let go just a little more. Every day he told her he loved her. She wanted to be able to say the same to him, to say it and to mean it.

"Is that bad?" she asked, brushing her lips against his, looking up at him through her lashes. "To want my husband in this way?"

"Nay," he hushed. " 'Tis never wrong to desire your spouse. 'Tis the way God wanted it, I think."

Their mouths met again and she parted her lips, welcoming his tongue. She had not lied when she told him she had thought of him today, wished he had come home. It was shameless how much time she spent thinking about Munro—thinking about kissing him, touching him, being touched.

Elen took a step back and met with the windowsill.

" 'Tis hot in here, do ye nae think?" Munro muttered. He kissed her cheek, her chin, her ear, as he found and released the clasp that held her plaid around her waist.

She chuckled as the wool fell to her feet and his hand found her bare thigh. "My boots. I cannae make love with my boots on, m'lord."

"Nay?" He lifted his head to meet her gaze, his blue eyes hooded with desire for her. "Then allow me to right this wrong."

Munro grasped her at her hips and lifted her up, setting her on the windowsill that was as deep as the castle wall was wide. " 'Tis cold," she murmured.

He grabbed her plaid off the floor. "Lift up."

"What?"

"Do as I say, wench. Lift your bottom."

She pressed the heels of her hands to the stone ledge

and lifted her body. He slid the wool beneath her and she sat again.

"Better?" he asked.

"Better."

Munro removed her boots and then her hose so she wore nothing but a man's shirt that had once been her father's. "Off with it," he commanded.

"I will be cold." Even as she protested, she lifted her arms high for him so he could slip the shirt off.

"And what of your clothes?" she asked.

"Ye want those off, too?"

She nodded ever so slightly, her gaze locked with his. It was cold sitting in the window, but the warmth of excitement made her shiver. She watched as he took a step back from her and slowly removed his shirt to reveal his bare chest, all sinew and muscle. She knew every inch of his body now, and yet it was still a wonder to her.

"This, too?" he teased, his hand resting on the waistband of his plaid.

She gave a slow nod. She could already see his desire for her, hard and bulging beneath the wool. She wet her upper lip with the tip of her tongue as she watched him release the last of the barriers between them.

Elen had always thought a man's parts were rather ugly and impractical in the way they were so vulnerable in an aroused state. But in her eyes, there was nothing ugly about Munro's body. Just the sight of him warm and hard brought a dampness between her legs.

She *was* a brazen Jezebel, and she didn't care.

She held out her arms to him, and when he came to her, she held him tightly. She did love him. She loved him. She just needed to find the courage to tell him so.

"Elen, Elen," he murmured.

She ran her hands over his back, and he bent over and lifted her breast, took her nipple between his lips.

She moaned as he suckled. Her fingers found his thick hair that was growing out, becoming curly. The curls wrapped around her fingers and she pulled closer. She was already throbbing, pulsing for him. She ran a hand over his chest, over his stomach . . . lower.

Munro groaned with pleasure. She loved the sound he made. She loved the power she held over him when she stroked him like this.

They kissed and touched. Touched and kissed. She wrapped her legs around his waist and discovered the window seat was just the right height.

He slid into her and she rocked back, overcome by the pleasure of the feel of him deep inside her, overcome by her feelings for him. "Munro," she cried, wrapping her arms and legs tighter around him as he thrust into her.

"Elen." He cradled her in his arms, pulling her against his bare chest so she could feel his heart pounding against her breast. She could hear his moans of pleasure in her ear.

All too soon, the moment was over, bursting in a shower of white-hot light and twinkling stars. Exquisite pleasure surged through her body as her muscles contracted and relaxed. She hung onto him, her arms flung over his back, overwhelmed by the feelings she had for this man.

She wanted to say those three words and yet . . . yet they would not come to the tip of her tongue.

Perhaps tomorrow, she thought drowsily as he lifted her from the window seat to carry her to the bed. Perhaps tomorrow.

* * *

"I nae understand," Cerdic said, lying on his back in the darkness.

"What is there to understand?" Rosalyn jerked at the wool blankets and furs piled on their bed so they reached the tip of her nose. "I nae want to."

He stared at her in the darkness, but could not make out her face. "But ye always want to." He reached out hesitantly to rest his hand on her. "What is wrong, love?"

She exhaled impatiently. "Does anything have to be wrong? I simply nae want ye pawing all over me tonight. 'Twas a nasty ride home from Dunblane, and I am tired and want to go to sleep."

He pulled his hand away and lay back. "All right. Ye get your rest. I must rise early tomorrow and ride with my brother, but I will be certain I nae wake ye. I'll be quiet as a mouse."

She shot upright in the bed. "Ye ride with him?"

He glanced at her, thinking she was behaving strangely even for Rosalyn. "Aye. He asked me to ride with him."

"But 'tis dangerous."

"Of course 'tis dangerous," he said, irritated with her. "Which is why these reavers have to be caught. Ye know they shot the steward's lad today. Someone could have been killed. My brother could have been killed, Rosalyn."

She flopped onto her back again. " 'Twould serve him right if someone did pierce his greedy heart with an arrow. Then ye would be the laird of Rancoff." She giggled and leaned toward him. "And of Dunblane, for that matter."

"What do ye speak of? 'Tis nonsense and ill luck to even say such a thing." He crossed himself. "Nae say such a thing again."

She leaned over him, bringing her face close to his.

"I nae care what game my sister plays in her keep. The Earl of Rancoff, your brother, is now laird of Dunblane. If the reavers killed him, ye would be laird to it all—and I would be the laird's wife."

He gave her a push. Just the thought of something happening to Munro made him sick to his stomach. He loved his brother. Just because Munro made him angry, made him feel like a failure sometimes, didn't mean he didn't love him. He would be lost without him. "I said I willnae hear such talk." He pulled on his pillow and rolled away from her. "No one is going to kill my brother. Now go to sleep."

She lay down again. "Of course no one is going to kill your brother. I simply remind ye of your responsibilities. To Rancoff. To your brother. If he died, it would be your duty to see his wife was well cared for, as well as the keep he took with her dowry."

"Rosalyn," Cerdic said firmly. "I said that will be enough of that talk. I willnae have it from ye." He closed his eyes. "Now good night."

"Good night," she answered softly.

Twenty-four

"So there has been no sign of the reavers?" Elen questioned, running a brush through her hair. A fortnight had passed since Robert's injury. Munro and his men had been searching high and low for the outlaws, but so far, they had not been located. Fortunately, no tenants on Dunblane or Rancoff land had been attacked since the house burning. " 'Tis odd, don't ye think?"

"We've found naught but a few cold campfires and some carcasses from the cattle they slaughtered for the best meats." Munro sat on a stool by the bed and slipped into his boots. "And there is word that the devils hit well south of here three days ago."

Already dressed for the day, she turned from the window, tying her hair back in a long green ribbon. In the past two weeks, things had been good between them. Somehow, going to him that night at Rancoff had changed her. Elen was beginning to feel more comfortable with the idea of being a wife—Munro's wife. More comfortable with forging a relationship that might be different than that of most husbands and wives, but acceptable to them both.

"So will ye go out in search of them again?"

He shook his head. "I see no reason. My guess is they have moved further south for warmer weather. I have doubled the patrols on Rancoff land, as ye have here. I see no reason to continue the hunt."

"Makes sense to me." She tossed a mantle over her back and pinned it at her shoulder. The wool wrap was green and burgundy, Clan Forrest colors. "Which means ye could help with this wall." She met his gaze, lifting her shoulder uncertainly. "If ye've the time, of course."

He rose from the stool. "If I've the time?" He dropped a hand on her shoulder and pressed a kiss to her temple. "For ye, my love, I would lift the stones upon my shoulder myself if ye asked."

She laughed. "And put your back out so ye will be no good to me in my bed? I think not." She wrinkled her nose, enjoying this easy banter with him. "If ye could simply direct the placement of the stones today, 'twould suffice."

"And where will ye be?" He followed her out the door and down the steps.

"I promised Robert I would check on him this morning. He is itching to get from his bed, but his mother willnae release him without my consent." She glanced over her shoulder at him. "I will return as quickly as I can, but Finley will be here to give ye aid until I return."

She did not miss his frown before she turned away. "My steward hasnae given trouble, has he?"

"No trouble."

"Well, he had better not," she said firmly, thinking of what she had caught him doing the night of the king's visit. She had had a stern talk with him the very next day. She had expressed her disappointment, her anger, and her forgiveness, then promised to let the subject drop so long as it never happened again. Since then, he had been greatly contrite with her, certainly more than Rosalyn.

"I simply think he doesnae like me," Munro said. "And never will."

"He doesnae have to like ye." She waited at the bottom of the tower for her husband, taking a moment to admire his handsome, roguish good looks. "He only has to serve ye."

Hours later, Munro stood outside the bailey wall, watching men use pulleys and levers to lift a rock the size of a calf into place. Scaffolding had been built on both sides of the wall, but all of the men on the outside were now on the ground as the boulder was raised. Others with mortar trowels ran to and fro, trying to even out the mortar as the rock was swung over and slowly lowered into place.

It was a cold December day, but the sky was clear and Munro could smell the ocean. It was days like this that he appreciated most here in the Highlands. The sky. The sunshine. Sweat on his brow from honest work. It was days like this when he wondered if heaven did not exist at all in the afterlife, if heaven was what a man made of his life here on earth.

"Easy!" Munro called, lifting both hands into the air as the rock swung dangerously close to a man's head. "Ye want to squash him like an insect?" he shouted. "Finley!" He opened his arms wide in question, as if to say, *What are ye doing? Your job is to direct these men.*

Finley muttered something Munro could not hear and probably did not care to hear. He simply wanted the job completed and safely so. He was hoping to get the job finished early enough in the day to go fishing. He did not go out often in a boat, and he missed it. As a young man here on these lands, it had been one of his favorite leisure activities. He was hoping that maybe he could even convince Elen to go with him.

The rock began to sway again, and men's hands flew as they lowered one rope while raising another. Munro shoved his sleeve up impatiently. He had already shed his mantle, but was still warm from the exertion of moving the swaying rocks this way and that to return them to the wall in their proper places.

"Someone will have to get onto the scaffolding again," Finley said from the other side of the swaying rock. "They cannae seem to get it into place."

Munro gazed at the wall, at the rock, and at the wall again. Finley was right. The men on the other side, on the scaffolding, could not yet reach the boulder to guide it. Someone needed to be up high, but he had brought the men down off this scaffolding because he thought it unsafe with the rock swinging so unsteadily on the pulleys and ropes.

"I'll go," Munro declared.

"M'lord," Finley protested. "Elen wouldnae want ye—"

Munro frowned. "She is my wife, nae my dictator." He grasped one of the poles that supported the scaffolding and leaped up onto its deck.

"Now, slowly," Munro commanded, waving his arms. "That's it. Easy. Easy, lads."

The gray granite rock moved closer to the wall and to the opening that awaited it. Munro grasped one of the ropes to swing the rock a little to the left so that it fell into place on center. "Just a wee bit more," he called, sweat breaking out on his forehead as he pulled with all his might. "Keep coming."

The pulleys squeaked and the ropes groaned as the rock eased into place. "Excellent," Munro called. "Now—"

One of the ropes snapped. The scaffolding fell from beneath him, and the boulder rushed toward him.

Munro had no idea what happened next. All he knew was that a man's life did not flash before him at the moment just prior to death. He did not think of the sins he had committed in the past, of his mistakes. He did not think of the pleasures he had experienced in life. As he fell, he thought of how angry Elen would be with him when she found out he had allowed himself to be crushed to death by a rock.

Munro threw his arms outward as if diving into a loch, as he had done as a lad. He hit the ground hard and could not tell if the terrible crash that followed was his breaking bones or the scaffolding splintering under the weight of the rock.

He lay on his stomach, arms out, his cheek pressed to the snowy, muddy ground, his eyes closed.

Men shouted and confusion broke out. Munro could hear them all talking at once. Running about.

"M-m'lord?"

Munro opened one eye to see Finley on his hands and knees beside him. The man's pitted face was as pale as the snow.

"Christ's bones," Munro muttered, raising up on his knees. "That hurt."

The workmen had all gathered around and were still talking. Now that they could see that the laird of Rancoff was in one piece, everyone hurried to tell each other what they had heard, what they had seen—how they had thought the rope wasn't safe, the scaffold wasn't strong enough.

Munro sat up and drew his knees to his chest. He was wet and muddy and bits of gravel clung to his clothes. He had gotten the wind knocked out him when he hit the ground, and he was still waiting for his breath to come more evenly. "What the hell happened?" he snapped at Finley.

The man's chin quivered. "I nae know, m'lord. It happened so fast."

"Someone bumped into the leg of the scaffold, m'lord," a man called.

"Who?" someone asked.

"Who?" cried another.

Munro gave a wave as he got to his feet. "It doesnae matter who." He winced and ran his hand over his hip where he knew he would ache tonight. " 'Twas an accident." He surveyed the damage. The scaffolding was a pile of sheared poles and split wood, with the rock resting right in the middle. At least none of the wall had been knocked down. "Let's get this cleaned up before your mistress returns home," he ordered. "Or we will all be in hot water."

"Ye are nae becoming accident prone, are ye?" Elen asked, lifting a washrag to run it over Munro's shoulder.

He groaned and lay back further in the tub. He did not usually take leisurely baths. A pan and a washrag and soap were usually sufficient for him, but when Elen had suggested that soaking in hot water might ease the pain in his aching body, he had agreed to the pampering. Now he lay in the great copper tub before the hearth in Dunblane's master bedchamber. Elen was washing his back and they were sharing a warm wine caudle. Perhaps this bathing was not such a bad idea after all.

"Nay, I am not becoming accident prone," he said. "These things happen, and ye know it."

"But a few days ago, ye tripped on the cellar steps and nearly fell to your death."

"I didnae trip. The stone was loose and the torch had gone out on the stairwell."

"And now a rock nearly falls on your pate," she teased, running the rag over his wet head. "Ye sound accident prone to me."

Water trickled over his forehead and down the bridge of his nose. "Give me that." He grabbed the rag from her hand and tossed it into the water at his feet.

She laughed as the water splashed up and over and ran down the side of the oval tub. "Well, at least the wall is now complete," she said, peering into his eyes. "And no one was hurt."

"I didnae get to go fishing, though," he grumbled.

"Fishing?"

"Aye, I wanted to go fishing whilst the weather was still good, if I could scrounge up a boat. I fear my old one has dry-rotted, it's been so long since I took her out."

She ran her hands over his wet shoulders and hugged him. "So go fishing tomorrow. There is a small boat down near my water's edge. Belongs to Bonny Joe, but he's laid up with the gout. He won't mind if ye take it, so long as ye take his family some fish."

He leaned against her and closed his eyes, luxuriating in the touch of her hands on his chest. "I say I want to go fishing, but all married men realize who dictates such matters. I can only go if my wife allows me. She is a slave driver, ye know."

She cupped water in her hand and splashed it in his face. He caught her hand and pulled her close to him over his shoulder so that a loose strand of her hair dipped into the warm bath water.

"You're getting me wet," she protested, without real protest.

"Exactly what I was thinking." He put out his arms to her. "Take off that sleeping gown and climb in with me. No need to waste all this hot water on just one bath."

She stood up, smiling. "And what will ye do with me, m'lord, if ye get me naked in the tub?" She lifted the linen gown over her head to reveal her slender, muscular body beneath.

"What will I do?" He reached out to her to steady her as she stepped into the tub, then sat back, lowering her onto his lap. Her hair was piled up on her head in a haphazardly beguiling way, her green eyes sparkling. "What do ye think I will do with ye?" he asked, holding her beneath her breasts. "Why, just what ye want me to do with ye, lass." He pulled her down onto his chest, and she laughed as water splashed onto the floor and their lips met.

Munro walked along the beach, his gear in a bag thrown over one shoulder, and gazed up at the sun. The day had turned out to be clear again, with no smell of snow in the air, but he was not setting out nearly as early in the day as he had intended. First, a mare in Dunblane's barn had somehow injured her leg. Because Munro was good with a needle and thread and because he had a way with the ponies, it was only natural that he sew her up. Finley had offered to find someone else, but Munro had reasoned it wouldn't take long.

Then a herd of cattle being brought closer to Dunblane's keep for the winter had taken leave of their senses and bolted across the peat bog, headed straight for the beach. Several men were trying to round them up and bring them back to the keep. They probably could have done without his help, but he had felt obligated when he saw the men were making little progress.

He gazed at the wet sand at his feet. Now he was on his way at last. He didn't think he would catch any fish; he just wanted to go out on the water before the winter became too harsh.

He found the boat at the water's edge just above the high tide mark, right where Elen had said it would be. It appeared old, but sturdy enough, and someone had recently added a coat of pitch to the hull. He tossed his bag and pole into the bottom of the tiny sailboat and began to drag it toward the water. Netting fish was more efficient, but that took two men, and he wasn't as interested in catching fish as in going for a short sail and getting away from his responsibilities for a time.

Munro pushed the boat off and jumped inside. He

had dressed warmly in wool and added a canvas sheet with a hole cut for his head. It would protect him from the splashing frigid water. Just off the shore, he hoisted the small rectangular sail, and the boat took off over the water.

Munro sailed straight out into the ocean with the intent of soon coming around. There was no need for him to go out far. Just beyond the jetty would be sufficient. There he could bring down the sail and, if it wasn't too rough, he could let her drift while he fished. His father had taught him to fish, and it was a pastime they had always enjoyed together.

Just beyond the jetty, out in the open ocean, Munro heard a horrific crack. The boat swayed and the mast swung toward him like a war halberd swung by an Englishman. He managed to grasp the edge of the boat and throw himself down into the bow. The canvas sails ripped, lines snapped, and the mast catapulted into the water.

Munro watched in disbelief as the mast sank off the starboard side, dragging the sails down with it.

He heard Elen's voice in his head: *Ye are nae becoming accident prone?*

Munro sat in the bottom of the boat and stared at the place where the mast had been secured in the center. Damnation. Without a mast, it was going to be a long afternoon—a long evening. And, of course, the tide was going out, dragging him with it even as he sat in the boat like a bumpkin and stared into the water where the mast had disappeared beneath the green sea.

How was he going to get in now? He peered at the shore. He could still see it, could make out the rocks where the boat had been wedged, but they were quickly growing smaller. Water splashed up over the side, and he realized the boat was breaching. He had to get it turned around or he'd soon be very wet and very cold.

Thank goodness, there was an oar in the bottom of the boat.

Munro grasped the edge of the boat to lift himself up and the entire board gave way, pushing outward. He gave a cry of shock as the plaster between the plank and the one below it crumbled. A wave swept over the edge of the boat. As it receded, it took the top plank with it.

Ye are nae becoming accident prone?

Elen's words tumbled in his head. No one could be this accident prone. Masts did not just snap off. If they did, a boat didn't then begin to fall apart.

Trying to steady himself, he rose up on his knees. Another wave tumbled over the side and the next plank began to shake. The hardened plaster between the planks, which had seemed dry and waterproof, was now wet and crumbling. Grainy . . .

Grainy?

He reached out with one finger, scooped up a bit, and brought it to his nose. He smelled pitch . . . but what was grainy? On a hunch, he brought his finger to his tongue. Immediately recognizing the taste, he spat it out. Salt. Obviously, someone had removed the nails that attached the top planks to the boat's spine and used a mixture of flour, salt, and water to glue the plank into place. The new pitch had only been brushed on to disguise the treachery.

Just then the next rail came free, and though Munro foolishly tried to hold it in place, the cold green sea ripped it from his hand. A wave hit the boat broadside. Suddenly he was tumbling into the frigid sea.

Ye are nae becoming accident prone?

His wife's voice bounced in his head as the dark, icy water closed over him, sucking him downward.

Twenty-five

Elen sat on the edge of a bench in the great hall, scratching behind Camille's ear as she waited, trying not to worry. It was after dark; Munro should have been back by now. She had sent men down at sunset to look for his sails, and they had not been visible. Munro had said he wasn't going far, just beyond the rock jetty.

Where was he?

She tried not to think of the men from Dunblane who had left on simple fishing trips, never to return.

"Ye think some ill fate has become him?" Rosalyn asked from the far end of the bench.

She was supping, as were most of the others in the hall, but Elen didn't have the stomach for it.

Elen glanced at her sister. "Naught has happened to him," she said under her breath. " 'Tis dark now. Ye had best finish your meal and go home. Your husband will be worried."

"I wouldn't leave ye like this, sister," Rosalyn said, placing a thick slab of venison on a piece of bread. "Nae with ye being so worried."

Elen jumped up from the bench. "I amnae worried. Munro is quite capable of sailing a fishing boat. He's a good swimmer." In truth, she was greatly worried— worried to the point of panic. Where was he? Why hadn't he come home yet? Why couldn't her men spot his sail from the beach? The possibility he could have drowned tried to inch its way into her head, but she kept shoving it aside. It wasn't possible. She couldn't lose Munro now. Not like this. Not when she finally had come to the conclusion that she loved him, that she'd probably loved him from the day she hauled him off to her oubliette.

Not when she was ready to tell him. It had been on the tip of her tongue to say it when he left today, and now she wished she had.

She paced in front of the hearth, her arms crossed over her chest. Earlier, she had been concerned about the king's messenger. The rider had arrived late this afternoon, bidding Munro to meet the king's daughter at a halfway point between them and Inverness. It would mean crossing the Grampians, where the snow was likely to be deeper, the trail more treacherous. She had been concerned for Munro's safety in making the trip this time of year, but now that worry seemed minor.

"M'lady!" Alexi ran into the great hall, out of breath. "M'lord Rancoff is alive! The boat went down. He nearly died, but he is alive."

Elen's breath caught in her throat and hung there for one long moment. "Thank ye, Jesus," she exhaled, crossing herself. Then she ran for the door. "Where is he?"

Alexi ran ahead. "Coming through the gatehouse."

Elen reached him in the bailey. By the light of the torches of her men escorting him, she could see he was soaking wet, his clothing tattered. Someone had had the good sense to throw a mantle over him, but he was so cold that he was shaking and his skin had a blue tinge to it.

"Munro," she cried, fully intending to throw her arms around him and cover his cold face with kisses.

But as he lifted his gaze to meet hers, something in

the look in his eyes made her stop short. "Munro," she said again, quieter this time.

"Upstairs," he growled in a voice so low that it reverberated in her head.

She stared at him. He was angry with her, furious, and she had no idea what the source of his anger was. Her men stared at him. At her.

"Did ye hear me?" he barked, pointing a finger. "I wish to see ye upstairs, wife."

Without argument, she turned on her heel and headed for the tower house. "Bring up hot water for a bath," she ordered the closest clansman. "Food and warm drink for m'lord Rancoff."

Elen climbed the tower stairs, Munro's heavy footsteps echoing behind her. What was wrong? She waited until she reached the inside of their chamber to turn to him.

"Munro," she breathed. "What happened? Did the boat overturn?"

He slammed the door shut behind him and stalked toward her. "What have ye done, ye conniving, coldhearted bitch?" He did not shout. Shouting would have been better.

She could not take her gaze from his, his words biting her to the quick. "I dinna understand," she said. "What are ye talking about?"

"Are ye suddenly prone to accidents?" he mimicked cruelly. He stopped an arm's length from her. "Nay, I am not prone to accidents. Only prone to attempts on my life, it seems."

"Someone has tried to kill ye?" she breathed.

"Nae *someone*." He ripped the mantle off his shoulders. "My wife."

Elen felt as numb as if it were she who had washed up on the shore. "Munro, 'tisnae true. I love ye. I wouldnae try to—"

"Ye love me?" He began to strip off his wet clothing.

She had never seen Munro like this, so angry, so bitter. He made her afraid.

"Ye love me?" he repeated. "Well, isn't that convenient, that ye would love me now, now that ye have been caught, ye deceitful witch."

Tears sprang in Elen's eyes. She did love him. She did. She could feel her heart tearing. "Nay." She shook her head. " 'Tisnae true. Who has filled your head with these lies?"

"Tell me the truth." He sat on the edge of the bed, naked but for his boots and stockings. "When ye realized ye were trapped, that ye couldnae get out of the marriage, ye simply pretended to accept your fate. Those nights when ye welcomed me into your arms— 'twas all a ruse."

She shook her head, too shocked to speak. A lump rose to lodge in her throat.

"The arrow was meant for me, wasn't it? 'Twas no reaver, but one of your clansmen who shot at me. Only he missed and hit the lad. Did ye feel the least bit guilty about that?"

"Munro, please, ye must listen to me."

"Nay." He jerked off a soggy boot and threw it at her.

She jumped out of its way.

"Accident prone, eh? A loose stone on the step, a torch that has conveniently burnt out when ye know I head for the cellars. And the rock, that was clever. Had it fallen and crushed me to death after one of your men knocked the scaffolding out from under me, who would have suspected? 'Twas merely an accident." He shrugged his shoulders. "A pity Rancoff died at such an early age and under such tragic circumstances." His tone dripped with sarcasm. "But the boat. The boat was the cleverest of all, my sweet. And ye were so quick!

When I wasnae crushed by the tumbling wall, ye sent your men to cut the mast and rig the hull. Very clever, indeed—removing the nails on the planks, mortaring them with salt and flour, and then covering it with a thin layer of pitch so I couldnae see it."

"Someone sabotaged your boat?" she managed. "But . . . how . . ."

"Ye understand these lands will be forfeit, don't ye?" He threw his other boot.

Someone knocked on the door.

"A minute," Munro shouted, his voice so loud, so savage that Elen cringed.

"What are ye talking about?" she whispered, wiping at her eyes. "What do ye mean my lands are forfeit?"

"The agreement with Robert stood only as long as ye were loyal to him *and* to me, remember? That means when I speak with the king, the agreement will be revoked. 'Twill be my land whether ye live or die, Elen of Dunblane. Mine to sell if I wish."

Elen felt as if she was suffocating. Lost. She didn't know what to say, how to right this terrible wrong, how to convince him there had been a terrible mistake. If someone was truly trying to kill him, it was not her.

He rose from the bed. "Of course, that was the whole idea from the beginning, wasn't it? Had I died in one of those unfortunate accidents, the land simply would have reverted back to ye, wouldn't it? Ye would have your precious land, and I would be permanently removed."

She took a step toward him, hurt, *angry* that he would accuse her of such betrayal. "Munro, please. Ye have to listen to me—"

"I willnae listen to anything ye have to say," he boomed. "Nae ever again!" He grasped the doorknob and ripped it open.

"Food and hot drink, m'lord," Alexi said, trembling with fear.

Munro yanked the tray from his hand and slammed the door shut with his heel. He walked to a table, dropped the tray with a clatter, and went to the bed to pull off a blanket to wrap himself in.

Elen slid into a chair, her body feeling so heavy she was not certain she could hold herself up any longer. She could not believe this could be happening. Of course she had not tried to kill her husband.

But if she hadn't, who had?

"Ye imbecilic turd," Rosalyn hissed in the darkness. "How hard is it to drown a man in the December sea?"

Finley just stood there in the dark corridor. "Who would have thought he could swim that far?" he said quietly.

Rosalyn tightened her mantle around her shoulders angrily. It was too late to go home in the unpredictable weather. She would have to stay the night in her old bedchamber, and she was not happy about it.

"So now what do we do?" she snapped. "Obviously, he suspects something. I couldnae make out his words from the stairwell, but he wasnae pleased." She eyed Finley, a plan already forming in her head. "Fortunately for us, he thinks it's my sister, but how long will that last before his suspicions turn in another direction?"

Under her scrutiny, Finley seemed to shrink against the wall.

"I nae know what we should do, but we must do something quickly. God's breath, kill them both!" She gestured angrily.

"Nay. Nay," Finley breathed. "Ye promised she wouldna be hurt. Ye promised I could stay with her."

She stared at the pathetic little man in front of her.

Rosalyn did not understand why Finley loved Elen so much. Never once had Elen tossed him even a moment's affection. Not like Rosalyn. Not like Rosalyn had for years.

"Nay," Rosalyn said. "We will nae kill her so long as she cooperates once her husband is gone and the lands are in my Cerdic's name. She willnae be so uppity then, will she?" She lifted a shoulder. "Perhaps then she will even have a little for ye, my friend."

Rosalyn took a deep breath, once again setting her mind in the direction of her brother-in-law's demise. "Ye said the king's messenger arrived bidding Munro come for this chit."

"Aye."

She lifted her hands. "So 'tis simple enough. Munro rides to do the king's bidding. We send two men after him to kill him and whoever rides with him. His party will never reach the king's party and 'twill be a terrible tragedy."

"But who will I send? I came upon that outlaw by accident. He is long gone south now with his other comrades."

Rosalyn thought a moment. "The two brothers, Banoff and John, they are loyal to Dunblane, nay?"

He nodded, watching her in the darkness. She knew he liked her. Loved her even, at least for what she could do for him, how she could make him feel, and she liked that power she held over him. "Simply go to the two blunderpates and tell them their mistress bids them kill her husband."

Finley blinked. "They will do it?"

"Of course they'll do it! They practically kiss the ground she treads upon."

"And ye dinnae think ye should give them the order, rather than I?"

Rosalyn laughed low in her throat. "They wouldnae

believe me." She took a step closer and smoothed his shirt with her hand. "But ye, ye are the faithful steward. Loyal until the sun ceases to shine. They would take your word as if it were God's."

Finley bit down on his lower lip. "And then it will be over? Be done?" His voice quivered.

Rosalyn ran her hand over his chest seductively. "Then it will be done. Cerdic will be the laird of Rancoff and ye, my friend, will have both the Burnard lasses at your beck and call."

There was a sound in the corridor and Rosalyn released him. "Now go. Be done with the matter. Seeing as how the king has clicked his fingers, Munro may well ride at dawn."

Rosalyn walked away, leaving Finley in the darkness and thinking how much she was going to enjoy being Lady Rancoff.

"Please dinnae go like this," Elen said, fighting tears. She wished now that she had not told Munro of the king's message. She should have postponed telling him until she had figured what was happening, who was trying to kill Munro and why. "If someone is trying to kill ye, it could be dangerous," she said.

"I will take my chances," he snapped, strapping his belt around his waist. "And I will be away from ye, my dear wife."

Elen paced the floor in her nightdress. She had not slept much the night before, though he had slept surprisingly well after barring their door. The night before, he had said he did not worry about her stabbing him in his sleep. That would be too obvious a death. He said if she managed to kill him with her own hands, Robert and his men would come down upon her, and she would lose her blessed Dunblane. That would not be a logical move, and of course everyone knew the Burnards were pragmatists.

"Munro, ye are nae thinking clearly. Ye are tired. Your bones must ache from the swim. Please dinnae go today."

"Oh, I go today." He shot her an evil glance. "For if I nae go, I fear I will wrap my fingers around your throat and strangle ye to death. As for your men who will follow me and try to kill me"—he lifted a broad shoulder that seemed massive—"I will have to take my chances, and they theirs."

"At least take some of your own men," she said.

He shook his head. "Right now I want nae part of anyone."

He threw his mantle over his shoulders, grabbed a saddlebag off the bed, and strode toward the door. There he stopped, but he did not turn to her. "Ye have betrayed me, Elen," he said softly. "Worse, ye have broken my heart."

Elen wanted to go after him. Wanted to follow him down the steps and shout at him. Instead, she sank to her knees on the floor and cried as she had never cried in all her days.

Elen did not know how long she lay on the cold floor, how long her tears flowed. But finally, when the tears were spent and her head pounded, she rose. Wiping her eyes, she walked to the window, trying to see in the direction Munro had gone. She could not believe he had ridden off toward the mountains without a single man to protect him. The mountains were dangerous enough under ordinary circumstances, but if someone was trying to kill him . . .

She considered going after him herself, but decided against it. He would be gone four to five days. If she stayed here and talked to her men, she would have time to figure what was happening. And her first interview would be with young Cerdic; after all, he had the most to gain, did he not?

With a plan in motion, her spirits lifted. She loved Munro. She knew that now, and she could not let this come between them. She would not.

But there was still the matter of Munro's safety. She had to protect him, even if he was not willing to protect himself.

She walked to her door and opened it. In the corridor, Alexi sat on his pallet, looking scared and confused.

He jumped up. "M'lady."

"Go find Finley and Donald. Tell them to pack bags and weapons. Once they are packed, they are to come to me for instruction."

The lad bobbed his head and took off down the steps.

She smiled for the first time since last night when Munro had walked out of the sea. She would send Finley and Donald to keep an eye on Munro from a distance. The two men would not let anyone harm her husband, for if there was one thing she knew, it was that she could count on their loyalty.

Twenty-six

After giving Finley and Donald instructions and seeing them off, Elen marched back up the tower stairs and entered her sister's bedchamber without knocking. "Rosalyn!"

Rosalyn opened her eyes sleepily. "Elen?" She squinted, took one look at her sister, and fell back on her pillow. "What is all this racket about? Can ye not see I am trying to sleep?"

"Get up," Elen said, walking to the window. She pulled open the heavy drapes to let in the winter light.

"God's bones, what do ye want?" Rosalyn pulled a blanket over her head.

"Is your husband trying to kill mine?" Elen asked, striding back to the bed.

Rosalyn lowered the blanket a little to peer up at Elen. "What?"

"Ye heard me! Save me the ride to Rancoff Castle to strangle the mon myself. Is Cerdic trying to kill Munro so he might inherit Rancoff?"

Rosalyn giggled, pushing up on both elbows. "Cerdic plotting to kill Rancoff? Dear sister, my husband barely has the verve and forethought to rise from the bed in the morning and find the piss pot." She fell onto her back again in a fit of giggles. "Cerdic plotting, indeed. The only plotting Cerdic does is the plotting to get me upon my knees before him." She kicked her dainty feet beneath the blankets, amused by her cleverness.

Elen turned away in disgust. Rosalyn had as crude a sense of humor as any man—worse, perhaps.

Unfortunately, her sister's words rang true. Cerdic was the obvious first suspect, but probably too obvious. And Rosalyn was right about Cerdic not being of the constitution to try and kill a man to gain his inheritance. Cerdic just didn't strike her that way. Even if he wanted his brother dead, wanted the inheritance, he would not be bright enough or ballsy enough to try it.

Elen walked toward the door.

"Where are ye going?" Rosalyn jumped out of bed, dragging a woolen blanket behind her. "Why do ye think someone is trying to kill Munro?"

"My husband—I have come to the conclusion that these accidents that have befallen him of late are nae accidents." She met her sister's gaze. "The arrow that went through Rob's arm was no doubt meant for Munro's heart. The falling boulder, his fall down the steps in our cellars, and the boat accident last night. That boat was sabotaged. Munro wasnae meant to make it home."

Rosalyn screwed up her pretty face. "Well, all but the arrow took place on Dunblane land. Cerdic hasnae set foot upon Dunblane soil save for the king's visit. It must be someone here." She gave a little hint of a smile. "Dinnae tell me *ye* are trying to kill him and now are attempting to cover your tracks." She took a step closer. "That is what he was bellowing about last night! He suspects ye." She went on, faster than before. "Alexi told me when he brought my tea that the master had already ridden out alone. Did ye send a man to do him in for good?"

Elen's hand ached to slap her sister. "How dare ye?"

she spat. "Nae, I didnae send a man to kill my husband. I sent Finley and Donald to protect him."

"Ye . . . ye sent Finley . . . and Donald?"

Elen turned to go again. Talking to Rosalyn was a waste of time. She knew nothing. Cerdic had nothing to do with it. Which led her to her own keep—a thought that made her sick to her stomach. All of her clansmen were so loyal to her. Was someone thinking to save her from the fate of being married to the earl of Rancoff by killing him off? To all outward appearances, she still did not want Munro as a husband. No one knew the truth.

A lump rose in her throat. Not even Munro knew.

Rosalyn followed her, wrapping her blanket around her. "Why on God's green earth did ye do that?" she snapped.

Elen glanced over her shoulder. "Do what?"

"Send your steward and bailiff?"

"Because they are the men I trust most in my life . . . outside of my husband," she said softly. With that, she continued up the stairs to her own chamber.

In her room, Alexi was moving about, cleaning up and adding fuel to the fire. "I'll be out in a snap, m'lady," he said, trying to hurry.

Elen shook her head, trying to think. "It's all right, Alexi. Take your time." She walked to the window. If the person attempting to kill Munro was not her and not his brother, who else could it be? She mulled over each incident that could have ended tragically for Munro. The lone archer could have been anyone, because everyone at Rancoff and Dunblane had known Munro and other men were riding in search of the reavers. It could indeed have been an accident or one of the reavers and not at all related to the attempts on Munro's life. The same could be said for his fall down the steps and even the boulder falling, though that was suspicious now that she thought of it.

Then she recalled something Alexi had said to her the following day, something about being glad he had not been the one to bump the scaffolding and send the laird tumbling. She glanced at the lad.

"Alexi, ye were there at the wall the day Lord Rancoff took his tumble, were ye not?"

The lad bobbed his head. "I was mixin' mortar, I was."

"I heard someone accidentally hit the scaffolding. Do ye know who it was?"

"Everybody knowed it was someone. But the laird, he just said 'twas an accident and 'twas nay need to say who done it. He be a good a mon, that's what everyone says."

"But someone must have seen who did it."

He lifted one thin shoulder hesitantly. "I s'pose so, m'lady."

"Alexi, I want ye to do something for me. This is very important. I want ye to be a spy." She doubted anyone would willingly tell her who had hit the scaffolding, especially after Munro had said it didn't matter, but Alexi was another matter.

His eyes widened. "Like the ones that went into Jericho?"

She nodded. "Exactly. Now I need ye to find who bumped into that scaffolding, but ye must nae let anyone know I have asked. Do ye understand?"

Again, he bobbed his head. "I'm good at gettin' the gossip, m'lady. My mam pays me for good castle gossip."

Elen could not resist a laugh. "Go, Alexi. And come back just as soon as ye learn the information. All right?"

* * *

For the next few hours, Elen tried to keep busy. She tried not to think about the fact that Munro believed she had betrayed him. She tried not to think about his last words. If she did, she would not be able to go on. Not be able to function.

Rosalyn was still lounging about the keep, now eating again in the great hall. Elen didn't know why her sister was prolonging her visit, but wished she would go home. She had enough problems to deal with. She didn't need Rosalyn, too.

Elen was pacing the floor before the hearth when Alexi came through the doorway. Everyone was about their business, so the hall was empty but for her and her sister.

Elen hurried toward him, lowering her voice to prevent anyone from hearing her.

"Who was it?" she whispered.

Alexi dragged his woolen bonnet from his head. "It weren't his fault. It really weren't, from what they say."

Elen waited.

" 'Twas John Reds," he confessed miserably.

"John Reds?" Elen frowned. John Reds was a young man, not yet twenty, who worked in the blacksmith's shop. He had had a fever as a child and barely had the sense to find his way in out of the rain. "John Reds?" she repeated.

"But it weren't his fault," Alexi spilled. "It really was nae. Someone bumped into him and he fell."

Elen met the lad's gaze. "Who?" she whispered. "Who bumped into John?"

" 'Twas the steward."

For a moment, Elen stared at Alexi. The steward. Finley.

Finley.

Her stomach tightened. Finley had known not only that Munro was riding in search of the reavers, but what path the men would take. Finley had been working in the cellars that day with Munro. He could have loosened a stone. Blown out the torch. He could have caused the accident at the wall. And Elen had told Finley to have someone run down to the beach and be sure the boat was sound.

For a moment, Elen thought she would be sick. How could she have been so stupid? So blind? She had always heard sayings about a woman scorned, but what of a man scorned? Finley had declared his love for her and she had denied him . . . for Munro.

Finley was trying to kill her Munro, and, God help her, she had sent him after her husband.

"Saddle me a pony!" Elen told Alexi. "Now!"

"Aye, m'lady. Where do ye go, m'lady?"

Elen hurried for the door, dragging Alexi with her. "Pack food for me, a tinderbox, whatever I need. Find Banoff and his brother. I want them to go with me."

Rosalyn hustled after her. "Where are ye going?" she called.

"To find Munro," Elen threw over her shoulder. She had no intention of telling Rosalyn any more.

"You're riding after him?"

"Rosalyn, go home," Elen ordered sharply. "Go home to your husband and try not to get yourself into any trouble."

Rosalyn halted in the entryway and cursed foully beneath her breath. Elen just ignored her. She had to hurry. Finley had a good three hours on her. Thankfully, Munro had three over him. She only prayed she could reach one of them in time.

Rosalyn stood in Dunblane's hall entry for a moment. Elen was going after him? Was that nae perfect? If anything went wrong, if she managed to catch up with

Finley or with Munro, all might be lost . . . and she might just be able to track back to the source.

For a moment, Rosalyn wasn't certain what to do. All she knew was that she had to save her own neck. She had to stop Elen.

But she couldn't do it here. Not with so many witnesses. It would have to be done once she left the keep. On the trail. But Rosalyn was a poor rider. She knew nothing of tracking a man, and she certainly did not wish to traipse about in the snow in the mountains. Only one person could help her. One who would have to help her.

Rosalyn mounted a pony and headed straight for Rancoff. In half an hour's time, she dismounted in the bailey.

"Where is Cerdic?" she shouted to the snotty-nosed boy who took her reins and helped her dismount. "Where is my husband?"

The lad cringed, frightened. He had damned well better be frightened of her.

"In . . . in the barn, m'lady," he managed.

Rosalyn strode through the bailey to the stable's entrance, paying no mind to the snow and mud that pulled at the hem of her gown and mantle. "Get out," she shouted. "Get out, all of ye. I must speak to m'lord alone."

Stable boys scrambled to get past her.

Cerdic appeared from a stall, wiping his hands on a rag. "What's wrong, lovely? Did ye nae have a good visit with your sister?"

"Cerdic, my beloved husband!" Rosalyn chose a place where there was clean straw and threw herself at her husband's feet. She knew she had to make this good. "Oh, please help me. Please, I beg of ye." Real tears ran down her cheeks.

Cerdic crouched in front of her, immediately concerned. "What's wrong? Tell me." He grasped her shoulders and tried to raise her to her feet. "Dinnae cry, Rosalyn. Please. Ye know I cannae stand to see ye cry."

She squeezed out more tears as she slowly rose to her feet to peer into his eyes. "I have done a terrible thing, husband, and now they will hang me for it."

His face froze. "What are ye talking about? Stop this nonsense. Who will hang ye?"

"I did it all for ye. Ye have to understand. Ye deserve Rancoff. We deserve Dunblane."

"Rancoff? Dunblane?" He gave her a shake. "Rosalyn, ye make no sense. Tell me what ye speak of."

"I . . . I hired a man to kill Munro. Dear Lord, I am sorry. And now my sister has figured it out. Oh, Cerdic, she will see me hanged. Ye know she will."

He let go of her as if her skin burned him. "Hired someone to kill my brother?"

" 'Twas for ye, my love. I wanted it for ye."

Tears filled his eyes.

Rosalyn knew he felt some silly loyalty to Munro, but she would convince him to do what had to be done. She knew she could because he would do anything for her. Just like Finley. Anything.

"Kill my brother?" he repeated in shock.

"So ye could inherit Rancoff and Dunblane. We would hold Dunblane as well, because ye would inherit what is Rancoff's."

Cerdic took a step back, shaking his head in horror.

"But now my sister has figured out what is about. At least part of it." She grabbed his shirt. "And ye must stop her before she finds Munro or Finley or even Banoff and that idiot brother of his."

He shook his head emphatically. "Nae my brother, Rosalyn. My brother? I willnae have a part in this treachery."

She laughed. If one ploy did not work, she had another. "Nae a part of this?" Her tone changed to one of accusation. "Don't ye see, ye addlepate? Ye are already a part of this, and the king will know when he comes to investigate. Who else would hire a man to kill his elder brother but the man who stands to inherit? Ye'll be hanging from your scrawny neck ere the new year, innocent as a newborn babe."

"Nay . . . nay." Cerdic just kept shaking his head as if he had no sense at all.

"I am afraid 'tis true, my love. Now listen to me, and listen carefully." She pointed west. "My sister has just left Dunblane. She couldnae have gotten far. Ye must kill her and bury her. No one must find her." She smoothed her husband's wet cheek. "If anyone else rides with her, ye must kill them, too. But I suspect she will ride alone when she realizes the men she called for are nae available."

Cerdic stared at her, his lower lip trembling.

"It will be all right," she soothed, kissing his mouth. " 'Twill all work out. Ye will be a great laird and I—I will be your lady, at your beck and call."

He blinked.

"Do ye understand what ye must do, my love—to save me, to save yourself?"

He swallowed. Nodded.

"Good. Then saddle a pony, and I will go into the keep and get ye a bag with any necessary tools." Rosalyn kissed him once more and then released him and walked out of the stable.

Twenty-seven

Within an hour, Elen began to question her rash decision to set out alone after Finley. There were so many strange noises to spook a pony on the mountain pass, so many dangerous turns and twists on the hazardous path. She should have found someone to escort her, but who could she trust at this point? She had wanted Banoff and John to accompany her, but they had apparently left just after dawn to hunt and were not expected to return until after dark.

Elen knew her way through the mountains, for over the years she had traveled several times to Inverness with her father. But she had never traveled in the winter through the snow. Never traveled alone. Never traveled while attempting to catch up with a man she feared was trying to murder her husband.

She kept her eyes and ears open. It was bitterly cold, and the smell of snow bit the air. In places, the path was so slippery that she had to dismount and walk. "Please, God," she prayed, her cold fingers wrapped tightly around the reins. "Protect him. Protect my Munro. Keep him safe until I see him again. Until I can tell him I love him."

Elen was no more than three or four hours from Dunblane when she heard hoofbeats behind her. As she urged her pony off the main track, hoping to hide, ready to run if she had to, she heard a familiar voice.

"Hallo! Hallo! Elen!"

She thought she recognized the voice, but she wasn't sure.

" 'Tis Cerdic," the man called.

Cerdic? What was Cerdic doing so far from home? At least she knew he was not responsible for the attempts on Munro's life, else he would be behind Munro and in front of her, wouldn't he?

She pulled up her pony and waited, her hand on her mount's haunch where she carried a broadsword. "Cerdic," she called cautiously as he rode into sight. "What are ye doing here?"

His face was bright red from the cold and he looked as if he had been crying. "Your sister told me someone was trying to kill Munro," he said, riding up beside her.

"Ye came to help?"

Cerdic's rheumy gaze met hers. "Nay. I fear not."

From the corner of her eye, Elen saw him move as she heard the words, but she had no time to respond. She felt a mind-numbing pain in the back of her head as her vision burst into piercing bright light. She felt herself tumble from the pony, and then there was only blackness.

It was late afternoon when Munro dismounted to give his pony a rest. He had ridden hard and covered more ground than he thought possible, considering the snowy conditions.

He gazed up at the gray sky, trying to calculate how much daylight was left, and if he should attempt to travel after dark. He would not have stopped now, but if he didn't give the shaggy pony a rest, the mare would not make it over the mountains.

Leaving his mount ground-tied to forage on the forest floor for something green, Munro paced, chewing on a piece of dried venison. Anger had driven him into the mountains at this speed, anger that urged him forward even after he was weary. Multiple times, he'd had to dismount and walk the pony through the snowdrifts, but nothing slowed him down. It was his anger with Elen. It was the pain.

He snatched off his wool bonnet and scratched his head. Despite the cold, he was sweaty. He and the mare had walked a long distance up a slippery, snowy path to get to this spot. He dropped his bonnet back on his head, knowing the importance of staying warm.

Munro could not believe Elen had done this to him. He had thought she loved him, had convinced himself she loved him and was merely too stubborn to admit it.

Munro kicked at the snow. He had been so sure. The feelings had been so strong. Even when her actions did not show it, he had felt a bond with her he had never felt before.

But there was the evidence. Someone was trying to kill him.

Evidence.

That word had been haunting him all day. Had he been too quick to judge? What *was* the evidence against his wife? The loose stone on the stairs, the falling rock from the wall, the sabotaged boat—all had taken place at Dunblane. Then there was the lone archer who had struck Rob. The arrow could very well have been meant for Munro. But perhaps not.

Logically, it made sense that the perpetrator had to be from Dunblane. But was that too simple? Too clean?

He gnawed on the salty, pungent meat. Elen had

seemed generally concerned after the accidents. She had rushed to his side at Rancoff, leaving her own keep to be with him after Robert was shot. She had been so kind, so loving. Was that part of the ruse so he would not suspect she was plotting against him?

Or had he made a mistake? Logic told him she had done it, but his heart . . . his heart pulled him in another direction. Was he just being a lovesick fool?

And if Elen had not attempted to kill him, who had?

His brother's name rang in his head. It made the most sense; he had the most to gain from Munro's death.

But would Cerdic mastermind such a plot? Could he follow through with it?

Not Cerdic. Munro stared at the sky. Not his brother.

Munro wished he had not left Dunblane in such haste. He should have remained there until he had gotten to the bottom of this. His emotions had gotten the best of him, just as his father said they would. His love for Elen and the pain of the thought that his wife could betray him for nothing more than a rocky piece of land and a stone keep had driven him out. It was an iron-tipped pain that he felt sharply, even now.

Munro glanced west, up the path that wound deeper into the mountains. Then he looked downward toward home. What did he do now? Follow his duty to his king, fetch the lass, and then head home to solve this great mystery? Or go home now and leave the king's daughter and men waiting?

His sense of duty to Robert tugged at his chest. After the feelings he had experienced thinking Elen had betrayed him, his sense of loyalty was even stronger. He had promised to fetch the girl when word was sent.

Again, he looked down the mountain. Elen lay back there . . . Elen and the truth.

Duty . . .

Elen . . .

Munro knew what he wanted to do, but also what he must do. He caught his pony's reins and slowly turned west again, headed into the Grampian Mountains.

"Ye imbecilic cur!"

Elen's head throbbed, but she immediately recognized the pain as being different from her headaches. This was not a headache she was coming out of. This was something else.

Voices floated downward. They seemed to spin and turn around her like falling leaves on a blustery day.

"What did I tell ye to do with her? What did I say?"

A woman's voice circled Elen and pierced her consciousness. She thought she knew that voice, but she could not quite put her finger on it. The pressure of the pain in her head was too great.

"And now what do ye think we must do with her?" the voice said. "What if someone saw ye haul her arse in here? What then?" The woman's shrill voice went on and on, occasionally interspersed by a lower rumble. The second voice was male, but she could not understand what he was saying.

Elen wanted to open her eyes, but they felt as if they were held down by lead weights. Maybe she was dead and someone had placed coins over her eyelids. She was cold enough to be dead. Wet enough to be dead and rotting. And there was something hard and cold behind her, beneath her. Her coffin?

The voices came and went, though she thought it was perhaps her mind that came and went, rather than the people. Eventually Elen gave up trying to open her eyes and just tried to think.

What had happened to her?

Bits and pieces of things people had said to her, things she had done, flashed through her head.

She and her love in the bathtub. But what was his name?

The nicker of a pony.

Snow on her face.

She and her love on the bed.

Munro . . . He was Munro.

And the pony was called . . . She could not remember the pony's name.

Again, she felt the cold snow on her face. Pain had preceded the snow. Had someone shot her?

Nay . . . hit her.

She had been talking to someone just before it happened. She was riding that spotted pony.

Then suddenly it all came back to her and her eyes flew open as she struggled to her feet. "Rosalyn," she screamed. Her voice reverberated painfully in her head. It reverberated in the tiny, dank, dark room that surrounded her.

"I see my dear sister has come awake," Rosalyn said to Cerdic.

Elen looked upward toward the light and realized where she must be. In Rancoff's oubliette, a bit like her own prison, with only one way out—upward.

"What have ye done?" Elen called up. Her head hurt so badly when she lifted her chin that she thought she might pass out from the pain. She leaned against the wall for support. She didn't know what was going on. Had she been wrong about Finley? Was Finley innocent? Had it been Cerdic who tried to kill Munro? If it was, her sister had to be in on it.

Of course Rosalyn was in on it. Elen should have guessed.

Rosalyn gazed downward. Rancoff's pit was not as deep as Dunblane's, but deep enough.

"Consider yourself lucky," Rosalyn snipped. "Ye were supposed to be dead, only my slack-faced husband here nae had the stones to do the job." She reached out and slapped Cerdic.

He did nothing but hang his head, and Elen felt a strange pity for him. She hated him, but still she felt for him. "Cerdic," she called up. "Ye know ye willnae get away with this. If Munro and I both die, the king will investigate. He will—"

"Shut up," Rosalyn shouted. "Ye hear me? Ye shut up, or I will come down there and shut ye up myself. Permanently." Rosalyn turned to Cerdic. "Go to our chamber and wait for me there."

"But love, she must be cared for. The wound to her head. Ye must give her food and drink. Blankets—"

"Go," Rosalyn bellowed.

"No, Cerdic," Elen pleaded. "Please dinnae go. Nae leave me here." Elen watched as Cerdic disappeared, and she heard the storeroom door close. That was where the oubliette in Rancoff was—in the floor of a storeroom just off the entrance. Munro had told her that. With the heavy door shut and her below ground, no one in the keep would hear her calls. No one.

"I warn ye," Rosalyn said. "Ye keep quiet or I shut this door and I never come in again. Nae until ye are nothing but a rotting pile of bones."

"Ye said Cerdic had naught to do with it," Elen said softly, still not believing her own ears. "Ye let me think it could be Finley."

Rosalyn laughed and the candle she held in her hand swayed, dragging the feeble light that fell into the oubliette back and forth. "Oh, 'twas Finley, too. Ye know, ye never should have spurned him the way ye did. Ye broke the mon's heart." She laughed.

"Is he dead?" Elen asked, sinking to the floor for fear she would fall. Her despair was so thick at this moment that she could taste its bitterness. "Is Munro dead?"

"If he isnae, he will be soon. By your orders."

Elen glanced up at her sister's silhouette above her. The torchlight was so bright above and the oubliette was so dark. She shaded her eyes with her hand. "My orders?"

"The two brothers. Finley gave them word to kill your husband and do it quietly. He vowed 'twas by your orders, and they are so loyal to ye that they set out to do it."

Elen lowered her head. "Nay," she whispered. "It cannae be true."

"Ah, but 'tis true. Now I must go tend to my husband and make him content. Good night, sister."

Leaning on the wall, Elen shakily got to her feet. "Rosalyn. Ye cannae do this. Ye cannae leave me here in the dark. I am your sister. A clansman. Your blood," she begged. "For Papa—"

Rosalyn's only response was the sound of the door closing and the total darkness that ensued.

Just after nightfall, exhausted beyond thought, Munro reined in his pony and chose a spot to spend the night. Even in the best circumstances, it was dangerous for a man to camp alone in the mountains. Considering these circumstances, it was suicidal. What if someone had been sent to kill him? What if they could see him now?

Anger brought heat to Munro's face. He pulled his saddle off his tired pony, gave her some of the grain he had brought for her in a saddlebag, and removed her bridle. Next, he gathered what relatively dry wood he could find in the darkness. Using the flint and steel and the wool scraps he carried in his personal bag, he started a fire. In front of a boulder, he laid out a burgundy and green plaid blanket, and beside it, his broadsword and his halberd. He melted some snow in a small pan, gave the pony water, and heated more snow for tea. Then he sat down with a cup of herbed water and waited for the bastards he had a feeling were coming his way.

The half moon was out full and bright when Munro sensed rather than heard or saw the intruder.

The hair on the back of his neck rose, then bristled. His pony lifted her head and glanced at the trail. Munro slid his hand across the blanket he rested upon and laid it on the halberd, his choice of weapon when he had a choice, though he was just as good with the broadsword. The halberd, a battle-ax and a pike set on a pole near as tall as he, could take a man's head off, or his arms and legs first. Or, if he was so inclined, he could simply run a man through and impale him on a tree. It took a great deal to anger Munro, but when he finally did grow angry, no one had best step in his path.

With one hand, Munro sipped his tea from a battered cup. His other hand closed over the halberd.

As Munro waited, he tried to imagine who came through the darkness. Would it be his brother? He tried to imagine Cerdic against him in battle. Surely Cerdic wouldnae try something so foolish as a one-on-one battle with Munro. Cerdic had never been good with even a broadsword. Munro thought of Elen. He tried to imagine her hurling herself at him, swords in both hands.

Instead, he thought of her naked, coming to him, standing in the morning light that poured in a window, her waist-length red and golden hair falling like a curtain around her.

Munro groaned. Those were not the kind of thoughts a man should carry into battle. Thoughts such as those could only—

His clever attacker came from behind over the rock Munro rested against, swinging long-bladed swords in each hand. As Munro bounced to his feet, he half expected to see his wife.

It was Finley.

"Ye?" Munro said, narrowly avoiding the tip of one of his opponent's swords as he put the small campfire between them.

"Make this easy or make this difficult for yourself," Finley shouted, spittle flying from his mouth as he swung the swords like a madman. "Ye took her from me, and now I will take ye from her," he shouted.

Snow fell from overhead as his voice reverberated in the treetops.

"Then she didnae send ye?"

"I thought to tell ye that," Finley said, easing his way around the fire. "To make ye think it was she who ordered your death. But I wanted ye to know it was me. All me, the steward. A lousy steward will cut ye in half and send ye to hell, Rancoff."

Relief and sweet joy flooded Munro's thoughts. He wanted to drop to his knees and thank sweet Jesus. Elen had not betrayed him. In the end, he had been right to listen to his heart.

But he could not think of that now. Now he had to defend himself so he could go home to Elen and beg her forgiveness.

Munro was surprised by how well Finley swung his swords. For a steward, he was remarkable. Whoever taught him had taught him well.

Munro feinted one way and then the other, playing the defensive rather than the offensive. Finley swung as if some mad fever possessed him.

"I love her," Finley declared. "I loved her since she was a child."

"I love her, too," Munro said quietly, never permitting his gaze to stray from Finley's. "She is my wife."

"She will be your widow," he spat and lunged forward.

Munro managed to cut right, and once again avoided the point of his opponent's sword, but Finley was backing him off the small clearing into the woods.

"Surrender and it will be quick and painless," Munro declared. "I will take off your head and leave ye for the wolves."

"I was thinking to tell ye the same."

Finley swung one of the swords over his head and Munro lifted his halberd to block the blade. At the same time, Finley lifted the other sword and caught Munro in the arm.

The wound flowered red.

"Bastard," Munro muttered. He did not want to kill Finley, but he would if he had to.

Finley swung again, but this time Munro came around him. Snow flew in great puffs, and both men were now breathing heavily.

"Give in," Munro urged, "whilst ye still have your head."

"Nay. Never."

Munro took one step forward, bent low, and swung his halberd outward. The pike clipped the steward behind the knees, and Finley's eyes widened as he was thrown forward.

Suddenly, behind him, Munro heard someone crashing through the trees from the west.

"Banoff! John!" Finley cried out, spotting the intruders first. "Bring him down. Bring him down!"

Munro swung around, putting Finley on the ground on his left as he lifted his weapon. Three against one? For the first time, he considered he might not survive to walk off this mountain.

"Nae fear us, m'lord," Banoff shouted, his broadsword drawn. "We knew better than to think m'lady would send us to kill ye. 'Tis not in her heart." The big man came crashing out of the dark forest. "We followed ye to be certain ye were safe, then came around when we spotted Finley. My brother thought him up to no good."

Munro considered it might be another ruse, but the look in the Burnards' eyes spoke of truth.

Finley attempted to get to his feet, but Munro knocked one sword and then the other from his hands. The steward threw himself facedown in the snow. "Do it," he sobbed. "Kill me now and be done with it."

"Nay, I will not kill ye," Munro growled, so angry with this man that he wanted to kill him. His anger stemmed not so much from the attempts on his life, but for making him doubt his wife.

"Ye will not?" Finely whined.

"Nay," Munro spit in disgust. "Instead, these fine men will aid me in taking ye up and over the mountain. King's men wait there, and they will be more than happy to carry ye to trial."

Finley broke into sobs as Banoff and his brother moved forward with ropes to tie the prisoner.

Munro carried his halberd back to the fire and heated more water.

Twenty-eight

Elen had little way of knowing how many days had passed. Without the benefit of any light, there was no nighttime, no day, only endless cold and darkness. The only way she could guess at the passage of time was by how often Rosalyn came to the prison pit to throw down a skin of water and perhaps a heel of bread.

Rosalyn refused to speak to Elen of any matter beyond what soup she and Cerdic had shared for the midday meal or what embroidery she was stitching. When Elen tried to question her as to what had become of Munro, her sister merely closed the door. Not once in all those days had Rosalyn sent Cerdic to deliver food or water—for fear she might coerce information from of him, Elen supposed.

Rosalyn had come at least a dozen times, and the hours that dragged between those visits seemed endless. By the fourth time Rosalyn came, Elen was almost thankful to see her. By the sixth, as ridiculous as it seemed, she looked forward to the visits.

Twelve visits. Nearly a fortnight, Elen guessed. Surely now her clansmen at Dunblane were looking for her, sending search parties into the mountains. By now, surely Munro should have returned home with the king's daughter . . . unless he had not survived the trip.

Elen did not let herself consider that possibility often;

she knew she would shrivel and die if she did. Munro was a warrior. His ability with a broadsword was beyond compare, her father had once told her. Surely he would be able to fight off and kill Banoff, John, and Finley. But that was three men against one—

No, Munro would survive. He would kill them all, fetch the king's daughter and ride home—to kill her.

Elen spent hours, days, playing out various scenes. What if Munro was looking for her now just so he could hang her for sending her men after him to kill him? But what if he had gone back into the mountains, found no evidence of her, and given her up for dead, lost, or eaten by wolves?

Not knowing was what made the time pass so slowly. Not knowing Munro's fate. Not knowing what her own would be.

And then there was matter of her headache. It had not come. After the fifth or sixth daily visit, Elen had begun to anticipate the pain. She had curled up in the single woolen blanket her sister had tossed her, and she had waited, almost in anticipation. At least with the headaches, she was only semiconscious of the world around her. Right now, she could have used a little semiconsciousness.

For two days, Elen had lain on the frigid stone floor and waited for the pressure, the blinding pain. It had not come. Not the pain. Not the bleeding that always followed.

After the tenth visit, ten days in the prison cell, Elen knew she had a secret. A secret that made her smile despite the cold, the hunger, the fear for Munro and for her own fate.

She was pregnant. She was carrying Munro's baby. And she was overwhelmed by a sense of tenderness, of excitement she had not known she could possess.

She had to find her way out of this. Of course, there

was no way out. Instead, she had to believe Munro was alive, that he would figure out what had happened and would come for her. She had to pray God would see her through.

Sitting in the corner in the darkness of her tomb, Elen drifted in and out of sleep. Her hand planted firmly on her flat stomach, she wondered if she would have a boy or a girl.

Munro quickly discovered he was not in as much control of his life as he liked to believe. And as he rode out of the snowy mountain pass a full fortnight after he had left Dunblane, he wondered if this, too, was not one of God's little lessons. Just when a man thought he controlled his own destiny, God proved him wrong.

The snowstorm hit just as Munro and the men arrived at the meeting place. With Finley tied like a calf over his own mount, they had reached the small keep belonging to one of King Robert's distant cousins just as the curtain of snow fell upon them. It snowed for four days, and when it finally ceased, Munro found himself snowed in with a handful of the king's men, a petulant eighteen-year-old lass who did not wish to go with him, and a ranting lunatic who had once been his wife's steward.

Finley had lost his mind. There was no question about it. They had been forced to tie him to a post in the stable to prevent him from hurting himself. He had begun ranting and raving when Munro and the brothers had joined forces to fetch the king's daughter, and the man had not ceased babbling since.

After two days of clear weather, Munro insisted he had to return to Dunblane. The king's men had agreed to take Finley to Inverness for trial or to the insane asylum, if that was where he belonged, and Munro had washed his hands of the man. Part of him regretted not killing Finley with his own sword for his betrayal of Elen, but part of him was thankful. He prayed his days of killing were over.

The king's daughter, Anne, had not taken to the thought of traveling through the snow, walking most of the way to Dunblane, but Munro didn't care what the chit wanted. He wanted to go home, drop to his knees, and beg his wife's forgiveness, and Anne was stuck going along with him. As they trudged through the snow, making very slow progress day after day, the lass had worn on him.

At first he had liked her. She reminded him so much of Elen, a young, headstrong woman full of opinions that were actually worth hearing. But she could also, like his wife, get on a man's nerves. Nothing suited her. No one could do anything to her expectations, and she had no qualms about making her disappointments known to all. This morning Munro had threatened that if she opened her mouth again, he would tie one of her woolen scarves around her mouth. At last, she had shut up—at least for the time being.

Riding into a clearing, Munro gazed out over the snowy land that stretched before him, land that eventually touched the borders of Dunblane and Rancoff. Home. He turned in his saddle to Banoff, who had been as faithful to him these last days as any man born of Clan Forrest. "I ride ahead. See that Anne reaches Dunblane safely."

The brothers nodded.

"What?" Anne demanded. "You're going to leave me with the Lout Brothers?"

Munro met her gaze. She was a beautiful lass, with a heart-shaped face, pale blue eyes, and red hair like her father's, only darker. Prettier. "I would trust these men with my life," he said proudly. "And now I trust them with yours." With that, he spurred his pony forward, thankful to be out in the open where he could finally ride hard.

"M'lord! M'lord Rancoff," men called, as two hours later Munro thundered over Dunblane's drawbridge.

He leaped off his pony. "Where is m'lady?" he asked of the nearest Burnard.

The man, Allen, stared at him. "She isnae with ye?" he said softly.

Munro felt his heart plummet. "She isnae with me," he said, trying hard to stay calm. "What made ye think she was with me? I went a fortnight past to fetch the king's daughter. She couldnae be with me."

The man's pinched face paled. "She left the same day, m'lord. Only a few hours after Finley."

"With whom? What men escorted her?"

The man shook his head. "She rode alone, m'lord."

"Alone?" Munro boomed.

Allen cringed, and Munro realized he was shouting at the wrong person. He should have been shouting at Elen for such foolishness. He wished to God she was here so he could. What made Munro think this man or any man could have gotten her to take escorts if she had decided not to?

"I . . . I'm sorry, m'lord. She wouldnae hear of anyone riding with her, and then when she did not return we thought . . ." He gulped and glanced at the snowy, muddy ground. "We thought she was with ye. Then the storm hit and . . ." His lower lip trembled. "We prayed she was with ye."

Munro's knees felt weak. Two weeks? She had been gone two weeks? Anything could have happened to her in that time. Outlaws could have captured her. She could have fallen ill in the mountains or been attacked by wolves. Her body could have lain there on the path, covered with snow, and Munro would not have known he had passed it.

He turned away from his wife's clansman, not embarrassed by the tears that came to his eyes, but not wanting to share his pain.

Elen dead? Dead, having died thinking he did not love her? The thought pulled at his heart, twisted it until he could physically feel the pain.

It could not be true.

And now what? He gazed up at the clear sky. Did he backtrack through the mountains? Send men to ride to the four winds in the hope someone might have seen her?

He rubbed at his aching eyes. He would go back up the mountains, but sending riders elsewhere to look for her was a good idea, too. He turned back to Allen. "Fetch me a mount," he said quietly. "I ride to Rancoff to organize men to search for your mistress."

Allen caught the pony's reins. "Would ye come inside, m'lord, and have something to eat, to drink? Ye look sore tired."

He shook his head. "She's out there." He pointed toward the mountains. "And I have to find her."

As Munro stood in the bailey, the cold wind off the water biting his face, he thought that she must be alive. That he could feel her. After all, she was so much a part of him now, wouldn't he know if she were dead? Wouldn't a part of him have died?

In less than an hour, Munro rode into his own keep. A stable lad ran to take the mount from his master. "Where is my brother?" he asked. "Do ye know where Cerdic is?"

"In the stable, m'lord. I think he saddles to go ahunting."

Munro strode across the bailey. His plan was simple. He would organize men to ride in every direction in search of word of Elen. He would put Cerdic in charge of that. And then he would repack his bag and head back into the mountains to find his wife. Maybe she had taken shelter with a family until the storm passed. Or maybe she was ill and someone had looked after her. There were not many keeps in the Grampians, but some. He would go to them all.

Munro strode into the barn. "Cerdic?"

His brother turned to gaze at him from a stall, and the look on his face sent a chill up Munro's spine.

Something was wrong. Very wrong. Munro could read it on Cerdic's face.

"M-Munro. Ye . . . ye have . . . re-returned."

Munro flexed his fingers at his side. "Aye, I have returned. I brought back the king's daughter as intended, only the trip took longer than expected because of the snow." He thought he would tell his brother of Finley and that whole mess later. He didn't have time. "Why do ye look at me that way, as if ye have just seen a ghost?"

Munro's own words rang in his ears. That *was* how his brother looked at him, as if Munro was a dead man who had risen.

Fear trickled through Munro's head. Could Cerdic have been a part of the attempts on his life? Was that why he looked so shocked by Munro's appearance? Finley had acted alone, hadn't he? But if Finley had not, then Cerdic might know what had happened to Elen.

Munro grabbed the nearest weapon he could find, a pitchfork.

Cerdic leaped back, lurching against the pony he was saddling.

"Where is she?" Munro shouted, stalking his brother.

"W-where is . . . who?" Cerdic stammered.

"My wife. Where is my wife?"

"I . . . I nae know where your w-wife is. R-Rosalyn said she rode off after ye. We . . . we thought she was with ye."

"My wife rode off into the mountains alone. Ye knew it, and ye did not try to stop her?"

Cerdic pressed his hands to the stall wall and eased around the corner into the open walkway where Munro waited. Out of the corner of his eye, Munro spotted a stable lad take off out of the barn.

Cerdic gave a little laugh. "I can barely control my own wife. What makes ye think I can handle yours?"

"Ye know where she is," Munro accused. "I can see it in your eyes."

"Nay." Cerdic shook his head adamantly. "I know naught."

"Liar!" Munro took a step closer. "And ye were never a good one." He pointed the forked end of the stable implement at Cerdic. "Now tell me quickly where Elen is before I run ye through."

"Get up here! Get up here," Rosalyn shrieked, startling Elen awake.

Elen leaped to her feet in confusion. Light appeared overhead, and she saw her sister throw down a Jacob's ladder. "Get your arse up here," she ordered.

Elen didn't know what had happened, and she didn't care. She just wanted out of the prison pit. She wanted to see the sun again, wanted her baby to feel its warmth. She grasped the rough rungs of the swaying ladder, shocked by her weakness. It was all she could do to pull herself up after a fortnight of naught but bread and water.

"What's wrong?" Elen said, squinting as she climbed

up into the cellar chamber, the torchlight hurting her eyes.

"Get up!" Rosalyn screamed.

As Elen rolled onto the floor, her sister grabbed the back of her shirt. "Now get up and walk."

Elen stumbled to her feet. "Where . . . what—" Elen stopped in midsentence as Rosalyn pressed a cold blade to her sister's throat. Elen didn't know what was happening, but she prayed something had gone amiss in her sister's plan and someone had realized she was missing. Why else would Rosalyn drag her from the pit?

Rosalyn led Elen out of the cellar and through the yett into the bailey. With the blade pressed so tightly to her throat that Elen knew it had cut her skin, Rosalyn ushered her past gaping men toward the stable.

"Open the door," Rosalyn ordered at the door. "And ye try anything, I will kill ye. Do ye understand that, sister dear? I will kill ye, and I will enjoy it."

Elen stepped into the warm barn that smelled of hay and ponies and spotted Munro in an instant. Tears sprang into her eyes and blurred her vision.

"Munro," she heard herself squeak as her sister pushed her inside and slammed the door shut.

Munro turned.

"I didnae do it," Elen said through her tears. "I didnae try to kill ye and I do love ye. I love ye, Munro Forrest," she cried tearfully.

"I know," he called. "I know, sweet."

"I love ye, Munro Forrest," Rosalyn mimicked. "God's teeth, ye make me sick. Now shut up before I shut ye up."

Blinking back her tears, Elen realized what was happening. Munro stood in the center aisle of the stable between Cerdic and Rosalyn. Munro had survived the mountain pass and Finley's and the brothers' attempts on his life and had made it home safely. Somehow, he had known to look for her here. Now, when he had threatened Cerdic's life, Rosalyn was coming to her husband's rescue.

"Rosalyn," Munro said quietly, "ye might as well give it up. I will kill ye and Cerdic both."

Rosalyn shrugged. "But will ye reach me before I slit her throat?"

"Ye cannae get away," Munro reasoned, keeping one eye on Cerdic while he addressed Rosalyn. "There is no way to escape. Ye are in my keep."

"Where is Finley?" Rosalyn demanded. "Dead, I suppose."

"Worse," Munro answered.

Elen almost smiled. He was cocky for a man whose wife had a knife to her throat. She liked a man who could be cocky in the face of such danger.

As Elen listened, she tried to figure the best way to get out of Rosalyn's clutches. If she could get away, then Munro could kill them both for all she cared. But Rosalyn's grip was tight and Elen's was weak. She could feel blood trickling down to the hollow at her throat. She could smell it.

"Worse? What can be worse than dead?" Rosalyn spat.

Cerdic suddenly leaped forward toward Munro. Elen screamed.

Munro stepped toward his brother, pitchfork poised.

"Nay!" Rosalyn shrieked and shoved Elen aside.

Elen hit a stall wall so hard that it jarred her teeth as she fell in the loose straw that covered the floor. She rolled to her side to see Rosalyn fall on Munro's back, the dagger poised.

Elen screamed again and scrabbled to get to her feet, frantically searching for a weapon, any weapon.

Munro gave a grunt of pain and pitched forward onto Cerdic, Rosalyn on his back.

Elen grabbed a hayfork. There was nothing else there.

Rosalyn shrieked. The horses whinnied and stomped in fear as Elen tried to close the distance between her and her husband.

The three rolled, grappling on the floor. Cerdic cried out like a man possessed, swinging wildly. Munro growled.

A sound out of Cerdic that was something akin to a gasp cut the air, sending a chill down Elen's spine, and suddenly Munro was on top of both Rosalyn and Cerdic.

The dagger fell from Rosalyn's trembling hand into the straw, its blade bloody.

Cerdic rolled onto his back, his eyes wide.

"Cerdic! Cerdic!" Rosalyn shrieked, flailing her hands. "Nay!"

Munro rose to his feet, dragging Rosalyn with him. He was panting hard, but Elen knew he was not mortally injured. His gaze again fell to Cerdic, fatally wounded by his own wife.

"Brother," Munro exhaled.

Cerdic took one gurgling gasp and silenced, his sightless eyes staring at the pigeons cooing in the rafters. Rosalyn shrieked as if it were she who had been stabbed, and she crumpled at Munro's feet.

Elen threw the hayrake aside and ran into Munro's open arms.

Epilogue

Dunblane Castle
Three years later

"Is she asleep?" Munro murmured, gazing down at his six-week-old daughter, who lay on Elen's naked breast.

"She's asleep."

"Let me take her, then." Munro slid the infant from Elen to rest her in the curl of his arm.

As Elen got out of bed and slipped on a robe, she marveled at how tiny the little red-haired lass looked in her father's arms, how utterly appealing he was, lying naked on their bed cuddling with his second daughter. "You're spoiling her," she said, not really meaning it. "Let me call Anne to take her and put her to bed."

Elen walked to her door. "Anne," she called down the stairwell. She returned to the bed to sit on the edge, unable to stop looking at her daughter, at Munro. She couldn't stop thinking about how much she loved them both.

In the years since Cerdic's death, Elen and Munro had found a way to make their marriage work. Sometimes Elen had to yield, as when Munro had insisted Rosalyn be sent to a convent when Elen wanted to kill her in the stable that day. And sometimes Munro had to yield. Elen still rode her own land daily, and her keep was still not quite as tidy as he would have liked. But they were happy, as Munro promised. Happy beyond Elen's wildest expectations.

"Give me the baby." Elen thrust out her arms. "And cover yourself, husband. You'll scare the wits out of poor Anne."

The king's daughter was indeed a handful, strong-willed and stubborn, but Elen liked her, and the two women had become friends. With two daughters in the house and a keep to run, Elen was forever thankful the king had sent Anne.

Munro handed her the baby and threw a blanket over his middle. "Come back to bed," he murmured.

Elen knew that look in his eyes. That husky voice. " 'Tis morning, husband. Time to get to work."

He tucked one hand behind his head and leaned back on a pillow. "Come back to bed and I will give ye vigor to meet your day."

There was a knock on the door and Elen opened it. It was Anne. "Could ye put her in her cradle in the hall?"

"Aye." Anne gazed into the chamber. "So are ye up, or will ye lounge half the day like yesterday?"

"I nae think how long I lounge is of your concern, Anne, dear," Elen said good-naturedly. "I'll see ye in the hall in good time.

"Mouthy chit," she added, closing the door behind the girl.

Munro patted the space beside him on the bed invitingly. "Reminds me of someone else I know."

"Oh?" Elen took her time easing out of her dressing robe, knowing that giving birth to the two lasses had added a womanly shape to her body Munro seemed not to be able to get enough of. "And who is that?"

He drank her in, his gaze filled with desire for her.

She sat on the edge of the bed, her blood already coursing inside her. In truth, she could not get enough of him, either.

"Who?" he asked as he pulled her into his arms. "Who, ye ask?" He lifted her hair and kissed the back of her neck. "Why, ye of course."

Elen laughed as he pushed her over onto a pillow and pinned her down to gaze into her eyes.

"I love ye, you know," she said, brushing her hand across his beard-stubbled cheek.

"Say it again," he demanded.

"I love ye."

"And again."

She held his blue-eyed gaze, wondering what she had done to deserve this man who loved her so fiercely, who had taught her what it was to love. "I love ye, Laird of Rancoff," she whispered.

He lowered his mouth to hers. "And I love ye, Lady of Dunblane."

ABOUT THE AUTHOR

Colleen Faulkner lives with her family in Delaware and is the author of twenty-two Zebra historical romances and four contemporary romances. She is the daughter of author Judith E. French and is currently working on her next Zebra historical romance, which will be published in February 2002. Colleen loves hearing from readers and you may write to her c/o Zebra Books. Please include a self-addressed stamped envelope if you wish a reply.

<u>BOOK YOUR PLACE ON OUR WEBSITE AND MAKE THE READING CONNECTION!</u>

We've created a customized website just for our very special readers, where you can get the inside scoop on everything that's going on with Zebra, Pinnacle and Kensington books.

When you come online, you'll have the exciting opportunity to:

- View covers of upcoming books

- Read sample chapters

- Learn about our future publishing schedule (listed by publication month *and author*)

- Find out when your favorite authors will be visiting a city near you

- Search for and order backlist books from our online catalog

- Check out author bios and background information

- Send e-mail to your favorite authors

- Meet the Kensington staff online

- Join us in weekly chats with authors, readers and other guests

- Get writing guidelines

- AND MUCH MORE!

**Visit our website at
http://www.zebrabooks.com**